Un week-end bouleversant

*

La fierté d'un homme d'affaires

*

Sous l'emprise d'un cheikh

*

D'orageuses retrouvailles

ABBY GREEN

Un week-end bouleversant

INTÉGRALE

MARIAGES DE RAISON

Traduction française de
FABRICE CANEPA

SAGAS

HARLEQUIN

Collection : SAGAS

Titre original :
MARRIED FOR THE TYCOON'S EMPIRE

Ce roman a déjà été publié en 2017

HARPERCOLLINS FRANCE
83-85, boulevard Vincent-Auriol, 75646 PARIS CEDEX 13
Service Lectrices — Tél. : 01 45 82 47 47 - www.harlequin.fr
ISBN 978-2-2804-6597-7 — ISSN 2426-993X

Composé et édité par HarperCollins France.
Imprimé en décembre 2021 par CPI Black Print (Barcelone)
en utilisant 100% d'électricité renouvelable.
Dépôt légal : janvier 2022.

FSC
www.fsc.org
MIXTE
Papier issu de sources responsables
FSC® C159065

Pour limiter l'empreinte environnementale de ses livres, HarperCollins France s'engage à n'utiliser que du papier fabriqué à partir de bois provenant de forêts gérées durablement et de manière responsable.

Prologue

Benjamin Carter était confortablement assis dans l'un des profonds fauteuils du club privé qu'il avait l'habitude de fréquenter. Il s'agissait de l'un des endroits les plus chics, les plus raffinés et les plus secrets de New York.

C'était d'ailleurs ce qui l'avait convaincu d'y organiser la rencontre au sommet dont il était l'instigateur. Face à lui se trouvaient trois des hommes les plus riches et les plus puissants de la planète.

Le cheikh Zayn al-Ghamdi était le souverain d'un pays qui détenait la troisième plus grande réserve de pétrole et de gaz de la péninsule arabe.

Dante Mancini, quant à lui, avait bâti sa fortune sur les énergies renouvelables. Les diverses entreprises qu'il détenait de par le monde étaient toutes des leaders incontestés dans le domaine du solaire, de l'éolien, de la géothermie ou des bioénergies.

En dépit de cette spécialisation salutaire pour la planète, Dante n'avait rien d'un ange : c'était un homme d'affaires redoutable. Ben avait pu le constater personnellement, quelques années plus tôt. L'affaire avait d'ailleurs laissé des séquelles et les deux hommes entretenaient des relations très tendues.

Le troisième participant à cette réunion informelle était Xander Trakas, le multimillionnaire grec qui dominait le monde du luxe. Comme à son habitude, il arborait une expression parfaitement indéchiffrable qui dissimulait une concentration sans faille et une perspicacité peu commune.

Ben lui-même n'était pas à plaindre. Il avait commencé sa carrière comme architecte. Une série de contrats profitables lui avait permis de monter sa propre entreprise de travaux publics. En quelques années, il était devenu l'un des entrepreneurs les plus riches et les plus influents de Manhattan.

Rien ne les prédisposait à se retrouver tous les quatre assis autour de la même table. Au fil des années, ils avaient accumulé assez de différends et de rancœurs pour se considérer sinon comme des ennemis, du moins comme d'inconciliables rivaux.

Se préparant à la confrontation qui les attendait probablement, Ben prit une profonde inspiration.

— Je vous remercie tous d'avoir accepté mon invitation, commença-t-il.

— Une invitation ? répéta Zayn al-Ghamdi en haussant un sourcil ironique. Convocation serait plus juste.

— Si j'avais dû attendre que nous nous mettions d'accord sur un jour, une heure et un lieu, nous serions encore en train d'échanger des mails, répondit Ben.

— Je suis vraiment curieux de savoir ce que tu peux bien avoir de si important à nous dire, intervint Xander Trakas.

— Qui sait ? ironisa Dante en faisant tourner doucement le whisky ambré que l'on venait de lui apporter. Peut-être a-t-il décidé de se retirer des affaires ?

— J'imagine que c'est au sujet de cette campagne de diffamation lancée par ce torchon ? reprit Zayn al-Ghamdi dont le regard s'était fait aussi froid et dur qu'un éclat d'obsidienne.

— C'est exact, acquiesça Ben. Ce n'est pas la première fois que nous faisons l'objet d'articles désagréables de ce genre. Mais jamais encore les choses n'avaient pris de telles proportions. *Celebrity Spy* nous traîne dans la boue de façon méthodique. Il ne s'agit plus seulement de ragots mais bien d'une campagne de calomnie délibérée.

— En effet, concéda Zayn al-Ghamdi. Cette mise en

cause systématique de mon intégrité morale m'a déjà coûté très cher. Dans mon pays, les gens ne prennent pas ce genre de choses à la légère.

— Ce n'est pas beaucoup plus facile en Italie, remarqua Dante. L'un de mes plus vieux clients m'a récemment laissé entendre qu'il préférait travailler avec quelqu'un dont il partage les valeurs.

— Ne m'en parlez pas ! s'exclama Xander Trakas. Tout le monde semble convaincu que je passe le plus clair de mon temps à faire la fête et à dilapider mon argent. Ma crédibilité en a pris un sacré coup.

— Et la mienne ! renchérit Ben. L'une de mes meilleures amies m'a demandé si j'étais vraiment aussi odieux avec les femmes qu'on le laissait entendre dans *Celebrity Spy*. Elle me connaît pourtant depuis des années. Je vous laisse imaginer la réaction des gens qui ne savent de moi rien de plus que ce qu'ils lisent dans ce genre de journaux…

— Je comprends ce que tu ressens, acquiesça Zayn al-Ghamdi. Jusqu'à présent, je n'avais pas accordé une importance démesurée à toutes ces absurdités. Je me disais que *Celebrity Spy* finirait par se lasser et par trouver d'autres victimes. Mais récemment, on m'a laissé entendre que si ce genre de rumeurs continuait à se propager, cela risquait de compromettre les chances de mariage de ma petite sœur. Et cela, je ne peux le tolérer.

Ben acquiesça.

— Il n'y a pas que nos affaires et nos familles respectives qui risquent de souffrir de cette campagne de diffamation, reprit-il. Il y a quelques jours de cela, la Fondation Hope m'a demandé de ne plus leur verser le moindre sou. Ils ne veulent plus que leur nom soit associé au mien…

Ses trois interlocuteurs se rembrunirent simultanément. S'il y avait une chose qui les unissait, par-delà leur rivalité professionnelle, c'était leur attachement aux causes humanitaires et sociales qu'ils défendaient.

Tous quatre figuraient parmi les principaux mécènes de la Fondation Hope qui s'engageait en faveur des enfants défavorisés et finançaient de nombreux projets éducatifs de par le monde.

La convention annuelle de Hope était d'ailleurs l'une des rares occasions lors desquelles ils étaient sûrs de se retrouver. Et l'événement faisait l'objet d'une couverture médiatique qui, jusqu'à présent, s'était toujours révélée très bénéfique.

— Penses-tu qu'ils vont nous demander la même chose ? s'enquit Xander.

— C'est malheureusement probable, acquiesça Ben. Or à nous quatre, nous représentons près de la moitié du budget annuel de la Fondation. Ce sont donc des milliers d'enfants de par le monde qui vont souffrir à cause de ce maudit tabloïd.

— C'est inacceptable ! décréta Zayn.

— Pour une fois, je crois que nous sommes tous d'accord, murmura Dante.

— Toute la question est de savoir ce que nous allons bien pouvoir y faire, observa Xander.

— J'imagine que vous avez déjà réfléchi à la question et que vous êtes parvenus à la même conclusion que moi : intenter un procès à *Celebrity Spy* serait inutile, voire contre-productif.

Tous acquiescèrent. Une telle procédure ne ferait que renforcer la conviction de ceux qui accordaient du crédit à ces racontars.

— Il ne serait pas plus efficace de publier un démenti. Cela ne ferait que donner encore un peu plus de retentissement à toute cette histoire.

— L'un de nous pourrait racheter ce maudit journal, suggéra Xander.

— On nous accuserait de vouloir museler la presse, objecta Ben.

— Effectivement, approuva Zayn. À vrai dire, j'ai déjà considéré les différentes solutions qui s'offraient à moi dans cette affaire et je suis parvenu à la conclusion qu'il n'en existait qu'une qui puisse être efficace.

— Nous sommes pendus à tes lèvres, ironisa Dante.

— C'est très simple : il nous suffirait de nous marier.

Un silence accueillit cette suggestion inattendue.

— Tu ne plaisantes pas, n'est-ce pas ? grommela Xander.

— Pas du tout. Un tel mariage nous débarrasserait une fois pour toutes de ces spéculations absurdes. Il nous permettrait de redorer notre image et de rassurer nos clients et nos fournisseurs sur notre moralité. Ce serait même l'occasion de bénéficier d'un peu de publicité gratuite. Et puis, à nos âges, il est temps de penser à l'avenir. Nous avons tous fondé de véritables empires mais aucun d'entre nous n'a d'héritier à qui léguer ses biens, le moment venu…

— On dirait que tu as beaucoup réfléchi à la question, murmura Xander.

— Certes, concéda Dante. Mais cette proposition présente quand même une difficulté majeure.

— Laquelle ?

— Trouver une épouse n'est pas aussi simple que de choisir une nouvelle maîtresse.

— C'est vrai, renchérit Ben. Il faut que ce soit quelqu'un de confiance, quelqu'un auprès de qui on s'imagine vivre plusieurs années, quelqu'un avec qui on partage des valeurs et qui soit capable de les transmettre à un enfant…

— Tout un programme…, commenta Dante, goguenard.

— Sans compter que pour que ton plan fonctionne il faudrait qu'un tel mariage ait lieu assez rapidement, renchérit Ben. Cela me paraît pour le moins compromis.

— Pas sûr, intervint Xander, pensif.

Les trois autres tournèrent vers lui un regard interrogatif.

— Je connais peut-être quelqu'un qui pourrait nous aider à résoudre ce dilemme.

— Vraiment ? s'exclama Dante, dubitatif.

Xander hocha la tête.

— Elle a monté une agence de rencontres destinée aux gens comme nous.

— Des victimes de *Celebrity Spy* ? ironisa Zayn.

— Des hommes riches et influents qui ne peuvent se permettre de sortir avec la première croqueuse de diamants venue.

— Et qui est cette fille, au juste ? s'enquit Dante. L'une de tes anciennes conquêtes ?

— Cela n'a aucune importance, répondit Xander avec une pointe d'humeur. Tout ce qui importe, c'est qu'Elizabeth connaît bien notre monde. Elle possède un excellent carnet d'adresses et est fine psychologue. Si quelqu'un peut nous trouver rapidement des épouses dignes de ce nom, c'est bien elle…

— Je suis partant, déclara Zayn. Après tout, l'avantage de passer par une telle agence, c'est que si les personnes que trouve ton amie ne nous conviennent pas nous pourrons toujours décliner poliment.

— C'est vrai, concéda Ben. Nous n'avons pas grand-chose à perdre.

— D'accord, soupira Dante sans grand enthousiasme. Je ne voudrais pas être le dernier à m'attirer les foudres de *Celebrity Spy* pendant que vous convolez tous en justes noces. Mais très franchement, je doute que ce soit si facile…

— Comme le dit Ben, nous n'avons pas grand-chose à perdre, conclut Xander. Je vous enverrai les coordonnées d'Elizabeth dès ce soir. Et qui sait ? La prochaine fois que nous nous reverrons, ce sera peut-être pour le mariage de l'un d'entre nous ?

1

Ben Carter se tenait face à l'immense baie vitrée qui tenait lieu de mur à son bureau. Elle offrait une vue imprenable sur Manhattan et, tandis qu'il laissait errer son regard sur ce paysage familier, il aperçut plusieurs grues frappées du logo de sa compagnie.

Pour une fois, cette vision ne lui procura aucune satisfaction. Il était bien trop préoccupé par la discussion qu'il venait d'avoir avec Elizabeth Young, la jeune femme que Xander Trakas lui avait recommandée.

Sur le moment, cette idée de mariage lui avait semblé judicieuse. Elle permettrait effectivement de résoudre le problème auquel il se trouvait confronté. Mais Ben n'était ni assez naïf, ni assez cynique pour penser que les choses seraient aussi simples.

Était-il prêt à se marier ? À passer le reste de sa vie avec quelqu'un ? À lui être fidèle ? À avoir des enfants ?

Bien sûr, il s'était toujours dit que le jour viendrait où il finirait comme tout le monde par fonder une famille. Mais l'occasion ne s'était jamais présentée. Et, à dire vrai, il n'avait rien fait pour que cela arrive…

Au fil du temps, il s'était habitué à son indépendance. Il aimait se savoir libre et considérait toujours avec une pointe de commisération ceux de ses amis qui avaient opté pour le mariage et sa cohorte de responsabilités.

Il s'était convaincu que c'était tout simplement parce qu'il n'avait pas rencontré la personne idéale, l'âme sœur qui le convaincrait de faire le grand saut.

Or rien n'avait changé, de ce côté-là. Alors pourquoi s'imaginait-il pouvoir se marier ?

— Vous n'aimez pas les questions trop personnelles, on dirait, remarqua Elizabeth d'une voix qui trahissait une pointe d'amusement.

— Qu'est-ce qui vous fait dire cela ?

— Votre répugnance à répondre à celles que je vous ai posées, répondit-elle en riant. Et le fait que vous sembliez prêt à vous jeter par la fenêtre…

— Ne vous inquiétez pas, rétorqua Ben d'un ton ironique. Elle ne s'ouvre pas.

— Dieu merci ! Mais vous savez, rien ne vous oblige à faire appel à mes services. Le mariage doit être un choix, et pas uniquement un devoir.

Ben se détourna enfin de la fenêtre et considéra d'un air pensif la jeune femme assise à la table de réunion, sa tablette posée devant elle.

C'était une femme magnifique, grande, mince, avec de longs cheveux blonds qui ondulaient légèrement et un regard couleur d'ambre des plus troublants. Elle était vêtue de façon à la fois élégante et décontractée, laissant transparaître un goût très sûr.

— Je pense que le moment est venu pour moi de m'engager, répondit-il en s'efforçant de s'en convaincre lui-même. Mais je ne voudrais pas commettre une erreur. C'est la raison pour laquelle j'ai fait appel à vous. Xander Trakas semblait penser que vous étiez la personne idéale pour m'aider à résoudre ce dilemme.

À ce nom, Ben vit Elizabeth se renfrogner légèrement. Il se demanda alors si Dante n'avait pas vu juste. Trakas et elle étaient-ils sortis ensemble ? L'idée n'avait rien d'absurde. Après tout, Elizabeth était très séduisante.

Mais à en croire l'expression de son regard, cette liaison

avait dû se terminer de façon peu satisfaisante. Il ne put s'empêcher de se demander ce qui s'était passé.

— J'ai effectivement en tête quelques personnes qui pourraient faire l'affaire, répondit-elle. Vous n'avez qu'à y jeter un coup d'œil et me dire si l'une d'entre elles vous paraît intéressante. Cela me permettra de me faire une idée de vos goûts.

Intrigué, Ben prit la tablette qu'elle lui tendait et fit défiler les notices biographiques qu'elle avait retenues. Chacune présentait le métier, les centres d'intérêt et les envies de ces jeunes femmes. Elles étaient toutes accompagnées de photographies.

Il y avait là toutes sortes de femmes : une avocate spécialisée dans les droits de l'Homme, la présidente-directrice générale d'une compagnie informatique, une interprète qui travaillait pour les Nations unies, un mannequin…

Nombre d'entre elles paraissaient intéressantes et Ben commençait à se demander selon quels critères il était censé se décider. Mais alors même qu'il se faisait cette réflexion, il se figea face à la photographie qui venait d'apparaître.

Si quelques-unes des femmes qu'il venait de regarder lui avaient semblé séduisantes, celle-ci éveillait en lui un mélange d'admiration et de désir dont l'intensité ne manqua pas de l'étonner.

Il considéra le cliché avec attention, s'efforçant de comprendre la raison de cette réaction. L'inconnue avait un visage mince aux pommettes marquées. D'immenses yeux bleus contrastaient avec ses cheveux mi-longs d'un brun très sombre, presque noir.

Il émanait d'elle une impression d'innocence mêlée de sensualité qui, pour quelque obscure raison, éveillait en lui un écho puissant. Mais comme il se remettait de sa surprise initiale, il lui sembla soudain que ce visage avait quelque chose de familier.

— C'est Julianna Ford, lui indiqua Elizabeth à qui sa réaction n'avait pas échappé. Elle est anglaise et vit à Londres, en temps normal. Mais vous avez de la chance : elle se trouve justement à New York, ces jours-ci, pour participer à un gala de charité.

— Julianna Ford ? répéta Ben qui comprenait enfin les raisons de cette étrange familiarité. La fille de Louis Ford ?

— Est-ce que vous la connaissez ?

— Non, répondit-il. Mais j'ai entendu parler d'elle par son père. Il y a quelques années de cela, j'ai tenté de le convaincre de me vendre son entreprise. Sans succès. Mais il m'a parlé d'elle et j'ai vu quelques photos d'elle lorsque nous étions chez lui.

Il fouilla sa mémoire et crut se rappeler que Julianna était alors en vacances à la montagne. Le peu de choses que Louis lui avait raconté à son sujet lui avait donné l'impression que la jeune femme appartenait à cette classe d'enfants gâtés que la presse se plaisait à qualifier de jet-set.

Lui-même avait appartenu à ce milieu, autrefois, avant que son père ne se retrouve ruiné par l'affaire de corruption dans laquelle il avait été impliqué. Rétrospectivement, Ben se félicitait d'avoir échappé à ce monde superficiel et frivole. Au moins, il avait la satisfaction de ne devoir sa fortune qu'à lui-même.

— Est-ce que vous aimeriez la rencontrer ? lui demanda alors Elizabeth.

Ben se prit à songer qu'il tenait peut-être là une deuxième chance de réussir la fusion qu'il n'avait pu réaliser quelques années auparavant. La compagnie de Louis Ford était l'un des acteurs majeurs dans le monde du bâtiment anglais. En en faisant l'acquisition, Ben bénéficierait d'une implantation aussi solide que durable sur le marché européen.

S'il fallait en croire les rumeurs qui couraient, la santé de Louis Ford s'était récemment dégradée. Peut-être serait-il plus réceptif à un tel accord, surtout si l'homme qui le lui proposait se trouvait être son futur gendre.

Un sourire se dessina sur les lèvres de Ben. Il tenait peut-être là l'occasion de faire coup double : prendre pied en Europe et mettre un terme à la campagne de diffamation de *Celebrity*

Spy. Et pour cela, il n'avait qu'à séduire et épouser une jeune femme superbe.

La vie se révélait parfois pleine de surprises…

— Si c'est possible, j'aimerais que vous organisiez un rendez-vous avec elle, déclara-t-il. Prévenez-moi dès que vous aurez une date pour que je puisse réserver ma soirée.

Lia avait beaucoup de mal à contenir la colère qui bouillonnait en elle. Elle en voulait à son père de l'avoir inscrite à cette agence de rencontres. Elle en voulait aussi à la secrétaire de son père qui avait rempli son profil et avait choisi une photographie prise durant une croisière en voilier en famille.

Et elle en voulait à Elizabeth Young, la directrice de l'agence Léviathan qu'elle était allée trouver dès que son père lui avait parlé de son absurde initiative. Celle-ci avait aussitôt fait disparaître son profil de sa base de données et s'était excusée platement pour ce malentendu. Mais elle lui avait alors annoncé que quelqu'un s'était déjà déclaré intéressé et avait demandé à la rencontrer.

Lia s'en voulait surtout à elle-même. Pourquoi avait-il fallu qu'elle cède à la curiosité et se soit enquise du profil de ce mystérieux soupirant ?

En découvrant sa photographie, elle avait été très agréablement surprise. Elle s'était attendue à quelqu'un d'aussi fortuné que peu gracieux. N'était-ce pas le genre de personnes qui recouraient à de telles agences ? Mais l'inconnu était très séduisant.

Ses cheveux d'un noir de jais coupés court encadraient un visage bien dessiné dont le menton volontaire, le sourire légèrement sarcastique et le regard assuré révélaient un tempérament bien trempé.

Troublée, elle s'était demandé pourquoi un tel homme avait fait appel aux services d'Elizabeth Young. La plupart des femmes se seraient sans doute damnées pour sortir avec lui.

Elle s'était sentie secrètement flattée par le fait qu'il l'ait choisie, elle, parmi toutes les femmes que devait compter la base de données de Léviathan.

Mais elle n'avait pas l'intention de sortir avec qui que ce fût. Sa dernière expérience en la matière avait été suffisamment douloureuse comme cela et l'avait vaccinée à jamais contre ce genre d'expérience.

L'image de son petit ami besognant furieusement sa secrétaire sur son bureau revenait encore parfois la hanter. Et l'explication qu'il lui avait donnée en guise d'excuses lui faisait toujours aussi mal.

« Ce n'est tout de même pas ma faute si tu es frigide, Lia. Je ne vais pas passer le reste de mes jours avec quelqu'un pour qui faire l'amour est aussi excitant que de lire la rubrique nécrologique ! »

Cette accusation n'avait fait que renforcer les incertitudes qu'elle entretenait sur sa propre sexualité. Et elle s'était alors promis de se concentrer sur sa carrière. Elle tenait à prouver à son père qu'elle était capable de subvenir à ses besoins et qu'elle n'avait besoin de personne.

Au cours de ces derniers mois, les problèmes de santé de son père l'avaient également poussée à assumer un rôle sans cesse croissant au sein de l'entreprise familiale.

Mais comme elle s'apprêtait à rendre à Elizabeth sa tablette, elle avait aperçu le nom de l'homme dont la photographie l'avait troublée.

— Benjamin Carter ? s'était-elle exclamée. Ne me dites pas que c'est le P-DG de Carter Construction ?

— Si, avait répondu Elizabeth en souriant. Lui aussi paraissait avoir entendu parler de vous. Apparemment, votre père et lui se sont rencontrés, il y a quelques années de cela.

Lia se rappelait très bien ce que son père lui avait raconté à ce sujet. Benjamin Carter était venu en Angleterre pour le convaincre de lui céder sa compagnie. Son offre était généreuse mais Louis Ford l'avait déclinée, expliquant que pour rien au monde il ne comptait vendre une entreprise qu'il avait passé sa vie entière à bâtir et à faire prospérer.

Peu de temps après cette rencontre, l'état de santé de son père s'était mis à décliner. Et depuis lors, Louis avait souvent exprimé les doutes que lui inspirait sa propre décision. Il se demandait régulièrement s'il n'aurait pas mieux fait de vendre pour léguer à sa fille une véritable fortune plutôt qu'une entreprise qu'il la croyait incapable de gérer.

Lia était convaincue que ce rendez-vous galant n'était pas le fruit du hasard : Ben Carter avait toujours des vues sur la société Ford. N'ayant pu convaincre le père de la vendre, il espérait sans doute persuader la fille qui ne tarderait peut-être pas à en hériter.

Le cynisme de ce procédé la rendait malade. Et elle avait décidé de lui dire en personne ce qu'elle pensait de lui.

Pourtant, tandis qu'elle se dirigeait vers l'Hôtel Algonquin — elle devait le retrouver au bar —, elle se demanda brusquement si elle n'avait pas commis une erreur en acceptant cette invitation. Peut-être aurait-elle dû se contenter de faire passer à Benjamin Carter un message par l'entremise d'Elizabeth.

Mais il était trop tard pour reculer, à présent. D'ici à quelques minutes, elle se trouverait face au milliardaire et aurait l'occasion de lui dire ses quatre vérités.

Pressant le pas, elle poussa la porte de l'hôtel et pénétra dans le hall. Dans sa hâte, elle percuta de plein fouet un homme qui venait en sens inverse et faillit basculer en arrière. Fort heureusement, la victime de cette collision eut la présence d'esprit de la retenir par le bras.

— Je suis désolée, s'excusa-t-elle.

Ses excuses demeurèrent bloquées dans sa gorge lorsqu'elle découvrit que l'homme qu'elle venait de heurter n'était autre que Ben Carter. Et, alors même qu'elle se remettait de sa surprise, elle se fit la réflexion qu'il était plus séduisant encore en personne que sur la photo qu'elle avait vue de lui.

— C'est moi qui suis désolé, lui dit-il alors. Je vous ai vue traverser la rue et je me suis porté à votre rencontre. J'aurais dû faire plus attention. Je ne vous ai pas fait mal ?

— Non, répondit-elle, se sentant un peu stupide. Je vais bien. Et vous ?

— Rien de cassé, lui assura-t-il en riant. Je ne m'attendais pas à ce que notre première rencontre soit si percutante.

Malgré elle, elle ne put s'empêcher de sourire.

— Venez, lui dit-il. Je nous ai réservé une table.

Elle fut tentée de protester, de lui expliquer qu'elle était seulement venue lui demander de renoncer à ses visées sur l'entreprise de son père. Mais il lui avait déjà ouvert la porte, s'effaçant galamment pour la laisser entrer. Après un instant d'hésitation, elle pénétra dans le hall de l'hôtel.

Ben la guida jusqu'à la table qu'il avait choisie. Elle était située un peu à l'écart, dans un coin discret où ils pourraient discuter sans craindre d'être entendus. À peine s'étaient-ils assis qu'un serveur les rejoignit et leur tendit une carte.

— Je prendrai juste un café, déclara-t-elle.

— Moi aussi.

Ben avait ôté son manteau avant de s'asseoir et elle remarqua que le costume sur mesure qu'il portait soulignait impeccablement sa silhouette athlétique. À contrecœur, elle fut bien forcée de constater que son physique était à la hauteur de son portrait.

— Je m'aperçois que je ne me suis même pas convenablement présenté, lui dit-il alors. Je suis Benjamin Carter.

Il lui tendit la main et, à ce simple contact, Lia sentit un léger tressaillement courir le long de son avant-bras avant de se propager au plus profond d'elle-même.

— Enchantée, répondit-elle d'une voix légèrement étranglée. Je suis Julianna Ford.

Ben Carter avait le plus grand mal à dissimuler le trouble qui l'habitait. En venant à ce rendez-vous, il s'était attendu à être déçu : l'apparence réelle des gens correspondait rarement au meilleur cliché qu'ils livraient d'eux-mêmes sur un site de rencontres.

Mais Julianna était plus séduisante encore que sur sa photographie. Il se dégageait d'elle une intense sensualité à laquelle il était particulièrement réceptif. Il n'aurait pourtant su expliquer ce qui la lui rendait si désirable.

Était-ce cette impression d'assurance mêlée de vulnérabilité qu'il avait déjà cru déceler en contemplant son portrait ? Ou bien encore cette façon dont son regard paraissait le transpercer de part en part, comme si elle était capable de lire au plus profond de lui ?

Julianna appartenait pourtant à un monde dont il préférait se tenir à distance, à cette bonne société au sein de laquelle il avait été élevé, dont il avait été exclu et qui prétendait l'accueillir de nouveau en son sein depuis qu'il avait réussi.

— Monsieur Carter, reprit-elle alors, comme vous le savez peut-être, je vis à Londres. Et j'ai bien peur que ce rendez-vous n'ait pas la moindre chance de déboucher sur quoi que ce soit…

Ben la considéra avec étonnement.

— Pourquoi avez-vous accepté mon invitation, dans ce cas ?

Le regard glacé qu'elle lui lança lui arracha un frisson.

— Parce que je tenais à rencontrer l'homme qui a fait pression sur mon père pour racheter l'entreprise familiale, répondit-elle avec froideur.

Curieusement, Ben n'avait pas vraiment envisagé que Julianna puisse le reconnaître, elle aussi. Après tout, ils ne s'étaient jamais rencontrés. Mais ce n'était pas la première fois que sa réputation le précédait de la sorte. Il ne lui restait donc plus qu'à espérer que la jeune femme n'était pas une avide lectrice de *Celebrity Spy*…

— Le monde est petit, remarqua-t-il sur le ton de la plaisanterie.

— Je doute fort qu'il ne s'agisse là que d'un effet du hasard, répliqua-t-elle.

— Détrompez-vous, répondit Ben. Je ne m'attendais pas du tout à ce que vous figuriez dans le fichier de l'agence Léviathan.

— Mais vous avez bien dû reconnaître mon nom.

— C'est exact. Et je me suis dit qu'au moins nous aurions un sujet de conversation en commun…

— Je n'ai aucunement l'intention de discuter avec vous, objecta-t-elle. Ni de l'entreprise de mon père, ni de quoi que ce soit d'autre, d'ailleurs.

Julianna se leva alors de table.

— Il est inutile que nous perdions notre temps, déclara-t-elle. Je vais vous laisser. Mais je tenais juste à vous dire en personne que la position de mon père n'avait pas varié d'un iota : il ne vendra pas sa société. Vous feriez mieux de trouver quelqu'un d'autre à harceler. Au revoir, monsieur Carter.

Sur ce, Julianna s'éloigna à grands pas sans lui laisser le temps de répondre. Il hésita quelques instants à la suivre et finit par décider que ce n'était probablement pas la meilleure façon de procéder.

De toute évidence, Julianna se méfiait de lui. Et en se montrant trop insistant, il risquait de la braquer. Mieux valait donc prendre le temps d'élaborer une nouvelle stratégie d'approche.

Curieusement, l'idée d'abandonner ne lui traversa même pas l'esprit. Ce n'était pas tant par goût du défi — bien qu'il ait souvent du mal à y résister. En réalité, ce rendez-vous avec Julianna avait éveillé chez lui bien plus que de la curiosité.

Cela faisait longtemps qu'il n'avait pas rencontré une femme aussi séduisante. En parlant avec elle, il avait rapidement oublié ses intentions initiales. L'entreprise de son père et les ragots de *Celebrity Spy* lui avaient paru soudain bien moins importants que le désir lancinant qu'elle lui inspirait.

Ben fronça les sourcils, se demandant si cela ne constituait pas justement une excellente raison de tirer un trait sur leur relation. Pouvait-il se permettre de se laisser distraire par une femme, si charmante soit-elle ?

La sonnerie de son téléphone portable le tira brusquement

de ses réflexions. Jetant un coup d'œil à l'écran, il constata avec étonnement que la personne qui cherchait à le joindre n'était autre qu'Elizabeth Young.

— Mademoiselle Young ! s'exclama-t-il. Que puis-je faire pour vous ?

— Monsieur Carter, répondit-elle d'une voix légèrement embarrassée, je ne sais pas ce qui s'est passé entre Mlle Ford et vous, mais elle vient de m'appeler pour me demander expressément de ne plus organiser le moindre rendez-vous avec vous.

— Je vois, acquiesça-t-il. J'imagine qu'elle ne vous a pas dit pourquoi…

— En effet. Et je ne le lui ai pas demandé.

— Peut-être auriez-vous dû le faire : cela vous aurait aidée à choisir des personnes qui lui conviennent mieux…

— Mlle Ford a décidé de se passer de nos services, déclara Elizabeth.

La nouvelle ne manqua pas de l'étonner un peu plus. À quoi servait-il de s'inscrire à un club de rencontres si l'on se contentait d'un seul rendez-vous — a fortiori d'un rendez-vous aussi peu concluant que l'avait été le leur ?

— J'en suis désolé, répondit-il poliment.

En réalité, il éprouvait une certaine satisfaction à l'idée que Julianna ne rencontrerait pas d'autres hommes.

— Voulez-vous que je vous envoie une liste de personnes qui pourraient vous intéresser ? lui demanda alors Elizabeth.

Ben ne prit pas même le temps de réfléchir à la question.

— Ce ne sera pas nécessaire, répondit-il.

Un bref silence s'ensuivit.

— Vous savez que vous ne pourrez plus contacter Mlle Ford par l'entremise de Léviathan.

Ben ne put s'empêcher de sourire. La jeune femme était décidément très perspicace.

— Ne vous en faites pas pour cela, lui dit-il. Comme me l'a fait remarquer Julianna, le monde est petit. Et il n'est pas impossible que nos chemins se croisent de nouveau sous peu…

2

La robe que Lia avait choisie pour le gala de charité était nettement plus sexy que celles qu'elle avait coutume de porter. Le décolleté plongeant et la jupe fendue sur le côté lui donnaient l'impression d'être un peu trop exposée aux regards des autres convives.

Mais cette tenue la mettait indubitablement en valeur et cela suffirait peut-être à faire diversion, à faire oublier l'absence de son père. Car ce dernier se sentait encore trop faible pour participer à de tels événements.

Lia l'avait appelé un peu plus tôt pour prendre des nouvelles et avait appris avec soulagement qu'il se remettait rapidement de sa dernière crise cardiaque et que les médecins se disaient plutôt confiants.

Lia s'était pourtant abstenue de lui parler du rendez-vous qu'elle avait eu avec Ben Carter. Tout comme elle, son père ne manquerait pas d'en conclure que ce dernier avait toujours des visées sur son entreprise. Et cette nouvelle risquait de l'inquiéter inutilement.

En revanche, elle s'était renseignée sur le milliardaire américain et ses craintes s'en étaient trouvées renforcées. Car Ben Carter était un homme d'affaires redoutable. En l'espace de quelques années, il s'était bâti un véritable empire dont la croissance était externe tout autant qu'interne.

Pour conforter sa position dominante, il avait racheté plusieurs de ses concurrents et de ses sous-traitants. Et son intérêt pour l'entreprise Ford semblait indiquer qu'il comptait à présent étendre son empire au Vieux Continent.

Les recherches de Lia lui avaient permis de découvrir une autre information qui, à la lueur des derniers événements, paraissait presque aussi préoccupante.

Un paparazzi avait effectivement pris une série de clichés montrant quatre hommes d'affaires parmi les plus puissants et les plus fortunés du monde pénétrant tour à tour dans l'un des clubs les plus privés de New York. Ben Carter se trouvait parmi eux.

Cette rencontre au sommet avait été organisée dans le plus grand secret et rien n'avait filtré de ce qui avait bien pu se dire autour de la table. Mais les quatre hommes n'avaient jamais fait mystère de la rivalité qui existait entre eux. Et Lia était convaincue qu'une telle réunion ne pouvait être motivée que par un projet particulièrement ambitieux.

Son propre rendez-vous avec Ben Carter avait sans doute un lien avec cette mystérieuse entreprise. Rétrospectivement, elle se demandait d'ailleurs si elle n'avait pas commis une erreur en lui opposant une fin de non-recevoir aussi sèche. Car Carter était un homme puissant qu'il ne faisait pas bon se mettre à dos.

S'il n'était pas dépourvu de générosité à l'égard de ses collaborateurs et de ses employés, il avait la réputation d'être un adversaire redoutable en affaires. Et la compagnie Ford n'avait pas les moyens de mener une guerre ouverte contre un tel opposant.

Fort heureusement, il ne semblait pas avoir été affecté par sa rebuffade. Il lui avait même fait parvenir un magnifique bouquet de fleurs accompagné d'une carte de visite sur laquelle était écrit : « En espérant vous revoir bientôt, cordialement, Ben ».

Elle avait été un peu étonnée de découvrir qu'il connaissait l'adresse de son hôtel. Mais un homme tel que lui n'avait aucun mal à obtenir ce genre d'informations. De plus, elle se trouvait sur son territoire.

L'idée qu'ils puissent se recroiser la mettait légèrement mal à l'aise. Bien sûr, elle savait qu'il ne s'intéressait à elle que parce qu'elle était la fille de son père et l'héritière de l'entreprise familiale.

Mais elle avait été bien plus sensible qu'elle ne l'aurait voulu au charme de Ben Carter. C'était incontestablement l'homme le plus séduisant qu'il lui eût jamais été donné de rencontrer.

Lia avait conscience que par rapport à lui elle manquait d'expérience. Il avait la réputation d'être un séducteur accompli et nombre dc clichés de lui le montraient paradant au bras de créatures toutes plus ravissantes les unes que les autres.

Apparemment, il ne s'attachait jamais très longtemps : s'il fallait en croire les journalistes, ses liaisons duraient rarement plus de quelques semaines. Elle ne pouvait s'empêcher de se demander si c'était par superficialité, par crainte de s'engager ou bien encore parce qu'il n'avait pas trouvé la femme idéale.

Au fond, cela n'avait aucune importance. Elle ne tarderait pas à rentrer en Angleterre où elle ne risquerait plus de le rencontrer.

Quelque peu réconfortée par cette idée, Lia entreprit de se frayer un chemin à travers la salle de réception de l'hôtel pour tenter d'atteindre le bar. Mais un monde fou se pressait autour du buffet, lui barrant le passage.

Tandis qu'elle attendait patiemment son tour pour commander une coupe de champagne, elle repéra Sarah, l'une des organisatrices du gala de charité, qui se dirigeait vers elle à grands pas. Son visage laissait transparaître une expression inquiète.

— Que se passe-t-il ? lui demanda Lia lorsqu'elle l'eut enfin rejointe.

— C'est la catastrophe ! s'exclama Sarah. Tu sais que l'un des lots de ce soir était une soirée en compagnie de Stacy Somers, le célèbre mannequin.

Lia hocha la tête.

— Eh bien, elle vient d'appeler pour me dire qu'elle était toujours à Aspen.

— Elle a raté son avion ?

— Si seulement ce n'était que cela ! Nous pourrions procéder aux enchères en son absence. Mais elle s'est cassé la jambe en faisant du ski… Il faut à tout prix que nous trouvions quelqu'un pour la remplacer.

Lia avisa le regard insistant que Sarah posait sur elle et éclata d'un rire gêné.

— Ne me dis pas que tu pensais à moi !

— Pourquoi pas ? s'exclama son amie.

— Il devait s'agir d'un dîner avec l'un des mannequins les plus séduisants du monde ! protesta vivement Lia. Je ne suis vraiment pas de taille à soutenir la comparaison.

— Cela n'a aucune importance. Il s'agit d'un gala de charité. Le plus important, c'est de récolter de l'argent pour les enfants. Et puis, je t'assure que tu es magnifique, ce soir. N'importe quel célibataire serait ravi de passer une soirée en ta compagnie…

Lia était loin d'en être convaincue. Mais elle savait que si elle refusait de venir en aide à Sarah elle se le reprocherait par la suite. Car la cause que soutenait le gala de ce soir lui tenait particulièrement à cœur. C'était même l'une des principales raisons qui l'avaient poussée à se rendre à New York.

— D'accord, soupira-t-elle. Je vais le faire. Mais ne t'attends pas à gagner autant que si ç'avait été Stacy Somers…

Une demi-heure plus tard, en montant sur le podium pour participer à la mise aux enchères, Lia se prit à regretter d'avoir accepté la proposition de son amie. Tous les regards convergeaient à présent dans sa direction, ce qui la mettait terriblement mal à l'aise. Et le petit laïus du présentateur ne contribua guère à apaiser sa nervosité.

— Julianna Ford nous vient tout droit de la lointaine Albion, s'exclama-t-il avec emphase. Elle a traversé l'Atlantique pour offrir à l'un de vous une soirée mémorable. Ne soyez pas timides ! Que les enchères commencent et que le meilleur gagne !

Un homme qui se tenait au premier rang leva aussitôt la main.

— Cinq cents dollars ! annonça-t-il en couvant Lia d'un regard admiratif.

Elle ne put s'empêcher de frissonner. Ce n'était pas la première fois qu'elle assistait à ce type d'enchères mais jamais encore elle n'en avait été l'enjeu. Et la sensation n'avait rien d'agréable...

— Mille dollars ! lança un autre homme au fond de la salle dont elle ne pouvait distinguer le visage.

— Deux mille, renchérit celui du premier rang.

— Cinq mille...

Les enchères s'envolèrent rapidement, jusqu'à atteindre vingt-cinq mille dollars.

— Cinquante mille ! s'exclama alors un homme qui n'avait pas encore parlé.

Il devait avoir dans les soixante-cinq ans et était presque obèse. Ses yeux légèrement exorbités trahissaient une concupiscence telle que Lia ne put réprimer un petit frisson de dégoût.

— Cinquante mille, une fois, répéta le présentateur avant d'abattre son marteau.

Lia avala péniblement sa salive. L'idée de passer une soirée en compagnie de cet homme la mettait mal à l'aise.

— Cinquante mille, deux fois !

— Cent mille dollars ! intervint alors l'homme qui se trouvait au fond de la pièce.

Un murmure stupéfait parcourut l'assistance.

— Cent mille dollars, répéta l'inconnu. Mais j'en propose cinq cent mille pour un week-end entier en compagnie de Mlle Ford, reprit l'homme.

Sidérée, Julianna se dressa sur la pointe des pieds, cherchant à entrevoir son mystérieux admirateur.

— Ce n'est pas très académique, remarqua alors le présentateur.

Il se tourna vers elle.

— Qu'en dites-vous, mademoiselle Ford ? Seriez-vous prête à accepter ?

— Cinq cent mille dollars ?

C'était une somme énorme, bien supérieure à ce qu'avaient espéré les organisateurs. Et elle leur permettrait d'organiser de nombreuses opérations en faveur des enfants.

— Comment pourrais-je refuser ? murmura-t-elle d'un ton mal assuré.

— Parfait ! approuva le présentateur. Dans ce cas, cinq cent mille dollars pour le week-end, une fois. Cinq cent mille deux fois. Cinq cent mille trois fois ! Adjugé !

Une salve d'applaudissements nourris se fit alors entendre tandis que la foule s'écartait pour laisser passer le vainqueur. Et comme il s'avançait dans la lumière, Lia sursauta sous l'effet de la surprise.

Le cœur battant à tout rompre, elle regarda Ben Carter qui s'approchait tranquillement de l'estrade, un sourire aux lèvres. Elle se rappela alors le mot qu'il lui avait adressé. Se pouvait-il qu'il ait organisé tout ceci dans le seul but de l'obliger à sortir avec lui ?

Lia se reprit. C'était impossible. Jamais il n'aurait pu prévoir que Stacy Somers se casserait la jambe. Il s'était probablement contenté de profiter de l'occasion qui s'offrait à lui.

Il n'en restait pas moins qu'il venait d'offrir cinq cent mille dollars à une fondation caritative à laquelle elle était très attachée.

Ben Carter gravit les quelques marches qui conduisaient à la tribune et serra la main que lui tendait le présentateur. Sarah s'approcha à son tour pour le remercier.

— Vous savez que c'est une cause qui me tient à cœur, répondit-il en souriant.

Il paraissait sincère mais Lia ne se faisait aucune illusion : à ses yeux, il ne s'agissait que d'un investissement qui lui permettrait à terme de racheter l'entreprise Ford…

Il s'approcha alors d'elle et lui tendit son bras. Sachant qu'elle ne pouvait se permettre de faire un esclandre, Lia le prit et tous deux quittèrent la scène sous les applaudissements nourris de l'assistance.

Tandis que Carter la guidait jusqu'à un coin plus tranquille de la salle, les enchères reprirent, monopolisant de nouveau l'attention des invités. Lia en profita pour se dégager.

— Mais enfin, qu'est-ce qui vous a pris ? s'exclama-t-elle.

Ben Carter haussa les épaules.

— J'ai fait une bonne action, répondit-il. Vous n'allez tout de même pas me le reprocher ?

— Je parlais de cette idée de week-end, protesta-t-elle. Vous ne comptez pas vraiment mettre ce projet absurde à exécution, n'est-ce pas ?

— Bien sûr que si ! Il me semble avoir payé assez cher pour ce privilège…

— Rien ne vous y obligeait ! rétorqua-t-elle.

— Et rien ne vous obligeait à accepter ma proposition. Vous auriez pu vous contenter d'un dîner.

— Me contenter ? Vous croyez réellement que j'avais le choix ?

— On a toujours le choix, Lia.

— Seuls mes amis m'appellent comme cela !

— Mais je ne demande pas mieux que de devenir votre ami, répliqua-t-il d'une voix de velours.

Elle le considéra d'un œil suspicieux. Elle n'avait pas l'habitude de flirter de cette façon — particulièrement avec un homme aussi séduisant que Ben Carter. Et elle avait tout à fait conscience de ne pas être à la hauteur.

— Écoutez, lui dit-elle. Il est évident que ce week-end serait aussi déplaisant pour vous que pour moi. Alors, mieux vaut en rester là.

— Certainement pas !

— Vous ne comptez tout de même pas m'emmener de force ?

— Non. Mais si vous refusez de m'accompagner, j'irai

trouver les organisateurs de la vente aux enchères et je leur expliquerai que puisque vous n'avez pas voulu vous acquitter de vos obligations je ne suis plus tenu de leur verser le moindre sou.

— Vous n'oseriez pas faire une chose pareille !

— Pourquoi pas ?

— De quoi auriez-vous l'air ?

— Si vous lisez les journaux, vous devez savoir que je ne suis pas en odeur de sainteté, de toute façon…

— Je ne vous crois pas.

— Êtes-vous prête à courir le risque ? lui demanda-t-il d'un air de défi.

Lia sentit monter en elle un mélange de colère et de frustration.

— Est-ce que par hasard vous chercheriez à vous venger parce que j'ai repoussé vos avances ?

Il la considéra avec un étonnement amusé.

— Vous avez vraiment une piètre idée de moi. Croyez-vous que je perdrais mon temps et mon argent pour une raison aussi futile ?

— Je ne vois pas quelle autre raison vous pourriez bien avoir d'agir de la sorte.

Carter la regarda droit dans les yeux, comme pour la mettre au défi de le contredire.

— C'est très simple, répondit-il posément. Dès l'instant où Elizabeth Young m'a montré votre photographie, j'ai eu envie de vous.

3

Ben observa avec intérêt le trouble que ne parvenait pas complètement à masquer la surprise qu'il venait de lui causer. Il était évident qu'elle n'était pas plus immunisée que lui contre l'étrange alchimie qui existait entre eux. Le rouge de ses joues et le feu de son regard le démontraient de façon suffisamment convaincante.

— Je ne sais pas quel genre de femme vous avez l'habitude de fréquenter, lui répondit-elle pourtant d'une voix glaciale, mais je ne suis pas à vendre, même pour la coquette somme d'un million de dollars !

— Ne vous en faites pas : je n'ai jamais eu à payer aucune de mes partenaires et je ne compte pas commencer aujourd'hui. S'il doit se passer quelque chose entre nous, ce sera parce que vous en avez autant envie que moi.

— Cela ne risque pas d'arriver ! répliqua-t-elle d'un ton moins assuré qu'elle ne l'aurait voulu.

— Si vous en êtes convaincue, vous n'avez strictement rien à craindre de moi, lui assura-t-il en souriant. Mais je suis prêt à parier le contraire.

— N'est-ce pas précisément ce que vous venez de faire ? répliqua-t-elle. Un pari à cinq cent mille dollars ?

Ben éclata de rire. Lia ne manquait pas de repartie et le week-end qu'ils étaient sur le point de passer ensemble s'annonçait captivant à plus d'un titre…

— Nous pourrions régler cela dès à présent, suggéra-t-il.

Une fois de plus, elle le considéra avec méfiance.

— Que suggérez-vous, au juste ?

— Eh bien, je pourrais vous embrasser. Si vraiment vous ne ressentez rien, pas même un petit frisson, je suis prêt à jeter l'éponge et à renoncer à ce week-end.

— Il n'en est pas question !

— Je le savais, acquiesça-t-il d'un air entendu.

Elle lui jeta un regard soupçonneux et il haussa les épaules.

— Au fond de vous, vous voulez passer ce week-end avec moi.

— Vous prenez vos rêves pour des réalités.

— Si vous le dites…

Vibrante de colère, elle se planta devant lui, les mains posées sur ses hanches. Sans doute n'imaginait-elle pas que cette attitude ne la lui rendait que plus désirable. Ben avait toujours aimé les femmes de caractère et il était évident que Lia n'en manquait pas.

— Si je comprends bien, lui dit-elle, vous voulez que je vous embrasse pour démontrer qu'en fait je n'en ai pas envie ?

— Précisément.

— C'est absurde !

Un long silence s'ensuivit tandis que tous deux se mesuraient du regard.

— Je vous assure que vous ne me faites absolument aucun effet, reprit-elle enfin.

— Prouvez-le-moi…

Il ne s'attendait pas du tout à ce que ce petit chantage portât ses fruits, bien sûr. Julianna Ford était trop bien élevée — et trop anglaise — pour céder à de telles provocations. Mais il avait envie de la déstabiliser pour prendre l'avantage.

Aussi fut-il très surpris en la voyant s'approcher de lui d'un air décidé. Et lorsqu'elle posa ses mains sur ses épaules, il sentit un frisson irrépressible courir le long de son échine.

Aussitôt, le désir qu'il avait d'elle redoubla, éveillant en lui une ardeur qu'il eut beaucoup de mal à contenir.

Elle se pencha alors vers lui.

Alors même qu'elle posait ses lèvres sur celles de Carter, Lia avait conscience du risque qu'elle était en train de courir. Mais si un simple baiser pouvait lui permettre d'échapper à un week-end en tête à tête avec cet homme, elle se devait de tenter sa chance.

D'ailleurs, s'il fallait en croire son dernier petit ami en date, n'était-elle pas censée être frigide ?

Malheureusement, son corps ne paraissait pas être au courant. Le simple contact des lèvres de Carter sur les siennes enflamma ses sens, allumant au creux de son ventre un brasier dévorant.

Jamais encore elle n'avait réagi aussi intensément. Mais la sensation, quoique déstabilisante, était loin d'être déplaisante. Par curiosité, elle effleura la langue de Carter qui répondit sans hésiter à cette délicieuse provocation.

Incapable de se contrôler, Lia laissa échapper un petit gémissement de plaisir. Encouragé par sa réaction, Carter l'attira un peu plus contre lui et elle sentit distinctement le désir impérieux qu'il avait d'elle.

Leurs corps se pressaient à présent l'un contre l'autre. Elle sentit alors la main de Carter glisser le long de son flanc droit pour venir se poser sur sa poitrine. Un violent frisson la parcourut tandis que son sein se dressait contre sa paume.

C'était la première fois de sa vie que Julianna éprouvait une telle sensation d'urgence, une envie aussi brûlante. En cet instant, elle se serait offerte corps et âme à cet homme. Mais Carter mit un terme à leur baiser et fit un pas en arrière. La frustration qui s'ensuivit était tout aussi intense que le désir qu'elle venait de ressentir entre ses bras.

— Il vaut mieux que nous en restions là, lui dit-il d'une

voix très rauque. J'ai déjà l'impression que notre baiser n'est pas passé inaperçu…

Suivant son regard, Lia avisa un reporter qui se tenait à quelques mètres de là, appareil photo en main. Elle comprit aussitôt qu'au cours des jours suivants les journaux se feraient un plaisir de relayer l'information et de spéculer sur la dernière conquête en date du milliardaire.

Elle songea aussitôt à son père et se demanda avec angoisse ce qu'il penserait en découvrant sa fille unique enlaçant lascivement l'homme qui lui avait fait tant de mal.

— Tout ça, c'est votre faute ! s'exclama-t-elle, furieuse contre elle-même tout autant que contre lui. Si vous n'aviez pas fait cette enchère absurde, nous n'en serions pas là !

— Je vous rappelle que c'est vous qui m'avez embrassé, répliqua-t-il avec un brin de mauvaise foi. Mais étant donné la façon dont le courant passe entre nous, je suis convaincu que ce serait arrivé tôt ou tard.

— Ce qui vient de se passer ne change absolument rien à ce que je pense de vous.

— Peut-être, mais vous avez perdu votre chance d'éviter ce week-end, lui rappela Carter.

— Je dois rentrer à Londres, protesta Julianna.

— Je sais que vous avez réservé un vol de retour lundi, objecta-t-il. Vous pouvez donc tout à fait passer ce week-end en ma compagnie.

Julianna s'efforça vainement de trouver une objection valable. Mais tout ce qu'elle avait prévu de faire au cours de ce week-end, c'était un peu de shopping. Elle avait aussi caressé l'idée de se rendre à une conférence à l'université de New York mais ce n'était pas une raison suffisante pour éconduire un homme qui venait de dépenser cinq cent mille dollars pour être avec elle.

— Vous ne me laissez pas le choix, remarqua-t-elle.

— Non, rétorqua-t-il sans se démonter. Maintenant que

j'ai vu ce dont nous étions capables, vous et moi, j'avoue que je suis dévoré par la curiosité…

— Vous allez être déçu, le prévint-elle. Je ne vous ai embrassé que pour essayer d'échapper à ce week-end. Et je ne compte pas réitérer l'expérience.

— C'est ce que nous verrons.

Carter jeta un rapide coup d'œil à sa montre.

— Que diriez-vous de partir dès ce soir ? Le temps de passer à votre hôtel récupérer quelques affaires et votre passeport.

— Mon passeport ? Mais pour quoi faire ?

— C'est une surprise…

Une fois de plus, Lia se demanda s'il n'avait pas tout manigancé depuis le début. Qui sait ? Peut-être avait-il convaincu Stacy Somers de rester chez elle et poussé Sarah à lui demander de participer aux enchères ? De la part d'un homme tel que lui, il fallait s'attendre à tout…

— Ne vous en faites pas, lui assura-t-il alors, vous serez parfaitement en sécurité avec moi. Ma promesse tient toujours. Quoi qu'il puisse arriver entre nous, ce sera parce que nous l'avons décidé tous les deux.

Curieusement, Lia ne doutait pas de sa bonne foi. Mais c'était elle-même dont elle se méfiait, en l'occurrence. S'il venait à l'embrasser de nouveau, elle n'était pas certaine de pouvoir lui résister…

— Très bien, soupira-t-elle. Je m'incline. Mais je vous préviens : vous serez déçu.

Un léger sourire se dessina sur les lèvres de Carter, mais cette fois-ci il s'abstint de tout commentaire.

— Filons avant que ce journaliste ne vienne nous poser des questions, dit-il en la prenant par le bras.

Résignée, elle le suivit en direction de la porte de l'hôtel. Ben Carter remit ses clés de voiture à un voiturier qui revint quelques minutes plus tard au volant d'un élégant coupé Bentley argenté.

Tandis qu'elle s'engouffrait à l'intérieur, Lia se prit à songer qu'elle était sans doute en train de commettre une énorme erreur…

Après être passés par son hôtel pour récupérer ses bagages et régler sa note, ils partirent en direction de l'aéroport où les attendait le jet privé de Carter. Lorsque Lia s'enquit de leur destination, il lui expliqua qu'il possédait une villa au nord de Salvador de Bahia au Brésil.

— À Bahia ? s'exclama-t-elle, incrédule. Vous ne pensez pas que vous auriez pu choisir une destination un peu moins lointaine ?

— Ne vous en faites pas : mon avion dispose d'une cabine très confortable et vous pourrez dormir tout votre soûl et vous réveiller en pleine forme demain matin pour profiter du soleil brésilien. J'espère que vous avez pris votre maillot de bain.

Lia lui jeta un regard noir.

Lorsqu'ils arrivèrent à l'aéroport, elle découvrit que Carter ne lui avait pas menti : son jet était réellement luxueux et disposait d'une cabine équipée d'un véritable lit.

— Je vais vous laisser, lui dit Carter. Je dormirai dans le salon. À moins bien sûr que vous ne vouliez que je vous tienne compagnie…

Lia lui claqua la porte au nez. À travers la cloison, elle l'entendit éclater de rire. Visiblement, il en fallait beaucoup plus pour doucher son enthousiasme.

Sans prendre la peine de se déshabiller, elle se laissa tomber sur le matelas. Elle avait peine à croire qu'elle puisse se trouver à bord d'un avion en partance pour le Brésil en compagnie d'un homme qu'elle avait toutes les raisons de détester.

Un sourire empli d'autodérision se dessina sur ses lèvres. Si c'était ainsi que se terminaient les rendez-vous galants ratés de Carter, elle n'osait imaginer ce qui arrivait lorsque le courant passait vraiment…

Les yeux rivés au plafond, Lia sentit l'avion se mettre à rouler.

Au bout de quelques minutes, il prit de la vitesse et elle perçut le moment précis où il s'arrachait du sol pour s'élancer dans le ciel. Avant même qu'il n'ait rétabli son assiette à l'horizontale, elle s'était profondément endormie.

La villa de Benjamin Carter était tout simplement magnifique. Située au bord des eaux turquoise, elle disposait de sa propre plage de sable blanc immaculé. De style colonial, elle était bâtie autour d'une très belle cour intérieure au centre de laquelle se dressait une fontaine.

Les chambres étaient aussi élégantes que confortables. Celle de Lia disposait d'un superbe lit à baldaquin et d'une immense salle de bains. Les pièces communes étaient décorées de nombreuses œuvres d'art qui dénotaient un goût très sûr.

L'ensemble était pourtant dépourvu d'ostentation : c'était une retraite accueillante, loin des fracas du monde et de la vie trépidante que Carter devait mener à longueur d'année. On y trouvait d'ailleurs unc impressionnante collection de disques et de films ainsi qu'une bibliothèque très fournie.

— J'espère que cela vous plaît.

— Beaucoup, répondit-elle. Je serais curieuse de savoir qui est votre décorateur d'intérieur.

— Mon décorateur ?

Lia le considéra avec étonnement.

— Ne me dites pas que c'est vous qui avez aménagé cet endroit !

— Avez-vous oublié que je suis architecte de formation ?

Elle secoua la tête et embrassa le décor d'un regard.

— Je dois reconnaître que l'endroit possède un certain charme, déclara-t-elle enfin. Dommage qu'on ne puisse en dire autant du propriétaire…

Carter éclata de rire.

— C'est étrange, dit-il enfin. Je ne vous imaginais pas du tout comme cela.

— Comme cela ?

Il haussa les épaules.

— Je vous voyais plus coincée, expliqua-t-il. Plus snob, aussi…

— Est-ce là votre façon de complimenter les femmes ? rétorqua-t-elle d'un ton moqueur. J'avoue que j'attendais mieux que cela de la part d'un play-boy dans votre genre.

— Vous ne devriez pas croire tout ce que la presse raconte à mon sujet, répondit-il en se rembrunissant légèrement.

— Allez-vous prétendre que vous menez une existence monacale ?

— Certainement pas. Mais les médias exagèrent beaucoup les choses.

Lia le considéra avec curiosité. Il paraissait sincère. Mais pouvait-elle croire sur parole un négociateur aussi redoutable ?

— Est-ce que vous amenez toutes vos petites amies ici ?

— Au risque de vous décevoir, je n'en ai encore invité aucune. Cet endroit est pour moi un havre de paix où je viens me reposer loin des préoccupations du quotidien.

— Pourquoi faire une exception dans mon cas, alors ?

Il haussa un sourcil amusé.

— Vous considérez-vous comme l'une de mes petites amies ? répliqua-t-il.

Lia ne put s'empêcher de rougir jusqu'à la racine des cheveux.

— Pas du tout, bredouilla-t-elle. Je voulais juste dire…

— J'avais compris.

Il parut réfléchir quelques instants avant de hausser les épaules.

— À vrai dire, je ne sais pas pourquoi j'ai choisi cet endroit. J'ai dû me dire que nous y serions au calme et que nous aurions le temps de faire connaissance.

Lia ne put réprimer un soupir.

— Je pensais avoir été claire, déclara-t-elle. L'entreprise de mon père n'est pas à vendre.

Ce fut au tour de Carter de la considérer avec étonnement.

— Pensez-vous vraiment que ce soit la raison de votre présence ici ?

— Quelle autre raison pourrait-il y avoir ?

Carter demeura un instant interdit. Puis il secoua la tête d'un air incrédule.

— Vous n'avez pas une très haute opinion de vous-même, n'est-ce pas ?

Elle répondit par un haussement d'épaules.

— Vous êtes une femme exceptionnelle, mademoiselle Ford. Vous êtes intelligente, pleine d'esprit et très sexy…

Elle rougit de plus belle.

— Croyez-vous qu'un homme ait besoin d'autres raisons pour vouloir mieux faire connaissance avec vous ?

Cette fois-ci, elle ne sut que lui répondre.

Carter jeta alors un coup d'œil à sa montre et soupira.

— Malheureusement, je vais devoir vous abandonner pendant une heure ou deux, s'excusa-t-il. J'ai dû organiser ce voyage en urgence et je n'ai pas eu le temps de tout préparer. Je dois aller faire quelques courses. Ensuite, je passerai chercher Esmé, la cuisinière. Elle n'a pas le permis. D'habitude, c'est son fils qui la conduit jusqu'ici mais il est en vacances.

Lia s'étonna qu'il ne déléguât pas ce genre de corvées. Une fois de plus, elle se demanda si elle ne s'était pas trompée à son sujet.

— Faites comme chez vous, lui suggéra-t-il. La plage est à votre disposition. Elle est entièrement privée et personne ne viendra vous déranger. À tout à l'heure…

Sur ce, Carter lui adressa un petit signe de la tête et se dirigea vers la porte d'entrée. Quelques instants plus tard, elle le vit sauter au volant d'une jeep décapotable garée devant la maison. Il démarra en trombe et s'éloigna à vive allure, soulevant un épais nuage de poussière.

Lia se retrouva seule dans la demeure silencieuse. On n'entendait rien d'autre que le doux bruit du ressac et le chant des perruches qui nichaient dans le jardin. Sur ce point, au moins, Carter n'avait pas menti : cette maison était un havre de paix.

En revanche, elle était loin d'être aussi convaincue par ce qu'il lui avait dit au sujet de l'entreprise familiale. Une chose était sûre : elle ne devait pas baisser la garde. Et encore moins oublier que Carter était un homme d'affaires redoutable.

Pour ériger l'empire qu'il avait bâti en quelques années seulement, il ne s'était probablement pas toujours conduit comme un enfant de chœur. À ce niveau de responsabilités, il devait avoir un certain nombre de cadavres dans ses placards. Et elle ne tenait pas du tout à être la prochaine sur la liste.

Forte de cette bonne résolution, elle décida de faire contre mauvaise fortune bon cœur et d'aller profiter de la plage…

4

En dépit des circonstances, Lia avait passé une journée idyllique. En revenant de la plage, elle avait fait connaissance avec Esmé, la cuisinière que Carter avait déposée en son absence. Il était reparti aussitôt en transmettant ses plus sincères excuses et en indiquant qu'il serait de retour pour le dîner.

Curieusement, la nouvelle inspira à Lia une certaine déception. Malgré elle, elle éprouvait à l'égard de son hôte une curiosité croissante. Elle entreprit d'ailleurs d'interroger Esmé à son sujet et apprit que celle-ci travaillait depuis de longues années pour le milliardaire.

Elle lui confirma qu'il venait là surtout pour se reposer. C'était d'après elle l'un des rares endroits où il n'ait pas à redouter la présence des paparazzis. Esmé semblait le tenir en très haute estime et se répandit en éloges à son sujet, décrivant avec force détails tout ce qu'il avait fait pour les gens de la région à la suite du cyclone qui avait frappé la côte, deux ans auparavant.

Ce panégyrique mit Lia légèrement mal à l'aise. Elle aurait préféré conserver l'opinion initiale qu'elle s'était forgée à son sujet. Il était en effet bien plus facile d'ignorer l'attirance qu'il exerçait sur elle lorsqu'elle ne voyait en lui qu'un play-boy narcissique et dépourvu de toute moralité.

Mais l'image qui se dessinait de lui était tout autre. Elle savait déjà qu'il reversait une part non négligeable de ses revenus à diverses organisations caritatives. Mais s'il fallait en croire Esmé, sa générosité se traduisait également par des actes concrets.

L'homme était peut-être plus complexe qu'elle ne l'avait imaginé. Plus intéressant, aussi.

— Savez-vous ce que M. Carter est allé faire ? s'entendit-elle demander.

— Je crois qu'il est passé à la coopérative agricole, répondit Esmé. Il profite généralement de sa venue ici pour aider les hommes du village à tenir leur comptabilité. Il devait aussi aller au dispensaire pour apporter des médicaments.

Lia se demanda si Carter l'avait conduite ici exprès, s'il s'agissait d'une campagne de communication destinée à lui démontrer qu'il valait mieux qu'elle ne le pensait.

Si tel était le cas, le procédé fonctionnait à merveille. Car ses actes en faveur de la population locale n'en demeuraient pas moins réels. Et elle voyait de moins en moins de raisons de le haïr.

Réprimant un soupir, elle proposa à Esmé de l'aider à préparer le dîner. Mais celle-ci refusa tout net, déclarant qu'elle était en congé et devait en profiter. Pour s'occuper l'esprit, Lia alla chercher un livre dans la bibliothèque. Elle en profita pour passer en revue ceux qui se trouvaient là.

Il y avait toutes sortes d'ouvrages : des fictions, bien sûr, mais aussi un certain nombre d'essais consacrés à des sujets aussi divers que l'architecture, la politique, l'histoire ou l'anthropologie.

Elle choisit un roman dont elle avait entendu dire beaucoup de bien et retourna s'installer dans l'un des transats sur la plage. L'après-midi s'écoula comme un rêve, entre lecture, sieste et natation. Depuis que l'état de santé de son père s'était dégradé, elle ne s'était guère accordé de repos et elle comptait bien profiter de ce séjour forcé pour se ressourcer.

En fin de journée, elle retourna à sa chambre et prit une longue douche. Le choix de ses vêtements lui demanda une certaine réflexion. Elle ne voulait pas opter pour une tenue trop sexy de peur que Carter ne se méprenne sur ses intentions. Mais elle ne voulait pas non plus faire preuve de mesquinerie en s'habillant de façon trop décontractée.

Elle opta donc finalement pour un ensemble très sage qu'elle réservait d'ordinaire aux réunions professionnelles : jupe noire droite couvrant le genou, chemisier et veste de tailleur cintrée.

Ce n'était pas la tenue la plus adaptée à de telles latitudes, mais elle avait au moins le mérite de marquer la distance qu'elle comptait maintenir entre eux.

Lorsqu'elle rejoignit enfin le salon, elle découvrit que Carter était rentré. Le pantalon gris foncé et la chemisette blanche qu'il portait alliaient simplicité et élégance. Mais elle ne put s'empêcher d'admirer la façon dont ils mettaient en valeur le physique athlétique de son hôte.

Ses larges épaules, ses avant-bras musclés et son ventre plat laissaient supposer qu'il pratiquait un ou plusieurs sports de façon très assidue. Il émanait de lui une impression de puissance parfaitement contrôlée, de force tranquille et sûre d'elle.

— Je suis désolé de ne pas avoir pu me joindre à vous, cet après-midi, lui dit-il. J'ai été retenu plus longtemps que je ne l'avais escompté.

— Cela ne fait rien, lui assura-t-elle. J'ai pu profiter de votre plage magnifique. À vrai dire, ces quelques heures de repos m'ont fait le plus grand bien.

— Tant mieux, répondit-il en se dirigeant vers le bar.

Il ouvrit le petit réfrigérateur qui se trouvait là et en sortit une bouteille de vin blanc qu'il lui montra.

— C'est un chardonnay qui vient d'Argentine, expliqua-t-il. Ce sont des amis à moi qui le produisent. Voulez-vous un verre ?

— Volontiers, répondit-elle.

Il déboucha la bouteille et la servit avant de se verser un verre d'eau pétillante.

— Vous ne buvez pas d'alcool ? lui demanda-t-elle, étonnée.

Il secoua la tête et lui fit signe de prendre place sur le canapé.

Lui-même prit place sur l'un des fauteuils qui se trouvaient de l'autre côté de la table basse.

— Je ne bois jamais, répondit-il enfin.

Elle se demanda s'il avait été alcoolique. Cela paraissait peu probable : de tous les hommes qu'elle avait rencontrés, Ben Carter était celui qui lui paraissait posséder la plus grande force de caractère, la plus grande maîtrise de soi.

L'idée qu'il ait pu souffrir d'une quelconque addiction lui semblait presque absurde. Mais elle n'osa pas l'interroger, craignant qu'il ne s'agisse d'un sujet trop sensible.

— Esmé m'a dit que vous aidiez les gens du village, remarqua-t-elle pour faire diversion.

— C'est vrai. Je rends quelques services par-ci, par-là. C'est le moins que je puisse faire…

— Quel genre de services ?

Il haussa les épaules et esquissa un geste vague.

— Un peu de comptabilité, quelques conseils juridiques… Il m'arrive de donner des cours.

Lia ne chercha pas à dissimuler son étonnement.

— Des cours ?

— D'anglais, précisa-t-il, d'informatique et de gestion quelquefois. À vrai dire, c'est surtout pour m'occuper. Je fais partie de ces gens incapables de rester tranquilles.

Cela ne la surprit pas outre mesure.

— Vous parlez donc portugais ? lui demanda-t-elle, de plus en plus curieuse.

— J'ai appris sur le tas depuis que j'ai acheté cette maison. C'est Esmé qui m'a servi de professeur. Je crois que vous avez fait connaissance, toutes les deux.

Lia hocha la tête.

— Elle est charmante.

— C'est vrai, acquiesça-t-il. Et vous n'allez pas tarder à découvrir que c'est aussi un véritable cordon-bleu !

À cet instant précis, Esmé passa la tête par l'embrasure de la porte.

— Le dîner est servi !

Ils gagnèrent la salle à manger où la table avait été dressée. Dans la pénombre de la pièce, la lueur tremblante des bougies conférait à la scène un indéniable romantisme.

— Je suis désolé, lui dit Carter en souriant. Comme je vous le disais, je n'ai pas l'habitude d'inviter des femmes ici et Esmé s'est probablement fait des idées.

Lia lui lança un regard suspicieux. Mais il paraissait bien plus amusé que réjoui par la situation. Galamment, il l'aida à s'asseoir avant de prendre place en face d'elle.

Ils furent alors rejoints par la cuisinière qui plaça devant chacun d'eux une assiette de raviolis maison garnis aux champignons et à la crème et rehaussés d'une délicieuse sauce au parmesan.

Tout en mangeant avec appétit, Lia considérait Carter d'un air pensif.

— Y a-t-il un problème ?

Elle hésita quelques instants avant de lui répondre.

— Je me disais juste qu'il serait plus simple de nous parler franchement, déclara-t-elle.

— Que voulez-vous dire ?

— Que quoi que vous en disiez, votre invitation n'est pas dépourvue d'arrière-pensées. Vous vous intéressez surtout à mon père et à son entreprise, n'est-ce pas, monsieur Carter ?

Il reposa ses couverts et la regarda d'un air grave.

— Je préférerais que vous m'appeliez Ben, lui dit-il. Quant à l'entreprise de votre père, je n'ai en effet jamais fait mystère de l'intérêt que je lui portais. Elle me permettrait de développer mes activités en Europe. Je ne suis d'ailleurs pas le seul à lui avoir fait une offre mais il a toujours refusé de vendre et, tant que tel sera le cas, il n'y a rien que je puisse y faire.

Il marqua une pause comme pour lui laisser le temps d'intégrer ces informations.

— Croyez-moi, reprit-il, les raisons pour lesquelles je vous ai invitée à passer ce week-end ici avec moi sont d'une tout autre nature. Lorsque j'ai vu votre photographie, avant même de savoir qui vous étiez, je vous ai trouvée très attirante. Et notre rencontre n'a fait que confirmer cette première impression.

Il y avait dans sa voix une telle intensité qu'elle se sentit frissonner de la tête aux pieds. Jamais encore elle n'avait rencontré d'homme aussi séduisant que Carter. Il représentait tout ce qu'elle pouvait attendre d'un homme : le charme, l'intelligence, l'humour et cette assurance dépourvue d'arrogance qu'il semblait posséder.

Quant aux raisons qu'elle avait eues jusqu'alors de se méfier de lui, elles semblaient fondre à présent comme neige au soleil, ne laissant que l'évidence de cette attirance mutuelle qui existait entre eux.

— D'accord, Ben, répondit-elle enfin. Disons que je vous crois.

Son visage s'illumina d'un sourire radieux et elle sentit son cœur se serrer dans sa poitrine.

— J'en suis heureux, lui dit-il. Et j'espère que maintenant que ce malentendu est dissipé nous allons avoir l'occasion de mieux nous connaître.

— Que voudriez-vous savoir ?

Ben prit le temps de réfléchir avant de répondre à la question que Lia venait de lui poser. Il y avait tant de choses qu'il brûlait de découvrir à son sujet. Il voulait tout savoir, en fait : sur sa jeunesse, ses études, ses amis, son travail, ses loisirs…

Mais peut-être valait-il mieux commencer par s'assurer qu'il n'était pas en train de perdre son temps.

— Eh bien, lui dit-il enfin, je serais curieux de savoir pourquoi quelqu'un d'aussi charmant que vous a recours aux services d'une agence comme Léviathan. Et j'avoue que j'aimerais aussi savoir pourquoi vous avez retiré votre fiche après notre premier rendez-vous.

Il vit Lia se raidir légèrement. Avant qu'elle ait pu répondre,

Esmé vint desservir et leur apporta le plat de résistance, une délicieuse *feijoada*, plat typique de la région. Lorsqu'ils se furent servis, Lia répondit enfin à la question qu'il lui avait posée.

— À vrai dire, lui avoua-t-elle, je n'ai jamais eu l'intention de faire appel à une agence de rencontres. Quelqu'un m'a inscrite sans me demander mon avis.

Ben la considéra avec stupeur.

— C'est une drôle d'idée…

Elle hocha la tête.

— Cela dit, reprit Ben, je ne comprends pas comment c'est possible. Mlle Young m'a soumis à un questionnaire très détaillé avant d'entériner mon inscription.

— C'est mon père qui a fait appel à elle, expliqua Lia. Il connaissait la plupart des réponses.

— Mais pourquoi a-t-il fait une chose pareille ?

— Parce qu'il rêve de me voir mariée. C'est quelqu'un d'assez traditionnel et il n'envisage pas qu'une femme puisse préférer vivre seule.

— Vous n'avez donc pas de petit ami ?

Lia secoua la tête. Ben sentit un profond soulagement l'envahir et comprit à cet instant combien il aurait été déçu d'apprendre le contraire.

— Et vous n'avez pas envie de sortir avec quelqu'un ? De vous marier ? D'avoir des enfants ?

— Est-ce si étonnant ? Pourquoi une femme n'aurait-elle pas le droit de s'épanouir par elle-même ? De se réaliser par son travail ?

— L'un n'empêche pas l'autre, objecta Ben, étonné par la vigueur de son plaidoyer. Des tas de gens réussissent leur vie professionnelle et leur vie sentimentale.

— Je sais bien, soupira-t-elle. Vous avez raison : les deux ne sont pas exclusifs l'un de l'autre. Mais mon père aurait dû comprendre que je n'étais pas encore prête. Pas si vite après…

Elle laissa sa phrase en suspens.

— Après quoi ? s'enquit Ben.

Elle hésita un instant.

— Ce n'est pas un secret, j'imagine… Je me suis fiancée, il y a un an de cela.

— Avec qui ?

— Un avocat. Je l'avais rencontré lors d'une soirée organisée par mon père. Il travaillait parfois comme consultant auprès de son entreprise.

— Qu'est-ce qui n'a pas marché ? demanda Ben, partagé entre sa curiosité et une pointe de jalousie qu'il ne parvenait pas à réprimer.

Elle haussa les épaules.

— Nous n'avions pas les mêmes priorités, expliqua-t-elle. Et nous avons fini par comprendre que ce mariage serait une erreur…

Le ton de sa voix indiqua à Ben qu'elle ne lui disait pas tout. Mais il s'abstint de la presser de questions. Tous deux étaient encore à peine plus que des étrangers l'un pour l'autre. Et il ne tenait pas à se montrer trop indiscret de peur de perdre sa confiance qu'il était péniblement parvenu à gagner.

— Votre père a dû penser qu'en faisant appel à Léviathan il vous aiderait à tourner la page, suggéra-t-il.

— Sans doute.

— Vous êtes très proches, tous les deux, n'est-ce pas ?

— Qu'est-ce qui vous fait dire cela ?

— La façon dont il m'a parlé de vous, répondit Ben. Celle dont vous parlez de lui. Votre façon de le défendre lorsque vous avez pensé que j'en voulais à son entreprise…

— C'est vrai, reconnut-elle. Nous sommes proches. C'est parce que nous avons toujours vécu tous les deux.

— Votre mère est décédée ?

— Non. Mon père et elle ont divorcé alors que j'étais encore très jeune.

— Je suis désolé.

— Il n'y a pas de quoi, lui assura-t-elle. Ils étaient malheureux ensemble.

— Est-ce que vous la voyez toujours ?

— Pas très souvent. Elle vit en Suisse avec son quatrième mari. Même lorsque j'étais plus jeune, nous ne nous voyions que rarement. Et toujours lorsqu'elle s'ennuyait, entre deux maris.

— Charmant !

Il avait du mal à imaginer qu'une mère puisse abandonner son enfant de cette façon — a fortiori quand l'enfant en question était aussi attachant que Lia.

Il préféra changer de sujet et le dîner se poursuivit de façon très conviviale. La défiance que Lia éprouvait à son égard semblait avoir complètement disparu et ils se prirent à plaisanter et à rire.

C'était une sensation assez étrange. Aucune des femmes avec lesquelles il était sorti ne lui avait donné ainsi l'impression d'être une véritable amie, quelqu'un avec qui il aurait plaisir à échanger sans autre arrière-pensée.

Bien sûr, il désirait Lia. Mais en même temps, il était heureux de discuter simplement avec elle, d'en apprendre plus à son sujet, d'échanger des points de vue…

Lorsque Esmé leur apporta leurs infusions, il s'étonna de la vitesse à laquelle les deux dernières heures venaient de s'écouler.

— Je crois que je vais aller me coucher, déclara Lia lorsqu'ils eurent terminé leurs tasses.

— D'accord, acquiesça-t-il. Demain, j'aimerais vous emmener visiter Salvador. C'est une ville extraordinaire qui mérite vraiment d'être découverte. Je vous servirai de guide pour me faire pardonner mon absence aujourd'hui.

— D'accord, répondit Lia.

Le sourire qu'elle lui décocha alors éveilla en lui une douce sensation de chaleur.

— Bonne nuit, Ben, ajouta-t-elle.

— Bonne nuit, Lia. Faites de beaux rêves.

Tandis qu'elle regagnait sa chambre, Lia s'interrogea sur ce qui venait de se passer entre Ben et elle.

Elle n'avait pas pour habitude de se confier de cette façon. En fait, elle ne parlait quasiment jamais de sa mère. Elle n'était jamais parvenue à accepter la façon dont celle-ci l'avait abandonnée. Pourtant, il lui avait semblé naturel d'en discuter avec Carter.

De même, lorsqu'il l'avait interrogée sur sa vie sentimentale, elle s'était montrée bien plus diserte qu'elle n'avait prévu de le faire. Elle lui avait même parlé de ses fiançailles et de sa rupture avec Simon.

Comment ses rapports avec Ben avaient-ils pu basculer aussi vite de la méfiance à l'intimité ? C'était un mystère qu'elle ne s'expliquait pas.

Troublée, elle ôta ses chaussures et entrouvrit la porte-fenêtre qui donnait sur une terrasse. Une légère brise chargée d'iode caressa sa peau et ses cheveux. Il faisait trop sombre pour distinguer la mer, mais elle pouvait entendre le bruissement continu des vagues qui venaient mourir sur la grève.

Elle repensa aux questions que Ben lui avait posées au sujet de sa vie amoureuse. Sur le moment, elle pensait y avoir répondu avec franchise. Une partie d'elle aspirait à demeurer célibataire, à s'épanouir par elle-même.

C'était devenu plus important encore depuis l'échec de sa relation avec Simon. Elle voulait se prouver qu'elle pouvait être indépendante, qu'elle n'avait besoin de personne. Elle ne voulait plus s'exposer à revivre le désarroi et l'humiliation qu'il lui avait infligés.

Il y avait pourtant une autre partie d'elle, plus secrète, qui n'avait pas totalement renoncé à ses rêves d'autrefois. Elle se disait que si les choses n'avaient pas fonctionné avec Simon c'était avant tout parce qu'ils ne s'étaient pas vraiment aimés.

Il avait été pour elle le choix de la facilité : un homme rassurant qui ne la mettait pas en danger, qui lui offrait une vie de couple dépourvue de grands emportements, mais confortable et rassurante.

En comparaison avec la fascination que lui inspirait Ben, Simon faisait bien pâle figure. Et jamais les baisers de son fiancé n'avaient su éveiller en elle la passion qu'elle avait ressentie la veille.

Évidemment, elle avait conscience que Ben n'était pas fait pour elle. Face à lui, elle se sentait exposée. Mais c'était une impression aussi exaltante que terrifiante et elle était curieuse de savoir jusqu'où tout ceci pourrait bien les mener…

Ce matin-là, Lia avait troqué les vêtements élégants qu'elle portait d'ordinaire contre un jean, un T-shirt frappé du logo d'une fondation humanitaire et une casquette qui retenait ses cheveux ramenés en queue-de-cheval.

Loin d'atténuer son charme, cette tenue décontractée ne la rendait que plus désirable aux yeux de Ben. Car l'absence de tout artifice révélait la beauté et le charme de la jeune femme.

Chaque fois qu'il posait les yeux sur elle, il sentait sourdre en lui un élan de désir irrépressible. Et il devait se faire violence pour résister à l'envie lancinante qu'il avait de l'attirer contre lui et de l'embrasser.

Après un rapide petit déjeuner dans la cour, ils prirent place dans la jeep et s'éloignèrent en direction de Salvador.

Lia avait apparemment décidé de se montrer moins bavarde que la veille. Peut-être regrettait-elle de s'être confiée à lui comme elle l'avait fait. Elle s'en était tenue aux banalités d'usage, évitant tout sujet trop personnel.

Ben n'avait pas insisté. Il savait combien la confiance qu'il était parvenu à gagner la veille au soir était fragile. Il lui fallait procéder avec tact, avancer à petits pas, lui laisser le temps d'admettre cette complicité naissante.

Ben était prêt à attendre. Il estimait que Lia en valait la peine. À vrai dire, il ne se rappelait pas s'être jamais senti aussi charmé, aussi touché. Il n'aurait su l'expliquer, d'ailleurs. Après tout, il avait rencontré au cours de son existence bien des femmes aussi séduisantes que Lia, mais aucune n'avait jamais exercé sur lui un tel attrait.

— Vous êtes bien silencieux, remarqua-t-elle, le tirant brusquement de ses réflexions.

— Je pensais à ce que vous m'aviez dit hier soir…

— À quel sujet ?

— À propos de votre carrière. Je m'aperçois que je ne sais même pas ce que vous faites, exactement.

— J'ai étudié l'ingénierie architecturale, répondit-elle.

Il lui jeta un coup d'œil sidéré. Jamais il ne se serait attendu à une telle réponse.

— Vous êtes ingénieur spécialisée en bâtiment ? s'exclama-t-il, incrédule.

— Ça a l'air de vous surprendre, rétorqua-t-elle, un brin moqueuse.

— C'est le moins que l'on puisse dire.

— C'est mon père qui m'a transmis sa passion pour le domaine. Lorsque j'étais enfant, il m'emmenait souvent sur ses chantiers. Pendant nos vacances, tandis que la plupart des gens allaient à la plage ou au ski, nous visitions des bâtiments ou des friches industrielles…

— Incroyable, murmura Ben. Je n'aurais jamais imaginé que nous travaillions dans le même domaine !

— C'est le cas de la plupart des gens, hélas, soupira-t-elle. C'est un métier très masculin.

— J'imagine, concéda Ben. Mais dites-moi, quel est votre domaine de prédilection ?

— L'urgence humanitaire, répondit-elle sans hésiter. Ce qui me passionne, ce sont les chantiers de reconstruction dans les zones touchées par des cataclysmes.

— Ce doit être passionnant, reconnut Ben, touché par son enthousiasme. En tout cas, je comprends mieux votre présence à New York. La fondation qui organisait ce gala de charité a régulièrement l'occasion de superviser de tels chantiers.

— En effet. J'ai même participé à l'un d'entre eux en Asie du Sud-Est. C'était un simple stage mais il m'a permis de trouver ma voie. J'ai également convaincu mon père de subventionner la fondation.

— Je suis impressionné, concéda Ben. Belle, intelligente et généreuse… Très franchement, si vous espériez me rebuter, c'est raté !

— Je ne cherche pas à vous rebuter… Ce n'est pas ce que je voulais dire, balbutia-t-elle. Je ne cherche pas non plus à vous séduire.

Ben éclata de rire.

— Vous semblez vous intéresser beaucoup aux œuvres caritatives, ajouta-t-elle pour tenter de faire diversion.

— C'est vrai, concéda-t-il. Il m'est arrivé de mettre mon entreprise au service de causes que je jugeais nobles. Et je soutiens un certain nombre de fondations.

— Dont celle de Sarah ?

Ben secoua la tête.

— Non. Cette fois-ci, j'avais une raison très différente d'assister à ce gala.

— Laquelle ?

Il lui jeta un regard amusé.

— Vous, bien sûr. Je savais que vous seriez là. Et j'espérais pouvoir m'entretenir avec vous pour dissiper les tensions qui nous avaient opposés lors de notre première rencontre.

Lia hésita un instant avant de lui poser la question qui lui brûlait les lèvres.

— Est-ce vous qui avez demandé à Stacy Somers de ne pas venir, ce soir-là ?

Un sourire malicieux se dessina sur les lèvres de Ben.

— Stacy est une vieille amie, répondit-il évasivement.

— Je le savais ! s'exclama Lia. J'en étais sûre ! Benjamin Carter, vous n'êtes qu'un fourbe et un manipulateur !

— Je dirais plutôt que je suis un homme qui sait ce qu'il veut, objecta-t-il. Et ce que je veux par-dessus tout, Lia, c'est vous…

5

Tandis que Ben lui faisait visiter le centre historique de Salvador, Lia avait parfois du mal à se concentrer sur ce qu'il lui disait. Elle ne cessait de repenser à ce qu'il lui avait exposé dans la voiture.

Elle avait toujours du mal à croire qu'un homme tel que lui puisse s'intéresser à elle. Chaque fois qu'elle le regardait, elle était frappée par l'incroyable pouvoir de séduction qui émanait de lui.

Il possédait toutes les qualités dont une femme puisse rêver. Et parmi toutes celles qui devaient se battre pour obtenir ses faveurs, c'était elle qu'il avait choisie.

Cela paraissait trop beau pour être vrai. Et une partie d'elle demeurait sur la défensive, craignant qu'en dépit de ses dénégations répétées Ben ne se préoccupe plus de son entreprise que d'elle-même.

Mais à mesure que la journée s'écoulait, ces craintes refluèrent face à l'enthousiasme, l'humour et la gentillesse de son guide. Il semblait prendre sa tâche très à cœur et lui fit découvrir les endroits les plus intéressants de la ville.

Ils déjeunèrent dans un délicieux petit restaurant de fruits de mer puis parcoururent les rues colorées et animées du centre. Lia fut frappée par la bonne humeur communicative dont faisaient preuve les gens du cru, dont la plupart arboraient de grands sourires. Partout, on pouvait entendre de la musique :

des batucadas, des joueurs de guitare, des chanteuses qui rivalisaient de talent…

Lorsqu'ils pénétrèrent enfin dans la cathédrale de Sao Salvador que Ben avait gardée pour la fin, Lia ne put réprimer une exclamation admirative. L'édifice était imposant avec ses piliers massifs et son plafond en relief. Mais ce qui frappait le plus, c'était la richesse des chapelles latérales. Dans le plus pur style baroque, les retables aux formes sophistiquées ruisselaient littéralement d'or et de vermeil.

Ils firent le tour de l'église pour contempler ces fabuleux décors.

— C'est peut-être un peu excessif mais j'adore, déclara Lia en souriant.

— D'autant plus excessif lorsqu'on sait qu'une bonne partie des pierres qui ont servi à la construction ont été apportées du Portugal, renchérit Ben.

Il entreprit de lui parler de ce chantier pharaonique mais Lia ne l'écoutait que d'une oreille distraite. Elle était bien trop occupée à admirer son guide.

Jamais il ne lui avait semblé aussi séduisant, peut-être parce qu'il était parfaitement détendu en cet instant. Loin de New York et de ses responsabilités, il paraissait soudain plus jeune, plus décontracté.

Elle comprit alors qu'il lui serait très difficile de résister très longtemps à l'envie qu'elle avait de lui. C'était comme une douce langueur qui s'insinuait au plus profond d'elle-même, une délicieuse sensation qui se propageait du creux de son ventre à chacun de ses membres, faisant naître sur sa peau de délicieux fourmillements d'impatience.

— Est-ce que tout va bien ? lui demanda Ben lorsqu'ils sortirent enfin de l'église.

— Oui, répondit-elle.

De fait, cela faisait longtemps qu'elle ne s'était pas sentie aussi bien.

— Vous n'êtes pas fatiguée, j'espère ?

— Pourquoi ?

— J'ai reçu un message de l'un de mes amis qui habite Salvador. Il organise une fête chez lui, ce soir.

Lia éprouva une irrésistible déception. Elle n'aurait su dire ce qu'elle avait espéré, au juste, mais l'idée que leur journée ensemble était sur le point de prendre fin l'emplissait de mélancolie.

Mais peut-être était-ce pour le mieux. Au moins, elle éviterait ainsi toute déconvenue. Il lui serait aussi plus facile de rentrer chez elle, le moment venu…

— Vous n'êtes pas obligé de me ramener, lui dit-elle en se forçant à sourire. Je pourrai prendre un taxi pour rentrer jusqu'à la villa.

Ben secoua la tête.

— Vous ne comprenez pas. Je pensais vous proposer de venir avec moi. Si cela vous tente, bien sûr…

Lia ne put réprimer la joie qui montait en elle. L'intensité de cette réaction la surprit. Ne s'était-elle pas promis de garder ses distances ? De ne pas se laisser séduire par cet homme qui, elle le sentait, pouvait la faire terriblement souffrir ?

Mais c'était plus fort qu'elle. En cet instant, seul comptait l'extraordinaire alchimie qui existait entre eux.

— C'est très gentil, répondit-elle. Mais je ne voudrais pas m'imposer…

— Ne vous en faites pas pour cela. Luis fait partie de ces gens qui considèrent que plus on est de fous, plus on rit. Et je vous assure que l'on s'amuse beaucoup chez lui.

Lia hésita et Ben lui décocha un regard malicieux.

— Dites-moi, lui dit-il, quand est-ce que vous avez fait la fête pour la dernière fois ?

Lia fouilla sa mémoire sans parvenir à trouver une date plus récente que sa dernière année à l'université. Elle avait été beaucoup trop occupée par son travail, ces derniers temps. Et Simon n'était pas précisément un grand fêtard.

— Vous êtes sûr que cela ne le dérangera pas ? s'enquit-elle.

— Pas du tout ! s'exclama-t-il. Luis et son petit ami Ricardo sont les gens les plus accueillants que je connaisse. Et je suis sûr qu'ils vont vous adorer !

Ce fut la curiosité qui l'emporta : Lia brûlait de découvrir quel genre d'amis fréquentait Ben Carter. Elle espérait aussi secrètement que par leur intermédiaire elle pourrait en apprendre un peu plus à son sujet.

— Dans ce cas, il va nous falloir faire un crochet par une boutique, déclara-t-elle. Je ne peux décemment pas me rendre à une soirée dans cette tenue.

— Je connais précisément l'endroit qu'il nous faut, lança Ben sur un ton de conspirateur. Suivez-moi !

Lorsqu'il lui tendit la main, Lia la prit sans hésiter. Ce simple contact renforça l'envie lancinante qu'elle avait de lui. Cela faisait vraiment bien longtemps qu'elle ne s'était pas sentie aussi bien en compagnie de quelqu'un.

Et la soirée ne faisait que commencer…

Ben ne se reconnaissait plus. Jamais il n'avait dû déployer autant d'efforts pour séduire une femme. D'ordinaire, il lui suffisait de montrer son intérêt pour qu'elles lui tombent dans les bras.

Mais Lia était différente. Moins sûre d'elle-même et de son propre charme. Plus prudente. Plus exigeante, aussi. Elle ne se contenterait pas de céder à la tentation. Il devait lui prouver qu'il attendait plus qu'une simple nuit de passion torride.

En temps normal, cela aurait probablement suffi à le décourager. Jusqu'alors, il n'avait jamais eu l'intention de s'engager dans une relation vraiment sérieuse.

Mais c'était peut-être tout simplement parce qu'il n'avait pas rencontré la bonne personne. Il n'aurait su dire si Lia était celle-ci. Cependant, il était prêt à leur donner une chance. Et cela, c'était déjà un véritable miracle…

Quittant la place de la cathédrale, il s'engouffra dans un

dédale de petites rues et la guida jusqu'à la petite échoppe de Gaby, la cousine d'Esmé. Celle-ci commercialisait les vêtements de petits créateurs locaux.

Lorsqu'il eut expliqué à Gaby ce dont Lia avait besoin, la vendeuse entraîna la jeune femme dans l'arrière-boutique qui tenait lieu de réserve et de cabine d'essayage. Quelques minutes plus tard, elles regagnèrent la salle principale où patientait Ben.

En avisant la robe que portait Lia, il sentit les battements de son cœur s'accélérer. La soie bleue mettait parfaitement en valeur ses yeux de la même couleur. La jupe fendue laissait entrevoir une jambe au galbe parfait que soulignaient les chaussures à talons dénichées par Gaby.

Ses cheveux mi-longs retombaient librement sur ses épaules, ajoutant à sa sensualité naturelle. Quant au décolleté qui laissait entrevoir la naissance de sa poitrine, il éveilla en lui un brusque élan de désir.

— Qu'en pensez-vous ? lui demanda-t-elle. C'est peut-être un peu trop osé…

— Non, répondit-il d'une voix si rauque qu'il eut presque du mal à la reconnaître. C'est parfait.

— Vous êtes sûr ? s'enquit-elle, flattée et incertaine à la fois.

— Certain.

— Ben a raison, renchérit Gaby. C'est une tenue idéale pour aller chez Luis et Ricardo. Et elle vous va à ravir !

Lia ne paraissait qu'à moitié convaincue : Ben était prêt à parier qu'elle n'avait pas l'habitude de porter des tenues aussi sexy. Sans qu'il comprenne trop pourquoi, cette forme de modestie ne la lui rendait que plus précieuse.

Décidément, songea-t-il, Lia ne cessait de le surprendre. Contrairement à la plupart des femmes qui gravitaient dans leur milieu, elle n'avait rien de sophistiqué et d'artificiel. Au contraire, elle était toujours très naturelle.

Cette simplicité lui paraissait rafraîchissante. Auprès d'elle, il n'était pas obligé de faire semblant. Il pouvait être lui-même sans se soucier de ce qu'il était censé dire ou faire.

Après avoir payé la robe, les sous-vêtements et les chaussures qu'elle venait de choisir, Ben l'entraîna hors du magasin.

— Je vous rembourserai, lui assura-t-elle.

— Considérez cela comme un cadeau. Une façon de me faire pardonner votre enlèvement.

— C'est déjà pardonné, déclara-t-elle à sa grande surprise. J'ai passé deux journées fabuleuses.

— Celle-ci est encore loin d'être terminée, s'exclama-t-il joyeusement.

De fait, il avait bien l'intention d'en profiter au maximum. Et qui sait ? Cette soirée leur permettrait peut-être de combler la distance qui existait encore entre eux…

Les amis de Ben ne tardèrent pas à dissiper les derniers doutes de Lia. Ils l'accueillirent à bras ouverts dans leur superbe maison qui dominait la ville. C'était un endroit merveilleusement baroque, encombré de toutes sortes de bibelots plus kitsch les uns que les autres.

Il s'agissait d'un endroit magique, entièrement conçu pour accueillir les fêtes les plus extravagantes. Il y avait un immense bar, une magnifique piste de danse, une piscine à remous, un jacuzzi et de confortables canapés disposés un peu partout, aussi bien à l'intérieur qu'à l'extérieur.

Ce soir-là, une cinquantaine d'invités s'amusaient tandis qu'un groupe de jazz enchaînait les compositions les plus endiablées qui conféraient à la réception un petit côté années folles.

— On se croirait dans *Gatsby le Magnifique*, remarqua Lia, émerveillée.

— C'est l'un de mes romans préférés ! répondit Luis avec enthousiasme. Cette jeune femme est divine, ajouta-t-il à l'intention de Ben. Pourquoi ne nous l'as-tu pas amenée avant ?

— Nous ne nous connaissons que depuis très peu de temps.

— Je vis en Angleterre, précisa Lia.

— Ce ne sera pas retenu contre vous, plaisanta Luis. Mais renoncez à cette folie, je vous en prie. Venez vivre parmi nous, au soleil, dans ce pays plein de musiques et de couleurs. Nous n'avons jamais assez de jolies femmes !

— Merci, répondit-elle, flattée et amusée à la fois. Je vous promets d'y réfléchir.

Ben leva les yeux au ciel.

— Si vous saviez comme il a été difficile de la convaincre de venir passer ici deux malheureux jours…

Il lui décocha un clin d'œil complice et elle se sentit fondre intérieurement. Elle était plus que jamais sous le charme de cet homme merveilleux. Et sa présence à ses côtés lui inspirait une délicieuse sensation d'ivresse qui se mariait à merveille avec le goût du champagne et l'allégresse que lui procurait la musique.

Elle se rendit compte à cet instant précis que cela faisait bien longtemps qu'elle ne s'était pas sentie aussi heureuse…

— C'est un homme splendide, n'est-ce pas ?

Lia sursauta légèrement et rougit, comme prise en faute. Se tournant vers Ricardo qui l'avait surprise en train d'admirer Ben de loin.

— C'est vrai, répondit-elle avec un pâle sourie. Il est très beau.

— Ce n'est pas seulement une question de beauté, remarqua Ricardo avec emphase. Benjamin est l'homme le plus séduisant de la planète. Il est brillant, charmant, plein d'humour. Son seul défaut, en fait, c'est d'être résolument hétérosexuel.

Lia ne put s'empêcher de sourire.

— Il vaut mieux que Luis ne vous entende pas, remarqua-t-elle.

— Je pense qu'il vous dirait exactement la même chose, rétorqua Ricardo sans se démonter.

— Comment l'avez-vous rencontré ? s'enquit Lia, curieuse.

— Oh ! nous le connaissons quasiment depuis ses débuts, répondit son hôte. Lorsqu'il a monté sa compagnie, nous avons figuré au nombre de ses tout premiers clients. Nous avions vu ce dont il était capable à Manhattan et nous lui avons confié l'agrandissement de cette maison. Il a fait un travail remarquable.

— Il est très doué, reconnut Lia.

— C'est vrai. Et c'est d'autant plus remarquable qu'il est né avec une cuillère en argent dans la bouche…

— Vraiment ?

— Cela paraît vous surprendre.

— Eh bien, j'avais cru comprendre qu'il s'était fait lui-même.

— C'est bien le cas, dit Ricardo. Mais c'est uniquement parce que son père s'est retrouvé ruiné du jour au lendemain.

— Que lui est-il arrivé ?

— Ne me dites pas que vous n'avez jamais entendu parler de Jonathan Carter, le financier !

Lia lui jeta un regard interdit.

— C'était son père ? s'exclama-t-elle.

Ricardo hocha la tête.

— Il n'aime pas beaucoup en parler, ce qui se comprend. Du jour au lendemain, son père est passé de seigneur incontesté de Wall Street à escroc méprisé de tous. Pendant des années, il avait soutiré de l'argent sur les comptes de ses clients. Quelques cents par-ci, quelques dollars par-là, des millions en tout.

— Que s'est-il passé ensuite ?

— Carter s'est retrouvé ruiné. Ben, qui était adolescent, à l'époque, est passé d'une belle maison particulière dans l'Upper East Side à un studio dans le Queens.

— Cela n'a pas dû être facile, remarqua-t-elle.

— C'est vrai. Mais alors que bien des gens se seraient totalement démoralisés, cette épreuve l'a renforcé. Il s'est juré qu'il remonterait la pente et qu'il regagnerait son rang.

C'est pour cela qu'il a fondé sa propre entreprise dès qu'il est sorti de l'université.

Lia commençait à mieux comprendre les raisons de la défiance qu'éprouvait Ben à l'égard des nantis. Ce n'était pas par jalousie, comme elle avait pu le penser initialement, mais bien parce qu'il entretenait une relation très ambiguë avec cette classe sociale dont il était issu mais qui l'avait rejeté.

— C'est un homme exceptionnel, reprit Ricardo d'un ton plein d'affection.

Comme s'il avait deviné que l'on était en train de parler de lui, Ben se tourna vers eux. Son regard croisa celui de Lia qui sentit aussitôt renaître en elle le désir qu'il lui inspirait.

— Je crois qu'il vous aime vraiment beaucoup, commenta Ricardo avec une pointe de malice. Je ne l'avais jamais vu aussi mordu…

Lia s'efforça de dominer la joie que lui inspiraient ces quelques mots. Même si Ricardo disait vrai, elle devait absolument conserver la tête froide et ne pas oublier que, mordu ou non, Ben demeurait un séducteur impénitent auquel il aurait été imprudent de se fier.

Comme elle se faisait cette réflexion, elle le vit se frayer un chemin parmi les invités pour venir dans sa direction. Elle en profita pour l'observer, remarquant l'intensité qui se lisait dans ses yeux, la barbe naissante qui courait sur ses joues et l'énergie indomptable qui émanait de lui en dépit de l'heure avancée.

Une fois de plus, elle se prit à admirer l'impression de force et de virilité qui le caractérisait. Les louanges que Ricardo venait de formuler à son sujet étaient parfaitement fondées. Ben était un homme exceptionnel, sans aucun doute le plus séduisant de ceux qu'elle avait rencontrés jusqu'alors.

— Lia, que diriez-vous de rentrer ? lui suggéra-t-il lorsqu'il l'eut enfin rejointe.

Elle sentit les battements de son cœur s'emballer dans sa poitrine. Pouvait-il percevoir à quel point elle avait envie de lui ?

— D'accord, souffla-t-elle.

Il lui tendit la main et elle la prit aussitôt, s'émerveillant au passage de la façon dont cette complicité lui paraissait déjà si familière.

Ils allèrent prendre congé de leurs hôtes qui leur firent promettre de revenir les voir dès que possible. Lia se demanda si elle en aurait un jour l'occasion. Une chose était sûre, en tout cas : l'idée qu'elle allait bientôt devoir rentrer en Angleterre la déprimait profondément.

— Vos amis sont adorables, déclara-t-elle lorsqu'ils eurent rejoint la jeep de Ben.

— J'ai vu que vous aviez beaucoup parlé avec Ricardo, acquiesça-t-il.

Elle rougit et détourna les yeux.

— Il m'a parlé de votre père, lui avoua-t-elle alors. Je n'aurais jamais imaginé que vous étiez le fils de Jonathan Carter…

— Et moi, j'aurais dû me douter que Ricardo ne perdrait pas une occasion de faire des commérages !

— C'est moi qui lui ai demandé comment il vous connaissait, expliqua-t-elle. Il m'a dit qu'il admirait beaucoup la façon dont vous étiez parvenu à surmonter ces débuts difficiles.

Un sourire désabusé se peignit sur les lèvres de Ben.

— Il est bien le seul !

— C'est peut-être parce que la plupart des gens ignorent tout de votre passé. Lorsque je me suis renseignée à votre sujet, je n'ai pas trouvé mention de ce qui était arrivé à votre père.

— Vous avez fait des recherches sur moi ? s'étonna Ben.

— Bien sûr. Je tenais à savoir à qui j'aurais affaire lors de notre premier rendez-vous.

— Je comprends. Quoi qu'il en soit, j'évite de parler de tout cela lorsqu'on m'interroge. Et les journalistes n'y font que rarement allusion. Pour eux, c'est de l'histoire ancienne, surtout depuis que mon père est mort dans la misère la plus noire.

— Je suis désolée, murmura Lia.

— Il n'y a pas de quoi. C'est lui qui a choisi ce destin.

— Il s'est suicidé ?

— Presque. Il a sombré dans l'alcool. Il avait toujours beaucoup bu mais sa déchéance n'a rien arrangé.

Lia comprit soudain pourquoi Ben préférait s'abstenir de boire.

— Et votre mère ?

— Elle est morte peu de temps après mon père d'une crise cardiaque. En fait, je pense qu'elle n'a jamais accepté la réalité du monde…

Lia demeura longuement silencieuse. Elle avait du mal à imaginer ce qu'il avait pu ressentir alors. Il avait dû connaître une enfance privilégiée, à l'abri du besoin, dans un monde confortable et sûr. Et puis, d'un seul coup, son univers s'était effondré et il s'était retrouvé seul au monde.

Comment se remettait-on d'une telle épreuve ? Comment trouvait-on la force de tout reconstruire ?

— C'est grâce à Ricardo que j'ai découvert Salvador, remarqua alors Ben d'un ton plus léger.

— Il m'a dit qu'il avait vu votre travail à New York et qu'il avait décidé de faire appel à vous.

— C'est exact. Il m'a proposé de rénover un hôtel qu'il venait de racheter. C'était une façon de me tester. Il faut croire qu'il a été satisfait par le résultat car il m'a ensuite confié la réfection de l'ensemble des établissements qu'il possédait alors.

— Quel âge aviez-vous ?

— Vingt-cinq ans.

— Impressionnant.

— J'étais très motivé. Je savais qu'un tel marché mettrait ma compagnie à l'abri de tout problème financier pendant plusieurs années. C'est en travaillant sur ces chantiers que j'ai commencé à m'attacher au Brésil. Ce pays me paraissait plus vivant, moins embarrassé par les conventions sociales. Les gens d'ici ne se préoccupent pas autant des apparences. C'est pour cela que Luis et Ricardo sont venus vivre à Bahia. Et je ferais probablement de même si mes intérêts ne me retenaient pas aux États-Unis.

— Je peux le comprendre, acquiesça Lia. C'est un endroit très attachant.

Ils demeurèrent longtemps silencieux.

C'était un silence complice et Lia se surprit à penser qu'elle se sentait bien dans cette voiture, auprès de lui, sous le ciel étoilé de Bahia.

Jamais elle n'aurait imaginé se retrouver un jour en un tel endroit avec un homme comme lui. Il y avait dans cette situation quelque chose de presque surréaliste, comme si elle avait été brusquement projetée dans un film.

Elle repensa alors à ce que lui avait dit Ricardo :

« Je ne l'avais jamais vu aussi mordu… »

Avait-il seulement voulu lui faire plaisir ? Ou était-il sincère ?

Curieuse, elle jeta un coup d'œil en direction de Ben et constata qu'il était précisément en train de l'observer. Dans son regard, elle crut lire quelque chose qui ressemblait beaucoup à du désir.

Il s'éclaircit la gorge et se concentra de nouveau sur la route.

— Nous n'allons pas tarder à arriver, lui annonça-t-il.

Et de fait, quelques minutes plus tard, ils atteignirent le portail de la villa qui s'ouvrit automatiquement pour les laisser passer.

Ben se gara devant la maison et tous deux descendirent de voiture. Il ouvrit la porte et ils se retrouvèrent dans le hall. Là, ils échangèrent un regard incertain.

— Bonne nuit, Ben, lui dit-elle d'une voix qui trahissait une certaine nervosité.

— Bonne nuit, Lia, répondit-il en se penchant vers elle pour l'embrasser.

Ce n'était qu'un petit baiser très chaste, un simple signe d'affection et de tendresse. Mais il suffit à éveiller en elle un trouble aussi intense qu'inattendu. Et sans même s'en rendre compte, elle rendit à Ben un baiser d'une tout autre nature.

Alors même qu'elle se voyait réagir de la sorte, il sembla à Lia que venait de s'effondrer en elle une barrière qu'elle avait érigée entre eux sans s'en rendre compte. Plus rien à présent ne semblait la protéger de l'incroyable force qui les poussait l'un vers l'autre.

Tandis que leur baiser se prolongeait, toujours plus ardent, elle sentit monter en elle une envie aussi diffuse qu'impérieuse qui ne lui était pas familière.

— Lia, souffla alors Ben contre ses lèvres, j'ai envie de toi.

À ces mots, elle se figea brusquement, comprenant que les choses étaient en train d'aller bien plus loin qu'elle ne l'avait escompté. Au prix d'un effort de volonté dont elle ne se serait jamais crue capable, elle s'arracha à cette étreinte et s'éloigna à grands pas.

6

Quelque peu sidéré par ce brusque revirement, Ben s'élança à la suite de Lia qu'il retrouva dans le salon. Elle se tenait face à la porte-fenêtre qui donnait sur la terrasse et lui tournait le dos.

— Lia ? Tout va bien ?

— Je suis désolée, lui dit-elle d'une voix légèrement tremblante. Je ne voulais pas réagir de cette façon. C'est ridicule… Mais cela fait longtemps que je n'ai pas fait l'amour avec quelqu'un.

— Vous avez été fiancée, non ?

— Justement… L'expérience n'a pas été très encourageante…

— Que voulez-vous dire ?

— Que je n'ai jamais…

Elle hésita, paraissant chercher ses mots.

— Je n'ai jamais pris de plaisir, reprit-elle d'une toute petite voix. Simon disait que j'étais frigide.

Ben serra convulsivement les poings. Il avait toujours été convaincu qu'il y avait beaucoup moins de femmes frigides que d'amants incompétents.

— Du coup, poursuivit-elle, il est allé chercher ailleurs ce que je ne pouvais pas lui offrir. Je l'ai surpris un jour avec sa secrétaire…

— C'est pour cela que vous avez rompu ?

— Oui, souffla-t-elle.

Elle trouva enfin le courage de se tourner vers lui. Même dans la pénombre, il pouvait distinguer l'expression torturée qui se peignait sur son visage. Instantanément, Ben sentit monter en lui une bouffée d'instinct protecteur dont l'intensité le prit de court.

— Je ne comprends pas, lui dit-il. Pourquoi êtes-vous sortie avec quelqu'un comme lui ?

— C'était plus ou moins un mariage de convenance, expliqua-t-elle.

— Nous ne sommes plus au XIXe siècle, ne put-il s'empêcher d'objecter.

— Je sais bien, soupira Lia. Mais comme je vous l'ai dit, mon père est quelqu'un de plutôt traditionnel. Il a toujours été convaincu que son rôle de père ne serait réellement rempli que lorsque j'aurais trouvé un époux. J'ai accepté de me marier surtout pour lui faire plaisir. Et c'est lui qui m'a recommandé Simon. Il avait vraiment le profil du gendre idéal. Comme quoi il ne faut pas se fier aux apparences !

— Mais on ne se marie pas sur catalogue ! protesta-t-il.

Alors même qu'il prononçait ces paroles, il prit conscience de l'absurdité de la situation. N'était-ce pas lui qui avait fait appel à une agence de rencontres pour se marier ?

— Nous sommes sortis plusieurs fois ensemble avant de nous fiancer officiellement, dit-elle. Nous nous entendions plutôt bien. Et Simon paraissait aussi satisfait que moi par cet arrangement, en dépit de ma… De mes carences en matière de sexualité.

— Écoutez, je ne pense vraiment pas que vous soyez frigide. En fait, je suis même convaincu que vous ne l'êtes pas.

— Comment pourriez-vous le savoir ?

— Je ne sais pas si vous avez remarqué la façon dont vous réagissez chaque fois que nous nous embrassons.

— Cela n'a rien à voir, objecta-t-elle d'un air moins convaincu qu'elle ne l'aurait voulu.

— Est-ce que vous réagissiez de la même façon lorsque Simon vous embrassait ?

Elle détourna les yeux.

— Lia ?

— Il ne m'a jamais embrassée comme vous le faites, souffla-t-elle.

— C'est bien ce que je pensais, acquiesça-t-il. Peut-être ne vous a-t-il pas non plus fait l'amour comme j'aimerais le faire...

Les mots de Ben arrachèrent à Lia un violent frisson.

— Je ferais mieux d'aller me coucher, murmura-t-elle.

Mais au lieu de se diriger vers sa chambre, elle demeura parfaitement immobile, comme tétanisée par le regard de Ben. Ce dernier s'avança vers elle très lentement, lui laissant tout le temps de fuir.

Elle n'en fit rien.

— J'ai très envie de vous, Lia, lui dit-il d'une voix de basse.

— Vous dites cela parce que vous avez pitié de moi, opposa-t-elle faiblement.

— Pitié de vous ? Croyez-moi, ce que j'éprouve en ce moment n'a rien à voir avec de la pitié.

Le ton de sa voix ne laissait aucun doute sur ce qu'il voulait dire par là.

— Je vous assure que vous seriez déçu, lui dit-elle. Je manque totalement d'expérience.

— J'en ai assez pour deux, répliqua-t-il avec un sourire carnassier qui la fit frissonner de plus belle. Quant à me décevoir, c'est impossible. Je crois que je n'ai jamais désiré quelqu'un à ce point.

Lia était convaincue qu'il servait ce compliment à toutes ses conquêtes. Cela ne l'empêcha cependant pas de se sentir troublée.

— Si vous ne voulez pas que nous allions jusqu'au bout, vous n'aurez qu'à me le dire, ajouta-t-il en couvrant la distance qui les séparait encore. À n'importe quel moment. Et j'arrêterai aussitôt...

Il posa alors doucement ses mains sur ses épaules et l'attira contre lui pour l'embrasser. Comme leurs corps se pressaient l'un contre l'autre, elle perçut le désir qu'il avait d'elle. Au moins, se dit-elle, il ne lui avait pas menti sur ce point.

Et tandis que leur baiser se faisait plus ardent, elle songea que, quelles qu'aient pu être les circonstances qui l'avaient conduite jusqu'à cet instant précis, elle ne pouvait regretter de se trouver là, entre les bras de cet homme qui savait éveiller en elle un désir tel qu'elle n'en avait jamais ressenti.

Il l'envahissait tout entière, se propageant en elle comme un incendie, enflammant ses sens, changeant son sang en lave. C'était incontestablement l'impression la plus extraordinaire qu'il lui ait été donné d'éprouver.

Comme s'il avait lu dans ses pensées, Ben la souleva de terre avec une facilité déconcertante et l'emporta en direction des escaliers. Si Lia s'était toujours targuée d'être une femme libre et autonome, elle ne pouvait nier qu'il y avait dans ce geste possessif quelque chose d'infiniment troublant.

Jamais elle ne s'était sentie aussi convoitée. Et curieusement, cela ne faisait qu'intensifier l'envie qu'elle-même avait de lui. Se pouvait-il que Ben ait vu juste ? Que contrairement à ce que lui avaient laissé penser ses désastreuses expériences à l'université et avec Simon elle était capable d'éprouver du plaisir ?

Ils ne tardèrent pas à atteindre la chambre à coucher de Ben. Elle eut tout juste le temps de noter le dépouillement de la pièce qui ne contenait que peu de meubles et pas le moindre bibelot. Lorsqu'elle aperçut le grand lit qui trônait au centre de la pièce, elle éprouva un bref accès de panique.

Une partie d'elle avait envie de fuir très loin. Mais elle se ressaisit, pressentant qu'elle tenait là une occasion unique de découvrir ce qu'elle était réellement capable d'éprouver entre les bras d'un homme.

Qui mieux que Ben pourrait le lui enseigner ? Il incarnait tout ce qu'une femme pouvait attendre d'un amant : la force, l'assurance, la douceur et l'expérience. Entre ses bras, elle se sentait en sécurité.

Il la déposa alors doucement sur le lit.

— Tu peux retirer ta robe, lui dit-il.

D'une main mal assurée, elle détacha la fermeture Éclair et ôta le vêtement.

— Tu es si belle…, souffla Ben d'une voix qui la fit frémir des pieds à la tête.

Elle avait l'impression de se trouver devant un grand prédateur prêt à se jeter sur elle. Mais curieusement, elle n'avait qu'une envie : s'offrir à lui corps et âme.

Enhardie par le mélange d'admiration et de désir qui se lisait dans ses yeux, elle ôta son soutien-gorge, dévoilant sa poitrine qu'elle avait toujours trouvée un peu trop menue. Telle ne semblait pas être l'opinion de Ben qui continuait à la dévorer du regard.

— Ce n'est pas juste, lui dit-elle d'une voix légèrement tremblante. Je veux te voir, moi aussi.

Ben hocha la tête et entreprit de déboutonner sa chemise. Lorsqu'elle tomba à ses pieds, Lia ne put retenir un petit soupir admiratif. Il était tout simplement magnifique.

Tendant la main vers lui, elle laissa ses doigts courir sur ce corps aussi ferme qu'un bloc de marbre. Ses larges épaules, son torse bien découpé et son ventre plat indiquaient clairement que Ben ne passait pas tout son temps assis derrière un bureau.

Elle laissa ses ongles glisser sur sa peau, lui arrachant un frisson. Lorsque ses mains atteignirent sa ceinture et qu'elle entreprit de la déboucler, il se laissa faire. Elle le débarrassa de son pantalon puis, après un instant d'hésitation, elle lui ôta également son caleçon.

Il apparut dans toute la perfection de sa nudité et elle put constater de ses yeux l'effet qu'elle exerçait sur lui. Il était déjà prêt et la simple vue de son membre dressé accentua encore son propre trouble.

— Touche-moi, l'encouragea-t-il d'une voix rauque.

Elle lui obéit, le prenant délicatement entre ses doigts. La douceur de sa peau brûlante contrastait avec son impérieuse rigidité, ce qui attisa sa curiosité. Lentement, elle commença à le caresser, prenant plaisir à le voir réagir à chacun de ses gestes.

Il y avait quelque chose de grisant dans le fait de le tenir entre ses doigts de cette façon. C'était un peu comme si pour une fois c'était lui qui se trouvait à sa merci…

— Si tu continues, je ne pourrai bientôt plus me contrôler…

Lui attrapant le poignet, il l'attira vers lui et la fit basculer sur le lit.

Avant qu'elle ait eu le temps de réagir, la bouche de Ben trouva l'un de ses seins qu'il agaça de la langue et des dents. Elle frissonna violemment, sentant se répandre dans tout son corps une douce extase qui ne ressemblait à rien de ce qu'elle avait connu jusqu'alors.

La main de Ben se posa alors délicatement entre ses cuisses, là où la sensation de manque était la plus intense. Lia manqua défaillir sous l'effet de la vague de plaisir qui déferla en elle. Sans même qu'elle s'en rende compte, ses jambes s'étaient refermées sur sa main tandis qu'elle ondulait au rythme de ses caresses.

Lorsqu'il glissa l'un de ses doigts en elle, un cri rauque lui échappa. Elle sentait chaque effleurement, chaque pression se propager en elle. Tout son corps frémissait de bonheur tandis que son esprit capitulait. Elle craignit un instant de perdre la raison, mais cette peur elle aussi fut emportée par le maelström incandescent qui se déchaînait dans son intimité.

Incapable de se contrôler, elle était suspendue au moindre geste de Ben qui jouait d'elle comme d'un instrument dont chaque accord était une symphonie de plaisirs. Éperdue, elle ne pouvait que se laisser porter par le rythme de cette mélodie encore inconnue.

Rien de ce qu'elle avait pu éprouver auparavant ne se rapprochait de ce qu'elle était en train de vivre. Et il lui semblait découvrir tout un pan d'elle-même resté jusqu'alors parfaitement inexploré.

Elle se mit à supplier Ben sans savoir ce qu'elle attendait de lui, mais il prit un malin plaisir à prolonger ce délicieux supplice jusqu'à ce qu'elle perde pied, basculant dans une sorte d'état second.

Vague après vague, le plaisir venait à l'assaut de son corps, faisant basculer ses défenses les plus intimes. Lorsque Ben s'écarta, le temps d'enfiler un préservatif, elle crut un instant pouvoir reprendre le contrôle. Mais déjà ses mains et sa bouche étaient de retour, l'entraînant bien au-delà d'elle-même.

Lorsqu'il remonta le long de son corps pour plonger en elle, elle ne lui opposa aucune résistance. Elle n'éprouva pas la moindre douleur, pas le moindre inconfort, juste cet inexplicable soulagement, ce bien-être qui ne tarda pas à se muer de nouveau en désir.

Il commença alors à bouger en elle et le monde autour d'elle parut se dissoudre sous l'effet d'une extase nouvelle, plus vertigineuse encore. Haletante, émerveillée et terrifiée à la fois, elle s'agrippa à Ben.

— Regarde-moi, Lia, souffla-t-il d'une voix que son propre plaisir rendait méconnaissable.

Elle obéit, rivant son regard au sien. Il reflétait l'envie folle qu'il avait d'elle, ajoutant encore à la magie de ce moment. Dans ses yeux, elle se voyait telle que jamais encore elle ne s'était vue : belle, désirable, terriblement excitante…

Le plaisir qui faisait rage en elle était devenu incontrôlable. Il sembla à Lia que le temps lui-même était aboli. Seule existait à présent l'imminence de cette extase qui les emportait toujours plus loin, les unissant l'un à l'autre d'une façon qui dépassait de très loin la simple union physique.

C'était une résonance bien plus intime, une communion parfaite de leurs corps et de leurs âmes. Et dans les yeux de Ben, il lui semblait percevoir un émerveillement similaire au sien. Elle eut alors l'exaltante impression que tous deux ne faisaient plus qu'un.

C'était une expérience merveilleuse et terrifiante à la fois, un point de non-retour où le désir confinait à la folie. Loin, très loin, elle entendit Ben qui répétait son nom comme un mantra.

Et alors que son corps menaçait de succomber à l'intensité de cet instant, elle sentit déferler en elle une ultime vague de plaisir, plus puissante encore que toutes celles qui l'avaient précédée.

Elle les emporta tous deux sur son passage, ne leur laissant cette fois aucune chance de résister…

Lorsque Lia ouvrit les yeux, il lui fallut plusieurs secondes pour se rappeler où elle se trouvait et comment elle était arrivée là. Lorsque la mémoire lui revint enfin, elle se redressa brusquement, le cœur battant à tout rompre.

La chambre était plongée dans la pénombre. Par la fenêtre, elle vit que le soleil venait tout juste de se lever. À ses côtés, Ben dormait encore. Étendu de tout son long, entièrement exposé à ses regards dans l'abandon du sommeil, il était magnifique.

Elle avait encore du mal à croire qu'un homme tel que lui ait pu s'intéresser à elle. Mais ce qui l'étonnait plus encore, c'était la façon dont elle-même avait réagi cette nuit-là. Après leur première étreinte passionnée, ils s'étaient endormis dans les bras l'un de l'autre. Et quelque temps plus tard, ils avaient de nouveau fait l'amour.

Cette fois-ci, ils avaient pris tout leur temps. Et le plaisir qu'elle avait éprouvé n'en avait été que plus intense. Le doute n'était donc plus permis : elle n'était pas frigide et ne l'avait probablement jamais été. Au contraire, même, entre les bras de Ben, elle s'était découvert un appétit insatiable.

Grâce à lui, elle avait acquis une vision différente de son propre corps. Désormais, elle ne redouterait plus cette intimité physique qui pouvait se révéler si merveilleuse. Évidemment, tous les hommes n'étaient peut-être pas aussi habiles que Ben en la matière…

Alors même que cette pensée lui traversait l'esprit, elle

s'aperçut qu'elle n'avait pas envie de le découvrir. Le seul homme qu'elle désirait était allongé auprès d'elle en cet instant.

Un frisson d'angoisse la parcourut. Elle savait qu'elle n'avait rien à attendre de cette relation. Ben le lui avait fait comprendre en affirmant qu'il ne lui promettait rien. D'ailleurs, si elle avait eu le moindre doute à ce sujet, il lui aurait suffi de consulter la longue liste de ses ex pour se rappeler qu'il n'était pas le genre d'homme à s'engager.

La veille, Lia lui avait dit qu'elle n'attendait de lui rien de plus qu'une nuit. Et sur le moment, elle l'avait vraiment cru. Mais à la lueur du jour, elle comprenait à quel point elle s'était leurrée.

Car le charme que Ben avait exercé sur elle était bien plus profond et il avait su séduire aussi bien son esprit que ses sens. D'ailleurs, si tel n'avait pas été le cas, elle serait très certainement parvenue à dominer le désir qu'elle éprouvait pour Ben.

Lia réprima à grand-peine un gémissement de détresse. Se pouvait-il que sans même s'en apercevoir elle soit tombée amoureuse de lui ?

L'angoisse qui s'était insinuée en elle se mua en panique. Elle se rappelait très bien la détresse qu'avait éprouvée son père après le départ de sa mère. Celle-ci ne l'avait jamais vraiment quitté, en fait. Elle s'était changée au fil du temps en une tristesse lancinante.

Lia s'était juré alors que jamais elle ne commettrait la même erreur. C'était peut-être pour cela qu'elle avait choisi Simon, d'ailleurs : avec lui, elle était sûre de ne pas trop s'engager émotionnellement. Et de fait, lorsqu'ils avaient fini par rompre, elle n'avait pas éprouvé beaucoup de regrets.

Mais cette fois-ci, il en irait peut-être tout autrement. Sans s'en rendre compte, elle en était venue à éprouver à l'égard de Ben des sentiments sur lesquels elle n'avait pas vraiment de prise. Et elle pressentait déjà qu'après une seule nuit d'amour il lui serait plus difficile d'oublier Ben que Simon.

Comme elle se faisait cette réflexion, elle comprit aussi que

Ben percerait sans doute ses émotions à jour : il lui avait déjà démontré avec quelle facilité il était capable de lire en elle.

Or elle ne pouvait espérer convaincre un homme tel que lui de renoncer au célibat. Il était bien trop attaché à sa sacro-sainte liberté pour cela. Elle ne pouvait le lui reprocher, d'ailleurs : après tout, il ne lui avait fait aucune promesse mensongère à ce sujet.

Mais si elle ne mettait pas rapidement un terme à cette relation, elle risquait de s'exposer à une déception bien plus amère encore. Mieux valait donc prendre ses distances pendant qu'il était encore temps — et en espérant qu'il ne soit pas déjà trop tard…

Ben ne parvenait pas à le croire.

Après la nuit qu'ils avaient passée ensemble, Lia paraissait avoir disparu. En se réveillant, il s'était senti d'excellente humeur, extatique, même, et impatient de faire de nouveau l'amour avec elle.

Mais elle ne se trouvait plus à ses côtés. Déçu, il était allé jeter un coup d'œil dans la salle de bains ; personne. Puis il avait enfilé une robe de chambre et s'était dirigé vers la cuisine où il s'attendait à la trouver attablée devant un solide petit déjeuner. Elle n'y était pas non plus.

De plus en plus préoccupé, il était allé jeter un coup d'œil dans le salon, puis dans la chambre de la jeune femme.

Il n'avait pas l'habitude de se trouver confronté à un tel cas de figure. D'ordinaire, c'était lui qui essayait de s'éclipser avant le petit déjeuner…

Mais pour la première fois de sa vie, il n'avait pas envie de reprendre ses distances. Au contraire, il voulait explorer plus avant l'incroyable complicité qui s'était développée entre eux en l'espace de quelques jours seulement.

C'était un miracle qu'il ne s'expliquait pas, un mystère qui le troublait infiniment. Bien sûr, il avait entendu parler de tels coups de foudre. Ils peuplaient les pages des romans depuis des siècles et alimentaient les spéculations des philosophes ou les rêveries des poètes.

Mais Ben s'était toujours dit que ce genre de sentiments n'étaient pas faits pour lui, qu'il avait d'autres priorités dans l'existence... Jusqu'à aujourd'hui.

Cela relevait d'ailleurs du miracle. Car lorsqu'il avait décidé de se trouver une épouse pour désamorcer la campagne de *Celebrity Spy*, il avait été convaincu qu'il devrait se contenter d'un mariage de raison, un arrangement mutuellement avantageux.

Or, auprès de Lia, il pensait pouvoir trouver bien mieux que cela. Loin de n'éveiller en lui qu'un sentiment de résignation, la perspective de ce mariage l'emplissait de curiosité. Une épouse telle que Lia serait précieuse.

Après tout, ils avaient de nombreux sujets d'intérêt communs, y compris dans le domaine professionnel. Elle serait pour lui une interlocutrice privilégiée, quelqu'un avec qui il aurait plaisir à échanger.

Il brûlait également de lui faire découvrir les lieux qu'il avait le plus aimés, les livres qu'il avait lus ou les disques qu'il affectionnait. Il voulait en retour découvrir quels étaient ses goûts, ses hobbies préférés, les restaurants qu'elle aimait fréquenter...

Il voulait partager avec elle aussi bien les petites joies du quotidien que les grands bonheurs et les moments de doute. Car contrairement à sa propre mère Lia était forte. Elle ne se laisserait pas accabler par l'existence au point de renoncer. Si elle trébuchait, elle saurait se relever.

Fort de cette conviction, Ben continua à faire le tour de la maison sans trouver trace de la jeune femme. Malgré lui, il se sentait gagné par une inquiétude croissante.

— La plage ! s'exclama-t-il soudain.

Sans attendre, il quitta la maison et se dirigea vers l'océan. Mais la bande de sable blanc que venaient lécher les vagues était désespérément déserte. Son angoisse redoubla. Se pouvait-il qu'elle ait décidé de partir ?

Cela n'avait aucun sens. Après la nuit qu'ils avaient passée ensemble, quelle raison aurait-elle eue de s'enfuir de cette façon ? Avait-elle été brusquement prise de regrets ?

Le seul moyen de s'en assurer, comprit-il, était de retourner à la chambre de Lia pour jeter un coup d'œil à ses placards. Pressant le pas, il repartit vers la maison. Mais comme il était sur le point d'entrer, il aperçut Esmé qui était en train de s'occuper du petit potager qu'elle avait planté à proximité de la cuisine.

— Eh bien, s'exclama-t-elle joyeusement, c'est la première fois depuis que je vous connais que je vous vois faire la grasse matinée !

— Cela n'arrive pas souvent, concéda-t-il en regrettant amèrement de ne pas s'être levé plus tôt. Est-ce que vous auriez vu Lia ?

Esmé lui lança un regard étonné.

— Je croyais que vous étiez au courant, murmura-t-elle en fronçant légèrement les sourcils.

— Au courant de quoi ?

— Elle est partie ce matin, expliqua-t-elle. Lorsque Joao m'a déposée, elle lui a demandé s'il pouvait la conduire à l'aéroport. Elle devait prendre un vol pour New York ce matin et de là, repartir directement pour Londres. Je pensais que vous étiez au courant…

— Pas du tout, lâcha Ben d'une voix blanche.

Il eut soudain l'impression que la terre vacillait sous ses pieds. Rétrospectivement, ses envies de mariage et d'engagement lui paraissaient bien absurdes.

— Elle m'a dit qu'elle ne voulait pas vous réveiller, ajouta sa cuisinière. Mais elle a laissé un mot à votre intention. Je l'ai posé sur votre bureau.

— Merci, répondit Ben par réflexe.

En réalité, il avait beaucoup de mal à réfléchir. C'était la première fois qu'il éprouvait de véritables sentiments, la première fois qu'il envisageait de vivre avec quelqu'un. C'était aussi la première fois qu'une femme le plaquait de cette façon. Et Lia ne l'avait pas seulement fait une fois, mais deux…

Pénétrant dans la maison, il se rendit directement dans son bureau. Sur la table de travail, appuyée contre son range-lettres d'ébène, était posée une enveloppe sur laquelle était seulement écrit : « Ben ».

D'une main que l'impatience rendait fébrile, il la déchira et sortit la petite feuille qui se trouvait à l'intérieur.

Cher Ben,

Merci encore pour le don très généreux que tu as fait à la fondation. Je pense qu'étant donné ce qui s'est passé cette nuit, tu reconnaîtras que j'ai rempli toutes mes obligations à ton égard… Et même un peu plus.

Nous savions tous deux que cela ne devait durer que le temps d'un week-end et je préfère rester sur cet agréable souvenir. Ce séjour imprévu à Bahia a été très plaisant. Je t'en remercie.

J'imagine que nous n'aurons plus vraiment l'occasion de nous revoir.

Amicalement,

Lia Ford

— Amicalement, répéta-t-il à voix haute. C'est une plaisanterie ?

Mais rien de ce que Lia avait écrit ne prêtait à rire. Non seulement elle laissait entendre qu'elle n'avait fait l'amour avec lui que pour se dégager de toute obligation à son égard mais, de plus, elle s'exprimait avec un détachement dont il ne l'aurait jamais crue capable.

— Agréable, relut-il. Plaisant… Amicalement…

De toute évidence, il s'était fourvoyé en pensant que Lia partageait ses sentiments. Ce week-end n'avait été pour elle qu'une parenthèse distrayante qu'elle oublierait sans doute très vite.

Comment avait-il pu se tromper à ce point ? Comment avait-il pu se laisser aller à imaginer qu'elle tenait vraiment à lui ?

Se rappelant ce qu'elle lui avait dit la veille, il serra les dents. Lui avait-elle menti ? Cette histoire de frigidité n'avait-elle été pour elle qu'un moyen de flatter son ego ? Considérant l'indifférence que trahissait sa lettre, il y avait fort à parier que tel était bien le cas.

Elle s'était servie de lui. Elle l'avait manipulé sans vergogne. Et il était tombé dans le panneau comme le premier imbécile venu.

Fou de rage contre elle autant que contre lui-même, Ben décida que les choses n'en resteraient pas là. Elle s'était crue plus maligne que lui mais n'allait pas tarder à découvrir qu'il ne faisait pas bon se moquer de lui.

Non seulement il allait faire en sorte qu'ils se revoient, mais, de plus, il allait lui faire payer sa duplicité. Et cette fois, il s'assurerait qu'elle ne disposait d'aucune échappatoire.

Il n'était pas question qu'il laisse Julianna Ford s'en tirer à si bon compte…

7

— Où est votre père ? s'enquit George O'Neill d'un ton exagérément compatissant. J'espère qu'il n'est pas de nouveau malade…

Lia se força à contrôler la colère qui montait en elle. O'Neill était l'un des concurrents les plus acharnés de son père et il était sans doute en train de se réjouir intérieurement de l'éventualité que Louis Ford puisse avoir fait une rechute.

— Ne vous en faites pas pour lui, George, répondit-elle en lui décochant son sourire le plus cordial, papa est en pleine forme. Il était par contre beaucoup trop occupé pour venir ce soir. J'avoue que je suis d'ailleurs surprise de vous croiser ici. N'est-ce pas ce soir que se tient la fête de Noël du syndicat du bâtiment ?

— Si, bien sûr, répondit O'Neill en rougissant. Mais je n'ai pas pour habitude de m'y rendre…

C'était peut-être l'une des raisons pour lesquelles Louis Ford avait eu à déplorer beaucoup moins de conflits sociaux et de grèves au sein de son entreprise, songea Lia.

— Mon père y assiste chaque année, déclara-t-elle à voix haute. Mais il est vrai qu'il est très proche de ses employés…

Saisissant parfaitement la critique à peine voilée qui se cachait sous cette déclaration anodine, O'Neill se rembrunit. Il échangea encore quelques mots avec elle avant de s'éloigner.

Lia se demanda si elle n'avait pas eu tort de le provoquer.

Mais O'Neill avait toujours eu une dent contre sa famille et rien de ce qu'elle aurait pu dire n'aurait changé cet état de fait.

Au moins, elle n'avait pas eu à mentir : fidèle à ses habitudes, Louis Ford avait bel et bien décidé d'assister à la réception du syndicat.

Il venait de l'informer par texto qu'il était de retour à la maison et qu'il n'allait pas tarder à se mettre au lit. Il lui demandait de tenir le fort en son absence, ce qu'elle s'était effectivement efforcée de faire depuis le début de la soirée.

N'était-ce pas toute l'histoire de sa vie ? Depuis que sa mère était partie, son père se reposait sur elle pour assumer une part croissante des responsabilités. D'ordinaire, elle s'acquittait de bonne grâce de ces missions mais, ces derniers temps, elle commençait à se demander si elles ne finiraient pas par faire obstacle à ses propres ambitions.

Comme était-elle censée se consacrer pleinement à l'humanitaire si elle devait sans cesse revenir en Angleterre pour assister aux conseils d'administration, aux réunions avec les syndicats ou à ce genre de soirées mondaines ?

Réprimant un soupir, elle plaqua son plus beau sourire sur ses lèvres, et se prépara à affronter les autres concurrents de son père qui paraissaient s'être donné rendez-vous ce soir-là. Un groupe d'entre eux venait d'ailleurs dans sa direction…

Mais comme elle s'apprêtait à les saluer, elle avisa quelqu'un d'autre qui se tenait un peu en retrait. Un frisson irrépressible courut dans tout son corps.

Qu'était venu faire Benjamin Carter ici ?

Elle se mordilla la lèvre inférieure, craignant de deviner la réponse à cette question.

Ben l'aperçut alors et, lorsque leurs regards se croisèrent, elle sentit les battements de son cœur s'accélérer. Cela faisait une semaine qu'elle avait quitté subrepticement son lit et sa maison, mais il ne s'était pas écoulé une heure sans qu'elle pense à lui.

Elle ne put s'empêcher de le dévorer des yeux, fascinée par

son charme et sa prestance, par le contraste entre ses yeux bleus et le teint hâlé de sa peau, par l'assurance qui se lisait dans chacun de ses gestes.

Un kaléidoscope d'images terriblement érotiques envahit soudain son esprit. Elle revoyait des bribes de cette nuit torride qu'ils avaient passée ensemble, et ce simple souvenir suffisait à éveiller en elle un désir si impérieux qu'il en était presque douloureux.

Une douce chaleur se répandit au creux de son ventre et elle sentit ses seins se dresser sous l'effet de cette envie irrépressible qu'elle avait de lui.

Il s'avança alors vers elle, fendant la foule des invités qui s'écartaient tout naturellement pour le laisser passer. Il la rejoignit quelques instants seulement après le groupe qui venait de l'aborder.

— Messieurs, dit-il d'une voix qui n'admettait pas de réplique, je suis navré de vous interrompre de cette façon, mais Mlle Ford et moi avons une affaire en suspens qu'il nous faut résoudre de toute urgence.

Sans attendre la réponse des concurrents de son père — ni la sienne, d'ailleurs — il lui prit la main et l'entraîna d'office à travers la salle de réception. Si elle n'avait pas senti le contact de sa paume contre la sienne, elle aurait pu se convaincre que tout ceci n'était qu'un rêve.

Mais ce qui était en train de se produire était bien réel de même que l'effet que Ben exerçait sur elle. Elle tenta vainement de se préparer à la confrontation qui l'attendait et fit mine de dégager sa main de la sienne.

Il résista mais n'eut d'autre choix que de s'arrêter. Lorsqu'il se tourna vers elle, elle frémit en avisant la colère glacée qui se lisait dans ses yeux. L'homme affable et décontracté qui lui avait servi de guide à Salvador avait disparu, laissant place à un adversaire implacable.

Mais curieusement, loin de la priver de ses moyens, cette

transformation l'aida à retrouver un semblant de contenance. Elle le fusilla alors du regard.

— Mais qu'est-ce que tu fabriques ? s'exclama-t-elle, sentant monter sa propre colère.

— Je suis venu te parler, déclara-t-il d'une voix cinglante.

— Vraiment ? Et comment comptes-tu t'y prendre, cette fois-ci ? En m'achetant ? En me kidnappant ? En me faisant monter de force dans un avion ?

— Pourquoi pas ? répliqua-t-il en l'attirant contre lui.

Plaquée contre son torse, elle sentit à sa grande stupeur pointer contre son ventre le désir que Ben avait d'elle en cet instant. Cette révélation décupla son propre trouble et fit vaciller le self-control qu'elle s'efforçait désespérément de conserver.

Elle se demanda si elle n'aurait pas mieux fait d'attendre qu'ils soient seuls pour commencer cette confrontation. Mais il était désormais trop tard pour faire marche arrière.

— Je suis venu te dire que je n'étais pas d'accord avec ce que tu m'avais écrit, lui dit-il alors d'une voix sourde. Notre relation peut parfaitement durer plus d'un week-end.

— Ben, le moment est mal choisi…

— Je suis d'accord, acquiesça-t-il en se pressant un peu plus contre elle. Je te suggère donc de me suivre avant que je ne cède à la tentation que j'ai de t'embrasser ici et maintenant. Ensuite, je ne réponds plus de rien…

Une sensation de vertige s'empara d'elle. Ben était venu jusqu'en Angleterre pour lui dire qu'il avait envie d'elle et qu'il n'entendait pas mettre un terme à leur liaison. Même dans ses rêves les plus fous, elle n'aurait jamais osé imaginer une chose pareille.

Sentant probablement son hésitation, il s'était remis en marche, l'entraînant de nouveau à sa suite. Cette fois, elle ne chercha pas à résister, sachant que des dizaines d'invités observaient avec attention leur petit manège. Dieu seul sait ce que raconteraient les journaux, le lendemain…

Ben s'engouffra dans l'ascenseur et elle le suivit, résignée.

Mais lorsque les portes se refermèrent derrière elle et qu'elle se retrouva seule avec lui dans l'espace confiné de la cabine, elle sentit renaître son inquiétude.

Car le désir de Ben n'avait pas chassé pour autant la rage qui semblait l'animer. Bien au contraire, ces deux émotions semblaient se nourrir l'une de l'autre.

Soudain, il enfonça le bouton qui commandait l'arrêt d'urgence de l'ascenseur. S'approchant, il plaqua ses mains contre les parois, de chaque côté d'elle.

— Ici, personne ne viendra nous déranger, déclara-t-il d'une voix que rendaient très rauque les sentiments contradictoires qui bouillonnaient en lui.

La peur qu'elle ressentait céda alors la place à un trouble d'une tout autre nature. L'impression de puissance à peine contenue qui émanait de lui en cet instant l'excitait terriblement.

— Pourquoi as-tu mis fin à notre liaison ? lui demanda-t-il de but en blanc.

— Une liaison ?

— Tu ne pensais tout de même pas que j'avais dépensé un demi-million de dollars pour me contenter d'une nuit avec toi ? s'exclama-t-il.

Lia ne trouva rien à lui répondre. Elle ne savait pas ce qu'il pouvait bien ressentir à son égard. Quant à ce qu'elle éprouvait, mieux valait le taire plutôt que de s'exposer à une cruelle déconvenue.

— Je n'ai jamais vraiment compris pourquoi tu avais décidé de dépenser une telle somme, avoua-t-elle avec un demi-sourire.

Contre toute attente, Ben y répondit et sa colère parut refluer quelque peu. Mais loin d'apaiser la tension qui s'était installée entre eux, cette complicité ne fit qu'aiguiser le désir qu'ils avaient l'un de l'autre.

Lia savait déjà qu'elle ne pourrait pas y résister. Au Brésil, elle avait pris la fuite justement parce qu'elle savait que c'était sa seule chance d'échapper à l'addiction croissante qu'elle ressentait vis-à-vis de Ben.

Mais peut-être avait-elle eu tort. Peut-être valait-il mieux s'y abandonner complètement, le temps qu'il faudrait pour épuiser cette envie, pour se repaître une fois pour toutes l'un de l'autre…

— Embrasse-moi, Ben, lui dit-elle.

Il ne se fit pas prier. L'attirant contre lui, il posa ses lèvres sur les siennes. Aussitôt, elle sentit affleurer en elle ce plaisir qu'il lui avait fait découvrir. Ce n'était qu'un simple avant-goût, bien sûr, mais il conférait à ce baiser un érotisme brûlant.

Lia noua ses bras autour du cou de Ben et se pressa contre lui. Un gémissement rauque lui échappa lorsqu'il se fit plus audacieux, laissant ses mains courir sur son corps qu'enflammaient déjà les prémices de la passion. Il y avait quelque chose de terriblement excitant dans le fait qu'il ait traversé la moitié du globe pour l'embrasser de cette façon.

Jamais elle ne s'était sentie à ce point désirée, convoitée. Et cette sensation ne faisait qu'ajouter à son trouble. Il la souleva alors du sol et elle noua ses jambes autour de sa taille, prenant appui sur ses épaules.

Haletant, il posa l'une de ses mains sur sa poitrine qui se dressait à présent presque douloureusement. Elle voulait sentir sa bouche sur ses seins. Elle voulait le sentir plonger en elle, la posséder tout entière.

Leurs baisers se faisaient plus urgents, leurs caresses plus pressantes, leurs gestes plus fébriles. S'ils continuaient ainsi, la faim dévorante qu'ils avaient l'un de l'autre se ferait bien trop impérieuse pour qu'ils puissent résister à l'envie de la satisfaire.

— Nous ne pouvons pas faire ça ici, murmura-t-elle contre sa bouche.

Un frisson parcourut le corps de Ben.

— Je n'ai jamais fait l'amour dans un ascenseur, lui dit-il d'une voix si rauque qu'elle en devenait presque méconnaissable.

— Moi non plus, répondit-elle en riant. Mais j'ai entendu

dire qu'ils étaient presque tous équipés de caméras, de nos jours, et je ne suis pas sûre que j'aimerais me retrouver sur Internet.

Cette idée parut dégriser brusquement Ben.

— Tu as raison, concéda-t-il à regret. Ce serait un peu contre-productif… Et puis, ajouta-t-il avec un sourire malicieux, je ne voudrais pas que la réception fasse intervenir l'équipe de maintenance. Ce pourrait être embarrassant…

— Nous pourrions aller chez moi, suggéra-t-elle.

— J'ai une meilleure solution.

— Je t'écoute.

— Au risque de te surprendre, j'ai réservé une chambre dans cet hôtel… Au cas où.

Lia éclata de rire.

— En fait, lui dit-elle, cela ne m'étonne pas tant que cela. Tu es devenu un véritable spécialiste en matière d'enlèvement et de séquestration.

— À votre service, mademoiselle Ford, rétorqua-t-il avec malice.

Après avoir frôlé d'un dernier petit baiser ses lèvres brûlantes, il la déposa précautionneusement à terre. Lia remit rapidement de l'ordre dans ses vêtements. Il n'y avait en revanche pas grand-chose à faire pour sa coiffure et elle détacha ses cheveux.

— Prête ?

Elle hocha la tête et il fit repartir l'ascenseur. Quelques instants plus tard, ils atteignaient leur étage. Alors qu'ils sortaient de la cabine pour se diriger vers la chambre de Ben, ils entendirent le couple qui attendait l'ascenseur pester contre le temps qu'il avait mis à arriver.

Dès qu'ils se retrouvèrent dans la chambre, Ben claqua la porte derrière eux et la prit dans ses bras.

— Où en étions-nous, déjà ? s'exclama-t-il avant de se pencher vers elle pour l'embrasser.

Lorsque Lia ouvrit les yeux, l'aube venait tout juste de poindre au dehors. Elle demeura immobile, sondant mentalement son corps encore engourdi par le plaisir que lui avait procuré Ben. Si elle avait eu le moindre doute sur leur capacité à réitérer le miracle qui s'était produit durant leur séjour au Brésil, il avait rapidement été dissipé. Libérée des inquiétudes et des complexes qu'elle avait entretenus durant si longtemps, elle avait atteint des sommets d'extase encore insoupçonnés.

Se redressant sur un coude, elle contempla Ben, allongé à ses côtés. Une sensation de déjà-vu s'insinua en elle et elle se demanda ce qu'elle était censée faire, à présent. Attendre qu'il se réveille ? Ou s'éclipser comme elle l'avait fait la fois précédente ?

Alors même qu'elle se posait la question, il ouvrit les yeux.

— Ne t'avise pas de sortir de cette chambre, lui dit-il d'une voix légèrement rocailleuse.

Le simple fait de l'entendre éveilla sur sa peau un frisson de désir. Elle se força cependant à dominer son trouble, sachant que si elle s'y abandonnait ils perdraient toute chance de clarifier la situation.

Lorsque Ben posa sa main sur sa cuisse, lui arrachant un nouveau frémissement, elle l'écarta doucement.

— Il faut que nous parlions, lui dit-elle d'un ton grave.

Il parut être sur le point de protester mais finit par se raviser.

— Tu as raison, soupira-t-il. Mais je n'arriverai pas à me concentrer tant que tu seras dans cette tenue.

— Je vais prendre une douche, lui dit-elle.

— Je commande du café.

Craignant de succomber à la tentation, Lia sauta rapidement au bas du lit, récupéra sa robe et alla trouver refuge dans la salle de bains. La douche tiède qu'elle prit l'aida à chasser la douce langueur qui s'attardait en elle. Mais elle ne fit en rien disparaître les questions sans réponse qui la tourmentaient.

Pourquoi Ben était-il revenu ? Qu'attendait-il vraiment de cette relation ? Qu'allait-il se passer, à présent ? Saurait-elle garder suffisamment de distance pour ne pas se faire briser le cœur lorsqu'il déciderait de rompre ?

La semaine qui venait de s'écouler lui avait démontré que son implication dans cette histoire était déjà bien plus importante qu'elle ne l'avait escompté. Ce qui lui avait manqué, ce n'était pas seulement sa complicité physique avec Ben. Après tout, ils n'avaient passé qu'une seule nuit ensemble…

Ce qu'elle avait regretté peut-être plus encore, c'était sa présence, leurs conversations, la façon qu'ils avaient de se provoquer l'un l'autre… Elle ne comprenait pas comment elle avait pu s'attacher à lui en si peu de temps. Cela ne lui était jamais arrivé auparavant.

Que se passerait-il alors s'ils sortaient ensemble pendant plusieurs semaines ou même pendant plusieurs mois ? Sa propre incapacité à répondre à cette question l'emplissait d'effroi.

Lorsqu'elle se fut douchée, habillée et coiffée, elle inspira profondément et sortit de la salle de bains pour aller rejoindre Ben.

Lui aussi avait remis ses vêtements de la veille, et avait pris soin de rabattre le dessus-de-lit comme pour conjurer la tentation.

— Le petit déjeuner est servi, lui dit-il en désignant la table basse devant laquelle il était assis.

Elle ne put s'empêcher de sourire en découvrant le véritable festin qu'il avait commandé : des œufs, des toasts, de la brioche, des fruits frais et toutes sortes de viennoiseries.

— Je ne savais pas ce que tu voudrais, expliqua-t-il. Et puis, j'ai une faim de loup.

— Moi aussi, reconnut-elle.

Elle s'installa dans le fauteuil qui faisait face à Ben et il lui servit une tasse de café. Pendant quelques instants, ils se contentèrent de manger en silence. Le malaise qui les habitait tous les deux était presque palpable. Finalement, ce fut Lia qui trouva le courage de reprendre la parole.

— Combien de temps comptes-tu rester à Londres ?

— Le temps qu'il faudra...

— Pour faire quoi ?

— Pour te convaincre de rentrer à New York avec moi.

Lia sentit son cœur s'emballer. S'efforçant de dominer le flot d'émotions contradictoires qui déferlait en elle, elle compta mentalement jusqu'à sept, le temps de recouvrer un semblant de calme.

— Je ne peux pas quitter Londres, objecta-t-elle d'une voix qui se voulait posée mais lui parut tremblotante. J'ai une vie, ici. Un travail...

— Je me suis renseigné à ce sujet, déclara-t-il. Apparemment, tu passes l'essentiel de ton temps à représenter ton père, en ce moment.

— Il s'agit d'une entreprise familiale, lui rappela-t-elle.

— Je croyais que tu avais des projets, rétorqua Ben. Je pensais que tu voulais travailler dans l'humanitaire ?

Elle prit le temps d'avaler une gorgée de café avant de lui répondre. Le sujet était délicat et elle ne pouvait se permettre de trahir la faiblesse de son père. Quelles que soient leurs relations, Ben demeurait un concurrent de Louis Ford.

— Je ne pense pas que tu aies traversé l'Atlantique pour me prodiguer des conseils professionnels, remarqua-t-elle.

— En effet. Je compte profiter de mon séjour ici pour inaugurer une filiale de mon entreprise à Londres et lancer quelques projets. Mais ce n'est pas la véritable raison de ma venue. Ce que je veux avant tout, c'est apprendre à mieux te connaître, Lia. Un week-end n'y suffit pas.

Ben ne quittait pas Lia des yeux, cherchant à deviner ce qu'elle pouvait bien penser, en cet instant. Le simple fait qu'elle ne lui ait pas opposé une fin de non-recevoir lui paraissait assez prometteur. Mais il savait que rien n'était encore gagné.

Le fait qu'elle ait accepté de passer la nuit avec lui ne signifiait pas grand-chose, hélas. L'attirance qui existait entre eux était si puissante que tous deux étaient incapables d'y résister. Paradoxalement, cela ne simplifierait pas les choses : il leur serait d'autant plus difficile de faire la part du désir et des sentiments.

En préparant son voyage à Londres, il s'était convaincu que les choses étaient simples : il reconquerrait Lia, apprendrait à mieux la connaître et, le moment venu, la demanderait en mariage. Mais à présent qu'il se trouvait face à elle, son instinct lui soufflait que la situation était peut-être un peu plus compliquée qu'il n'avait bien voulu l'admettre.

L'expression que Lia arborait en cet instant indiquait que ses défenses étaient de nouveau en place. Elle était bien décidée à se protéger. Il ne pouvait le lui reprocher, d'ailleurs : sa propre réputation ne plaidait pas réellement en sa faveur.

Comment aurait-elle pu deviner que ce qu'il avait en tête, c'était un engagement bien plus total que ce qu'elle pouvait imaginer ?

Évidemment, il ne pouvait pas lui parler de but en blanc de ses véritables intentions. S'il la demandait en mariage, elle le soupçonnerait de vouloir mettre la main sur l'entreprise de sa famille.

Et puis, lui-même avait besoin d'un peu de temps. Car si la colère qui s'était emparée de lui lorsqu'il avait constaté sa disparition à Bahia avait reflué, elle n'avait pas complètement disparu.

— Je ne suis pas certaine de comprendre où tu veux en venir, déclara alors Lia d'un ton prudent.

— Je n'en suis pas très sûr non plus, reconnut-il. Mais je pense justement que nous avons besoin de temps pour le découvrir, pour comprendre où nous allons… Il me semble que nous ne nous attendions ni l'un ni l'autre à ce qui s'est passé à Bahia.

— C'est le moins que l'on puisse dire, répondit-elle avec un demi-sourire.

— Il y a quelque chose de très fort entre nous, reprit-il.

Cela, tu ne peux pas le nier. Ce n'est pas tous les jours que l'on ressent une telle complicité physique avec quelqu'un…

— Je veux bien te croire sur parole. Comme tu le sais, mon expérience en la matière est plutôt limitée.

— Cette fois-ci, nous sommes à égalité, objecta-t-il. Je ne comprends pas plus que toi ce qui se passe.

Elle lui jeta un regard ouvertement dubitatif. Une fois de plus, sa réputation risquait de lui causer du tort.

— Écoute, plaida-t-il, tout ce que je te demande, c'est de m'accorder quelques jours de plus. Si cela se trouve, nous épuiserons rapidement l'envie que nous avons l'un de l'autre. Ou bien, en apprenant à mieux nous connaître, nous découvrirons qu'en dépit de cette fabuleuse attirance nous sommes incompatibles. Dans ce cas, nous n'aurons plus qu'à nous dire au revoir. Je rentrerai aux États-Unis et tu n'entendras plus jamais parler de moi.

— Et si tel n'est pas le cas ?

— Alors nous pourrons commencer à réfléchir à la façon dont nous voulons gérer cette relation.

— Je vis en Angleterre et toi aux États-Unis, lui rappela-t-elle. Ce n'est pas vraiment une configuration idéale.

— Idéale ? Non, reconnut-il. Mais il y a des tas de couples qui parviennent à gérer un tel éloignement. Dans un premier temps, nous pourrons nous voir pendant les vacances. Je pourrai faire basculer certaines de mes activités en télétravail. Ce sera un excellent test pour nous. Si malgré les difficultés nous voulons rester ensemble, il sera temps de nous demander qui d'entre nous pourrait déménager…

Lia le considéra avec une pointe d'incrédulité.

— Je ne comprends pas, objecta-t-elle. Il y a des tas d'autres femmes avec lesquelles tu pourrais sortir — avec lesquelles tu es sorti. Pourquoi moi ?

— Parce que tu es belle, intelligente, drôle, sexy et surtout, pleine de surprises…

La joie qu'il vit briller dans son regard fut de courte durée : déjà, le doute s'insinuait en elle.

— Il ne s'agit pas seulement de toi, ajouta-t-il avant qu'elle puisse protester.

Il hésita, cherchant la meilleure façon de formuler la demi-vérité qu'il voulait exprimer.

— J'ai atteint un stade de ma vie où je commence à revoir mes priorités, lui dit-il. Je ne vais pas continuer indéfiniment à enchaîner les aventures sans lendemain. Cela n'a aucun sens. Je ne regrette pas cette période de mon existence mais je pense qu'il est temps pour moi d'aller plus loin, de m'engager dans une histoire sérieuse.

Il lui décocha un sourire qui se voulait rassurant.

— Cela fait quelque temps que je me suis fait ces réflexions, poursuivit-il. Mais jusqu'à présent, je n'avais rencontré personne que j'aie eu envie d'emmener à Bahia pour la somme rondelette d'un demi-million de dollars.

Lia ne put s'empêcher de sourire et il la sentit se détendre légèrement.

— D'accord, murmura-t-elle d'une voix mal assurée. Je veux bien essayer. Passons ce week-end tous les deux, puis nous aviserons ensuite…

— Excellente décision, mademoiselle Ford, s'exclama-t-il, ravi. Je te promets que tu ne le regretteras pas.

— Qu'allons-nous faire de ces deux journées ? lui demanda-t-elle d'un ton qui cachait mal son trouble.

— Si je m'écoutais, je m'enfermerais dans cette chambre avec toi pendant les prochaines quarante-huit heures, déclara-t-il en riant. Mais ce n'est pas forcément la façon dont nous ferons le mieux connaissance… Alors, je me suis dit que tu pourrais peut-être me faire visiter Londres.

— C'est la première fois que tu viens ?

— Non, bien sûr. Mais chaque fois que j'y séjourne, c'est pour travailler. Je descends dans un grand hôtel international, je déjeune dans des restaurants d'affaires qui se ressemblent tous et je n'ai généralement pas le temps de visiter plus d'une exposition ou deux avant de repartir pour les États-Unis.

— Je vois, acquiesça-t-elle. C'est la malédiction habituelle de l'homme d'affaires : parcourir le monde sans rien en voir.

— Ce que j'aimerais, lui dit-il, c'est découvrir la ville à travers tes yeux. Pas forcément les endroits les plus touristiques mais ceux que tu préfères.

Elle hésita quelques instants avant de hocher la tête.

— D'accord, lui dit-elle. Mais dans ce cas, nous allons devoir commencer par nous changer. Les lieux que je préfère ne se visitent pas en smoking et en robe du soir.

8

Jamais Lia ne s'était sentie aussi heureuse.

Non seulement Ben avait traversé l'océan pour venir la reconquérir mais, de plus, il semblait bien décidé à donner une chance à leur histoire.

Évidemment, même si ce week-end se déroulait aussi bien qu'ils l'espéraient et s'ils décidaient de sortir ensemble, il ne serait sans doute pas évident de trouver un modus vivendi. Elle n'avait pas l'intention d'abandonner son père alors qu'il avait tant besoin d'elle. Et Ben aurait beaucoup de mal à quitter les États-Unis où se concentraient la majeure partie de ses chantiers.

Mais elle ne voulait pas penser à cela. Ainsi qu'il le lui avait dit, ils auraient tout le temps de se poser la question, le moment venu.

En attendant, elle comptait bien mettre à profit les deux jours suivants. Elle commença par entraîner Ben dans une petite galerie marchande située à quelques rues de l'hôtel. Là, ils firent l'acquisition de vêtements plus décontractés : jeans, T-shirts, pull-overs et baskets. Ainsi équipés, ils partirent à la découverte de la ville…

Lia adorait Londres. Ce n'était pas uniquement parce qu'il s'agissait de la ville où elle avait grandi. Elle aimait tout de cette cité : ses bâtiments anciens qui avaient survécu au Blitz et cohabitaient tant bien que mal avec d'autres plus modernes, ses friperies où se mêlaient les vêtements les plus improbables, ses pubs ténébreux à l'atmosphère chaleureuse, ses librairies poussiéreuses où Shakespeare côtoyait Aldous Huxley et Nick Hornby…

Londres était pour elle une source d'émerveillement sans cesse renouvelé, une Babel moderne où se croisaient des gens de tous les pays, de toutes les couleurs et de toutes les langues.

Chaque nouvel arrivant ne tardait pas à découvrir que la clé de son intégration tenait à trois valeurs que la plupart des Anglais avaient chevillées au corps : la tolérance, la politesse et cet humour si particulier qui rendait leurs comédies si savoureuses.

C'est cette vision de la ville qu'elle s'efforça de transmettre à Ben au cours des heures qui suivirent. Et pour cela, elle l'entraîna dans des lieux très différents les uns des autres. Ils commencèrent par le Sir John Soane's Museum, situé non loin de l'hôtel.

Il s'agissait de la demeure amoureusement préservée d'un architecte excentrique de la fin du XVIIIe siècle. C'était un endroit magique, où le temps semblait s'être arrêté.

Ils se dirigèrent ensuite vers Soho et s'arrêtèrent pour prendre un café dans une ruelle piétonne située près de Tower Street.

Ils entrèrent dans la librairie préférée de Lia où Ben insista pour lui offrir une édition originale de *De l'autre côté du miroir*. Puis ils visitèrent plusieurs galeries de peinture et de photographies qu'elle connaissait.

À midi, ils mangèrent sur le pouce avant de traverser la Tamise pour se promener le long des berges. Elle lui montra le théâtre du Globe et ses tableaux préférés à la Tate Galerie.

Cette journée bien remplie donna à Lia maintes occasions de vérifier ce qu'elle soupçonnait déjà : Benjamin Carter était l'homme le plus fascinant qu'elle ait jamais rencontré. Il faisait preuve d'une curiosité insatiable, s'intéressant à tous les sujets et trahissant une étonnante culture qui s'étendait aux domaines les plus divers et les plus inattendus.

Il pouvait aussi se montrer plein d'humour et à plusieurs

occasions ils furent pris de fous rires inextinguibles. Mais ce qui l'étonna le plus, ce fut que par-delà les existences très différentes qu'ils avaient menées l'un et l'autre ils avaient beaucoup de choses en commun.

Dans l'ensemble, ils aimaient les mêmes films et les mêmes livres. Leurs sensibilités politiques étaient assez proches, de même que les valeurs qu'ils privilégiaient.

— J'aime beaucoup cet endroit, déclara Ben en découvrant le petit restaurant qu'elle avait choisi au bord de la Tamise.

Le serveur les avait installés à l'une des meilleures tables, sur la terrasse qui surplombait le fleuve.

— Je te préviens, lui dit-elle, il ne faut pas t'attendre à de la grande cuisine. Mais ils font l'un des meilleurs *fish and chips* de la ville. Et leur bière artisanale est extraordinaire.

— Bois-en une à ma santé, dans ce cas, lui dit-il en souriant.

— Tu ne bois même pas de bière ?

Il secoua la tête.

— Pas depuis la fac, lui dit-il. Je travaillais dans un bar pour arrondir mes fins de mois et j'avais une très bonne descente, à l'époque. Un jour, je me suis retrouvé impliqué dans une bagarre stupide. J'ai failli me faire renvoyer de l'université, ce qui aurait signé la fin de mes ambitions. Alors j'ai décidé d'arrêter de boire une fois pour toutes.

Cette nouvelle preuve de volonté ne surprit pas Lia outre mesure. Elle était bien placée pour savoir que, lorsqu'il avait décidé quelque chose, il était très difficile de le décourager.

— Je croyais que les universités américaines étaient hors de prix, remarqua-t-elle. Comment as-tu fait pour y entrer ?

— J'ai réussi à décrocher une bourse sportive, expliqua-t-il. C'est une pratique assez courante, là-bas.

— Et quel sport pratiquais-tu ?

— Le base-ball. Je me débrouillais assez bien. Mon entraîneur voulait même que je passe professionnel. Mais j'avais d'autres projets…

Ils furent interrompus par une serveuse qui venait prendre leurs commandes.

— Tu n'as jamais regretté d'avoir refusé ?

Il secoua la tête.

— J'ai eu la chance de découvrir une matière qui me plaisait plus encore que le base-ball. Contrairement à ce que pensent les gens, je n'ai pas étudié l'architecture pour devenir riche mais parce que j'adorais ça. J'imagine que ce n'est pas étonnant étant donné mon histoire personnelle…

— Que veux-tu dire ?

— Eh bien, lorsque mon père s'est retrouvé ruiné, nous sommes allés vivre à trois dans un studio miteux. Puis mes parents sont morts et je me suis retrouvé à l'orphelinat. Imaginer des maisons idéales, cela ne pouvait que me plaire !

— Comment se fait-il que tu aies été placé en orphelinat ? s'enquit Lia, curieuse. Tu n'avais pas d'oncles et de tantes ou de grands-parents qui auraient pu s'occuper de toi ?

Il secoua la tête.

— J'étais fils unique de deux enfants uniques, répondit-il. À vrai dire, je n'aurais même pas dû venir au monde.

— Pourquoi ?

— Parce qu'avant de pouvoir être enceinte ma mère a dû suivre un long traitement hormonal.

— Il n'a pas dû être facile de te retrouver brusquement dans un orphelinat, remarqua Lia.

— C'est vrai. Mais d'un autre côté, c'était presque un soulagement. Après le scandale, mes parents avaient tous deux vécu une véritable descente aux enfers. Mon père buvait de plus en plus. Il m'arrivait de le trouver au bord du coma éthylique en rentrant de l'école. J'ai même dû appeler les pompiers trois ou quatre fois.

— Et ta mère ? Que faisait-elle ?

— Elle était trop abattue pour réagir. Cela faisait peine à voir : certains jours, elle n'arrivait même plus à trouver l'énergie de se lever et elle passait la journée prostrée dans son lit.

— Je suis désolée.

— Franchement, sur le moment, cela m'affectait moins que les brimades continuelles que je subissais au collège. On ne me pardonnait pas d'être originaire des beaux quartiers, de parler comme je le faisais et d'être toujours le meilleur en classe. Du coup, je me faisais casser la figure presque tous les jours.

— Mon Dieu ! souffla Lia, horrifiée.

— J'ai vite dû apprendre à me défendre. Et j'ai essayé de rendre coup pour coup. Mais cela n'a fait qu'aggraver les choses. Si j'étais resté là-bas, tout cela aurait pu très mal finir. Mais mes parents sont morts, je me suis retrouvé à l'orphelinat et, l'année suivante, j'ai pris presque cinq centimètres d'un coup…

Lia secoua la tête.

— C'est un miracle que tu n'aies pas décroché, déclara-t-elle.

Un sourire ironique se dessina sur les lèvres de Ben.

— Les miracles n'existent pas, lui dit-il. Je l'ai appris à mes dépens. J'ai bel et bien décroché. Je me suis mis à sécher les cours, à fréquenter les caïds du quartier. J'avais rapidement compris que ce n'était pas en respectant les règles que j'avais le plus de chances de m'en sortir…

Leur serveuse revint et déposa devant eux les *fish and chips* qu'ils avaient commandés. Ils s'y attaquèrent avec appétit.

— Dis-moi, reprit Lia. Si tu as décroché, comment as-tu réussi à obtenir une bourse ?

— Je me suis fait arrêter, répondit Ben. Tu as raison, ajouta-t-il en désignant son plat. C'est délicieux.

Lia était suspendue à ses lèvres, attendant qu'il poursuive. Elle savait qu'il avait eu une enfance difficile mais jamais elle n'avait imaginé que ce pût être à ce point.

— Quoi qu'il en soit, ce flic du nom de Clancy a arrêté plusieurs d'entre nous, un jour. J'avais seize ans et je faisais partie d'une sorte de gang. Nous n'en étions encore qu'au début : vols à l'étalage, vols de voitures, déprédations diverses… Mais nous n'aurions probablement pas tardé à passer à des choses plus sérieuses. Clancy a dû le sentir et il nous a mis la pression.

Il nous a dit que si nous ne rentrions pas très vite dans le rang il convaincrait le juge pour enfants de nous envoyer en maison de redressement dans une autre ville.

Ben avala une gorgée du jus de raisin qu'il avait commandé.

— Pour un gamin des quartiers, l'exil est pire que la prison. Alors, bon gré mal gré, nous avons accepté de jouer le jeu. Au cours des interrogatoires, Clancy s'était aperçu que j'étais un peu plus cultivé que la moyenne de mes petits camarades. Il a décidé de me prendre sous son aile.

— Tu as eu de la chance.

— Sur le coup, ce n'est pas l'impression que cela m'a faite, rétorqua Ben en riant. Clancy n'était pas un tendre. Et il m'a fait travailler sans relâche jusqu'à ce que je rattrape le retard que j'avais accumulé. Je devais régulièrement aller chez lui le week-end pour étudier. Je ne sais pas pourquoi il m'a consacré tant de temps et d'énergie. Il devait pourtant y avoir des dizaines de gamins dans mon cas…

Lia songea que ce Clancy avait dû comprendre quel gâchis ce serait de laisser Ben dans la rue. Lui-même ne semblait pas se rendre compte qu'il était doté de facultés exceptionnelles.

— J'ai fini par retrouver un bon niveau. Et Clancy m'a aidé à constituer des dossiers de demande de bourse. Il m'a même entraîné au base-ball. Lorsque je suis entré à l'université, il était aussi fier que s'il avait été mon père ! En tout cas, il était parvenu à me transmettre un certain nombre de valeurs dont je me suis efforcé de me montrer digne par la suite.

— Est-ce que vous vous voyez encore ?

— Bien sûr ! s'exclama-t-il. Nous nous retrouvons très régulièrement. Clancy est à la retraite, aujourd'hui. Je te le présenterai si tu veux, la prochaine fois que tu viendras à New York.

— Avec plaisir, répondit-elle.

Son instinct lui soufflait que peu de gens bénéficiaient d'un tel privilège et elle se sentait à la fois flattée et émue qu'il l'en ait jugée digne.

Pour dissimuler son trouble, elle se concentra sur son assiette.

— À ton tour, lui dit Ben lorsqu'elle eut terminé. Parle-moi un peu de ton enfance.

— Elle est beaucoup moins passionnante que la tienne, le prévint-elle.

Un sourire ironique joua sur les lèvres de Ben.

— C'est étrange, remarqua-t-il. On trouve toujours les drames plus intéressants que les belles histoires.

— Je t'arrête tout de suite, objecta-t-elle. L'histoire de ma famille est moins tragique que la tienne mais c'est loin d'être un conte de fées…

La serveuse vint prendre leurs assiettes.

— Un dessert ?

— Juste un café, répondit Ben.

— Cela ne t'empêche pas de dormir ?

Il lui jeta un regard amusé.

— Qui parle de dormir ?

Elle rougit jusqu'à la racine des cheveux.

— Euh… Un café pour moi aussi, demanda-t-elle à la serveuse qui leur décocha un sourire entendu.

— Deux cafés très serrés pour les tourtereaux, s'exclama-t-elle avant de s'éloigner en direction du bar.

— Tu disais ? reprit alors Ben.

— Que mon histoire familiale n'avait pas toujours été rose. Ma mère a quitté mon père alors que j'étais encore enfant. Ensuite, il a fait une sorte de dépression. Et à vrai dire, je pense qu'il ne s'en est jamais remis. Cela a affecté sa santé, aussi bien psychique que physique.

— C'est pour cela que tu le protèges à ce point ?

Lia ravala la méfiance instinctive que lui inspirait ce genre de questions. Ben lui avait prouvé qu'il était digne de confiance.

— Oui, répondit-elle.

— Cela ne pourra pas durer indéfiniment, tu sais, lui dit-il. Tôt ou tard, tu devras donner la priorité à ta propre vie.

— Je sais, soupira-t-elle. Mais je crois que je ne suis pas encore prête à en assumer les conséquences.

Il fit mine de parler puis se ravisa. La serveuse leur apporta leurs cafés.

Ben régla et laissa un généreux pourboire, puis ils quittèrent le restaurant main dans la main. Au dehors, la température avait chuté et elle ne put s'empêcher de frissonner.

Ben l'attira aussitôt contre lui. Instinctivement, leurs bouches se cherchèrent et ils échangèrent un baiser tendre et doux. La chaleur qui déferla en elle chassa le froid mordant de l'hiver.

— J'ai envie de toi, murmura Ben contre sa bouche.

— Qu'attendons-nous pour trouver un cab ? répliqua-t-elle du tac au tac.

Serrés l'un contre l'autre ils se mirent à la recherche d'un taxi.

9

Lia était étendue dans l'immense baignoire de leur suite. Les yeux mi-clos, elle se laissait bercer par les derniers échos qu'éveillait dans sa chair l'étreinte passionnée qu'ils avaient consommée ce matin-là au réveil.

Elle repensa à la journée de la veille. Ils étaient allés déambuler aux puces de Camden où Ben avait acheté une magnifique sculpture réalisée par une jeune artiste d'origine indienne.

Puis, après le traditionnel roast-beef aux petits pois du dimanche midi, ils avaient pris un bateau jusqu'à Greenwich où ils s'étaient promenés avant de regagner la direction du centre.

Après un délicieux dîner et une nouvelle nuit d'amour, le week-end s'était terminé. Il était temps pour eux de prendre une décision. Allaient-ils se séparer et retrouver chacun le cours de leur existence ? Ou bien officialiser leur liaison et tenter de la faire fonctionner en dépit de l'éloignement géographique ?

Malgré les assurances que lui avait données Ben, Lia avait du mal à croire qu'une telle relation à distance puisse être viable. Mais l'idée d'entériner leur séparation dès à présent lui était insupportable.

Il était vain de se voiler la face : ce week-end n'avait fait que renforcer les sentiments que lui inspirait Ben. À Bahia, elle était parvenue à se convaincre qu'il ne s'agissait que d'une passade. Mais il était désormais évident que tel n'était pas le cas.

En dépit des mises en garde qu'elle s'était adressées à elle-même, elle était tombée amoureuse de Benjamin Carter. Mais le plus étrange, c'était qu'elle ne parvenait pas à le regretter.

Car qui mieux que lui méritait de tels sentiments ? De tous les hommes qu'elle avait pu rencontrer, il était à ses yeux le plus brillant, le plus séduisant et le plus sexy. Il était aussi le seul qui soit parvenu à lui faire découvrir le véritable sens du mot plaisir.

Quoi qu'il advienne de leur relation à l'avenir, Ben avait transformé à jamais son existence et elle lui en serait éternellement reconnaissante.

— Lia ?

La voix de Ben la fit sursauter.

— Oui ? répondit-elle en rouvrant les yeux.

— Je vais faire un saut jusqu'à cette boulangerie française que nous avons aperçue en rentrant, hier soir, lui dit-il à travers la porte de la salle de bains. Est-ce que tu veux quelque chose de particulier ?

— Des croissants, ce sera parfait, répondit-elle.

— C'est comme si c'était fait. À tout à l'heure !

Elle l'entendit s'éloigner en sifflotant. Quelques instants plus tard, la porte de la chambre se referma derrière lui. À contrecœur, elle s'arracha alors à son bain et entreprit de se sécher. Elle enfila les vêtements qu'elle avait achetés l'avant-veille et se dit qu'il était grand temps qu'elle passe chez elle pour récupérer des habits propres.

Qui sait ? Si Ben décidait de rester quelques jours de plus à Londres, elle pourrait peut-être lui proposer de venir s'installer chez elle ?

Cette perspective éveillait en elle un mélange d'exaltation et d'angoisse. Jusqu'à présent, leur aventure avait conservé un caractère presque irréel. Tant qu'ils se trouvaient dans cet hôtel, tout demeurait possible.

Mais très bientôt, il leur faudrait faire un choix qui engagerait bien plus qu'eux-mêmes. Car Ben était bien trop célèbre pour que leur idylle demeure très longtemps un secret — surtout s'il traversait régulièrement l'Atlantique pour venir la retrouver.

Elle devrait donc parler très vite à son père, avant qu'il n'apprenne la nouvelle par les journaux. Elle ignorait comment il prendrait la chose.

Après tout, il ne portait pas particulièrement Ben dans son cœur depuis que ce dernier avait essayé de le convaincre de lui vendre son entreprise. Lia ne pouvait qu'espérer qu'il ferait passer le bonheur de sa fille avant toute autre considération…

Il lui faudrait aussi sans doute faire face à la curiosité des paparazzis, aux commentaires désobligeants de la presse à scandale, aux jalousies de celles qui étaient sorties avec Ben ou rêvaient de le faire…

Lia songea que si ce dernier était prêt à ce qu'ils tentent leur chance elle saurait supporter tous ces désagréments. Car elle était profondément convaincue qu'il en valait la peine.

Comme elle parvenait à cette conclusion, une irrépressible impatience l'envahit. Il fallait qu'elle sache. Il fallait que Ben lui dise s'il était prêt lui aussi à tenter cette merveilleuse et terrifiante aventure.

Mais pourquoi avait-il fallu qu'il choisisse ce moment précis pour aller chercher des croissants ?

— Peut-être parce que tu es restée dans ton bain pendant près de trois quarts d'heure ? répondit-elle à son reflet.

Ce dernier lui renvoya un sourire moqueur.

Elle quitta alors la salle de bains et se mit à faire les cent pas dans la suite. C'est alors qu'elle aperçut la pile de journaux posée sur la table basse. Elle s'empara de l'un d'eux, histoire de s'occuper l'esprit en attendant le retour de Ben.

Après avoir passé en revue les nouvelles du jour, elle jeta un coup d'œil aux pages économiques puis aux pages mondaines où elle espérait trouver un compte rendu du gala de charité auquel elle avait participé.

Mais, en avisant le gros titre qui barrait le haut de la page, elle se figea brusquement.

UN COUPLE EN BÉTON ? QUAND LE ROI DU GRATTE-CIEL NEW-YORKAIS RENCONTRE LA PRINCESSE DU BÂTIMENT BRITANNIQUE…

Sous ce chapeau accrocheur, on voyait une photo prise au téléobjectif les représentant, Ben et elle, en train de s'embrasser tendrement devant le restaurant où ils avaient déjeuné, l'avant-veille.

Le cœur battant à tout rompre, elle parcourut l'article et constata que le journaliste était bien informé : il faisait allusion à leur récent séjour au Brésil, mentionnant même la soirée à laquelle ils avaient participé. Il décrivait non sans humour la façon dont ils s'étaient éclipsés assez peu discrètement du gala de charité de vendredi.

Et il terminait par une question que Lia elle-même venait de se poser : « La belle et très sage héritière de l'empire Ford serait-elle parvenue à dompter le célibataire le plus convoité de New York ? »

Lia ne put réprimer un soupir. Elle ne s'était pas attendue à ce que la presse s'empare aussi rapidement du sujet. C'était d'autant plus regrettable que cela risquait d'influencer la décision qu'ils s'apprêtaient à prendre. Elle aurait préféré qu'ils puissent le faire hors de toute pression extérieure.

S'emparant d'un autre journal, elle l'ouvrit directement aux pages people et constata sans surprise que la même photo y figurait en bonne place. Cette fois-ci, elle était accompagnée de celle qu'elle avait déjà vue, deux semaines auparavant, et qui représentait Ben en compagnie de son père.

Le ton de cet article était nettement plus polémique.

Benjamin Carter n'a jamais caché ses ambitions : prendre pied en Angleterre pour se tailler la part du lion sur le marché de la construction européen. On se souvient qu'il avait rencontré Louis Ford, voici quelques années, pour tenter de racheter son entreprise qui traversait alors une période difficile.

Il semble que Carter n'ait pas renoncé à ses intentions. Mais en bon stratège, quand il ne peut entrer par la porte, il passe par la fenêtre ! On l'a vu récemment courtiser avec assiduité Julianna Ford, la fille de Louis Ford. Coïncidence ? Certaines personnes bien informées laissent entendre en tout cas que les actions de la belle l'intéresseraient bien plus encore que ses baisers…

Cette fois, Lia ne put s'empêcher de tiquer. La présentation des faits était certes biaisée mais elle paraîtrait certainement très convaincante aux yeux des lecteurs. Ce qui signifiait qu'elle-même passerait au mieux pour quelqu'un de très naïf et au pire pour la dernière des imbéciles.

Sa belle humeur envolée, Lia récupéra son téléphone portable sur la table basse. Le plus urgent était de contacter son père avant qu'il ne tombe sur l'un de ces articles…

Sur l'écran de l'appareil, elle avisa un SMS qui venait apparemment d'arriver. Il était envoyé par un certain Dante Mancini. Le nom lui parut vaguement familier sans qu'elle parvienne à le resituer. Elle lut alors le début du message.

Je viens de lire les journaux, Carter. Félicitations ! On dirait que ton plan se déroule sans accroc. Non seulement tu seras le premier d'entre nous à te marier mais en plus, tu vas toucher le gros lot !

Ce n'était pas son téléphone portable, mais celui de Ben, et Lia sentit son cœur s'emballer. Dante Mancini était l'un des milliardaires qui avaient eu rendez-vous avec Ben, quelques semaines auparavant !

Apparemment, les deux hommes avaient fait une sorte de pari dont elle se trouvait être l'enjeu involontaire.

Et Ben avait bel et bien l'intention de mettre la main sur l'entreprise de son père. Depuis le début, il avait joué double jeu…

La détresse qui déferla en elle à cet instant précis était si intense qu'elle sentit ses jambes se dérober sous elle et elle se laissa tomber sur le canapé. La gorge serrée, elle lutta contre les larmes qui lui montaient aux yeux.

En fin de compte, le journaliste ne s'était pas trompé. Elle était bien la victime d'un coup monté. Et le plus ironique, c'était qu'elle l'avait compris dès le départ. C'était la raison pour laquelle elle s'était rendue au rendez-vous que lui avait fixé Ben. Elle avait voulu lui faire comprendre qu'elle n'était pas dupe.

Et au lieu de cela, c'était lui qui l'avait manipulée de bout en bout…

Son désarroi se mêla d'un douloureux mélange d'amertume, de frustration et de colère. Comment avait-elle pu être aussi aveugle ? Elle était pourtant bien placée pour savoir à quel point les hommes pouvaient se montrer cruels, même envers les femmes qu'ils avaient prétendu aimer.

Pourquoi n'avait-elle pas retenu la leçon magistrale que lui avait donnée Simon ? À ce stade, ce n'était plus seulement de la candeur mais bien du masochisme…

Ben n'aurait su dire ce qui lui mit la puce à l'oreille. Mais dès l'instant où il pénétra dans la suite, il se douta que quelque chose n'allait pas. Inquiet, il s'avança dans le salon, s'attendant presque à découvrir que Lia avait disparu, comme à Bahia.

Mais elle se trouvait toujours là, face à la fenêtre, lui tournant le dos. Le profond soulagement qu'il éprouva alors fut de courte durée. La fixité de sa posture, la raideur de sa nuque disaient clairement qu'il ne s'était pas trompé : il y avait bel et bien un problème.

— J'ai rapporté les croissants, annonça-t-il pour rompre le silence pesant.

Elle se tourna enfin vers lui. Son visage était d'une pâleur crayeuse, ses yeux rougis, comme si elle avait pleuré. Cependant ce n'était pas de la tristesse qui se lisait dans son regard en cet instant mais bien de la colère, une colère froide.

Les bras croisés sur sa poitrine, elle le contempla fixement.

De plus en plus inquiet, il posa le sac de viennoiseries sur la table basse et esquissa un pas dans sa direction.

— Il s'est passé quelque chose ?

— C'est le moins que l'on puisse dire, répondit-elle d'un ton glacial.

Avant qu'il ait pu l'interroger à ce sujet, elle reprit la parole.

— Je crois que tu me dois des explications.

Il se figea. Se pouvait-il qu'elle ait deviné ses intentions ?

— De quoi parles-tu ?

— Je n'en suis pas encore complètement sûre, répondit-elle. D'une entreprise délibérée de séduction, c'est certain. Doublée d'une tentative d'extorsion, sans doute. Et peut-être aussi d'un pari douteux entre play-boys milliardaires…

— Où as-tu entendu parler de cela ? s'exclama-t-il.

Alors même qu'il prononçait ces mots, il s'aperçut qu'ils sonnaient presque comme un aveu.

— J'ai été si stupide, murmura-t-elle.

— Tu es tout sauf stupide, Lia !

— Vraiment ?

Se rapprochant de la table basse, elle récupéra le journal qui était posé dessus et le lui lança rageusement.

— Page 12 !

Il ouvrit le quotidien et chercha l'article auquel elle faisait référence. Lorsqu'il l'eut parcouru, une bordée de jurons lui échappa.

— Ils disent vraiment n'importe quoi, déclara-t-il d'une voix plus assurée qu'il ne l'était lui-même.

Car si les propos du journaliste étaient biaisés, ils n'étaient pas dépourvus d'un fond de vérité. Bien que ses sentiments pour Lia aient évolué depuis, il avait effectivement commencé par la courtiser dans l'espoir de faire d'une pierre deux coups : trouver une épouse et mettre la main sur l'entreprise Ford.

— Tu ne devrais pas faire attention à ce que racontent les tabloïds…

— Il n'y a pas que cela, rétorqua-t-elle d'un ton froid. Je

crois que tu as pris mon portable en croyant qu'il s'agissait du tien. Entre-temps, l'un de tes amis milliardaires a laissé un message édifiant.

Ben sortit le téléphone qui se trouvait dans sa poche et constata qu'elle ne s'était pas trompée : c'était bien celui de Lia. Il le reposa sur la table basse et prit le sien. Le message de Mancini s'affichait toujours sur l'écran de veille.

Ben dut se faire violence pour résister à l'envie qu'il avait de projeter l'appareil contre le mur le plus proche. Même si Mancini n'avait pas eu sciemment l'intention de lui nuire, il venait de lui porter un coup qui risquait fort de se révéler fatal.

— C'est bien cela, n'est-ce pas ? Vous avez fait une sorte de pari pour savoir qui d'entre vous se marierait le premier ?

Ben hésita : il avait parfaitement conscience que la vérité n'était guère plus reluisante que l'hypothèse avancée par Lia. Mais au point où il en était, il jugea préférable de jouer cartes sur table.

— Il faut que tu saches que Mancini et moi sommes victimes d'une campagne diffamatoire acharnée qui dure depuis des mois. Avec deux autres hommes qui en souffrent également, Xander Trakas et le cheikh al-Ghamdi, nous avons décidé de contre-attaquer.

— C'est pour cela que tu les as retrouvés à ce club ?

— En effet, concéda Ben, surpris. Comment le sais-tu ?

— Une photo de vous quatre est parue dans un journal, il y a deux semaines de cela, expliqua-t-elle.

— Je vois.

— Et quelle était la nature de votre contre-attaque ?

— Nous avons décidé de faire profil bas. Et nous avons tous contacté Elizabeth Young.

— Cela n'a aucun sens, objecta-t-elle. Vous faire de nouvelles petites amies ne vous aidera pas à restaurer votre réputation, bien au contraire.

— Sauf que ce ne sont pas des petites amies que nous cherchons…

Lia fronça les sourcils, se demandant visiblement où il voulait en venir. Puis, brusquement, elle comprit.

— Vous l'avez chargée de vous trouver des épouses ? balbutia-t-elle.

Ben hocha la tête.

— Mais vous êtes fous ! Vous n'allez tout de même pas vous marier juste pour asseoir votre réputation !

— Pourquoi pas ? Des tas de gens le font pour des raisons bien plus absurdes.

— Et c'est moi qui devais te servir de cobaye ? s'écria-t-elle, hors d'elle. Depuis le début, tu avais prévu de m'épouser ?

Il ne répondit pas, ce qui tint lieu de confirmation à Lia.

— Je n'arrive pas à le croire, dit-elle d'une voix blanche. Je m'étais doutée que tu mijotais quelque chose mais jamais je n'aurais pensé que tu étais capable d'une chose pareille…

La colère qui faisait rage en elle était la seule chose qui évitait à Lia de s'effondrer. Rétrospectivement, l'ampleur de l'erreur qu'elle avait failli commettre avait quelque chose de presque vertigineux.

Elle avait manqué lier sa vie à un homme qui était capable de lui mentir durant des jours entiers, alors même qu'il feignait d'éprouver pour elle la plus intense des passions. Tout ce qui lui importait, au fond, c'était ses propres intérêts, financiers en l'occurrence.

Où donc était passé ce détachement dont elle avait toujours su faire preuve ? Il semblait avoir fondu comme neige au soleil dès l'instant où les lèvres de Ben s'étaient posées sur les siennes.

En cet instant même, il la considérait d'un air calme et attentif, détaché, comme s'il était en train de calculer son prochain coup. Peut-être espérait-il encore pouvoir la berner.

— Je te rappelle que c'est toi qui as failli épouser un homme que tu n'aimais pas simplement parce qu'il te semblait être un parti acceptable.

— Je cherchais juste à faire plaisir à mon père, se défendit-elle.

C'était une très mauvaise idée et je l'ai chèrement payée. Il est hors de question que je répète une telle erreur.

— Mais je ne suis pas Simon, objecta Ben. Contrairement au couple que vous formiez, nous nous complétons à merveille, tous les deux. Pas seulement au plan physique, même si c'est un point important. Mais nous partageons les mêmes valeurs, les mêmes goûts et des ambitions très similaires. Je ne vois pas ce qui nous empêcherait de bâtir une vie commune épanouissante...

Le détachement avec lequel il présentait les choses la rendait malade. Il aurait tout aussi bien pu être en train de parler d'une simple équation qu'ils chercheraient à résoudre ou d'un problème d'échecs intéressant qu'on lui aurait soumis.

Lia comprit alors combien elle avait changé. Quelques mois encore auparavant, elle aurait peut-être accepté sa proposition. Parce qu'elle était sensée, raisonnable. Mais elle avait découvert depuis qu'une relation de couple pouvait lui apporter bien plus qu'un simple sentiment de sécurité.

Le plus triste, c'était qu'elle devait cette révélation à Ben lui-même. En tombant amoureuse de lui, elle avait pris conscience d'une partie d'elle-même qu'elle avait ignorée jusqu'alors mais qu'elle était bien décidée à écouter désormais.

Ce serait peut-être douloureux. Elle serait peut-être déçue. Et elle risquait fort de se faire briser le cœur. Mais elle était désormais convaincue que le jeu en valait la chandelle. Car jamais elle ne s'était sentie aussi vivante que lorsqu'elle croyait être amoureuse de Ben.

— Ecoute, reprit-il gravement, tu m'as dit que la santé de ton père était défaillante. Tu ne pourras pas continuer à le protéger comme tu le fais. Tôt ou tard, il vous faudra trouver quelqu'un pour s'occuper de votre entreprise. Je suis le mieux placé pour cela. Je défendrai vos intérêts et je pourrai même développer votre activité...

Lia sentit son cœur se serrer. Il ne semblait pas se rendre compte de la cruauté de ce qu'il était en train de faire. Elle lui avait confié ses secrets les plus intimes et voilà qu'il s'en servait contre elle !

— Tu as vraiment dû croire que tu avais touché le gros lot lorsque tu as vu ma photo dans le catalogue de Léviathan, remarqua-t-elle d'un ton plein d'amertume. Elizabeth Young te servait sur un plateau non seulement une épouse présentable mais aussi une entreprise à conquérir…

Ben sembla enfin se rendre compte qu'il venait de commettre une énorme erreur d'appréciation et elle eut au moins la satisfaction de le voir rougir.

— Il ne s'agirait pas d'une acquisition, protesta-t-il faiblement. L'entreprise conserverait son identité et garderait votre nom. Et vous toucheriez de confortables dividendes…

Lia lui jeta un regard effaré.

— Ce que tu me proposes ressemble bien plus à une proposition de joint-venture qu'à une demande en mariage, lui dit-elle. Tu ne comprends donc toujours pas que l'argent ne m'intéresse pas ?

— C'est facile à dire lorsqu'on n'en a jamais manqué, railla-t-il. Tu changeras peut-être d'avis le jour où par ta faute un concurrent moins délicat que moi vous acculera à la faillite pour racheter votre entreprise à bas prix !

— Très franchement, je suis surprise que ce ne soit pas ton plan B.

— Je ne suis pas le monstre que tu veux faire de moi !

— Et moi, je ne suis pas à vendre. Ni maintenant, ni le jour où ta prédiction se réalisera. Même alors, je préférerais accepter le travail le plus dégradant qui soit plutôt que d'épouser un menteur et un manipulateur dans ton genre !

— Tu aurais peut-être préféré te marier avec ce type qui te trompait parce qu'il était incapable de te procurer du plaisir ? rétorqua-t-il avec humeur.

— Crois-moi, je préférerais encore passer le reste de ma vie avec lui qu'avec toi ! Avec lui, au moins, je ne me suis jamais laissée aller à croire que nous avions vraiment une chance de vivre quelque chose de magnifique. Tu me dégoûtes, Ben !

Sur ces mots, Lia se dirigea à grands pas vers la porte de la chambre. Comprenant qu'il était sur le point de la perdre une fois de plus, Ben sentit la panique le submerger. L'idée qu'elle puisse disparaître de sa vie aussi brusquement qu'elle y était entrée lui était insupportable.

L'ironie de la situation lui apparut soudain. Toutes les accusations que Lia venait de porter contre lui étaient fondées. Il s'était bel et bien rendu responsable de toutes les fautes qu'elle lui reprochait. Et rien de ce qu'il pourrait dire pour sa défense n'y changerait rien.

Il aurait pu lui expliquer qu'il avait changé — qu'elle l'avait changé. Qu'à la faveur de ces derniers jours il avait fini par se rendre compte qu'il la désirait plus pour elle-même que pour faire taire *Celebrity Spy* ou acquérir les entreprises Ford.

Mais quelle chance avait-il de l'en convaincre ? Elle lui rirait au nez.

— Je ne t'ai pas demandée en mariage, s'exclama-t-il alors qu'elle venait de poser la main sur la poignée de la porte.

Elle se figea et se tourna à demi vers lui.

— Qu'est-ce que cela change ?

— Tu m'accuses de vouloir te manipuler mais je ne t'ai encore jamais parlé de mariage, plaida-t-il sans trop savoir où il voulait en venir.

Tout ce qui lui importait, en cet instant, c'était qu'elle ne franchisse pas cette porte. Il devait à tout prix gagner du temps.

— Je ne suis pas aussi cynique que tu le penses, Lia.

— Vraiment ? fit-elle. Eh bien dans ce cas, j'ai une faveur à te demander. Lorsque je serai partie, ne te venge pas sur mon père. Il n'est pour rien dans cette histoire. Et cela pourrait le tuer.

— Comment peux-tu penser que je ferais une chose pareille ? protesta-t-il, offensé qu'elle puisse lui prêter de telles intentions.

Elle hésita un instant avant de secouer la tête.

— Je ne sais plus que penser de toi, avoua-t-elle. Tout ce que je sais, c'est que je ne peux plus te faire confiance.

— Je t'assure que ton père n'a rien à craindre de moi, lui dit-il, blessé. Mais cela ne veut pas dire que d'autres ne s'en prendront pas à lui.

— Nous ferons face le moment venu, répondit-elle. Comme nous l'avons toujours fait.

Malgré les circonstances, Ben ne put réprimer l'instinct protecteur que Lia avait le don d'éveiller en lui. Il était terrifié à l'idée qu'elle puisse tomber entre les griffes de l'un de ces financiers peu scrupuleux qui n'hésiteraient pas à les dépouiller, son père et elle.

Mais il comprit alors qu'à ses yeux il était précisément l'un de ces prédateurs. Et le fait qu'elle puisse le considérer ainsi lui donnait la nausée.

— Adieu, Ben, lui dit-elle enfin.

Sur ce, elle sortit. L'espace d'un instant, il fut tenté de lui courir après, de la rattraper pour plaider sa cause une dernière fois. Mais qu'aurait-il bien pu ajouter ? Elle lui avait déjà donné une seconde chance et il l'avait gâchée.

En réalité, il s'était condamné lui-même, avant même de la rencontrer, le jour où il l'avait reconnue sur la tablette d'Elizabeth Young.

Peut-être était-il temps pour lui de jeter l'éponge. Il y avait d'autres femmes qu'il était susceptible d'épouser. Et les choses seraient certainement moins compliquées avec elle qu'elles ne l'avaient été avec Julianna Ford.

Car cette fois-ci il ne commettrait pas l'erreur de s'attacher.

Estimant qu'il valait sans doute mieux tourner la page au plus vite, il ressortit son téléphone portable et composa le numéro de l'agence Léviathan…

10

Tanya le considéra d'un air incrédule.

— C'est bien la première fois que quelqu'un m'explique qu'il recherche un mariage de convenance ! s'exclama-t-elle, partagée entre stupeur et amusement.

Ben n'en doutait pas. Avec ses longs cheveux blonds, ses grands yeux bleus faussement innocents, ses jambes sans fin, sa taille de guêpe et sa poitrine généreuse, la séduisante mannequin d'origine slave possédait un physique qui devait rendre fous la plupart des hommes.

Mais il laissait Ben indifférent. Pas une seule fois au cours des trois rendez-vous qu'ils s'étaient fixés, il n'avait cherché à l'embrasser. Le souvenir de Lia était encore bien trop vivace dans son esprit.

— Je pourrais être intéressée, reprit Tanya. Il faudrait bien sûr que nous discutions d'une forme de compensation…

Ben avait croisé assez de femmes dans son genre pour ne plus s'étonner de la voir accepter si facilement une telle éventualité.

Il ne doutait pas qu'elle ferait une épouse parfaite — sur le papier, tout du moins. Tous deux formeraient un couple très photogénique. Et Tanya était suffisamment intelligente et cultivée pour faire illusion dans les milieux qu'il était amené à fréquenter.

Cela signifiait aussi qu'il devrait passer sa vie entière aux côtés de quelqu'un qu'il n'aimait pas et qui ne l'aimait pas non plus. À une certaine époque, il aurait peut-être accepté un tel arrangement sans la moindre hésitation. Mais depuis qu'il avait rencontré Lia, les choses étaient soudain devenues beaucoup plus compliquées.

Lorsqu'elle l'avait abandonné pour la deuxième fois consécutive, il s'était convaincu que c'était peut-être mieux ainsi. Mais plus le temps passait et plus elle lui manquait. Le vide qu'elle semblait avoir creusé en lui ne cessait de grandir et il lui semblait parfois qu'il finirait par l'engloutir totalement.

Et plus il rencontrait d'autres femmes, moins il s'imaginait vivre sans Lia. Personne ne semblait de taille à prendre sa place. Et il était de plus en plus persuadé que ses options se limitaient à une simple alternative : la reconquérir ou passer le reste de ses jours seul.

— Je suis désolé, dit-il à voix haute. Il me semble que je vous fais perdre votre temps. Cela ne peut pas marcher.

— Je suis sûre que si, protesta Tanya un peu trop vivement. Je vous l'ai dit, je ne suis pas opposée à cette idée…

— C'est ma faute, lui dit-il.

— Je suis d'accord. Si vous voulez mon avis, vous devriez commencer par vous occuper de celle qui vous a mis dans cet état. Ensuite, si votre proposition tient toujours, vous n'aurez qu'à m'appeler. Je n'attendrai pas indéfiniment, mais pour vous je veux bien faire un effort…

Sur ce, Tanya se leva et, après avoir récupéré son manteau et son sac à main, elle quitta le restaurant où ils s'étaient donné rendez-vous.

Sans même prendre la peine de regarder l'addition, Ben jeta une poignée de billets froissés sur la table et sortit à son tour. Une fois dehors, il marcha au hasard pour tenter de s'éclaircir les idées. Tanya avait au moins raison sur un point : il allait devoir trouver un moyen d'en finir une fois pour toutes avec Lia.

Sans même qu'il s'en rende compte, ses déambulations le conduisirent à l'endroit où il s'était trouvé, ce matin-là. Il avait assisté à la destruction d'un vieil immeuble à la place duquel se dresserait bientôt un immense centre commercial de dernière génération, équipé d'une salle d'escalade, d'un club de remise en forme et de plusieurs restaurants de cuisine fusion.

Curieusement, en voyant s'effondrer l'ancien bâtiment, Ben avait éprouvé quelque chose qui s'apparentait fort à de la nostalgie. Il s'était pris à penser aux gens qui avaient vécu là, à ceux qui y avaient grandi et qui y étaient morts. Il lui avait semblé alors qu'en démolissant l'immeuble on les avait fait disparaître une seconde fois.

C'était absurde, bien sûr. Une ville ne pouvait demeurer éternellement semblable à elle-même : elle devait évoluer, se moderniser, se développer. Et pourtant, il ne parvenait pas à se débarrasser de l'impression qu'il y avait peut-être d'autres solutions pour intégrer la ville de demain à celle d'hier.

N'était-ce pas ce qu'il avait réussi à faire dans sa propre vie ? N'avait-il pas rebâti sa respectabilité et sa fortune en s'appuyant sur l'échec et la déchéance de son père ? N'avait-il pas réussi ses études parce qu'un policier zélé avait cru bon de tendre la main à un vaurien qu'il aurait tout aussi bien pu jeter en prison ?

Même les erreurs et les mauvaises actions pouvaient donner naissance à des lendemains meilleurs. Rien n'était jamais perdu. Tout ce qui importait, c'était de trouver le moyen de transformer ses faiblesses en force. C'était Clancy qui lui avait expliqué cela le premier : il appelait cela le judo mental.

Et si Ben voulait avoir une chance de réparer les dégâts qu'il avait causés dans la vie de Lia comme dans la sienne, il allait très rapidement devoir remonter sur le tatami.

Lia se tenait face à la fenêtre de son bureau, contemplant la ville morose sur laquelle s'abattait une pluie qui semblait ne jamais devoir s'arrêter. Cette météo catastrophique avait au moins le mérite de refléter son humeur du moment.

Elle se prit alors à penser au ciel de Bahia où Ben se trouvait probablement en compagnie de la dernière candidate au mariage en date.

Elle avait vu la photographie de la femme avec laquelle il sortait, ces temps-ci. Et elle avait été bien forcée de reconnaître qu'ils formaient un couple nettement plus crédible que Ben et elle.

N'eût été l'entreprise de son père, il ne lui aurait pas accordé un seul regard. C'était une leçon qu'elle s'était juré de ne jamais oublier. Et la prochaine fois qu'un homme aussi parfait que lui s'intéresserait à elle, elle ferait preuve de plus de méfiance.

Un sourire ironique se dessina sur ses lèvres. Evidemment, il y avait peu de chances pour que cela se produise tant qu'elle demeurerait à ce point obsédée par Ben.

Naïvement, elle avait pensé qu'étant donné ce qu'elle avait découvert sur son compte il lui serait assez facile d'oublier ses sentiments pour lui. Mais elle n'avait pas tardé à comprendre que la vie n'était pas si clémente.

Bien qu'elle ait toutes les raisons de le détester, elle ne parvenait pas à se défaire de cet amour qui avait grandi en elle sans même qu'elle s'en rende compte. Loin de s'étioler, il se doublait à présent de tristesse, de frustration et de colère.

Elle avait souvent entendu dire que la haine n'était pas si différente que cela de l'amour, au fond. C'était un proverbe qu'elle n'avait jamais vraiment compris… Jusqu'à ce jour. D'un instant à l'autre, elle se languissait des baisers de Ben puis se sentait prise d'une envie irrépressible de le tuer de ses propres mains.

Toute la question était de savoir combien de temps encore cela durerait et si elle émergerait de ce calvaire avec toute sa raison.

La sonnerie de son téléphone portable l'arracha soudain à ses sombres méditations. S'emparant de son appareil, elle reconnut le numéro qui s'affichait à l'écran.

— Papa ? Est-ce que tout va bien ?

— Très bien, la rassura-t-il aussitôt.

De fait, il continuait à se rétablir et était même suffisamment en forme, à présent, pour se rendre à son bureau deux ou trois fois par semaine. Il s'était aussi mis à travailler de chez lui.

— Que se passe-t-il ?

— Je voulais te dire que j'avais reçu un visiteur inattendu, ce matin.

— Vraiment ? Qui ça ?

— Benjamin Carter. Je ne sais pas si tu te souviens, c'est ce magnat du bâtiment américain qui voulait...

— Je sais, oui, l'interrompit-elle, le cœur battant à tout rompre.

Elle n'avait jamais parlé à son père de sa liaison avec Ben en espérant que ce dernier tiendrait parole et ne reprendrait plus jamais contact avec son père. Mais une fois encore, il n'avait pas respecté ses engagements.

— Que voulait-il ?

— Eh bien, c'est très curieux. Il voulait me demander ta main. Il m'a aussi parlé d'une idée de fusion qu'il avait eue...

— Oh ! non, gémit-elle. Il n'a pas fait ça... C'est entièrement ma faute, papa. Je l'ai rencontré à New York par hasard et il m'a fait la cour. Je n'aurais pas dû le laisser faire. J'ai compris par la suite qu'il cherchait une femme et qu'il s'intéressait toujours à ta compagnie. Alors nous avons rompu. Je ne t'en ai pas parlé pour ne pas t'inquiéter...

— Je vois, acquiesça son père. Et qu'est-ce que tu penses de lui, au juste ?

— Je le déteste ! s'exclama-t-elle rageusement.

— Ecoute, Lia, il faut que tu saches...

— Excuse-moi, mais il faut que je règle cette affaire une fois pour toutes, déclara-t-elle. Je te rappelle après, d'accord ?

— Mais...

Elle raccrocha sans lui laisser le temps de poursuivre. La rage que lui inspirait Ben venait de franchir un nouveau palier, et si elle ne faisait pas rapidement quelque chose, elle allait devenir folle.

Lorsque Lia pénétra d'un pas décidé dans le hall de l'immeuble qui abritait les bureaux de la succursale londonienne de la compagnie Carter, elle eut la surprise de tomber nez à nez avec son P-DG.

— Ben ! s'exclama-t-elle, troublée malgré elle.

Elle s'était préparée psychologiquement à ce tête-à-tête mais, en le voyant, elle comprit qu'elle ne serait jamais vraiment prête à le revoir. Il était associé pour elle à bien trop de souvenirs ambigus.

— Lia, qu'est-ce que tu fais ici ?

— Je venais te voir.

— Je m'apprêtais justement à me rendre à ton bureau.

— Eh bien, je t'ai épargné le déplacement, déclara-t-elle en serrant les poings. Tu ne croyais tout de même pas que j'allais laisser passer ça ?

Il lui jeta un coup d'œil un peu étonné. Elle remarqua alors que, pour la première fois depuis qu'elle le connaissait, Ben n'était pas parfaitement apprêté. Sa cravate était défaite, ses joues bleuies d'un début de barbe et il paraissait assez fatigué.

Elle se demanda avec une pointe de masochisme si c'était à cause de sa nouvelle petite amie qu'il manquait de sommeil.

— Mon père m'a dit que tu étais allé le voir ! lança-t-elle, furieuse contre lui autant que contre elle-même.

— C'est vrai, reconnut-il. Que t'a-t-il dit d'autre ?

— Que tu étais venu lui demander ma main et lui parler de fusion ! Comment as-tu pu faire une chose pareille ? Tu es allé sciemment à l'encontre de la seule faveur que je t'avais demandée ! Tu as utilisé contre moi des informations que je t'avais données en tant que… En tant qu'ami.

— Ami, vraiment ? ne put-il s'empêcher de répéter d'un ton moqueur.

— Je ne plaisante pas, Ben. Cette fois, tu as dépassé les bornes !

— Si j'en crois ton humeur, ton père n'a pas dû t'expliquer ce dont nous avions parlé précisément, objecta-t-il.

Cette remarque arrêta net Lia.

Qu'y avait-il à dire de plus ?

Ben jeta un coup d'œil autour d'eux. Ils n'étaient pas seuls dans le hall et plusieurs personnes s'efforçaient de façon assez peu convaincante de les ignorer. S'ils se disputaient ici, toute la presse se ferait un malin plaisir de rapporter leurs propos.

— Viens avec moi, lui dit Ben en la prenant par le bras pour l'entraîner vers les ascenseurs.

Elle essaya vainement de se dégager. Mais le souci de ne pas causer de scandale l'empêchait de se débattre de façon trop évidente.

— Nous n'avons rien à nous dire de plus, protesta-t-elle. Laisse-nous tranquilles, mon père et moi. Nous ne te laisserons jamais nous prendre notre entreprise.

Ben s'abstint de répondre et l'entraîna jusqu'à l'ascenseur qui ne tarda pas à s'élever en direction du dernier étage. Comprenant qu'elle n'avait momentanément d'autre choix que de le suivre, Lia croisa les bras et tenta d'ignorer les souvenirs de ce qui s'était passé dans l'ascenseur de l'hôtel.

Mais ces images suffirent à réveiller en elle un lancinant désir. Elle se morigéna. Ces derniers temps, il lui arrivait régulièrement de regretter l'époque où elle se croyait frigide. Au moins, elle ne se réveillait pas alors au beau milieu de la nuit, le corps brûlant et moite et l'esprit peuplé d'images érotiques d'un homme qu'elle s'efforçait en vain de haïr.

Au bout de ce qui lui parut être une éternité, l'ascenseur s'immobilisa au niveau du dernier étage. La prenant de nouveau par le bras, Ben l'entraîna à grands pas le long d'un couloir bordé de bureaux. Ses collaborateurs les regardaient passer avec une évidente curiosité. Contrairement à son père, ils avaient dû lire les articles les concernant.

Ils pénétrèrent enfin dans un grand bureau orné d'une baie vitrée qui dominait la ville et la Tamise en contrebas. Il était meublé avec goût, tout comme la maison de Ben à Bahia.

— Je t'écoute, lui dit-elle de son ton le plus revêche. Mais tâche d'être bref. Je ne compte pas passer plus de temps que nécessaire en ta compagnie.

Ben prit néanmoins le temps de traverser la pièce pour aller s'asseoir au bord de son bureau. Il désigna les sièges qui se trouvaient devant elle mais Lia préféra demeurer debout. Elle le vit pousser un petit soupir, comme s'il prenait soudain conscience de l'épreuve qui l'attendait. Mais à quoi donc avait-il pensé en allant trouver son père de cette façon ?

— Je me souviens qu'un jour l'un de mes concurrents m'a dit que les bâtiments que je construisais avaient plus d'âme que moi. Sur le coup, je me suis dit qu'il cherchait seulement à m'insulter. Mais avec le recul, je m'aperçois qu'il ne s'était pas trompé. J'ai toujours mis le meilleur de moi-même dans mes constructions parce que je me disais que, contrairement à moi et à tous les autres humains, elles étaient fiables et destinées à durer…

— Je suis convaincue que tu causeras bien moins de dégâts en te concentrant sur l'architecture plutôt que sur les relations humaines !

C'était un coup bas mais il lui fit un bien fou.

— J'ai fini par me rendre compte que l'un ne remplaçait pas l'autre, reprit-il sans se laisser désarçonner. Que je ne pouvais pas construire de bâtiments sans comprendre ce qu'en attendaient ceux qui vivaient à l'intérieur…

Elle l'interrompit.

— Je ne suis vraiment pas d'humeur à t'écouter donner un cours magistral d'urbanisme.

— Je sais… J'essayais juste de t'expliquer pourquoi je suis allé voir ton père.

— Ce n'est pas la peine. Tu me l'as déjà clairement fait comprendre lors de notre dernière rencontre.

— Ce n'est pas ce que tu crois, protesta-t-il.

Elle ne prit même pas la peine de lui répondre. Croyait-il réellement pouvoir faire renaître l'espoir qu'il lui avait inspiré autrefois ?

— Je suis allé dire à ton père que j'étais amoureux de toi, lâcha Ben.

Lia lui lança un regard chargé de reproches. Après l'avoir manipulée, voilà qu'il s'apprêtait à faire de même avec son père…

— Je lui ai expliqué aussi qu'étant donné ce qui s'était passé entre nous tu ne me croirais jamais, poursuivit Ben. Je ne pouvais pas me contenter de te déclarer mon amour. Il fallait que je te le prouve de façon convaincante. Indubitable. Alors j'ai cédé mon entreprise à ton père.

Cette fois, Lia ne put réprimer une exclamation de stupeur.

— Je me suis dit que de cette façon je te démontrerais une fois pour toutes que, sans toi, ma vie ne valait rien. Rien de ce que j'ai pu bâtir ne remplacera ce que j'ai trouvé auprès de toi.

— Ce n'est pas possible, protesta Lia. Tu ne peux pas dire ça. Pas après être sorti avec cette fille…

— Je ne suis pas sorti avec elle, répondit-il. Chaque fois que je la regardais, tout ce que je me disais c'était qu'elle n'était pas toi et que je ne pourrais jamais l'aimer.

— Mais alors, pourquoi m'as-tu laissée partir ?

— Je ne voyais pas quoi faire d'autre, sur le moment. J'étais coupable de tout ce dont tu m'avais accusé. Avant de te rencontrer, j'avais effectivement prévu de te séduire, de t'épouser et de me servir de votre entreprise pour m'étendre en Europe. Mais lorsque j'ai fait ta connaissance, tous ces plans ont volé en éclats. Il n'y avait que toi qui comptais… Mais si je te l'avais avoué, m'aurais-tu cru ?

— Non, répondit-elle sans hésiter. Bien sûr que non.

— C'est ce que je me suis dit. Alors je t'ai laissée partir et je me suis dit que les sentiments que j'éprouvais pour toi finiraient par s'atténuer avec le temps. Mais ça n'a pas fonctionné. J'ai laissé une partie de moi en toi, Lia…

Ces mots faillirent la faire chavirer. Mais elle se fit violence, refusant de se laisser berner une fois de plus par des paroles qui n'engageaient que celle à qui elles étaient destinées.

— Mais si tu as réellement cédé ton entreprise et si dans un moment d'égarement j'acceptais de t'épouser, tu finirais par obtenir ce que tu souhaitais dès le départ, objecta-t-elle. Qui me dit que ce n'est pas un incroyable coup de bluff ?

Ben la considéra avec stupeur, comme s'il n'avait pas du tout envisagé les choses sous cet angle. Une fois de plus, elle faillit le croire. Mais il lui avait déjà prouvé à maintes reprises qu'il avait l'étoffe d'un comédien accompli.

— Si vraiment tu ne me fais pas confiance, nous n'aurons qu'à rédiger un contrat de mariage qui exclue votre entreprise du patrimoine commun.

Loin de calmer la panique qui montait en elle, cette proposition totalement désintéressée ne fit que l'alimenter.

— Je ne peux pas faire ça, murmura-t-elle en secouant la tête. Je ne te fais plus confiance.

Ben avança d'un pas vers elle et elle sentit son corps réagir malgré elle à la proximité de cet homme qui exerçait toujours une véritable emprise sur ses sens.

— Ce n'est pas moi en qui tu n'as plus confiance, objecta-t-il, mais en toi-même. Maintenant que plus rien ne nous sépare, tu as peur de t'engager. Parce qu'au fond de toi tu redoutes que nous ne finissions comme tes parents. Cela t'effraie tellement que tu préfères encore t'interdire d'être heureuse. De cette façon, tu es sûre de ne pas être déçue. C'est pour cela que tu étais prête à épouser Simon.

Elle le fixa d'un air interdit. Le diagnostic était peut-être brutal mais il n'était pas dépourvu de fondement.

— Depuis quand es-tu devenu un spécialiste en matière de psychologie ?

Un sourire plein d'autodérision se dessina sur ses lèvres.

— Depuis que je pense à toi à longueur de journée, répondit-il. Crois-moi, j'ai eu tout le temps de réfléchir à la moindre phrase que tu avais prononcée en ma présence…

Il paraissait si sincère que Lia sentit les larmes lui monter aux yeux.

— Je ne te mens pas, Lia. Je ne pense qu'à toi. Je ne rêve que de toi. Je n'ai qu'une envie : passer plus de temps avec toi. Et depuis que je t'ai perdue, je me sens affreusement seul. Cela ne m'était jamais arrivé avant, tu sais. Au contraire, même, je considérais la solitude comme une bénédiction souvent préférable à la compagnie de mes semblables. Tu me manques, Lia.

Cette fois, elle sentit couler sur sa pommette une larme qu'elle n'avait plus la force de retenir.

— Je suis prêt à tout pour te retrouver, reprit-il. J'ai proposé mon entreprise à ton père mais je pourrais aussi bien te la céder ou la léguer à ta fondation caritative préférée. Tu n'as qu'un mot à dire : mon service juridique est au bout du couloir. Et si tu as peur qu'un contrat de mariage ne te protège pas suffisamment contre une éventuelle spoliation, ne nous marions pas. Très franchement, ce n'est pas cela qui m'importe le plus. Je veux juste être avec toi.

Il marqua une pause, attendant qu'elle lui réponde. Mais en cet instant elle était bien trop émue pour articuler le moindre mot.

— Mais si malgré tout cela tu ne veux pas de moi, si l'idée de vivre à mes côtés te répugne, je comprendrai. Au moins, je t'ai dit tout ce que j'avais à te dire. La balle est dans ton camp, à présent.

Il se tut de nouveau. Pendant ce qui lui parut durer plusieurs minutes, tous deux s'observèrent fixement. Dans les yeux de Ben, elle discernait un mélange d'angoisse, de désir et de tendresse qui confirmait mieux que des mots tout ce qu'il venait de lui dire.

Contre toute attente, Benjamin Carter était bel et bien amoureux d'elle.

— Mais comment être sûre que tu ne finiras pas par me quitter ?

— Il n'y a jamais de garantie absolue dans un couple,

répondit-il d'un ton grave. Mais je n'ai aucune intention de partir. Je n'ai jamais été aussi heureux que lorsque je me trouve avec toi. En te quittant, c'est surtout à moi-même que je ferais du mal.

Ben lui décocha un sourire qui se voulait rassurant.

— Nous ne sommes pas nos parents, lui certifia-t-il. Nous ne sommes pas forcés de nous faire souffrir l'un l'autre. La plupart des couples y parviennent, alors pourquoi pas nous ? L'essentiel est que nous nous aimions. Est-ce le cas ?

Cette fois-ci, rien ni personne n'aurait pu l'empêcher de répondre.

— Oui, lui dit-elle. Je t'aime, Ben.

— Moi aussi. Or ce n'était pas le cas de nos parents. C'est la raison pour laquelle ils n'ont pas su tenir la distance.

Lia se demanda si la réponse pouvait réellement être aussi simple. N'était-ce pas parce qu'elle l'aimait qu'il l'avait tant fait souffrir ? Par comparaison, sa rupture avec Simon avait été une simple formalité.

Mais une chose était certaine : parce qu'ils s'aimaient, ils ne pouvaient courir le risque de refuser cette chance que leur offrait la vie. S'ils le faisaient, ils passeraient probablement le reste de leur existence à le regretter.

Le cœur battant à tout rompre, elle traversa donc la distance qui les séparait et vint se nicher entre les bras que Ben lui ouvrait déjà. Le baiser qu'ils échangèrent alors acheva de bannir les derniers doutes qui subsistaient en elle. Et bientôt, il ne resta plus que l'évidence de cet amour indéfectible qu'elle vouait à Ben.

Bien plus tard, dans la chambre à coucher de Lia, tous deux reposaient sur son lit aux draps froissés par leur étreinte passionnée. Jamais elle ne s'était sentie aussi bien qu'en cet instant. Elle avait l'impression d'avoir trouvé sa véritable place.

Elle se redressa sur un coude et posa doucement sa main sur la poitrine puissante de son amant.

— Je sais que tu as dit que le plus simple serait de ne pas nous marier, commença-t-elle.

Il croisa ses bras derrière sa nuque pour la contempler avec attention.

— Cela prouverait que je ne suis pas intéressé par votre entreprise, acquiesça-t-il.

— Je sais, murmura-t-elle. Mais si je décidais de te croire sur parole. Si je préférais devenir ta femme pour que tout le monde sache que nous sommes liés l'un à l'autre. Est-ce que tu serais partant ?

— Bien sûr, répondit-il sans hésiter. C'est ce que j'ai dit à ton père. Mais je comprendrais que tu veuilles attendre d'en avoir le cœur net. Attends un instant.

Il se redressa et quitta le lit pour aller fouiller dans les poches de sa veste qu'il avait laissée tomber à terre, un peu plus tôt. Lorsqu'il revint, il tenait un petit écrin de velours noir qu'il ouvrit et lui présenta.

Il contenait une magnifique bague en platine ornée d'un saphir de la plus belle eau entouré d'une couronne de brillants.

— C'est la bague de fiançailles que j'ai choisie pour toi, lui dit-il. Je pense qu'elle est à la bonne taille, mais si tel n'est pas le cas ou si tu en préfères une autre, je peux la changer.

— Elle est superbe, protesta Lia.

— C'est aussi ce que je me suis dit, acquiesça-t-il. Et la pierre m'a fait penser à tes yeux. Quoi qu'il en soit, je voudrais que tu acceptes de devenir ma fiancée. Pour un temps indéterminé. Toute notre vie, si tu le veux. Ou jusqu'à ce que tu décides de m'épouser. Quant à moi, je suis prêt à attendre indéfiniment.

Lia sentit monter en elle une joie immense. Jamais elle n'aurait pensé qu'il puisse faire un geste aussi romantique.

— Je veux être ta fiancée, Benjamin Carter, lui dit-elle

d'une voix enrouée par l'émotion qui l'étreignait. Je t'aime plus que tout au monde.

— Et je t'aime plus encore, répondit-il en lui passant la bague.

Lia ne s'étonna même pas qu'elle fût si parfaitement adaptée à son doigt. Il lui semblait que cet instant était prédestiné depuis toujours.

Épilogue

— Les équipes sont déjà à pied d'œuvre sur la frontière indo-pakistanaise, Julianna, déclara Philip Storm, le responsable de la mission que la fondation Ford-Carter venait de dépêcher sur place. Tout se déroule comme prévu. Je crois que nous allons pouvoir sauver des milliers de vies. Vous avez fait un travail remarquable en très peu de temps.

— Je suis désolée de ne pas pouvoir être là pour voir ça, dit-elle en serrant le combiné du téléphone.

— Ne vous en faites pas, nous sommes suffisamment nombreux. Et ce n'est vraiment pas un endroit pour une femme enceinte.

— C'est vrai, reconnut-elle en caressant son ventre distendu.

— Saluez votre époux de ma part, Julianna. Et remerciez-le encore pour la somme qu'il a débloquée en urgence.

— Je n'y manquerai pas, répondit-elle. Encore bravo pour ce déploiement réussi, Philip ! Félicitez toute l'équipe de ma part et dites-leur que j'offre une tournée générale dès que vous serez de retour en Angleterre.

— C'est comme si c'était fait !

Ils raccrochèrent et Lia se tourna vers la baie vitrée qui donnait sur la Tamise. Elle ne parvenait toujours pas à croire que Ben ait réussi à transférer le siège de sa société en Angleterre.

Cette décision avait été pour elle une bénédiction. Non seulement elle avait pu rester dans cette ville qu'elle aimait plus que tout mais, de plus, elle avait pu continuer à s'occuper de son père. Aujourd'hui, ce dernier paraissait s'être complètement remis.

Les médecins ne s'expliquaient pas vraiment ce rétablissement, mais Ben et Lia étaient convaincus qu'il tenait en grande partie à la nouvelle compagne de Louis. Elle avait toujours soupçonné la secrétaire de son père d'être secrètement amoureuse de son patron. Mais jamais elle n'aurait imaginé que ce dernier s'en aperçoive un jour…

Quittant son bureau, elle traversa le couloir pour gagner celui de Ben, situé juste en face. Elle trouva son mari en bras de chemise, allongé sur le sol à côté de Lucy, leur fille âgée de trois ans. Tous deux étaient en train de construire un gigantesque palais de conte de fées en Lego.

— On dirait que ça avance bien, s'exclama-t-elle, attendrie par la scène.

Lucy se leva d'un bond et s'élança vers elle.

— On a fini la maison pour les chevaux, expliqua-t-elle en la prenant par la main. Viens voir.

Lia la suivit et s'agenouilla aussi gracieusement que le lui permettait la montagne qui lui tenait lieu de ventre. Ben se redressa alors pour déposer un petit baiser sur ses lèvres.

— Comment se passe la mission ?

— Tout se déroule comme prévu.

— Excellent !

— Maman ? Est-ce que je peux écouter mon petit frère ?

— Si tu veux.

Lucy l'entoura de ses bras et pressa sa joue contre son ventre. Ben déposa un petit baiser au creux de son cou, ce qui la fit frissonner délicieusement. Au même moment, le bébé décocha un coup de pied contre la joue de Lucy, ce qui la fit rire aux éclats.

— Maman, est-ce que tu crois que lorsqu'il sera né il pourra nous aider à construire le château ?

— Il faudra attendre un peu, ma chérie. Mais lorsqu'il sera plus grand, il pourra le faire.

— Ça va prendre longtemps ?

Le rire de Ben éveilla un nouveau frisson de bonheur au plus profond de son être. Jamais elle n'aurait imaginé connaître un jour une telle plénitude. Et elle se félicitait chaque matin d'avoir trouvé cet homme merveilleux qui l'avait aidée à substituer la confiance au soupçon, l'espoir au doute et l'amour à la peur.

RACHAEL THOMAS

La fierté d'un homme d'affaires

INTÉGRALE

MARIAGES DE RAISON

Traduction française de
FABRICE CANEPA

SAGAS

HARLEQUIN

Titre original :
MARRIED FOR THE ITALIAN'S HEIR

Ce roman a déjà été publié en 2017

1

Dante Mancini avait la désagréable impression d'être en train de perdre le contrôle de sa propre existence. Le constat était d'autant plus alarmant qu'il considérait la maîtrise de soi comme une vertu cardinale, celle sur laquelle il avait fondé l'immense empire industriel et financier qui était aujourd'hui le sien.

Tout avait commencé avec cette série d'articles publiés par la revue à scandale *Celebrity Spy*. Il s'agissait de portraits au vitriol de quatre hommes d'affaires présentés comme les symboles débauchés d'un mode de vie décadent.

Ces chroniques les faisaient apparaître comme des play-boys irresponsables qui vivaient dans un monde de luxe et consacraient l'essentiel de leur temps à faire la fête et à séduire de splendides jeunes femmes.

Au début, Dante n'y avait guère prêté attention. Il s'en était même amusé, s'imaginant que personne ne prendrait ce genre de caricature au sérieux.

Mais il n'avait pas tardé à comprendre son erreur lorsque plusieurs clients avaient renoncé à travailler avec lui, laissant entendre qu'une telle collaboration risquait de porter préjudice à leur image de marque.

Même le travail de la fondation Hope que finançaient Dante et les trois autres milliardaires concernés s'était trouvé menacé. Les administrateurs leur avaient fait clairement comprendre qu'il était temps pour eux de redorer leur blason.

Ben Carter avait fini par réunir Zayn Al-Ghamdi, Xander Trakas et Dante. Il leur avait alors exposé l'idée saugrenue qu'il avait conçue pour faire face à ces calomnies. Contre toute attente, les deux autres avaient semblé convaincus par ses arguments. Dante, en revanche, avait trouvé absurde l'idée de se marier pour répondre à une simple campagne de presse.

Mais quelques jours plus tard, Bettino d'Antonio, l'un de ses plus anciens clients, avait brusquement décidé de faire appel à l'un de ses principaux concurrents. En guise d'explication, il avait indiqué à Dante qu'il ne pouvait continuer à travailler avec quelqu'un qui reniait à un tel point les valeurs familiales qui lui tenaient tant à cœur.

Cela avait été la goutte d'eau qui avait fait déborder le vase, et Dante s'était résigné à prendre contact avec Elizabeth Young, la fondatrice et directrice de l'agence de rencontre Léviathan. C'était Xander Trakas qui la leur avait recommandée et, en l'entendant parler d'elle, Dante n'avait pu s'empêcher de se demander si ces deux-là n'avaient pas eu une aventure.

L'idée de faire appel à une telle agence lui paraissait un peu étrange. Après tout, il n'avait jamais eu de mal à trouver des compagnes auparavant. Mais force était de reconnaître que jamais encore il n'avait cherché quelqu'un avec qui il serait susceptible de partager plus qu'une simple aventure, voire carrément sa vie entière.

Dante avait toujours considéré que l'union entre un homme et une femme ne pouvait être que temporaire. Passée l'excitation des premières rencontres, l'attirance finissait indéniablement par s'amenuiser. Le désir s'effaçait inévitablement jusqu'à disparaître complètement.

À ses yeux, ceux qui passaient des années en couple se mentaient à eux-mêmes, que ce soit par peur du changement ou par réflexe inconscient de se complaire dans une situation stable et posée. Jamais encore il n'avait commis l'erreur de s'attacher et, lorsqu'il sortait avec quelqu'un, c'était toujours lui qui prenait l'initiative de la rupture.

Presque toujours, se reprit-il mentalement.

Comme chaque fois qu'il repensait à la nuit passionnée qu'il avait passée avec cette inconnue, Dante sentit naître en lui un mélange irrépressible de désir, de frustration et de colère. Il n'avait pas l'habitude que ses partenaires le quittent au beau milieu de la nuit sans même lui laisser un nom ou un numéro de téléphone.

Cette brève histoire ne ressemblait à aucune de celles qu'il avait pu connaître. Tout était allé très vite. Dès qu'il avait posé les yeux sur la magnifique rousse qui semblait s'ennuyer autant que lui à cette soirée, il s'était senti profondément troublé.

Cette fille avait éveillé en lui un désir aussi puissant qu'irrésistible. Ce n'était pas uniquement de l'attirance physique, mais plutôt une forme de fascination qu'il aurait été bien en peine d'expliquer.

Il ne s'était écoulé qu'une dizaine de minutes entre le moment où il l'avait abordée et celui où tous deux s'étaient retrouvés dans sa chambre d'hôtel. Leur étreinte avait été intense et passionnée — probablement l'une des plus ardentes qu'il ait jamais connue.

Puis la mystérieuse inconnue avait disparu aussi soudainement qu'elle lui était apparue…

Ce souvenir frustrant ne contribuait guère à améliorer l'humeur massacrante dans laquelle il se trouvait, et le mal de tête dont il avait hérité après la fête trop arrosée de la veille n'arrangeait vraiment rien.

Dante n'avait pas l'habitude de faire de tels excès mais il avait voulu oublier ses problèmes, l'espace d'une soirée. Hélas, il le payait au prix fort ce matin…

Réprimant un soupir, il se dirigea à grands pas vers son bureau. Là, comme à son habitude, sa secrétaire lui adressa une chaleureuse salutation.

— Je ne veux surtout pas être dérangé, lui dit-il. Ne me transmettez aucun appel et décalez mes rendez-vous.

— Mais, monsieur…, fit-elle mine de protester.

— Aucun appel, répéta-t-il avant de se diriger vers son bureau.

Il y pénétra d'un pas résolu et se dirigea aussitôt vers le confortable fauteuil de cuir qui trônait derrière sa table de travail. S'y laissant tomber, il ferma les yeux et massa ses tempes douloureuses.

Étant donné l'état dans lequel il se trouvait, il était peu probable qu'il soit très efficace ce matin-là. Peut-être pouvait-il en profiter pour appeler cette Elizabeth Young. Cette pensée ne fit qu'ajouter à la sensation d'accablement qui pesait sur lui. Cette journée était vraiment très mal partie…

Alors même qu'il parvenait à cette déprimante conclusion, un toussotement se fit entendre. S'attendant à voir sa secrétaire revenir à la charge, Dante rouvrit les yeux. Mais la porte du bureau était toujours close.

Tandis qu'il parcourait la pièce du regard, quelle ne fut pas sa surprise quand il vit la jeune femme qui était assise sur le canapé situé près de la machine à café.

— Votre secrétaire m'a proposé de vous attendre ici, expliqua-t-elle d'une voix légèrement hésitante.

Dante demeura silencieux, cherchant désespérément à comprendre comment la belle rousse qu'il avait rencontrée deux mois auparavant pouvait bien se trouver dans son bureau. Comment était-elle parvenue à le retrouver ? Et que pouvait-elle bien lui vouloir après tout ce temps ?

Un doute s'insinua soudain en lui. Se pouvait-il qu'elle ait appris qui il était dans les pages de *Celebrity Spy* ? Si tel était le cas, avait-elle décidé de le faire chanter ? Cette hypothèse ne fit qu'accentuer la migraine qui l'assommait.

— Que voulez-vous ? lui demanda-t-il un peu abruptement.

Elle tressaillit légèrement et se leva pour s'approcher de son bureau. Parvenue au milieu de la pièce, elle s'immobilisa, visiblement mal à l'aise.

Il en profita néanmoins pour l'observer. De toute évidence, elle n'avait pas cherché à se mettre en valeur. Son jean délavé et son sweat-shirt informe frappé de l'écusson d'une université australienne atténuaient la grâce et la beauté qui l'avaient frappé, le soir où il l'avait rencontrée.

Elle portait alors une superbe robe rouge qui révélait de longues jambes fuselées, le doux renflement de sa poitrine et la naissance de son dos magnifique. Ce seul souvenir suffit à éveiller en lui une pointe de désir qu'il tenta d'ignorer.

Il ne pouvait en effet pas se permettre de succomber de nouveau à son charme. Pas tant qu'il ne saurait pas quelles pouvaient être ses véritables intentions…

— Je ne veux pas vous déranger, lui dit-elle d'un ton hésitant. Je n'ai qu'une chose à vous dire et puis je m'en irai…

— Dites-moi tout d'abord comment vous m'avez retrouvé, lui demanda-t-il.

— J'ai lu un article à votre sujet…

Elle détourna les yeux, apparemment embarrassée.

— Si c'est de l'argent que vous voulez, vous avez frappé à la mauvaise porte, lui dit-il posément.

Elle rougit de plus belle et lui jeta un regard chargé de reproches.

— Pas du tout, protesta-t-elle vivement. Je n'ai pas l'intention de vous faire chanter…

Dante se sentit légèrement coupable de l'avoir accusée. Mais il savait hélas que bien des femmes s'intéressaient plus à son argent qu'à lui-même.

— Comment vous appelez-vous ? lui demanda-t-il.

— Piper. Piper Riley.

— Très bien, Piper. Asseyez-vous et dites-moi ce qui vous amène ici.

Elle hésita un instant avant de venir prendre place sur l'une des chaises qui se trouvaient devant son bureau. Elle prit alors une profonde inspiration et le regarda droit dans les yeux.

— Je suis enceinte, lui annonça-t-elle enfin.

Un sourire ironique se dessina sur les lèvres de Dante.

— Impossible, déclara-t-il. Nous avons pris nos précautions.

— C'est aussi ce que je pensais, soupira-t-elle. Mais apparemment, les préservatifs ne sont pas fiables à cent pour cent. Il paraît que c'est marqué sur la boîte…

Dante sentit un frisson le parcourir de la tête aux pieds.

— Vous ne prenez donc pas la pilule ?

Piper secoua la tête.

— Je n'avais pas de raison de le faire. Lorsque nous nous sommes rencontrés, j'étais célibataire…

— Ce n'est plus le cas ?

— Si, bien sûr…

Dante passa ses paumes sur son visage. Si la journée avait mal commencé pour lui, elle était en train de virer au cauchemar. Était-il en train de payer le prix de la vie de débauche qu'il avait menée ?

— Est-ce que vous êtes vraiment sûre qu'il est de moi ? lui demanda-t-il.

— Oui, répondit-elle sans hésiter.

Dante lui lança un coup d'œil interrogatif, et Piper rougit de plus belle.

— Je n'ai pas eu d'autre relation depuis cette nuit-là, avoua-t-elle.

Dante s'aperçut alors avec un brin d'étonnement que tel était aussi son cas. Sans doute avait-il été trop occupé par les affaires qui lui tombaient dessus depuis lors.

— Écoutez, reprit-il, je ne dis pas que vous mentez. Mais nous ne nous connaissons quasiment pas…

— Que vous me croyiez ou pas, cela n'a aucune importance, répondit-elle. J'ai juste pensé que je vous devais la vérité. Après tout, vous êtes un peu concerné par cette histoire, si je ne m'abuse. Mais je ne vous demande rien.

Loin de le rassurer, cette déclaration ne fit qu'ajouter à son inquiétude. Se pouvait-il qu'elle soit réellement enceinte de lui ?

— Il existe des tests qui pourraient confirmer la paternité, remarqua-t-il.

Piper ne put réprimer un soupir. Elle commençait à regretter amèrement d'être venue trouver Dante. Mais lorsqu'elle avait appris qu'elle était enceinte, elle n'avait pas hésité un seul instant sur la conduite à tenir.

La question n'était pas de savoir s'il comptait assumer ou non cette paternité. Il était le père de cet enfant et avait le droit de connaître son existence. Mais elle avait tout de même espéré qu'il se montrerait un peu plus compréhensif.

S'efforçant de dominer sa déception, elle haussa les épaules.

— Vous avez raison, déclara-t-elle. Je suis désolée de vous avoir fait perdre votre temps.

Elle fit mine de se lever.

— Attendez, s'exclama Dante. Si cet enfant est réellement de moi, je ne me défilerai pas devant mes responsabilités. Mais, étant donné l'importance des enjeux, je ne peux me contenter de votre simple parole.

— Je comprends, soupira-t-elle en se rasseyant. Et je reconnais que les circonstances de notre… rencontre ne plaident pas vraiment en ma faveur.

— Que voulez-vous dire ?

Piper détourna les yeux, gênée. Chaque fois qu'elle repensait à ce qui s'était passé au cours de cette soirée, elle sentait monter en elle un mélange de désir et d'embarras.

— Je n'ai pas pour habitude de me montrer aussi entreprenante, expliqua-t-elle. D'ordinaire, je suis même plutôt timide. Et je n'avais encore jamais couché avec quelqu'un que je venais tout juste de rencontrer…

— Pourquoi avoir fait une exception ? l'interrogea Dante.

Elle se demanda s'il cherchait un compliment mais comprit qu'il était réellement curieux de connaître la réponse à cette question.

— Quand nous nous sommes rencontrés, c'était l'anniversaire de la mort de mon père, expliqua-t-elle. J'avais besoin de chasser mes idées noires et j'avais peut-être un peu trop bu.

— Vous n'aviez pas l'air ivre, objecta-t-il.

— Je ne l'étais pas, répondit-elle. J'étais seulement…

Elle hésita, ne sachant comment qualifier sa propre attitude. Rétrospectivement, elle avait eu bien du mal à se reconnaître.

— Désinhibée ? suggéra Dante.

Piper rougit.

— Ce n'est pas le terme que je choisirais, répondit-elle.

Un demi-sourire se dessina sur les lèvres de son interlocuteur.

— Je vous assure pourtant que vous l'étiez, remarqua-t-il. J'ai rarement connu femme plus passionnée.

Il s'était exprimé d'une voix très douce, et elle sentit courir sur sa peau un délicieux frisson qu'elle s'efforça aussitôt de réprimer. En venant ici, elle s'était promis de ne pas succomber à l'attirance que Dante exerçait sur elle.

— Je suis certaine que vous dites ça à toutes celles avec qui vous passez la nuit, répliqua-t-elle froidement.

— Je vous rappelle que nous n'avons pas à proprement parler passé la nuit ensemble…

— Écoutez, monsieur Mancini, je ne suis pas venue ici pour flirter avec vous mais pour vous informer des conséquences de notre petit dérapage. Maintenant que c'est fait, je vais vous laisser.

Dante laissa échapper un petit rire nerveux.

— Je ne vois pas ce qu'il y a de drôle, remarqua-t-elle sèchement.

— Vous ne croyez tout de même pas que je vais vous laisser repartir comme cela ?

— C'est une plaisanterie ?

Elle le considéra d'un air interdit.

— Vous venez de m'annoncer que vous attendiez un enfant. Mon enfant. Vous ne pensiez tout de même pas qu'en apprenant cela je vous laisserais repartir comme si de rien n'était.

Piper haussa les épaules.

— À vrai dire, je n'avais pas vraiment réfléchi à la question, avoua-t-elle. J'estimais seulement que vous aviez le droit de savoir.

Dante pianota nerveusement du bout des doigts sur son bureau.

— Si c'est vraiment mon enfant — ce que je compte vérifier —, je subviendrai à tous ses besoins. Et à ceux de sa mère.

— Je ne vous demande rien de tel, lui assura-t-elle vivement.

Elle ne tenait pas à ce qu'il pense qu'elle était une femme intéressée.

— De toute façon, lui dit-elle, je dois rentrer à Londres.

— Vous ne vivez pas en Italie ? s'étonna Dante, surpris.

— J'y ai passé trois mois, répondit-elle. Mais ce n'était qu'un poste temporaire, et je dois rentrer en Angleterre très prochainement.

— Impossible, objecta Dante d'un ton autoritaire.

Piper le considéra d'un air interdit.

— Je ne peux pas vous laisser partir alors que vous êtes enceinte de mon enfant, expliqua-t-il.

— Mais je ne compte pas rester en Italie, objecta-t-elle.

— Non seulement il faut que vous restiez ici, répondit-il posément, mais, étant donné les circonstances, je pense qu'il n'y a qu'une seule solution.

— Laquelle ?

— Nous marier, évidemment.

2

— Nous marier ? parvint enfin à articuler Piper. C'est une plaisanterie ?

— Ne me dites pas que l'idée ne vous a pas effleuré l'esprit, protesta Dante. Si vous n'êtes pas venue ici pour obtenir de l'argent, vous espériez probablement que nous pourrions reprendre notre relation où nous l'avions laissée...

Piper n'en croyait pas ses oreilles. La pointe d'ironie qui perçait dans sa voix ne lui avait pas échappé.

— Dois-je vous rappeler que c'est moi qui suis partie ? répliqua-t-elle.

— Oh ! je ne l'ai pas oublié, lui assura-t-il. Mais ce ne sera pas aussi facile, cette fois-ci.

— Ne soyez pas ridicule...

— Ce qui est ridicule, c'est d'imaginer que je vais vous laisser repartir tranquillement en Angleterre alors que vous attendez mon enfant, insista-t-il.

— Ce n'est pas une raison pour m'épouser, protesta Piper. Nous nous connaissons à peine.

— Si tel était le cas, vous ne seriez pas enceinte à l'heure qu'il est, objecta Dante avec un brin d'ironie.

— Très drôle, rétorqua-t-elle. Vous savez très bien ce que je veux dire.

Dante haussa les épaules.

— Je sais au moins que nous sommes parfaitement compatibles sur le plan physique. Ça n'est déjà pas si mal...

Piper s'efforça d'ignorer le petit frisson que faisait naître en elle cette allusion à la nuit qu'ils avaient passée ensemble.

— Je n'en attendais pas moins de quelqu'un comme vous, déclara-t-elle.

— Quelqu'un comme moi ? répéta Dante. Que voulez-vous dire par-là ?

— Je vous rappelle que j'ai lu l'article de *Celebrity Spy.*

Le sourire de Dante disparut, et son regard se ferma. Elle comprit qu'elle venait de toucher un point sensible.

— Vous ne devriez pas croire tout ce que vous lisez dans les journaux, lui dit-il froidement.

— Vous connaissez le proverbe, ne put-elle s'empêcher de renchérir. Il n'y a pas de fumée sans feu…

— Vous avez raison, déclara-t-il d'une voix emplie d'autodérision. Si nous nous étions mieux connus, il ne se serait sans doute rien passé entre nous. Je n'aurais jamais pensé sortir un jour avec quelqu'un qui achète des torchons pareils…

— Je ne l'ai pas acheté, ne put s'empêcher de protester Piper.

En avisant le sourire malicieux de Dante, elle comprit qu'il avait délibérément cherché à la provoquer et s'en voulut d'avoir mordu à l'hameçon.

— De toute façon, ajouta-t-elle, nous ne sortons pas ensemble.

— Que comptez-vous faire à Londres ?

Elle hésita, déstabilisée par ce brusque changement de sujet.

— Que voulez-vous dire ?

— J'imagine que vous avez un travail.

— Pas encore, avoua-t-elle.

— Vous êtes au chômage ?

— Disons que je suis entre deux postes.

— Mais vous n'avez pas trouvé le prochain.

— Non.

Dante secoua la tête.

— Je ne veux pas jouer les oiseaux de mauvais augure, mais ne pensez-vous pas que vous aurez un peu de mal à trouver un nouvel emploi alors que vous êtes enceinte ?

Piper se mordilla la lèvre. Elle avait parfaitement conscience de la précarité de sa situation. Si elle était repartie pour l'Australie où elle avait grandi, peut-être aurait-elle eu une chance de trouver un poste. Mais elle venait déjà de passer plus de trois mois loin de sa mère et n'avait d'autre choix que de retourner à Londres le plus rapidement possible.

— Je me débrouillerai, répondit-elle avec bien plus d'assurance qu'elle n'en éprouvait réellement.

Elle n'avait pas encore parlé à sa mère de sa grossesse, craignant qu'elle ne l'accable de reproches ou, pire encore, qu'elle ne lui suggère de se débarrasser de ce bébé.

Le père de Piper, lui, l'aurait probablement comprise et soutenue. Tous deux avaient été très proches et c'était d'ailleurs l'une des raisons pour lesquelles elle avait tenu à dire la vérité à Dante. Elle savait combien la relation d'un enfant avec son père pouvait être importante.

— Si vous acceptez de devenir ma femme, vous n'aurez plus à vous préoccuper de trouver un emploi, remarqua alors Dante. Vous serez totalement à l'abri du besoin.

Piper le considéra d'un air abasourdi. Jusqu'à présent, elle n'avait pas réellement pris au sérieux sa proposition. Mais il paraissait de plus en plus évident qu'il ne s'était pas exprimé à la légère.

— Je n'en doute pas, répondit-elle. Mais je n'ai aucunement l'intention de vous épouser.

Il secoua la tête.

— Réfléchissez bien, lui conseilla-t-il. Vous êtes enceinte et au chômage. En acceptant ma proposition, vous vous mettrez à l'abri du besoin. Quant à moi, je dois trouver rapidement une épouse. Qui mieux que la mère de mon enfant pourrait jouer ce rôle ?

— Vous devez trouver une épouse ? répéta Piper, de plus en plus sidérée. Mais pourquoi ?

— Parce que vous n'êtes malheureusement pas la seule à accorder du crédit à la campagne de diffamation lancée par

Celebrity Spy. À titre personnel, je me moque de ce que les gens peuvent bien penser de moi, mais je ne peux accepter les conséquences que ces calomnies ont sur mon entreprise. J'ai déjà perdu plusieurs marchés. Je ne tiens pas à perdre de l'argent et à devoir licencier des membres de mon personnel parce qu'un soi-disant journaliste a trouvé très amusant de me faire passer pour un coureur de jupons sans morale…

— Et vous pensez qu'un mariage vous permettrait de redorer votre image ?

— J'en suis convaincu. La seule chose que les journaux people apprécient plus qu'un bon scandale, c'est une belle histoire d'amour.

— Alors ce ne serait qu'un mariage de façade ?

— Voyez cela comme une transaction qui nous serait profitable à tous les deux.

Piper était atterrée. En venant trouver Dante, ce jour-là, jamais elle n'aurait pu imaginer qu'il lui ferait une proposition aussi surréaliste.

— C'est absurde, déclara-t-elle.

— Au contraire, protesta Dante. Tout ce que je vous demande, c'est de faire semblant d'être amoureuse de moi pendant quelques mois. Nous organiserons une fête mémorable à l'occasion de notre mariage. Vous passerez les mois de votre grossesse dans un environnement luxueux. Vous accoucherez dans les meilleures conditions, et notre enfant aura tout ce dont il peut rêver. Puis, au bout de quelque temps, nous laisserons courir le bruit que la situation n'est pas aussi idyllique qu'il y paraît, que nous nous sommes peut-être mariés un peu trop vite. Nous divorcerons discrètement, et je veillerai à ce que vous touchiez une confortable pension alimentaire qui vous mettra à l'abri du besoin jusqu'à la fin de vos jours. Très franchement, je ne vois pas ce que vous avez à perdre.

Piper fut tentée de lui opposer une fin de non-recevoir et de lui expliquer qu'elle ne se laisserait pas acheter de cette façon.

Mais, en refusant la proposition de Dante, elle se retrouverait dans une position très délicate.

Elle avait effectivement fort peu de chance de décrocher un emploi avant la naissance du bébé. Et l'état de ses finances ne lui permettrait pas d'assumer seule toutes les dépenses qui en résulteraient.

— Ce mariage ne serait qu'un faux-semblant, n'est-ce pas ?

— Oui, répondit-il sans hésiter. À moins, bien sûr, que vous ne teniez à ce qu'il soit réellement consommé, ajouta-t-il d'un ton malicieux.

— Je suis sérieuse, objecta Piper.

— Rassurez-vous, s'exclama-t-il en riant. Je ne compte pas profiter de cette mise en scène pour abuser de vous. En revanche, vous serez obligée de vous abstenir de toute relation durant le temps que durera ce mariage.

— Et vous vous condamnerez à la même abstinence ? demanda Piper, curieuse.

— Oui, répondit-il sans hésiter. Je ne peux vraiment pas me permettre un nouveau scandale. Alors ? Est-ce que vous êtes partante ?

Piper hésita.

— Et notre enfant ? lui demanda-t-elle enfin. Est-ce que vous continuerez à vous intéresser à lui, une fois que notre divorce sera prononcé ?

La question prit Dante de court. Jamais encore il ne s'était imaginé avoir un enfant. Après tout, la paternité lui avait toujours semblé aller de pair avec un engagement amoureux à long terme, ce qu'il n'avait encore jamais envisagé sérieusement.

L'idée d'assumer une telle responsabilité le mettait légèrement mal à l'aise. Quel modèle pouvait-il espérer être, lui dont le père avait déserté le foyer familial ? Et n'avait-il pas prouvé son incapacité à jouer ce rôle le jour où il avait causé la mort de son frère Alessio ?

Malgré les années qui s'étaient écoulées depuis lors, la douleur était toujours aussi vivace. Mais peut-être était-il temps pour lui de tourner la page. Cette grossesse lui offrait une nouvelle chance de se prouver qu'il était à la hauteur.

— Cet enfant aura besoin d'un père, répondit-il enfin. Je ne suis peut-être pas forcément l'homme idéal pour jouer un tel rôle. Mais j'imagine qu'il devra s'en contenter.

Piper hocha gravement la tête.

— Dans ce cas, déclara-t-elle, je suis d'accord.

— Parfait, s'exclama Dante, étrangement soulagé par sa réponse. Je vais demander à mon notaire de rédiger un contrat de mariage. Il devrait être prêt d'ici demain.

— C'est entendu, répondit Piper en se levant. À quelle heure voulez-vous que nous nous retrouvions ?

— Où habitez-vous, exactement ?

— Je viens de rendre mon appartement, répondit Piper. Pour le moment, j'habite chez l'une de mes anciennes collègues, dans le quartier de San Basilio.

— San Basilio ? s'exclama Dante. Mais c'est à l'autre bout de la ville.

Il réfléchit quelques instants à la question.

— Il vaudrait mieux que vous vous installiez chez moi le plus rapidement possible, déclara-t-il enfin.

— Vous n'êtes pas sérieux ?

— Bien sûr que si. Pour que notre mariage soit crédible, il faut que nous passions du temps tous les deux, que l'on nous voie sortir ensemble…

L'argument était d'une logique imparable. Mais il faisait brusquement prendre conscience à Piper du risque que constituait pour elle un tel mariage blanc. Durant plusieurs mois, elle devrait vivre avec Dante. Tous deux devraient cohabiter au quotidien, comme un véritable couple.

Parviendrait-elle à conserver ses distances ? Serait-elle

assez forte pour résister à l'attirance qu'il exerçait sur elle ? Si tel n'était pas le cas, elle risquait de se faire briser le cœur, et elle n'avait vraiment pas besoin de ça.

— Il me faut un peu de temps pour réfléchir, déclara-t-elle enfin.

— Je comprends, acquiesça gravement Dante. Ce n'est pas une décision à prendre à la légère. D'un autre côté, nous ne pouvons pas nous permettre d'attendre trop longtemps : si les gens pensent que nous nous marions uniquement parce que vous êtes enceinte, cela réduira très fortement l'impact sur ma réputation…

— Je vous donnerai ma réponse demain, déclara Piper. De toute façon, il ne servirait à rien de tergiverser pendant des jours. Je suis censée rentrer à Londres très bientôt…

— Vous êtes vraiment anglaise ? s'enquit Dante.

— Je suis australienne.

Il hocha la tête.

— Votre accent ne m'était pas familier.

— Je suis née en Australie, expliqua-t-elle. Mais ma mère est anglaise et, lorsque mon père est décédé, elle a décidé de rentrer en Grande Bretagne pour se rapprocher de sa propre mère. Ma grand-mère est morte il y a quelques mois de cela.

— Je suis désolé, lui dit Dante. Est-ce que vous comptez rentrer en Australie ?

— Je ne sais pas encore, avoua-t-elle. Cela dépend de pas mal de choses…

— À commencer par savoir si vous allez épouser un charmant Italien, j'imagine.

— Précisément, répondit-elle en souriant.

Dante plongea la main dans la poche intérieure de sa veste et en tira une carte de visite qu'il lui tendit.

— Retrouvons-nous chez moi demain matin, lui dit-il. Vous me donnerez votre réponse.

3

En descendant du taxi qui l'avait conduite chez Dante, ce matin-là, Piper observa l'immeuble où elle allait passer les prochains mois de sa vie. Une fois de plus, elle se demanda avec une pointe d'angoisse si elle n'était pas en train de commettre la plus grosse erreur de sa vie.

Durant toute la journée de la veille, elle avait retourné cette question dans son esprit. Après maintes réflexions, elle était parvenue à la conclusion que cet étrange arrangement garantirait à son enfant la présence d'un père ainsi qu'un confort matériel bien supérieur à celui qu'elle-même ou sa mère pourraient lui assurer.

De plus, si Dante faisait mine d'abuser de la situation, elle pourrait toujours rentrer en Angleterre. Mais il était peu probable qu'il prenne un tel risque. En faisant d'elle sa complice, il lui fournissait en effet une arme redoutable : il suffirait qu'elle parle à la presse pour anéantir sa campagne de communication et ruiner définitivement sa réputation.

Piper se sentait un peu coupable. Elle n'avait pas pour habitude de se montrer aussi manipulatrice. Mais ce qui importait le plus à ses yeux désormais, c'était le bien-être de son bébé.

Se concentrant sur cette idée, elle pénétra dans le hall imposant de l'immeuble de Dante. Le sol était entièrement recouvert de marbre et les murs décorés de boiseries de couleur claire. Derrière un comptoir marqueté, un employé en uniforme l'observait d'un air légèrement réprobateur.

— Puis-je vous aider, mademoiselle ?

— Je suis venu voir M. Mancini, répondit-elle. Je suis Piper Riley.

— Mademoiselle Riley ! s'exclama le cerbère dont l'attitude se métamorphosa instantanément. Bien sûr ! M. Mancini m'a prévenu de votre arrivée. Soyez la bienvenue !

Il lui décocha le plus affable des sourires, lui prit son sac à dos des mains et l'escorta jusqu'à l'ascenseur. Les portes métalliques s'ouvrirent, et ils pénétrèrent dans la cabine.

— Je suis Francesco, précisa le concierge en pressant le bouton correspondant au septième étage, le dernier de l'immeuble.

— Enchantée, répondit-elle, légèrement amusée par sa soudaine cordialité.

— Si vous avez besoin de quoi que ce soit, mademoiselle Riley, n'hésitez surtout pas à faire appel à moi.

— Je n'y manquerai pas, Francesco, répondit-elle.

Les portes s'ouvrirent, révélant un palier aussi luxueux que le hall d'entrée.

— C'est ici, lui indiqua Francesco en désignant la double porte de bois sombre rehaussé de cuivre. Bonne chance.

— Merci, répondit-elle en sentant la nervosité monter en elle.

Tandis que les portes de l'ascenseur se refermaient, elle alla sonner et attendit. Quelques instants plus tard, la porte s'ouvrit, révélant Dante Mancini.

— Piper ! s'exclama-t-il. Je me demandais si vous n'aviez pas changé d'avis.

Elle secoua la tête.

— Soyez la bienvenue.

— Nous devrions peut-être nous tutoyer, suggéra-t-elle. Après tout, nous sommes censés sortir ensemble.

— Tu as raison, acquiesça-t-il en la précédant dans l'entrée.

Piper eut à peine le temps d'admirer les tableaux magnifiques qui étaient accrochés aux murs.

— Pose ton sac ici, lui dit-il. Maria le mettra dans ta

chambre. J'espère que tu as faim parce que j'ai commandé un petit déjeuner gargantuesque.

Piper le suivit à travers un magnifique salon, jusqu'à l'immense terrasse qui surplombait la ville. Le panorama était époustouflant : on distinguait les ruines du forum et, au-delà, la colline du Capitole.

— C'est magnifique, murmura-t-elle, saisie par l'émotion.

— Cette vue est la raison principale pour laquelle j'ai acheté cet appartement, lui expliqua-t-il. Assieds-toi.

Piper prit place à la grande table qui trônait au milieu de la terrasse. Dante n'avait pas menti : c'était un véritable festin qui s'offrait à eux. Il y avait toutes sortes de fruits, de viennoiseries et de jus.

— Puis-je te servir un thé ?

— Je préférerais un café si tu en as, répondit-elle. Depuis que je me suis installée en Italie, je suis devenue accro. C'est l'une des choses qui me manqueront le plus lorsque je rentrerai à Londres. Le café et le soleil, bien sûr.

— Je peux le comprendre, acquiesça Dante en remplissant deux tasses.

Le délicieux arôme du café fraîchement servi vint chatouiller les narines de Piper.

— J'espère que tu ne souffres pas de nausées matinales, reprit Dante.

— J'ai de la chance pour le moment, répondit-elle. Espérons que cela dure.

Tandis que Piper remplissait son assiette, Dante l'observa avec attention. Comme la veille, elle portait un jean et un sweat-shirt qui la faisaient paraître plus jeune et plus innocente que la jeune femme élégante et sophistiquée qui l'avait séduit lors de cette soirée, deux mois auparavant.

Une nouvelle fois, il se demanda s'il ne s'était pas fait piéger. Piper l'avait-elle délibérément séduit ? Avait-elle fait en sorte de tomber enceinte ? Cherchait-elle uniquement à faire un beau mariage ?

Au fond, songea-t-il, cela importait peu : ne cherchait-il pas lui-même à se marier au plus vite ? Leurs intérêts coïncidaient donc. Si elle était vraiment enceinte de lui, il entendait bien assumer ses responsabilités de père.

Il devrait cependant se montrer très prudent. Si charmante soit-elle, Piper n'était peut-être qu'une croqueuse de diamants. Il ne pouvait donc se permettre de baisser la garde et de se laisser aller à l'attirance physique qu'elle continuait d'exercer sur lui.

Même si elle était honnête, même si elle n'avait pas cherché à le manipuler, l'enjeu était bien trop grand pour qu'il cède à son propre désir.

En devenant son épouse, Piper lui permettrait de redorer son image, de se racheter une respectabilité et de sauver son empire. C'était bien plus important que d'ajouter un nom à la liste de ses conquêtes amoureuses.

Fort de cette conviction, Dante sortit la pochette qui contenait le contrat qu'il avait fait rédiger la veille par son avocat et son notaire.

— Ceci est le document dont nous avons parlé hier, expliqua-t-il. Il formalise nos engagements respectifs et comporte une clause de confidentialité qui nous interdit à tous deux de faire allusion à cet accord. Après réflexion, j'ai opté pour une période minimum de deux ans au terme de laquelle l'un d'entre nous pourra, s'il le souhaite, demander le divorce sans que l'autre puisse s'y opposer.

— Pourquoi deux ans ? s'étonna-t-elle.

— Parce qu'en deçà de ce délai notre mariage perdrait toute crédibilité et serait perçu comme un simple subterfuge.

— Ce qu'il est en réalité, remarqua-t-elle.

— Pas uniquement, objecta Dante. Ce laps de temps me permettra également de profiter pleinement des premiers moments de la vie de mon enfant. Ensuite, il sera assez âgé pour que nous puissions envisager une forme de garde alternée.

— Tu serais prêt à t'installer à Londres ? demanda-t-elle.

— Nous avons tout le temps d'y réfléchir, répondit Dante. Je pourrais effectivement transférer le siège social de mon entreprise en Angleterre. Ou bien, tu pourrais décider de rester ici plus longtemps que prévu. Nous pourrions enfin établir une garde alternée entre Londres et Rome tant que notre enfant ne sera pas scolarisé…

— Je vois que tu as pensé à tout.

— Probablement pas, répondit Dante. Cette situation n'a vraiment rien de classique. Mais je suis certain que nous trouverons des solutions au fur et à mesure que les problèmes se présenteront à nous. L'essentiel est que nous gardions toujours à l'esprit l'intérêt de notre enfant.

— Je suis d'accord, acquiesça-t-elle. Le plus important est que ce bébé ait un père et une mère qui l'aiment et qui veillent sur lui.

Dante réprima la réponse ironique qui lui venait aux lèvres. Sa propre expérience lui avait appris le contraire : l'amour était une valeur très nettement surestimée. Il n'avait pas réussi à retenir son père, ni à maintenir son frère Alessio dans le droit chemin.

Il se garda pourtant de tout commentaire. Après tout, ce n'était pas à lui de dissiper les illusions de Piper. La vie s'en chargerait bien assez tôt…

Le doute qui se lisait dans les yeux de Dante n'échappa pas à Piper qui sentit son cœur se serrer dans sa poitrine. Les raisons qu'ils avaient de signer cet étrange contrat étaient probablement très différentes.

Si elle songeait surtout à la sécurité et au bien-être de leur enfant, Dante lui avait clairement fait comprendre qu'il comptait surtout défendre sa réputation.

Elle prit le contrat qu'il lui tendait et entreprit de le parcourir. Il correspondait effectivement à ce dont ils avaient discuté :

une vie commune d'une durée de deux ans minimum au cours de laquelle Dante s'engageait à subvenir à tous ses besoins ainsi qu'à ceux de leur enfant.

En cas de séparation ultérieure, une pension alimentaire plus que généreuse était garantie à Piper. Elle lui permettrait en effet de vivre confortablement sans avoir besoin de travailler si telle était sa volonté.

En échange, elle s'engageait à garder le secret sur ce contrat et à faire tout son possible pour préserver l'illusion qu'il s'agissait d'un mariage d'amour et non arrangé.

— As-tu un stylo ? lui demanda-t-elle.

— Tu es sûre que tu ne veux pas faire relire ce document par ton avocat ?

— Tout me semble en règle, répondit-elle en haussant les épaules. Et, comme tu viens de le faire très justement remarquer, nous n'avons pas vraiment d'autre choix que de nous faire confiance.

Il hocha la tête et sortit de la poche intérieure de sa veste un stylo qu'il lui tendit. En s'en saisissant, elle remarqua la chevalière qui ornait son annulaire droit. Elle était frappée des lettres A et M.

— Paraphe chaque page et signe à la fin, lui dit-il. Il y a trois exemplaires : un pour toi, un pour moi et un pour le notaire qui enregistrera l'acte.

Piper s'exécuta et lui rendit son stylo.

— Nous voilà presque mariés, commenta-t-elle en s'efforçant d'adopter un ton léger.

— Presque, acquiesça-t-il. Mais, pour cela, il va nous falloir acheter au plus vite une bague de fiançailles.

— Tu n'es pas obligé, protesta-t-elle.

Dante secoua la tête.

— Crois-moi, cela risque de jaser si les gens se rendent compte que je ne l'ai pas fait. Il faut que l'illusion soit parfaite.

Piper s'efforça de réprimer l'amertume qu'elle sentait monter en elle. Malgré elle, elle n'avait pu s'empêcher d'espérer que leur mariage ne se réduirait pas forcément à une simple mascarade.

L'attirance qu'elle avait éprouvée envers Dante était bien plus intense que tout ce qu'elle avait pu ressentir jusqu'alors. C'était d'ailleurs la raison pour laquelle elle s'était laissée séduire aussi facilement. Elle n'avait pourtant pas pour habitude de coucher avec un homme qu'elle venait tout juste de rencontrer.

Mais il était évident que Dante entendait respecter la promesse qu'elle-même lui avait arrachée la veille. Leurs relations se limiteraient au cadre esquissé par le contrat qui les liait désormais.

— Quand veux-tu que nous allions acheter cette bague ? demanda-t-elle.

— Pourquoi perdre du temps ? répondit-il. Si cela te convient, nous pourrions y aller dès que nous aurons terminé notre petit déjeuner. J'ai pris rendez-vous chez l'un des meilleurs bijoutiers de la ville.

Piper lui jeta un coup d'œil étonné : cette initiative démontrait à quel point il était sûr de lui. De toute évidence, il n'avait pas envisagé un seul instant qu'elle puisse décliner sa demande en mariage. Elle s'en voulut un peu de s'être montrée si prévisible.

Décidant de faire contre mauvaise fortune bon cœur, elle se concentra sur le délicieux petit déjeuner que Dante avait commandé pour eux. Puis tous deux quittèrent l'appartement et rejoignirent la Jaguar qui les attendait au pied de l'immeuble.

Il ne leur fallut que quelques minutes pour atteindre le magasin dont Dante lui avait parlé. C'était probablement l'une des boutiques les plus luxueuses de la ville, le genre d'endroit où Piper n'aurait probablement jamais osé entrer.

Elle se sentit d'ailleurs immédiatement embarrassée par la modestie de sa mise : même les employés étaient vêtus de tailleurs et de costumes très élégants. Ils ne trahirent pourtant aucun jugement à son égard, probablement parce qu'elle était accompagnée de Dante Mancini qui, en un tel endroit, devait faire figure de sésame.

— Bonjour, *signor e signorina*, s'exclama celui qui vint les accueillir à l'entrée du magasin. Soyez les bienvenus.

Après les salutations d'usage, il les entraîna jusqu'à une arrière-boutique au centre de laquelle trônait une petite table tapissée de velours pourpre. Un assortiment de bagues y était posé, resplendissant sous la lumière qui surmontait le meuble.

— Comme vous me l'aviez demandé, j'ai choisi quelques-uns de nos plus beaux modèles. Si vous ne trouvez pas ce que vous cherchez, nous explorerons d'autres possibilités. Mais laissez-moi vous montrer ce que nous avons ici…

Tandis que le vendeur se lançait dans une présentation des différents bijoux, Piper l'écoutait distraitement. La scène lui paraissait totalement surréaliste.

Elle se sentait étrangement détachée, comme si tout ceci ne la concernait pas réellement, comme si elle s'était retrouvée brusquement plongée dans la vie de quelqu'un d'autre. Elle soupçonnait déjà que cette sensation ne tarderait pas à devenir une constante de son existence.

S'habituerait-elle à ce monde qui n'était pas le sien ? Parviendrait-elle à trouver ses marques alors qu'elle savait déjà qu'il ne s'agissait pour elle que d'une étape, d'une parenthèse ?

Une chose était sûre : elle ne pouvait se permettre de s'habituer à cette vie — et moins encore à la présence de l'homme avec qui elle la partagerait. Le mieux était peut-être de considérer tout ceci comme une pièce de théâtre, une fiction au sein de laquelle elle avait un rôle à jouer…

— Ma chérie ? Tu rêves ?

Piper sursauta légèrement et se tourna vers Dante qui venait de l'interpeler. Elle fut totalement prise de court par la tendresse qui se lisait dans ses yeux, et il lui fallut quelques instants pour se rappeler que tout ceci n'était qu'un faux-semblant, une imposture destinée à tromper l'employé de la bijouterie.

— Désolée, s'excusa-t-elle en lui décochant son plus joli sourire. Ces bagues sont vraiment magnifiques. Je ne sais vraiment pas laquelle choisir.

— N'y en a-t-il pas une que tu préfères ?

Elle se pencha vers la desserte, observant avec plus d'attention les pièces qui se trouvaient là. La plupart étaient de véritables œuvres d'art ornées d'imposants joyaux. L'une des bagues sortait pourtant du lot : il s'agissait d'un simple anneau d'apparence torsadée dans lequel était serti un saphir de petite taille mais de la plus belle eau.

— Celle-ci, déclara-t-elle sans hésiter.

Dante s'empara de la bague et la considéra à la lumière.

— Elle est splendide, déclara-t-il d'un ton approbateur.

— Excellent choix, en effet, *signorina*, lui dit le vendeur. Cette bague est l'œuvre d'un petit artisan calabrais avec lequel nous travaillons. Il ne fabrique que très peu de pièces mais chacune d'elle est unique.

— Tout comme celle qui la portera, continua Dante d'une voix de velours.

La douceur de son regard s'insinua en Piper, lui arrachant un délicieux frémissement. Elle dut se répéter une fois de plus que rien de ce qu'il lui disait ne devait être pris au pied de la lettre. Tout ceci n'était qu'une comédie savamment élaborée.

— Vous devriez l'essayer, suggéra alors le vendeur. Nous l'ajusterons en fonction.

Dante secoua la tête et prit la main de Piper dans la sienne. À ce contact, elle ne put s'empêcher de frissonner de nouveau. Délicatement, il lui passa l'anneau.

— Il me va parfaitement, murmura-t-elle, étonnée.

— C'est un signe, déclara Dante en souriant.

— Voulez-vous que je l'emballe ? demanda le vendeur.

— Ce ne sera pas nécessaire. Piper et moi sommes fiancés.

Sur ce, il se pencha vers elle et effleura ses lèvres d'un baiser. Ce simple contact éveilla en elle un accès de désir aussi brutal qu'inattendu.

Un flot de chaleur naquit au creux de son ventre et se répandit en elle, impérieux, inextinguible. Les battements de son cœur s'emballèrent tandis que le souvenir de la nuit qu'ils avaient passée ensemble resurgissait dans son esprit.

Elle se rappelait parfaitement le goût de ses baisers, les caresses de ses doigts sur sa peau brûlante et la sensation de plaisir presque insoutenable qu'elle avait éprouvée en le sentant entrer en elle. Et elle comprit alors avec un mélange de fascination et d'angoisse que le désir que lui inspirait Dante ne s'était pas résorbé. Tapi tout au fond d'elle, il n'attendait qu'un geste de lui pour l'enflammer de nouveau.

En quittant la bijouterie où ils avaient acheté sa bague de fiançailles, Dante prit congé de Piper pour se rendre à son bureau. Elle se sentit un peu soulagée par ce répit inattendu : elle avait besoin de temps pour se ressaisir et pour réfléchir à ce qui venait de se passer.

Alors même qu'elle était presque parvenue à se convaincre que sa relation avec Dante s'apparenterait à une simple comédie dont tous deux seraient les acteurs, il avait fait vaciller toutes ses certitudes d'un simple baiser.

Un frisson la parcourut, et elle appuya son front contre la vitre de la voiture qui la reconduisait chez Dante. Elle prit brusquement conscience de son cruel manque d'expérience. Elle ne lui avait pas menti : l'audace dont elle avait fait preuve, le soir où elle l'avait rencontré, ne lui ressemblait pas du tout.

Les rares relations amoureuses qu'elle avait connues avaient été aussi banales que décevantes. Et rien ne l'avait préparée à faire face à un homme aussi séduisant et sophistiqué que lui.

Pouvait-elle vraiment se permettre de contracter un mariage blanc avec un homme qui avait le don de lui faire perdre tout contrôle ? Ce faisant, ne risquait-elle pas de se prendre au jeu et de s'éprendre réellement de lui ?

— Nous sommes arrivés, mademoiselle, lui signala alors le chauffeur, l'arrachant à ses angoissantes réflexions.

— Merci, murmura-t-elle en descendant de voiture.

Tandis que la voiture s'éloignait, elle demeura longuement immobile sur le trottoir. Elle était terriblement tentée de prendre la fuite, de gagner l'aéroport et de prendre le premier avion pour Londres.

Mais il était probablement déjà trop tard pour cela. La nouvelle de leurs fiançailles ne tarderait pas à se répandre. Lorsque les journalistes finiraient par apprendre qu'elle était enceinte, l'identité du père ne ferait aucun doute. Qu'elle le veuille ou non, sa vie et celle de Dante étaient irrémédiablement liées.

Réprimant un soupir, Piper pénétra dans le hall de l'immeuble.

4

Le lendemain matin, Piper se leva tôt et rejoignit Dante qui était déjà en train de déjeuner sur la terrasse.

— Je suis désolé de ne pas avoir pu dîner avec toi, hier soir, s'excusa-t-il en se levant galamment. Je pensais pouvoir rentrer plus tôt mais j'étais complètement débordé de travail !

— Cela ne fait rien, répondit-elle. Maria m'a préparé un délicieux repas, et j'ai regardé un film…

Elle s'assit face à Dante qui lui versa une tasse de café.

— Est-ce que tu es disponible aujourd'hui ? lui demanda-t-il.

Piper hocha la tête.

— Tant mieux. J'aimerais que tu en profites pour aller faire quelques courses.

— Que veux-tu que j'achète ? lui demanda-t-elle, surprise.

— Une nouvelle garde-robe. J'ai vu le sac que tu as apporté et je doute qu'il contienne beaucoup de robes du soir.

— J'ai la rouge que je portais lorsque…

Elle s'interrompit et rougit légèrement.

— Il t'en faudra plus d'une, objecta Dante. Et aussi des tailleurs, un manteau, quelques paires de chaussures…

— Mais pourquoi ?

Dante hésita quelques instants avant de lui répondre.

— Le milieu au sein duquel j'évolue est très attaché aux apparences, expliqua-t-il d'un ton très diplomatique. Nous serons certainement invités à de nombreuses réceptions. Et tu ne pourras pas y aller en jean et en baskets…

— Je vois, murmura Piper.

— Cela n'a pas l'air de te ravir, remarqua Dante.

— Pas vraiment, soupira-t-elle. À vrai dire, je n'avais jamais considéré les choses sous cet angle. Mais, si je dois me faire passer pour ta fiancée, il faudra bien que je t'accompagne à ce genre de soirées, j'imagine.

— Les gens se poseraient des questions si tu ne le faisais pas, acquiesça Dante.

— Je n'avais pas pensé que je devrais mentir à tous ces gens, les yeux dans les yeux.

— Malheureusement, nous n'avons pas le choix.

— Mais, toi, cela ne te dérange pas de mentir à tes amis ?

Un sourire empreint d'amertume se dessina sur les lèvres de Dante.

— Tu sais, je n'en ai pas tant que cela. Lorsque l'on a autant d'argent que moi, on découvre rapidement que ceux qui se disent vos amis ne sont pas aussi désintéressés qu'ils veulent le faire croire.

— C'est déprimant ! s'exclama-t-elle.

Dante haussa les épaules.

— Au moins, je ne me fais pas d'illusions, répondit-il.

— Je ne suis pas sûre que j'aimerais être riche, opina Piper.

— Tu le seras pourtant, objecta Dante. Une fois que nous serons mariés…

— Cela ne durera pas, répondit-elle.

— Tâche au moins de profiter des bons côtés. En passant la journée à faire du shopping, par exemple.

— Ce n'est pas vraiment ma tasse de thé.

Dante la considéra avec étonnement.

— Tu es l'exception qui confirme la règle.

— Je ne relèverai pas le sexisme de cette remarque, répliqua-t-elle froidement.

— Ce n'est pas du sexisme mais le fruit de constats répétés, hélas.

— Dans ce cas, tu devrais peut-être mieux choisir tes petites amies à l'avenir.

— Inutile, rétorqua Dante en souriant. Je suis fiancé, à présent.

Ce n'était qu'une boutade, bien sûr. Mais elle éveilla en elle une pointe de mélancolie, et elle comprit qu'une partie d'elle aurait voulu que ce mariage soit authentique. Or c'était précisément le genre de rêve qu'elle ne pouvait se permettre d'entretenir.

— Tu sais, reprit-elle en se forçant à lui sourire, je n'y connais pas grand-chose en matière de mode. Et je ne suis pas sûre que mes goûts en matière de vêtements correspondent tout à fait à ce que les gens de ton milieu apprécient…

— Je m'en doutais, concéda Dante. C'est la raison pour laquelle j'ai pris la liberté de contacter quelqu'un qui pourra te conseiller.

— Qui est-ce ? lui demanda Piper, curieuse.

— Elle s'appelle Elizabeth Young. Elle a créé une agence matrimoniale qui s'adresse principalement aux gens très fortunés.

— C'est étrange, remarqua Piper en souriant. J'aurais pensé que les gens riches n'avaient aucun problème à trouver des conjoints…

— Détrompe-toi. Il n'est pas forcément évident de dénicher quelqu'un en qui l'on puisse avoir réellement confiance lorsque l'on est entouré de gens qui s'intéressent principalement à ton argent.

— Je n'avais jamais considéré les choses sous cet angle, reconnut-elle. Et cette Elizabeth Young est anglaise ?

— Américaine. Elle vit à New York.

— New York ? s'exclama Piper, incrédule. Tu la fais venir de New York pour me donner des conseils vestimentaires ?

— Pas uniquement. Elle connaît parfaitement le milieu dans lequel tu seras bientôt amenée à évoluer et pourra répondre à toutes tes questions à ce sujet. De plus, c'est une professionnelle qui saura faire preuve de discrétion, ce qui, en de telles circonstances, est capital.

— Tu as sans doute raison, soupira Piper. Quand Elizabeth doit-elle arriver ?

— Elle est arrivée hier, répondit Dante.

— Hier ? répéta Piper, étonnée.

Dante hocha la tête.

— Je l'ai appelée avant-hier, juste après ton passage dans mon bureau.

Piper fronça les sourcils.

— Mais je n'avais pas encore signé notre accord, objecta-t-elle.

— J'étais convaincu que tu le ferais.

Piper eut soudain la désagréable impression de s'être fait manipuler. Mais cela n'aurait probablement pas dû la surprendre : aux yeux de Dante, leur mariage n'était probablement qu'un contrat comme un autre. Et un homme d'affaires tel que lui ne laissait jamais rien au hasard.

— De plus, reprit-il, nous devons assister à une réception ce soir même. Cela nous donnera l'occasion d'officialiser nos fiançailles. Et, ce week-end, nous sommes invités en Toscane, chez Bettino d'Antonio. C'est l'homme dont je t'ai parlé, celui qui a décidé de mettre un terme à notre collaboration à cause des articles de *Celebrity Spy*. Nous devons le convaincre que la presse se trompe à mon sujet.

— Je vois que tu as tout prévu, remarqua-t-elle avec une pointe de rancœur dans la voix.

— Crois-moi, toute cette histoire ne m'enthousiasme pas beaucoup plus que toi. Mais, si je veux limiter les dégâts, je n'ai d'autre choix que d'agir vite. Chaque jour qui passe accroît les chances que d'Antonio signe avec quelqu'un d'autre. Et cela me coûterait des millions…

— Je comprends, soupira Piper.

Pourtant en son for intérieur, elle se demanda si le jeu en valait la chandelle. Un homme aussi ambitieux et aussi manipulateur que Dante pouvait-il réellement devenir un bon père ? Saurait-il faire preuve de la tendresse et de la patience nécessaires ?

Alors même qu'elle formulait ces interrogations, elle comprit que seul le temps lui permettrait d'y répondre. En attendant, elle n'avait d'autre choix que de jouer le jeu…

Piper et Elizabeth Young avaient décidé de se retrouver directement dans l'un des grands magasins de la ville où elles pourraient acheter presque tout ce dont la jeune femme aurait besoin au cours des mois à venir.

Tout comme la bijouterie où ils s'étaient rendus la veille, l'établissement était bien trop chic et trop sophistiqué au goût de Piper. Mais c'était sans doute précisément pour cela qu'Elizabeth l'avait choisi. N'était-elle pas censée être la fiancée de l'un des hommes les plus riches et les plus influents d'Italie ?

Contrairement à Piper, Elizabeth Young paraissait parfaitement dans son élément. C'était une très belle femme, grande, mince, avec de longs cheveux blonds légèrement ondulés et des yeux brun clair, presque dorés. Sa tenue sobre et raffinée ajoutait encore à l'impression d'élégance naturelle qui émanait d'elle.

Le sourire qu'elle lui décocha était pourtant cordial.

— Piper ! s'exclama-t-elle. Je suis ravie de vous rencontrer.

Elle l'observa attentivement et hocha la tête d'un air approbateur.

— Dante m'a dit que vous étiez très jolie, remarqua-t-elle. Je crois que nous n'aurons guère de mal à trouver de quoi vous habiller.

— C'est gentil, répondit Piper, un peu embarrassée.

— J'ai dressé une liste, lui indiqua Elizabeth en lui tendant un morceau de papier.

Piper déplia la feuille et ne put réprimer une exclamation de stupeur. La liste ne se limitait pas aux vêtements mais incluait aussi divers accessoires ainsi que des produits de beauté.

— N'est-ce pas un peu excessif ?

— Pas du tout. À vrai dire, ce n'est qu'un début. Nous pourrons compléter au fur et à mesure.

— Mais cela va coûter une fortune, objecta Piper.

— Dante nous a laissé carte blanche, profitez-en.

— À vrai dire, quitte à dépenser autant d'argent, je préférerais le faire dans une librairie…

Elizabeth lui lança un regard amusé.

— Vous ne ressemblez pas aux femmes avec lesquelles Dante sort d'habitude, remarqua-t-elle.

Malgré elle, Piper éprouva un léger pincement de jalousie. C'était parfaitement ridicule, bien sûr. Après tout, elle n'était pas la petite amie de Dante. Et elle connaissait sa réputation de séducteur.

— C'était un compliment, ajouta Elizabeth, se méprenant sur l'expression de Piper. Je comprends pourquoi c'est vous qu'il a choisi d'épouser.

— Merci, répondit Piper qui se sentait à la fois flattée et embarrassée.

— Nous devrions nous y mettre, déclara Elizabeth en la prenant par le bras. Commençons par les robes. Je crois en avoir vu une qui vous irait comme un gant.

Elles se dirigèrent vers le rayon. De toute évidence, Elizabeth avait déjà effectué des repérages préliminaires car, en quelques instants, elle sélectionna plusieurs modèles qu'elle confia à la vendeuse qui se trouvait là.

— Essayez celle-ci en premier, conseilla-t-elle à Piper en lui montrant une robe du soir de couleur bronze ornée de petits sequins. Je suis sûre qu'elle sera parfaite sur vous.

— N'est-ce pas un peu trop extravagant ? objecta Piper, dubitative.

— Vous êtes jeune et belle. N'est-ce pas le moment de faire preuve d'extravagance ? s'exclama Elizabeth en riant. Vous aurez tout le temps d'être sage et raisonnable par la suite ! Et cette couleur mettra parfaitement en valeur vos cheveux roux.

La belle humeur de la jeune femme était communicative, et Piper se laissa gagner par son enthousiasme. Elle n'avait jamais eu ni l'envie ni les moyens de jouer les princesses, mais, si c'était ce que Dante attendait d'elle, pourquoi ne jouerait-elle pas le jeu ?

Quel mal y avait-il à profiter de cette parenthèse enchantée, de ce mariage de conte de fées dont devaient rêver la plupart des femmes ? De toute façon, la réalité ne tarderait pas à la rattraper : d'ici quelques semaines, elle ne rentrerait probablement plus dans ces robes…

— Magnifique ! s'exclama Elizabeth en la voyant sortir de la cabine d'essayage. Qu'est-ce que vous en pensez ?

— Elle est splendide, reconnut Piper en s'observant dans la glace.

Elle avait presque du mal à se reconnaître dans l'image que lui renvoyait le miroir.

— Je suis contente qu'elle vous plaise.

— Franchement, je n'aurais jamais pensé qu'une telle robe puisse m'aller, déclara Piper. Je crois que je ferais bien de m'en remettre à vous.

— Si seulement tous mes clients étaient aussi arrangeants que vous ! s'exclama Elizabeth en riant.

Elle choisit plusieurs nouvelles robes qu'elle fit essayer à Piper. Puis elles passèrent aux tailleurs, avant d'ajouter quelques pantalons, une série de hauts et des sous-vêtements. Alors même qu'elles choisissaient ses dessous en dentelle, Piper se prit à songer qu'elle serait sans doute la seule à les voir.

À sa demande, Dante s'était engagé à ce que leur relation demeure platonique. C'était probablement une décision judicieuse : coucher ensemble ne ferait que compliquer les choses entre eux. Cela risquerait d'éveiller en elle des aspirations que Dante ne pourrait satisfaire. Or elle ne tenait pas à s'éprendre un homme qui ne l'aimerait jamais en retour.

Pourtant, il y avait quelque chose de profondément déprimant à envisager les deux ans de chaste cohabitation qui les attendaient. Vivre aux côtés de Dante risquait de s'apparenter à un véritable supplice permanent. De plus, elle ne pourrait se permettre de tomber amoureuse de qui que ce soit d'autre.

— Vous rêvez ? lui demanda Elizabeth en souriant.

Brusquement rappelée à la réalité, Piper lui décocha un petit sourire d'excuse.

— Je crois que nous en avons fini ici, déclara la jeune femme. Nous devrions passer au rayon maternité.

Piper la considéra avec stupeur.

— Je ne savais pas que vous étiez au courant, murmura-t-elle.

Ce fut au tour d'Elizabeth de paraître surprise.

— Je pensais que vous en aviez discuté avec Dante, dit-elle. Je suis au courant de tout : de votre grossesse, du contrat que vous avez passé et des raisons pour lesquelles il tient à se marier.

— Je ne savais pas, répéta Piper.

— Dante a jugé qu'il était préférable que je connaisse tous les tenants et les aboutissants de la situation pour pouvoir anticiper d'éventuelles difficultés.

— Quel genre de difficultés ? demanda Piper, inquiète.

— Vous savez que la presse n'a pas été tendre avec lui ces derniers temps. Et cette campagne menace la fondation caritative qu'il a montée avec Xander et les autres.

— Quelle fondation ? lui demanda Piper.

— La fondation Hope. Il ne vous en a pas parlé ?

Piper secoua la tête.

— C'est une institution caritative qui vient en aide aux enfants. Elle a développé des programmes de scolarisation et de vaccination, entre autres. C'est un projet très ambitieux. Malheureusement, les accusations de *Celebrity Spy* ont découragé un certain nombre de partenaires qui ne souhaitent pas voir leurs noms associés à ceux de supposés débauchés.

Piper hésita quelques instants à poser la question qui lui brûlait les lèvres.

— Mais s'agit-il vraiment de calomnies ?

Elizabeth lui jeta un coup d'œil stupéfait avant d'éclater de rire.

— Vous, au moins, vous n'avez pas votre langue dans votre poche. Mais pour répondre à votre question, oui, je pense qu'il s'agit de calomnies. Je ne dis pas que ces quatre hommes sont des saints, loin de là. Ils sont riches, brillants et terriblement séduisants, et la plupart des femmes se damneraient pour sortir avec eux. On ne peut pas vraiment leur reprocher d'en profiter, j'imagine. Après tout, ce n'est pas comme s'ils étaient mariés…

La façon dont Elizabeth laissa sa phrase en suspens paraissait indiquer qu'elle ne disait pas tout ce qu'elle avait sur le cœur.

— Mais… ?

Elizabeth haussa les épaules.

— Je pense que la majeure partie des gens qui les accablent de reproches et d'injures crève en fait de jalousie, déclara-t-elle. Mais, franchement, ils ont tendu le bâton pour se faire battre. À mon avis, ils auraient dû faire preuve d'un peu plus de mesure et de discrétion. Cela leur aurait évité de voir leur vie privée étalée au grand jour et caricaturée ainsi que de se retrouver acculés à des mariages dont ils ne veulent pas vraiment.

— Ils comptent donc tous se marier ?

— Zayn les a convaincus que ce serait la solution la plus radicale et la plus efficace à leur problème. Benjamin, Dante et lui ont tous deux pris contact avec moi…

— Et Xander Trakas ?

— J'imagine qu'il fera de même, répondit-elle d'une voix étrange.

Piper la considéra avec attention et eut la surprise de la voir rougir légèrement.

— Xander et moi nous connaissions déjà, expliqua-t-elle. C'est d'ailleurs lui qui a donné mes coordonnées à ses trois amis.

Elle s'abstint de préciser quelle avait été la nature de ses relations avec Xander, mais Piper se convainquit qu'ils n'avaient pas été que de simples amis.

— Il me semble avoir lu quelque part que Benjamin Carter s'est fiancé récemment.

— Avec Julianna Ford, acquiesça-t-elle.

— J'imagine qu'il s'agit également un mariage de raison ?

Un sourire malicieux illumina le visage d'Elizabeth.

— Ce devait être le cas, acquiesça-t-elle. Mais, en cours de route, ces deux-là sont bel et bien tombés amoureux.

Piper ne put s'empêcher de se demander s'il existait une chance pour que Dante s'éprenne d'elle. Elle se réprima intérieurement. C'était précisément le genre d'illusions dont elle devait se garder sous peine de s'exposer à de cruelles désillusions.

— La vie est pleine de surprises, remarqua Elizabeth d'un air songeur.

Piper se demanda si elle pensait à Carter, à Dante ou à elle-même. Elle n'osa cependant poser la question voix haute.

— Bien, s'exclama alors Elizabeth, paraissant se ressaisir. Que diriez-vous de jeter un coup d'œil aux robes de grossesse ?

5

Après avoir dévalisé les rayons du grand magasin où elles s'étaient retrouvées, Elizabeth entraîna Piper jusqu'à un salon de beauté où elle avait pris rendez-vous. Là, la future mariée avait eu droit à une séance complète : coupe de cheveux, manucure et maquillage assortis de conseils beauté personnalisés.

Elle avait appris à appliquer blush et fard à paupières, quels produits convenaient le mieux à ses cheveux et à sa peau et quelles crèmes appliquer pour conserver un teint de pêche tout au long de la journée…

Tout ceci lui avait semblé terriblement superficiel et passablement ennuyeux. Mais elle ne pouvait nier le fait qu'en découvrant son visage dans le miroir, une fois maquillée et coiffée, elle avait éprouvé un mélange d'admiration et de fierté aussi narcissique qu'absurde.

Elle s'était également demandé ce que Dante penserait de sa nouvelle apparence. La jugerait-il plus digne de ce rôle de fiancée qu'il lui avait fait endosser ?

Mais tandis que, de retour à l'appartement, elle se préparait à la soirée qui l'attendait, elle comprit que l'aspect extérieur n'était pas le plus important. Toute la question était de savoir si elle parviendrait vraiment à donner le change aux amis et aux collègues de Dante.

Réussirait-elle à se faire passer pour la femme qui était parvenue à conquérir le cœur de l'un des célibataires les plus convoités du pays ?

Elle savait que, par le passé, il était sorti avec des femmes bien plus séduisantes qu'elle, dont plusieurs actrices et des mannequins qui faisaient fantasmer la plupart des hommes. Pour elle, il était clair qu'elle ne pouvait espérer rivaliser avec de telles beautés.

Elle n'était pas non plus aussi riche que les membres de la jet-set que devait fréquenter Dante. Saurait-elle les convaincre que c'était pour son charme et son esprit qu'il l'avait choisie, elle, pour devenir son épouse ?

Plus elle ressassait cette question et plus elle sentait monter la tension qui l'habitait.

Du calme, se lança-t-elle intérieurement. *Contente-toi d'être toi-même.*

Elle fronça les sourcils.

Espérons que cela suffise…

On toqua alors à sa porte.

— Piper ? Est-ce que tu es prête ?

Reconnaissant la voix de Dante, elle sentit les battements de son cœur s'emballer.

— Oui, entre, répondit-elle.

Lorsqu'il poussa la porte, elle réprima à grand-peine une exclamation admirative. Le smoking qu'il portait le rendait plus irrésistible que jamais mais, surtout, il lui rappelait le soir où elle l'avait rencontré…

— *Mamma mia* ! s'exclama-t-il en ouvrant de grands yeux. Tu es vraiment ravissante…

Le mélange d'admiration et de désir qui se lisait dans son regard ne fit qu'accentuer le trouble qu'elle éprouvait en cet instant. Elle était en proie à des aspirations totalement contradictoires.

Une partie d'elle espérait que Dante allait s'avancer vers elle et la prendre dans ses bras. Une autre partie, bien plus raisonnable, savait pertinemment qu'il n'en sortirait strictement rien de bon.

— Merci, répondit-elle en s'efforçant d'adopter un ton

décontracté. Je suis contente de voir que cet après-midi n'a pas été complètement perdu…

— C'était vraiment si désagréable que cela ?

— Disons que je n'ai pas l'habitude de passer autant de temps à me faire pomponner.

— En tout cas, ça en valait le coup. Tu es superbe.

— Je suis la même que ce matin, tu sais, répondit-elle en haussant les épaules. En fait, j'étais probablement plus moi-même ce matin que je ne le suis ce soir.

Dante la considéra avec une pointe de gravité.

— Je comprends ce que tu ressens, Piper, lui dit-il. Mais nous n'avons pas le choix : si nous devons convaincre tout le monde que nous sommes vraiment sur le point de nous marier, nous devons mettre toutes les chances de notre côté.

— Je sais, soupira-t-elle.

— Dis-toi que ce n'est qu'un jeu, une pièce de théâtre dont nous sommes les acteurs.

Piper se mordilla la lèvre. Tout ceci n'était peut-être qu'un jeu mais elle n'était pas dupe : elle avait beaucoup à perdre. Son cœur. Son amour-propre. Et l'avenir de son enfant.

— Dans ce cas, allons-y, répondit-elle enfin. Il est grand temps pour nous d'entrer en scène…

Dans la voiture qui les conduisait à la réception, Dante ne pouvait s'empêcher de jeter des regards à la dérobée en direction de Piper.

C'était plus fort que lui. Plus il la regardait et plus il se sentait fasciné par le charme qui se dégageait d'elle. Ce n'était pas à cause de la robe qu'elle portait, de sa nouvelle coupe de cheveux ou de son maquillage. Ces artifices ne faisaient que souligner sa grâce naturelle.

Piper était incontestablement l'une des femmes les plus séduisantes qu'il ait jamais rencontrées. Et elle était sur le point de devenir son épouse. Cela aurait probablement dû le remplir de fierté et d'allégresse mais, au lieu de cela, il se sentait passablement déprimé.

Depuis qu'il était en âge de s'intéresser aux femmes, Dante avait toujours été fasciné par le jeu de la séduction. Il aimait ces moments de découverte, ces premiers regards et ces dérobades, ces fausses pudeurs et ces doutes authentiques. Il aimait l'incertitude et les promesses d'un avenir encore flou…

Dante ne l'aurait jamais avoué mais, au fond de lui, il avait toujours espéré trouver la femme idéale, celle qui répondrait à ses attentes et saurait gagner son cœur.

Lorsqu'il avait rencontré Piper, il s'était laissé aller à croire qu'elle était peut-être celle qu'il attendait. Elle avait éveillé en lui une inexplicable attirance. Ce qu'il éprouvait pour elle dépassait la simple attraction physique.

Mais, paradoxalement, Piper se trouvait désormais hors de portée. Il lui avait promis que leur relation demeurerait purement platonique et il était convaincu que cette décision était la bonne.

S'ils devaient passer ensemble les deux prochaines années de leurs vies, ils ne pouvaient se permettre de laisser leurs sentiments compliquer la situation. Mais il pressentait déjà à quel point il lui serait difficile de conserver ses distances.

Chaque fois qu'il posait les yeux sur elle, il sentait croître le désir qu'il avait de l'embrasser, de la toucher, de sentir son corps se presser contre le sien…

Loin d'atténuer cette tentation, le souvenir de la nuit qu'ils avaient passée ensemble ne faisait qu'aiguiser son envie d'elle. Il se rappelait chacun de ses baisers, chacune de ses caresses. Il se rappelait ses soupirs et ses cris tandis qu'elle ondulait sous lui. Il se rappelait aussi l'extraordinaire intensité de son propre plaisir…

— Je crois que nous arrivons, murmura-t-elle alors, le tirant de ses fiévreuses réflexions.

Il jeta un coup d'œil par la fenêtre de la voiture et constata que son chauffeur avait ralenti pour venir se garer devant l'hôtel où était organisée la réception à laquelle ils devaient assister ce soir-là. Une meute de journalistes et de photographes les attendait, et il se prit à regretter d'avoir accepté l'invitation.

En cet instant, il aurait cent fois préféré se trouver à l'appartement, en tête à tête avec Piper. Malheureusement, cela aurait totalement invalidé la contre-attaque qu'il comptait mener contre *Celebrity Spy.*

— Je ne sais pas si je serai à la hauteur…, murmura alors Piper.

Se tournant vers elle, il avisa l'angoisse qui se lisait dans son regard.

— Est-ce qu'il y a toujours autant de journalistes ? lui demanda-t-elle d'une voix alarmée.

Il lui prit la main et la serra doucement dans la sienne.

— Ne t'en fais pas pour ça. Je me charge des journalistes. Contente-toi de leur sourire, et tout se passera bien.

— D'accord, acquiesça-t-elle.

— Prête ?

— Prête.

Dante ouvrit la portière et descendit de voiture, suivi de Piper qu'il tenait toujours par la main. Instantanément, les flashs se mirent à crépiter de toutes parts, accompagnés par une bordée de questions.

— Monsieur Mancini ? Est-il vrai que vous comptez vous marier ?

— Dante ? Où avez-vous rencontré Mlle Riley ?

— On dit que vous avez acheté une bague de fiançailles…

Dante leva sa main libre pour demander le calme. Au bout de quelques instants, les questions moururent, laissant place au silence.

— Piper et moi nous sommes rencontrés au cours d'une soirée, il y a deux mois de cela. Entre nous, ça a été le coup de foudre immédiat. Nous avons effectivement décidé de nous marier et, oui, je lui ai bien offert une bague de fiançailles.

— Quand doit avoir lieu de mariage ?

— Comptez-vous demeurer à Rome ou vous installer à Londres ?

— Qui seront les témoins ?

— Mademoiselle Riley, avez-vous un commentaire ?

— Patience ! répondit Dante en riant. Nous venons tout juste de décider de nous marier. Nous n'avons pas encore discuté de la cérémonie. Mais je vous promets que vous serez informés en temps utile. Qui sait ? Certains d'entre vous seront peut-être même invités à couvrir l'événement. En attendant, laissez-nous le temps de profiter de nos fiançailles !

Sur ce, Dante se tourna vers Piper et, posant sa main sur sa joue, se pencha vers elle pour l'embrasser. Les flashs crépitèrent de plus belle, immortalisant leur baiser.

Satisfait de son petit effet, Dante s'écarta alors de sa fiancée et l'entraîna vers l'entrée de l'hôtel.

Piper suivit Dante à l'intérieur. Une fois de plus, il l'avait embrassée. Et, une fois de plus, ce simple baiser avait failli lui faire perdre tout contrôle. Tandis qu'ils s'engouffraient dans le foyer de l'hôtel, elle sentait couver en elle un désir aussi lancinant qu'irrépressible.

— Était-ce vraiment nécessaire ? souffla-t-elle à Dante.

— Oui, répondit-il sans éviter. Nous devons faire croire à tout le monde qu'entre nous c'est l'amour passionné. Sans cela, personne ne croira à un mariage et à un divorce aussi rapides. Il faut que les gens pensent que nous avons agi impulsivement. Plus nous nous montrerons convaincants et plus nous pourrons nous séparer rapidement. C'est bien ce que tu veux, n'est-ce pas ?

— Bien sûr, répondit-elle, un peu trop précipitamment.

— Dans ce cas, fais-moi confiance. Je connais bien les journalistes. Ils adorent ce genre de coups d'éclat. Dans les jours qui viennent, nous serons en couverture de tous les magazines people.

Piper sentit son cœur se serrer. Elle commençait tout juste à prendre la mesure du pacte qu'elle avait conclu avec Dante. Sur le moment, elle n'avait pas vraiment réfléchi aux conséquences médiatiques de la chose, mais elle comprenait à présent que sa vie serait exposée au grand jour, disséquée et commentée par des dizaines, voire des centaines, de commentateurs sans scrupule.

Sa mère et ses amis ne tarderaient pas à apprendre par voie de presse ses fiançailles avec Dante. Et que leur dirait-elle, alors ? Qu'il s'agissait d'un simple subterfuge ? Elle n'était pas sûre qu'ils le comprendraient, même si elle leur parlait de sa grossesse.

Devait-elle mentir également à ses proches ? Leur faire croire à ce conte de fées qu'ils essayaient de servir aux médias ? En serait-elle seulement capable ?

L'angoisse sourde qui montait en elle avait au moins le mérite de dissiper le désir qu'elle éprouvait, mais elle ne pouvait se permettre de s'appesantir sur ces questions. Elle devait se concentrer sur l'épreuve qui l'attendait.

La tenant toujours par la main, Dante l'entraîna en direction de la grande salle où se tenait la réception. Dès qu'ils franchirent le seuil, de nombreux regards convergèrent dans leur direction. Certains trahissaient une évidente curiosité, d'autres un brin de jalousie ou une pointe d'amusement qui n'était pas dépourvue d'une certaine cruauté.

Piper songea que nombre de ces personnes avaient dû lire les articles peu flatteurs consacrés à Dante. À leurs yeux, elle n'était probablement que la dernière venue d'une longue cohorte de petites amies.

D'une façon ou d'une autre, elle allait devoir convaincre tous ces gens que, contrairement à celles qui l'avaient devancée, elle était là pour rester. Elle était censée être celle que Dante avait choisie pour devenir sa femme et partager son existence. Et il allait lui falloir se montrer à la hauteur.

Prenant une profonde inspiration, elle se prépara mentalement à relever ce défi.

Sans vraiment oser se l'avouer, Dante avait redouté cette soirée. Sur le moment, l'idée d'épouser Piper lui avait semblé parfaite. Après tout, elle était la mère de son futur enfant. C'était aussi l'une des femmes les plus séduisantes qu'il lui ait jamais été donné de rencontrer.

Mais il avait rapidement pris conscience du fait que cela ne suffirait peut-être pas. Pour convaincre la presse et ses connaissances qu'il ne s'agissait pas d'un simple coup médiatique, Piper devrait démontrer qu'elle était exceptionnelle.

Dante n'était pas sorti avec autant de femmes que le prétendaient les journalistes de *Celebrity Spy*, mais il en avait fréquenté suffisamment pour que l'on ne puisse croire qu'il était tombé amoureux de la première venue.

Or, au fond, il ignorait presque tout de Piper. Ils ne s'étaient entretenus que durant quelques heures, au cours d'une soirée. Il ne savait quasiment rien de son passé, de son tempérament, de ses convictions ou de ses aspirations.

À vrai dire, tout ce qu'il savait d'elle avait de bonnes raisons d'ajouter à son inquiétude : elle avait grandi dans un milieu totalement différent et ne semblait pas particulièrement apprécier les valeurs et les conventions qui avaient cours dans le sien.

Rétrospectivement, il se demanda s'il n'avait pas commis une terrible erreur. Loin de servir ses objectifs, ce mariage pouvait très bien se retourner contre lui, mais il était trop tard pour faire marche arrière, à présent. Il n'avait d'autre choix que de s'en remettre à Piper.

Tandis qu'il se faisait cette réflexion, il vit venir à leur rencontre Matteo Salti, l'un de ses meilleurs amis. Tous deux se connaissaient depuis l'université et avaient souvent travaillé ensemble.

— Salut, mec ! s'exclama-t-il d'un ton plein d'allégresse.

Alors c'est donc vrai, ce que l'on raconte ? Tu es sur le point de te marier ?

— En effet, acquiesça-t-il. Matteo, je te présente ma fiancée, Piper Riley. Piper, voici Matteo Salti.

— Enchantée, répondit-elle en serrant la main que lui tendait son ami.

Ce dernier la considéra d'un air ouvertement admiratif.

— Félicitations, mademoiselle Riley, lui dit-il. Franchement, je ne pensais pas que Dante se déciderait un jour à se marier !

— C'est ce que tout le monde ne cesse de me répéter, acquiesça-t-elle en décochant l'un de ces sourires irrésistibles dont elle avait le secret. Franchement, ajouta-t-elle sur le ton de la confidence, j'avoue que je comprends que personne n'ait osé le demander en mariage auparavant. Dante a des manières de vieux célibataire. Je crois que je vais devoir entièrement le rééduquer !

Matteo éclata de rire.

— J'aime beaucoup ta fiancée, déclara-t-il à Dante. Si jamais vous ne parvenez pas à le réformer, Piper, je suis volontaire, déclara-t-il malicieusement.

— Fais attention, s'exclama Dante, se joignant à la plaisanterie. Elle est redoutable. Je n'ai même plus le droit de mettre mes chaussettes trouées préférées !

Tous trois continuèrent à deviser joyeusement, et Dante ne tarda pas à se détendre. De toute évidence, Piper n'aurait aucune difficulté à s'intégrer au sein de son milieu. Elle était intelligente, pleine d'humour et dotée d'un grand sens de la repartie.

En fait, se prit-il à songer, il n'aurait sans doute pas pu choisir meilleure candidate pour jouer ce rôle de fiancée et d'épouse…

6

Confortablement installée sur le siège passager du coupé de Dante, Piper regardait défiler le paysage magnifique. Elle avait souvent entendu parler des beautés de la Toscane mais c'était la première fois qu'il lui était donné de les contempler de ses propres yeux, et elles dépassaient ce qu'elle avait pu imaginer.

À perte de vue s'étendaient des collines ondoyantes plantées de vignes et ourlées de cyprès. Par intermittence, on apercevait de vieux villages de pierre ou des bastides aux couleurs ocre et rouge. Un soleil resplendissant brillait dans le ciel d'azur, baignant ce fabuleux décor d'une luminosité chaude et dorée.

Il régnait ici une impression de paix immémoriale, de douceur de vivre et de sérénité. Cette sensation parvenait presque à faire oublier à Piper l'angoisse lancinante que lui inspirait sa situation.

Car, loin de se résorber, le trouble qu'avait éveillé en elle le baiser de Dante devant les journalistes n'avait fait que croître. Sa seule présence à ses côtés éveillait en elle un mélange de désir et de nervosité qu'accentuait encore la façon qu'il avait de la regarder par moments.

Elle était convaincue que Dante était aussi réceptif qu'elle à cette incoercible attirance. Elle le lisait dans ses yeux. Mais, tout comme elle, il paraissait décidé à faire comme si de rien n'était, respectant ainsi l'engagement qu'il avait pris envers elle.

Mais combien de temps encore parviendraient-ils à faire

abstraction de l'envie qu'ils avaient l'un de l'autre, de cette mutuelle attirance qui les étouffait de plus en plus ?

— Nous ne devrions pas tarder à arriver, déclara alors Dante, la tirant de sa rêverie.

Il jeta un coup d'œil en direction de la pendule du tableau de bord.

— Nous avons rendez-vous à sept heures chez Bettino d'Antonio. Cela devrait nous laisser tout le temps…

— Tout le temps pour quoi ?

— Pour en apprendre un peu plus l'un sur l'autre. Tu as été parfaite, hier soir. Mais d'Antonio risque de se montrer nettement plus curieux. Nous devons lui donner l'impression que nous nous connaissons réellement, toi et moi.

Un sourire narquois se dessina sur les lèvres de Piper.

— Et moi qui croyais que tu t'intéressais réellement au sujet…, ironisa-t-elle.

Dante eut la décence de paraître embarrassé.

— Je suis désolé, s'excusa-t-il. Cela m'intéresse vraiment. Mais j'avoue que je suis un peu nerveux à l'idée de la confrontation qui nous attend.

— Ce d'Antonio est-il donc si terrifiant ?

— Terrifiant ? Non. C'est un brave homme. Mais il est très à cheval sur certaines valeurs et il a vu d'un très mauvais œil les prétendues révélations que *Celebrity Spy* a faites à mon sujet. Pour me le faire bien comprendre, il a invité ce soir Gianni Paolini qui est l'un de mes principaux concurrents. Je crois qu'il table sur cette rencontre pour décider une fois pour toutes avec qui il travaillera à l'avenir.

— Et s'il choisissait Paolini ?

— Cela représenterait pour moi une perte abyssale. Et le pire, c'est que cela pourrait inspirer d'autres entrepreneurs à faire de même. D'Antonio est un homme très influent…

Tout en parlant, Dante avait ralenti. Il s'engagea alors sur une petite route privative qui s'ouvrait sur la droite et serpentait à flanc de colline. Quelques minutes plus tard, ils arrivèrent devant une très jolie maison traditionnelle.

— C'est très beau, s'exclama Piper, admirative.

— Merci, répondit Dante. C'est l'un de mes endroits préférés. J'y viens chaque fois que je veux être au calme. Évidemment, ce week-end est un peu différent…

Ils descendirent de voiture et allèrent récupérer leurs bagages dans le coffre avant de se diriger vers la porte d'entrée.

— J'ai demandé que l'on nous prépare à manger, lui dit-il en poussant le lourd battant de bois orné de ferronneries.

— Excellente idée, approuva-t-elle. Je suis affamée.

— Moi aussi.

Ils posèrent leurs sacs dans l'entrée avant de traverser un grand salon au sol et aux murs de pierre qu'ornait une immense cheminée. Les étagères emplies de livres et de disques ainsi que les confortables fauteuils de cuir donnaient envie de s'installer là pour lire, écouter de la musique ou profiter simplement du calme qui régnait en ces lieux.

Malheureusement, ils n'auraient probablement guère le temps d'en profiter d'ici ce soir-là, songea Piper avec une pointe de regret.

La terrasse était installée à l'ombre d'un grand auvent et offrait une vue imprenable sur les montagnes qui barraient l'horizon. La table était déjà mise, et on leur avait servi un délicieux assortiment d'antipasti.

Tandis que Piper et lui prenaient place l'un en face de l'autre, Dante avisa la lassitude qui se lisait dans les yeux de la jeune femme.

— Est-ce que tout va bien ? lui demanda-t-il.

Elle haussa les épaules.

— Je suis juste un peu fatiguée, reconnut-elle. Je crois que j'irai m'étendre un peu après le déjeuner.

— Si tu veux, nous pouvons remettre cette conversation à plus tard…

— Non, répondit-elle. Tu as raison : nous ne savons quasiment rien l'un de l'autre et nous risquons de nous trahir. Ce serait stupide, après avoir annoncé en grande pompe que nous étions sur le point de nous marier.

— Bien, acquiesça-t-il. Commençons par le début, dans ce cas. Nous nous sommes rencontrés à cette soirée à l'hôtel Comti. Mais qu'y faisais-tu, exactement ?

— J'accompagnais Sofia Lizzi, la directrice de l'entreprise où je travaillais.

— Quelle entreprise ?

— Lionstech. C'est une société qui développe des logiciels de billetterie en ligne.

— Que faisais-tu pour eux, au juste ?

— Des tâches administratives, de la comptabilité, des relations avec les clients anglo-saxons… Un peu de tout, en fait.

— Je ne me rappelle pas avoir vu cette Sofia, remarqua Dante.

— Elle était déjà repartie lorsque nous avons commencé à discuter. En fait, je m'apprêtais à faire de même. Si tel avait été le cas, rien de tout ceci ne serait arrivé.

— La vie prend parfois d'étonnants détours, acquiesça Dante. Parle-moi un peu de ta famille…

— Ce sera vite fait, répondit-elle avec une pointe de mélancolie dans la voix. Il n'y a plus que ma mère et moi. Comme je te l'ai dit, nous avons quitté l'Australie à la mort de mon père.

— Mais tu as grandi là-bas ?

— Oui, à Sydney. Et toi ?

— J'ai grandi en Toscane, non loin d'ici, répondit-il. J'ai été élevé par ma mère.

— Est-ce que ton père est décédé ?

— Je l'ignore, répondit Dante en s'efforçant d'adopter un ton parfaitement neutre.

Piper lui jeta un regard étonné.

— Mon père a quitté ma mère alors que j'étais encore enfant et que mon frère venait tout juste de naître, expliqua-t-il.

— Je suis désolée.

— C'est de l'histoire ancienne.

— J'imagine que cela a dû beaucoup vous rapprocher, ton frère et toi…

Comme chaque fois qu'il repensait à ce qui s'était passé à l'époque, Dante sentit un malaise le parcourir. Il aurait préféré éluder la question comme il le faisait d'ordinaire. Mais Piper était censée être sa fiancée et, en tant que telle, elle avait le droit de connaître la vérité.

— Mon frère a disparu lorsqu'il était encore adolescent, lui dit-il. Nous sommes restés plusieurs années sans nouvelles de lui avant que je ne découvre qu'en réalité il était mort.

— Mon Dieu, murmura Piper. Cela a dû être horrible.

Dante hocha brièvement la tête.

— Ma mère a été très affectée, reprit-il. Quant à moi, je me suis lancé à corps perdu dans le travail pour essayer d'oublier tout ça. Il me semble parfois que, si Alessio n'était pas mort, je n'en serais pas là où je suis aujourd'hui.

— Tu l'as dit : l'existence prend parfois de curieux détours. Tu n'as pas à te sentir coupable.

Dante s'abstint de lui répondre. Il en avait déjà plus dit à Piper qu'à ses plus proches amis.

— Parle-moi plutôt de ton enfance à toi, suggéra-t-il.

— Eh bien… Je suppose que j'ai eu plus de chance que toi mais cela n'a pas toujours été facile. Lorsque je suis née, je ne voyais quasiment rien de l'œil gauche. Il a fallu attendre l'adolescence pour que l'on puisse m'opérer. Ma vue est toujours nettement moins bonne mais ce n'est plus aussi handicapant. Hélas, entre-temps, je me suis fait renverser par une voiture que je n'avais pas vu approcher. Fort heureusement, elle ne roulait pas trop vite mais mes parents ont eu si peur qu'ils m'ont couvée pendant toute mon enfance.

Elle haussa les épaules.

— Il y avait du bon et du mauvais, j'imagine. Je souffrais un peu de ne jamais rien pouvoir faire comme les autres et de passer la majeure partie du temps à la maison. D'un autre côté, j'étais très proche de mon père.

— Tu m'as dit que, le soir où nous nous sommes rencontrés, c'était l'anniversaire de sa mort.

— Oui. J'imagine que c'est pour cela que je ne voulais pas rentrer tout de suite, ce soir-là. J'avais un peu trop bu. Et j'avais envie de me changer les idées…

Dante sentit monter en lui un mélange de compassion et de culpabilité.

— Je suis désolé, lui dit-il. Rétrospectivement, j'ai l'impression d'avoir abusé de la situation. Si j'avais su…

— Non, l'interrompit-elle. Tu n'as rien à te reprocher. Je n'étais pas ivre et je savais parfaitement ce que je faisais. J'avais besoin de réconfort, et c'est précisément ce que tu m'as offert ce soir-là…

Embarrassée par cet aveu, Piper se remit à manger en silence. « Réconfortante » ne faisait pas partie des termes que Dante aurait choisis pour qualifier la nuit qu'ils avaient passée ensemble. Pour lui, elle avait été ardente, passionnée et terriblement érotique.

Le simple souvenir de ces quelques heures suffisait à réveiller le désir qu'il ressentait pour elle, mais il comprenait à présent qu'elle n'avait peut-être pas vécu les choses de la même façon. Était-ce pour cela qu'elle l'avait quitté au beau milieu de la nuit ? Parce qu'elle se sentait embarrassée d'avoir cherché entre ses bras le réconfort dont elle venait de parler ?

— Il y a d'autres choses que j'aimerais savoir à ton sujet, reprit-il enfin.

— Lesquelles ?

— Quelle est ta couleur préférée ? Quel genre de musique aimes-tu écouter ? Quels sont tes films favoris ?

Piper se fendit d'un sourire, et Dante songea qu'elle était indéniablement la plus belle femme qu'il ait jamais connue.

Elle entreprit de répondre à ses questions et de l'interroger en retour. À leur grand étonnement, ils ne tardèrent pas à découvrir qu'ils avaient beaucoup de goûts en commun.

Bien qu'ils eussent grandi aux antipodes l'un de l'autre et dans des milieux très différents, ils avaient lu les mêmes livres et apprécié les mêmes groupes de musique.

— C'est tout de même bizarre, murmura Piper au bout d'un moment.

Dante hocha la tête.

— Qui sait ? plaisanta-t-il. Nous étions peut-être destinés l'un à l'autre ?

Il s'était attendu à ce que Piper réponde à cette remarque par un rire gêné ou un commentaire ironique. Mais, au lieu de cela, il la vit détourner le regard.

Ce soir-là, en arrivant à la villa de d'Antonio, Piper se sentait plus nerveuse encore que la veille. Cette fois-ci, il ne s'agirait pas d'un cocktail mais d'un dîner assis, qui allait sûrement durer plusieurs heures, et elle ne pourrait se soustraire aisément aux questions qui lui seraient posées.

Or il était évident que l'enjeu était de taille pour Dante, et elle ne voulait pas le décevoir.

C'était très étrange d'ailleurs. La conversation qu'ils avaient eue cet après-midi-là semblait avoir radicalement transformé la nature de leurs relations. De parfaits inconnus, ils étaient devenus des complices, unis par le subterfuge qui leur tenait lieu de fiançailles. Mais il y avait plus que cela.

Au cours de la discussion, elle avait pris conscience du fait que Dante n'était pas uniquement l'homme le plus séduisant qu'elle ait jamais connu. En l'écoutant parler de ses goûts et des valeurs qui étaient importantes à ses yeux, elle avait découvert qu'il était bien plus qu'un homme d'affaires redoutable ou qu'un play-boy charmeur.

Ayant passé le plus clair de sa jeunesse cloîtrée chez elle,

Piper avait lu énormément. Mais Dante n'était pas en reste, loin de là. Contrairement à ce que laissaient entendre les journaux, il ne devait pas passer tout son temps libre à faire la fête et à séduire toutes les femmes qui se présentaient.

Cette découverte avait éveillé en elle des sentiments très contradictoires. D'un côté, elle ne pouvait que se réjouir de passer les prochains mois aux côtés d'un homme cultivé et intelligent. Elle se félicitait aussi qu'il puisse transmettre à leur enfant son goût du savoir.

En contrepartie, cependant, Dante ne lui en paraissait que plus séduisant. Et elle savait déjà qu'elle aurait bien plus de mal encore à lui résister…

— Dante ! s'exclama Bettino d'Antonio en leur ouvrant la porte. Sois le bienvenu.

Piper observa attentivement l'homme qui leur faisait face. Il avait l'âge d'être son père. Ses yeux pétillaient d'intelligence et de malice, et il émanait de lui une tendresse apaisante. Elle ne fut pourtant pas dupe : sous des dehors patelins, d'Antonio cachait une intelligence acérée qui lui avait permis de constituer un véritable empire financier.

— Bettino, je te présente ma fiancée, Piper Riley, répondit Dante.

Si Piper n'avait pas su que tout ceci n'était qu'une mise en scène, elle se serait probablement sentie flattée par la fierté qui filtrait dans sa voix.

— Je suis enchantée, mademoiselle Riley, déclara Bettino en serrant la main de Piper. J'avoue que j'étais un peu dubitatif en apprenant que tu t'étais fiancé, ajouta-t-il à l'intention de Dante. Je croyais que tu étais résolument opposé à l'idée du mariage…

— Je croyais l'être, acquiesça Dante. Mais c'était avant de rencontrer Piper…

— Comment diable avez-vous réussi à lui forcer la main, mademoiselle ? s'enquit Bettino en la regardant droit dans les yeux.

— Je ne l'ai pas forcé, protesta-t-elle. En fait, j'étais même bien décidée à ne jamais sortir avec lui.

Du coin de l'œil, elle avisa l'inquiétude qui s'était emparée de Dante.

— J'imagine que vous avez entendu parler de sa réputation de bourreau des cœurs, ajouta-t-elle.

— En effet, acquiesça Bettino, surpris.

— Je ne tenais pas à fréquenter un libertin.

— Cela se comprend, acquiesça leur hôte. Qu'est-ce qui vous a fait changer d'avis ?

— J'ai appris à connaître Dante, répondit-elle. Et je me suis rendu compte que tout ce que je croyais savoir à son sujet était faux.

Bettino jeta un coup d'œil intrigué en direction de Dante qui se contenta de hausser modestement les épaules.

— Je n'aurais jamais imaginé que l'on puisse délibérément traîner un homme dans la boue dans le seul but de vendre plus de journaux, déclara-t-elle. J'imagine que j'étais naïve… Quoi qu'il en soit, j'ai fini par comprendre qui était réellement Dante.

Elle esquissa un sourire qui se voulait à la fois malicieux et un peu embarrassé.

— Et j'avoue que je ne regrette pas d'être allée au-delà des apparences, conclut-elle.

Bettino éclata de rire.

— J'en suis ravi pour vous deux, déclara-t-il. Et vous avez raison, Piper. Les journaux peuvent être injustes. J'en ai moi-même déjà fait les frais.

Dante pressa doucement la main de Piper en guise de remerciement.

— Quoi qu'il en soit, j'espère que, moi aussi, je découvrirai le véritable Dante Mancini, ce soir. Et le véritable Gianni Paolini. Cela m'aidera peut-être à y voir plus clair et à choisir celui avec qui je vais être amené à collaborer.

Ils entendirent alors un bruit de moteur qui se rapprochait. Quelques instants plus tard, une berline de couleur sombre vint se garer auprès du coupé de Dante. Le couple qui en sortit était à peine un peu plus jeune que Bettino.

Gianni Paolini et son épouse les saluèrent puis tous rejoignirent Mme d'Antonio qui les attendait dans la salle à manger. Ils prirent place autour de la table et commencèrent à deviser tandis que deux jeunes domestiques venaient leur servir l'apéritif et un assortiment de mises en bouche.

La conversation s'engagea, et Bettino interrogea Paolini au sujet de son entreprise, puis il fit de même avec Dante. Tandis qu'il présentait le conglomérat qu'il avait bâti, Piper sentit monter en elle une fierté qu'elle ne s'expliquait pas réellement. Après tout, Dante n'était pas véritablement son fiancé.

— Puis-je savoir ce qui vous a poussés l'un et l'autre à bâtir ces sociétés ? s'enquit alors Bettino.

— Je voulais que les gens puissent avoir accès à une énergie propre, répondit sans hésiter Gianni Paolini.

— Et toi, Dante ? s'enquit Bettino.

Dante hésita longuement avant de répondre.

— Je crois que la véritable raison pour laquelle je me suis intéressé au bâtiment, c'est ma mère, répondit-il enfin.

Bettino lui lança un regard interrogatif.

— Nous n'avions pas beaucoup d'argent lorsque j'étais jeune, expliqua-t-il. Et nous avons vécu dans des immeubles insalubres. Ce n'était pas à proprement parler des taudis, mais il était évident que les propriétaires cherchaient surtout à faire des économies sur le dos de leurs locataires. Je me suis toujours dit qu'il devait exister un moyen de ménager les intérêts de chacun. C'est la raison pour laquelle je me suis lancé dans l'immobilier lorsque l'occasion s'est présentée…

— Et qu'est-ce qui t'a poussé à t'intéresser aux énergies renouvelables ?

— J'ai fini par comprendre que le coût le plus prohibitif pour les propriétaires comme pour les locataires provenait des dépenses en énergie. Alors j'ai commencé à équiper les logements que je construisais de façon qu'ils tendent vers l'autonomie. Puis je me suis dit qu'il serait intéressant de faire de même avec les véhicules. De fil en aiguille, je suis passé de l'immobilier à l'énergie…

— Et vous, Piper, que faites-vous dans la vie ? demanda alors Bettino.

Estimant que les postes qu'elle avait occupés jusqu'alors ne présentaient guère d'intérêt, Piper détourna habilement la question.

— À vrai dire, j'ai étudié l'histoire de l'art. Malheureusement, je n'ai pu terminer le cursus que j'avais entamé.

— Pourquoi cela ? demanda l'épouse de Gianni Paolini.

La question n'était pas dépourvue d'une certaine perfidie.

— Parce que mon père est tombé malade, expliqua-t-elle. Je suis retournée chez mes parents pour m'occuper de lui.

— Qu'auriez-vous fait si vous aviez décroché votre diplôme ? lui demanda alors Bettino.

Il semblait réellement intéressé par sa réponse.

— Je rêvais de devenir conservatrice de musée.

— Intéressant, murmura son hôte. Il faut que nous parlions, vous et moi. Je compte faire l'acquisition d'œuvres d'art pour décorer cette maison que je viens d'acheter. Je serais ravi que vous me donniez quelques conseils.

— Je le ferai avec plaisir, lui assura-t-elle. Si Dante n'y voit pas d'inconvénient, bien sûr, ajouta-t-elle en se tournant vers ce dernier.

— Bien sûr que non ! s'exclama-t-il en souriant. Je trouve même que c'est une excellente idée.

Ils continuèrent à discuter de tout et de rien. Une fois de plus, Dante s'émerveilla de la facilité avec laquelle Piper se mêlait à la conversation. Contrairement à l'épouse de Paolini qui semblait s'ennuyer ferme, elle faisait montre d'un réel intérêt. À plusieurs reprises, elle étonna leur hôte par la pertinence de ses remarques et de ses questions.

En l'écoutant parler, Dante ne pouvait se départir d'un mélange de tendresse et de fierté. C'était absurde, évidemment. Après tout, Piper n'était pas véritablement sa fiancée. Tous deux n'étaient liés que par les conséquences imprévues d'une nuit torride passée ensemble, deux mois auparavant.

Et pourtant, il se sentait étrangement proche de la jeune femme. Il n'aurait su comment l'expliquer, au juste. Mais, bien qu'ils ne sortent pas réellement ensemble, il percevait entre eux une forme de complicité qui ne lui était pas familière.

À plusieurs reprises, il se prit à l'observer avec une forme de tendresse. Piper dut s'en rendre compte, d'ailleurs, car il la vit rougir et détourner les yeux. À d'autres moments, en revanche, ce fut lui qui surprit dans ses yeux un mélange d'admiration et de désir qui le troubla bien plus qu'il ne l'aurait voulu.

Il en venait presque à regretter la promesse de chasteté qu'il lui avait faite. N'était-il pas absurde de s'en tenir à une relation purement platonique alors que tous deux avaient envie l'un de l'autre ?

Évidemment, les choses n'étaient pas aussi simples. Car leur relation ne se limiterait pas à quelques semaines ou à quelques mois. Ils devraient continuer à cohabiter pendant près de deux ans avant de pouvoir reprendre chacun sa liberté.

Le sexe risquait fort de compliquer la situation. Que se passerait-il si l'un d'eux se lassait de l'autre ? Ou s'ils en venaient à se disputer ? Le pacte qui les liait pourrait vite se transformer en véritable malédiction…

D'un autre côté, Dante n'était pas certain de pouvoir résister indéfiniment à une telle tentation. Il n'avait pas pour habitude de réprimer son désir de cette façon mais, surtout, jamais il n'avait rencontré femme plus attirante.

Tandis que le dîner touchait à son terme, il finit par décider d'en parler avec elle. Après tout, ils étaient adultes tous les deux. Et si, comme il le pensait, elle avait autant envie de lui que lui d'elle, qu'est-ce qui les empêchait de laisser libre cours à leur passion ?

— J'ai été ravi de faire votre connaissance, monsieur d'Antonio, déclara Piper tandis que ce dernier les raccompagnait à la porte. Cette soirée était très agréable.

— Je suis heureux qu'elle vous ait plu, répondit Bettino. Et je compte sur vous pour m'aider à décorer cette maison, d'accord ?

— C'est promis, répondit-elle en souriant. N'hésitez pas à m'appeler pour que nous en discutions.

— Je le ferai, lui assura-t-il avant de se tourner vers Dante. Bonsoir, Dante. Et encore toutes mes félicitations pour vos fiançailles.

— Merci, Bettino.

— Prends bien soin d'elle, lui conseilla son aîné. Je crois que tu as trouvé une perle rare.

— J'en ai bien conscience, acquiesça Dante qui commençait effectivement à le penser. Je sais que je ne la mérite pas, ajouta-t-il en décochant un sourire affectueux à Piper.

En la voyant rougir, il sentit croître encore l'envie qu'il avait d'elle et décida qu'il était plus que temps de lui en parler.

7

L'expression que Piper avait lue sur le visage de Dante au moment où ils prenaient congé de d'Antonio lui avait rappelé celle qu'il arborait le soir de leur rencontre. C'était un mélange de tendresse, de désir et d'impatience qui ne laissait guère de doute sur ses intentions.

Il ne décrocha quasiment pas un mot pendant le trajet de retour, ce qui ne fit qu'accentuer le trouble qu'elle éprouvait. Car elle savait que, si Dante se mettait en tête de la séduire, ce soir-là, il lui serait probablement très difficile de lui résister.

Au cours du dîner, elle l'avait écouté avec intérêt expliquer les motivations qui l'avaient poussé à se lancer dans les affaires. Et l'image qu'elle avait de lui s'en était trouvée altérée, une fois de plus.

Elle n'était pas assez naïve pour penser que les intentions de Dante étaient purement altruistes. Il était évident que ses activités lui rapportaient beaucoup d'argent, mais elle était convaincue qu'il avait dit la vérité à d'Antonio.

Dante était un homme bien plus complexe que ne le laissaient entendre les journaux. Chaque fois qu'elle pensait le cerner, elle découvrait une nouvelle facette de sa personnalité.

Il s'était révélé tour à tour homme d'affaires avisé, amant passionné, play-boy irrésistible et manipulateur, fils et frère blessé par la vie, entrepreneur soucieux de l'avenir de la planète…

Or elle était persuadée que toutes ces figures n'étaient

pas de simples masques mais bien les visages multiples d'un homme aussi insaisissable que fascinant.

Lorsqu'ils furent enfin de retour dans le salon de sa villa, Dante s'adressa enfin à elle, dissipant le silence électrique qui s'était installé entre eux.

— Je te remercie, Piper, lui dit-il. Tu as été formidable, ce soir. Quelle que soit la décision de d'Antonio, tu n'auras rien à te reprocher.

— Merci, lui dit-elle d'un ton qui se voulait léger. J'ai fait de mon mieux. Crois-tu que c'est toi qu'il choisira ?

— Très franchement, je l'ignore. Mais je suis convaincu qu'il fera appel à toi pour cette histoire d'œuvres d'art. Est-ce que tu te sentirais vraiment de taille à lui donner un coup de main ?

— Je crois que oui, répondit-elle. Je n'ai peut-être pas décroché mon diplôme d'histoire de l'art mais le sujet me passionne. J'ai visité des dizaines d'expositions et lu des tas de livres…

— Et cela te plairait ?

— Bien sûr ! s'exclama-t-elle. Ce serait l'occasion pour moi de faire mes preuves et, qui sait, je pourrais peut-être en faire un métier.

— C'est possible, concéda Dante. D'Antonio a des tas de contacts et j'en ai aussi quelques-uns.

— Tu m'aiderais vraiment ? s'étonna-t-elle.

— Bien sûr ! s'exclama-t-il. C'est le moins que je puisse faire pour ma fiancée.

— Nous ne sommes pas vraiment fiancés, objecta-t-elle d'un ton morne.

— C'est vrai, concéda Dante. Mais tu es quand même la mère de mon enfant. Et je vais partager ta vie pendant un certain temps.

— Et ensuite ? ne put-elle s'empêcher de lui demander. Lorsque tu auras restauré ta réputation ? Est-ce que tu seras toujours là pour nous ?

Dante la considéra avec un mélange d'étonnement et d'hésitation.

— Pourquoi cette question ? lui demanda-t-il.

Piper aurait été incapable de lui répondre. Elle se sentait juste très fatiguée et passablement désarçonnée par les sentiments contradictoires que lui inspirait Dante.

Sentant poindre une migraine, elle se massa les tempes.

— Je t'ai promis que je ne laisserai jamais tomber notre enfant, lui rappela-t-il.

— Je sais…

— Mais ce n'est pas de lui dont tu parlais, n'est-ce pas ?

Luttant contre un début de panique, Piper détourna les yeux. Son instinct lui soufflait qu'il était grand temps pour elle de battre en retraite. Dante était bien trop perspicace pour se laisser abuser très longtemps.

— Est-ce que tu voudrais que je sois là pour toi ? insista-t-il d'une voix très douce.

— Bien sûr que non, répondit-elle un peu trop précipitamment. Je n'attends rien de toi.

Il fit un pas dans sa direction, et elle ne put réprimer un frisson.

— Tu sais comme moi que ces fiançailles ne sont qu'un simulacre, ajouta-t-elle.

— C'est ce que je pensais, acquiesça-t-il.

La façon dont il prononça ces mots la fit tressaillir de plus belle. Il n'était plus qu'à vingt centimètres d'elle, à présent. Piper aurait voulu tourner les talons et regagner sa chambre, mais elle était incapable de bouger.

— Mais les choses ne sont pas aussi simples, n'est-ce pas ? murmura-t-il en tendant la main vers elle.

Du bout des doigts, il effleura sa joue, lui arrachant un petit cri de surprise mêlée de désir. L'envie qui faisait rage en elle en cet instant le disputait à la certitude qu'elle était en train de commettre une énorme erreur.

— As-tu oublié que nous avons signé un contrat ? lui rappela-t-elle faiblement. Ce mariage est un leurre.

— Je ne parle pas du mariage, protesta-t-il. Je parle de ce qui s'est passé, il y a deux mois de cela.

— J'avais juste besoin de me changer les idées, objecta-t-elle.

Ses paroles manquaient singulièrement de conviction. Même elle en avait conscience…

— Quelles que soient les raisons qui t'ont poussée à monter dans cette chambre avec moi, tu ne peux nier ce qui s'est passé ensuite.

— Nous avons couché ensemble, répondit-elle d'un ton qui se voulait détaché.

— Nous avons fait l'amour. Et ça a été un moment extraordinaire.

— Pour toi ?

— Pour nous deux.

— Tu te trompes.

— En es-tu sûre ? lui demanda-t-il en couvrant la distance qui les séparait encore.

Leurs corps se frôlaient à présent, et elle pouvait sentir le souffle brûlant de Dante sur ses lèvres.

— En es-tu certaine ? murmura-t-il en se penchant vers elle.

Sa bouche ne se trouvait plus qu'à quelques millimètres de celle de Piper. Il ne la touchait pas, et elle aurait encore pu partir. Ce qu'elle aurait dû faire. Mais il était trop tard pour cela.

— Embrasse-moi, Piper.

— Non, souffla-t-elle.

— S'il te plaît…

Elle laissa échapper un petit gémissement de désespoir. Elle ne pouvait nier l'évidence : son corps tout entier était en feu. Son cœur battait la chamade, et les frissons de désir qui la parcouraient étaient à présent si intenses qu'elle craignit un instant que ses jambes ne se dérobent sous elle.

— Embrasse-moi, répéta-t-il.

Elle sut alors qu'elle ne pourrait lui résister plus longtemps.

Pourquoi l'aurait-elle fait, d'ailleurs ? L'envie qu'ils avaient l'un de l'autre était irrépressible. C'était cette même force animale, incoercible contre laquelle elle n'avait pu lutter lorsqu'ils s'étaient rencontrés pour la première fois.

Il n'y avait peut-être aucune explication logique à cela mais, après tout, ils étaient deux adultes consentants. Et il était trop tard pour s'inquiéter d'une éventuelle grossesse, songea-t-elle avec une pointe d'ironie.

Pourquoi se serait-elle refusé quelque chose qu'elle désirait tant ?

Avant même qu'elle ait pleinement réalisé ce qu'elle était en train de faire, sa bouche se posa sur celle de Dante.

Lorsque leurs lèvres se scellèrent, Dante sentit un tressaillement le parcourir de la tête aux pieds. Instantanément, le désir qu'il avait d'elle déferla en lui, envahissant son corps tout entier.

Jamais aucune femme ne lui avait fait un tel effet. Elle exerçait sur lui une fascination contre laquelle il ne pouvait lutter. Il avait essayé. Il s'était promis de garder ses distances, de ne pas céder à la tentation. Mais c'était plus fort que lui.

En cet instant même, il savait qu'il aurait dû mettre un terme à ce petit jeu de séduction. Faire l'amour avec elle ne pourrait que compliquer les choses. Il deviendrait plus difficile pour eux de rester objectifs, de ne pas tout mélanger…

Mais comment aurait-il pu résister au contact soyeux de ses lèvres ? À ce corps brûlant qui se pressait contre le sien ? Ou au souvenir envoûtant de la nuit qu'ils avaient passée ensemble ?

Il n'était sorti avec aucune autre femme depuis ce soir-là. Il s'était dit que c'était simplement parce qu'il avait trop de travail. Mais, rétrospectivement, il comprit que c'était surtout parce qu'il n'avait pas cessé de la désirer. Depuis leur rencontre, elle l'obsédait continuellement. Il pensait à elle très souvent et rêvait même parfois d'elle.

Les quelques jours qu'il venait de passer en sa compagnie n'avaient fait que raviver son envie. Elle s'était même trouvée décuplée lorsqu'il avait compris qu'elle était réciproque. Pas plus que lui, Piper ne semblait avoir été pleinement rassasiée par leur unique expérience.

— Tu es si belle, murmura-t-il contre ses lèvres.

Elle poussa un petit soupir de contentement qui parut se réverbérer au plus profond de lui. Cédant à la sensualité de cet instant, il plongea ses doigts dans ses lourdes boucles rousses et l'embrassa avec passion.

Elle ne lui opposait aucune résistance, lui rendant au contraire ses baisers sans la moindre retenue. L'alchimie qui existait entre eux était bien trop puissante pour s'encombrer de la moindre politesse.

Il lui semblait soudain qu'ils étaient faits l'un pour l'autre, qu'il existait entre eux une mystérieuse complicité, une résonance magique et inexplicable. Et, tandis que leurs langues se cherchaient et se mêlaient, son désir se mua en fièvre ardente.

S'enhardissant, il laissa ses mains descendre jusqu'à ses seins qu'il caressa à travers le tissu de sa robe. Elle gémit contre sa bouche et se cambra pour mieux s'offrir à lui. Sous l'étoffe très douce, il sentait durcir ses tétons.

Lui-même était déjà prêt à entrer en elle, son membre si dur qu'il en était presque douloureux. Son cœur battait à tout rompre tandis que son sang devenu lave enflammait son corps tout entier.

Depuis quand n'avait-il pas éprouvé une telle pulsion, si animale, si sauvage ? Il n'avait qu'une envie : entrer en elle, pénétrer au plus profond de sa chair, la marquer de son sceau jusqu'à ce que tous deux se perdent l'un en l'autre.

S'il avait suivi son instinct, il aurait possédé Piper sans attendre. Mais, au prix d'un effort surhumain, il se força à dominer son impatience et à ralentir le rythme de leur baiser.

Un grondement sourd s'échappa de la gorge de Piper.

— Encore, demanda-t-elle.

Il se rappela qu'elle avait fait preuve de la même ardeur, lors de leur première rencontre. Et c'était peut-être ce contraste entre son naturel presque innocent et la puissance de son désir qui l'avait le plus troublé. Mi-ange, mi-démon, Piper était pleinement femme et totalement irrésistible.

S'écartant légèrement d'elle, il la contempla avec fascination. Sa respiration haletante, ses lèvres entrouvertes légèrement rougies par l'ardeur de leurs baisers, ses yeux couleur d'émeraude luisant de désir et ses longs cheveux ébouriffés par ses caresses offraient un portrait d'une sensualité incandescente.

Il aurait voulu que le temps s'arrête, fixer cette image à jamais dans son esprit, mais l'intensité de son propre désir était presque insoutenable. Il lui semblait que, s'il ne la possédait pas maintenant, il le consumerait de l'intérieur.

— J'ai envie de toi, Piper, lui dit-il.

Il y avait dans sa voix comme un défi.

— Alors prends-moi, répondit-elle d'une voix que son propre désir rendait presque méconnaissable.

Dante n'avait pas besoin de plus d'encouragements. S'avançant de nouveau vers elle, il la souleva dans ses bras et l'emporta en direction de sa chambre.

Jamais Piper n'avait ressenti une telle exaltation. Son corps tout entier lui paraissait chanter à l'unisson sous l'effet de cette envie dévorante qu'elle avait de lui.

S'accrochant au cou de Dante, elle l'embrassa de nouveau tandis qu'il l'entraînait jusqu'à sa chambre. Là, il l'étendit sur son lit et entreprit de dégrafer fébrilement sa robe. Pour ne pas demeurer en reste, elle déboutonna sa chemise, révélant le corps athlétique de son amant.

Ses larges épaules, sa poitrine puissante et son ventre plat témoignaient des heures qu'il passait chaque semaine à la salle de sport. Il lui avait expliqué que c'était une façon pour lui d'évacuer la tension accumulée au fil des jours.

Fascinée par l'impression de force qui émanait de lui, elle laissa glisser ses paumes sur son torse, lui arrachant un violent frisson de bien-être.

Il acheva de lui ôter la robe qu'elle portait. Son soutien-gorge suivit, révélant la poitrine de Piper qui se dressait sous l'effet du désir. Toute pudeur semblait l'avoir désertée, et elle s'offrit à ses lèvres sans la moindre retenue, plongeant ses mains dans ses cheveux soyeux tandis qu'il agaçait chacun de ses tétons de sa langue et de ses doigts.

La repoussant alors sur le lit, il descendit plus bas, couvrant son ventre d'une pluie de petits baisers incandescents qui ajoutèrent aux frémissements incoercibles qui s'étaient emparés d'elle, se réverbérant au plus profond de son corps.

À la douce chaleur qui s'était allumée au creux de son ventre avait succédé une véritable fournaise. Ses tempes et sa gorge battaient la chamade tandis que l'urgence de son désir se répandait en elle.

Dante lui ôta sa culotte avant de laisser courir sa langue sur l'intérieur de sa cuisse, lui arrachant un nouveau frisson, plus sensuel encore que les précédents. Et, lorsque sa bouche se posa au creux de ses jambes, elle manqua défaillir sous l'effet du plaisir.

Étendue de tout son long sur le lit de Dante, elle se laissa totalement aller à ses caresses. Jamais elle n'avait éprouvé une telle sensation d'abandon et de confiance. Peut-être était-ce parce qu'il semblait anticiper de façon si déconcertante le moindre de ses désirs.

Ses caresses se faisaient tour à tour impétueuses et plus douces, lui laissant tout juste le temps de reprendre ses esprits avant de l'entraîner toujours plus loin. Il la guidait de ses doigts et de sa langue, lui faisant escalader un à un les degrés d'un plaisir qui semblait n'avoir pas de limites.

S'accrochant aux montants du lit, Piper s'arqua sous l'effet de cette extase si intense qui tournait presque à une délicieuse douleur. Gémissante, elle perdait tout contrôle tandis que Dante se faisait de plus en plus audacieux.

Elle comprit qu'elle ne résisterait plus longtemps et tenta de lutter contre l'inévitable délivrance. Mais le plaisir finit par déferler en elle comme une lame de fond, emportant tout sur son passage. Il était si puissant qu'elle manqua s'évanouir complètement.

Lorsqu'elle recouvra un semblant de contrôle et qu'elle rouvrit les yeux, elle avisa le visage de Dante qui se trouvait tout près du sien. Plaquant ses lèvres sur les siennes, elle l'embrassa avec toute la passion dont elle était capable, cherchant à lui communiquer par ce baiser toute la reconnaissance qu'elle éprouvait.

Enlacés, ils roulèrent sur le matelas. Mais, lorsque Dante se retrouva sur le dos, Piper reprit l'initiative. Couvrant son torse dénudé de baisers, elle descendit jusqu'à son ventre. D'une main légèrement fébrile, elle déboucla sa ceinture et déboutonna son pantalon qu'elle lui ôta.

Le caleçon qu'il portait suivit le même chemin, révélant son membre puissant qui se dressait sous l'effet du désir impérieux qu'il ressentait pour elle. Délicatement, elle le prit au creux de sa paume et le caressa, lui arrachant un petit soupir de satisfaction.

Ses lèvres et sa langue se posèrent alors sur lui et elle entreprit de lui rendre le plaisir qu'il venait de lui prodiguer. Il plongea ses doigts dans ses cheveux, la guidant doucement. Piper le sentait réagir à la moindre de ses caresses et cela lui procurait une impression grisante de puissance.

Les gémissements rauques qu'elle lui arrachait ne tardèrent pas à attiser son propre désir. Jamais encore elle n'avait éprouvé une telle exaltation, mais Dante finit par la repousser en riant doucement.

— Tu vas me tuer, murmura-t-il d'une voix qui fit frissonner Piper de la tête aux pieds.

L'enlaçant de nouveau, il lui dédia le plus passionné des baisers. Elle se laissa aller en arrière, l'attirant sur elle.

Dante résista un instant à la tentation qu'il avait de plonger en elle. Il voulait immortaliser ce moment, garder en mémoire le visage de Piper que transfigurait le désir qu'elle avait de lui. Elle était si belle en cet instant qu'il sentit son cœur se serrer dans sa poitrine. Jamais il ne s'était senti si proche de quelqu'un.

— Viens, murmura-t-elle alors.

Il hocha la tête et pénétra en elle très lentement, se concentrant sur cette sensation indicible. Elle était si douce qu'il manqua de perdre tout contrôle et dut s'immobiliser, le temps de retrouver un semblant de maîtrise de soi.

Ses yeux verts avaient pris une teinte qu'il ne leur connaissait pas et qui le faisait penser à de l'absinthe. Elle lui sourit alors, et il sentit monter en lui un sentiment qu'il n'aurait su identifier mais qui comportait autant d'adoration que de tendresse, d'émerveillement que de reconnaissance.

Elle noua alors ses longues jambes autour de sa taille, l'attirant plus loin encore. Il se laissa engloutir en elle comme un nageur emporté par la houle. Plus rien n'existait à présent que cette femme qui ne ressemblait à aucune autre et qui l'avait envoûté corps et âme…

Lorsque Piper le sentit bouger en elle, elle fut parcourue par un violent frémissement et se mordit la lèvre jusqu'au sang pour réprimer le cri de plaisir qui montait en elle. Il accéléra alors le rythme, et elle se sentit perdre pied.

Tout le désir qu'elle avait accumulé au cours de ces deux derniers mois chaque fois qu'elle pensait à Dante resurgit soudain. L'envie qu'elle avait de lui se fit urgence impérieuse. C'était un besoin bien plus profond que tout ce qu'elle avait pu éprouver auparavant. Une pulsion animale contre laquelle elle était sans défense…

Peau contre peau, bouche contre bouche, ils s'aimaient avec toute la passion, tout l'abandon et toute la générosité dont ils étaient capables. Et, ensemble, ils découvrirent une dimension du plaisir qu'ils n'avaient jusqu'alors fait qu'entrevoir de loin.

Quand l'ultime extase les balaya tous deux au même instant, il leur sembla soudain qu'ils ne faisaient qu'un seul être que le hasard ou la fatalité avait enfin construit.

8

Lorsque Piper ouvrit les yeux, il lui fallut quelques instants pour comprendre où elle se trouvait et comment elle était arrivée là. Le jour s'était levé et les rayons du soleil filtraient entre les rideaux tirés, dessinant un rai de lumière sur le sol de pierre.

Piper était allongée au creux des bras de Dante, comme s'ils avaient passé la nuit enlacés de la sorte. Jamais elle ne s'était sentie aussi bien qu'en cet instant. Son corps délicieusement engourdi semblait résonner encore des échos de leur étreinte. À ce souvenir, une douce chaleur l'envahit, doublée d'une sensation de paix et de sérénité qui ne lui était pas familière.

L'un des bras de Dante l'entourait de façon presque possessive, et sa main droite reposait sur le matelas. Elle avisa la chevalière qu'il portait et sur laquelle était gravées les lettres A et M. Une fois de plus, elle se demanda ce qu'elles pouvaient bien symboliser.

Précautionneusement, Piper entreprit de se retourner pour le regarder. Elle constata avec étonnement qu'il était déjà réveillé. Son regard encore ensommeillé et ses cheveux ébouriffés le rendaient bien plus abordable qu'il ne semblait d'ordinaire — et plus irrésistible encore.

— *Buon giorno, mia cara*, lui dit-il d'une voix délicieusement suave qui fit courir sur sa peau de petits frissons de désir.

— Bonjour, répondit-elle.

— On dirait que tu ne t'es pas enfuie, cette fois, remarqua-t-il malicieusement.

— C'est pour cela que tu me retenais ? lui demanda-t-elle en souriant.

— Peut-être, concéda-t-il.

Il hésita un instant avant d'ajouter :

— Il faut que nous parlions.

Piper sentit une indicible angoisse s'insinuer en elle. La façon dont il venait de prononcer ces mots ne lui disait rien de bon.

— Avant tout, il faut que j'aille prendre une douche, déclara-t-elle en se redressant.

Elle avait besoin d'un peu de temps pour se ressaisir et penser à ce qu'elle pourrait bien lui dire. Avant qu'il n'ait eu le temps de la retenir, elle sauta au bas du lit et se dirigea vers la salle de bains en s'efforçant d'ignorer l'embarras qu'elle éprouvait à se trouver ainsi exposée à ses regards.

Ce ne fut que lorsque la porte se referma derrière elle qu'elle parvint à recouvrer un semblant de calme. Pénétrant dans l'immense cabine de douche, elle ouvrit le robinet et laissa un flot d'eau brûlante déferler sur elle.

Ce qui s'était passé entre eux cette nuit-là changeait tout. D'un seul coup, leur couple était passé de la fiction à la réalité. Ils n'étaient plus seulement deux personnes unies par un contrat qui garantissait l'avenir de Dante et celui de leur enfant mais bien deux amants sur le point de se marier pour de bon.

Et ce qui lui avait paru parfaitement rationnel, raisonnable même, lui semblait à présent relever de la folie. Comment pouvait-elle épouser un homme dont elle était susceptible de tomber amoureuse alors même qu'il lui avait fait comprendre que ce mariage ne durerait pas plus de quelques mois ?

N'était-ce pas la façon la plus sûre de se retrouver avec le cœur brisé ?

Perdue dans ses pensées, elle n'avait pas entendu Dante entrer dans la salle de bains et la rejoindre sous la douche. En sentant ses mains se poser sur ses épaules, elle sursauta violemment et ne put réprimer un petit cri d'effroi.

— Qu'est-ce que tu fais ? lui demanda-t-elle en se tournant vers lui.

En se retrouvant face à Dante qui était entièrement nu, elle sentit une bouffée de désir monter en elle, aussi immédiate qu'irrésistible. En avisant la façon dont son membre se dressait fièrement, elle comprit qu'elle n'était pas la seule.

— À ton avis ? répondit-il en la prenant dans ses bras pour l'embrasser.

La tentation de résister à ce baiser ne dura qu'un instant avant qu'elle ne succombe. Leurs lèvres se mêlèrent tandis que l'eau continuait de dévaler sur leurs corps enlacés.

— Tu as dit qu'il fallait que nous parlions, objecta-t-elle lorsqu'ils se séparèrent pour reprendre haleine.

— Après, répondit Dante en l'embrassant de nouveau.

Il la repoussa doucement jusqu'à ce que son dos se retrouve plaqué contre le mur. L'une de ses mains se posa sur son sein, agaçant l'extrémité de son téton. Piper se mordit la lèvre en gémissant doucement.

Cette réaction encouragea Dante dont les doigts glissèrent le long de son flanc pour venir se nicher entre ses cuisses. Il effleura doucement son sexe qui s'ouvrait déjà pour l'accueillir. Sentant glisser ses doigts en elle, elle émit un nouveau gémissement, plus rauque encore que le premier.

Ses hanches bougeaient à présent au rythme de ses caresses tandis qu'elle sentait monter en elle un plaisir irrépressible qui menaçait à chaque instant de déferler en elle. Mais avant qu'elle ait pu y succomber, Dante plaça ses mains sur ses hanches et la souleva du sol.

Elle noua ses jambes autour de sa taille et le sentit pénétrer en elle d'un seul coup, manquant lui faire perdre tout contrôle. Enfoui au plus profond d'elle, il demeura quelques instants immobile pour leur permettre de recouvrer leurs esprits. Il commença à bouger, lentement puis de plus en plus vite à mesure que tous deux s'envolaient vers une nouvelle extase.

Piper s'accrocha à ses épaules et renversa la tête en arrière, s'abandonnant au plaisir qu'il lui offrait. Emportée par sa passion, elle exultait, oubliant soudain toutes les raisons qu'elle avait de garder ses distances.

Jamais elle ne s'était sentie aussi vivante qu'en cet instant.

Dante contemplait pensivement les flammes qui crépitaient joyeusement dans la cheminée. Il était confortablement avachi dans son fauteuil préféré et l'un de ses albums de blues favoris tournait sur la platine stéréo.

Cela faisait bien longtemps qu'il ne s'était pas senti aussi heureux. Il avait l'impression d'être parfaitement en paix avec lui-même, pleinement détendu. En partant pour la Toscane, il n'avait pas imaginé un seul instant que les choses tourneraient de cette façon.

Était-ce de la naïveté de sa part ? De l'aveuglement ? Quoi qu'il en soit, la beauté et le charme de Piper avaient eu raison de ses belles résolutions. Il avait bien conscience du fait que cela risquait de compliquer leurs rapports, mais il ne parvenait cependant pas à regretter ce qui s'était passé.

Alors même qu'il parvenait à cette conclusion, il entendit Piper entrer. Portant la tasse de thé qu'elle venait de se préparer, elle alla se lover sur le canapé, repliant ses jambes sous elle.

Pendant quelques minutes, ils ne prononcèrent pas le moindre mot. À ses côtés, il se sentait parfaitement serein, et cette impression ne lui était pas familière. Il lui semblait qu'il aurait pu demeurer là indéfiniment.

— Cela faisait une éternité que je n'avais pas vu un feu de cheminée, remarqua-t-elle.

— Tu ne vas pas souvent à la campagne ?

Elle secoua la tête.

— Je passe le plus clair de mon temps à Londres et, ces derniers mois, je n'ai quasiment pas quitté Rome.

— Ne me dis pas que tu n'as pas profité de ton séjour pour visiter l'Italie, s'exclama Dante.

— Je suis allée à Venise, répondit-elle. Et à Florence. Mais je n'ai pas eu l'occasion de voir autre chose.

— Trop de travail ?

— Et pas beaucoup d'argent, acquiesça-t-elle.

— Tu auras tout le temps de voyager, à présent, lui dit-il. Et suffisamment d'argent pour le faire…

— Avec toi ? lui demanda-t-elle.

Dante ne répondit pas immédiatement. Il avait parfaitement conscience de ce que sous-entendait cette question. Mais il n'était pas encore prêt à y répondre.

— Il faut que nous parlions de ce qui s'est passé hier soir, soupira-t-elle.

— Est-ce que tu fais allusion à notre dîner chez d'Antonio ou à ce qui est arrivé lorsque nous sommes revenus ici ?

— Parlons d'abord du dîner, répondit-elle, visiblement soulagée par cette diversion. Penses-tu que ce sera toi que choisira d'Antonio ?

— Je le crois, acquiesça Dante. Il a semblé convaincu par la réalité de notre couple. Et ce que tu lui as dit à mon sujet semble l'avoir persuadé de ma probité. En fait, je pense que nous remporterons deux contrats et non pas un seul.

— Que veux-tu dire ?

— Qu'il fera certainement appel à toi pour décorer sa maison.

— Je croyais que c'était juste un service qu'il me demandait, objecta-t-elle.

Dante lui lança un regard mi-étonné, mi-amusé.

— Un homme comme d'Antonio ne demande pas de service, objecta-t-il. Il a suffisamment d'argent pour rémunérer ceux qui travaillent pour lui.

— Mais je n'ai pas les diplômes requis pour un tel poste, objecta-t-elle. Tout ce que je sais, je l'ai appris par moi-même.

— D'Antonio aussi. C'est un autodidacte et il en est très fier. Je suis certain qu'il sera ravi de collaborer avec quelqu'un qui a étudié par soi-même.

Dante réfléchit quelques instants avant d'ajouter :

— Où t'en es-tu arrêtée dans tes études ?

— J'ai décroché ma licence et passé avec succès la plupart des matières de mon master. Mais je n'ai jamais rédigé le mémoire que j'aurais dû remettre pour le valider complètement.

— Tu pourrais peut-être l'écrire pendant ton congé maternité, suggéra Dante.

— C'est une idée, acquiesça-t-elle, songeuse.

— Avec un master en poche et une recommandation de Bettino, tu pourrais monter ton propre cabinet, ajouta-t-il. Je connais des tas de gens qui auraient besoin de conseils artistiques, que ce soit pour décorer leurs maisons ou pour investir.

— J'y réfléchirai…

Elle hésita quelques instants avant de lui poser la question qui la taraudait.

— Est-ce que tu as parlé à ta mère de nos fiançailles ? lui demanda-t-elle enfin.

Dante lui jeta un regard étonné. L'idée ne lui avait même pas traversé l'esprit.

— Ce ne sont pas de véritables fiançailles, objecta-t-il.

— Peut-être, concéda Piper. Mais, tôt ou tard, elle finira par l'apprendre par le biais des journaux.

— Je n'avais pas pensé à cela, reconnut-il. Je ferais peut-être bien de l'appeler pour lui dire que tout ceci n'est qu'un stratagème de communication.

L'espace d'un instant, il crut lire de la déception dans les yeux de Piper mais elle se ressaisit aussitôt.

— Dans ce cas, je vais faire la même chose, déclara-t-elle. Il ne sert à rien que ma mère se fasse des illusions…

Dante hocha la tête.

— Ce serait sans doute plus sage, concéda-t-il. Mieux vaut éviter de compliquer les choses.

Un sourire narquois se peignit sur les lèvres de Piper.

— N'est-ce pas précisément ce que nous avons fait hier soir ? lui demanda-t-elle. Et ce matin encore ?

Dante soupira intérieurement. Il aurait préféré continuer

à faire comme si rien n'avait changé mais, au fond de lui, il savait que Piper avait raison. Ce qui s'était passé entre eux aurait de lourdes conséquences sur la nature de leurs relations durant les mois qu'ils s'apprêtaient à vivre ensemble.

— Peut-être vaudrait-il mieux faire comme si rien ne s'était passé, soupira-t-il à contrecœur.

— En serais-tu capable ? lui demanda Piper.

— Si je suis convaincu que c'est dans notre intérêt à tous les deux, bien sûr.

Elle secoua doucement la tête d'un air incrédule.

— Tu n'as donc aucun sentiment ?

— J'ai découvert à mes dépens que, même avec les meilleures intentions du monde, on pouvait blesser les personnes que l'on prétendait aimer.

— Tu veux parler de ton frère, n'est-ce pas ?

Dante acquiesça d'un air sombre. Il aurait préféré éviter ce sujet mais, étant donné les circonstances, il estima qu'il devait bien une explication à Piper.

— Je voulais offrir une vie plus belle à ma mère et à mon frère, lui dit-il. Mais, le temps que je parvienne à gagner ma vie, il était déjà trop tard pour sauver Alessio…

— Que lui est-il arrivé, exactement ?

— Mon frère a toujours eu le chic pour s'attirer des problèmes. Il se liait d'amitié avec tous les voyous du quartier. À l'adolescence, les choses se sont aggravées. Il a commencé à fréquenter un gang qui sévissait dans le quartier. Au départ, il leur rendait juste de petits services. Mais, un jour, je l'ai surpris en train de vendre de la drogue devant le lycée.

Les souvenirs qu'il parvenait le plus souvent à garder enfermés au plus profond de lui resurgissaient à présent avec une douloureuse acuité.

— J'étais furieux, reprit-il en s'efforçant vainement de surmonter la culpabilité qui le rongeait toujours après toutes ces années. Je lui ai dit que, s'il continuait, je le jetterais hors de chez nous. Je pensais lui faire peur, le convaincre de rentrer dans le droit chemin. Mais, le lendemain, il est parti.

— Mon Dieu, murmura Piper. Je suis désolée…

— Nous pensions qu'il cherchait juste à nous faire peur, poursuivit Dante. Nous étions convaincus qu'il reviendrait au bout de quelques jours. Mais les jours ont passé, puis les semaines et les mois, et Alessio n'est jamais revenu à la maison…

Piper ne dit mot, se contentant de le fixer d'un air à la fois horrifié et compatissant.

— Quatre ans se sont écoulés. Je continuais à le chercher mais je finissais par penser que je ne retrouverais jamais sa trace. C'est alors que j'ai découvert qu'il était mort, deux ans après avoir quitté la maison. Il avait dix-huit ans.

— C'est affreux, murmura Piper.

— Il avait rejoint le gang pour lequel il vendait de la drogue, expliqua Dante. Et il s'est fait tirer dessus lors d'une rixe avec une bande rivale. Il a mis deux jours à mourir. Seul…

Dante trouva enfin le courage de relever les yeux vers elle.

— Tu comprends ? articula-t-il difficilement. Il est mort à cause de moi, parce que je l'ai chassé de la maison.

— Tu essayais de l'aider, protesta-t-elle. Tu n'es pas responsable.

— Si, répondit-il. J'aimais mon frère mais il est mort parce que je n'ai pas su trouver les mots pour le sortir de là, parce que je n'ai pas su le protéger. Et en le poussant à partir, j'ai trahi la confiance de ma mère…

La souffrance déchirante qui se lisait dans les yeux de Dante en cet instant fendit le cœur de Piper. Jamais elle n'aurait pensé le voir un jour aussi vulnérable, aussi exposé. Elle commençait à penser que Dante Mancini était un être infiniment plus complexe et torturé que ne le laissait penser tout ce qu'elle avait pu lire à son sujet.

— Cette bague était à lui, n'est-ce pas ? murmura-t-elle en désignant la chevalière qu'il portait à la main droite.

— Oui. Je la lui avais offerte pour son seizième anniversaire, quelques semaines seulement avant qu'il ne disparaisse. En partant, il l'a laissée bien en évidence sur son bureau, comme une accusation…

— C'est pour cela que tu la portes ? lui demanda-t-elle. Pour te punir ?

Il secoua la tête.

— C'est pour me rappeler à quel point j'ai été orgueilleux, répondit-il. J'ai cru que je pouvais faire le bonheur de quelqu'un simplement parce que je l'aimais. Mais on ne peut rien pour personne. Nous sommes tous seuls, Piper. Et les sentiments n'y changent rien.

Il s'était exprimé d'une voix si distante que Piper sentit la chair de poule la saisir.

— Tu ne le penses pas vraiment, objecta-t-elle faiblement.

Le regard qu'il tourna vers elle était morne et résigné. C'était celui d'un homme qui avait renoncé à tout espoir.

— Je ne veux pas que tu te berces d'illusion, lui dit-il. Je ne regrette pas ce qui s'est passé entre nous ce week-end. Mais il vaudrait peut-être mieux que nous en restions là, Piper. Tu as raison : continuer à coucher ensemble ne ferait que compliquer les choses.

9

Piper aurait probablement dû se féliciter de la conclusion à laquelle était parvenu Dante. Après tout, c'était précisément ce qu'elle s'était dit, ce matin-là, sous sa douche, avant qu'il ne vienne interrompre ses réflexions de façon si délicieuse.

Rétablir la distance qu'ils avaient décidé de maintenir entre eux faciliterait les choses. Cela l'empêcherait notamment de se méprendre sur la nature de ses propres sentiments. Il aurait été si facile de se laisser aller à croire que Dante était l'homme qu'il lui fallait, celui qu'elle avait toujours rêvé de rencontrer.

Certes, il était le meilleur amant qu'elle ait jamais connu. C'était un homme brillant. Il pouvait même, à l'occasion, se montrer prévenant et attentionné. Mais tous deux appartenaient à des mondes qui n'auraient jamais dû se rencontrer.

Ils s'étaient croisés par erreur, et leur enfant était le fruit d'un malencontreux hasard. Le mieux qu'ils puissent faire en de telles circonstances, c'était le préserver des conséquences de leurs actes. Pour cela, mieux valait qu'ils gardent leurs distances.

Hélas, c'était beaucoup plus facile à dire qu'à faire et, durant les jours qui suivirent leur retour à Rome, Piper ne put se départir de la tristesse et de la frustration que lui inspirait cette situation.

Dante, quant à lui, ne semblait pas particulièrement en souffrir. Il avait repris son existence habituelle, se montrant à son égard aussi cordial que distant. Il était un peu plus qu'un étranger, un peu moins qu'un ami. Mais, chaque fois qu'elle posait les yeux sur lui, elle ne pouvait s'empêcher de repenser à leurs étreintes.

Comment un amant aussi passionné pouvait-il se changer en un simple colocataire en l'espace de quelques heures ? Lorsque Dante lui avait laissé entendre qu'il se défiait de toute forme de sentiments, elle avait cru qu'il exagérait, que ce n'était pour lui qu'une façon de tenir ses propres émotions à distance. Mais elle n'en était plus aussi sûre à présent.

Peut-être devait-elle en faire de même. Peut-être était-il temps pour elle d'apprendre à maîtriser les mouvements de son cœur. N'était-ce pas le prix à payer pour être vraiment libre ? Qui sait ? C'était peut-être la leçon que, sans le savoir, elle était venue chercher ici, en Italie…

Telle était l'idée qui lui vint, ce lundi matin, tandis qu'elle contemplait le plafond de sa chambre. Ils étaient rentrés tard de Toscane, la veille, et elle était allée se coucher sans dîner. Mais au lieu de s'endormir, elle avait passé des heures à se retourner dans son lit, cherchant vainement à chasser les idées noires qui l'accablaient.

Malgré la fatigue, elle se força à se lever et alla prendre une douche rapide avant d'enfiler ses vêtements. Lorsqu'elle arriva sur la terrasse qui surplombait la ville éternelle, elle trouva Dante attablé devant son petit déjeuner, en train de lire le journal.

— Il est encore tôt, lui dit-il. Tu n'étais pas obligée de te lever, tu sais. Je te sers un café ?

— Volontiers, répondit-elle en s'efforçant de faire abstraction du malaise qui s'était emparé d'elle.

Dante lui versa une tasse. L'odeur du café prit Piper à la gorge, lui soulevant le cœur. La sensation de vertige se fit plus intense et la terrasse parut tanguer sous ses pieds.

— Piper !

La voix de Dante lui parvenait de très loin, comme déformée par la distance. Elle se sentit basculer en arrière, et il se précipita vers elle pour la retenir avant qu'elle ne tombe à la renverse. La prenant dans ses bras, il l'emporta jusqu'au salon et la déposa précautionneusement sur le canapé.

— Est-ce que ça va ? lui demanda-t-il d'une voix inquiète.

Elle aurait voulu lui répondre que tout allait bien, qu'il ne s'agissait probablement que de l'une de ces nausées matinales dont on parlait tant. Mais elle n'avait même pas la force de parler.

L'angoisse la gagna soudain. Elle ne s'était jamais sentie aussi faible de toute sa vie. Elle avait l'impression d'être complètement démunie.

— Cela ne me dit rien de bon, murmura Dante, visiblement très inquiet. Je ferais mieux d'appeler un médecin.

Une fois de plus, elle voulut protester mais en fut incapable. La douceur de la voix de Dante et l'affection qu'elle lisait dans son regard en cet instant lui donnaient envie de pleurer. Elle se sentait totalement démunie face à lui.

Comment pouvait-il se montrer tour à tour aussi distant et aussi tendre ? Comment pouvait-il passer de la passion à l'indifférence ?

— Est-ce que je peux t'apporter quelque chose ? lui demanda-t-il. De l'eau ? De l'aspirine ?

Elle secoua doucement la tête. La seule chose qu'elle aurait voulu, en cet instant, c'était qu'il la serre dans ses bras et lui promette que tout irait bien.

Alors même qu'elle se faisait cette réflexion, elle comprit que ce qu'elle désirait plus encore, c'était de l'entendre dire qu'il l'aimait. Mais il en était incapable, bien sûr…

Piper avait sombré dans un sommeil agité.

Dante l'entendait marmonner tandis qu'il faisait les cent pas dans le salon. Cela faisait bien longtemps qu'il ne s'était pas senti à la fois aussi inquiet et aussi impuissant, et c'était une sensation qu'il trouvait particulièrement désagréable.

Depuis que son frère était mort, il s'était efforcé de

conserver la maîtrise de son existence. Il n'avait jamais laissé ses sentiments lui dicter sa conduite, mais il était de plus en plus évident que sa rencontre avec Piper avait sonné le glas de cette sage politique.

L'idée qu'il puisse lui arriver quoi que ce soit le rendait malade, et ce n'était pas uniquement parce qu'elle attendait leur enfant. En l'espace de quelques jours, sans même qu'il s'en rende compte, elle avait su se frayer un chemin jusqu'à son cœur. Elle avait atteint la part la plus intime de sa personnalité, le rendant presque vulnérable.

Dante ne put réprimer un juron. Mais que lui arrivait-il donc ? Il ne pouvait se permettre d'oublier que cet arrangement n'était que temporaire, qu'il était uniquement censé lui permettre de restaurer sa réputation.

Évidemment, l'existence de cet enfant compliquait un peu les choses, mais ce n'était pas une raison pour perdre de vue l'essentiel…

Piper poussa un nouveau gémissement, et Dante sentit un frisson d'angoisse le parcourir. Que faisait donc ce médecin ?

Alors même qu'il se posait cette question, la sonnerie de l'interphone se fit entendre. Dante courut décrocher le combiné et laissa entrer le docteur.

Quelques minutes plus tard, après avoir ausculté Piper, il prit Dante à part.

— Je vous rassure, lui dit-il, votre fiancée va bien. Mais elle est épuisée et a grand besoin de repos.

Dante sentit monter en lui un brusque accès de culpabilité. C'était en grande partie de sa faute si Piper était aussi fatiguée. Il l'avait fait veiller tard deux soirs de suite, puis il avait passé une bonne partie de la nuit à faire l'amour avec elle. Sans compter qu'ils étaient rentrés assez tard, la veille au soir…

— D'accord, acquiesça-t-il gravement. Je veillerai à ce qu'elle reste tranquille.

— Je vais aussi vous prescrire des vitamines.

— Parfait.

— Je rappellerai demain pour m'assurer que tout va bien, d'accord ?

— Merci beaucoup, docteur.

Dante raccompagna le médecin jusqu'à la porte. Il ne parvenait pas à se défaire du sentiment de culpabilité qui l'étreignait. Il aurait pourtant dû savoir qu'une femme enceinte avait besoin de calme. Mais, au lieu de la laisser se reposer, il s'était conduit de façon terriblement égoïste en la forçant à l'accompagner.

S'il était incapable de la protéger, comment pouvait-il donc espérer devenir un bon père ?

— Dante ?

Il rejoignit Piper qui était toujours allongée sur le canapé.

— Qu'est-ce qu'il a dit ? lui demanda-t-elle avec angoisse.

— Tout va bien, lui assura-t-il.

— Et le bébé ?

— Il est en pleine forme. Le médecin pense juste que tu as besoin de repos.

— Je suis désolée, lui dit-elle.

— Désolée ? répéta-t-il. Mais de quoi ?

— Nous étions censés sortir, ce soir, lui rappela-t-elle.

— Cela n'a aucune importance, protesta Dante. C'est moi qui te dois des excuses. Je n'aurais pas dû t'imposer un tel programme.

— Nous n'avions pas le choix, objecta-t-elle faiblement. Il fallait qu'on s'affiche ensemble le plus possible avant que ma grossesse ne commence à se voir.

— Je sais, soupira-t-il. Mais l'essentiel, c'est que tu prennes soin de toi et du bébé.

Elle hocha la tête, et il constata avec un désarroi croissant qu'elle avait les larmes aux yeux.

— Je vais te porter jusqu'à ta chambre, d'accord ?

— Je veux bien, murmura-t-elle.

Dante la souleva dans ses bras. Elle paraissait si légère et si fragile qu'il sentit son cœur se serrer dans sa poitrine. Il l'emporta jusqu'à son lit sur lequel il l'étendit. S'asseyant auprès d'elle, il prit doucement sa main dans la sienne et contempla son beau visage qui paraissait aussi pâle que le marbre.

Il demeura à ses côtés jusqu'à ce qu'elle finisse par s'endormir. Se penchant vers elle, il effleura alors ses lèvres d'un baiser. Puis, le cœur lourd, il quitta la pièce.

Lorsque Piper se réveilla enfin, un coup d'œil en direction de son réveil lui apprit qu'il était près de quatre heures de l'après-midi. Elle se sentait toujours un peu faible mais nettement plus reposée que le matin. Son ventre gargouillait tant elle était affamée.

Se redressant sur son lit, elle passa ses mains dans ses cheveux, écartant les mèches rousses qui retombaient sur son visage. Elle remarqua alors que Dante lui avait ôté ses chaussures. Après les avoir enfilées, elle quitta la chambre et se dirigea vers la cuisine.

Mais, en pénétrant dans le salon, elle se retrouva nez à nez avec Dante.

— Je ne voulais pas te faire peur, lui dit-il en la voyant sursauter. Est-ce que ça va ?

— Tu n'es pas au bureau ? s'étonna-t-elle.

— J'ai pris ma journée, répondit-il. Je ne voulais pas te laisser toute seule.

— C'est gentil, murmura-t-elle, touchée par cette marque d'attention.

— C'était la moindre des choses, lui dit-il, embarrassé. Alors ? Comment te sens-tu ?

— Mieux. J'ai faim.

— Je vais te préparer quelque chose, lui proposa-t-il en se dirigeant vers la cuisine.

Piper lui emboîta le pas.

— Qu'est-ce qui te ferait plaisir ? lui demanda-t-il. Un sandwich ? Des pâtes ?

— Un sandwich, ce sera parfait, lui dit-elle. Mais je peux le préparer toute seule.

— Je m'en occupe. Assieds-toi et laisse-moi faire.

À la fois surprise et touchée par la sollicitude dont il faisait preuve à son égard, elle prit place sur l'un des tabourets qui entouraient la table de la cuisine et le regarda s'activer.

— Je suis désolé, Piper, lui dit-il en commençant à confectionner son sandwich.

— Pourquoi ?

— Ce malaise est probablement dû en partie à ce qui s'est passé ce week-end, expliqua-t-il. Nous n'aurions pas dû…

Il secoua la tête.

— Je n'aurais pas dû, se reprit-il. Je t'avais promis que notre relation demeurerait purement platonique.

— Tu n'as rien à te reprocher, objecta-t-elle.

— J'aurais dû faire preuve d'un peu plus de self-control, insista-t-il.

Elle secoua la tête.

— Nous sommes aussi responsables l'un que l'autre de ce qui s'est passé lorsque nous étions en Toscane, protesta-t-elle.

— Ce n'est pas la façon dont je vois les choses, objecta-t-il. Quoi qu'il en soit, je te promets que cela ne se reproduira pas…

Piper se mordilla la lèvre inférieure. Elle aurait voulu lui dire qu'elle espérait précisément le contraire, qu'elle n'avait qu'une envie, en cet instant : qu'il la prenne dans ses bras, qu'il la serre contre lui et qu'il l'embrasse. Mais cela n'aurait probablement fait que compliquer un peu plus les choses…

— Nous nous en tiendrons au plan d'origine, reprit-il. Nous continuerons à sortir de temps en temps et à jouer les jeunes fiancés amoureux pour donner le change. Mais, le reste du temps, tu devras te reposer, d'accord ?

Piper aurait tout donné pour que Dante renonce à ce subterfuge absurde et qu'il se décide à sortir vraiment avec elle.

Mais il aurait fallu pour cela qu'il éprouve de véritables

sentiments à son égard. Or il lui avait clairement fait comprendre qu'il n'en était rien.

— D'accord, répondit-elle, la mort dans l'âme. Mais j'aimerais qu'on en finisse le plus rapidement possible avec ces réceptions.

— Nous pourrions aller à l'opéra demain soir, suggéra-t-il. C'est un soir de première. Il y aura des tas de gens importants, sans compter les journalistes mondains qui couvriront l'événement.

— Alors allons-y, acquiesça-t-elle.

— Je demanderai au médecin de passer te voir demain dans la journée. Nous n'irons à l'opéra que s'il nous donne le feu vert, d'accord ?

Piper sentit renaître en elle un rayon d'espoir.

Bien que Dante se refusât à poursuivre la relation qu'ils avaient initiée en Toscane, il paraissait tenir à elle. Ne le lui avait-il pas prouvé, ce matin, lorsqu'elle avait fait un malaise, en restant toute la journée auprès d'elle ou bien encore en insistant pour lui préparer à manger ?

À plusieurs reprises, elle avait cru déceler dans ses yeux un mélange d'inquiétude et de tendresse.

— Le sandwich de madame est avancé, lui dit-il en faisant glisser une assiette devant elle.

— Merci, Dante. Et merci de t'être occupé aussi bien de moi aujourd'hui.

— C'est normal, répondit-il en souriant. Ce bébé est également le mien. Je ne veux pas qu'il lui arrive le moindre mal.

Ces quelques mots achevèrent de faire voler en éclat les dernières illusions de Piper. Et, lorsqu'elle mordit dans le sandwich que lui avait préparé Dante, elle lui trouva un goût bien amer.

10

Dante contemplait sans les voir les lumières de Rome qui scintillaient sous le ciel nocturne. Il aimait venir sur cette terrasse lorsqu'un problème le préoccupait. Le calme qui régnait ici l'aidait généralement à faire le vide dans son esprit et à réfléchir.

Pourtant, ce soir, il se sentait trop agité pour penser clairement. Durant toute la journée, il avait été distrait, incapable de se concentrer sur son travail. Il ne cessait de penser à Piper. Il s'inquiétait pour sa santé et pour celle du bébé. Il se rappelait ce qui s'était passé en Toscane. Et tout cela se mêlait dans son esprit.

Sa mère n'avait rien arrangé, bien sûr. Elle l'avait appelé pour l'interroger au sujet de sa fiancée dont elle avait vu la photo dans le journal. Bien sûr, Dante lui avait expliqué que ce n'était qu'un stratagème destiné à redorer son image, mais elle n'avait rien voulu entendre.

Sans que Dante parvienne vraiment à comprendre pourquoi, elle s'était convaincue que son fils était bel et bien amoureux et qu'il avait trouvé la femme de sa vie. Elle avait même insisté pour rencontrer Piper. Il avait fini par accepter en se gardant cependant de fixer une date précise.

— Est-ce que tu crois que cette robe conviendra, pour l'opéra ?

Dante se tourna vers Piper qui venait de le rejoindre sur la terrasse. En la voyant, il sentit les battements de son cœur s'accélérer. La robe rouge qu'elle portait mettait parfaitement en valeur la finesse de sa taille et ses longues jambes au galbe parfait. Le décolleté était discret mais terriblement sexy.

Il avala difficilement sa salive en s'efforçant d'adopter une attitude décontractée.

— Ta robe est parfaite, lui dit-il. Vraiment sublime…

Il détourna les yeux, et se demanda pourquoi l'envie qu'il avait d'elle ne faisait que croître avec le temps au lieu de diminuer. Après tout, ils avaient déjà fait l'amour, non pas une seule fois mais à plusieurs reprises. Théoriquement, cela aurait dû atténuer son désir.

Mais elle avait le don d'éveiller en lui un trouble qu'il ne s'expliquait pas. Ce n'était pas seulement un besoin physique mais quelque chose de bien plus profond, une aspiration qu'il ne s'expliquait pas.

Jusqu'à présent, il s'était gardé de s'appesantir sur ses propres sentiments, mais il pressentait déjà qu'il lui faudrait un jour y faire face.

— C'est gentil, lui dit-elle. Est-ce que tu es prêt ?

— Oui, bien sûr, marmonna-t-il.

Il la suivit des yeux tandis qu'elle allait récupérer son sac à main. Même sa démarche était gracieuse. Il se demanda soudain s'ils ne pourraient pas plutôt rester chez lui, ce soir, au lieu d'aller à l'opéra.

À peine eut-il formulé cette idée qu'il sentit monter en lui un nouvel accès de désir, plus intense encore. La tentation de demeurer ici, auprès d'elle, était presque insoutenable, mais il ne pouvait se permettre d'y céder.

Les enjeux étaient bien trop importants pour se laisser guider par son propre désir. Sa réputation était en jeu, de même que l'avenir de sa société et celui de la fondation qui comptait presque autant à ses yeux.

— Dante ? Tu rêves ?

S'arrachant à ses réflexions, il décocha à Piper un petit sourire d'excuse.

— Je te suis, lui dit-il.

— À combien de soirées devrons-nous encore assister pour que la nouvelle de nos fiançailles soit établie de façon crédible ? lui demanda-t-elle tandis qu'ils quittaient l'appartement.

— S'il y a autant de monde que je le pense, ce soir, je dirais qu'une ou deux réceptions de plus suffiront amplement.

— Tant mieux, acquiesça-t-elle.

— Avec un peu de chance, d'Antonio confirmera notre accord avant même notre mariage, ajouta-t-il.

— Espérons-le. Cela nous évitera peut-être d'avoir à organiser une telle mascarade.

— Nous serons tout de même obligés de nous marier, objecta Dante. Sinon, tout le monde comprendra que ce n'était qu'une ruse…

— Certes, concéda-t-elle. Mais nous pourrons au moins nous marier dans la plus stricte intimité au lieu de lancer des dizaines d'invitations.

— Pourquoi pas ? acquiesça Dante. En tout cas, si je signe cet accord avec d'Antonio…

— Parfait ! s'exclama-t-elle. Dans ce cas, tâchons de convaincre tout le monde qu'entre nous c'est le grand amour !

Piper avait visiblement décidé de sortir le grand jeu. Lorsqu'ils descendirent du taxi qui les avait conduits à l'opéra, elle posa pour les photographes postés devant l'entrée, leur décochant ses plus jolis sourires. Elle répondit également aux questions des journalistes qui se trouvaient là.

Elle se comportait avec autant d'aisance que si elle avait toujours connu la célébrité. Dante avait presque du mal à reconnaître en elle la jeune femme qui s'était présentée dans son bureau une semaine auparavant.

Lorsqu'ils pénétrèrent dans le foyer de l'opéra, elle continua à jouer le jeu, répondant avec enthousiasme aux salutations et aux questions de tous ceux qui les abordaient. La façon qu'elle avait de s'exprimer était radicalement différente de celle qu'elle employait lorsqu'ils étaient en tête à tête.

Elle paraissait à la fois plus sophistiquée et plus frivole. Il fallut à Dante un certain temps pour comprendre qu'en réalité elle s'était mise au diapason des gens avec lesquels elle s'entretenait. Elle semblait avoir intégré les codes du milieu dans lequel il évoluait et les singeait avec une habileté remarquable.

Le plus impressionnant, c'était que ses interlocuteurs paraissaient n'y voir que du feu. Ils se conduisaient vis-à-vis d'elle comme si elle était des leurs depuis toujours. Jamais Dante n'aurait imaginé qu'elle puisse être une actrice aussi talentueuse, mais ce n'était pas la première fois qu'elle le surprenait de cette façon.

Il fut tiré de ses réflexions par l'arrivée de Capricia Conetta. La jolie brunette vint lui faire la bise avec effusion.

— *Ciao, bello* ! s'exclama-t-elle. J'ai entendu une rumeur absurde à ton sujet…

Elle s'interrompit tout net en avisant Piper qui se trouvait juste derrière lui. Instantanément, son regard chercha la bague de fiançailles que celle-ci portait à l'annulaire.

— Alors, c'était vrai, murmura-t-elle, visiblement sidérée. Félicitations, ajouta-t-elle à l'intention de Piper. Vous avez réussi à lui passer la bague au doigt. C'est un véritable exploit. Nous sommes nombreuses à avoir essayé sans y parvenir…

Piper haussa les sourcils en la regardant droit dans les yeux.

— À vrai dire, rétorqua-t-elle, c'est plutôt Dante qui m'a convaincue de me marier.

Le naturel avec lequel elle avait répondu prit totalement Capricia au dépourvu.

— Ne vous imaginez pas pour autant pouvoir l'apprivoiser, lui glissa-t-elle avec une pointe de perfidie. Dante est impitoyable tant en affaires qu'en amour.

Sur ce, la brunette tourna les talons et s'éloigna d'une démarche féline.

— Une de tes ex, j'imagine ? lança Piper l'air de rien.

Dante la connaissait suffisamment à présent pour savoir qu'en dépit des apparences cette rencontre l'avait ébranlée.

— Nous devrions aller nous installer, suggéra-t-il. L'opéra ne va pas tarder à commencer.

Ils rejoignirent la loge que Dante avait réservée.

Durant la représentation, il passa plus de temps à contempler Piper que l'opéra qui se déroulait en contrebas. Elle, en revanche, ne quitta pas la scène des yeux. Elle lui avait avoué qu'elle n'en avait jamais vu, et il était évident que le spectacle dépassait ses attentes.

Plus il la regardait et plus il se sentait impressionné par la grâce qui émanait d'elle. C'était davantage qu'une simple beauté physique. Il y avait dans son maintien une forme de noblesse naturelle, une prestance qui le fascinait indéniablement.

Cette femme était un mystère sans cesse renouvelé, une énigme qu'il aurait pu passer des années à tenter d'élucider. Elle le fascinait.

Après le spectacle, ils furent conviés à dîner par des amis de Dante. Ce dernier s'apprêtait à décliner pour laisser Piper rentrer et se reposer. Mais elle le devança et accepta l'invitation.

Ils quittèrent l'opéra pour se rendre dans un petit restaurant situé à quelques rues de là. Au cours du dîner, Piper se montra tout aussi volubile. Elle répondit aux questions des autres convives, plaisantant avec eux et se montrant parfaitement charmante.

Mais Dante ne tarda pas à remarquer qu'elle ne s'adressait jamais à lui et évitait soigneusement de croiser son regard. Cela ne fit qu'ajouter à la culpabilité qui le taraudait. Il sentait bien qu'il l'avait blessée mais ne savait comment se faire pardonner.

En fait, il se sentait pris au piège de ses propres contradictions. Ses sentiments à l'égard de Piper étaient plus troubles que jamais. Plus l'attraction qu'elle exerçait sur lui allait croissant et plus il luttait contre. Et il n'osait s'appesantir sur ce qu'il éprouvait réellement pour elle.

Une chose lui paraissait de plus en plus certaine, en revanche :

il ne pourrait pas continuer à supporter cette situation très longtemps.

Piper avait du mal à croire à la facilité avec laquelle les gens se laissaient berner par cette histoire de mariage. Ne voyaient-ils pas que Dante et elle n'étaient même pas capables de se regarder dans les yeux ?

Pendant toute la durée du spectacle, elle l'avait senti qui l'observait, mais elle n'avait pas osé croiser son regard, de peur de perdre tous ses moyens. Chaque minute passée à ses côtés constituait pour elle un véritable supplice, à la fois tellement attirant et tellement effrayant. Et le fait que tout le monde les imaginait amoureux l'un de l'autre ajoutait à la cruelle absurdité de cette situation.

Elle s'était pourtant approprié le rôle qui lui était imparti dans cette vaste comédie. Elle avait joué les fiancées éperdues, dressant un portrait idyllique de sa relation avec Dante.

Ce n'était pas difficile, après tout : il lui suffisait d'imaginer ce qu'elle aurait éprouvé si leurs fiançailles avaient été bien réelles, si elle avait été véritablement sur le point de devenir l'épouse de cet homme qu'elle désirait plus que tout au monde et s'il lui avait rendu l'amour qu'elle éprouvait pour lui.

Car elle ne se faisait plus aucune illusion à ce sujet : qu'elle le veuille ou non, elle était tombée amoureuse de Dante. Elle n'aurait su dire quand c'était arrivé, au juste. Lorsqu'il l'avait soignée, la veille. Ou bien en Toscane, lorsqu'ils avaient fait l'amour. Qui sait ? Peut-être était-ce arrivé dès le soir où elle avait fait sa connaissance, à cette réception…

Cela n'avait malheureusement aucune importance. Car il était évident que ses sentiments n'étaient pas partagés. Tout ce qui importait aux yeux de Dante, c'était de préserver les apparences.

Ce soir-là, elle avait enfin compris pourquoi c'était si important pour lui. Le milieu dans lequel il évoluait ne vivait qu'à travers ces apparences. Personne en dehors d'elle ne semblait s'être intéressé à la représentation qui avait été donnée.

Tout ce qui importait à ces gens, c'était de voir et d'être vus.

— Tout va bien ? demanda Dante lorsqu'ils arrivèrent enfin chez lui. Tu n'as pas dit un mot dans le taxi.

— J'ai parlé durant toute la soirée, répondit-elle d'une voix lasse. Il faut croire que je n'ai plus rien à dire.

— En tout cas, tout le monde t'a adorée, déclara Dante en allant se servir un verre de whisky.

— Je ne sais pas comment tu fais pour supporter tout ce cirque, remarqua-t-elle.

Dante haussa les épaules.

— Tu finiras par t'y habituer, lui assura-t-il.

— J'en doute, soupira-t-elle. Franchement, ce n'est pas comme cela que je m'imaginais la vie des riches et des puissants de ce monde.

— Que veux-tu dire ?

— Que ni l'argent ni le pouvoir ne leur suffit apparemment à échapper au poids des conventions et des convenances. Ils sont prisonniers du rôle qu'ils jouent.

— Tout comme nous…

— Tout comme nous, acquiesça-t-elle d'un air sombre. À ce propos, quand doit avoir lieu la prochaine représentation ?

— Demain soir, si tu te sens d'attaque. Tâche de faire la grasse matinée et de bien te reposer pendant la journée. Je passerai te chercher vers 7 heures, d'accord ?

— D'accord, soupira-t-elle. Bonne nuit, Dante.

Il hésita et, l'espace d'un instant, elle se prit à espérer qu'il allait demeurer auprès d'elle.

— Bonne nuit, Piper, répondit-il avant de se détourner pour se diriger vers sa propre chambre.

11

Piper avait espéré qu'elle finirait par s'habituer au rôle qu'elle devait endosser presque chaque soir. Mais plus les jours passaient et plus cela devenait difficile. Elle avait chaque fois davantage de mal à supporter le contraste qui existait entre leur vie publique et leur vie privée.

Lorsqu'ils sortaient, ils incarnaient à la perfection le couple idéal. Mais, dès qu'ils quittaient le feu des projecteurs et des soirées mondaines, le malaise qui existait entre eux resurgissait, toujours plus palpable.

La distance qui s'était creusée entre eux semblait désormais infranchissable. Leurs rapports se cantonnaient à un formalisme aussi cordial en apparence que glacé en réalité. Et cela ne faisait qu'ajouter à la fatigue physique et nerveuse que lui causait la grossesse.

— Nous ne devrions plus tarder, déclara Dante.

Piper jeta un coup d'œil à travers la vitre du taxi, admirant la beauté désormais si familière des ruelles romaines. Elle songea qu'elle associerait probablement toujours cette splendeur à la tristesse qui l'habitait presque constamment.

— C'est l'une des soirées les plus courues de la ville, reprit Dante pour meubler le silence. Il y aura sans doute beaucoup de journalistes.

— Comme chaque soir, quasiment, répondit-elle d'un ton las. Ne t'en fais pas : je jouerai ma partition comme d'habitude.

— Je sais, répondit-il.

— Je me demande parfois pourquoi je fais tout cela, soupira Piper.

— Pour notre enfant, bien sûr, répondit-il.

Elle lui jeta un coup d'œil pensif, se demandant s'il était vraiment aussi attaché qu'elle au bien-être futur de ce bébé. Certes, il le lui avait assuré à de multiples reprises, mais elle était bien placée pour savoir que de telles paroles n'engageaient que ceux qui y accordaient du crédit.

Après tout, ils passaient tous deux leur temps à mentir — pas seulement aux autres, d'ailleurs, mais aussi l'un à l'autre et, ce qui était peut-être plus grave encore, à eux-mêmes. Ils se mentaient tellement, en fait, que Piper aurait été désormais incapable de préciser la nature de leurs véritables sentiments.

C'était peut-être cela le plus triste d'ailleurs. Car, avant de rencontrer Dante, elle s'était toujours considérée comme quelqu'un de franc, de fondamentalement honnête. À présent, elle ne savait plus qui elle était vraiment…

Le chauffeur de Dante ralentit, et la Jaguar s'immobilisa devant l'entrée de l'un des hôtels les plus prestigieux de la ville, orné d'un long tapis rouge. De chaque côté, derrière les barrières, se massait une cohorte de journalistes et de photographes.

La scène lui était désormais familière. Et elle pouvait même reconnaître certains des reporters qui se trouvaient là. Dante descendit de voiture puis se pencha vers elle pour l'aider galamment à descendre à son tour.

Ses réflexes prirent la relève. Un sourire aussi radieux qu'artificiel illumina son visage alors qu'elle prenait Dante par le bras. Elle salua la petite foule de la main tandis qu'ils remontaient le tapis rouge. Des cris se firent entendre, quémandant un baiser.

Dante ne se fit pas prier, l'attirant contre lui pour l'embrasser, ce qui leur valut une salve d'applaudissements et de sifflets admiratifs. Les flashs crépitèrent, assurant l'illustration d'une dizaine d'entrefilets quasiment identiques qui fleuriraient dans les journaux du lendemain.

Et pourtant, malgré le caractère totalement artificiel de la scène, Piper ne put s'empêcher de frissonner en sentant les lèvres de Dante se poser sur les siennes. Le contact de son corps collé au sien éveillait un désir contre lequel elle était sans défense. C'était une réaction, instinctive, incoercible.

La frustration qui s'ensuivit fut aussi brutale et irrépressible. Elle avait parfois l'impression de ne plus vivre que pour ces quelques moments d'intimité volée, ces instants qui évoquaient le souvenir fugace de leurs étreintes passées.

Ils reprirent leur progression, héros et bouffons de ce spectacle absurde. L'envie de fuir se fit soudain plus forte que jamais. Elle s'imagina giflant Dante sous les yeux éberlués des journalistes avant de s'éloigner en courant sous les crépitements des flashs.

L'idée était terriblement tentante. Tout valait mieux que cette sinistre comédie qu'ils perpétuaient chaque soir. Mais elle y résista, bien sûr, se rappelant qu'elle faisait tout cela pour son enfant. C'était la bouée à laquelle elle se raccrochait désormais. Son seul véritable horizon…

Déjà, ils s'engouffraient dans le hall de l'hôtel, se mêlant aux autres invités qui devaient assister à ce gala de charité. Piper en reconnut plusieurs qu'ils croisaient régulièrement en de telles circonstances. Et parmi eux, hélas, se trouvait la divine et toxique Capricia qui se frayait un chemin à travers la foule pour venir à leur rencontre.

Parmi toutes les femmes élégantes et sophistiquées qui peuplaient ces réceptions, Capricia était celle qui symbolisait le mieux à ses yeux cette jet-set à laquelle elle n'appartiendrait jamais vraiment. Sa beauté, son sens aigu de la mode et sa langue acérée lui donnaient l'impression de n'être qu'un imposteur, une intruse dans ce monde qui n'était pas le sien.

— *Ciao*, Dante, s'exclama-t-elle de cette façon si emphatique qu'elle avait de saluer ses connaissances masculines. *Come va*?

— Très bien, répondit Dante en répondant à son étreinte affectueuse.

Piper serra les dents, luttant contre un accès de jalousie aussi irrationnel qu'irrépressible. Capricia se tourna alors vers elle et la toisa d'un air ironique.

— Je vois que tu ne t'es pas encore lassé de ta petite protégée, constata-t-elle.

Piper aurait voulu répondre à l'insulte par le mépris mais elle ne put s'empêcher de bondir. L'attitude de Capricia ravivait de cruels souvenirs de cour d'école, lorsque son handicap lui valait les moqueries de ses petits camarades.

— Je ne suis pas aussi volage que toi, répondit Dante d'un ton léger.

Piper le connaissait suffisamment bien à présent pour détecter l'éclat mortel qui brillait dans ses yeux. Elle aurait pu se réjouir qu'il prenne ainsi sa défense mais songea qu'il cherchait plus probablement à protéger sa propre réputation.

— C'est peut-être pour cela que tu te retrouves toujours seule, en fin de compte, ajouta-t-il, faussement badin. Fais attention, ma chérie, tu risques fort de finir vieille fille. Maintenant, si tu veux bien m'excuser, je crois que ma fiancée aimerait boire un verre…

Sans prêter attention à la fureur qui se lisait dans les yeux de Capricia, Dante entraîna Piper en direction du bar. Il était évident que la jeune femme avait été blessée par la pique de celle qui se considérait comme sa rivale.

En y réfléchissant bien, Dante ne parvenait pas à comprendre comment il avait pu perdre son temps avec quelqu'un comme Capricia. Elle était superficielle, mauvaise langue et souvent cruelle. Rien ni personne ne semblait trouver grâce à ses yeux. Et surtout, elle était l'une des personnes les plus égocentriques qu'il ait jamais rencontrées.

Une fois devant le bar, Dante commanda une coupe de

champagne et un jus de fruit pour Piper. Contrairement à d'habitude, elle ne paraissait pas du tout à l'aise. Elle était très pâle, et son expression trahissait un mélange d'accablement et de fatigue.

Il se sentit coupable de l'avoir amenée ici. Ils étaient sans doute sortis beaucoup trop souvent au cours de cette semaine. Mais Dante savait que la période était critique.

Les premiers articles concernant leurs fiançailles avaient été plutôt moqueurs. Un journaliste avait même lancé un sondage pour savoir au bout de combien de temps Piper et lui finiraient par rompre.

Au fil de leurs apparitions en public, cependant, l'ironie avait laissé place à la sympathie. Comme il l'avait espéré, l'angle du conte de fées moderne avait fini par l'emporter, et ils apparaissaient à présent comme le couple chéri des médias.

Seul *Celebrity Spy* demeurait ouvertement sceptique. Dante avait donc décidé d'accorder au magazine une interview exclusive. Il était convaincu que cela achèverait de convaincre l'ensemble des gens qu'il avait bel et bien décidé de changer de vie.

Mais, en attendant, ils ne pouvaient se permettre de relâcher leurs efforts conjoints en matière de communication.

— Je suis désolé pour Capricia, souffla-t-il à Piper. C'est une véritable garce.

— Peut-être, concéda-t-elle. Mais son attitude prouve bien à quel point tes fiançailles paraissent encore peu crédibles pour certains…

Une fois de plus, il fut frappé par la perspicacité de la jeune femme. Elle avait un instinct très affuté et parvenait très souvent à percer à jour les motivations secrètes de ses interlocuteurs.

— Tu as raison, soupira-t-il. Ce n'est pas aussi facile que je le pensais.

Piper haussa les épaules.

— Cela ne me surprend pas, tu sais. La campagne que *Celebrity Spy* a menée contre toi a profondément marqué les esprits. Je le vois dans le regard des gens que je rencontre pour la première fois : la plupart me considèrent avec un mélange de mépris et d'amusement, comme s'ils se demandaient combien de temps cette nouvelle passade allait bien pouvoir durer.

— Je suis désolé, Piper…

Elle secoua la tête.

— Non, tu ne l'es pas, répliqua-t-elle. En tout cas, pas assez pour mettre un terme à cette mascarade. Est-ce que Bettino t'a recontacté, au moins ?

Dante ne put s'empêcher de tiquer. Il n'avait pas l'habitude qu'on lui parle de cette façon. Et le dédain qui perçait dans la voix de Piper l'avait blessé bien plus qu'il ne l'aurait voulu.

— Pas encore, répondit-il. Mais, après tout, cela fait à peine plus d'une semaine que nous sommes allés dîner chez lui.

— Bettino est un homme perspicace, remarqua-t-elle. Il faut peut-être plus que quelques soirées pour le convaincre que nous allons bel et bien nous marier.

— À quoi penses-tu ?

— Nous pourrions aller chez ta mère, suggéra-t-elle. Ou chez la mienne. Cela donnerait une connotation moins mondaine à notre histoire.

— Pas question, protesta-t-il. Je ne veux pas mêler nos familles à tout ça.

— Pourquoi ?

— Parce que je ne veux pas que ma mère ou la tienne se fassent des illusions à notre sujet.

De fait, sa propre mère ne cessait de le harceler à ce sujet. Elle était toujours aussi convaincue que Piper était la femme qu'il lui fallait et ne manquait pas une occasion de le lui rappeler.

— Tout le problème est là, je suppose, répondit Piper. Ce mariage est une illusion.

— J'ai peut-être une idée pour remédier à nos problèmes, déclara-t-il.

— Je t'écoute.

— Je voudrais que nous accordions à *Celebrity Spy* une

interview exclusive. En nous confrontant directement à nos principaux détracteurs, nous avons une chance de frapper un grand coup et de marquer les esprits.

Bouche bée, Piper contempla Dante.

Comment pouvait-il envisager ainsi de pactiser avec le diable ? De collaborer avec le magazine qui était justement à l'origine de tous ses problèmes ?

— Tu ne peux pas faire ça, protesta-t-elle enfin. Ces gens ne méritent pas que tu t'abaisses à leur niveau !

— Nous nous servirions d'eux, objecta Dante. Et, par leur intermédiaire, nous aurions accès au public qui est le plus sceptique à notre égard. Je crois que ce serait un coup de com brillant !

— Un coup de com ? répéta-t-elle, choquée. C'est donc vraiment tout ce que représente ce mariage pour toi ?

Ce fut au tour de Dante de la considérer avec étonnement.

— Je ne l'ai jamais caché, lui dit-il. C'est le fondement même de notre relation.

Piper sentit son cœur se serrer dans sa poitrine. Jusqu'à présent, elle était parvenue à lui trouver des excuses, à se convaincre qu'il avait de bonnes raisons de vouloir défendre sa réputation, qu'il cherchait avant tout à protéger son entreprise, sa fondation et l'avenir de leur enfant. Mais elle n'en était plus aussi sûre.

— Je refuse de cautionner un tel journal, déclara-t-elle.

Dante fronça les sourcils.

— Je te rappelle que tu as signé un contrat selon les termes duquel tu t'engages à faire tout ce qui est en ton pouvoir pour préserver la crédibilité de notre mariage…

— Pas au prix du peu de dignité qu'il me reste, protesta-t-elle.

— Mais tu ne comprends pas, Piper ! s'exclama Dante. C'est la solution idéale. Cela t'éviterait d'avoir à assister à toutes ces réceptions épuisantes. En une seule interview, nous marquerions probablement plus de points que nous ne l'avons fait au cours de toute cette semaine.

Piper secoua la tête. Il avait été question d'une ou deux réceptions. Puis d'autres avaient suivi. À présent, c'était une interview pour *Celebrity Spy*… Jusqu'où Dante irait-il pour tenter de redorer son blason ?

— Ça ne peut plus continuer, soupira-t-elle, plus pour elle-même que pour lui. Je suis trop fatiguée…

Se méprenant sur le sens de ce commentaire, il jeta un coup d'œil à sa montre.

— Nous ne pouvons pas rentrer dès maintenant, lui dit-il. Les gens se poseraient des questions. Et je ne veux pas qu'ils pensent que nous nous sommes disputés à cause de Capricia. Mais nous partirons dès que possible, d'accord ?

Piper se contenta de hocher la tête. Elle n'avait pas l'énergie de se lancer dans une nouvelle discussion dont elle savait qu'elle pourrait les mener plus loin qu'elle ne l'imaginait. Mieux valait prendre le temps de la réflexion avant de s'engager sur un terrain aussi miné.

De plus, l'endroit était très mal choisi pour parler de ce genre de choses. Il y avait beaucoup trop d'oreilles indiscrètes aux alentours, à commencer par celles des nombreux journalistes mondains qui se mêlaient à la foule des grands soirs.

Piper prit donc sur elle et continua à se prêter au jeu. Elle s'entretint avec les gens qu'elle connaissait, s'en fit présenter d'autres, dansa avec Dante et avec Matteo Salti qui était là, lui aussi. Fort heureusement, Capricia ne leur adressa plus la parole, ce soir-là. Sans doute en voulait-elle à Dante de la façon dont il l'avait mouchée.

Mais pendant tout le temps où elle continuait à sourire, à rire et à deviser gaiement avec les uns et les autres, elle sentait grandir en elle la conviction que Dante et elle avaient atteint un point de non-retour.

12

Cette nuit-là, Piper ne put fermer l'œil.

Elle ne cessait de repenser à la semaine qui venait de s'écouler et à l'idée que Dante avait eu d'accorder cette interview à *Celebrity Spy*. À mesure que son radio-réveil égrenait les heures, l'idée qui avait germé en elle au cours de la réception se mua progressivement en certitude.

Dante et elle avaient bel et bien atteint un point de non-retour. Si elle demeurait à ses côtés, elle finirait tôt ou tard par se perdre elle-même. Le monde dans lequel elle s'était retrouvée plongée n'était pas le sien. Elle ne supportait pas le mélange de superficialité et de snobisme qui le caractérisait.

À plusieurs reprises, elle s'était sentie choquée par les paroles de ces gens qui, pour la plupart, avaient perdu le sens de la réalité. Ils ne se rendaient même plus compte qu'ils appartenaient à une classe à part, un cercle restreint de privilégiés à qui le pouvoir et l'argent tenaient lieu de valeurs cardinales.

Jusqu'à présent, elle avait supporté cet environnement hostile parce qu'elle était convaincue que ce mariage de façade serait bon pour son enfant, mais elle n'en était plus du tout persuadée.

Rien de ce que Dante avait pu lui dire ne lui laissait supposer qu'il saurait entourer leur enfant de l'amour dont il aurait besoin. Lorsqu'il évoquait ses devoirs de père, c'était toujours sous l'angle matérialiste.

Elle ne doutait pas un seul instant du fait qu'il pourvoirait aux besoins de cet enfant. Dante avait sans doute bien des défauts mais c'était quelqu'un de généreux. Il l'avait d'ailleurs prouvé en l'inondant de cadeaux.

Mais elle comprenait que c'était aussi une façon pour lui de se dédouaner, d'éviter de s'investir affectivement dans leur relation. Il était probable qu'il agirait de la même façon avec leur enfant.

Elle savait désormais combien il était douloureux d'aimer quelqu'un sans que cela soit réciproque, et c'était un sort qu'elle se refusait à faire subir à son enfant. Mieux vaudrait pour lui avoir un père distant qui le couvrirait de présents lorsqu'il irait lui rendre visite plutôt qu'un père présent physiquement mais émotionnellement absent.

Lorsque le matin arriva enfin, Piper alla récupérer au fond de son armoire les vêtements qu'elle avait apportés en Italie. Elle enfila un jean, un T-shirt et un sweat-shirt qui lui donnèrent l'impression de réendosser sa véritable personnalité, puis elle fourra le reste de ses affaires dans son sac à dos.

Elle se sentait étrangement calme, comme distanciée de ses propres émotions. Et après avoir fait une dernière fois le tour de sa chambre, elle partit à la recherche de Dante. Sans surprise, elle le trouva sur la terrasse, plongé dans le journal.

— *Buon giorno*, lui dit-il sans prendre la peine de lever les yeux de la page qu'il était en train de lire.

Elle se sentit extrêmement mal à l'aise. Cette attitude avait au moins le mérite de lui confirmer de façon éclatante ce qu'elle soupçonnait déjà. Dante n'éprouvait plus le moindre intérêt à son égard : elle n'était plus pour lui qu'un accessoire dont il se servait pour tenter d'asseoir sa réputation.

Elle le contempla longuement, sachant que c'était la dernière image qu'elle conserverait de cet homme qu'elle avait aimé… et qu'elle aimait encore. Il lui paraissait toujours aussi beau, aussi séduisant que le jour où elle avait fait sa connaissance.

— Qu'est-ce que tu lis ? lui demanda-t-elle.

Il replia enfin son journal et se tourna vers elle. Elle avisa la pointe d'étonnement qui passa dans son regard lorsqu'il vit la façon dont elle était habillée mais il se garda de tout commentaire.

— C'est le compte rendu de la soirée d'hier, lui dit-il. Comme toujours, tu as fait forte impression…

Il porta sa tasse de café à ses lèvres et la vida d'un trait.

— Je risque de travailler tard, ce soir, ajouta-t-il. Profites-en pour te reposer. Nous avons un dîner en petit comité, demain soir. Et il faudra que nous reparlions de cette interview pour *Celebrity Spy*…

— Cela ne sert à rien, répondit-elle.

— Écoute, je sais que cette idée ne te plaît pas beaucoup, plaida-t-il. Mais je t'assure que cela nous ferait gagner énormément de temps et d'énergie.

— Ce n'est pas ce que je voulais dire, objecta-t-elle.

Dante parut un peu désarçonné par cette remarque. De toute évidence, il n'avait aucune idée de ce qu'elle s'apprêtait à lui dire. Mais ce n'était peut-être pas si surprenant que cela, au fond. À ses yeux, leur arrangement paraissait peut-être parfaitement satisfaisant.

— Il est inutile d'accorder cette interview parce que l'accord que nous avons passé est caduc.

— Caduc ? répéta-t-il, sidéré. Je ne comprends pas…

Piper se demanda si Dante avait toujours été aussi déconnecté de ses propres émotions et de celles des gens qui l'entouraient. Probablement pas, songea-t-elle. Elle était prête à parier que c'était la disparition et la mort de son frère qui l'avaient transformé de cette façon.

Elle se sentait désolée pour lui, mais elle ne pouvait laisser sa compassion gâcher sa propre existence et celle de son enfant. Il lui fallait être forte, défendre ce qu'elle était et ce en quoi elle croyait. Il n'y avait aucune alternative.

Elle croisa les bras sur sa poitrine comme pour symboliser la volonté qui l'animait en cet instant.

— Je ne peux plus faire semblant, lui dit-elle. J'ai essayé

mais c'est plus fort que moi. Je ne peux pas être la femme que tu voudrais faire de moi.

L'expression de Dante vira brusquement de la curiosité à la réprobation. Son visage se ferma et sa bouche se fit plus dure. Mais, avant qu'il ait pu lui répondre, elle reprit la parole.

— Quant à toi, lui dit-elle, tu ne seras jamais l'homme dont je rêve. Alors je crois qu'il vaut mieux que nous arrêtions avant que nous ne nous fassions vraiment du mal l'un à l'autre.

— Nous avons un accord, protesta Dante.

— C'est vrai, reconnut-elle. Et j'ai fait tout ce qui était en mon pouvoir pour respecter ma part du contrat. Ce n'est pas ma faute si Bettino ne s'est toujours pas décidé à signer avec toi ou si les gens de ton milieu continuent à douter de nos fiançailles. On ne peut pas vraiment le leur reprocher, d'ailleurs, puisque leurs soupçons sont parfaitement fondés.

— Ce n'est qu'une question de temps, protesta vivement Dante. Ils vont finir par accepter l'idée. Si tu pars maintenant, en revanche, tout ce que nous avons fait jusqu'ici n'aura servi à rien.

Elle secoua la tête.

— Je ne peux pas continuer à me mentir indéfiniment, objecta-t-elle.

Alors même qu'elle prononçait ces mots, Piper se sentit envahie par une force et une assurance nouvelles. Jamais elle n'avait eu à prendre une décision aussi difficile que celle qu'elle avait prise durant la nuit. Elle avait parfaitement conscience du fait qu'elle était en train de renoncer à un homme qu'elle aimait.

Rétrospectivement, il lui paraissait même évident qu'il était le seul qu'elle eût jamais aimé, mais elle ne pouvait passer sa vie auprès de quelqu'un qui ne l'acceptait pas telle qu'elle était réellement.

Elle ne voulait pas d'un mariage à durée déterminée, d'une parodie de vie commune. Elle voulait être libre d'aimer et être aimée en retour. Et si cela lui valait aujourd'hui une peine de cœur, elle estimait que le jeu en valait la chandelle.

— Je ne peux pas rester ici, déclara-t-elle. Pas comme ça.

— Que te faut-il de plus ? protesta Dante. Je t'ai couverte de robes et de bijoux. Je t'ai emmenée dans les endroits les plus courus de Rome.

Une profonde tristesse envahit Piper.

— Si tu penses vraiment que c'est ce que je recherche, c'est que tu me connais bien mal, soupira-t-elle. Tout ce que j'attends de l'homme dont je partage la vie, c'est un peu d'affection. Mais je sais que tu ne peux pas me donner cela.

— Je ne t'ai jamais menti à ce sujet, protesta-t-il vivement.

— Je sais, acquiesça-t-elle. C'est entièrement ma faute. J'ai cru que je pourrais m'en passer…

Elle s'interrompit et haussa les épaules.

— Ou peut-être ai-je voulu me convaincre que tu finirais par changer, s'avoua-t-elle. Je me suis trompée.

Elle ôta la bague de fiançailles qu'il lui avait offerte et la posa sur la table du petit déjeuner.

— Au revoir, Dante, lui dit-elle. Je suis désolée que ça n'ait pas marché.

Dante dut faire appel à toute la force de sa volonté pour se ressaisir. Il avait été pris totalement de court par les déclarations de Piper.

Bien sûr, au fond de lui, il comprenait les raisons qui avaient présidé à sa décision. Ne se débattait-il pas lui-même depuis plus d'une semaine avec ses propres contradictions ? Partagé entre les sentiments qu'elle lui inspirait et la promesse qu'il s'était faite de ne jamais plus se sentir responsable de qui que ce soit, il avait volontairement creusé la distance entre eux.

Le jour où il avait appris la mort d'Alessio, sa souffrance et sa culpabilité avaient été si intenses qu'il avait bien failli y succomber totalement. Il s'était alors juré de ne plus jamais laisser personne exercer sur lui une telle emprise.

En dehors de sa mère, il était parvenu à tenir le monde à

distance. Il avait soigneusement cultivé un détachement vis-à-vis de ses amis et de ses conquêtes féminines. Et cela lui avait plutôt réussi.

Certes, il n'était pas heureux comme pouvaient l'être ceux qui s'impliquaient corps et âme dans leurs relations amicales et affectives. Mais c'était une concession qu'il était prêt à faire parce qu'elle le préservait de la souffrance terrible qu'éprouvaient ces mêmes personnes, le jour où leurs illusions finissaient par s'évaporer.

Il s'était parfaitement satisfait de ce compromis jusqu'au jour où il avait rencontré Piper. Mais elle avait fait voler en éclat toutes ses certitudes. En l'espace de quelques semaines, elle était parvenue à détruire des années de sérénité.

Lui qui avait l'habitude de contrôler son existence avait totalement perdu la maîtrise de ses propres émotions. Alors qu'il s'était promis que leur relation resterait totalement platonique, il avait été incapable de résister à la tentation.

Depuis qu'ils étaient de retour à Rome, il devait lutter contre un mélange de désir et de frustration qui ne le quittait quasiment plus. Il en venait à éviter sciemment de poser les yeux sur Piper de peur de ne pouvoir résister à l'attraction qu'elle exerçait sur lui.

Mais plus il se montrait froid et distant, plus il la voyait souffrir. Et l'envie qu'il avait d'elle se doublait d'un mélange de compassion et de tendresse qui ne lui ressemblait pas du tout.

Au cours de ces derniers jours, il avait tenté de s'en tenir au contrat qu'ils avaient signé. Il l'avait traitée comme une collaboratrice plus que comme une amie ou, a fortiori, une amante.

Or cette attitude avait eu l'effet inverse de celui qu'il avait escompté. Loin de normaliser leurs relations, il était apparemment parvenu à dégoûter totalement Piper.

Il ne pouvait cependant se permettre de la laisser partir. Les enjeux étaient bien trop grands — pour sa réputation, bien sûr, pour sa carrière, pour la fondation, pour leur enfant mais aussi, et peut-être surtout, parce qu'il ne s'imaginait pas la voir disparaître de sa vie.

Lorsqu'elle l'avait quitté, la première fois, après seulement quelques heures passionnées passées ensemble, il s'était senti si déprimé qu'il s'était réfugié dans le travail et n'était quasiment pas sorti de chez lui pendant deux mois.

Il n'osait imaginer ce qu'il éprouverait cette fois-ci…

Mais elle était déjà en train de s'éloigner et, s'il ne réagissait pas très vite, ce cauchemar n'allait pas tarder à devenir réalité…

— Pas si vite, Piper ! s'exclama-t-il. Nous avons signé un accord et tu dois le respecter.

— Pourquoi ? protesta-t-elle en se tournant vers lui. Pour que tu puisses remporter ce stupide contrat avec d'Antonio ?

— Ce stupide contrat, comme tu dis, conditionne l'emploi de dizaines de personnes, peut-être même de centaines si l'on compte les fournisseurs qui seront impactés.

— Je suis désolée, répondit-elle. Mais je ne peux pas rester avec toi simplement pour assurer la bonne santé de ton entreprise.

— Tu étais prête à le faire, s'emporta-t-il. Qu'est-ce qui a changé brusquement ?

Elle hésita quelques instants avant de lui répondre.

— Je ne pense plus que ta présence soit si nécessaire à notre enfant.

Dante n'en crut pas ses oreilles. De toutes les attaques, celle-ci était à la fois la plus inattendue et la plus justifiée.

— Tu es incapable d'aimer qui que ce soit, reprit-elle. Tu t'es interdit de le faire le jour où ton frère a disparu. Alors pourquoi éprouverais-tu plus de sentiments envers ton enfant alors que tu n'es jamais parvenu à en ressentir pour qui que ce soit d'autre ?

Les paroles de Piper le rongeaient comme de l'acide, réveillant ses incertitudes les plus profondément enfouies. Son père l'avait abandonné alors qu'il n'était qu'un enfant, et il n'avait jamais eu de modèle dont il aurait pu s'inspirer.

Il avait néanmoins tenté de jouer ce rôle auprès de son frère. Mais le résultat avait été catastrophique.

Comment pouvait-il se croire capable d'élever un enfant ?

— De toute façon, reprit-elle, quel cadre familial pourrions-nous offrir à cet enfant ? Ta mère sait que notre mariage est une farce. Et tu ne veux pas que je la rencontre. Tu ne veux pas non plus faire la connaissance de la mienne…

— Je ne vois pas l'intérêt de mêler nos mères à notre accord, objecta-t-il.

— Accord, répéta-t-elle. Contrat. Tu n'as que ces mots à la bouche, Dante. Tout se résume donc aux affaires, pour toi ? N'y a-t-il rien de plus important à tes yeux ?

Acculé à ses propres contradictions, Dante ne répondit pas. Qu'aurait-il bien pu dire sans trahir les fondements même sur lesquels il avait bâti son existence ?

Une curieuse expression passa alors dans le regard de Piper.

— Dis-moi, articula-t-elle. As-tu seulement dit à ta mère qu'elle s'apprêtait à devenir grand-mère ?

Il ne répondit pas à cette question, mais c'était inutile : Piper avait lu la vérité dans ses yeux.

Il n'avait rien dit, bien sûr. Parce qu'il savait déjà que, s'il le faisait, sa mère insisterait pour rencontrer Piper. Et, cette fois, elle ne se laisserait pas dissuader aussi facilement. Elle était même capable de passer à l'appartement à l'improviste.

Or Dante savait pertinemment que, si les deux femmes se rencontraient, il n'aurait plus aucune chance. Elles se ligueraient contre lui, et il perdrait définitivement le contrôle de la situation.

C'était d'autant plus certain que sa mère adorerait probablement Piper. Et cela se comprenait amplement. Celle-ci était la belle-fille parfaite : belle, intelligente, pleine d'humour, avec un grand cœur et de belles valeurs. C'était le genre de femme dont tout le monde rêvait.

Piper était effondrée intérieurement.

Combien de temps encore Dante avait-il pensé pouvoir dissimuler la vérité à sa mère ? Escomptait-il qu'elle apprendrait la nouvelle par voie de presse ?

De toute évidence, elle avait sous-estimé l'ampleur des dysfonctionnements affectifs qui le caractérisaient. Et ce constat ne faisait que renforcer sa conviction qu'il était grand temps pour elle de partir.

Elle parviendrait probablement mieux à éduquer son enfant avec l'aide de sa mère qu'avec celle d'un homme visiblement allergique à toute forme d'engagement émotionnel.

— Je suis en retard, lui dit alors Dante en se levant de table. Nous reparlerons de tout ceci ce soir, d'accord ?

— Ce soir, je ne serai plus là, lui annonça-t-elle posément.

Il n'était pas question qu'elle reste une journée de plus dans cette maison.

— Tu dois rester, objecta-t-il. Tu as signé un contrat. Et je n'hésiterai pas à lancer mes avocats contre toi si tu essaies d'échapper à tes responsabilités.

— J'ai accepté de faire semblant d'être ta fiancée pour que tu décroches un contrat. Crois-tu vraiment qu'un juge m'obligera à rester mariée avec quelqu'un d'aussi manipulateur et intéressé que toi ?

— Nous verrons bien.

— C'est tout vu, Dante. Je ne resterai pas un instant de plus. Je ne t'appartiens pas. Et je ne te laisserai pas faire de moi quelqu'un que je ne suis pas.

— Je n'ai jamais voulu faire une chose pareille, objecta-t-il faiblement.

— Tu as oublié que la première chose que tu as exigée de moi, lorsque j'ai consenti à signer ce stupide contrat, c'est que je change d'apparence. Tu as même commissionné quelqu'un pour me coacher !

— Vas-tu me reprocher de t'avoir offert des vêtements ?

— Tu sais très bien que la question n'est pas là ! lança-t-elle. Je ne suis pas une marionnette que tu peux manipuler à ta guise, Dante. Et notre enfant non plus !

— Comment veux-tu que je manipule un enfant qui n'est même pas né ? protesta-t-il d'un ton furieux. C'est de la folie, Piper !

— Avant même sa naissance, tu as décidé de le priver de ses deux grands-mères, objecta-t-elle. C'est quelque chose que je ne peux pas accepter.

— Tu n'avais qu'à le mentionner dans notre accord, rétorqua-t-il rageusement.

— Ce n'est pas un accord, répondit-elle. C'est un pacte avec le diable. Et je n'ai aucunement l'intention de l'honorer.

Sur ce, elle tourna les talons et s'éloigna à grands pas sans prêter la moindre attention aux protestations et aux menaces que proférait Dante.

13

Dante aurait probablement dû exulter. Il aurait dû prévenir ses collaborateurs et sabrer le champagne avec toute l'équipe. Mais, au lieu de cela, il se contentait de fixer d'un air groggy le contrat signé que Bettino d'Antonio venait de lui envoyer par coursier.

Il venait de réussir l'un des plus gros coups de sa carrière, mais cela le laissait totalement indifférent. Tout ce qui importait, à ses yeux, c'était que Piper était partie, une fois de plus. Sans elle, la victoire avait un goût amer.

Cela faisait maintenant trois jours qu'elle avait quitté sa vie presque aussi brutalement qu'elle y était entrée, ne laissant derrière elle qu'une masse de vêtements dont la plupart n'avaient été mis qu'une seule fois.

Elle n'avait rien emporté de plus que ce avec quoi elle était arrivée. Ou plutôt si, songea-t-il avec un sourire plein d'autodérision. Elle s'était envolée pour l'Angleterre avec un morceau de son cœur qu'il ne reverrait probablement jamais.

Dante avait essayé de se convaincre que tout était pour le mieux. Après tout, cette idylle manquée le vaccinerait peut-être définitivement contre les histoires d'amour. Qui sait ? Peut-être ferait-il mieux de bannir complètement les femmes de son existence et de se concentrer exclusivement sur son travail ?

Ce serait sans doute excellent pour son image de marque. Les hommes au cœur brisé avaient le don d'émouvoir les foules, surtout lorsqu'ils étaient multimillionnaires…

Ses mornes réflexions furent interrompues par sa secrétaire qui frappa à sa porte.

— Monsieur, votre mère est là, lui annonça sa secrétaire.

Il ne put s'empêcher de lever les yeux au ciel.

— Vous n'avez qu'à dire que je suis en déplacement, répondit-il. Au Groenland, par exemple.

— J'ai entendu, fit la voix de sa mère.

Sa secrétaire s'écarta pour la laisser passer, et Dante soupira intérieurement.

— Salut, lui dit-il.

— Tu as reçu de mauvaises nouvelles ? lui demanda-t-elle tandis que sa secrétaire refermait précautionneusement la porte.

Il tapota le contrat qui se trouvait devant lui.

— Tu as devant toi le plus gros producteur d'énergie solaire de la planète, lui annonça-t-il d'un ton qui contredisait totalement la bonne nouvelle.

— Cela semble t'emplir de joie, remarqua sa mère en prenant place sur l'un des sièges qui faisaient face à son bureau.

— C'est un contrat pour lequel je me suis battu pendant des années, répondit-il sobrement.

— Est-ce que cela valait le coup de sacrifier ton mariage ? lui demanda sa mère d'un ton faussement innocent.

Dante ne put s'empêcher de sursauter. Elle avait toujours été très perspicace — parfois bien trop à son goût. Et la réprobation qu'il lisait dans ses yeux en cet instant laissait entendre qu'elle avait probablement compris bien plus de choses qu'elle ne l'avait laissé entendre jusqu'alors.

Il fut frappé une fois encore par la ressemblance qui existait entre sa mère et Alessio. Tous deux avaient les mêmes yeux et, lorsqu'elle le contemplait de cette façon, il avait parfois l'impression de se trouver face au fantôme de son frère.

— C'est à cause de cela qu'elle est partie, n'est-ce pas ? lui demanda-t-elle. Parce que tu n'as pas su faire passer ta vie personnelle avant ta vie professionnelle ?

Ce n'était sans doute pas la façon dont il aurait formulé les choses. Mais sa mère avait vu juste.

— Tu devrais aller à Londres, lui conseilla-t-elle.

Il soupira intérieurement. De toute évidence, il ne s'était pas trompé : alors que sa mère ignorait l'existence de leur bébé et qu'elle n'avait jamais rencontré Piper, voilà qu'elle prenait déjà son parti.

— Je te l'ai dit, soupira-t-il. Piper et moi n'avons prétendu nous marier que pour restaurer me réputation qui avait été sérieusement écornée par cette série d'articles. L'objectif principal était de décrocher le contrat que d'Antonio vient de signer. J'ai donc obtenu ce que je voulais — et sans même avoir besoin de lui passer la bague au doigt.

Si seulement il avait pu se convaincre de la chose, songea-t-il. Mais la vérité, c'était que le départ de la jeune femme avait creusé dans sa vie un gouffre béant, une faille dans laquelle il craignait chaque jour de basculer.

Jamais il n'aurait pensé pouvoir s'attacher autant à quelqu'un — surtout en si peu de temps. Pourtant, la réalité était là : Piper lui manquait terriblement. Évidemment, ce n'était pas le genre de chose qu'il comptait avouer à sa mère.

— Je ne suis pas sûre qu'un contrat, quel qu'il soit, vaille que l'on renonce à ses chances d'être heureux, commenta celle-ci.

— Ce qui me rend le plus heureux, c'est de voir prospérer ma société, répondit-il.

C'était du moins ce qu'il avait toujours pensé. Il savait que les rapports humains étaient sujets aux fluctuations les plus imprévisibles. Les gens s'aimaient puis se déchiraient. Ils mouraient de façon imprévisible, et l'on ne pouvait rien y changer.

Au contraire, dans le monde des affaires, chaque risque était calculé. Les décisions qu'il prenait se fondaient généralement sur des critères rationnels et mesurables. Il estimait les opportunités et les risques avant de passer à l'action. Et cela lui donnait l'impression réconfortante de contrôler son existence.

— Combien de temps encore comptes-tu continuer à te punir ? lui demanda soudain sa mère.

Il lui lança un regard interdit.

— Je ne comprends pas.

— Depuis la mort d'Alessio, tu n'as cessé de le faire, expliqua-t-elle d'un ton calme et posé. Je crois qu'il est temps d'arrêter.

— Mais qu'est-ce que tu racontes ? protesta-t-il avec virulence.

— Tu m'as dit un jour que, juste avant de partir, ton père t'avait demandé de veiller sur Alessio et moi.

— C'est vrai, concéda-t-il. Mais je ne vois pas le rapport avec Piper.

— Tu n'avais que huit ans, alors. Mais tu as pris cette recommandation au pied de la lettre, n'est-ce pas ?

Dante détourna les yeux. Bien qu'il n'ait guère eu de raisons de respecter la volonté de son père, cette phrase était devenue pour lui un mantra.

— Je n'avais pas le choix, répondit-il. Je ne pouvais pas te laisser assumer seule toutes les responsabilités…

— Tu avais huit ans, répéta-t-elle. Tout ce que je voulais, c'était que tu grandisses à ton rythme, comme tous les autres enfants de ton âge. Cela t'aurait peut-être évité de te prendre pour le père d'Alessio. Et de te sentir aussi coupable lorsqu'il est mort.

Il y avait de la frustration dans la voix de sa mère mais aussi de la culpabilité. De toute évidence, il n'était pas le seul à s'en vouloir.

— Tu n'es pas responsable de la mort d'Alessio, lui dit-elle. C'est lui qui a préféré rejoindre cette bande de barbares plutôt que de rester auprès de ceux qui l'aimaient. J'ignore ce qui l'a poussé à le faire. Mais je sais que ce n'est pas toi.

— J'aurais dû l'en empêcher, protesta-t-il.

— Tu as essayé, lui rappela sa mère. Que pouvais-tu faire de plus ? Aimer quelqu'un, ce n'est pas prendre des décisions à sa place mais accepter que cette personne puisse prendre des décisions différentes de celles qu'on aurait prises…

— Quitte à la perdre ? rétorqua Dante.

— C'est un cas extrême, mais oui, quitte à la perdre.

— Dans ce cas, je préfère me passer de ce genre de sentiments.

Sa mère lui décocha un sourire à la fois mélancolique et amusé.

— Mon pauvre Dante. Tu n'as donc toujours pas compris qu'il était trop tard pour cela ? Tu aimes déjà cette fille, et tu l'as chassée parce que tu ne voulais pas courir le risque de la perdre. Perçois-tu seulement toute l'absurdité de la chose ?

Dante se figea, luttant contre les doutes qui s'immisçaient en lui. Mais plus il y réfléchissait, plus il comprenait que sa mère avait parfaitement analysé la situation.

— Même si c'était vrai, cela ne changerait rien, objecta-t-il. Piper ne m'aime pas.

— As-tu seulement vu la façon dont elle te regarde, sur toutes ces photos de presse ? protesta sa mère. Elle t'aime, c'est évident.

— Tu te trompes. Ce n'était que de la comédie.

— Si c'est le cas, cette fille est l'une des meilleures actrices que j'aie jamais vues, railla sa mère. D'ailleurs, pourquoi se serait-elle donné tout ce mal pour renoncer brusquement ? Qu'est-ce que cela lui a rapporté, au juste ?

— Elle n'a accepté de jouer le jeu que parce qu'elle était en…

Il s'interrompit de justesse.

— Enceinte ? compléta sa mère en lui lançant un regard douloureux.

Dante ne répondit pas.

— Je m'en doutais, acquiesça-t-elle.

— Comment ?

— J'ai regardé le reportage sur cet opéra auquel vous avez assisté tous les deux. Sur les images, on la voit poser à plusieurs reprises la main sur son ventre.

Dante ferma les yeux. Il s'était promis de préserver au moins sa mère des faux-espoirs qu'elle éprouverait à l'idée de devenir grand-mère. Mais il fallait se rendre à l'évidence : même cela s'était soldé par un échec.

— Va la voir à Londres, lui conseilla-t-elle. Que risques-tu ? Au pire, tu t'apercevras que tu ne t'es pas trompé et qu'elle ne t'aime pas. Cela t'aidera à tourner la page. Au mieux, tu verras que j'ai raison et que Piper est folle de toi. Tu auras alors tout le loisir de te demander si cela vaut vraiment le coup de vous rendre aussi malheureux tous les deux…

Piper ne s'était pas trompée au sujet de sa mère. Depuis qu'elle était de retour à Londres, celle-ci avait fait tout ce qu'elle pouvait pour la soutenir. Elle l'avait également aidée à préparer l'arrivée du bébé, et la chambre de ce dernier était déjà presque prête alors qu'il ne verrait pas le jour avant plus de cinq mois.

Katie et Jo, les meilleures amies de Piper, lui avaient promis de venir à Londres pour l'aider après l'accouchement. L'enthousiasme dont elles avaient fait preuve en apprenant la nouvelle de sa grossesse l'avait un peu réconfortée.

Elle regrettait juste que son père ne soit plus là pour lui dire que tout irait bien. C'était ce qu'il lui répétait toujours lorsqu'elle était enfant : « Tout ira bien, ma chérie. Fais-moi confiance. Je sais que le ciel a un plan pour toi… »

Piper se demandait aujourd'hui avec une pointe d'ironie ce qu'il était advenu de ce fameux plan. De toute évidence, les choses ne s'étaient pas déroulées tout à fait comme son père l'avait imaginé.

Elle essayait pourtant de faire contre mauvaise fortune bon cœur en se répétant qu'elle avait pris la bonne décision. Mieux valait être seule qu'aimer un homme qui finirait par lui faire du mal.

Bien sûr, elle aurait besoin de temps pour panser ses blessures et se reconstruire, mais elle espérait que la naissance du bébé l'aiderait. Après tout, elle ne serait plus jamais seule à présent.

Alors qu'elle se faisait cette réflexion, elle entendit frapper à la porte de la maison de sa mère. Persuadée que celle-ci avait encore oublié ses clés, elle quitta la chambre d'enfant qu'elle était en train de décorer et alla ouvrir.

Mais ce n'était pas sa mère qui se trouvait sur le seuil.

— Dante ? murmura-t-elle d'une voix mal assurée en se retenant au chambranle de la porte. Qu'est-ce que tu fais là ?

Alors même qu'elle prononçait ces mots, elle se prit à songer qu'il était toujours aussi séduisant, plus encore que dans son souvenir, si tant est qu'une telle chose fût possible.

Elle remarqua pourtant quelques différences majeures avec l'homme qu'elle avait connu en Italie. Tout d'abord, au lieu de son costume habituel, il portait un simple jean noir et un blouson de cuir qui le faisait paraître plus jeune.

Contrairement à son habitude, il n'était pas rasé de près et l'ombre de barbe qui couvrait ses joues ajoutait encore à l'impression de virilité qui se dégageait de lui. Elle avisa enfin les cernes qui soulignaient son regard et comprit qu'il n'avait pas dû beaucoup dormir ces derniers temps.

— Piper…, murmura-t-il.

La façon dont il prononça son nom suffit à faire courir le long de son échine un violent frisson. Il y avait dans sa voix une émotion qui ne lui ressemblait pas et qu'elle aurait été bien en peine d'interpréter.

Elle se força à prendre une profonde inspiration et à chasser les sentiments contradictoires qui faisaient rage en elle. Si elle voulait éviter d'être blessée une fois de plus, il était impératif qu'elle conserve son self-control.

— Que me veux-tu, Dante ? lui demanda-t-elle froidement. Il me semble que nous nous sommes déjà dit tout ce que nous avions à nous dire.

Elle ne fit pas mine de s'écarter pour le laisser entrer, le condamnant à rester sur le seuil, dans le froid mordant. Elle ne tenait pas à ce que cette nouvelle confrontation se prolonge plus que nécessaire.

— Pas tout à fait, répondit-il enfin. Nous devons parler du bébé.

Un brusque accès d'angoisse lui noua la gorge, et elle se demanda si Dante allait exiger la garde de leur enfant pour lui faire payer la façon dont elle était partie.

— Je pense qu'il vaudrait mieux laisser nos avocats en discuter, déclara-t-elle.

Sur les conseils de sa mère, elle avait effectivement pris contact avec un avocat pour lui demander d'étudier le contrat qu'elle avait signé avec Dante et de trouver une éventuelle porte de sortie.

— Est-ce vraiment ce que tu veux ? lui demanda-t-il d'un ton douloureux.

Elle secoua la tête.

— Je n'ai rien voulu de tout ceci, répondit-elle gravement. C'est arrivé, c'est tout.

— Est-ce que je peux entrer ? lui demanda-t-il.

Elle hésita. À quoi servirait-il de remuer le couteau dans la plaie ? Ne valait-il pas mieux en finir rapidement pour pouvoir tourner la page ?

D'un autre côté, si Dante était venu d'Italie juste pour lui parler, il ne se laisserait probablement pas éconduire aussi facilement. Et elle n'avait pas envie qu'il fasse le siège de la maison de sa mère chaque jour.

Elle s'effaça donc pour le laisser passer et referma la porte derrière lui avant de le guider jusqu'au salon. Tandis qu'il découvrait les lieux, elle se demanda ce qu'il pouvait bien penser de ce décor très modeste qui contrastait avec le faste auquel il était habitué.

— Assieds-toi, lui proposa-t-elle. Est-ce que tu veux boire quelque chose ?

Il secoua la tête et alla s'asseoir sur le canapé tandis qu'elle prenait place sur l'un des fauteuils.

— Je t'écoute, lui dit-elle.

Il hésita quelques instants avant de reprendre la parole.

— Pourquoi as-tu accepté de signer ce contrat ? demanda-t-il enfin.

— Je pensais avoir été claire à ce sujet, soupira-t-elle. Je voulais offrir à notre enfant la chance d'avoir un père qui s'occuperait de lui, qui serait là pour lui chaque fois qu'il en aurait besoin. C'est d'ailleurs pour cela que je suis venue te trouver, la toute première fois après cette fameuse soirée.

— Je ne comprends pas, objecta-t-il en secouant doucement la tête. Tu aurais pu obtenir la même chose si nous avions convenu d'une solution de garde alternée. Tu n'étais pas obligée de te marier avec moi.

— Je te rappelle que c'est toi qui me l'as proposé. Je n'ai rien demandé.

— Mais tu as accepté…

Piper ne pouvait le nier. Rétrospectivement, elle devait bien reconnaître que cette décision ne paraissait guère rationnelle.

— Je pense que j'ai vu ce mariage comme un moyen de te convaincre que nous avions une chance, toi et moi, lui avoua-t-elle enfin. Ce n'était pas vraiment une décision consciente. Mais, au fond de moi, j'espérais confusément qu'en vivant ensemble, nous nous apercevrions que nous pouvions être heureux de cette façon.

— Pourquoi ? lui demanda-t-il. Après tout, tu t'étais enfuie, lors de notre première rencontre…

Piper fronça légèrement les sourcils. De toute évidence, Dante avait beaucoup réfléchi à ce qui s'était passé entre eux.

— Je crois que j'avais honte de moi, lui avoua-t-elle. Comme je te l'ai dit lorsque nous nous sommes revus par la suite, je n'avais jamais cédé de façon aussi impulsive au charme de quelqu'un. J'étais sûre que tu me prendrais pour une allumeuse. Évidemment, lorsque j'ai découvert que j'étais enceinte, ça a tout changé…

Dante demeura longuement silencieux, comme plongé dans ses pensées.

— Crois-tu que ça aurait pu marcher entre nous ? lui demanda-t-il.

Elle le considéra avec étonnement.

— Non, répondit-elle enfin.

— Parce que nous étions trop différents ?

Elle secoua la tête.

— Il y a des tas de gens différents qui vivent en couple et sont parfaitement heureux. Notre problème était bien plus grave : nous ne voulions pas les mêmes choses.

— C'est-à-dire ?

— Moi, je voulais fonder une famille avec toi. Et toi, tu voulais décrocher un contrat.

Un sourire mélancolique se dessina sur les lèvres de Piper.

— En fin de compte, nos espoirs ont été déçus tous les deux, conclut-elle.

— Tu te trompes objecta Dante. D'Antonio a fini par signer. J'ai décroché le contrat.

— Félicitations, répondit-elle en s'efforçant de ravaler l'amertume que lui inspirait cette nouvelle. C'est une nouvelle aventure qui commence pour toi, alors.

— Oui, répondit-il gravement. Il s'agit de l'expansion la plus importante que j'aie jamais réalisée. Nous allons devenir l'acteur le plus important du monde dans le domaine des énergies renouvelables.

— Je suis contente pour toi.

Alors même qu'elle prononçait ces mots, elle s'aperçut avec étonnement qu'elle les pensait vraiment. Quoi qu'il ait pu se passer entre eux, elle aimait toujours Dante et ne souhaitait que son bonheur.

— Tu sais ce que je me suis dit lorsque j'ai reçu le contrat de d'Antonio ?

— Que tu l'avais échappé belle ? ironisa-t-elle. Que tu avais obtenu ce que tu voulais sans même avoir à te marier ?

Il secoua la tête.

— J'ai regretté que tu ne sois pas là pour pouvoir partager la nouvelle avec toi.

Elle lui lança un regard un peu surpris.

— Je me suis dit aussi que ce n'était pas juste, reprit-il. Tu m'as aidé à décrocher ce contrat. Et, moi, je t'ai laissée tomber…

— Je n'attends rien de toi, objecta-t-elle. Je crois que le plus sage, à présent, serait que chacun de nous retourne à l'existence qui était la sienne avant que nous ne nous rencontrions.

— C'est impossible, objecta Dante.

— Qu'est-ce que tu veux dire ?

— Je voudrais que nous nous mariions comme nous avions prévu de le faire initialement.

— Si tu es venu jusqu'ici pour me dire cela, tu perds ton temps, lui dit-elle. Je pensais avoir été claire à Rome : je ne peux pas continuer à faire semblant d'être quelqu'un que je ne suis pas. Je refuse de vivre dans le mensonge permanent.

— Je sais, acquiesça-t-il. Ce n'est pas ce que je te demande.

— C'est à cause de notre enfant, n'est-ce pas ? Tu as peur que notre séparation soit mauvaise pour ton image de marque, lorsque les journaux auront découvert que je suis enceinte ?

— Non.

— Si c'est de cela qu'il s'agit, tu n'auras qu'à dire que c'est moi qui t'ai quitté. Après tout, c'est exactement ce qui s'est passé.

— Ce n'est pas pour cela que je suis revenu, insista-t-il.

— Alors pourquoi ? s'emporta-t-elle.

— Parce que, depuis que tu es partie, j'ai bien dû m'avouer une chose que je refusais de regarder en face jusqu'alors.

— De quoi est-ce que tu parles, Dante ?

— Je t'aime, Piper.

Il lui fallut quelques instants pour intégrer ce qu'il venait de dire. Elle le considéra avec suspicion, s'attendant presque à le voir éclater de rire. Mais il paraissait très sérieux et même peut-être un peu effrayé.

— Je ne te crois pas, déclara-t-elle posément.

En d'autres circonstances, la stupeur qui se peignit sur son visage aurait pu sembler comique.

— Pourquoi ? protesta-t-il.

— Parce que tu es incapable d'éprouver le moindre sentiment. Depuis que ton frère est mort, tu te l'interdis.

— Tu as en partie raison, reconnut-il. Je m'interdisais en effet tout sentiment. C'était une façon pour moi de me protéger. Je ne voulais jamais revivre ce que j'avais éprouvé à la mort de mon frère. La souffrance, la culpabilité, les regrets…

Il secoua doucement la tête.

— Mais ce n'est pas parce que je m'interdisais d'éprouver ces sentiments qu'ils n'existaient pas. C'est ce que j'ai compris lorsque tu es partie. Jamais je n'avais ressenti un tel manque.

— Comment sais-tu que ce que tu éprouves pour moi n'est pas seulement du désir ? objecta-t-elle.

Un rire nerveux lui échappa.

— Ce n'est vraiment pas difficile, Piper. Le désir est une sensation agréable. Ce que je ressens pour toi est beaucoup plus complexe. Il y a de l'exaltation, bien sûr, et de la tendresse… Mais aussi de la jalousie, de la peur… Ce n'est pas quelque chose qui provient des sens. C'est beaucoup plus profond. Et je n'arrive pas à m'en défaire.

Il passa fébrilement une main dans ses cheveux.

— Je suis prêt à tout pour que tu reviennes, lui dit-il d'une voix que l'émotion rendait légèrement rauque. Je veux bien m'installer à Londres, si c'est ce que tu veux. Nous vivrons où tu voudras. Si tu me demandes de renoncer aux gens que j'ai l'habitude de fréquenter, je le ferai sans hésiter.

Le cœur battant à tout rompre, Piper le contemplait en silence. Elle ne parvenait pas à croire à ce qui était en train de se produire. Tout ce dont elle avait rêvé semblait soudain à portée de sa main.

— Comment est-ce que je peux être sûre que tu dis bien la vérité ? murmura-t-elle, les larmes aux yeux. Je mourrais si tu me mentais.

Dante se leva du canapé et vint s'agenouiller auprès de son fauteuil.

— Je ne te mens pas, Piper. Qu'aurais-je à y gagner ? Tout ce que je sais, c'est que je t'aime et que je ne veux pas, que je ne peux pas, vivre sans toi.

— Moi non plus, balbutia-t-elle en luttant vainement contre les sanglots.

Il sortit alors la bague de fiançailles qu'elle avait laissée sur la table à Rome et la lui tendit.

— Piper Riley, lui dit-il d'un ton très solennel. Veux-tu m'épouser ?

— Oui, parvint-elle à articuler. Mille fois oui !

Et elle se jeta à son cou pour l'embrasser avec toute la fougue et la passion dont elle était capable.

Épilogue

Luttant contre l'émotion qui menaçait de la submerger et de ruiner son mascara pour la deuxième fois de la matinée, Piper se tenait sur le seuil de l'église, entourée de Katie et de Jo, ses deux demoiselles d'honneur qui étaient arrivées de Sydney quelques jours auparavant.

— Tu es superbe, déclara Katie en rajustant la traîne de la robe que Piper avait choisie avec Elizabeth Young, peu de temps après la naissance de Mia.

— Tu rayonnes de bonheur, renchérit Jo qui tenait la fille de Piper au creux de ses bras.

La jeune maman se rapprocha du bébé pour déposer un petit baiser sur sa joue. Elle était aussi douce que la soie. Même aujourd'hui, Piper avait encore parfois du mal à croire que ce merveilleux petit brin de fille puisse être à elle.

Contre toute attente, Dante, quant à lui, s'était fait à son rôle de père avec une facilité déconcertante. Lorsqu'elle lui avait fait part de son étonnement à ce sujet, il avait longuement réfléchi avant de lui dire que, depuis qu'il s'était accordé le droit d'aimer Piper, les sentiments lui venaient plus naturellement, sans qu'il cherche à les juguler.

De fait, elle ne cessait de s'émerveiller de l'affection qu'il leur dispensait à toutes deux. Ses amis se disaient tout aussi surpris qu'elle. Matteo Salti, que Dante avait choisi comme témoin, confiait souvent qu'elle l'avait transfiguré.

Elle appréciait beaucoup Matteo, de même que les quelques

amis triés sur le volet qu'ils fréquentaient maintenant qu'ils avaient définitivement cessé de fréquenter les soirées mondaines de la ville.

— Piper ! Cesse de rêvasser ! s'exclama Katie en lui tendant son bouquet. Je te rappelle que Dante t'attend à l'intérieur. Si tu ne te dépêches pas d'aller l'épouser, c'est moi qui vais le faire.

Piper éclata de rire et, serrant son bouquet dans ses mains, s'avança en direction de la porte. Katie l'ouvrit pour elle, et les accords de la marche nuptiale résonnèrent dans l'église. La gorge serrée par l'émotion, Piper s'avança dans la travée centrale.

Elle n'avait d'yeux que pour Dante qui l'attendait. À demi tourné vers elle, il l'observait avec adoration. Le bonheur qui se lisait sur son visage lui réchauffa le cœur.

Elle avait craint que le fait de traverser l'église toute seule ne soit difficile pour elle et elle avait failli demander à Bettino de la conduire jusqu'à l'autel. Son employeur et ami aurait accepté sans hésiter mais elle était heureuse de ne pas l'avoir fait.

Car elle pouvait presque sentir la présence invisible de son père à ses côtés, en cet instant, et sa voix qui lui soufflait à l'oreille : « Tu vois ? Je savais bien que le ciel avait un plan pour toi… »

Elle passa devant leurs amis qui étaient massés dans l'église de Toscane où Dante avait été baptisé. En arrivant au niveau du premier rang, elle jeta un coup d'œil en direction de sa mère et de celle de son fiancé qui étaient installées l'une à côté de l'autre.

Sa mère s'était finalement décidée à venir s'installer en Italie pour être plus près de sa petite-fille et les deux grands-mères avaient rapidement sympathisé. Elles étaient aujourd'hui presque inséparables.

S'avançant auprès de Dante, elle lui décocha un sourire empli de tendresse. Elle savait combien son frère devait lui manquer, en ce jour si particulier.

— Tu es magnifique, lui souffla-t-il.

— Tu n'es pas mal non plus, répliqua-t-elle d'une voix que l'émotion rendait légèrement tremblante.

Le prêtre toussota, et ils se tournèrent vers lui en souriant.

La cérémonie se déroula exactement comme Piper l'avait rêvé. Elle fut courte mais terriblement émouvante et se conclut par un baiser passionné salué comme il se doit par un déluge d'applaudissements et de lazzi.

Puis, bras dessus, bras dessous, ils quittèrent la petite église pour commencer une nouvelle vie sous le signe de l'amour.

TARA PAMMI

Sous l'emprise d'un cheikh

INTÉGRALE

MARIAGES DE RAISON

Traduction française de
FABRICE CANEPA

SAGAS

HARLEQUIN

Titre original :
MARRIED FOR THE SHEIKH'S DUTY

Ce roman a déjà été publié en 2021

1

— Qu'attendez-vous d'une épouse, cheikh al-Ghamdi ? s'enquit Elizabeth Young.

Zayn considéra pensivement le visage de la jolie blonde qui s'affichait sur l'écran de son ordinateur. L'espace d'un instant, il fut tenté de lui répondre : « qu'elle soit comme vous » mais il s'abstint sagement de le faire.

L'heure n'était pas à la plaisanterie. De plus, il était convaincu que la séduisante directrice de l'agence matrimoniale Léviathan était une ex-petite amie de Xander Trakas et il ne tenait pas à marcher sur les plates-bandes du milliardaire grec.

Zayn n'avait aucune envie de se marier. Bien sûr, il avait toujours su que son statut de cheikh l'obligerait à le faire un jour. Après tout, il était censé assurer une descendance à la famille al-Ghamdi et élever celui qui lui succéderait à la tête de l'État de Khaleej. Mais jusqu'à présent il était parvenu à repousser cette échéance fort peu enthousiasmante.

Malheureusement, la parution récente d'une série d'articles diffamatoires dans le magazine à scandales *Celebrity Spy* avait tout changé. Ils le présentaient comme un dépravé qui passait plus de temps à fréquenter les soirées mondaines et à courir les filles qu'à se préoccuper du bien-être de son peuple.

Ces chroniques assassines avaient écorné son image et fait chuter sa cote de popularité. Son père lui avait durement reproché sa légèreté. Plusieurs responsables politiques et économiques de la région avaient exprimé leur désapprobation en termes plus ou moins voilés.

La fondation pour l'enfance Hope qu'il soutenait depuis des années avait également laissé entendre qu'être associée à son nom risquait de la desservir.

Pire encore, la très conservatrice famille du fiancé de sa sœur menaçait à présent de s'opposer au mariage. Plus jeune que lui de dix ans, Mirah avait toujours été pour lui un véritable rayon de soleil. Elle avait illuminé les longues et austères années qu'il avait passées à se préparer à la tâche qui l'attendait.

Il était donc résolu à lui éviter cette humiliation publique. Et pour cela, il avait décidé de se marier lui-même, ce qui dissiperait toutes les rumeurs qui avaient couru sur son compte et lui permettrait de redorer sa réputation.

Il était d'ailleurs parvenu à convaincre de faire de même les trois autres victimes de la campagne de presse acharnée de *Celebrity Spy*, Xander Trakas, Benjamin Carter et Dante Mancini. Mais tous quatre avaient rapidement compris que trouver une épouse convenable n'était pas aussi simple.

Alors même qu'Elizabeth Young lui posait la question, il se rendit compte qu'il n'avait jamais vraiment réfléchi aux critères qui devaient présider à un tel choix.

— Eh bien, répondit-il enfin d'une voix un peu hésitante. Il faudrait si possible qu'elle soit séduisante. Il sera ainsi plus facile d'expliquer que j'aie pu tomber amoureux d'elle aussi vite… Il faut qu'elle soit jeune car son principal devoir sera de mettre au monde un enfant. Moins de trente ans…

Elizabeth Young se rembrunit légèrement.

— Est-ce que cela pose un problème ? lui demanda-t-il.

— Non, pas particulièrement. Mais je tiens à vous rappeler qu'à trente ans une femme a encore tout le temps d'avoir un ou plusieurs enfants.

— Sans doute, reconnut-il. Mais une célibataire séduisante de trente ans aurait certainement un passif, une ou plusieurs anciennes histoires d'amour… Cela compliquerait les choses.

Mieux vaut quelqu'un de jeune. Le mieux serait d'ailleurs qu'elle soit vierge…

Cette fois Elizabeth ne put réprimer un commentaire réprobateur.

— Nous ne sommes plus au Moyen-Âge, cheikh al-Ghamdi ! s'exclama-t-elle.

— Je le sais bien, soupira-t-il. Et croyez bien que tout ceci ne me plaît pas beaucoup plus qu'à vous. Mais nous devons regarder la réalité en face : cette femme sera amenée à concevoir l'héritier de Khaleej. Je ne peux pas me permettre de découvrir que ma nouvelle épouse a déjà eu un ou plusieurs enfants. Cela risquerait de créer une crise de succession.

— Je peux le comprendre, concéda Elizabeth. Mais je vous assure que nous procéderons à une vérification approfondie du passé des candidates.

— C'est préférable, en effet. Je ne tiens pas à voir se manifester un ex-petit ami jaloux ou désireux de profiter de l'aubaine. Mon objectif principal est d'éviter toute forme de scandale.

— J'aurais pensé que votre but était de trouver une personne compatible, remarqua Elizabeth d'un ton légèrement narquois.

— Je ne me fais aucune illusion, Miss Young. Ce n'est pas par votre intermédiaire que je trouverai la femme de mes rêves. Tout ce que j'espère, c'est qu'elle sera capable d'assumer le rôle qui sera le sien.

— Vous cherchez donc plus une souveraine qu'une compagne.

— Ce n'est pas une question de choix : que je le veuille ou non, je suis le cheikh de ce pays. En conséquence, les gens attendent de moi que je choisisse une épouse capable de se plier aux exigences de la tradition. Particulièrement en de telles circonstances, vous pouvez vous en douter…

— Très bien, acquiesça Elizabeth. Si vous êtes sûr que c'est vraiment ce que vous voulez, je vais commencer mes recherches. Je devrais pouvoir vous envoyer quelques dossiers d'ici à une semaine ou deux.

Deux semaines plus tard

Amalia Christensen n'aurait jamais pu imaginer qu'elle serait un jour reçue par le cheikh Zayn al-Ghamdi. Elle n'avait même jamais eu l'intention de se rendre dans le pays de son père.

Et pourtant, voilà qu'elle se trouvait à Khaleej, dans l'enceinte même du splendide palais qui se dressait au cœur de la capitale historique.

L'architecture et l'aménagement intérieur du bâtiment étaient d'une beauté à couper le souffle et, en d'autres circonstances, elle aurait probablement déjà sorti son appareil photo pour prendre quelques clichés des lieux.

Mais en cet instant elle était surtout préoccupée du sort de son frère jumeau, Aslam. Elle avait parfaitement conscience du fait que cette entrevue serait peut-être sa seule chance d'intervenir en sa faveur.

Il lui avait fallu deux mois pour l'obtenir. Pendant ce laps de temps, elle était allée rendre régulièrement visite à son frère en prison. Elle avait également pris contact avec les amis de ce dernier pour compléter ce que lui avait raconté Aslam et reconstituer ainsi toute l'histoire.

En fin de compte, c'était Massimiliano qui lui avait permis d'être reçue par le cheikh. Pour cela, son plus vieil ami, qui se trouvait aussi être son employeur, n'avait pas hésité à faire appel à ses nombreux contacts dans la région.

— Tout ce qui m'importe, lui avait-il expliqué, c'est que cette affaire se règle au plus vite pour que tu puisses revenir en Angleterre. Je ne peux pas me passer indéfiniment de la meilleure assistante que j'aie jamais eue !

Ce compliment lui avait légèrement remonté le moral. Amalia était en effet très attachée à son travail et se désolait d'avoir dû prendre ce congé prolongé. Mais elle ne pouvait pas abandonner son frère et était déterminée à le sortir du mauvais pas dans lequel il s'était mis.

Réprimant un soupir, elle se dirigea vers la fenêtre qui

offrait une vue imprenable sur le golfe bordé de sable blanc. L'eau couleur d'azur scintillait au soleil. Au loin, on apercevait plusieurs bateaux aux voiles blanches ainsi qu'un navire de plus gros tonnage, peut-être un porte-conteneurs ou un paquebot.

Jetant un coup d'œil à sa montre, elle constata que cela faisait à présent plus d'une demi-heure qu'elle attendait dans cette antichambre d'être reçue par le cheikh. Pendant tout ce temps, elle n'avait aperçu personne. Cela lui paraissait un peu étrange : un palais tel que celui-ci n'était-il pas censé fourmiller d'activité ?

Mais il régnait ici un calme étonnant, une impression de paix et de sérénité qui ne cadrait guère avec l'idée qu'elle s'était faite de Zayn al-Ghamdi.

Lorsqu'elle s'était renseignée à son sujet, elle avait lu la série d'articles qui étaient parus dans la revue *Celebrity Spy*. Ils le présentaient comme un incorrigible débauché qui se souciait plus de soirées mondaines et de conquêtes amoureuses que du gouvernement de son pays.

Malgré la sympathie que suscitait le jeune cheikh, cette attitude déplaisait à la frange la plus conservatrice de la population. Les journaux locaux ne manquaient d'ailleurs pas une occasion de se faire l'écho de ce malaise.

Certains éditorialistes s'étaient même interrogés ouvertement sur l'aptitude de Zayn à gouverner Khaleej. C'était une première dans ce pays où la presse, quoique libre, se gardait généralement de critiquer le pouvoir de façon trop appuyée.

Amalia s'était beaucoup inquiétée à ce sujet sans parvenir à déterminer si l'apparente faiblesse du dirigeant constituait un avantage ou un inconvénient pour elle. Se laisserait-il aisément influencer par ses arguments ou préférerait-il éviter de prendre le moindre risque ?

Elle n'avait aucun moyen de le savoir, bien sûr, et cela ne rendait son attente que plus interminable. Le plus agaçant était que plusieurs groupes étaient passés devant elle. Chacun d'eux comportait en son sein une femme, généralement jeune et séduisante.

Ce véritable défilé n'avait pas manqué d'éveiller sa curiosité. S'agissait-il d'amies du cheikh ? D'invitées qui venaient assister à l'une de ses soirées ? D'entretiens visant à sélectionner le personnel qui officierait lors du mariage de sa sœur ? Ou bien encore d'un casting qui lui permettrait de se constituer un harem personnel ?

Cette dernière hypothèse lui arracha un sourire amusé. Même ici la pratique ne devait plus avoir cours depuis au moins un siècle. D'ailleurs, quel besoin le cheikh aurait-il eu d'un harem alors que la plupart des femmes de la jet-set semblaient se disputer ses faveurs ?

Elle ne comprenait d'ailleurs pas les raisons de cet engouement. Zayn était effectivement un homme très séduisant. Mais toutes celles qui le rencontraient devaient savoir qu'elles n'avaient rien à espérer d'une liaison avec lui. S'il fallait en croire les articles le concernant, il passait d'une femme à l'autre sans jamais s'impliquer réellement.

Amalia, quant à elle, ne se serait jamais contentée d'une relation aussi superficielle.

— Vous attendez quelqu'un ?

Réprimant un sursaut, Amalia se détourna de la fenêtre pour observer l'homme qui lui avait adressé la parole. Aussitôt, elle sentit les battements de son cœur s'emballer dans sa poitrine. Car celui qui venait de pénétrer dans la pièce n'était autre que le cheikh Zayn al-Ghamdi.

La première chose qui la frappa fut son regard acéré. Ses yeux paraissaient la transpercer de part en part, comme s'il était capable de lire au plus profond d'elle. Il émanait de lui une impression d'assurance et de détermination qui tranchait avec l'image de play-boy narcissique qu'elle avait de lui.

Les journalistes n'avaient pourtant pas exagéré en évoquant le charisme du jeune souverain. C'était incontestablement l'un des hommes les plus séduisants qu'il lui eût jamais été donné de rencontrer.

Les traits de son visage étaient parfaitement dessinés : le front haut, le nez légèrement busqué et les pommettes bien marquées ajoutaient encore à l'autorité naturelle qui émanait de lui. Ses yeux bruns avaient de beaux reflets dorés et ses cheveux étaient d'un noir profond.

Amalia était assez grande, pour une femme. Mais Zayn devait bien mesurer dix centimètres de plus qu'elle. Il était solidement charpenté, avec de larges épaules, un torse puissant et un ventre parfaitement plat. Amalia se demanda combien de temps il passait chaque semaine en salle de sport pour entretenir cette silhouette athlétique.

— Vous cherchez quelqu'un ? lui demanda-t-il.

Elle s'aperçut alors qu'elle le contemplait fixement depuis plusieurs dizaines de secondes et se sentit rougir.

— Euh... Oui..., répondit-elle, embarrassée. Vous, en fait...

Un sourire rayonnant illumina le visage de Zayn, le rendant plus charmant encore.

— On dirait que c'est mon jour de chance, rétorqua-t-il d'une voix enjôleuse.

Troublée malgré elle, Amalia se morigéna intérieurement : elle ne pouvait se permettre de se laisser déconcentrer aussi facilement.

— Comment vous appelez-vous ? lui demanda-t-il alors.

— Christensen, répondit-elle.

— Est-ce que vous avez un prénom, mademoiselle Christensen ?

— Amalia, Votre Majesté.

Zayn hocha la tête.

— Je suis enchanté de faire votre connaissance, Amalia.

La façon dont il prononça ces mots la mit légèrement mal à l'aise. Elle avait parfaitement conscience de se trouver en présence d'un séducteur consommé et n'était pas tout à fait certaine d'être à la hauteur.

— C'est un kandjar, n'est-ce pas ? s'enquit-elle en désignant le poignard traditionnel qui était accroché à la ceinture du cheikh.

— En effet. Savez-vous ce qu'il symbolise ?

— C'est un symbole de statut et de pouvoir, répondit-elle. Et, s'il faut en croire la décoration du fourreau et de la poignée, celui-ci doit dater du XVIIe siècle.

— C'est exact, reconnut Zayn, surpris. On dirait que vous avez étudié attentivement nos coutumes en vue de cet entretien. C'est un atout majeur pour quelqu'un qui aspire à une telle position.

Amalia le considéra avec étonnement : il s'adressait à elle comme s'il s'agissait d'un entretien d'embauche. Se pouvait-il qu'il y ait un poste à pourvoir au palais ? Si tel était le cas, elle tenait peut-être là une chance de gagner la confiance du cheikh, ce qui la mettrait dans une position bien plus favorable pour plaider la cause de son frère.

— C'est curieux, remarqua Zayn. Il ne me semble pas avoir reçu votre dossier de candidature.

— Si vous voulez, je peux vous envoyer mon CV, répondit-elle.

Il la considéra avec un brin d'étonnement.

— Puisque vous êtes là, vous pourriez me parler de vous directement. J'avoue ne pas comprendre ce qui a pu pousser Mlle Young à m'adresser quelqu'un qui n'est pas originaire de la région.

— À vrai dire, je suis née au Khaleej, objecta-t-elle. J'ai même vécu ici jusqu'à mes treize ans. Mon père était historien à l'université de Sintar. C'était l'un des plus grands experts en matière d'antiquités.

— Je comprends mieux d'où provient votre connaissance des kandjars, remarqua Zayn.

Elle inclina la tête.

— Aslam, mon frère jumeau, et moi-même adorions l'écouter raconter les histoires de l'ancien Khaleej, répondit-elle. C'était un conteur extraordinaire.

— Il est décédé ? s'enquit Zayn.

— Non, mais cela fait très longtemps que je ne l'ai pas vu.

— Revenir à Sintar vous permettrait peut-être de reprendre contact avec lui.

— Non, rétorqua-t-elle un peu trop précipitamment. Je n'ai pas l'intention de renouer avec mon père.

— J'en déduis que vous avez grandi auprès de votre mère.

Amalia acquiesça. Elle se sentait un peu embarrassée de déballer sa vie de cette façon, mais Zayn paraissait réellement intéressé et elle n'osait pas lui opposer une fin de non-recevoir alors qu'elle avait désespérément besoin de son aide.

— C'est exact, Votre Majesté. Lorsque mes parents se sont séparés, Aslam est resté avec mon père et je suis retournée en Europe avec ma mère.

— Christiansen n'est pas vraiment un nom typique de Khaleej, remarqua Zayn.

— Après son divorce, ma mère a décidé de reprendre son nom de jeune fille. Elle m'a proposé de l'adopter aussi et j'ai accepté.

Zayn fronça légèrement les sourcils.

— Ne trouvez-vous pas étrange que plus rien ne vous rattache à vos origines ? lui demanda-t-il. Ni votre prénom, ni votre nom de famille.

— Je ne vois pas pourquoi, répondit-elle d'un ton plus détaché qu'elle ne l'était réellement. Après tout, je n'ai plus la moindre relation avec mon père, aujourd'hui, répondit-elle.

— Cela pourrait être assez mal vu, murmura pensivement Zayn.

— Par qui ? s'enquit-elle.

— Par la frange la plus conservatrice des membres de la cour, répondit-il. D'un autre côté, vous pourriez incarner le renouveau des relations entre Khaleej et l'Occident.

Amalia le considéra avec stupeur. Le poste pour lequel il pensait qu'elle était en train de postuler devait être bien plus important encore qu'elle ne l'avait imaginé.

— Dites-m'en un peu plus à votre sujet, l'encouragea-t-il.

— Eh bien…, hésita-t-elle. Je travaille depuis cinq ans comme assistante personnelle du P-DG d'une entreprise multinationale. Je parle couramment quatre langues. J'ai l'habitude de travailler avec les médias. Je résiste bien à la pression et je ne perds jamais mon sang-froid.

— Ce sont là des qualités fort utiles, reconnut Zayn. À vrai dire, je comprends un peu mieux désormais pourquoi Miss Young a pensé à vous. En d'autres circonstances, j'avoue que vous auriez sans doute pu faire l'affaire. Malheureusement, étant donné la situation dans laquelle je me trouve aujourd'hui, j'ai bien peur que vos compétences ne suffisent pas à contrebalancer votre…

Il hésita, cherchant le mot qui convenait.

— Votre excentricité, dirais-je, conclut-il.

— Je ne suis pas excentrique ! protesta Amalia.

Il lui décocha un sourire malicieux.

— Avouez que vous n'avez pas vraiment le profil de l'emploi, objecta-t-il. Vous n'êtes pas de Khaleej, vos parents sont divorcés et vous n'appartenez pas à la noblesse… Sans compter le fait que vous travaillez, ce que certains conservateurs désapprouveraient certainement.

Il dut remarquer l'expression stupéfaite d'Amalia.

— Ce n'est pas mon cas, bien sûr, s'empressa-t-il d'ajouter. J'ai étudié et vécu suffisamment longtemps à l'étranger pour comprendre qu'une femme n'entend pas nécessairement se limiter à devenir une épouse et une mère. Mais ce n'est pas une simple collaboratrice que je recherche…

Amalia sentit redoubler le rythme des battements de son cœur. Elle comprit brusquement qui étaient les femmes qu'elle avait vues défiler devant elle.

Zayn al-Ghamdi n'était pas en train d'auditionner des assistantes, du personnel pour le mariage de sa sœur ou même de simples concubines : il cherchait une épouse. Et cette Miss Young dont il avait mentionné le nom à plusieurs reprises ne devait pas travailler pour un cabinet de chasseurs de têtes mais bien pour une agence matrimoniale.

Cette révélation lui fit l'effet d'un coup de tonnerre. Zayn l'avait prise pour l'une de celles qui espéraient se marier avec lui. Et en ne le détrompant pas d'emblée, elle lui avait laissé entendre qu'elle était effectivement intéressée. Mais le plus étrange, dans tout cela, c'était qu'il ne lui avait pas ri au nez.

Considérait-il réellement que quelqu'un comme elle était digne d'épouser un prince ? L'idée était aussi flatteuse que déconcertante.

Mais la question qui se posait de façon nettement plus pressante était de savoir comment elle allait pouvoir lui exposer les véritables raisons de sa visite sans qu'il ne la fasse jeter dehors…

2

Plus Zayn observait Amalia Christensen et plus il se sentait fasciné par le charme qui se dégageait d'elle. Elle n'était peut-être pas aussi belle que certaines des femmes qu'il avait rencontrées au cours de la journée. Mais elle possédait quelque chose de plus, un surcroît de personnalité et de vivacité qui transparaissait aussi bien dans son regard que dans ses paroles.

Quelques mois auparavant, il l'aurait invitée à dîner avec lui sans hésiter. Malheureusement, les articles de *Celebrity Spy* avaient sonné le glas de ses années de liberté. Pour asseoir son autorité et sauver le mariage de sa sœur, il n'avait d'autre choix que de rentrer dans le rang. Il se marierait et concevrait l'héritier que son pays attendait de lui.

Évidemment, il ne pouvait être question pour lui d'épouser quelqu'un comme Amalia Christensen. Elle ne correspondait pas du tout à l'idée qu'il se faisait de la conjointe idéale. Ni ses cheveux châtain clair ni sa carnation assez pâle ne trahissaient ses origines khaleejiennes.

De plus, elle semblait avoir rompu toute relation avec ce pays et avec son père, ce qui serait très mal vu par les conservateurs. Bien que les cheikhs de Khaleej se soient efforcés de promouvoir l'égalité des sexes, une partie de la société demeurait arc-boutée sur une tradition qui confinait les femmes à l'éducation des enfants et aux tâches ménagères.

À vrai dire, Zayn ne parvenait pas réellement à saisir ce qui avait pu pousser Miss Young à lui envoyer cette femme qui ne correspondait en rien à ce qu'il lui avait demandé. S'agissait-il d'une plaisanterie ? D'une provocation ? D'une façon de lui faire comprendre ce qu'elle pensait des critères sur lesquels il fondait le choix de son épouse ?

Une chose était certaine, en tout cas : elle n'avait pas choisi Amalia par hasard. Il ne pouvait nier en effet l'attirance que la jeune femme exerçait sur lui. C'était d'autant plus frappant qu'il venait de passer une bonne partie de la matinée à recevoir d'autres femmes, plus séduisantes les unes que les autres.

Amalia était incontestablement la moins sophistiquée d'entre elles. Mais elle était aussi la plus charmante. Il y avait en elle une forme de spontanéité à laquelle il n'était plus habitué. La plupart des gens qu'il rencontrait étaient trop impressionnés par son titre et sa fortune pour se comporter de façon aussi naturelle.

Il avait fini par se résigner à cet état de fait et par accepter ce continuel jeu de masque. Cependant, il aurait parfois aimé, fût-ce pour quelques heures, ne plus être le cheikh de Khaleej mais un homme comme les autres. Sauf que Zayn était suffisamment réaliste pour savoir que ce n'était là qu'un rêve que, comme bien d'autres, il ne pourrait probablement jamais se permettre de réaliser.

— Je suis désolé, mademoiselle Christensen, déclara-t-il enfin. J'ai bien peur que vous n'ayez perdu votre temps en venant jusqu'ici. Miss Young aurait dû comprendre que vous ne correspondiez pas au profil que je recherche.

— Ce n'est pas cette mademoiselle Young qui m'envoie, répondit-elle. À vrai dire, je ne sais même pas de qui il s'agit.

Zayn la considéra avec stupeur. Il avait passé la matinée à rencontrer de potentielles fiancées et, lorsqu'il avait aperçu Amalia, il n'avait pas envisagé un seul instant qu'elle puisse être là pour autre chose. Mais rétrospectivement, il s'aperçut qu'elle n'avait jamais explicitement mentionné la raison de sa présence ici.

— Entre nous soit dit, ajouta-t-elle, je partage votre diagnostic.

— Que voulez-vous dire ?

— Eh bien… Nous ne sommes pas du tout faits l'un pour l'autre. C'est évident.

Zayn se sentit un peu vexé par le ton définitif qu'elle venait d'employer. Il n'avait pas l'habitude de se faire éconduire de cette façon.

— Très franchement, ajouta-t-elle, ce n'est vraiment pas la façon que je choisirais pour rencontrer mon futur époux.

— De nos jours, des tas de gens font appel à des sites de rencontre ou des agences matrimoniales, objecta-t-il.

Elle haussa les épaules.

— Peut-être, concéda-t-elle. Mais il faut croire que je suis une romantique. Je me suis toujours figuré que je rencontrerais l'homme de ma vie par hasard et que nous nous découvririons toutes sortes de goûts en commun…

— J'en déduis que vous ne l'avez pas encore trouvé, observa Zayn.

Amalia s'empourpra légèrement, ce qui ne la rendait que plus charmante.

— Non, avoua-t-elle. Pas encore.

— Qui vous dit que nous n'avons pas de goûts en commun ? ne put-il s'empêcher de lui demander.

Elle ne put réprimer un sourire amusé, comme si l'idée lui paraissait tout bonnement absurde.

— Vous êtes le cheikh de ce pays, objecta-t-elle. Et comme vous me l'avez fait remarquer, je ne suis qu'une étrangère.

— Cela ne signifie pas nécessairement que nous ne partageons pas certaines choses.

— J'en doute, insista-t-elle.

— Pourtant, vous ne savez rien de moi.

— Détrompez-vous. Votre vie privée ne l'est pas vraiment.

— J'imagine que vous faites allusion aux articles diffamatoires qui sont parus récemment à mon sujet ? soupira-t-il.

— J'en ai bien peur.

— Les pseudo-révélations qu'ils contiennent sont très exagérées, vous savez.

— À quel point ? répliqua-t-elle d'un air de défi.

Zayn la regarda d'un air légèrement étonné. Rares étaient ceux qui osaient s'adresser à lui de façon aussi directe.

— Tenez-vous réellement à ce que je dresse la liste exhaustive de mes conquêtes amoureuses et des soirées auxquelles j'ai participé ?

— Pas vraiment, répondit-elle un peu trop précipitamment.

— C'est bien ce que je pensais. Dites-moi plutôt quelle est la véritable raison de votre présence en ces lieux.

Amalia hésita un instant avant de lui répondre.

— Je suis venue ici pour plaider la cause de mon frère jumeau Aslam, expliqua-t-elle. Il est en prison…

— Vous êtes décidément une femme pleine de surprises, commenta Zayn. Et vous seriez vraiment allée jusqu'à m'épouser pour obtenir sa grâce ?

— Je n'ai jamais dit que je voulais me marier avec vous, rétorqua-t-elle vivement.

— Vous ne m'avez pourtant pas détrompé, lui rappela-t-il.

— Je n'avais pas imaginé que vous étiez en train de parler de mariage… Je pensais que vous parliez d'un poste à pourvoir au palais.

— Et vous pensiez qu'en le décrochant vous seriez mieux placée pour plaider la cause de votre frère ?

Elle détourna les yeux, se sentant visiblement prise en faute.

— Aslam est innocent du crime dont on l'accuse, déclara-t-elle.

— Quel âge avez-vous, mademoiselle Christensen ? s'enquit Zayn.

— Vingt-six ans.

— C'est donc l'âge de votre frère. Pour quelle raison a-t-il été incarcéré, au juste ?

Elle hésita.

— Si vous ne me le dites pas, je ne vois pas comment je pourrais vous aider.

Le soupir que poussa Amalia avait quelque chose de déchirant.

— Mon frère est accusé de trafic de drogue.

— Dans ce cas, hélas, je ne peux rien pour lui. La législation sur les stupéfiants est très sévère. C'est intentionnel. Mon père a toujours lutté très activement contre les trafiquants et j'entends faire de même.

— Mais Aslam n'est pas un trafiquant ! protesta vivement Amalia.

— Comment pouvez-vous en être aussi sûre ? objecta Zayn. S'il a bien été condamné par une cour de Khaleej, il est probable qu'il soit coupable de ce crime.

— C'est impossible !

— Je sais qu'il s'agit de votre frère. Mais comment pouvez-vous être aussi certaine de son innocence ? Ne m'avez-vous pas dit qu'il était demeuré ici lorsque votre mère et vous étiez parties pour l'Europe ? Et que vous n'étiez pas revenue à Khaleej depuis lors ?

— Je connais mon frère. Je sais qu'il m'a dit la vérité. Il s'est fait piéger !

— Par qui ? s'enquit Zayn, dubitatif.

— Par votre cousin, répondit-elle sans hésiter. C'est lui qui a confié cette valise à mon frère et lui a demandé de la garder pour lui. Aslam a été suffisamment naïf pour se fier à lui. Il ne pouvait pas imaginer que la famille régnante de son pays était constituée d'une bande d'aristocrates pervertis ayant perdu tout sens de l'honneur et de la respectabilité. Peut-être aurait-il mieux fait de lire *Celebrity Spy* avant d'accepter de rendre service à l'un d'entre vous !

Zayn demeura quelques instants silencieux. Jamais personne n'avait eu l'arrogance de s'adresser à lui de cette façon. Amalia ne semblait pas se rendre compte que ce qu'elle venait de lui dire constituait un crime de lèse-majesté.

— Vous allez trop loin, mademoiselle Christensen, répondit-il enfin d'une voix glaciale. Je vous rappelle que vous êtes en train de parler de la famille royale de Khaleej.

— Et alors ? rétorqua-t-elle sans se démonter le moins du monde. Considérez-vous que le fait d'appartenir à la royauté de ce pays vous place au-dessus de ses lois ? Cela ne devrait-il pas au contraire vous pousser à les défendre ?

— C'est vous qui remettez en cause le travail de la justice, objecta-t-il.

— Parce qu'elle refuse de considérer le témoignage de mon frère ?

— Peut-être est-ce parce qu'il n'a pu apporter de preuves convaincantes de ce qu'il avance.

— J'ai eu tort de penser que quelqu'un comme vous pouvait s'intéresser à la justice, s'exclama Amalia, frustrée. J'aurais dû comprendre que vous chercheriez juste à protéger votre cousin.

— Savez-vous qu'il n'est guère recommandé d'insulter quelqu'un dont vous êtes venue demander l'aide ?

Amalia rougit brusquement, semblant soudain prendre conscience de ce qu'elle venait de lui dire.

— Je suis désolée, s'excusa-t-elle. C'est juste que… Je ne sais vraiment plus quoi faire. Aslam croupit en prison pendant que le véritable responsable coule des jours heureux dans un palais. Ce n'est pas juste.

La conviction qui perçait dans sa voix interpella Zayn. Il avait toujours considéré son cousin comme un paresseux et un profiteur qui passait le plus clair de son temps à courir les filles et à faire la fête. En réalité, il correspondait bien plus que lui-même au portrait que *Celebrity Spy* avait dressé de Zayn.

Mais jusqu'à présent ce dernier n'avait jamais eu de raison de le soupçonner d'être mêlé à de quelconques activités illégales — a fortiori à un trafic de drogue. Il n'avait pas menti à Amalia : c'était un crime qui était puni très sévèrement par la loi de Khaleej et rares étaient ceux qui se risquaient à l'enfreindre.

Se pouvait-il que Karim ait cherché à se servir de la relative immunité que lui conférait son appartenance à la famille royale ?

Amalia en paraissait persuadée. Et elle semblait bien décidée à faire tout ce qui serait en son pouvoir pour secourir son frère jumeau. C'était quelque chose qu'il pouvait comprendre : lui-même aurait été prêt à sacrifier sa vie pour sa petite sœur.

— Attendez une minute, intima-t-il à Amalia en sortant son téléphone portable.

Il appela le poste de sécurité du palais et demanda que l'un des gardes les rejoigne le plus rapidement possible.

— Vous comptez me faire arrêter ? l'interrogea Amalia d'une voix qui contenait mal le mépris qu'il semblait lui inspirer.

Zayn la considéra avec étonnement.

— Vous parlez arabe ? lui demanda-t-il.

— Je vous l'ai dit : j'ai vécu ici jusqu'à l'âge de treize ans. Dois-je vous rappeler que l'éducation est obligatoire, à Khaleej ?

— Vous auriez pu étudier dans l'une des écoles étrangères de la capitale, objecta-t-il. Quoi qu'il en soit, je ne compte pas vous faire arrêter. Je tiens juste à ce que vous soyez protégée. Si par hasard les accusations que vous proférez ont un fond de vérité, je ne voudrais pas qu'il vous arrive malheur.

Cette explication parut la satisfaire. En réalité, Zayn souhaitait surtout qu'Amalia soit tenue à l'œil. Elle n'aurait d'ailleurs jamais dû se trouver seule dans cette pièce attenante à ses appartements privés.

— Je vous prierais de bien vouloir m'attendre ici, mademoiselle Christensen. Je reviens tout de suite.

En réalité, il fallut à Zayn plus de vingt minutes pour tirer la situation au clair. Il commença par convoquer les hommes qui étaient de faction lorsque Amalia était arrivée. Ceux-ci n'en menaient pas large et avaient rapidement reconnu l'erreur qu'ils avaient commise en la laissant seule dans l'un des salons privés.

Ils lui avaient appris également qu'elle possédait une lettre de recommandation de son chancelier. Zayn avait appelé ce dernier qui lui avait indiqué qu'Amalia lui avait été envoyée par Massimiliano Ricci, un riche homme d'affaires italien que Zayn connaissait bien et avec lequel il avait travaillé à plusieurs reprises.

Poursuivant ses investigations, Zayn avait demandé qu'on lui apporte toutes les informations que l'on pourrait trouver sur la famille d'Amalia Christensen. Il avait alors pu constater qu'une partie au moins de son histoire tenait la route : elle était bien la fille d'un professeur d'université qui faisait figure de sommité en matière d'antiquités.

Aslam, quant à lui, avait effectivement été arrêté pour détention de drogue. La quantité qu'il possédait était suffisamment importante pour estimer qu'il s'agissait d'un trafic et non de simple consommation personnelle. Avec un bon avocat, il s'en sortirait peut-être avec sept ans de prison.

Curieusement, le dossier ne faisait pas mention de l'implication de Karim qui, s'il fallait en croire Amalia, servait pourtant d'alibi à son frère. Zayn appela son cousin mais tomba sur son répondeur. Il appela alors sa tante qui l'informa que son fils avait quitté le pays.

— J'ai peur qu'il n'ait fait une bêtise, avoua-t-elle à Zayn d'un ton inquiet. Lorsqu'il m'a téléphoné pour me dire qu'il partait, il n'a pas voulu me dire où il allait. Il paraissait nerveux. Est-ce que tu sais ce qu'il se passe ?

— C'est ce que j'essaie de découvrir, répondit Zayn.

— Rappelle-moi dès que tu auras du nouveau, d'accord ?

— Je te tiendrai au courant, c'est promis.

En raccrochant, Zayn ne put réprimer un soupir d'agacement. Il avait vaguement espéré qu'une conversation avec Karim suffirait à lever toute ambiguïté et qu'il pourrait oublier cette affaire. Malheureusement, sa soudaine disparition ne contribuait guère à dissiper les soupçons que lui avait inspirés le plaidoyer d'Amalia.

Il avait pourtant du mal à croire que son cousin soit capable non seulement de s'adonner à une activité aussi haïssable mais aussi de laisser un autre homme en payer le prix à sa place. Cela allait à l'encontre de toutes les valeurs que leur famille s'efforçait de transmettre et de défendre depuis des siècles.

Lorsque Zayn rejoignit Amalia dans l'antichambre où il l'avait laissée, il la trouva une fois encore postée devant la fenêtre. Malgré lui, il ne put s'empêcher d'admirer sa silhouette svelte et élancée. Le tailleur qu'elle portait était assez strict. La jupe longue ne laissait apparaître que ses mollets mais ils étaient parfaitement mis en valeur par les talons qu'elle portait. Ses chevilles étaient fines, ses hanches minces, et elle avait le plus adorables des postérieurs.

Comme si elle avait senti peser sur elle son regard insistant, Amalia se retourna. En avisant l'expression qui se lisait sur son visage, elle tressaillit légèrement et Zayn se tança intérieurement. De toute évidence, l'attirance qu'il éprouvait à son égard n'était pas aussi discrète qu'il ne l'aurait voulu.

Il n'était pas sûr de comprendre d'où provenait cette étrange fascination mais il ne pouvait nier sa réalité. Hélas, le moment était vraiment mal choisi pour s'enticher d'une femme qui, si charmante soit-elle, ne pouvait être considérée comme une épouse convenable.

— Je suis désolé de vous avoir fait attendre, lui dit-il. Je me suis renseigné au sujet de votre frère.

— Et qu'avez-vous découvert ?

— Que les charges qui pèsent contre lui sont lourdes. Il n'y a effectivement pas de preuves qu'Aslam ait cherché à vendre cette drogue mais la seule quantité suffirait à le faire inculper pour trafic de stupéfiants. De plus, il n'en est pas à sa première condamnation…

— C'est vrai, soupira Amalia. Mais il ne s'agissait que de délits mineurs.

— Dégradation de biens publics, organisation de grèves sauvages à l'université, troubles à l'ordre public… On dirait que votre frère est une forte tête, mademoiselle Christensen. Depuis l'âge de quatorze ans, il n'a cessé de remettre en cause l'autorité. Ce n'est pas ce qui poussera la cour à se montrer clémente à son égard.

— J'en ai bien conscience, reconnut-elle. Et c'est la raison pour laquelle j'ai voulu faire appel à vous. Aslam s'est fait piéger. Et votre cousin l'a probablement choisi précisément parce qu'il connaissait ses précédents démêlés avec la justice. Il a dû se dire que s'il témoignait contre lui sa parole serait considérée comme sans valeur.

— Comment pouvez-vous être sûre que votre frère ne vous a pas menti ? objecta Zayn.

— Parce que j'ai réussi à retrouver les amis avec lesquels mon frère se trouvait, à ce moment-là. Et leur version des faits corrobore plus ou moins celle de mon frère.

— Il n'en est pas fait mention dans le dossier de police, observa Zayn.

— C'est parce qu'ils refusent de témoigner publiquement. Ils ont trop peur de ce que votre cousin pourrait leur faire.

Zayn la considéra avec étonnement.

— Ne vous êtes-vous pas dit qu'en menant votre propre enquête de cette façon vous vous mettiez également en danger ?

— Bien sûr que si, concéda-t-elle. Mais Aslam est mon frère. Et si je ne l'aide pas, personne d'autre ne le fera.

— Et votre père ? interrogea Zayn. Que fait-il pendant ce temps ?

— Il est bien trop occupé par sa carrière pour se soucier de son fils, répondit-elle d'un ton empreint d'amertume. Lorsque je lui ai demandé s'il connaissait quelqu'un à qui je pourrais parler au palais, il m'a répondu qu'il préférait s'en remettre à la justice. Du coup, je n'ai pas eu d'autre choix que de chercher par moi-même.

— Je vois, acquiesça sobrement Zayn. Pouvez-vous me donner le nom de ces témoins ?

— Nous pourrions aller les voir ensemble, suggéra-t-elle. Ma présence les mettrait en confiance.

— Pas question, protesta-t-il. Vous devez rester à l'écart de cette histoire.

— Je peux vous aider. Quant à vous, vous feriez sans doute mieux d'interroger votre cousin.

— J'ai voulu le faire, répondit-il. Malheureusement, Karim a disparu. D'après sa mère, il serait à l'étranger.

— Ne pouvez-vous pas lui ordonner de rentrer ? Vous êtes le cheikh, après tout.

— Même si je le pouvais, pourquoi le ferais-je ? objecta-t-il. Vous ne m'avez pas vraiment donné de raison de vous faire confiance. Après m'avoir laissé croire que vous aviez été envoyée par Miss Young, vous avez laissé entendre que la justice de mon pays était corrompue et que je l'étais tout autant.

— Je suis désolée, murmura-t-elle d'un air penaud. Je ne voulais pas vous insulter… Quant à cette histoire de mariage, je vous l'ai dit : c'était un simple malentendu. Pour rien au monde je n'épouserais quelqu'un comme vous.

Zayn ne put réprimer un sourire ironique.

— Vous voyez : vous ne pouvez pas vous empêcher de m'injurier.

— Il faut croire que c'est plus fort que moi, rétorqua-t-elle vertement.

— Écoutez, voilà ce que je vous propose : dès que mon cousin rentrera à Khaleej, je l'interrogerai personnellement. Et je vous assure que s'il a une quelconque responsabilité dans ce qui s'est passé je serai sans pitié. En attendant, je vous conseille de rentrer tranquillement chez vous et d'oublier cette affaire.

— Et voilà ce que moi, je vous propose : en quittant le palais, je vais aller trouver la rédaction de *Celebrity Spy*.

— Vous n'oseriez pas ! s'exclama-t-il.

— Vous croyez ? répliqua Amalia d'un air de défi.

— Et que leur direz-vous ? Que vous avez essayé de me séduire ? Que c'est moi qui ai essayé ?

— Je leur dirai que le cheikh de Khaleej a fait appel à une agence matrimoniale pour trouver une épouse répondant à des critères aussi réactionnaires que dégradants…

Un sourire sardonique se dessina alors sur ses lèvres délicieuses.

— Évidemment, je pourrais aussi me contenter de leur décrire la scène à laquelle j'ai assisté durant toute cette matinée : un défilé continu de jolies femmes. Qui sait ? Ils en tireront peut-être la même conclusion que moi.

— À savoir ? s'enquit Zayn d'un ton glacial.

— Que vous cherchiez à vous constituer un harem, évidemment.

3

Zayn demeura sans voix. Jamais personne ne l'avait menacé de cette façon. Amalia Christensen avait peut-être le visage d'un ange mais elle était prête à se battre comme un beau diable pour défendre son frère. Et bien qu'il ait toutes les raisons de lui en vouloir, il ne pouvait s'empêcher d'admirer ce mélange de fidélité et de détermination.

— Ce que vous faites s'appelle du chantage, répondit-il enfin. Et l'homme que vous essayez de faire chanter se trouve être le cheikh de Khaleej, l'homme le plus puissant de ce pays. Si vous décidez de vous en prendre à moi, même votre patron ne pourra rien pour vous. Il me suffirait d'un mot pour réduire à néant toutes vos perspectives professionnelles. Je pourrais aussi faire en sorte que votre père perde sa chaire à l'université.

Amalia ne se démonta pas le moins du monde. Au contraire, même, elle croisa les bras sur sa poitrine en signe de défi et le toisa d'un regard glacial.

— Vous ferez ce que vous voudrez, répliqua-t-elle. Mais il est hors de question que je laisse mon frère croupir dans vos geôles. Et je ne compte pas m'en remettre aux vagues promesses que vous me faites d'interroger votre cousin.

Zayn jura intérieurement. Loin de se laisser impressionner par son coup de bluff, Amalia paraissait plus décidée que jamais à le pousser dans ses retranchements. Il ne pouvait pas la laisser parler à la presse : si elle le faisait, Zayn perdrait toute chance de restaurer sa réputation battue en brèche.

Or le mariage et le bonheur de Mirah dépendaient de sa capacité à redorer très rapidement son image de marque. Les jours suivants allaient être cruciaux pour cela.

— Je suis impressionné, concéda-t-il. Peu de gens ont la témérité d'insulter et de menacer un souverain dans son propre palais.

Elle pâlit légèrement et il vit se refléter dans ses yeux la peur qu'elle éprouvait en cet instant. Mais elle se ressaisit presque aussitôt et sa mâchoire se crispa légèrement.

— Cela témoigne d'un certain courage et d'un indéniable sang-froid, reprit-il. Et ce sont là des qualités qui pourraient être mises à bon usage.

— Que voulez-vous dire ? lui demanda-t-elle d'un ton ouvertement méfiant.

Zayn ne put s'empêcher de sourire en considérant l'idée à la fois absurde et audacieuse qui lui était venue.

— Vous avez deviné mon petit secret, répondit-il. Parce que mes gardes ont eu la malencontreuse idée de vous laisser accéder jusqu'ici précisément aujourd'hui, vous avez découvert mes projets. Or vous avez raison : je ne peux me permettre de les voir communiqués à la presse. Plus personne ne croirait à mon futur mariage…

Zayn fit un pas vers elle et la vit reculer aussitôt.

— Je pourrais vous faire enfermer, bien sûr. Mais la disparition d'une étrangère ne manquerait pas d'éveiller la curiosité des médias.

— Que suggérez-vous ? murmura Amalia, blafarde.

Croyait-elle qu'il s'apprêtait à la faire exécuter ? L'idée qu'elle puisse le penser avait quelque chose de terriblement vexant. Le prenait-elle pour un barbare ?

— Je ne peux pas faire libérer votre frère, lui dit-il. Ce serait très mal perçu par les habitants de Khaleej après tous les efforts que j'ai déployés pour lutter contre les trafics de drogue. En revanche, je peux veiller à ce qu'il soit transféré dans une cellule nettement plus confortable en attendant son jugement. Je peux aussi charger des hommes de confiance d'effectuer une enquête bien plus approfondie. Et je peux m'entretenir avec mon cousin pour faire toute la lumière sur son éventuelle participation.

Amalia le considéra avec méfiance.

— J'imagine que ce brusque revirement n'est pas totalement désintéressé. Qu'attendez-vous de moi, en échange ?

— Vous êtes une femme aussi astucieuse qu'audacieuse. Vous avez la langue bien pendue et vous ne vous laissez pas facilement décontenancer. Ce sont des qualités qui pourraient s'avérer précieuses pour la fiancée d'un chef d'État.

Cette fois, ce fut au tour d'Amalia de demeurer bouche bée.

— C'est une plaisanterie ? murmura-t-elle enfin.

— Pas du tout. En faisant de vous ma fiancée, je me mets à l'abri de toute dénonciation malencontreuse.

— Je croyais que je n'étais pas du tout le genre d'épouse que vous recherchiez, protesta Amalia.

— C'est tout le génie de la chose : au lieu de proclamer que j'ai décidé de me ranger, je n'aurai qu'à dire que je suis tombé éperdument amoureux. Je suis sûr que ce sera tout aussi convaincant. Peut-être même plus encore. Après tout, les gens adorent les belles histoires…

— C'est absurde ! s'exclama-t-elle vivement. Personne n'y croira un seul instant !

— Vous êtes belle et intelligente et vous avez un sacré tempérament. Pourquoi ne tomberais-je pas amoureux de vous ?

Amalia ne put s'empêcher de rougir jusqu'à la racine des cheveux.

— Vous n'en pensez pas un mot ! protesta-t-elle.

— Détrompez-vous, lui dit-il.

Avant même d'avoir réalisé ce qu'il s'apprêtait à faire, Zayn s'avança vers elle et posa ses mains sur ses hanches. Se penchant vers elle, il effleura ses lèvres d'un baiser. Ce n'était qu'une caresse bien innocente mais elle leur arracha à tous deux un frisson de désir incontrôlable.

Surpris par sa propre réaction, Zayn s'écarta un instant et avisa la passion qui se lisait dans les yeux d'Amalia. Incapable d'y résister, il l'embrassa de nouveau. Ses lèvres brûlantes étaient plus douces que la soie. Et d'innocent, son baiser ne tarda pas à se faire plus passionné, plus urgent.

Jamais encore il n'avait éprouvé une envie aussi impérieuse, aussi primale. Elle pulsait en lui, s'insinuant au plus profond de son être. S'il avait laissé libre cours à son instinct, il aurait entraîné Amalia vers la chambre du palais la plus proche.

Peut-être se serait-elle laissé faire, d'ailleurs. Car loin de chercher à le repousser, elle lui rendait son baiser avec une ardeur comparable à la sienne. Puis soudain, elle recula, s'arrachant à ses bras. Haletante, les joues empourprées par le désir, elle était magnifique.

— Qu'est-ce que vous faites ? lança-t-elle d'une voix légèrement rauque.

— Je n'en ai aucune idée, avoua-t-il en souriant.

De fait, cela faisait bien longtemps qu'il ne s'était pas comporté de façon aussi impulsive et irréfléchie.

— Ce projet de fiançailles est aberrant, reprit-elle d'un ton nettement moins convaincu qu'auparavant.

— Nous sommes d'accord.

Sa réponse parut la dérouter.

— C'est probablement de la folie, ajouta-t-il. Mais je crois que cela peut fonctionner… J'ai besoin d'un peu de temps pour y réfléchir et j'imagine que vous aussi. Où logez-vous, pour le moment ?

— À l'hôtel Medina, répondit-elle.

— Bien, voilà ce que je vous propose : je vais demander que l'on mette une chambre du palais à votre disposition. J'enverrai quelqu'un chercher vos affaires à l'hôtel. Nous dînerons ensemble et nous discuterons de tout cela à tête reposée. Qu'en dites-vous ?

Amalia hésita, visiblement dépassée par la tournure que prenaient les événements.

— Cela ne vous engage à rien, insista-t-il. En revanche, cela peut sortir votre frère d'un très mauvais pas.

— Mais c'est du chantage ! protesta-t-elle.

— N'est-ce pas vous qui avez commencé ? rétorqua-t-il sans se démonter.

Il n'était pas particulièrement fier du procédé, mais plus il réfléchissait à cette idée de fiançailles et plus elle lui paraissait prometteuse. Car elle lui éviterait peut-être d'avoir à se marier pour de bon.

Amalia et lui n'auraient qu'à feindre d'être amoureux durant quelques mois. Ils célébreraient leurs fiançailles en grande pompe. Puis elle le quitterait, expliquant qu'elle ne l'aimait plus. Zayn n'aurait plus qu'à jouer les cœurs brisés et personne n'oserait lui imposer un nouveau mariage avant plusieurs années.

Entre-temps, il aurait regagné la sympathie de ses sujets et des médias. Et sa sœur serait mariée avec l'homme qu'elle aimait…

Amalia avait beaucoup de mal à remettre de l'ordre dans ses idées. Ce qui venait de se produire entre Zayn et elle l'avait totalement prise de court. Non seulement elle n'avait pas imaginé que le cheikh puisse essayer de l'embrasser mais, de plus, jamais elle n'aurait cru pouvoir réagir de façon aussi intense à un simple baiser.

Le trouble qu'elle avait éprouvé ne l'aidait guère à se concentrer sur la proposition tout aussi inattendue qu'il venait de lui faire. Lorsqu'il l'avait formulée pour la première fois, elle s'était dit qu'il devait s'agir d'une plaisanterie un peu étrange. Mais il était désormais évident que Zayn était parfaitement sérieux.

Il venait de lui proposer de devenir sa fiancée.

L'idée lui paraissait pour le moment bien trop surréaliste pour qu'elle puisse en envisager toutes les implications.

— Vous avez raison, balbutia-t-elle en s'efforçant vainement de recouvrer un semblant de self-control. Je crois que moi aussi j'ai besoin d'un peu de temps pour réfléchir…

— Parfait, s'exclama-t-il. Ne bougez pas d'ici. Je vais chercher quelqu'un qui s'occupera de vous.

Une fois de plus, Zayn s'éclipsa, la laissant seule dans l'antichambre. Elle s'aperçut alors que le garde qui lui tenait compagnie auparavant avait disparu. Peut-être s'était-il éclipsé lorsque le cheikh avait fait mine de l'embrasser.

L'espace d'un instant, elle fut tentée d'en profiter pour prendre la poudre d'escampette. Mais elle comprit aussitôt que, ce faisant, elle ne réglerait rien. Zayn était le cheikh de ce pays et n'aurait probablement aucun mal à la retrouver.

De plus, il était à ce jour son meilleur atout pour assurer la défense de son frère — son seul atout, peut-être. Susciter sa colère ne pourrait qu'être extrêmement préjudiciable à Aslam.

Réprimant un soupir, elle se força donc à attendre patiemment. Quelques minutes plus tard, une jeune femme d'une vingtaine d'années la rejoignit.

— Je m'appelle Zia, lui dit-elle. Sa Majesté m'a demandé de vous conduire à vos appartements, mademoiselle.

— Appelez-moi Amalia.

La jeune femme laissa échapper un petit rire nerveux.

— Ce ne serait pas convenable, mademoiselle.

— Ne vous en faites pas pour cela, insista Amalia. Je ne suis pas très à cheval sur les convenances…

— Très bien, Amalia. Si vous voulez bien me suivre…

Zia l'escorta à travers un long dédale de couloirs jusqu'à la chambre que Zayn lui avait affectée. Il s'agissait en réalité d'une véritable suite avec un salon confortable, une immense salle de bains en marbre et même un magnifique petit jardin intérieur. Jamais Amalia n'avait été logée de façon aussi luxueuse.

— J'ai envoyé quelqu'un à l'hôtel pour prendre vos affaires, lui indiqua Zia.

— Je ferais peut-être mieux d'y aller aussi pour régler la note.

— Sa Majesté les a déjà appelés. Tout est arrangé.

Avec une pointe d'autodérision, Amalia se prit à songer qu'être la fiancée d'un cheikh présentait certains avantages.

— Sa Majesté m'a chargée de vous dire que le dîner serait servi à 8 heures. Aurez-vous besoin de quoi que ce soit d'autre, mad… Amalia ?

— Euh, oui…, répondit-elle. Pouvez-vous me dire comment je suis censée trouver la salle à manger, dans ce labyrinthe ?

Zia éclata de rire.

— Ne vous en faites pas, je viendrai vous chercher pour vous y conduire.

Lorsque la jeune femme fut sortie, Amalia demeura quelques instants immobile, ne sachant trop que faire. Elle avait passé les derniers jours à courir après la moindre piste qui puisse lui permettre de disculper son frère. Et toutes l'avaient conduite vers ce palais où vivait l'homme qui était probablement responsable de l'arrestation de son frère et celui qui pouvait peut-être le tirer de prison.

Et elle était peut-être sur le point de devenir la vraie fausse fiancée de ce dernier…

Pouvait-elle réellement aller jusqu'au bout de cette folie ? Pouvait-elle se prêter à cette mascarade ? Avait-elle seulement le choix ?

Si ce subterfuge devait lui permettre de tirer son frère de prison, elle ne pouvait reculer. En revanche, elle allait rapidement devoir établir des règles très strictes. Ces fiançailles n'étaient que pure fiction et devraient le rester. Il n'était pas question de renouveler le genre de scène qui venait de se dérouler entre eux.

Amalia n'était pas stupide : elle avait parfaitement conscience de l'attirance que Zayn exerçait sur elle. Et elle était convaincue que ce désir n'était pas à sens unique. Mais c'était une raison supplémentaire pour maintenir une certaine distance.

Elle ne tenait pas à ajouter son nom à la liste des conquêtes qu'il avait accumulées au fil des années, s'il fallait en croire la presse à scandale. C'était pour elle une question d'amour-propre.

Forte de cette décision, Amalia alla s'installer dans le petit jardin pour attendre l'arrivée de ses affaires et sa prochaine confrontation avec le souverain de Khaleej, son futur fiancé.

Un peu avant 8 heures, Zia vint chercher Amalia pour la conduire jusqu'à une aile du palais qu'elle ne connaissait pas. Il devait s'agir d'une addition relativement récente car le style était totalement différent du reste du bâtiment.

Celui qui avait conçu l'endroit s'était inspiré de l'architecture et de l'ameublement traditionnels mais avait utilisé des couleurs et des matériaux résolument contemporains. Tout ici n'était que verre, béton et acier. Et pourtant, loin d'être froid et impersonnel, le lieu était fascinant.

— Ce sont les nouveaux appartements que le cheikh s'est fait construire, expliqua Zia.

Cela ne surprit pas Amalia le moins du monde : les lieux étaient à l'image de leur occupant : à la fois imposants et mystérieux. Mais elle n'était pas au bout de ses surprises. Car au centre du bâtiment s'ouvrait un patio bien plus vaste que celui sur lequel s'ouvrait sa propre chambre.

En y pénétrant, on avait l'impression d'entrer dans un véritable jardin d'Éden. L'impression d'ensemble était saisissante. Des arbres fruitiers et des massifs de fleurs poussaient là, sans ordonnancement apparent. Les murs étaient dissimulés par de la mousse et l'on se serait vraiment cru en pleine nature.

Au centre de ce petit paradis était creusée une grande piscine aux parois entièrement recouvertes de mosaïque. Juste à côté, un deck de bois accueillait quelques chaises longues et une table en fer forgée qui avait été dressée pour l'occasion. C'était incontestablement l'endroit le plus romantique qu'Amalia ait jamais vu de sa vie.

— Bonsoir, lui dit Zayn en s'avançant vers elle.

Elle constata avec étonnement qu'il était vêtu d'un jean et d'un T-shirt frappé du logo d'une université anglaise, probablement celle où il avait fait ses études. Loin d'atténuer son charme, cette tenue décontractée ne faisait que le renforcer, le rendant soudain plus abordable.

— Bonsoir, lança-t-elle en s'efforçant sans grand succès d'adopter un ton parfaitement détendu.

— Avez-vous encore besoin de moi ? les interrogea Zia.

— Non, répondit Zayn en lui décochant un sourire reconnaissant. Merci d'avoir conduit mademoiselle Christensen jusqu'ici.

— À votre service, Majesté, dit Zia en esquissant une petite révérence.

Sur ce, elle s'éclipsa, les laissant seuls.

Zayn la contemplait avec une attention soutenue et, dans son regard, il lui semblait percevoir l'écho du désir qui les avait tous deux enflammés, un peu plus tôt dans la journée.

Amalia avala difficilement sa salive et esquissa un pas dans sa direction. Une fois de plus, elle se sentait entièrement à sa merci. Mais curieusement, l'impression n'était pas si désagréable que cela…

4

Amalia s'éclaircit nerveusement la gorge. Elle avait l'impression que son corps tout entier était parcouru de délicieux fourmillements. Ses lèvres se rappelaient le contact de celles de Zayn, la poussant à renouveler cette délicieuse expérience.

— Ce jardin est magnifique, déclara-t-elle pour meubler le silence pesant qui menaçait de s'éterniser.

— Merci, répondit-il. C'est moi qui l'ai dessiné.

Elle fronça les sourcils, se demandant s'il était en train de se moquer d'elle. Mais il paraissait parfaitement sérieux.

— Vraiment ? fit-elle.

Il hocha la tête.

— J'ai aussi conçu le bâtiment.

— C'est très réussi, reconnut-elle.

— Je suis assez content du résultat, concéda Zayn. À vrai dire, je commençais à me lasser de l'architecture très classique du palais. Mais en tant que souverain, je ne pouvais pas vraiment me permettre de déménager…

— Ainsi, vous n'êtes pas aussi traditionaliste que ne le laissent penser vos critères dans le domaine conjugal…

Le demi-sourire qui se dessina sur les lèvres de Zayn était empreint d'une certaine mélancolie.

— S'il ne tenait qu'à moi, je resterais indéfiniment célibataire, vous savez, lui avoua-t-il.

Sentant qu'ils abordaient un terrain dangereux, Amalia préféra détourner la conversation. Elle ne se sentait pas encore prête à répondre à la question qui se lisait dans les yeux de Zayn.

— J'imagine que pour concevoir un bâtiment de cette importance vous devez avoir quelques notions d'architecture…

— C'est ce que j'ai étudié à l'université.

Une fois de plus, elle ne put dissimuler son étonnement.

— Mais pourquoi ? s'exclama-t-elle.

— Eh bien, parce que le sujet me passionnait, répondit-il en haussant les épaules.

— Vous saviez pourtant que vous étiez destiné à devenir cheikh, objecta-t-elle. N'auriez-vous pas mieux fait d'étudier la science politique ou le droit ?

— Je l'ai fait aussi, dit-il. En parallèle…

Malgré elle, Amalia se sentit impressionnée. Mener de front deux cursus de ce genre n'était pas à la portée de tout le monde. Cela ne cadrait d'ailleurs pas du tout avec l'image de play-boy dilettante dont Zayn était affublé. Mais elle commençait à soupçonner que cette réputation ne correspondait que très partiellement à la réalité.

— Malheureusement, vous avez raison, reprit-il. Les affaires de l'État ne me laissent guère le temps de m'adonner à ma passion. Je suis si occupé qu'il m'a fallu près de cinq ans pour terminer ce bâtiment.

— C'est vraiment dommage, déclara-t-elle. Vous avez indubitablement un don.

— Merci.

Amalia le contempla pensivement.

— Vous n'avez jamais eu envie de renoncer au trône pour vous consacrer à l'architecture ? lui demanda-t-elle soudain.

Il lui jeta un regard étonné.

— Vous savez que discuter avec vous est une expérience rafraîchissante ? s'exclama-t-il d'un ton malicieux. Cela fait bien longtemps que personne ne me pose des questions aussi directes.

— C'est regrettable, répondit-elle. Un souverain a toujours besoin de quelqu'un qui lui dise la vérité sans fard.

— Une épouse, par exemple ?

Amalia se rembrunit légèrement.

— Je pensais plutôt à un confident. Un ami proche, par exemple…

— Il n'est pas facile d'avoir des amis lorsque l'on exerce une fonction comme la mienne.

— Ce qui nous ramène à ma question initiale : avez-vous déjà envisagé de tout plaquer ?

Zayn hésita quelques instants avant de lui répondre.

— Je l'ai parfois imaginé, déclara-t-il enfin. Mais jamais sérieusement. Il ne s'agit pas seulement de ce que je veux, vous savez. Mon peuple compte sur moi et il n'y a personne pour assumer cette responsabilité à ma place.

Amalia hocha la tête.

— On dirait qu'être roi n'est pas aussi glamour que ne le pensent la plupart des gens…

— Effectivement, concéda Zayn en riant. Et je ne vous parle même pas des heures que je passe à lire et à signer des dizaines de projets de loi, à inaugurer des bâtiments publics ou à assister à des soirées d'un ennui mortel.

— Pour un peu, je vous plaindrais, répliqua-t-elle, moqueuse. Mais au moins, si votre peuple décide un jour de remplacer la monarchie par une république, vous n'aurez aucun mal à vous reconvertir !

— C'est aussi votre pays, remarqua Zayn.

— Plus vraiment, répondit-elle. Cela fait longtemps que j'ai coupé les ponts, vous savez.

— Justement, je me posais une question à ce sujet. Vous m'avez dit que votre frère était resté ici, lorsque vos parents s'étaient séparés, et que vous n'étiez jamais revenue à Khaleej depuis. C'est bien cela ?

— En effet.

— En d'autres termes, vous n'avez pas revu votre frère depuis que vous aviez treize ans tous les deux, n'est-ce pas ?

— C'est vrai.

Zayn hésita un instant avant de poser la question qui lui brûlait les lèvres.

— Alors comment pouvez-vous être aussi sûre qu'il est innocent ? Aslam a eu tout le temps de changer depuis cette époque…

— Il n'a pas changé, protesta-t-elle.

— Comment le savez-vous ?

Elle réfléchit à la question puis haussa les épaules.

— C'est difficile à expliquer, reconnut-elle. Je le *sais*… Aslam et moi ne sommes pas seulement frère et sœur, nous sommes jumeaux. Nous avons grandi ensemble. Lorsque nous étions enfants, nous n'avions même pas besoin de nous parler pour deviner ce que l'autre pensait…

— Et c'est encore vrai aujourd'hui ?

— Plus autant, avoua-t-elle. Il est vrai que ces années de séparation nous ont un peu éloignés. Mais pas assez pour qu'Aslam puisse me cacher quelque chose d'aussi grave. Il n'est pas un trafiquant. Vous devez le croire…

Zayn se contenta de hocher la tête, se gardant bien de s'engager dans un sens ou dans l'autre.

— Que diriez-vous de passer à table ? suggéra-t-il.

Elle hocha la tête et prit place sur la chaise qu'il tira galamment pour elle.

— Est-ce que vous voulez du vin ? lui demanda-t-il.

— Avec plaisir, répondit-elle.

Il remplit deux verres et lui en tendit un avant de trinquer avec elle.

— Ce merlot provient de vignes qui appartiennent à la Couronne, expliqua-t-il.

— Je croyais que l'alcool était interdit dans les pays musulmans.

— Khaleej a toujours été un pays extrêmement tolérant,

répondit Zayn en humant son verre. Heureusement pour moi, d'ailleurs, ajouta-t-il d'un air malicieux.

Amalia ne put s'empêcher de sourire et avala une gorgée de vin. Il était aussi délicieux que le laissait supposer son bouquet.

— Que mangeons-nous ? s'enquit-elle alors.

— Du poulet façon kebab, une cassolette d'agneau accompagnée de riz sauvage et un dessert maison.

— Ne me dites pas que vous savez aussi cuisiner ! s'exclama-t-elle.

— Malheureusement, non, avoua-t-il. J'ai passé le plus clair de mes années étudiantes à me nourrir de pâtes.

— On ne dirait pas, commenta-t-elle sans réfléchir.

Avisant le regard amusé de Zayn, elle ne put s'empêcher de rougir.

— Et vous ? lui demanda-t-il. Est-ce que vous cuisinez ?

— Je n'ai pas vraiment eu le choix, répondit-elle. Ma mère était la pire cuisinière que la terre ait jamais portée. Si je ne m'étais pas mise derrière les fourneaux, je serais probablement morte de faim.

— Quelle est votre spécialité ?

Amalia observa Zayn d'un air dubitatif.

— Qu'y a-t-il ? lui demanda-t-il.

— Ne me dites pas que vous vous intéressez vraiment à ce que je sais cuisiner, répondit-elle.

— Pourquoi pas ?

— Eh bien… Je ne sais pas… Vous êtes un cheikh ! Vous régnez sur un royaume tout entier. Par comparaison, mon existence est terriblement insipide.

— Détrompez-vous, je vous trouve fascinante. Et ne croyez surtout pas que je dis cela à toutes les femmes que je rencontre. J'ai bien plus de discernement que la presse à scandale ne voudrait le faire croire.

— Je n'en suis pas sûre, objecta-t-elle. Je n'ai vraiment rien de fascinant.

— À vos propres yeux, peut-être. Mais vous êtes très

différente des femmes que j'ai l'habitude de fréquenter, que ce soit à Khaleej ou lorsque je voyage à l'étranger.

— C'est peut-être justement parce que je suis quelqu'un de parfaitement normal, ironisa-t-elle.

Zayn éclata de rire et entreprit de remplir leurs assiettes. Il prit place en face d'elle et tous deux commencèrent à manger avec appétit. Ce n'est qu'alors qu'Amalia s'aperçut qu'elle avait involontairement sauté le déjeuner.

Le repas était succulent et le cadre enchanteur. Tous deux demeurèrent silencieux, profitant de ce moment de calme et de sérénité.

— C'est délicieux, déclara-t-elle au bout d'un moment.

— Voulez-vous encore un peu de poulet ? Ou d'agneau ?

— Non merci. Si je continue à manger, je vais devoir refaire toute ma garde-robe.

— Vous savez, lui dit-il en souriant, si nous nous fiançons, vous devrez en changer de toute façon.

Amalia frissonna, comprenant que le moment qu'elle redoutait tant était arrivé.

— Alors, vous comptez toujours mettre ce projet à exécution.

— Si vous êtes prête à jouer le jeu, oui, répondit-il sans hésiter. Plus j'y pense et plus je suis convaincu que c'est la meilleure solution.

— Et en échange, vous vous engagez à adoucir les conditions de détention de mon frère et à m'aider à prouver son innocence.

— Oui, répondit Zayn.

— Même si cela doit vous conduire à faire inculper votre cousin ?

— Même dans ce cas, acquiesça-t-il. En revanche, ajouta-t-il gravement, je veux être parfaitement clair avec vous : si jamais votre frère est coupable…

— Il est innocent.

— Je l'espère. Mais si jamais vous vous trompez, reprit Zayn, je ne pourrai rien faire pour lui.

— Je comprends, répondit-elle.

— Est-ce que cela signifie que vous êtes prête à jouer le jeu ?

— Tant que nous sommes tous deux conscients qu'il ne s'agit effectivement que d'un jeu.

— Que voulez-vous dire ?

— Je crois que vous le savez parfaitement, répondit-elle en le regardant droit dans les yeux.

Zayn hocha la tête.

— D'accord, concéda-t-il. Mais il nous faudra tout de même faire preuve d'une certaine... complicité lorsque nous serons en public.

— Cela va sans dire.

Zayn la considéra attentivement.

— Il y a tout de même une chose dont j'aimerais être certain avant que nous n'officialisions notre liaison.

— Je vous écoute.

— Vous n'avez pas de petit ami, n'est-ce pas ?

— Pas pour le moment, répondit-elle.

— Pas d'ex susceptible de s'offusquer de notre liaison ?

— Je ne pense pas.

— En êtes-vous certaine ? insista Zayn.

— En dehors de la situation d'Aslam, je ne vois rien de particulier, répondit-elle.

— Et Massimiliano Ricci ?

— Mon patron ? Que vient-il faire là-dedans ?

— Avez-vous eu des relations intimes avec lui ?

— Je ne vois pas en quoi cela vous regarde ! protesta-t-elle vivement.

Zayn la regarda droit dans les yeux.

— Il faut que vous compreniez que dès que nous annoncerons la nouvelle vous vous retrouverez sous les feux des projecteurs, lui expliqua-t-il. Les journalistes passeront au crible votre passé. Le moindre de vos secrets sera susceptible d'être révélé au grand jour. Et je préférerais vraiment être informé avant de tout ce qui pourrait nous porter préjudice.

— Massi et moi sommes amis, rien de plus.

— Vous l'appelez Massi ?

— Nous nous connaissons depuis toujours, répondit-elle avec une pointe d'agacement. C'était un ami de ma mère et il a toujours été comme un père pour moi. Franchement, c'est surtout vous qui risquez de voir resurgir l'une de vos ex. Ou bien l'une de ces femmes que j'ai vues défiler dans votre bureau ce matin et qui se vexeront de vous voir leur préférer quelqu'un comme moi !

— Vous avez sans doute raison, hélas, reconnut Zayn. Mais au point où j'en suis, j'ai bien peur que ma réputation ne puisse se trouver compromise davantage.

Percevant l'amertume qui transparaissait dans sa voix, Amalia le considéra pensivement.

— Il y a quelque chose que je ne comprends pas. Pourquoi tenez-vous tant soudain à redorer votre blason ? Après tout, ce n'est pas la première fois que la presse critique votre mode de vie.

— La raison principale, c'est que ma sœur est sur le point de se marier. Et la famille de son mari est très conservatrice. Ils voient d'un très mauvais œil mes incartades et ont laissé entendre que si je ne devenais pas un peu plus respectable ils pourraient s'opposer à l'union de leur fils.

— Ils oseraient vraiment renoncer à une alliance avec la famille royale ? s'étonna Amalia.

— Ces gens-là sont suffisamment riches et influents pour pouvoir se passer de notre soutien. De plus, ils appartiennent à la frange la plus réactionnaire de la noblesse. Si on les écoutait, on en reviendrait aux pratiques qui avaient cours il y a deux cents ans de cela.

— Ne vaudrait-il mieux pas renoncer à une telle alliance, dans ce cas ? s'enquit Amalia. Votre sœur risque d'être malheureuse dans un tel environnement.

— Ce n'est pas si simple, hélas : elle est éperdument amoureuse de Farid. Et je dois reconnaître qu'il est nettement plus progressiste que ses parents.

— Vous êtes vraiment un homme étonnant, déclara Amalia.

— J'aimerais croire qu'il s'agit d'un compliment, mais quelque chose me dit que ce n'est pas le cas.

Amalia secoua la tête.

— Je ne vous comprends pas : vous voulez assurer à votre sœur un mariage d'amour. Mais lorsqu'il s'agit de vous marier, vous optez pour une agence matrimoniale et faites défiler des candidates comme s'il s'agissait d'un simple casting. Cela ne paraît pas très cohérent.

— C'est une question de point de vue, objecta Zayn. Le mariage que je comptais contracter était une alliance de raison, une façon d'accomplir mon devoir.

Il haussa les épaules.

— Nos fiançailles ne feront hélas que retarder l'inévitable. Tôt ou tard, je devrai me marier et concevoir un héritier.

— Qui sait ? répliqua-t-elle. D'ici là, vous rencontrerez peut-être quelqu'un dont vous tomberez amoureux, quelqu'un que vous voudrez vraiment épouser.

— J'en doute, répondit Zayn.

— Pourquoi ?

— Parce qu'il y a peu de chances pour que je tombe amoureux d'une femme susceptible de faire une bonne souveraine.

— Je vous trouve bien défaitiste.

— Réaliste, plutôt, objecta-t-il. Les qualités que j'apprécie le plus chez les femmes ne correspondent pas forcément à celles que mon peuple attend de l'épouse d'un cheikh…

— Je serais curieuse de savoir quelles sont ces fameuses qualités, s'exclama Amalia, moqueuse.

— Du tempérament, de l'indépendance d'esprit, de l'impertinence…

— Et moi qui vous prenais pour un macho typique…

— Désolé de vous décevoir. Mais ce que j'apprécie le plus, dans une relation amoureuse, c'est le défi, répondit-il.

La façon dont il avait prononcé ces mots éveilla en elle un frisson irrépressible. Une fois encore, Zayn l'avait prise totalement au dépourvu. Chaque fois qu'elle pensait avoir cerné sa personnalité, il semblait se dérober. Et ce mystère ne le rendait que plus séduisant à ses yeux…

— J'ai demandé à mes avocats de rédiger un contrat, déclara-t-il alors.

Il récupéra un dossier qui était posé sur la desserte et le lui tendit. Surprise, elle l'ouvrit et parcourut les papiers qui se trouvaient à l'intérieur.

— C'est un accord de non-divulgation, lui indiqua Zayn. Il vous engage à ne rien révéler de l'accord que nous avons passé.

Un sourire amusé se dessina sur les lèvres d'Amalia.

— Vraiment ? s'exclama-t-elle d'un ton ouvertement moqueur. Et que se passera-t-il si j'enfreins ces clauses ? Est-ce que vous comptez me faire un procès ?

— J'aurai la possibilité de le faire, répondit-il. Cela ne réparera peut-être pas le mal que vous pourrez faire mais cela me permettra au moins de vous le faire payer.

— La confiance règne !

— Dois-je vous rappeler que c'est vous qui avez voulu me faire chanter ?

— J'étais désespérée, objecta-t-elle.

— Vous pourriez l'être de nouveau si jamais votre frère s'avère être coupable. Et je ne tiens pas à me retrouver à votre merci.

Amalia se rembrunit. En dépit du cadre enchanteur et du ton presque amical de leur conversation, elle ne devait pas oublier que leurs prétendues fiançailles n'étaient rien d'autre qu'une transaction dont dépendait l'avenir d'Aslam.

— Vous avez un stylo ? demanda-t-elle.

Zayn hocha la tête et récupéra celui qui était posé sur la desserte. Après avoir lu en détail le contrat, Amalia le parapha.

— Bien, approuva Zayn. Nous allons donc pouvoir commencer notre petit jeu de rôles. Mais avant que je ne laisse filtrer dans les médias que nous sommes tombés amoureux, vous devriez peut-être prévenir vos parents. Ils pourraient être un peu surpris d'apprendre la nouvelle par Internet ou en lisant le journal.

Amalia n'avait pas songé à cet aspect de la question.

— Ma mère est décédée, il y a quelques années, répondit-elle.

— Et votre père ?

Elle haussa les épaules.

— Peu m'importe comment il le découvrira. Je doute que cela change quoi que ce soit à la nature de nos relations.

— Comme vous voudrez…

— Dans combien de temps comptez-vous annoncer nos fiançailles proprement dites ? s'enquit Amalia.

— J'avais prévu d'effectuer un voyage de deux semaines en Europe dans les jours à venir. Le mieux serait que vous m'accompagniez. De cette façon, nous bénéficierons d'une exposition médiatique maximale. Nous pourrons laisser filtrer quelques allusions à l'avenir puis annoncer nos fiançailles à notre retour en Khaleej…

— Il va falloir que je prévienne aussi Massi, remarqua Amalia.

Zayn secoua la tête.

— Il vaut mieux limiter au maximum le nombre de gens qui seront dans la confidence, objecta-t-il. En ce qui me concerne, je ne dirai rien à personne. Massimiliano doit être convaincu que lorsque nous nous sommes rencontrés ça a été le coup de foudre immédiat.

— Je ne suis pas sûre qu'il me croira.

— Tâchez d'être convaincante. Ce n'est pas si improbable que cela, après tout…

La façon dont il prononça ces mots éveilla en elle un frisson irrépressible. Ce qu'il venait de dire n'était hélas que trop vrai. Elle était loin d'être insensible à son charme et cela ne faciliterait probablement pas leurs relations au cours des semaines à venir.

Elle allait certainement devoir redoubler de prudence si elle voulait éviter de prendre le désir qu'il lui inspirait pour de véritables sentiments. Car elle ne pouvait se permettre de tomber amoureuse d'un homme qui collectionnait les liaisons sans jamais s'attacher à personne. C'était le plus sûr moyen pour elle de se faire briser le cœur.

— Si vous le dites…, répondit-elle pour faire bonne figure.

— Votre manque de conviction me va droit au cœur, commenta-t-il malicieusement. Mais j'espère que vous saurez donner le change devant des tiers. Car nous allons nous retrouver très rapidement sous le feu des projecteurs.

— Je vous promets que je saurai faire semblant de vous trouver irrésistible, rétorqua-t-elle.

— Au moins, avec vous, je ne risque pas de prendre la grosse tête, déclara Zayn en riant.

5

Dans le jet privé qui les conduisait vers Paris, Amalia réfléchissait à la tournure inattendue que son existence avait prise au cours de ces derniers jours. Dès l'instant où elle avait accepté la proposition de Zayn, elle s'était retrouvée emportée dans un véritable déluge d'activités.

Il lui avait tout d'abord fallu se soumettre aux bons soins d'une styliste qui avait entrepris de la transformer complètement. Elle arborait une toute nouvelle coupe de cheveux dont elle était assez contente et avait totalement réappris à se maquiller.

Zayn lui avait également offert une garde-robe digne d'une princesse. Elle avait commencé par protester, bien sûr, mais il lui avait expliqué qu'ils seraient amenés à rencontrer plusieurs chefs d'État et de gouvernements, ainsi que des hommes d'affaires qui comptaient parmi les plus riches et les plus influents de la planète.

Ne voulant pas se faire entretenir, elle avait alors demandé à payer ces vêtements elle-même. Mais, en découvrant le montant astronomique qu'ils représentaient, elle n'avait eu d'autre choix que de se résigner à accepter ce présent royal.

Les premiers temps, elle s'était sentie un peu mal à l'aise dans ces tenues plus splendides les unes que les autres. Mais elle avait fini par se convaincre que ce n'étaient que les déguisements et accessoires d'une pièce de théâtre dont elle aurait été l'actrice principale.

Chaque fois qu'elle sortait en compagnie de Zayn, elle se

figurait qu'elle portait un masque : aux yeux du monde, elle devenait la petite amie très amoureuse du puissant cheikh de Khaleej. Cela l'aidait à prendre de la distance vis-à-vis de cette situation incroyable.

Zayn, quant à lui, paraissait parfaitement à son aise, comme si tout ceci était naturel. Mais peut-être était-ce le cas pour lui, au fond. Après tout, il avait passé sa vie entière en représentation. Chacune de ses apparitions publiques était minutieusement pensée et chorégraphiée.

Amalia était d'ailleurs toujours très impressionnée par la façon dont il se comportait en société. Il était doté d'une mémoire prodigieuse et semblait connaître le nom de tous ses interlocuteurs. Il était capable d'aborder toutes sortes de sujets, des plus anodins aux plus pointus, avec la même facilité.

Elle n'avait pas tardé à découvrir qu'il possédait une culture encyclopédique. Et en découvrant sa bibliothèque personnelle, elle avait compris pourquoi. Lorsqu'elle lui avait demandé quand il trouvait le temps de lire autant, il lui avait expliqué qu'il ne dormait jamais plus de six heures par nuit.

De fait, l'énergie qui habitait Zayn était phénoménale. Il ne semblait jamais être en repos. Lorsqu'il n'était pas dans son bureau ou qu'il n'assistait pas à une réunion extérieure, une inauguration quelconque ou une soirée, il faisait du sport, lisait ou esquissait des projets de bâtiments qui ne verraient jamais le jour tout en réfléchissant aux mesures qu'il entendait soumettre au Parlement.

En assistant à cette véritable débauche d'activités, Amalia avait rapidement compris que la réputation de dilettante de Zayn tenait surtout à l'impressionnante facilité dont il faisait preuve. Tout pour lui semblait aller de soi.

Évidemment, l'admiration qu'il lui inspirait ne l'aidait pas à prendre de la distance. Et elle se sentait de plus en plus fascinée par ce personnage bien plus riche et plus complexe qu'il ne voulait le laisser paraître.

— À quoi penses-tu ?

Amalia sursauta légèrement, comme prise en faute, et se tourna vers Zayn qui venait de repousser l'ordinateur portable sur lequel il pianotait depuis plus d'une demi-heure.

— À la vie étrange que je mène, depuis quelques jours, répondit-elle. Jamais je n'aurais pu imaginer que je partirais un jour en tournée diplomatique en me faisant passer pour la fiancée du cheikh de Khaleej…

— Tu ne te sens pas trop nerveuse à l'idée de ce qui nous attend ?

— Curieusement, non. Tout cela semble si irréel.

— Un peu excitant, aussi, j'imagine ? Tu vas rencontrer des personnalités que peu de gens peuvent espérer approcher.

Amalia haussa les épaules.

— Mais ce ne sera pas vraiment moi qu'elles rencontreront, objecta-t-elle.

Il lui lança un regard interrogateur.

— Tout ceci n'est qu'une gigantesque comédie, expliqua-t-elle.

— Ce n'est pas une raison pour ne pas en profiter, tu sais. Je croyais que toutes les filles rêvaient de devenir un jour une princesse.

— Je n'ai plus douze ans, répliqua-t-elle d'un ton moqueur. Très franchement, plutôt que de jouer les potiches, je préférerais que tu me fasses partager ce que tu fais réellement en tant que cheikh.

— Tu n'es vraiment pas une femme comme les autres, Amalia Christensen.

— Je te l'ai dit : tu devrais peut-être changer de fréquentations. Le monde ne se limite pas aux starlettes décérébrées avec lesquelles tu sors d'habitude et aux femmes obéissantes et soumises parmi lesquelles tu choisiras ton épouse.

— Crois-moi, depuis que j'ai fait ta connaissance, j'ai eu tout le loisir de m'en apercevoir, répondit-il avec humour. Je crois bien que je n'ai jamais rencontré quelqu'un qui pratiquait la lèse-majesté de façon aussi systématique !

— Il faut croire que je suis une républicaine convaincue, rétorqua-t-elle.

Zayn éclata de rire.

— Si nous n'étions pas sur le point de nous fiancer, je crois que je te ferais arrêter comme agitatrice politique.

— Je n'en doute pas.

Zayn jeta un coup d'œil à l'écran de son ordinateur.

— Si tu tiens vraiment à le savoir, je suis en train de lutter contre l'accumulation de messages et de rendez-vous inutiles. La plupart des gens avec qui je travaille se croient obligés de me mettre en copie de tous leurs mails et de m'inviter à toutes leurs réunions. Et je passe un temps fou à séparer le bon grain de l'ivraie.

— C'est le genre de tâche que tu devrais confier à ton assistante, remarqua Amalia. J'imagine que tu en as une.

— J'en ai trois, en fait. Mais celle qui s'occupe de cela d'ordinaire est tombée malade. La deuxième est bien trop occupée pour s'en charger. Et la petite nouvelle que je viens d'embaucher a le béguin pour moi et est incapable de se concentrer plus de cinq minutes d'affilée lorsque je suis dans la même pièce.

— C'est pour cela que tu l'as engagée ? s'enquit Amalia d'un ton moqueur en s'efforçant d'ignorer la pointe de jalousie que lui inspirait cette remarque.

— J'évite généralement de mélanger le plaisir et les affaires, répondit-il sobrement. Je l'ai choisie parce qu'elle avait le CV le plus solide et les meilleures lettres de recommandation. Il paraît d'ailleurs qu'elle est très bien tant que je ne suis pas dans le coin.

— Ce ne doit pas être facile d'être aussi irrésistible, se moqua-t-elle.

— Dis-moi, es-tu vraiment aussi impertinente avec Massimiliano ?

— Non. Mais il faut dire que Massi est l'homme le plus adorable que je connaisse…

Zayn prit un air faussement vexé.

— Et moi ? ironisa-t-il. Je ne suis pas adorable, peut-être ?

— Tu es beaucoup trop sexy pour cela, répondit-elle avant même d'avoir réfléchi à ce qu'elle s'apprêtait à dire.

Pour la première fois depuis qu'elle le connaissait, Zayn sembla perdre sa repartie habituelle. Mais la façon dont il la regarda éveilla en elle un frémissement aussi délicieux qu'inquiétant. Le mélange de curiosité et de désir qui se lisait dans ses yeux la troublait bien plus qu'elle ne l'aurait voulu.

— Si tu veux, je peux te servir d'assistante, au moins pendant notre voyage en Europe.

— Je ne voudrais pas t'imposer une telle corvée.

— Au risque de te surprendre, j'aime mieux travailler que rester à ne rien faire. Je m'ennuyais tellement au palais que j'ai essayé de convaincre les gardes que tu avais affectés à ma protection de jouer au poker. Mais ils m'ont dit qu'ils n'avaient pas le droit.

— Effectivement, concéda Zayn en riant. Quelque chose me dit que cela valait mieux pour eux, d'ailleurs. Je suis sûr que tu es une joueuse redoutable.

Elle haussa modestement les épaules.

— Je me débrouille.

Zayn jeta un nouveau coup d'œil à son ordinateur et hocha la tête.

— Pourquoi pas, après tout ? Nous n'avons rien à perdre à essayer. Viens t'asseoir à côté de moi.

Amalia quitta le siège qu'elle occupait face à lui pour venir prendre place à ses côtés. Le simple fait de le sentir si près d'elle éveilla en elle un trouble qu'elle s'efforça vainement de réprimer. Mais c'était plus fort qu'elle. La présence de Zayn exerçait sur ses sens un effet presque enivrant.

Il lui semblait percevoir la chaleur qui émanait de son corps et l'odeur de sa peau qui se mêlait à celle de son parfum, déjà si familière. Malgré elle, elle ne pouvait s'empêcher de repenser au baiser passionné qu'ils avaient échangé le jour où ils s'étaient rencontrés.

Mais force était de reconnaître que depuis lors Zayn s'était conduit en véritable gentleman. Il n'avait pas essayé d'abuser de la situation, se montrant au contraire tout à fait respectueux. Amalia était pourtant convaincue que l'attirance qu'elle ressentait à son égard était réciproque.

Luttant contre ce véritable supplice de Tantale, elle se concentra sur l'écran d'ordinateur.

Tandis qu'Amalia commençait à passer en revue la façon dont il avait organisé ses dossiers et sa messagerie, Zayn ne pouvait s'empêcher de la contempler avec une attention nettement plus soutenue que ne l'autorisaient les convenances.

Mais c'était plus fort que lui. Depuis qu'il avait rencontré Amalia, elle exerçait sur lui une fascination sans cesse croissante. Il ne lui avait pas menti en affirmant qu'elle ne ressemblait à aucune des femmes qu'il connaissait. Il y avait en elle un mélange de fraîcheur, d'humour, d'assurance et d'irrévérence qui la rendait vraiment unique.

Il était aussi très sensible au charme qui émanait d'elle. Un peu trop sensible, peut-être. Car il savait pertinemment qu'il était préférable pour lui de garder ses distances vis-à-vis d'elle. Tant que leurs rapports demeureraient impersonnels, leurs fiançailles ne seraient rien de plus qu'une transaction, un simple échange de bons procédés.

En revanche, si leurs relations prenaient un tour plus intime, il leur deviendrait nettement plus difficile de faire la part des choses. Son instinct lui soufflait d'ailleurs qu'Amalia n'était pas le genre de personne à se contenter d'une liaison purement physique.

C'était une femme entière et passionnée, et il était prêt à parier que lorsqu'elle se donnait à quelqu'un c'était totalement, sans la moindre retenue ou arrière-pensée. Évidemment, cette conviction ne faisait que renforcer le désir qu'il avait d'elle.

En cet instant même, il n'avait qu'une envie : l'attirer contre lui et l'embrasser pour s'assurer que le souvenir incandescent qu'il avait conservé de leur baiser n'avait rien d'exagéré, que l'alchimie qu'il percevait entre eux n'était pas une simple vue de l'esprit.

Car cela faisait bien longtemps qu'il n'avait pas éprouvé une telle attirance. À vrai dire, il ne se rappelait pas avoir jamais ressenti quelque chose d'aussi intense. La plupart des femmes avec lesquelles il était sorti lui paraissaient bien fades et quelconques, par comparaison…

— Je crois que j'ai compris la façon dont tu t'organises, déclara-t-elle soudain, l'arrachant à sa rêverie. En revanche, j'ai quelques questions à te poser…

— Je t'écoute.

Amalia entreprit de l'interroger en détail sur ses prérogatives, l'organisation administrative et budgétaire de ses services, la façon dont se structuraient les diverses fondations qu'il supervisait ou ses rapports avec le parlement de Khaleej.

Il ne tarda pas à comprendre qu'elle n'avait pas exagéré en vantant ses compétences professionnelles. Elle faisait preuve d'autant d'intelligence que de discernement. Ses questions étaient précises et pertinentes. Et bien qu'elle n'ait aucune expérience gouvernementale, elle ne tarda pas à comprendre les différents rouages de la machine exécutive.

Encouragé par sa réceptivité, Zayn décida qu'en dépit de ses doutes initiaux l'aide de la jeune femme lui ferait peut-être gagner un temps précieux. Ils passèrent en revue les dossiers en souffrance et il lui dicta plusieurs courriers.

Ils travaillèrent sur les discours qu'il devrait prononcer à l'occasion des visites officielles qui l'attendaient. Amalia avait le sens de la formule et il se surprit à retenir nombre de ses suggestions.

Au passage, elle le questionna sur la diplomatie de Khaleej, les alliances du pays avec ses principaux partenaires politiques et commerciaux, les enjeux économiques qu'il entendait défendre…

Mais, contrairement aux assistantes avec lesquelles il avait l'habitude de travailler, elle ne se contentait pas de l'interroger et n'hésitait pas à donner son avis, à marquer son approbation ou son désaccord. Ses prises de position étaient toujours mesurées et parfaitement argumentées.

Loin d'être futiles, ces discussions se révélèrent passionnantes. À plusieurs reprises, le recul critique dont Amalia faisait preuve permit à Zayn de mieux préciser sa pensée, de reformuler ses arguments de façon plus convaincante.

Il ne tarda pas à comprendre que, bien qu'elle prétende le contraire, Amalia était toujours attachée à son pays d'origine. Elle avait à cœur la défense des intérêts de ses habitants, particulièrement des plus modestes d'entre eux. Elle parvint d'ailleurs à le convaincre de réviser légèrement sa politique en matière d'offre culturelle.

La matinée s'écoula très rapidement et, malgré leurs nombreuses discussions, ils vinrent à bout d'une bonne partie des dossiers les plus urgents. Curieusement, même les tâches qui lui paraissaient d'ordinaire les plus rébarbatives s'étaient révélées moins ennuyeuses avec elle.

— Que dirais-tu de faire une pause et de manger un morceau ? suggéra-t-il au bout d'un moment. Il est l'heure de déjeuner et je suis affamé.

— Pourquoi pas ? répondit-elle sans quitter des yeux l'écran de l'ordinateur.

Zayn appela leur hôtesse et lui demanda de leur apporter le repas.

— C'est curieux, déclara Amalia lorsqu'il eut terminé. Ton pays est une véritable contradiction, tout comme son cheikh, en fait…

— C'est aussi ton pays, lui rappela-t-il. Je te signale que tu as la double nationalité. Mais que veux-tu dire par là ?

— Que vous êtes tous deux écartelés entre traditionalisme et modernité. Par certains côtés, le Khaleej est totalement en phase avec les pays les plus développés du monde. Mais dans d'autres domaines, il est totalement arriéré.

— Donne-moi un exemple.

— Eh bien, j'ai vu que tu avais refusé d'accorder une subvention à la Fondation pour les arts et l'éducation.

— C'est parce que je préfère investir cet argent directement dans notre système éducatif, objecta-t-il.

— Cela peut se concevoir, concéda Amalia. Sauf que l'une des causes que défend le plus ardemment la FAE est celle de l'éducation des femmes. Or le Khaleej accuse un retard notable en la matière. Près de soixante-cinq pour cent des étudiants universitaires sont des hommes.

— Je reconnais que nous avons des progrès à faire en la matière. Mais il y a d'autres domaines tout aussi prioritaires : la santé, par exemple…

— C'est un argument de mauvaise foi, rétorqua Amalia. Tu viens de me dire que tu préférais investir la somme demandée par la FAE dans le système éducatif. D'ailleurs, tu sais comme moi que c'est moins une question d'argent que de courage politique. Ce qu'il faut, c'est une réforme qui garantisse l'égalité.

— Tu as peut-être raison, soupira Zayn qui se sentait pris au piège de ses propres contradictions. Mais je n'ai pas les mains complètement libres dans ce domaine. Les conservateurs n'accepteraient jamais une telle réforme.

— Tu n'as pas hésité à faire campagne contre eux lorsqu'il s'agissait de sujets qui te tenaient véritablement à cœur, protesta-t-elle. Si ton père et toi ne l'aviez pas fait, vous n'auriez jamais pu imposer votre système social.

— Justement, je ne peux pas courir tous les lièvres à la fois, objecta Zayn.

— Sans doute. Mais l'éducation des femmes devrait être une priorité. Ce n'est pas uniquement une question de principe. Les femmes sont une courroie de transmission privilégiée :

ce sont elles qui inculquent les valeurs d'une société à leurs enfants. Et le plus souvent, ce sont elles qui supervisent leur éducation. En donnant de l'instruction à une femme, on contribue indirectement à former deux ou trois autres personnes en moyenne.

— Je n'avais jamais considéré les choses sous cet angle, admit Zayn. En tout cas, le sujet paraît te passionner.

— Je pense que c'est important, acquiesça-t-elle.

— Il y a plus que cela, remarqua Zayn. J'ai l'impression que tu en fais une affaire personnelle.

— Peut-être, reconnut-elle.

— C'est à cause de tes parents, n'est-ce pas ?

Elle le considéra avec étonnement, ce qui ne fit que confirmer son intuition.

— Est-ce à cause de cela qu'ils se sont séparés ?

— Oui, répondit-elle. Mon père était assez traditionaliste. Je suppose qu'il l'est toujours. Quoi qu'il en soit, il a toujours refusé que son épouse travaille. À ses yeux, son rôle se limitait à celui d'épouse et de mère. Il ne comprenait pas qu'une femme puisse avoir besoin de s'épanouir sur un autre plan.

— C'est une conception assez répandue à Khaleej, remarqua Zayn.

— Ne me dis pas que tu l'approuves ! protesta-t-elle vivement.

— Je n'ai pas dit cela, objecta-t-il. Crois-moi, je sais que la tradition n'est pas toujours une bonne chose. Mais en voulant aller trop vite, on risque parfois de braquer les gens… Il n'est pas facile d'aller brusquement à l'encontre de coutumes vieilles de plusieurs siècles.

— Ce n'est pas parce qu'elles sont anciennes qu'elles sont forcément respectables, souligna Amalia avec conviction. Dois-je te rappeler que nos ancêtres pratiquaient le cannibalisme ? Que l'Inquisition a torturé des milliers de gens pour leur faire avouer qu'ils croyaient au diable ? Que le pillage et le viol ont été pratiqués depuis l'aube des temps par toutes les armées du monde ?

— Ce n'est tout de même pas comparable, s'exclama Zayn, choqué.

— Je crois que si, insista-t-elle. À mes yeux, certaines valeurs dépassent le cadre de la société pour toucher à l'universel. C'est le cas des droits de l'homme. Et des droits des femmes.

— Personnellement, je suis d'accord avec toi. Mais c'est loin d'être le cas de la majorité des hommes à Khaleej. Mon père, par exemple, n'aurait jamais accepté que sa femme puisse travailler.

— Qu'en pensait ta mère ?

— Elle était tout aussi conservatrice que mon père à ce sujet : elle non plus n'aurait jamais imaginé pouvoir travailler. Et ce n'était pas uniquement à cause de son mari. L'idée même l'aurait choquée.

— C'est une question d'éducation, remarqua Amalia.

— Bien sûr. Mais n'est-il pas un peu artificiel de dissocier une personne de l'éducation qui l'a façonnée ? Les valeurs que l'on nous inculque dans notre enfance font partie intégrante de ce que nous sommes. Ma mère avait appris qu'une femme se devait d'être obéissante, respectueuse et dévouée envers ses enfants et c'est ce qu'elle était. Cela ne la rendait pas malheureuse, bien au contraire. Elle avait l'impression d'être une épouse et une mère modèle.

— C'est du conditionnement.

— Comme toute éducation, rétorqua-t-il.

— Est-ce pour cela que tu cherches précisément le même genre d'épouse ? Quelqu'un de docile et de conciliant qui ne sera là que pour mettre au monde un héritier et faire tapisserie ?

— Mon cas est un peu différent, contesta-t-il. Je te l'ai dit : je préférerais ne pas me marier. Mais puisque je n'ai pas le choix, je préfère envisager cette union comme un contrat. Et l'important pour moi est de trouver quelqu'un de parfaitement fiable.

— Quelqu'un qui acceptera de n'être qu'une mère porteuse

et de faire tapisserie le reste du temps ? railla Amalia. Je ne pense pas que tu trouves beaucoup de volontaires, de nos jours !

— S'il faut en croire le nombre de dossiers que m'a transmis Miss Young, permets-moi d'en douter.

Amalia secoua la tête d'un air incrédule.

— Mais que peuvent-elles bien espérer d'une telle union ? s'exclama-t-elle.

— Une vie confortable dans un environnement luxueux, une horde de serviteurs prêts à accomplir leur moindre désir, la possibilité de voyager dans le monde entier en descendant dans les plus beaux hôtels, l'admiration et le respect de leur peuple, et pour les plus généreuses, l'opportunité de faire le bien en animant diverses fondations caritatives…

— Je trouve ça complètement déprimant, déclara-t-elle en secouant doucement la tête.

— Ce n'est pas une existence si désagréable que cela, je t'assure. Ne me dis pas que tu ne pourrais pas te laisser tenter…

— Voilà qui prouve à quel point tu me connais mal, répliqua-t-elle vertement.

— Très bien, concéda-t-il. Alors dis-moi : qu'attends-tu d'un mariage, au juste ?

— Je n'ai pas dit que je voulais me marier, protesta-t-elle.

Il la considéra avec étonnement.

— Tu préfères passer le reste de ta vie toute seule ? s'enquit-il.

Elle secoua la tête.

— Tu prends le problème à l'envers.

— Que veux-tu dire ?

— Que je ne me demande pas si je veux me marier. Je le ferai peut-être un jour si j'ai rencontré l'homme de ma vie.

— Je vois. Et à quoi ressemble-t-il, au juste ?

— Je n'en ai pas la moindre idée, répondit-elle.

Zayn éclata de rire.

— Voilà qui n'est pas pratique, commenta-t-il. Comment le reconnaîtras-tu dans ce cas ? As-tu au moins quelques critères de sélection ?

Elle fronça légèrement les sourcils, paraissant réfléchir à la question.

— Il doit être intelligent, répondit-elle. Pas forcément beau mais charmant. Il doit avoir le sens de l'humour. Ce doit être quelqu'un en qui je puisse avoir confiance, quelqu'un que je respecte et qui me respecte…

— C'est tout ?

— C'est le plus important, déclara-t-elle.

Zayn secoua la tête.

— À mon avis, il manque quelque chose de très important, déclara-t-il.

— Quoi donc ?

— L'alchimie. C'est même peut-être ce qu'il y a de plus important dans une relation amoureuse.

— Tu veux parler du sexe ? lui demanda-t-elle en le regardant droit dans les yeux.

Il sourit, amusé par son franc-parler.

— Le sexe est important. Mais ce n'est qu'une partie de cette alchimie dont je te parle. Elle recouvre bien plus que cela.

— Je ne suis pas sûr de comprendre ce dont il s'agit, avoua-t-elle.

Zayn hocha la tête.

— Ce n'est effectivement pas facile à définir. Disons que l'alchimie, c'est cette pointe de magie qui existe entre deux êtres. Une sorte de courant qui ne passe qu'entre certaines personnes…

— À t'écouter, on pourrait presque croire que tu es un grand romantique, railla-t-elle.

— Qui te dit que ce n'est pas le cas ?

Elle laissa échapper un ricanement moqueur.

— Tu oublies que j'ai lu les articles de *Celebrity Spy*, lui rappela-t-elle. Si tu étais si romantique, tu n'aurais pas eu toutes ces maîtresses.

— Le nombre en est un peu surestimé, remarqua-t-il. Cela dit, je ne vois pas le rapport. Je n'ai jamais compris pourquoi on devrait se contenter d'aimer une seule femme. Aime-t-on moins ses amis parce que l'on en a plusieurs ? Ou ses enfants ?

— Ce n'est pas pareil, protesta Amalia.

— C'est ton éducation qui parle, rétorqua-t-il. Mais en vérité, tu ne trouveras aucune raison objective au fait de concentrer tout son amour sur un seul partenaire. Aimer plusieurs personnes est même plus sain, à mes yeux. Cela évite de devenir jaloux, possessif ou d'exiger de l'autre ce qu'il ou elle ne peut t'offrir…

— Ce n'est pas d'amour que tu parles, lui fit-elle remarquer. Tomber amoureux, cela signifie justement rencontrer quelqu'un qui te complète parfaitement, quelqu'un qui te suffise et te fasse oublier tous les autres.

— Cela me paraît être un sentiment bien égoïste, opposa Zayn.

— Peut-être. J'imagine qu'au fond l'amour n'est rien d'autre que cela : la rencontre harmonieuse de deux égoïsmes.

— Je crois que je préfère m'en tenir à ma définition de l'alchimie, déclara Zayn en riant.

— Tu ne m'as toujours pas vraiment dit ce que c'était, objecta-t-elle.

— Je vais faire mieux que cela, lui dit-il. Je vais te le montrer.

Elle lui jeta un coup d'œil étonné et il lui prit la main.

— Laisse-moi faire, murmura-t-il lorsqu'elle essaya de la lui retirer.

Tournant sa paume vers le ciel, il l'effleura du bout de son index, lui arrachant un violent frisson.

— Cela, lui dit-il d'une voix très douce, c'est précisément ce que j'appelle l'alchimie…

Sur ce, il se leva et, sans lui laisser le temps de lui répondre, il se dirigea vers la cabine de pilotage pour aller parler au capitaine.

6

La première semaine de leur voyage en Europe sembla s'écouler à toute vitesse. Submergée par un véritable tourbillon d'activités, Amalia n'eut d'autre choix que de se laisser porter par les événements.

Cela commença par un dîner à l'Élysée en compagnie du Président et d'un certain nombre d'hommes politiques et de chefs d'entreprise. Le lendemain, ils visitèrent le Louvre et assistèrent à un opéra. Le jour suivant, ils reprirent le jet pour faire un saut en Irlande.

Amalia découvrit alors qu'en plus d'être cheikh et architecte à ses heures perdues Zayn était également un grand spécialiste des chevaux. Il possédait apparemment un haras d'où étaient issus plusieurs champions qui avaient participé aux jeux Olympiques ou aux courses hippiques du monde entier.

Il était venu voir un poulain baptisé Sombre Désert qui était issu du croisement de deux chevaux réputés pour leur vitesse extraordinaire. Zayn avait négocié l'achat de ce jeune prodige avant de rentrer à Paris. Là ils avaient assisté à un gala de charité organisé par l'une des fondations que soutenait le cheikh.

Le reste de la semaine s'était écoulé à un rythme tout aussi échevelé entre défilés de mode, déjeuners d'affaires, visites d'hôpitaux ou d'usines, concerts et projections privées. Lors de leurs déplacements, ils étaient escortés par une horde de journalistes qui chroniquaient chacun de leurs faits et gestes.

En lisant les descriptions minutieuses de ses toilettes, Amalia comprit mieux pourquoi Zayn avait insisté pour qu'elle change de garde-robe. Elle ne parvenait néanmoins pas à comprendre ce qui pouvait bien justifier une couverture médiatique aussi intensive.

Au fil des articles, elle avait successivement été identifiée comme l'assistante de Zayn, puis comme sa maîtresse en titre et enfin comme sa petite amie. Cette évolution s'accompagnait de spéculations sur les raisons de ce revirement d'attitude.

Le cheikh avait-il décidé de renoncer à son incessant papillonnage ? Était-il tombé amoureux ? Ces questions, Amalia les lisait dans le regard de toutes les personnes qui lui étaient présentées. Au départ, elle avait trouvé cela terriblement embarrassant mais, au fil du temps, elle en était venue à considérer cela avec un mélange de résignation et d'incrédulité.

Lorsqu'elle avait fait part de ses réflexions à Zayn, il lui avait répondu que lui-même n'y faisait même plus attention.

— J'ai vécu avec cette curiosité malsaine durant toute ma vie, lui avait-il expliqué. Je ne comprends toujours pas pourquoi les gens s'intéressent autant à ma vie privée. J'imagine que c'est une façon de vivre par procuration…

— C'est effarant, avait-elle déclaré. Je me demande ce qu'ils diraient s'ils savaient que nous ne sommes même pas amants…

— Peut-être devrions-nous le devenir pour ne pas décevoir nos admirateurs, avait répondu Zayn.

Cette remarque n'avait été qu'une boutade, bien sûr. Mais le regard qu'il avait posé sur elle alors paraissait indiquer qu'il n'était pas opposé à cette possibilité, loin de là. Sur le coup, Amalia n'avait pas répondu, se contentant de frissonner malgré elle.

Mais lentement, insidieusement, l'idée avait fait son chemin en elle. Elle ne pouvait nier le désir que lui inspirait Zayn. Et elle était persuadée qu'il était réciproque. Alors pourquoi n'auraient-ils pas profité de cette intimité forcée pour devenir amants, ne fût-ce que le temps de leur voyage en Europe ?

Cette perspective lui paraissait terriblement séduisante. Jamais elle ne s'était sentie à ce point attirée par un homme et elle était déjà convaincue que Zayn serait un amant merveilleux. Et s'il fallait en croire ce qu'elle avait éprouvé simplement en l'embrassant, une nuit avec lui constituerait probablement une expérience des plus intenses.

Pourtant, elle n'avait pas eu le courage de dépasser le stade de la rêverie érotique. Car elle savait au fond d'elle-même qu'en laissant libre cours à son fantasme elle risquait fort de se faire briser le cœur.

Contrairement à Zayn, elle n'avait jamais dissocié désir et sentiments. Elle avait vraiment aimé les hommes avec lesquels elle était sortie. Cela n'avait peut-être jamais été le grand amour, celui qui poussait les gens à passer leur vie ensemble. Mais c'étaient des relations honnêtes et vraies qu'elle ne regrettait pas aujourd'hui.

Avec Zayn, les choses ne seraient pas aussi simples. Elle ne serait qu'une maîtresse parmi d'autres, perdue au milieu de toutes celles qu'il avait déjà eues et qu'il aurait encore. Au bout de quelques semaines, quelques jours, peut-être, il finirait par se lasser d'elle.

Malheureusement, Amalia n'aurait même pas droit à une rupture franche et nette. Il leur faudrait continuer à prétendre qu'ils étaient fiancés. Elle devrait cohabiter chaque jour avec lui, ce qui l'empêcherait de tourner la page. Zayn, lui, n'aurait probablement pas les mêmes états d'âme.

Elle était donc prudemment demeurée sur ses positions, se cantonnant à une attitude cordiale mais distante. Zayn et elle avaient pourtant continué à travailler ensemble et elle en avait appris plus sur la politique et l'économie de Khaleej qu'elle ne l'aurait jamais cru possible.

Rassuré sans doute par le contrat qu'elle avait signé pour garantir sa discrétion, il se montrait assez ouvert avec elle, abordant même les sujets les plus délicats. Il semblait s'intéresser réellement à son avis et l'encourageait généralement à lui dire le fond de sa pensée sans chercher à se censurer.

Amalia avait parfois l'impression qu'elle était en train de devenir sa confidente. Sachant qu'il n'avait guère l'habitude de s'ouvrir de la sorte, elle se sentait assez flattée par cette marque de confiance. Il lui semblait aussi que tous deux se complétaient assez bien, sur le plan professionnel.

Zayn se reposait d'ailleurs de plus en plus sur elle, la laissant terminer certaines lettres ou certains discours qu'il avait commencés, l'encourageant à répondre à une partie des messages qu'il recevait. Il déplorait souvent que ses assistantes ne soient pas aussi efficaces qu'elle.

La situation aurait pu sembler idyllique si Amalia n'avait pas eu cruellement conscience du caractère précaire de cette situation. Leur collaboration ne pouvait être que temporaire. Tôt ou tard, ils devraient faire mine de rompre. Et il ne pourrait plus être question pour eux de travailler ensemble.

Elle savait cependant déjà qu'elle regretterait cette coopération harmonieuse. Elle en était même venue à considérer les fins d'après-midi durant lesquelles Zayn et elle travaillaient ensemble comme son moment de la journée préféré.

Au bout d'une semaine, il la conduisit dans une bijouterie renommée de la rue Saint-Honoré où il lui fit choisir une bague de fiançailles. Ils ne firent aucune déclaration aux journalistes qui les avaient suivis jusque-là, mais le bijou fut unanimement interprété comme ils l'avaient anticipé et, dès le lendemain, la presse people et les pages mondaines des journaux ne parlaient plus que de leurs fiançailles.

La curiosité que suscitait déjà leur couple redoubla, frôlant désormais l'hystérie. De parfaite inconnue, Amalia devint la coqueluche des médias. Les détails de son existence s'étalaient à présent dans les journaux : sa naissance à Khaleej, le divorce de ses parents, ses études universitaires, sa carrière au sein de l'entreprise de Massimiliano, tout était disséqué, analysé et commenté.

Elle qui ne s'était jamais particulièrement intéressée à la mode faisait soudain figure d'inspiratrice. Chacune de ses tenues faisait l'objet de commentaires aussi élogieux qu'excessifs. On la comparait même régulièrement à Grace Kelly qui avait épousé un prince, en son temps.

Si Amalia était quelque peu décontenancée par ce qu'elle qualifiait de tempête dans un verre d'eau médiatique, elle fut plus abasourdie encore par la réaction de ses propres connaissances.

En l'espace de quelques jours, elle fut bombardée de coups de téléphone, de mails et de messages Facebook de gens dont elle n'avait pourtant quasiment jamais de nouvelles et qui se rappelaient soudain à son bon souvenir, lui assurant qu'ils seraient ravis de la revoir dès qu'elle en aurait le temps.

Jamais elle n'avait été aussi populaire. Et pourtant, rien ne justifiait un tel revirement. L'absurdité de la chose était d'autant plus frappante que ces fiançailles n'étaient qu'une fiction.

— Bienvenue dans mon monde, lui répondit tristement Zayn lorsqu'elle lui fit part de son étonnement, la veille de leur retour à Khaleej. Tu vas découvrir que tu es soudainement devenue la meilleure amie d'un certain nombre de personnes qui, hier encore, auraient eu du mal à se rappeler ton prénom.

— Comment fais-tu pour discerner tes véritables amis de ceux qui cherchent juste à profiter de toi ? lui demanda-t-elle.

— J'ai renoncé à le faire, répondit-il. Non seulement il est difficile de déceler les véritables motifs de quelqu'un, mais, de plus, dans mon cas, la personne et la fonction sont devenues indissociables.

— Est-ce que c'est vrai aussi des femmes ? s'enquit-elle, curieuse.

— Peut-être plus encore, assura-t-il. Très franchement, je n'en ai pas rencontré beaucoup qui ne soient pas intéressées. Ce peut être par le pouvoir, par le prestige ou par l'argent.

Certaines cherchent juste à en profiter le temps qu'elles le peuvent. D'autres ambitionnent de se faire épouser. C'est l'une des raisons pour lesquelles je ne me suis jamais vraiment investi dans les relations que j'ai pu avoir jusqu'à aujourd'hui…

— Je crois que je comprends un peu mieux ce que tu peux ressentir, acquiesça-t-elle sobrement. Très franchement, je ne t'envie pas cette existence.

Zayn lui jeta un coup d'œil intrigué.

— Tu es bien la seule, remarqua-t-il. La plupart des gens donneraient leur bras droit pour être cheikh à ma place.

— C'est parce qu'ils ne savent pas quels sacrifices tu as dû faire, objecta-t-elle. À commencer par celui de ta véritable passion. J'ai bien vu la façon dont tu as réagi, l'autre jour, en faisant la connaissance du jeune architecte qui est chargé de concevoir la future Bourse du commerce de Sintar.

— Tu es vraiment une femme perspicace, commenta Zayn avec un petit rire sans joie. Je devrais peut-être me méfier. En tout cas, tu as raison : je préférerais être celui qui conçoit ce bâtiment plutôt que celui qui le commande. Mais qui sait ? Cela arrivera peut-être un jour.

— Tu serais prêt à abdiquer ?

— Pas tant que personne ne peut prendre ma place, répondit-il. Mais si j'ai un jour un héritier, je pourrai lui transmettre le trône de façon anticipée.

Amalia se garda de lui dire qu'elle en doutait. Maintenant qu'elle connaissait mieux Zayn, elle savait à quel point il prenait ses devoirs au sérieux. Elle était convaincue qu'il continuerait à servir son peuple et son pays tant qu'il lui resterait suffisamment d'énergie pour le faire.

C'était une chose qu'elle admirait chez lui : ce sens des responsabilités chevillé au corps faisait de lui quelqu'un sur qui l'on pouvait compter en toutes circonstances. Et rétrospectivement, elle avait du mal à comprendre comment *Celebrity Spy* avait pu le qualifier de play-boy irresponsable.

— À ce propos, reprit-il, nous allons assister ce soir à

une soirée qui me tient à cœur. Il s'agit d'un gala de charité organisé par la fondation Hope.

— Celle qui s'occupe des enfants ? s'enquit Amalia qui avait effectivement remarqué les sommes considérables que Zayn versait à cette institution caritative.

Ces subsides provenaient de sa fortune personnelle et non des crédits dont il disposait à cet effet en tant que cheikh.

— Exact, acquiesça-t-il. Lorsque nous étions dans l'avion, l'autre jour, tu m'as dit que l'éducation était ce qu'il y avait de plus important. J'en suis convaincu, moi aussi, et c'est la raison pour laquelle je soutiens Hope depuis des années.

— Si j'ai bien compris, c'est aussi le cas des trois autres milliardaires auxquels s'en est pris *Celebrity Spy*, remarqua-t-elle.

— C'est vrai mais ils ne seront pas là, ce soir. Eux aussi ont décidé qu'il était temps pour eux de se ranger. Et je crois qu'ils sont tous très occupés, ces temps-ci.

— Ne me dis pas qu'ils comptent se marier comme tu as failli le faire ! s'exclama Amalia, sidérée.

— Si, répondit-il. Et si j'ai bien compris, Benjamin Carter et Dante Mancini sont en passe de réussir. J'ignore où en est Xander Trakas, en revanche. Mais c'est lui qui nous a mis en contact avec Elizabeth Young, la jeune femme dont je pensais qu'elle t'avait envoyée, le jour où nous nous sommes rencontrés…

— Incroyable, murmura-t-elle. Si les journalistes de *Celebrity Spy* venaient à apprendre la vérité, ils vous cloueraient au pilori !

— Je n'avais jamais envisagé les choses sous cet angle, concéda Zayn en se rembrunissant légèrement. Espérons qu'une telle chose n'arrive pas. Quoi qu'il en soit, grâce à toi, j'ai pu échapper momentanément au mariage. Et je voulais te remercier, Amalia. Je sais que ces dernières semaines n'ont pas toujours dû être faciles pour toi et pourtant, tu as été parfaite. De plus, je te suis très reconnaissant pour l'aide que tu m'as apportée sur le plan professionnel.

Zayn alla chercher dans le tiroir du bureau de leur suite un paquet cadeau qu'il lui tendit.

— Merci beaucoup, souffla Amalia, aussi surprise qu'émue par ce geste inattendu. Tu n'étais pas obligé, tu sais…

— Quand je l'ai vu dans la vitrine, je me suis dit qu'il était fait pour toi. J'espère qu'il te plaira.

D'une main légèrement fébrile, elle déchira le papier cadeau et découvrit un magnifique écrin recouvert de velours noir. Lorsqu'elle l'ouvrit, elle ne put réprimer un petit cri d'admiration. Sur le coussin assorti était posée une magnifique rivière de diamants.

— Elle est splendide, murmura Amalia, sidérée. Mais je ne peux pas accepter !

— Je te rappelle qu'à Khaleej refuser un cadeau est une insulte mortelle, lui dit Zayn en souriant.

— Mais c'est beaucoup trop beau…

— Rien n'est trop beau pour ma fiancée, objecta-t-il avec une pointe de malice. Sérieusement, Amalia, tu as amplement mérité ce bijou. Sans ton intervention inopinée, je serais à l'heure actuelle en train de préparer mon mariage avec une inconnue dont le seul mérite aurait été de correspondre à la série de critères absurdes que j'avais fixés à Miss Young.

— Tu ne penses plus que ce soit la meilleure solution ? lui demanda-t-elle d'une voix légèrement tremblante.

Il lui lança un regard songeur qu'elle ne parvint pas à interpréter.

— Je commence à me dire qu'il existe peut-être une autre voie, déclara-t-il pensivement.

Amalia sentit les battements de son cœur s'emballer dans sa poitrine. Se pouvait-il qu'il soit en train de parler d'elle ? À peine eut-elle formulé cette idée qu'elle la repoussa. Il ne servait à rien de se bercer d'illusions : Zayn lui avait fait comprendre dès leur première rencontre qu'elle ne correspondait pas du tout à l'idée qu'il se faisait d'une épouse.

Tous deux appartenaient à des mondes bien trop différents.

Elle n'était ni noble ni fortunée et n'avait pas été élevée dans le respect des traditions de Khaleej. Elle était de ces femmes dont les puissants de ce monde pouvaient faire des maîtresses mais certainement pas des conjointes.

— Je vais te laisser te préparer, déclara alors Zayn. Lorsque tu seras prête, viens frapper à ma porte, d'accord ?

Sans attendre sa réponse, il se dirigea vers la porte. Amalia demeura seule dans la chambre qu'elle occupait au sein de l'immense suite où ils avaient passé ces quinze derniers jours.

Pour une fois, elle aurait voulu qu'il enfreigne les règles qu'ils s'étaient fixées. Elle aurait voulu sentir ses lèvres sur les siennes, ses mains sur son corps. Qui sait ? Cela l'aurait peut-être aidée à surmonter le curieux mélange de frustration et de mélancolie qui l'habitait en cet instant.

7

Le gala de charité en faveur de la fondation Hope avait été organisé dans l'un des hôtels les plus luxueux de la capitale française. Tandis qu'ils pénétraient dans l'immense hall de style napoléonien sous les flashs des journalistes, Amalia repéra plusieurs personnalités du monde du cinéma et de la musique.

Il y avait aussi de nombreux politiques, des entrepreneurs fortunés et la crème du gotha parisien. Tous les hommes portaient le smoking et les femmes avaient sorti leurs plus élégantes robes du soir.

Celle d'Amalia était splendide. Et son cavalier était incontestablement l'homme le plus séduisant de la soirée. Cela lui valait de nombreux regards admiratifs et quelques coups d'œil emplis de jalousie à peine déguisée.

Ils pénétrèrent dans la salle de réception et furent accueillis par la présidente de la fondation Hope qui commença par les féliciter pour leurs récentes fiançailles. Elle remercia également Zayn pour ses généreuses donations et lui indiqua qu'elle comptait sur lui pour animer la soirée avec elle.

Il se tourna vers Amalia, lui jetant un regard interrogatif.

— Vas-y, l'encouragea-t-elle. Ce sera peut-être difficile mais je pense que je parviendrai à survivre une heure ou deux sans toi.

— Très bien, acquiesça-t-il. On se retrouve tout à l'heure, alors.

Il s'éloigna en compagnie de la présidente de Hope et

Amalia le suivit rêveusement des yeux en caressant le collier qu'il venait de lui offrir. Elle avait de plus en plus l'impression de perdre de vue la frontière entre fiction et réalité.

La prévenance et la gentillesse dont Zayn faisait preuve à son égard, la complicité qui les unissait chaque jour un peu plus, l'admiration grandissante qu'elle éprouvait pour lui, tout conspirait à lui faire oublier que ces fiançailles n'étaient pas authentiques, qu'il ne l'aimait pas réellement et qu'ils n'avaient été réunis que par un malencontreux concours de circonstances…

Elle ne devait pourtant pas oublier que si elle avait accepté de jouer ce rôle c'était avant tout pour tirer son frère de la prison où il avait été enfermé à tort. Zayn et elle ne tarderaient pas à rentrer à Khaleej et là, elle le pousserait à remplir sa part de leur marché tout comme elle-même venait de le faire au cours de ce voyage en Europe.

— Amalia ! Te voilà enfin !

Elle sursauta et se tourna avec stupeur vers Massimiliano qui venait de la rejoindre. Tout comme les autres invités, il était vêtu d'un smoking et arborait un badge sur lequel était écrit son nom.

— Massi ! s'exclama-t-elle, sidérée de le découvrir en cet endroit. Mais qu'est-ce que tu fais ici ?

— Il fallait que je te parle, répondit-il.

Amalia se rembrunit légèrement en percevant la tension que trahissait le ton de sa voix.

— Tu es venu jusqu'à Paris pour me parler ? s'étonna-t-elle. N'aurait-il pas été plus simple de me joindre par téléphone ?

— J'ai pensé qu'il valait mieux te voir en face à face.

— Eh bien, soit, répondit-elle, se demandant ce qu'il pouvait bien avoir de si important à lui dire. Je t'écoute.

Il jeta nerveusement un coup d'œil autour de lui.

— Pas ici, objecta-t-il. Il vaudrait mieux trouver un endroit où nous ne risquerons pas d'être espionnés par tous les journalistes à scandale qui pullulent dans le coin. Suis-moi.

Amalia hésita quelques instants, se demandant si elle ne ferait pas mieux de prévenir Zayn pour qu'il ne s'inquiète pas de sa disparition. Elle le chercha des yeux et vit qu'il était en pleine conversation avec la présidente de Hope et plusieurs autres gros donateurs.

— Nous n'en avons pas pour longtemps, lui dit Massimiliano.

— D'accord, acquiesça-t-elle. Je te suis.

Elle lui emboîta le pas et ils quittèrent rapidement la salle de réception. Après avoir suivi un long couloir aux murs lambrissés, ils atteignirent le bar de l'hôtel. Massi s'entretint quelques instants en français avec le serveur qui les conduisit jusqu'à un petit salon privé.

— Est-ce que tu veux boire quelque chose ? lui proposa Massi.

— Un kir, répondit-elle.

— Et je prendrai un whisky, ajouta-t-il à l'intention du serveur.

Ce dernier s'inclina légèrement avant de quitter la pièce, les laissant seuls.

— Que se passe-t-il, Massi ? s'enquit alors Amalia, brûlante de curiosité.

— C'est plutôt moi qui devrais te poser la question, rétorqua-t-il. Je lisais le journal, l'autre jour, quand je suis tombé sur cet article qui expliquait que Zayn al-Ghamdi était sur le point d'épouser sa nouvelle assistante, Amalia Christensen. J'ai bien failli tomber de ma chaise ! Qu'est-ce que cela veut dire, Amalia ?

Elle se mordilla la lèvre, déchirée entre sa loyauté envers Massimiliano et la promesse qu'elle avait faite à Zayn de ne rien dire.

— Je ne suis pas l'assistante de Zayn, répondit-elle d'une voix hésitante. Je le dépanne seulement de façon temporaire, pendant que nous sommes en Europe. Ses assistantes sont restées à Khaleej…

— Soit, concéda Massimiliano. Mais comme tu t'en

doutes peut-être, ce n'est pas cette partie de l'article que j'ai trouvée la plus édifiante. Au départ, j'ai cru qu'il s'agissait d'une simple hyperbole, d'une exagération du journaliste. Mais tous les médias concordaient. Et maintenant, je dois bien me rendre à l'évidence, ajouta-t-il en désignant la bague de fiançailles qu'elle portait à l'annulaire. Que s'est-il vraiment passé, Amalia ? Ce n'est pourtant pas ton genre de te fiancer sur un coup de tête !

Elle prit une profonde inspiration, se détestant pour la duplicité dont elle s'apprêtait à faire preuve.

— Je ne m'y attendais pas non plus, répondit-elle. En fait, étant donné la réputation de Zayn, j'étais même convaincue que je le détesterais. Mais je me suis rapidement aperçue qu'il était très différent de ce que les médias disaient de lui.

Massi la considérait d'un air atterré, comme s'il avait du mal à croire ce qu'il était en train d'entendre.

— C'est quelqu'un de bien, poursuivit-elle. Quelqu'un d'extraordinaire, en fait. Et entre nous, ça a été le coup de foudre immédiat…

Elle fut interrompue par le serveur qui leur apportait leurs boissons. Pour se donner une contenance, Amalia avala une gorgée de kir.

— Je ne te comprends pas, s'exclama alors Massimiliano. Tu sais pourtant que ce type est un coureur de jupons ! Qu'espères-tu de lui, au juste ?

— Les journaux ont beaucoup exagéré, rétorqua-t-elle. Il est loin d'être aussi coureur qu'on le dit. Et depuis que nous nous sommes rencontrés, il a vraiment décidé de se ranger.

— Comment peux-tu être assez naïve pour le croire ? protesta vivement Massimiliano. C'est un séducteur, un beau parleur. Mais le jour où il se lassera de toi, il tournera la page et tu te retrouveras avec le cœur brisé. Tu n'auras plus alors que tes yeux pour pleurer !

— Écoute, lui dit-elle, je te suis reconnaissante de te soucier de mon sort. Mais il s'agit de ma vie privée. Zayn est mon fiancé et je préférerais que tu ne dises pas de mal de lui, si cela ne t'ennuie pas.

Massimiliano lui lança un regard blessé et un silence tendu plana quelques instants entre eux.

— Écoute, reprit-elle d'un ton plus conciliant, si tu crains que je ne puisse plus travailler pour toi…

— Je ne suis pas seulement ton employeur, Amalia, l'interrompit-il. J'étais un ami de ta mère et si elle était encore là elle compterait sur moi pour te protéger. C'est pour cela que je suis venu te trouver. Zayn n'est vraiment pas le genre d'homme qu'il te faut, crois-moi…

Amalia le considéra gravement.

— Et quel genre d'homme me faut-il, d'après toi ? lui demanda-t-elle.

Il détourna les yeux, plongeant son regard dans les profondeurs ambrées de son whisky.

— Quelqu'un d'attentionné, qui te considérera de façon respectueuse et saura prendre soin de toi… Quelqu'un qui te connaîtra vraiment et t'appréciera pour ce que tu es…

Se rappelant les questions que Zayn lui avait posées au sujet de Massimiliano, Amalia sentit monter en elle un soupçon qui la prit totalement de cours. Se pouvait-il que Massimiliano soit jaloux de Zayn ? Qu'il soit venu lui dire que lui aussi s'intéressait à elle, et pas uniquement sur un plan purement professionnel ?

L'idée lui paraissait parfaitement absurde. Massimiliano avait l'âge d'être son père. Il la connaissait depuis qu'elle était enfant. Et durant toutes les années où ils avaient collaboré, jamais il ne s'était permis le moindre commentaire déplacé, la moindre allusion à une éventuelle attirance.

Mais force était de reconnaître qu'à plusieurs reprises, déjà, Amalia avait été surprise de découvrir l'intérêt que lui portaient des hommes qu'elle considérait comme de simples amis. Ceux qui la connaissaient lui répétaient souvent qu'elle était beaucoup trop naïve à ce sujet.

— Écoute, Massi, reprit-elle d'une voix hésitante. Je suis touchée que tu aies fait tout ce chemin pour me mettre en garde. Et je te promets que je ferai attention à moi.

— Tu ne comprends pas, Amalia ! s'exclama-t-il. Ce que j'essaie de te dire…

Massimiliano s'interrompit brusquement et ses yeux s'agrandirent sous l'effet de la surprise. Suivant son regard, elle découvrit Zayn qui se tenait sur le seuil du petit salon privé. Son expression trahissait une colère à peine contenue. Juste derrière lui, leur serveur, très pâle, paraissait se remettre difficilement de la discussion qu'ils venaient probablement d'avoir.

— Je suis désolé d'interrompre ce petit tête-à-tête, déclara Zayn d'une voix vibrante d'ironie.

Il s'avança vers eux et Amalia sentit monter en elle une culpabilité aussi absurde qu'injustifiée. Elle n'avait pourtant rien fait de mal.

— Avez-vous conscience du fait que cet hôtel grouille de paparazzis en mal de scandale ? leur demanda Zayn. Comptiez-vous vraiment leur en offrir un sur un plateau ?

— C'est absurde, protesta faiblement Amalia. Tout le monde sait que Massi est un ami…

— Justement ! Tout le monde sait que vous vous connaissez. Quel besoin aviez-vous de vous enfermer ici tous les deux alors que vous auriez tout aussi bien pu discuter à la réception ?

— Nous n'avons pas à nous justifier, objecta sèchement Massimiliano.

— Vous, peut-être pas, rétorqua Zayn sur le même ton. Mais Amalia est ma fiancée.

— Elle ne vous appartient pas pour autant, s'emporta Massimiliano.

— Si je m'enfermais en tête à tête avec une autre femme au beau milieu d'une soirée, elle aurait tout autant le droit de me demander des comptes.

Massimiliano émit un ricanement moqueur.

— Cela risque de lui arriver souvent, dans ce cas, commenta-t-il, sardonique.

— Nous nous connaissons à peine, répondit Zayn d'une voix glaciale. De quel droit vous permettez-vous ce genre de commentaires parfaitement déplacés ?

— Je connais Amalia depuis des années et je ne vais pas rester les bras croisés en la voyant commettre la plus grosse erreur de toute son existence !

Amalia sentit les battements de son cœur s'emballer. Les deux hommes paraissaient hors d'eux. Et si elle n'intervenait pas très rapidement, ils risquaient fort d'en venir aux mains, ce qui ne ferait qu'accroître leurs chances de provoquer un scandale dont Zayn n'avait vraiment pas besoin.

Mais si elle prenait parti pour ce dernier, Massi ne le lui pardonnerait pas et elle risquait fort de gâcher leur amitié et de perdre son travail. Or, tôt ou tard, ses fiançailles seraient rompues et elle devrait retrouver une vie normale…

— Viens, Amalia, lui dit alors Zayn. Retournons à la réception avant que les journalistes n'apprennent ce qui vient de se passer.

— Je te suis, répondit-elle. Mais tout ceci est un peu absurde. Massi et moi cherchions juste un endroit où discuter tranquillement.

— Peut-être, concéda Zayn. Mais tu devrais savoir à présent que tu es la fiancée d'un cheikh, une personnalité publique dont les moindres faits et gestes sont analysés et commentés. Tu ne peux pas te permettre de faire n'importe quoi.

— Amalia est libre d'agir comme elle l'entend, déclara Massimiliano d'un ton protecteur. Vous n'avez pas à lui dicter sa conduite !

— Massi, je sais que tes intentions sont louables mais je t'assure que tout va bien. Zayn a raison : depuis que nous sommes arrivés à Paris, nous sommes sans cesse harcelés par les journalistes et nous ne pouvons nous autoriser le moindre faux pas. J'aurais dû y penser avant…

— Cela ne te ressemble pas, Amalia, protesta Massimiliano. Tu es quelqu'un de spontané. Ce genre de vie n'est pas pour toi.

— Il me semble que c'est à elle d'en décider, rétorqua Zayn d'un ton glacial.

— Comment puis-je être sûr que vous ne lui forcez pas la main ?

— Avez-vous seulement conscience de l'absurdité de ce que vous dites ? contra Zayn. Pensez-vous réellement que j'aie besoin de l'obliger à vivre à mes côtés, à visiter le monde, à rencontrer des gens passionnants et à jouir d'un cadre de vie aussi luxueux ?

— Amalia se moque du luxe et des apparences, répliqua Massimiliano. Si vous la connaissiez vraiment, vous le sauriez.

— Il le sait, Massi, intervint Amalia d'une voix conciliante. Il sait que ce n'est ni pour sa richesse, ni pour son prestige que je suis avec lui.

— Pourquoi, alors ? s'exclama Massimiliano, visiblement désemparé.

— Parce que Zayn n'est pas comme le pensent la plupart des gens, répondit-elle sans hésiter. C'est un homme passionné, qui possède des valeurs que je respecte et que je partage, un homme intelligent et cultivé, attentionné aussi. Il n'est pas parfait, certes, mais il est honnête. Et même s'il fait de gros efforts pour le cacher, c'est quelqu'un de sensible et de généreux…

Ce véritable panégyrique eut au moins le mérite de réduire les deux hommes au silence. Massimiliano se renfrogna tandis que Zayn la considérait d'un air mi-étonné, mi-dubitatif, comme s'il ne croyait pas réellement qu'elle puisse penser un mot de ce qu'elle venait de dire.

Or curieusement, elle était sincère. Au fil des jours qu'elle venait de passer à ses côtés, l'admiration et le respect qu'elle éprouvait à son égard n'avaient cessé de se renforcer, alimentant pour partie le désir croissant qu'elle avait pour lui.

Zayn avait beaucoup de mal à conserver son calme. S'il avait écouté son instinct, il aurait entraîné Amalia loin de cet homme, loin de cet endroit où il n'avait aucune envie de s'éterniser. Il l'aurait ramenée dans leur chambre d'hôtel et se serait enfermé avec elle pour lui faire l'amour durant toute la nuit.

Mais c'était parfaitement impossible, bien sûr. Leur liaison était une pure fiction et coucher avec Amalia ne ferait que compliquer les choses.

De plus, ils ne pouvaient se permettre de quitter cette soirée sans éveiller les soupçons des journalistes et faire naître des rumeurs plus embarrassantes encore que ne l'aurait été la découverte de ce rendez-vous secret entre Massimiliano et Amalia.

C'était l'un de ses gardes du corps qui était venu le prévenir de ce qui était en train de se passer. Lorsqu'il avait appris la nouvelle, Zayn avait senti monter en lui un accès de jalousie aussi irrationnel qu'irrépressible.

L'idée qu'il puisse y avoir quelque chose entre eux l'avait rendu malade. Et c'est alors qu'il avait compris que ce qu'il soupçonnait depuis quelques jours s'était effectivement produit : il était bel et bien en train de succomber au charme d'Amalia.

Peut-être aurait-il dû se douter qu'une telle chose arriverait. Dès l'instant de leur rencontre, il avait été séduit par ce mélange de naturel, de franc-parler et de sensualité involontaire.

Vivre à ses côtés n'avait fait que renforcer cette attirance initiale, lui faisant découvrir une femme intelligente, terriblement volontaire et pleine d'humour. Et leur cohabitation forcée dans la suite n'avait rien arrangé.

L'entendre prendre une douche ou savoir qu'elle était allongée dans la chambre voisine de la sienne suffisait à déclencher un irrésistible élan de désir. Chaque nuit, il rêvait d'Amalia. Et il avait presque hâte de rentrer à Khaleej pour pouvoir reprendre un peu ses distances vis-à-vis d'elle.

C'était très étrange. D'ordinaire, Zayn se targuait de contrôler ses pulsions. Ce n'était jamais lui qui s'attachait aux femmes avec lesquelles il sortait. Mais Amalia n'était pas comme les autres : elle lui faisait l'effet d'une drogue à laquelle il s'était peu à peu accoutumé et à laquelle il était désormais incapable de résister…

— Massi, je te remercie de veiller sur moi comme tu le fais, déclara-t-elle alors à l'intention de ce dernier. Je suis heureuse de savoir que je peux compter sur toi en toutes circonstances. Mais cette fois-ci, je t'assure que je sais parfaitement ce que je fais.

— Dois-je considérer cela comme une démission ? s'enquit-il d'un ton lugubre.

Le visage de la jeune femme se décomposa. Zayn savait que son métier comptait beaucoup à ses yeux. Mais elle pouvait difficilement demander à Massimiliano de la garder alors qu'elle était censée partir vivre à Khaleej.

— J'ai bien peur que oui, soupira-t-elle. Mais nous resterons toujours amis. Et nous nous reverrons très bientôt. Il y a des tas de choses dont il faut que nous discutions, toi et moi. Mais pas ce soir.

L'Italien la considéra longuement avant de hocher la tête d'un air résigné.

— Très bien, lui dit-il. Sache en tout cas que je serai là pour toi quoi qu'il arrive.

— Merci, lui dit Amalia.

Elle se leva et alla faire la bise à Massimiliano qui la serra quelques instants contre lui. Zayn pouvait lire la déception qui se lisait dans son regard, à cet instant. Aurait-il été plus fier s'il avait dû renoncer à Amalia, lui aussi ? Mieux valait sans doute éviter de se poser cette question…

Elle se rapprocha de Zayn et prit le bras qu'il lui offrait.

— Bonsoir, Massimiliano, lui dit-il sobrement.

— Cheikh al-Ghamdi…

Ils quittèrent rapidement le bar pour regagner la salle de réception où la vente aux enchères organisée en faveur des enfants avait déjà commencé.

— N'est-ce pas toi qui devrais être en train d'animer ? s'enquit Amalia à mi-voix.

— J'ai prétendu que tu étais légèrement indisposée et que je préférais rester à tes côtés. De cette façon, nous pourrons nous éclipser relativement tôt. En revanche, prépare-toi à voir les journalistes spéculer sur le fait que tu puisses être enceinte…

Amalia secoua la tête d'un air sidéré.

— Je crois que je ne m'y ferai jamais vraiment, soupira-t-elle. J'ai l'impression que toute ma vie se déroule sous une cloche de verre, au vu et au su de tout le monde.

— Cela finirait par se calmer si nous devions nous marier, lui assura-t-il. Seuls les nouveaux couples les intéressent.

— Ou ceux qui se déchirent, objecta Amalia.

— Ou ceux qui se déchirent, répéta Zayn d'un air sombre.

8

En rentrant à leur hôtel, Zayn se sentait dans un état de tension extrême. Durant toute la vente aux enchères, il n'avait cessé de repenser à la façon dont il avait réagi, ce soir-là, et à ce que cela révélait de ses relations avec la jeune femme.

Il en était parvenu à la conclusion qu'il allait devoir redoubler de prudence. La situation était déjà suffisamment compliquée comme cela et il ne pouvait courir le risque de laisser le désir qu'il avait d'Amalia lui dicter sa conduite.

Dès leur retour à Khaleej, il ferait en sorte de ne la voir que lorsque ce serait vraiment nécessaire. Il cesserait aussi de travailler avec elle, ce qui ne faisait que multiplier les occasions qu'ils avaient de se rencontrer. Le moment venu, il pourrait se séparer d'elle sans regret et sans culpabilité aucune.

Fort de cette décision, il souhaita une bonne nuit à Amalia et alla prendre une douche froide pour tenter de chasser le mélange de désir, de frustration et de tension qui l'habitait. Il resta longtemps sous le jet d'eau froide, s'efforçant de faire le vide dans son esprit.

Après s'être séché rapidement, il noua sa serviette autour de sa taille et regagna sa chambre à coucher. Mais là, il tomba en arrêt en avisant Amalia qui se trouvait sur le seuil, vêtue d'une simple chemise de nuit qui révélait ses longues jambes au galbe parfait.

Elle avait les bras croisés sur sa poitrine et paraissait à la fois résolue et terriblement mal à l'aise. Momentanément réduit au silence, Zayn se contenta de la dévorer des yeux, sentant renaître en lui le désir qu'il était tout juste parvenu à bannir.

— Que se passe-t-il ? dit-il enfin à mi-voix.

— Tu es vraiment très musclé, murmura-t-elle sans réussir à détacher son regard de son torse dénudé.

Malgré lui, il ne put s'empêcher de sourire.

— Merci, lui dit-il. J'essaie de faire de l'exercice. Mais ce n'est pas cela que tu es venue me dire, j'imagine.

Elle rougit violemment, ce qui ne la lui rendit que plus adorable encore.

— Non…, balbutia-t-elle. En fait, je voulais te poser une question…

Il hocha la tête, attendant qu'elle poursuive.

— Tout à l'heure, lorsque tu m'as surprise avec Massi, j'ai eu l'impression…

Elle hésita un instant avant de hausser les épaules.

— Eh bien, reprit-elle d'une voix légèrement plus assurée, j'ai eu l'impression que tu étais jaloux. Est-ce que je me suis trompée ?

— Non, répondit-il en la regardant droit dans les yeux.

Elle hocha la tête et se mordilla nerveusement la lèvre inférieure.

— Mais nous ne sortons pas ensemble…, ajouta-t-elle enfin d'une voix troublée.

— Je l'avais remarqué, hélas, répliqua-t-il en souriant de nouveau.

— Hélas ? répéta-t-elle.

— Au cas où tu ne l'aurais pas remarqué, je te trouve très attirante, Amalia. En d'autres circonstances, je n'aurais pas hésité à te proposer de sortir avec moi. Mais étant donné la situation dans laquelle nous nous trouvons, j'ai jugé plus sage de n'en rien faire.

— Parce que nous sommes fiancés…

— Aussi absurde que cela puisse paraître, oui, parce que

nous sommes fiancés. Malheureusement, cela ne m'empêche pas d'avoir très envie de toi.

— Moi non plus, murmura-t-elle.

Zayn sentit un frisson langoureux courir sur sa peau. Cet aveu n'était pas une surprise : leur baiser lui avait prouvé s'il en était besoin qu'il ne lui était pas indifférent. Mais il ne s'était pas attendu à ce qu'elle le lui avoue de cette façon.

— Je croyais que tu me considérais comme un détestable macho, objecta-t-il.

— Si tu l'étais vraiment, tu n'aurais pas fait preuve de tant de prévenance. Et je ne serais pas en train de discuter avec toi, en ce moment, mais allongée sur ton lit entre tes bras…

La vision fugace qu'éveilla cette remarque suffit à faire perdre à Zayn le contrôle de son désir. La serviette qu'il portait ne suffisait pas à dissimuler efficacement l'envie brûlante qu'il avait d'elle en cet instant. Amalia s'en aperçut et frémit à son tour.

— Je suis désolé, s'excusa-t-il.

— Pas moi, répondit-elle d'une voix légèrement rauque.

— Ama… Tu es sûre que c'est une bonne idée ?

Elle secoua la tête, faisant onduler ses longs cheveux châtains.

— Je crois qu'il n'y a pas de bonne solution à notre dilemme, déclara-t-elle. Nous pouvons continuer à nous mentir au risque de nous frustrer l'un et l'autre. Ou bien nous pouvons explorer ce que nous éprouvons au risque de nous faire du mal par la suite.

— Présenté comme cela, ce n'est guère encourageant, ironisa Zayn.

— Il y a une autre façon de voir les choses, dit gravement Amalia.

— Je suis tout ouïe.

— Quitte à vivre ensemble pendant quelques mois encore, autant en profiter pour explorer le désir que nous avons l'un pour l'autre.

Zayn n'était pas dupe : cela paraissait terriblement tentant, bien sûr, mais il savait pertinemment que ce ne serait pas aussi simple. S'ils devenaient intimes, il leur serait beaucoup plus difficile de se séparer par la suite.

Il était prêt à parier qu'Amalia n'était pas le genre de femme à s'offrir ainsi au premier venu. Si elle le faisait avec lui, c'est qu'elle devait éprouver plus qu'une simple envie physique.

— Tu sais que je ne peux rien te promettre de plus que ces quelques semaines ou mois que dureront nos fiançailles, lui dit-il. C'est la raison pour laquelle je me suis abstenu de faire le premier pas. Je n'ai rien à t'offrir, Amalia.

— Je ne suis pas d'accord, objecta-t-elle avec son aplomb habituel. Tu peux me donner du plaisir, de la tendresse, de la complicité…

Un doute s'insinua brusquement en lui.

— Pourquoi ce soir, Amalia ? lui demanda-t-il gravement. Est-ce à cause de ce qui s'est passé avec Massimiliano ? Je ne tiens pas à être un simple pis-aller, tu sais.

— Je te l'ai dit, protesta-t-elle, il n'y a jamais rien eu entre Massi et moi.

— Lui est amoureux de toi, en tout cas.

— Qu'est-ce qui te fait dire cela ? s'exclama-t-elle, sidérée.

— La façon dont il te regardait, tout à l'heure.

Elle hésita quelques instants avant de secouer la tête.

— C'était juste de la tendresse, déclara-t-elle. Massi et moi nous connaissons depuis que je suis toute petite. Mais je t'assure que je n'ai jamais éprouvé pour lui ce que je ressens pour toi.

Zayn sentit un brusque soulagement l'envahir.

— Tu es vraiment sûre de toi ? lui demanda-t-il d'un ton presque solennel.

En guise de réponse, elle s'avança vers lui, le regardant droit dans les yeux. Et ce qu'il lisait dans son regard acheva de le convaincre qu'il était vain de résister. Il y avait dans leur désir quelque chose d'évident, d'inéluctable.

C'était l'alchimie dont il lui avait parlé dans l'avion qui

les conduisait à Paris, celle qu'il avait perçue entre eux dès l'instant où ils s'étaient rencontrés.

À posteriori, il comprenait que dès ce moment il avait su qu'un jour elle serait sienne. C'était la véritable raison pour laquelle il lui avait proposé cet étrange marché au lieu de se fiancer avec l'une des femmes que lui avait envoyées Elizabeth Young.

Il y avait chez Amalia quelque chose qui l'ensorcelait. C'était bien plus qu'une simple attirance physique. Une fascination. Une véritable obsession.

— Détache tes cheveux, lui demanda-t-il.

Le sourire qui se dessina sur ses lèvres était irrésistible, à la fois délicieusement timide et terriblement coquin. Elle détacha la barrette qui retenait ses lourdes boucles et elles retombèrent sur ses épaules en une cascade d'or et de bronze.

Tendant la main vers elle, Zayn y plongea les doigts, fasciné par leur douceur soyeuse. À l'image d'Amalia, c'était un geste à la fois innocent et terriblement érotique.

— Tu es si belle, murmura-t-il d'une voix si saturée de désir qu'il eut peine à la reconnaître.

Amalia était différente de toutes les femmes qu'il avait connues. Il y avait en elle un mélange de pureté et de sensualité qui la lui rendait tout bonnement irrésistible. Jamais il n'avait désiré quelqu'un à ce point.

Ses doigts glissèrent de sa chevelure à sa joue. Il la sentit frissonner violemment tandis qu'il effleurait sa peau, descendant le long de sa mâchoire jusqu'à son cou. Du bout de son pouce, il caressa ses lèvres brûlantes. Le petit gémissement qu'elle poussa ne fit que décupler l'envie qu'il avait d'elle.

— Déshabille-toi, lui demanda-t-il.

Elle secoua la tête.

— Toi d'abord, répliqua-t-elle.

Il ne put réprimer un rire très rauque.

— D'accord, acquiesça-t-il en dénouant la serviette qui ceignait ses reins.

Elle tomba à ses pieds et il se retrouva totalement nu devant elle. Comme fascinée, Amalia le dévora du regard. Au fond de ses prunelles brûlait la flamme d'un désir presque insoutenable.

Elle tendit la main vers lui et l'extrémité de ses ongles se posa sur son torse, qu'elle effleura, le faisant frémir de part en part. Son sexe était si dur qu'il en devenait presque douloureux.

Il aurait voulu la posséder sans attendre, plonger dans les replis moites et brûlant de sa chair. Mais il se fit violence, se forçant à dominer cette soif qu'il avait d'elle.

Qui sait combien de nuits ils passeraient ensemble ? Si celle-ci devait être la dernière, il était bien décidé à profiter de chaque instant. Car s'il devait perdre Amalia, ce qui ne manquerait pas d'arriver, il tenait au moins à conserver le souvenir de cette nuit à nulle autre pareille.

— Tu es magnifique, murmura-t-elle alors.

Ses doigts si doux se refermèrent sur son membre gorgé de désir et il ne put retenir un gémissement inarticulé. Encouragée par sa réaction, elle commença à le caresser précautionneusement.

Rejetant la tête en arrière, Zayn s'abandonna quelques instants au plaisir qu'elle lui offrait et qui menaçait à chaque instant de le submerger complètement. Jamais il n'avait ressenti une envie aussi intense, un besoin aussi impérieux. Il se sentait entièrement à sa merci et c'était une sensation étrangement grisante.

Il s'abandonna à elle, laissant monter en lui le plaisir jusqu'à ce qu'il soit sur le point de perdre le contrôle. La soulevant alors de terre, il l'emporta jusqu'au lit sur lequel il l'allongea.

Plongeant de nouveau ses mains dans ses cheveux, il l'embrassa avec passion. Le corps brûlant d'Amalia se pressait contre le sien. Il était tout à la fois ferme et sensuel, plein de promesses que Zayn brûlait de découvrir. Mais il était bien décidé à prendre tout son temps, à faire de cette étreinte un moment inoubliable pour lui comme pour elle.

Son baiser se fit plus doux, plus sensuel. Le goût de la jeune femme qui envahissait sa bouche, son odeur délicieuse, tout en elle le grisait. Il avait l'étrange impression qu'elle était faite pour lui, que tout en elle répondait à une attente qu'il ne s'était pourtant jamais clairement formulée.

C'était d'autant plus étrange que rien ne les avait prédestinés à se rencontrer. Amalia n'appartenait pas à son monde. Elle était très différente de toutes les femmes avec lesquelles il avait pu sortir auparavant.

Il n'y avait chez elle aucun faux-semblant : elle ne cherchait pas à le séduire mais s'abandonnait simplement à la magie de cette envie qu'ils avaient l'un de l'autre, au plaisir de ce moment.

Ses doux gémissements attisaient la faim dévorante qu'il avait d'elle. N'y tenant plus, il se redressa légèrement et l'aida à ôter sa chemise de nuit, découvrant enfin ce corps qui avait hanté ses rêves au cours de ces derniers jours.

Elle était plus belle encore qu'il ne l'avait imaginé et il demeura longuement immobile, la contemplant avec un mélange de désir et d'admiration.

— Tu es magnifique, murmura-t-il d'une voix que le désir rendait méconnaissable.

— Tu n'es pas mal non plus, répliqua-t-elle avec un petit rire rauque qui éveilla en lui un frisson de pure convoitise.

En amour comme dans la vie, Amalia était un paradoxe. Elle offrait un étonnant mélange d'assurance et de pudeur, d'innocence et de provocation.

En cet instant même, alors qu'elle soutenait son regard avec aplomb, il discernait la gêne qui colorait ses joues. Mais pour rien au monde elle n'aurait reconnu qu'elle était embarrassée par la façon dont il la dévorait des yeux.

Un flot de tendresse aussi immense qu'inattendu déferla en lui.

— J'ai très envie de toi, lui dit-il.

Elle lui décocha un sourire à la fois malicieux et provocateur.

— Je crois que tu as tes chances, déclara-t-elle.

Il éclata de rire et se pencha vers elle pour l'embrasser, lui faisant sentir par ce baiser cette tendresse qu'elle lui inspirait et qu'il n'aurait jamais osé formuler à voix haute. Elle lui répondit avec enthousiasme et leur étreinte ne tarda pas à devenir plus passionnée encore.

Encouragé par son ardeur, Zayn laissa courir ses mains sur sa peau si douce, suivant chaque courbe de ce corps qui frissonnait sous lui. Sa bouche ne tarda pas à suivre cette exploration, descendant très lentement le long de sa gorge, se posant au creux de son épaule pour atteindre ensuite la naissance de sa poitrine.

Lorsque ses lèvres se posèrent sur la pointe du sein d'Amalia, elle gémit doucement et renversa la tête en arrière pour mieux s'offrir à lui. Du bout de sa langue, il commença à la caresser précautionneusement, la faisant frémir violemment.

Elle était entièrement à sa merci et cet abandon total avait quelque chose d'exaltant. Zayn voulait la posséder, pas seulement physiquement. Il voulait s'immiscer au plus profond d'elle, imprégner son être tout entier jusqu'à ce qu'elle ne soit plus que plaisir.

Il y avait dans cette envie quelque chose de sauvage, de primitif. Un besoin de possession qui ne lui ressemblait pas. Mais depuis qu'il la connaissait, Amalia avait toujours éveillé en lui des réactions qu'il ne s'expliquait pas. Il lui semblait parfois qu'elle avait accès à une partie de son âme qu'il était jusqu'alors parvenu à garder secrète.

C'était une sensation à la fois exaltante et terrifiante, l'impression d'avancer en terre inconnue, loin de ses certitudes et de ses repères habituels.

Et tandis qu'il descendait lentement le long de ce corps splendide, le couvrant de baisers brûlants, tandis qu'il la sentait frémir sous ses caresses, Zayn se prit à songer qu'il était bien décidé à explorer cette terre inconnue qui s'ouvrait à lui, à s'aventurer plus loin peut-être qu'il n'avait jamais été…

Amalia avait l'impression de perdre pied. Le plaisir que lui procurait Zayn dépassait tout ce qu'elle avait pu connaître jusqu'alors. Il s'insinuait au plus profond d'elle, se communiquant bien au-delà de son corps, jusqu'aux recoins les plus secrets de son âme.

Jamais personne ne l'avait aimée de cette façon. Jamais personne n'avait su éveiller en elle une réaction aussi intense. Jamais elle ne s'était sentie aussi dépassée par la puissance de son propre désir.

Cette sensation aurait pu lui paraître terrifiante. Mais curieusement, il n'en était rien. Avec Zayn, au contraire, elle se sentait parfaitement en sécurité. C'était peut-être parce que chacun de ses gestes était empli d'une douceur qu'elle n'aurait jamais soupçonnée chez un homme tel que lui.

Elle s'était attendue à ce qu'il se montre conquérant et dominateur, à ce qu'il cherche à la soumettre à sa volonté. Mais Zayn la surprenait, une fois de plus. Chaque fois qu'elle croyait l'avoir cerné, elle découvrait une nouvelle facette de sa personnalité, plus fascinante encore.

Jamais elle n'aurait imaginé qu'il puisse faire preuve d'une telle tendresse, d'une telle révérence. Entre ses bras, elle se faisait l'effet d'être quelqu'un de rare et de précieux, quelqu'un de réellement unique.

Et il lui faisait découvrir des sensations inédites, comme s'il avait accès à une partie de son corps que nul avant lui n'avait su toucher.

Lorsqu'elle sentit sa bouche se poser au creux de ses cuisses, la vague de plaisir qui déferla en elle fut si intense qu'elle craignit un instant défaillir. Mais Zayn lui laissa le temps de se ressaisir, de recouvrer un semblant de contrôle avant de reprendre son exploration.

Sa langue effleura la partie la plus sensible de son anatomie, provoquant un nouveau flot de plaisir, plus puissant encore que le précédent. Se laissant guider par ses réactions, Zayn continua à la caresser, prenant tout son temps, l'entraînant de plus en plus loin sans jamais la laisser succomber entièrement à l'extase qui enflait en elle.

Cela ne ressemblait à rien de ce qu'elle avait pu ressentir auparavant. C'était un raz-de-marée qui déferlait encore et encore, submergeant chaque recoin de son être. C'était un incendie qui se propageait, enflammant ses sens et son esprit. C'était un maelström incontrôlable, un tourbillon qui l'emportait toujours plus loin.

Elle était désormais incapable de réprimer ses propres réactions. Et tandis que son corps se tordait de plaisir, que ses gémissements de bonheur se muaient en cris d'extase, Zayn poursuivait ce délicieux supplice, se jouant d'elle comme d'un instrument parfaitement accordé à ses désirs.

Le temps semblait s'être résorbé. Plus rien n'avait d'importance, plus rien n'existait même, en dehors de cette jouissance parfaite et ininterrompue à laquelle elle n'avait d'autre choix que de se laisser aller.

Puis, soudain, le contact de la bouche et des doigts de Zayn disparut. Le plaisir reflua légèrement, laissant place à un mélange de frustration et de désir si poignant qu'elle ne put réprimer un gémissement déchirant. Rouvrant les yeux, elle constata avec soulagement que Zayn venait d'enfiler un préservatif.

Déjà, il revenait vers elle, capturant sa bouche d'un baiser fiévreux. Comme elle y répondait avec toute la passion dont elle était capable, elle le sentit pénétrer en elle. L'envie qu'elle avait de lui était si puissante, en cet instant, que son corps n'opposa aucune résistance à cette délicieuse intrusion.

Il plongea en elle, s'enfonçant au plus profond de sa chair en un mouvement aussi doux qu'irrésistible. Cette fois, elle n'eut ni le temps ni la force de résister à l'orgasme qui la balaya avec une violence terrible.

Son corps tout entier se raidit sous l'effet du plaisir brûlant qui ne lui laissait aucune échappatoire. Zayn demeura enfoui en elle, attendant qu'elle émerge. Puis, avant même qu'elle n'ait totalement recouvré l'usage de ses sens en déroute, il commença à bouger en elle.

Chacune de ses impulsions était lente, puissante, impitoyable, la clouant sur le matelas et faisant renaître un désir qu'elle avait pourtant cru durablement assouvi. Il enfla de nouveau, peut-être plus intense encore qu'auparavant. Amalia ne comprenait pas ce qui était en train de lui arriver. Cela dépassait tout ce qu'elle avait pu ressentir ou même imaginer.

Vaincue, elle s'abandonna de nouveau à cet amant merveilleux. Les mouvements de Zayn s'intensifièrent alors, se faisant plus précipités à mesure que tous deux approchaient du point de non-retour.

Amalia ne le quittait plus des yeux. Le plaisir qu'elle voyait brûler au fond de ses prunelles reflétait et amplifiait le sien. En cet instant de parfait abandon, il lui parut plus beau encore. L'impression de force qui émanait de lui en cet instant la fascinait.

Il lui sembla soudain que ce qui était en train de se produire dépassait de très loin leur simple étreinte. Ils faisaient partie de quelque chose de bien plus grand, de bien plus puissant qu'eux-mêmes.

Amalia se laissa emporter et, tandis que Zayn et elle approchaient du point culminant de leur étreinte, elle eut l'impression diffuse que tous deux ne faisaient plus qu'un seul être.

Puis l'extase déferla de nouveau en elle et le monde tout entier sembla se dissoudre, tandis que les vagues de plaisir se succédaient en elle, anéantissant toute pensée consciente.

Amalia n'aurait su dire combien de temps elle demeura étendue aux côtés de Zayn, haletante, s'efforçant désespérément de recouvrer un semblant de contrôle sur son corps qui semblait résonner à l'infini des deniers échos de leur étreinte.

Jamais elle n'avait éprouvé quoi que ce soit d'approchant. Il lui semblait avoir découvert une nouvelle dimension du plaisir, une dimension qu'elle n'avait fait jusqu'alors qu'entrevoir. Elle s'était toujours doutée que Zayn était un amant merveilleux. Mais rien ne l'avait préparée à une telle intensité.

Lorsqu'elle trouva enfin la force de s'arracher à sa torpeur extatique pour se redresser sur un coude, elle constata que Zayn la contemplait en silence. Et dans ses yeux, il lui sembla discerner un étonnement comparable à celui qu'elle-même éprouvait.

— Comment te sens-tu ? lui demanda-t-il.

— Merveilleusement bien ! s'exclama-t-elle.

— Tu ne regrettes rien ?

Elle le considéra avec stupeur.

— Tu plaisantes ? protesta-t-elle. C'était extraordinaire.

— Je suis d'accord, dit-il.

Amalia ne put réprimer un sourire.

— Venant d'un homme aussi expérimenté que toi, je prends cela comme un compliment, lui dit-elle d'un ton légèrement moqueur.

— Tu es vraiment quelqu'un d'extraordinaire, Amalia Christensen, lui dit-il pensivement.

Il y avait dans sa voix un mélange de gravité et d'émotion qui la prit au dépourvu.

— Tu exagères, protesta-t-elle en rougissant.

Il secoua doucement la tête.

— Pas du tout. Je n'avais encore jamais rencontré quelqu'un comme toi.

— C'est-à-dire ?

Il hésita, paraissant chercher ses mots, ce qui ne lui ressemblait guère.

— Tu as la grâce et l'innocence d'un ange et la sensualité d'un démon.

Elle éclata d'un rire un peu rauque.

— Cette fois, c'est certain : tu es devenu fou.

— Fou de désir, c'est certain, répliqua-t-il avec un sourire malicieux.

Baissant les yeux, elle constata avec stupéfaction que ce n'était pas une simple figure de style.

— Tu es incroyable, murmura-t-elle tandis qu'il se penchait vers elle pour l'embrasser, réveillant instantanément la passion qui couvait entre eux.

Sachant qu'il était vain de lui résister, elle s'y abandonna corps et âme…

9

Le voyage de Paris à Khaleej parut beaucoup plus court à Amalia que ne l'avait été l'aller. Mais c'est peut-être parce qu'au lieu de travailler, cette fois-ci, Zayn et elle passèrent une bonne partie du trajet à faire l'amour.

Ils semblaient ne jamais pouvoir se rassasier l'un de l'autre. Et leur désir renaissait constamment de ses cendres, les embrasant tous deux. Le reste du temps, ils parlaient de tout et de rien, de leurs goûts, de leurs envies, de leurs angoisses…

Ils découvrirent ainsi qu'en dépit de leurs différences ils avaient de nombreux centres d'intérêt en commun. Ils appréciaient le même genre de livres et le même genre de films. Ils parlèrent de Londres où vivait Amalia et où Zayn s'était rendu très souvent, du temps où il étudiait en Angleterre.

Leur intimité physique paraissait avoir dissipé la tension qui existait autrefois entre eux. Rétrospectivement, Amalia se demandait si elle ne s'expliquait pas justement par l'envie qu'ils avaient l'un de l'autre et contre laquelle ils luttaient inconsciemment.

C'était peut-être précisément ce que Zayn appelait l'alchimie, cette mystérieuse compatibilité des corps et des âmes qui existait entre certaines personnes. Mais elle-même avait parfaitement conscience du danger que représentait cette étrange complicité.

Car si elle entendait profiter du plaisir physique que lui offrait Zayn ainsi que de l'attrait de sa compagnie, elle savait aussi qu'elle ne pouvait en aucun cas se permettre de tomber amoureuse de lui.

Or il était d'autant moins facile pour elle de dissocier ces sentiments que tous deux étaient officiellement fiancés. Elle en prit conscience à l'instant même où ils descendirent de l'avion, à Khaleej.

Sur le tarmac de l'aéroport, une très belle jeune femme aux longs cheveux noirs et aux yeux de biche les attendait. Lorsqu'elle aperçut Zayn, elle s'élança vers lui et se jeta dans ses bras.

— Amalia, lui dit-il, je te présente Mirah, ma petite sœur. Mirah, voici ma fiancée, Amalia.

— Je suis si contente de faire votre connaissance ! s'exclama la jeune femme en la serrant à son tour dans ses bras. Félicitations à tous les deux et bienvenue dans la famille, Amalia !

— Merci, répondit-elle, touchée par l'enthousiasme de Mirah. Et félicitations à vous aussi, ajouta-t-elle. Zayn m'a dit que vous alliez bientôt vous marier.

— C'est vrai. Et j'espère que vous voudrez bien faire partie de mes demoiselles d'honneur.

Amalia jeta un regard interrogatif en direction de Zayn qui se contenta de hausser les épaules.

— Avec plaisir, assura-t-elle.

— Parfait ! s'écria Mirah, aux anges. Que diriez-vous d'aller manger un morceau en ville ?

— Père n'est pas avec toi ? s'enquit Zayn.

Mirah haussa les épaules.

— Je crois qu'il t'en veut, répondit-elle. Il n'a pas apprécié que tu annonces tes fiançailles sans lui en avoir parlé auparavant. Tu sais comment il est…

— Après tout, cela vaut peut-être mieux, déclara Zayn en leur décochant l'un de ses plus charmants sourires. De cette façon, au moins, nous pourrons aller manger notre plat préféré !

— Je n'en attendais pas moins de toi, Zayn, lança Mirah en riant.

— Et quel est votre plat préféré ? s'enquit Amalia, curieuse.

Le frère et la sœur la regardèrent comme si elle avait perdu la raison.

— La pizza, bien sûr ! s'exclamèrent-ils dans un si bel ensemble qu'elle ne put s'empêcher d'éclater de rire.

S'il était une certitude qu'elle avait acquise au sujet de Zayn au cours de ces derniers jours, c'était qu'il ne cesserait jamais de l'étonner.

La réaction des conservateurs à l'annonce de ses fiançailles avec Amalia n'avait guère surpris Zayn. Il n'y avait pas eu de véritable levée de boucliers, bien sûr, mais toute une série de remarques qui trahissaient une respectueuse désapprobation.

« Votre fiancée est aussi charmante qu'intelligente, Votre Majesté » qui pouvait se traduire par « elle est bien trop indépendante d'esprit ». Ou encore « Mlle Christensen a une vision intéressante de notre système éducatif » qui signifiait en fait « vous devriez faire en sorte qu'elle ne contredise pas notre politique ».

Le père de Zayn avait été nettement plus direct :

— Ta fiancée est une étrangère, Zayn, lui avait-il dit. Elle a des conceptions très différentes des nôtres. Et il va falloir que tu la recadres très vite si tu ne veux pas que ses interventions te portent préjudice.

Lorsque Zayn avait fait mine de protester, son père avait enfoncé le clou :

— Cette fille n'a aucun rang. Tu pourrais parfaitement la garder comme assistante ou comme maîtresse et épouser quelqu'un qui convienne plus à ta position.

Zayn avait préféré écourter cette conversation de peur de manquer de respect à celui qui était non seulement son père mais aussi son prédécesseur sur le trône de Khaleej.

Il était quoi qu'il en soit bien décidé à ne tenir aucun compte de ses conseils. En aucun cas, il ne ferait d'Amalia une simple maîtresse. Elle refuserait ce statut de concubine qu'elle considérerait à juste titre comme dégradant.

Quant à Zayn, il entendait bien ne pas réitérer les erreurs commises par son père. S'il devait vraiment se marier, il s'astreindrait à la même fidélité que celle qu'il exigerait de la part de sa conjointe.

D'ailleurs, sa vision d'une telle union avait beaucoup évolué au cours de ces dernières semaines. Rétrospectivement, il comprenait mieux les réserves dont Elizabeth Young avait fait preuve lors de leur entretien. Il comprenait en effet que le mariage pouvait être bien plus que la simple cohabitation de deux êtres tenus d'assurer une descendance.

Aux côtés d'Amalia, il avait découvert une nouvelle forme de relation, plus riche et plus épanouissante que tout ce qu'il avait pu connaître jusqu'alors. Contrairement à ce qu'il avait vécu dans ses liaisons antérieures, tous deux se trouvaient sur un pied d'égalité.

Ils se montraient aussi parfaitement honnêtes l'un envers l'autre, délaissant toute forme d'hypocrisie, de mauvaise foi ou de flatterie. Lorsqu'ils avaient quelque chose à se dire, ils le disaient. Et en dépit de leurs discussions parfois animées, ou peut-être grâce à elles, leurs liens ne cessaient de se renforcer.

Jamais Zayn n'avait connu une telle intimité. Elle dépassait très largement le domaine physique et sensuel pour s'étendre à une forme de complicité intellectuelle qu'il n'avait encore jamais partagée avec quiconque.

Cela faisait maintenant un peu plus d'une semaine qu'ils étaient devenus amants et ces jours comptaient incontestablement parmi les plus épanouissants de sa vie. Mais comment aurait-il pu espérer le faire comprendre à son père ou à tous ces conseillers réactionnaires ?

Il savait pourtant que cette idylle ne durerait pas éternellement. Ce n'était qu'une parenthèse dorée, un moment suspendu qui prendrait fin le jour où ils mettraient un terme à leurs prétendues fiançailles.

Amalia le lui avait rappelé le matin même en lui demandant si, lorsqu'elle serait rentrée en Europe, il pourrait lui faire envoyer régulièrement des réserves du café qu'il lui avait fait découvrir. Intense, légèrement acidulé, et finement moulu, il permettait de préparer le café traditionnel dont la jeune femme s'était entichée.

Zayn n'avait pas été dupe : cette demande était une façon de lui faire comprendre qu'en dépit de l'évolution de leur relation elle était toujours consciente du caractère éphémère de la situation.

Contrairement à bien des femmes avec lesquelles il était sorti, elle ne chercherait pas à préserver à tout prix leur liaison. Elle ne le supplierait pas, ne le menacerait pas, n'essaierait pas de le faire chanter. Elle était à la fois trop fière et trop intègre pour cela.

Zayn avait pu s'en rendre compte à la façon dont elle avait traité son propre père. Ce dernier avait écrit pour demander à la voir, ce qu'elle avait refusé. Il s'était quand même présenté au palais, sollicitant une audience, et elle ne l'avait pas reçu.

Elle était convaincue qu'il cherchait uniquement à déterminer s'il n'avait pas un avantage quelconque à tirer de ces fiançailles royales.

— S'il avait réellement voulu avoir de mes nouvelles, il lui aurait suffi de décrocher son téléphone durant toutes ces années, avait-elle déclaré d'un ton farouche. Il est trop tard, à présent.

Zayn pressentait que cette dureté apparente cachait une blessure qui ne s'était jamais vraiment cicatrisée. Au fond d'elle-même, elle était toujours cette enfant qui avait été abandonnée par son père. Et elle en souffrait.

Il ne pouvait lui jeter la pierre, d'ailleurs. Les relations de Zayn avec son propre père étaient loin d'être simples…

Fort heureusement, le mariage de Mirah et de Farid leur avait fait momentanément oublier leurs griefs. Il régnait au palais une ambiance de fête. La famille du fiancé était arrivée quelques jours auparavant, et depuis lors, la fête battait son plein.

Ce matin-là avait eu lieu la traditionnelle cérémonie de mariage qui entérinerait l'union des deux clans. C'était l'objectif principal que s'était fixé Zayn, la raison pour laquelle il avait envisagé de se marier et s'était finalement fiancé.

Évidemment, le choix d'Amalia ne faisait pas l'unanimité au sein des deux familles. Il trouvait cela d'autant plus injuste que la jeune femme n'avait commis aucun impair. Au contraire, bien que rien ne l'y ait préparée, elle s'était montrée tout à fait digne de la fonction qui était devenue la sienne.

Même lorsqu'elle bousculait, par ses déclarations, les certitudes des plus conservateurs de ses sujets, elle le faisait avec mesure, dans le respect de chacun et en prenant grand soin de présenter ses paroles comme des prises de position personnelles.

Malheureusement, certaines personnes estimaient que, ce faisant, elle outrepassait ses prérogatives. Ils auraient voulu limiter son rôle à celui d'une poupée éternellement souriante, bien habillée et obstinément silencieuse.

À cette idée, un sourire ironique se dessina sur ses lèvres. Une chose était sûre : Amalia ne se laisserait jamais réduire à ce rôle ingrat.

La veille encore, l'une de ses cousines était venue se plaindre auprès de lui parce qu'Amalia avait durement réprimandé son fils. Lorsque Zayn avait interrogé sa fiancée à ce sujet, celle-ci avait confirmé les faits sans faire montre du moindre regret.

— Est-ce qu'il avait dit du mal de toi ? s'était enquis Zayn.

— Non, avait-elle répondu. Il avait dit du mal de toi.

Zayn l'avait considérée avec étonnement.

— Tu n'étais pas obligée de prendre ma défense, avait-il fini par lui dire. Je suis assez grand pour le faire moi-même. Et cela t'évitera de t'attirer des ennuis.

— Je n'allais tout de même pas rester là les bras croisés !

s'était-elle emportée. Je te rappelle que tu es censé être mon futur époux !

Curieusement, cette marque de loyauté lui avait fait chaud au cœur.

— Malheureusement, avait-elle poursuivi, cela ne l'a pas dissuadé de continuer. Il s'en est pris à moi et à notre mariage, me traitant de traînée et toi de pervers. C'est à ce moment-là que je l'ai giflé. Je reconnais que je n'aurais peut-être pas dû mais c'était plus fort que moi…

— Mais il fait près de deux mètres et pas loin de cent kilos, s'était exclamé Zayn, sidéré.

— Et alors ? Ce n'est pas une raison pour tout se permettre !

Zayn n'avait pu s'empêcher de rire.

— En tout cas, je crois que tu l'as traumatisé. Il a dit à sa mère qu'il n'aurait jamais imaginé qu'une femme puisse faire une chose pareille…

— Espérons que cela lui apprenne à les respecter un peu plus, avait-elle conclu avec son aplomb habituel.

— Zayn ? Tu rêves ?

S'arrachant à ses réflexions, il se tourna vers Amalia qui se tenait à ses côtés à la table d'honneur. Une fois encore, il fut frappé par sa beauté que mettait parfaitement en valeur la splendide robe verte qu'elle avait revêtue ce jour-là. Elle portait aussi la rivière de diamants qu'il lui avait offerte et qu'elle aimait tant.

— Je suis désolé, s'excusa-t-il. J'étais perdu dans mes pensées…

— C'est ce que j'ai remarqué, acquiesça-t-elle en souriant. Tu ferais mieux de profiter de ce délicieux repas et de la joie de ta sœur. Regarde-la, je ne l'ai jamais vue aussi radieuse.

De fait, Mirah était resplendissante de bonheur. Et chaque fois que ses beaux yeux noirs se posaient sur son nouvel époux, on pouvait y lire un touchant mélange d'adoration, de tendresse et de désir.

À cette vue, Zayn sentit son cœur se serrer. Lui-même n'aurait sans doute jamais la chance de connaître un tel bonheur conjugal. Jusqu'à présent, ce n'était d'ailleurs pas quelque chose dont il avait rêvé. Mais en vivant aux côtés d'Amalia il se prenait à caresser de nouvelles aspirations.

— Tu as raison, répondit-il. Elle est magnifique…

Il s'interrompit en avisant son cousin Karim qui se dirigeait vers la table d'honneur pour aller saluer Mirah et son époux. Zayn savait qu'il était de retour en ville mais, jusqu'à présent, il avait soigneusement évité de venir au palais.

Sans doute espérait-il qu'en se présentant en une telle occasion, il échapperait à l'interrogatoire auquel Zayn entendait le soumettre. Mais dans ce cas il n'allait pas tarder à être amèrement déçu. Zayn attendit qu'il ait terminé d'adresser ses félicitations avant de quitter la table pour s'approcher de lui.

— Zayn ! s'exclama Karim avec un sourire faussement cordial. Je suis content de te revoir.

— Tellement heureux que tu m'évites depuis plusieurs jours alors que tu sais parfaitement que je te cherchais, ironisa Zayn.

— Je n'avais pas compris qu'il s'agissait d'une convocation, objecta son cousin d'un ton patelin.

Zayn serra les dents. Il était désormais convaincu que Karim avait bel et bien quelque chose à se reprocher. Cela signifiait que les accusations qu'Amalia avaient portées contre lui avaient de bonnes chances d'être au moins partiellement exactes.

Or Zayn ne pouvait tolérer que l'un des membres de la cour se conduise en criminel — et a fortiori qu'il soit mêlé à un trafic de drogue.

— J'imagine que tu voulais me proposer un poste au sein de l'administration, soupira Karim. Je sais que ma mère a insisté pour que tu le fasses. Mais je t'assure que ce n'est pas nécessaire. Je gagne bien ma vie et je n'ai pas l'intention de devenir fonctionnaire…

Il s'interrompit en avisant Amalia qui venait de les rejoindre. Zayn le vit pâlir brusquement.

— Qu'est-ce que cette femme fait ici ? demanda-t-il d'une voix blanche.

— Où diable étais-tu passé ? s'exclama Zayn d'un ton faussement amusé. Tous les journaux ont parlé d'elle. Je te présente ma fiancée, Amalia Christensen. Amalia, ajouta-t-il pour faire bonne figure, voici mon cousin Karim.

— Nous nous sommes déjà rencontrés, lança-t-elle d'un ton glacial.

— C'est une plaisanterie, n'est-ce pas ? dit Karim à mi-voix, luttant visiblement contre la panique. Tu n'as pas vraiment demandé la main de cette hystérique !

Zayn dut se faire violence pour résister à la tentation qu'il avait de frapper son cousin. Il ne pouvait se permettre de gâcher cette réception, après tous les efforts qu'il avait déployés pour qu'elle ait lieu.

— Fais très attention à ce que tu dis, conseilla-t-il à Karim. Cette femme est ma fiancée. Et je ne tolérerai pas que l'on dise du mal d'elle.

Quelque peu refroidi par cette mise en garde, Karim esquissa un pas de recul. Zayn ne le quittait pas des yeux, le toisant d'un air ouvertement dédaigneux.

— Je comprends que tu n'apprécies que très modérément Amalia, remarque, ajouta Zayn. Après tout, elle a de bonnes raisons de vouloir te faire arrêter. En cet instant même, elle se demande probablement pourquoi je n'ai pas encore appelé les gardes du palais…

— Arrêté ? bredouilla Karim, blafard. Mais pourquoi ?

— Pour détention de drogue, bien sûr.

— C'est absurde.

— Je sais que tu t'es débrouillé pour t'en débarrasser en la confiant au frère d'Amalia, poursuivit Zayn sans se démonter.

— C'est de la folie, protesta son cousin d'un ton assez mal assuré.

— Je suis bien d'accord, acquiesça Zayn, feignant de se méprendre sur le sens de ses paroles. En tant que membre de la famille royale, tu étais pourtant bien placé pour savoir que le trafic de drogue était très sévèrement réprimé…

— Tu ne peux pas prouver ce que tu avances !

— Si, bluffa Zayn. Il se trouve que j'ai obtenu plusieurs témoignages concordants à ce sujet. Si tu confesses ton crime, je pourrai veiller à ce que tu sois uniquement inculpé pour détention de stupéfiants. Mais si l'affaire va jusqu'au procès, tu seras accusé de trafic. Et je te rappelle que la peine peut aller jusqu'à la prison à perpétuité.

— Tu ne vas quand même pas me faire arrêter ici, au beau milieu de ma famille, en plein mariage ? balbutia Karim.

Zayn hésita. Il était si furieux contre son cousin qu'il était presque tenté d'agir précisément de cette façon. Mais, ce faisant, il gâcherait la plus belle journée de la vie de sa sœur et ne se le pardonnerait jamais.

— Je te laisse une chance de t'en sortir de façon honorable, déclara-t-il enfin. Sors d'ici, rends-toi au commissariat central et rédige cette confession. Si ce n'est pas fait d'ici ce soir, j'irai témoigner moi-même contre toi.

Karim parut être sur le point de protester mais, en avisant l'expression qui se lisait sur le visage de Zayn, il se ravisa brusquement. Sans ajouter un mot, il se détourna et, d'une démarche très raide, se dirigea vers la sortie.

Amalia suivit Karim des yeux avant de tourner vers Zayn un regard accusateur.

— Je n'arrive pas à croire que tu l'aies laissé partir ! s'exclama-t-elle, terriblement déçue. Si ça se trouve, il va sauter dans le premier taxi pour se rendre à l'aéroport.

— Ce serait un aveu de culpabilité, remarqua Zayn.

— Au point où il en est, que veux-tu que ça lui fasse ? Tu

viens de lui dire que tu avais de quoi démontrer son implication et que tu étais prêt à témoigner en personne.

— S'il fuit, nous le retrouverons, lui assura Zayn.

— Comment ? protesta-t-elle vivement. Cela fait deux semaines qu'il est recherché et tu n'as pu lui parler que parce qu'il est venu jusqu'ici de son plein gré. Crois-tu vraiment qu'il commettra deux fois de suite la même erreur ?

— Calme-toi, Amalia, et parle moins fort, tu vas attirer l'attention des autres invités.

— Je m'en moque, s'obstina-t-elle. Tu viens de laisser filer un criminel simplement parce qu'il fait partie de ta famille. Et pendant ce temps, mon frère qui est innocent croupit en prison !

— Ce n'est vraiment pas l'endroit pour en discuter, rétorqua-t-il en l'entraînant un peu à l'écart de la table d'honneur. Il y a ici des tas de gens qui n'attendent que de te voir commettre un impair. Ils ne cessent de répéter qu'une étrangère comme toi sera toujours incapable de se comporter convenablement à la cour…

Amalia ne put s'empêcher de tiquer. À plusieurs reprises, elle avait effectivement ressenti l'hostilité qu'elle inspirait à certaines personnes. Jusqu'à présent, elle était parvenue à se convaincre qu'il ne s'agissait que d'une minorité, mais le ton de Zayn laissait entendre qu'il n'en était rien.

Sans doute aurait-elle dû s'en moquer. Après tout, peu lui importait ce que pensaient ces gens qu'elle ne connaissait pas et qui ne feraient bientôt plus partie de sa vie. Mais force était de reconnaître que leur mépris la blessait. C'était pourtant moins parce qu'elle se souciait de leur opinion que parce qu'elle tenait à ce que Zayn soit fier d'elle.

— Rien de ce que je pourrais dire ou faire ne suffira jamais à me faire accepter, commenta-t-elle d'un ton résigné. Mais regarde les choses du bon côté : quand tu finiras par me répudier, ils approuveront tous ta décision. Par contre, je te rappelle que tu m'avais promis de m'aider à faire libérer mon frère si la culpabilité de ton cousin était avérée. Et il vient quasiment d'avouer qu'il était responsable de ce qui s'était passé !

— Je sais, répondit-il sombrement. Mais je ne pouvais tout de même pas créer un scandale au beau milieu du mariage de ma sœur.

Amalia jeta un coup d'œil en direction de Mirah et s'aperçut que celle-ci les observait d'un air légèrement inquiet, comme si elle craignait qu'ils ne fassent éclater un esclandre au beau milieu de la réception.

Elle se sentit légèrement coupable. La sœur de Zayn s'était toujours montrée parfaitement cordiale à son égard. Et elle méritait que cette journée se déroule à la perfection. Se forçant à adresser un sourire rassurant à la jeune femme, elle se résigna à faire contre mauvaise fortune bon cœur.

— Espérons que ton cousin ira vraiment se livrer à la police, soupira-t-elle.

— Ne t'en fais pas, Ama, lui dit Zayn d'une voix empreinte d'une certaine tendresse. Je ne le laisserai pas s'en tirer à si bon compte. Tu me fais confiance, n'est-ce pas ?

Amalia se prit à songer qu'il ne lui avait guère donné de raison de le faire pour le moment. Elle s'était pliée à ses exigences en espérant qu'il aiderait Aslam. Mais lorsque Karim était revenu à Khaleej, Zayn ne l'avait pas fait arrêter. Et aujourd'hui, alors qu'il s'était présenté devant lui, il l'avait laissé repartir.

Il aurait pourtant été simple de charger les gardes de l'appréhender discrètement à la sortie du palais. Ou, à tout le moins, de contacter la police pour le faire surveiller. Au lieu de cela, Zayn s'était contenté de le menacer, ce qui revenait en fait à le mettre en garde.

— Je connais mon cousin, insista Zayn, percevant peut-être ses réticences. Je suis prêt à parier qu'il ira faire cette déposition.

— Je l'espère, soupira-t-elle. Mais si Karim ne témoigne pas ?

— S'il ne témoigne pas, il cherchera certainement à s'enfuir. Et dès qu'il est rentré sur le territoire, j'ai demandé que son signalement soit diffusé à tous les postes-frontières. Je voulais être sûr qu'il ne puisse pas repartir avant que je ne l'aie interrogé.

Un profond soulagement submergea Amalia.

— Espérons que tout cela soit rapidement réglé, souffla-t-elle.

— Lorsque Karim aura fait sa déposition, que ce soit volontairement ou non, ce ne sera plus qu'une question de jours avant qu'Aslam ne soit relâché.

— Tant mieux. J'ai hâte de le revoir.

— Tu es allée lui rendre visite plusieurs fois depuis notre retour, remarqua Zayn.

— Ce n'est pas pareil.

— Je sais. En tout cas, il a beaucoup de chance de t'avoir pour ange gardien. J'espère qu'une fois sorti de prison il reprendra sa vie en main.

— Et ton cousin ? Crois-tu qu'il ira en prison ?

— S'il tente de fuir, c'est certain. Mais s'il confesse sa responsabilité, il y a de fortes chances pour qu'il s'en sorte avec une réprimande et une amende.

— Je croyais que les trafiquants étaient sévèrement punis, objecta-t-elle.

— Mais il comparaîtra simplement pour détention de substances illicites. Et je suis prêt à parier que mon père ou mon oncle interviendront pour étouffer l'affaire. Ils auront à cœur d'éviter que la famille royale ne soit éclaboussée par un tel scandale.

— Et cela ne te révolte pas ? lui demanda-t-elle.

— Si. Mais je sais que certaines choses ne changeront pas du jour au lendemain. Crois-moi, c'est une leçon que j'ai apprise très tôt à mes dépens.

— Et moi qui croyais que le cheikh de Khaleej était tout-puissant, ironisa-t-elle.

En réalité, elle avait découvert au cours de ces dernières

semaines à quel point la position de souverain était délicate. Zayn devait constamment ménager la sensibilité de la population et du gouvernement, tenir compte des pressions étrangères, concilier ses idéaux et la réalité de la situation politique...

S'il voulait faire évoluer les mœurs, il tenait simultanément à éviter que cette ouverture ne se transforme en véritable acculturation. À ses yeux, le progrès et la tradition devaient se combiner pour former une société unique et proprement khaleejienne.

Plus elle prenait conscience de la portée de cet ambitieux projet et plus elle sentait croître l'admiration qu'elle éprouvait envers lui. Il lui semblait souvent que Zayn incarnait ce que ce pays avait de meilleur.

Mais lui-même ne paraissait pas se rendre compte du caractère exceptionnel de cette entreprise. Il considérait le pouvoir comme un fardeau, une responsabilité qu'il avait endossée uniquement par devoir.

Aux yeux d'Amalia, cette forme de résignation s'expliquait surtout par la profonde solitude qui était la sienne. Personne ne semblait avoir vraiment conscience de l'œuvre qu'il était en train d'accomplir. Même son père considérait d'un très mauvais œil la modernisation qu'il avait entreprise.

Il ne manquait jamais une occasion de rappeler à Zayn les préceptes que dictaient les coutumes de leur peuple. Amalia savait d'ailleurs qu'il désapprouvait profondément leurs fiançailles. À ses yeux, elle était plus coupable encore qu'une étrangère qui aurait méconnu la tradition de Khaleej : elle y avait volontairement renoncé.

Évidemment, les positions ouvertement progressistes qu'elle avait prises au sujet de l'éducation et de l'émancipation des femmes n'avaient rien arrangé. Mais loin de lui reprocher son comportement, Zayn lui avait apporté un soutien inconditionnel.

Elle ne s'expliquait pas vraiment cette attitude. Après tout, il savait aussi bien qu'elle que ces fiançailles n'étaient qu'un faux-semblant et qu'ils ne tarderaient pas à se séparer. Il n'avait donc aucune raison de la soutenir.

Pourtant, il avait pris sa défense vis-à-vis du Conseil. Il avait même décidé de soumettre au Parlement la réforme de l'éducation dont ils avaient discuté dans l'avion qui les avait conduits à Paris. Et lorsque son père avait protesté, il n'avait pas hésité à lui tenir tête.

Cette marque de courage avait d'ailleurs été pour elle une véritable révélation. Car tandis que Zayn affrontait son père pour défendre ce qu'il croyait juste, elle-même n'avait pas voulu rencontrer le sien, lui refusant l'entrevue qu'il était venu solliciter au palais.

Peut-être était-il temps pour elle de prendre ses responsabilités. Temps pour elle de se confronter à son propre passé…

10

Le cœur battant à tout rompre, Amalia se tenait devant l'imposante double porte recouverte d'arabesques qui marquait l'entrée principale de l'université de Sintar. Se forçant à dominer l'angoisse qui lui tenaillait le ventre, elle prit une profonde inspiration et se remit en marche.

Franchissant le seuil de ce temple du savoir, elle s'avança dans l'immense cour centrale. Instantanément, les souvenirs affluèrent. Elle se rappela toutes les fois où elle était venue ici avec sa mère.

Parcourant la cour des yeux, elle se prit à songer que rien n'avait changé depuis toutes ces années. Les bâtiments à l'architecture traditionnelle lui paraissaient toujours aussi impressionnants. Mais elle remarqua soudain une différence notable : parmi les étudiants qui discutaient çà et là dans la cour, on apercevait plusieurs jeunes femmes.

De toute évidence, la politique progressiste de Zayn commençait à porter ses fruits. Et en en voyant les conséquences concrètes, elle sentit monter en elle une bouffée de fierté mêlée de tendresse.

D'un pas plus décidé, elle se dirigea vers l'aile qui abritait la faculté d'Histoire. Connaissant le tempérament conservateur de son père, elle était prête à parier qu'il n'avait pas changé de bureau. Aussi s'y rendit-elle directement, sans prendre la peine de faire un crochet par l'accueil.

Elle ne s'était pas trompée. Sur la porte de bois sombre était accrochée la même plaque de cuivre sur laquelle était inscrit :

« Pr HADID —
Histoire ancienne du Moyen-Orient ».

Luttant contre la tentation qu'elle avait de tourner les talons et de prendre la fuite, elle se força à frapper.

— Entrez ! lanca une voix qu'elle reconnut immédiatement.

La gorge nouée, Amalia poussa la porte et pénétra dans le bureau de son père. Cette pièce non plus n'avait pas changé d'un iota, avec ses murs garnis d'étagères surchargées de livres, ce grand bureau encombré de papiers et d'antiquités. Mais son père était devenu un vieil homme.

Submergée par un mélange d'émotions contradictoires qu'elle aurait été bien en peine d'identifier, elle demeura figée sur le seuil, les yeux rivés sur ce visage ridé encadré de cheveux blancs.

Son père la contemplait avec tout autant de stupeur. Étant donné la façon dont elle l'avait éconduit au palais, il ne s'était probablement pas attendu à la revoir un jour.

— Bonjour, dit-elle enfin à mi-voix.

— Nour…, murmura-t-il.

Nour, lumière, était le surnom qu'il lui avait donné lorsqu'elle était enfant. Et le simple fait de l'entendre fit resurgir un flot de souvenirs qu'elle avait occultés au fil des années. Hadid n'avait pas seulement été l'homme misogyne que décrivait sa mère. Il avait aussi été un père aimant avec lequel elle aimait jouer, autrefois…

— Je suis si heureux que tu sois venue, déclara son père.

Il se leva mais ne fit pas mine de contourner son bureau, comme s'il avait peur qu'en se rapprochant d'elle il la fasse fuir.

— Je suis allé au palais, lui dit-il.

— Je sais, acquiesça-t-elle.

Une ombre douloureuse passa sur son visage.

— C'est bien ce que je me disais, soupira-t-il.

— Comment as-tu pu m'abandonner de cette façon ?

L'accusation en forme de question sembla résonner dans la pièce. Amalia elle-même était surprise de l'avoir formulée à voix haute. En venant ici, elle ignorait ce qu'elle allait dire à son père. Mais jamais elle n'avait imaginé s'en prendre à lui de façon aussi directe et frontale.

Le regard qu'il lui lança trahissait un mélange d'étonnement et de souffrance.

— Je n'avais pas le choix, lui dit-il enfin.

— Pas le choix ? répéta-t-elle. Pas d'autre choix que de couper définitivement les ponts avec ta propre fille ? De m'effacer de ta vie comme tu as effacé ma mère ?

Les yeux de Hadid s'écarquillèrent sous l'effet de la surprise.

— Ce n'est pas comme cela que les choses se sont passées, protesta-t-il.

Amalia le considéra avec suspicion.

— Je ne voulais pas vous perdre, insista-t-il. Ni l'une ni l'autre. Mais ta mère ne m'a pas laissé d'autre option.

— Parce qu'elle voulait travailler ? Parce qu'elle ne se satisfaisait pas d'être une femme au foyer soumise et obéissante ? s'exclama rageusement Amalia.

Hadid secoua doucement la tête. Dans son regard, l'étonnement avait laissé place à la tristesse.

— C'est donc cela qu'elle t'a dit ?

L'ombre d'un doute terrible s'insinua en Amalia.

— N'est-ce pas ce qui s'est passé ?

— Je n'ai jamais interdit à ta mère de travailler, répondit-il. Au contraire, même, je l'y ai encouragée. Je savais combien c'était important pour elle. Mais j'aurais sans doute mieux fait de m'en abstenir…

— Pourquoi ?

— Parce qu'alors elle n'aurait jamais rencontré cet Italien…

Amalia sentit les battements de son cœur s'emballer de plus belle.

— Massimiliano ? dit-elle d'une voix tremblante.

Son père hocha la tête.

— Massimiliano Ricci, acquiesça-t-il. Elle a commencé à travailler pour lui puis elle est tombée amoureuse.

— Maman était amoureuse de Massi ? s'exclama Amalia, incrédule.

Son père lui jeta un regard intrigué.

— Tu ne le savais pas ?

Muette de stupeur, Amalia secoua la tête.

— C'est pour cela qu'elle m'a quitté, reprit son père d'une voix très triste. Et elle m'a fait promettre de ne plus chercher à prendre contact avec elle ou avec toi.

— Mais… Comment as-tu pu accepter ? balbutia Amalia.

— Je sais que cela peut paraître absurde mais je l'aimais, Nour. Je l'aimais plus que tout au monde. Seulement je savais qu'elle ne serait pas heureuse avec moi. Elle n'a jamais aimé ce pays. Je crois qu'elle ne l'a jamais compris…

Amalia se sentit prise de vertige. Elle comprenait mieux à présent pourquoi Massi avait toujours veillé sur elle de cette façon. Il n'avait pas seulement été un père de substitution pour elle mais aussi un compagnon pour sa mère…

— Mais pourquoi n'as-tu pas repris contact avec moi, lorsque maman est morte ?

— Je t'ai écrit, lui rappela-t-il. Mais tu ne m'as pas répondu.

Elle se souvint alors de la lettre qu'elle avait rageusement déchirée sans même l'ouvrir.

— Mon Dieu, murmura-t-elle, horrifiée. Comment a-t-elle pu faire une chose pareille ?

— Ne sois pas trop dure avec ta mère, lui dit Hadid d'une voix très douce. Elle a essayé de faire du mieux qu'elle le pouvait pour te protéger. Et elle aussi a dû renoncer à l'un de ses enfants…

— Comment peux-tu la défendre après ce qu'elle t'a fait ? protesta-t-elle vivement.

Il ne répondit pas. Mais c'était inutile.

— Tu l'aimes toujours, n'est-ce pas ? souffla-t-elle.

Il inclina la tête.

— Je l'aimerai jusqu'à mon dernier souffle.

Une étrange émotion s'empara d'Amalia. Pour la première fois de son existence, il lui semblait comprendre vraiment ce que signifiait l'amour.

— Papa, murmura-t-elle, les larmes aux yeux. Je suis désolée…

Couvrant la distance qui les séparait, elle se jeta dans ses bras. Il la serra contre lui et elle se mit à sangloter comme une enfant.

— Ne sois pas désolée, Nour, murmura-t-il. Tout ce qui compte, c'est que nous soyons réunis, aujourd'hui. Le reste n'a plus d'importance…

Zayn jeta un coup d'œil à la pendule qui était posée sur son bureau et se demanda une fois de plus ce qu'Amalia pouvait bien faire. Tous les soirs, elle avait pris l'habitude de passer le chercher. Parfois, ils discutaient des affaires du royaume. Parfois, ils buvaient un apéritif ensemble. Parfois, ils faisaient l'amour sur le canapé du bureau…

Mais depuis que le mariage de sa sœur avait été célébré, Zayn avait la désagréable impression qu'une épée de Damoclès se trouvait suspendue au-dessus de sa tête.

Car il était parvenu à réconcilier sa famille et celle de Farid. Karim avait également fini par avouer sa culpabilité et par innocenter Aslam. Il ne lui restait donc plus vraiment de raison objective de prolonger ses fiançailles avec Amalia.

Rien ne l'empêchait de rompre, à présent. La décision ne dépendait que de lui. Mais la vérité, c'était qu'il se sentait totalement incapable de la prendre.

L'idée de voir partir la jeune femme le rendait malade. En l'espace de quelques semaines, elle lui était devenue aussi nécessaire que l'eau qu'il buvait ou l'air qu'il respirait. Il avait besoin d'elle, de ses baisers, de ses caresses, de ses conseils, de ses remises en cause comme de ses mots doux.

Il lui semblait parfois qu'elle le complétait, comme s'il était enfin parvenu à trouver la pièce d'un puzzle que toute sa vie il s'était efforcé de compléter.

Lorsqu'il avait eu le malheur de faire allusion à cette situation, son père s'était moqué de lui.

— L'amour est une marque de faiblesse, lui avait-il déclaré. C'est une illusion que cultivent ceux qui redoutent la solitude. Mais la réalité, c'est que tu es seul. Personne ne peut t'aider à assumer le fardeau qui est le tien. Plus vite tu t'en convaincras, plus vite tu seras capable d'assumer tes responsabilités de souverain.

Curieusement, c'était un discours que lui-même aurait pu tenir, peu de temps auparavant. Mais il était désormais en proie à un doute lancinant. Se pouvait-il réellement que ce qu'il ressentait pour Amalia fût une simple illusion ?

Le plus étrange, c'était qu'il aurait été bien incapable de répondre à cette question. Pour quelqu'un que la presse qualifiait volontiers de Casanova, il avait l'impression de manquer cruellement d'expérience.

Que savait-il de l'amour ?

Amalia avait totalement remis en question ses certitudes. Lui qui avait toujours soigneusement compartimenté son existence se sentait aujourd'hui complètement dépassé.

Car elle était à la fois une amante, une amie, une confidente, une conseillère, une collaboratrice… Et il ne se sentait pas du tout prêt à renoncer à tout cela.

Cela signifiait-il qu'il était tombé amoureux d'elle ? Ou seulement qu'il avait commis l'erreur de la mêler à trop de facettes différentes de son existence ? Zayn aurait été incapable de le dire.

Comme il se faisait cette réflexion, on frappa à la porte.

— Qui est-ce ?

— Amalia…

Un mélange de soulagement et de joie l'envahit soudain.

— Entre ! s'exclama-t-il.

La porte s'ouvrit, laissant apparaître la jeune femme. Mais voyant sa silhouette se découper dans l'encadrement, Zayn sentit son allégresse se muer en étonnement puis en inquiétude. Amalia était vêtue d'un jean et d'un T-shirt. À son épaule, elle portait le sac à dos avec lequel elle était arrivée à Khaleej.

— Que se passe-t-il ? lui demanda-t-il, inquiet.

— J'ai appris qu'Aslam venait d'être libéré, répondit-elle.

— C'est vrai. Il est sorti de prison aujourd'hui.

Curieusement, cette nouvelle ne paraissait pas la transporter de joie.

— Ta sœur est mariée, ajouta-t-elle.

Il hocha la tête, comprenant soudain où elle voulait en venir.

— Je suis venue te dire au revoir, Zayn, déclara-t-elle.

— Pourquoi ? lui demanda-t-il en s'efforçant de dissimuler le désarroi que lui inspirait cette décision.

— N'est-ce pas ce dont nous étions convenus ? Qu'une fois que mon frère serait libre et ta sœur mariée je te quitterais. Il est temps pour nous deux de retrouver notre liberté.

Zayn sentit son cœur se serrer. Elle s'exprimait avec autant de détachement que s'il s'agissait d'une simple transaction commerciale. N'éprouvait-elle donc pas le moindre sentiment à son égard ?

— Rien ne presse, répondit-il d'un ton faussement décontracté. Pourquoi ne profiterions-nous pas encore un peu de nos fiançailles ?

— Combien de temps ? lui demanda-t-elle gravement. Une semaine ? Deux ? Un mois ? Et après ? Il faudra bien que nous nous séparions.

— Bien sûr, acquiesça-t-il. Au bout d'un moment…

Un éclair douloureux passa dans le regard d'Amalia.

— Cela ne sert à rien, déclara-t-elle. Je ne peux pas mettre indéfiniment mon existence entre parenthèses. Ces fiançailles, ce palais, cette vie… Tout cela est une illusion, Zayn. Et il est temps pour moi de réintégrer le monde réel.

— Tu comptes retourner à Londres ? lui demanda-t-il. Tu vas retourner travailler pour Massimiliano ?

Elle détourna les yeux.

— Je ne sais pas, murmura-t-elle.

Il sentit confusément qu'elle était en train de lui cacher quelque chose. Avec angoisse, il se demanda si elle ne lui avait pas menti au sujet de l'Italien, si tous deux n'avaient pas été amants, en fin de compte.

— Pourquoi ne resterais-tu pas à Sintar ? suggéra-t-il sans réfléchir.

— Et que se passerait-il ? répliqua-t-elle en le regardant droit dans les yeux. Je deviendrais ta maîtresse en attendant que ton père et le Conseil n'exigent de nouveau que tu te maries et mettes au monde un héritier ?

— Serait-ce si terrible ?

L'expression horrifiée qui se peignit alors sur son visage lui apprit que tel était le cas.

— Avant que nous ne fassions l'amour pour la première fois, tu m'as dit que tu ne voulais pas être un pis-aller, répondit-elle durement. Eh bien, moi non plus. Je ne te servirai pas de distraction en attendant que tu choisisses la femme de ta vie.

— Ne sois pas absurde, protesta-t-il vivement. Tu sais comme moi que je n'ai pas le choix. Il faudra bien que je me marie un jour.

— Je le sais, reconnut-elle. Et je sais aussi que ce ne sera pas avec moi parce que, comme tu me l'as expliqué le jour où nous nous sommes rencontrés, je ne remplis aucun des critères que doit satisfaire une épouse de cheikh. Alors, je préfère partir, Zayn. Je préfère me mettre à la recherche d'un homme avec lequel je pourrai vraiment construire quelque chose, d'un homme qui voudra m'épouser et fonder une famille avec moi…

Chaque mot qu'elle prononçait était pour Zayn comme un coup de poignard. Pourtant, il ne pouvait lui reprocher sa décision. Elle méritait mieux en effet que d'être confinée au statut de maîtresse.

— Es-tu si pressée que cela ? interrogea-t-il un peu piteusement.

En cet instant, il aurait été prêt à toutes les concessions pour la convaincre de rester quelques semaines, voire quelques jours de plus.

— Si je reste, je risque de tomber amoureuse de toi, lui dit-elle. Partir sera alors plus difficile encore que cela ne l'est aujourd'hui.

Ainsi, elle ne l'aimait pas, songea Zayn, ne sachant s'il devait se sentir déçu ou soulagé par cette révélation.

— J'ai récemment découvert que l'amour pouvait être un piège, murmura-t-elle, se parlant plus à elle-même qu'elle ne s'adressait à lui. On peut perdre sa vie tout entière en aimant quelqu'un sans être payé de retour. Et il n'est pas question que je me laisse prendre, moi aussi…

Zayn se demanda ce qu'elle pouvait bien vouloir dire par là. Mais avant qu'il n'ait eu le temps de lui poser la question, elle rajusta la bretelle de son sac à dos et lui adressa un petit signe de la tête.

— Adieu, cheikh al-Ghamdi, lui dit-elle. Ça a été pour moi un honneur de partager votre vie, fût-ce l'espace de quelques semaines.

11

Depuis qu'elle s'était installée chez son père, Amalia s'était efforcée de rattraper le temps perdu avec lui comme avec son frère jumeau.

Lors des interminables discussions qu'ils avaient eues tous les trois, elle avait peu à peu compris à quel point le départ de sa mère et elle les avait marqués, tous les deux.

C'était certainement l'absence de leur mère qui avait conduit Aslam à se rebeller contre toute forme d'autorité. Il y avait en lui une rage qu'il avait longtemps eu du mal à contenir. Il en voulait à sa mère de l'avoir abandonné. Il en voulait à son père de l'avoir laissée partir. Et surtout, il s'en voulait à lui-même parce qu'il n'avait pu retenir Amalia.

Il était pourtant évident que son bref séjour en prison l'avait amené à réfléchir. Sur lui-même, sur sa vie et sur ses objectifs. Il en était sorti plus fort, plus décidé à se prouver qu'il valait quelque chose, à démontrer aux autres qu'il n'était pas un délinquant. En l'espace de quelques jours, il avait trouvé un travail auquel il se consacrait avec enthousiasme.

Amalia, en revanche, n'avait pas recommencé à travailler. Il lui avait fallu un certain temps pour avoir le courage d'appeler Massi. Elle lui avait raconté sa rencontre avec son père et les révélations que ce dernier lui avait faites.

— Je suis content que tu sois enfin allée voir Hamid, lui avait-il dit alors. C'est ce que j'espérais depuis le jour où tu m'as annoncé que tu comptais partir pour Khaleej.

— Je ne comprends pas, avait-elle balbutié, passablement interloquée.

— Juste avant sa mort, ta mère m'a fait promettre de ne jamais rien te dire de ce qui s'était passé à l'époque. Je n'ai pas eu d'autre choix que de lui obéir. Mais j'espérais que tu finirais par découvrir la vérité par toi-même.

— Est-ce que vous étiez encore ensemble, à ce moment-là ?

— Nous sommes restés ensemble dès l'instant où elle a quitté Hadid et jusqu'au moment où elle a fermé les yeux pour la dernière fois, avait soupiré Massi.

— Pourquoi ne m'en avez-vous jamais rien dit ?

— Ta mère préférait que tu n'en saches rien. Je crois qu'elle avait peur que tu ne lui en veuilles… J'espère en tout cas que cela ne gâchera pas notre relation. Je tiens beaucoup à toi, Amalia.

— Je sais, avait-elle répondu, touchée par la tendresse qui filtrait dans sa voix.

— Je voulais aussi te dire que j'étais désolé de ce qui s'était passé à Paris. Je n'avais pas le droit de te faire la leçon de cette façon…

— Tu cherchais juste à me protéger, avait-elle répondu tristement. Et tu avais raison, d'ailleurs. Zayn et moi avons rompu.

Un long silence avait suivi cet aveu.

— Je ne comprends pas, avait enfin répondu Massi. J'ai pourtant reçu une invitation à votre mariage, le 10 de ce mois.

— Ce doit être une erreur. Sans doute un fonctionnaire du palais un peu trop zélé…

Mais en raccrochant Amalia n'avait pu s'empêcher de faire une recherche sur ordinateur. Et elle avait découvert avec effroi que Massi ne s'était pas trompé : plusieurs médias annonçaient effectivement le mariage prochain du cheikh. De toute évidence, Zayn avait dû faire appel aux services de Miss Young pour se trouver une nouvelle épouse.

Mais le plus absurde, c'était qu'un certain nombre de

journalistes paraissaient convaincus que c'était Amalia qu'il devait épouser. Elle n'osait imaginer le scandale retentissant qui s'ensuivrait lorsqu'ils découvriraient une autre femme à sa place…

Il régnait au palais une atmosphère très étrange. Le personnel s'activait sans relâche pour préparer la cérémonie de mariage qui devait avoir lieu le lendemain matin. Des dizaines de tables avaient été disposées dans la grande salle de bal.

Une estrade avait été dressée pour le groupe qui devait jouer, le lendemain soir. En cuisine, des dizaines de personnes concoctaient le menu que Zayn avait conçu lui-même. C'était aussi lui qui avait supervisé le choix des vins, de la décoration, des cartons d'invitations, des plans de tables et même des bouquets de fleurs qui étaient disposés un peu partout.

Tout ne tarderait pas à être prêt pour le grand jour. Et personne n'osait formuler la question que tous se posaient. Sans doute le croyaient-ils fou. Il ne pouvait leur en vouloir, bien sûr. Car lui-même n'était pas loin de penser la même chose.

Il s'était attendu à ce que ce soit Mirah qui l'interroge la première, ou peut-être son père. Mais ce dernier s'était muré dans un silence inquiet, ne sachant visiblement pas comment réagir à cette situation surréaliste.

Mais en fin de compte ce fut Benjamin Carter qui se risqua à lui parler. Il était arrivé la veille avec sa nouvelle épouse, la charmante Julianna Ford. Tous deux paraissaient éperdument amoureux l'un de l'autre, ce qui n'avait fait que renforcer le désarroi de Zayn.

— Cheikh al-Ghamdi, lui dit gravement Carter. Je suis heureux que vous nous ayez invités. Et je dois vous féliciter pour l'organisation de cette réception qui s'annonce mémorable. Mais j'avoue que nous sommes tous un peu… étonnés.

— Vraiment ? ironisa Zayn.

Carter s'éclaircit nerveusement la gorge.

— Le personnel est au bord de la panique, reprit-il. Les journalistes font le siège du palais. Votre famille refuse de s'exprimer, mais il est évident que votre sœur s'inquiète beaucoup à votre sujet. Si les choses continuent de cette façon, le scandale qui est sur le point d'éclater fera paraître bien anodin celui causé par les articles de *Celebrity Spy*…

— Je sais, reconnut Zayn. Je suis au pied du mur, n'est-ce pas ?

— C'est le moins que l'on puisse dire, rétorqua Carter. Mais j'avoue que je ne suis pas sûr de comprendre pourquoi vous avez laissé les choses en arriver là. Si Miss Young n'a pas pu trouver quelqu'un qui fasse l'affaire…

— Miss Young a été parfaite. Les candidates qu'elle m'a envoyées correspondaient tout à fait aux critères que je lui avais soumis.

— Mais… ?

— Mais je me suis aperçu que ces critères étaient stupides.

— Ah…, murmura Carter qui commençait visiblement à croire que Zayn était bel et bien dément.

— J'aurais dû le comprendre dès le début. Mais on dit qu'il n'y a pire aveugle que celui qui ne veut rien voir.

— Sans doute…

— Et pendant tout ce temps, la femme qu'il me fallait se trouvait juste devant mon nez.

— Il y a donc une mariée, fit Carter, soulagé.

— Je ne sais pas encore.

— Est-ce une tradition de Khaleej ? s'enquit son invité d'un ton légèrement ironique. Le marié ignore-t-il systématiquement si sa future femme va se présenter ?

— Lorsqu'il ne l'a pas demandée en mariage, oui, répondit Zayn.

— Je ne… Vous n'avez quand même pas…

Carter passa nerveusement la main dans ses cheveux.

— Je crois que j'ai besoin d'un verre, déclara-t-il. Et vous aussi.

Il se dirigea vers le bar et leur servit deux verres de whisky. Zayn avala une gorgée pendant que Carter vidait le sien cul sec avant de se resservir.

— J'ose à peine vous le demander, mais quand comptez-vous lui poser la question, au juste ?

Zayn jeta un coup d'œil à sa montre et constata qu'il était déjà 18 heures.

— Pourquoi pas maintenant ? murmura-t-il. Souhaitez-moi bonne chance, Ben.

— Eh bien… Bonne chance, Zayn, répondit ce dernier.

Zayn hocha la tête et quitta la pièce sous le regard médusé du milliardaire. Pour éviter les gardes et les journalistes qui le guettaient au-dehors, il passa par l'ancien souterrain qui débouchait dans le cimetière de la ville, à quelques centaines de mètres du palais.

De là, il s'enfonça dans la vieille ville en prenant soin de dissimuler son visage sous son keffieh de façon à ne pas être reconnu. Il ne tarda pas à rejoindre la jolie petite maison qu'habitait le Pr Hadid, à quelques rues du bazar.

Parvenu jusque-là, il demeura longuement immobile face à la porte, sachant que sa vie était sur le point de se jouer. Rassemblant son courage, il souleva le lourd heurtoir de bronze.

Quelques instants plus tard, la porte s'ouvrit, révélant Amalia. En l'apercevant, il sentit son cœur cogner contre sa poitrine. Jamais elle ne lui avait semblé aussi belle.

— Que puis-je pour vous ? lui demanda-t-elle dans un arabe que teintait une délicieuse trace d'accent étranger.

Zayn détacha le pan de son keffieh pour faire apparaître son visage. Une expression horrifiée se peignit alors sur le visage de la jeune femme.

— Toi ? s'exclama-t-elle d'une voix vibrante de rage. Mais qu'est-ce que tu fais ici ?

Ce n'était pas exactement l'accueil qu'il avait espéré, mais il s'efforça de faire contre mauvaise fortune bon cœur.

— Il fallait que je te parle.

— Nous n'avons rien à nous dire, rétorqua-t-elle sèchement.

Il la considéra avec étonnement. Jamais il ne se serait attendu à faire face à tant d'hostilité.

— Comment oses-tu venir ici ? s'emporta-t-elle. La veille de ton mariage, en plus !

Elle secoua la tête.

— Je n'arrive toujours pas à croire que tu aies pu l'organiser aussi vite, ajouta-t-elle. Et dire que je te croyais lorsque tu te disais soulagé d'avoir gagné du temps… Mais tu as dû sauter sur le téléphone pour demander une épouse à cette Miss Young à l'instant même où j'ai quitté le palais !

Un profond soulagement l'envahit. La situation n'était peut-être pas aussi désespérée qu'il ne l'avait imaginé.

— Je n'ai pas appelé Miss Young, répondit-il. Et je n'ai pas choisi de nouvelle épouse.

Amalia fronça les sourcils et l'observa d'un air suspicieux.

— Tu as coupé tes cheveux, remarqua-t-il alors.

De fait, elle portait à présent un carré mi-long qui la faisait paraître plus jeune encore.

— J'avais besoin de changer, répondit-elle. De tourner la page…

— Est-ce que tu y es parvenue ? lui demanda-t-il gravement.

Elle se contenta de hausser les épaules.

— Comment as-tu su que j'étais ici ? s'enquit-elle.

— Je suis le cheikh de Khaleej, lui rappela-t-il. Et tu vis dans la capitale de mon royaume. J'en déduis que tu t'es réconciliée avec ton père.

— J'ai découvert qu'il n'était pas du tout l'homme que je pensais.

— Que veux-tu dire ?

Elle hésita, visiblement tentée de tourner les talons et de lui claquer la porte au nez. Mais en fin de compte elle s'abstint de le faire et Zayn sentit croître l'espoir qui venait de renaître en lui.

— En réalité, c'est ma mère qui a quitté mon père, lui dit-elle.

Apparemment, elle est tombée amoureuse de Massimiliano pour qui elle travaillait à l'époque.

— Massimiliano Ricci ? lança Zayn, sidéré.

Amalia hocha la tête.

— C'est dingue ! s'exclama-t-il.

Elle ne put s'empêcher de sourire.

— C'est précisément ce que je me suis dit.

— Et moi qui croyais qu'il était amoureux de toi…

— Je te l'ai dit : il me considère comme la fille qu'il n'a jamais eue. Maintenant, je sais pourquoi…

Zayn secoua la tête.

— C'est incroyable, murmura-t-il.

— Tu as dit que tu n'avais pas choisi de nouvelle épouse, lui dit-elle alors. Pourtant, les journaux annoncent que tu es sur le point de te marier.

— Peut-être, concéda-t-il.

— Peut-être ? répéta-t-elle d'un ton menaçant. Qu'est-ce que ça veut dire, exactement ? Comment peut-on être *peut-être* sur le point de se marier ?

— Je ne suis pas encore sûr que celle que j'ai choisie acceptera.

Un éclair de souffrance passa dans le regard d'Amalia.

— Je te signale qu'il y a des invités qui viennent du monde entier pour ce mariage. Et des centaines de journalistes qui attendent de couvrir l'événement. J'ai même croisé des équipes de télévisions étrangères. Tu ne crois pas que tu aurais dû t'assurer que cette fille voulait se marier avec toi *avant* de convier tout ce monde ?

— Si, sans doute, admit-il.

— Et au lieu d'aller lui parler, c'est moi que tu viens voir ? s'exclama-t-elle d'un ton amer. Franchement, j'ai l'impression que ça ne va pas très bien dans ta tête…

— Tu n'es pas la seule à le penser, reconnut-il. Et je ne peux pas vous donner tort. Depuis que tu es parti, j'ai vraiment l'impression de sombrer. Tu me manques tellement que je n'arrive plus à penser à autre chose…

Amalia ne répondit pas, se contentant de le contempler fixement, les yeux écarquillés par la stupeur.

— Je suis venu te demander si tu voulais bien revenir auprès de moi. Pas comme fiancée, cette fois-ci, mais comme épouse.

L'étonnement de la jeune femme se mêla de suspicion.

— Est-ce une façon de sauver la face ? lui demanda-t-elle. Suis-je une solution de rechange parce que celle que tu comptais épouser a changé d'avis, finalement ?

Zayn secoua la tête.

— Je te l'ai dit : il n'y a jamais eu personne d'autre que toi.

Dans ses yeux, il vit le doute se résorber pour laisser de nouveau place à la stupéfaction.

— Je croyais que je n'avais pas les qualités requises pour épouser un cheikh ? objecta-t-elle faiblement.

— C'est vrai. Tu es bien trop indépendante, bien trop grande gueule et bien trop têtue pour cela, affirma-t-il en souriant. Et la plupart des membres du Conseil m'ont expressément déconseillé d'épouser quelqu'un comme toi. Mais j'ai décidé de ne tenir aucun compte de leur avis.

— Vraiment ? murmura Amalia, les larmes au bord des yeux.

Il hocha la tête.

— J'ai passé ma vie entière à renoncer à ce que j'aimais pour assumer mes responsabilités de chef d'État, expliqua-t-il. J'ai renoncé à une carrière qui me plaisait, à des amis que j'appréciais, et même à des idéaux que j'aurais dû défendre… Peut-on vraiment demeurer soi-même lorsque l'on ne cesse de se trahir ? J'ai décidé qu'il était temps d'assumer qui j'étais. Je serai peut-être un cheikh différent de mon père ou de ceux qui l'ont précédé, mais au moins, je serai en accord avec ce que je crois.

— Si tu savais combien de fois j'ai rêvé de t'entendre dire ça, souffla Amalia.

— Si les gens ne sont pas prêts à m'accepter tel que je suis, ils n'auront qu'à me pousser dehors. Je serais ravi de devenir architecte. En attendant, je compte bien épouser la femme que j'aime… Si elle veut bien de moi, évidemment.

Cette fois Amalia ne put retenir les larmes de joie qui lui montaient aux yeux.

— Comment peux-tu en douter ? murmura-t-elle d'une voix entrecoupée de sanglots. Je t'aime, Zayn.

Il sentit un large sourire illuminer son visage et s'avança vers elle pour la prendre dans ses bras. Le baiser qu'ils échangèrent alors disait mieux encore que leurs mots ce qu'ils éprouvaient l'un pour l'autre. Lorsqu'ils se séparèrent enfin, haletants et frissonnants de désir, Zayn posa doucement sa main sur la joue d'Amalia.

— Ce ne sera pas toujours facile, tu sais, lui confia-t-il. Je ne plaisante pas en disant que ta présence inquiète de nombreuses personnes.

— Je m'en suis rendu compte durant mon séjour au palais, répondit-elle. Mais cela ne me fait pas peur. Tant que tu seras de mon côté, je serai forte.

— La politique que je compte mener désormais me vaudra aussi un certain nombre d'ennemis.

— Nous les affronterons ensemble, lui dit-elle.

— Ensemble, répéta-t-il.

C'était le plus beau mot qu'il ait jamais entendu.

Épilogue

Cinq ans plus tard…

Amalia se tenait sur la terrasse de la maison que Zayn avait fait construire en bordure du désert. C'était lui qui en avait dessiné les plans, bien sûr, et elle était devenue leur port d'attache, le havre de paix où ils aimaient se ressourcer chaque fois qu'ils en avaient le temps.

La tournée qu'ils venaient de faire à travers toute l'Europe avait été passablement épuisante. Depuis que les jumeaux étaient nés, de tels déplacements à l'étranger impliquaient une logistique nettement plus lourde. Mais pour rien au monde ils n'auraient renoncé à voyager en famille.

Loin de diminuer avec le temps, l'amour que Zayn et elle se vouaient n'avait cessé de s'intensifier. Il leur arrivait de se disputer, bien sûr. Mais cela ne durait jamais vraiment très longtemps. Et leurs réconciliations étaient aussi tendres que passionnées.

Il avait pourtant fallu du temps pour que les médias et la population de Khaleej admettent le fait qu'Amalia entendait être à la fois une épouse, une amie, une amante et une conseillère pour son mari. Encouragée par Zayn, elle n'avait fait aucune concession, imposant sa personnalité et son style.

Ainsi, elle avait servi de modèle à de nombreuses jeunes femmes de Khaleej qui avaient fini par secouer le joug patriarcal sous lequel elles ployaient depuis leur plus tendre enfance. Zayn avait soutenu ce mouvement de libération en faisant passer toute une série de lois prônant l'égalité des sexes.

Il avait notamment confié à Amalia la présidence d'un comité de lutte contre les discriminations, que ce soit dans le cadre scolaire ou professionnel. Et elle s'était consacrée à cette tâche avec enthousiasme, ne ménageant pas sa peine pour combattre les mauvaises pratiques qui avaient cours dans les entreprises ou les établissements d'enseignement.

Les conservateurs avaient protesté, bien sûr. Il y avait eu des manifestations, des démissions au sein du Conseil et même des menaces. Mais le couple avait tenu bon, encouragé par la majorité silencieuse qui, dans l'ensemble, semblait soutenir ces transformations de la société.

Et Amalia était fière d'avoir contribué à bâtir un pays où sa fille Lilah aurait les mêmes chances d'accéder à l'université que son fils Rafiq.

— Je croyais que tu étais déjà au lit.

Amalia se tourna vers Zayn qui venait de coucher les jumeaux.

— Je regardais le ciel, lui dit-elle. C'est curieux, tu sais. Il me manque, maintenant, lorsque nous sommes loin d'ici.

— Il faut croire que tu es vraiment devenue l'une des nôtres, *habibi*.

— Sans doute, acquiesça-t-elle, songeuse. Je me demande ce que ma mère en penserait.

— Je suis sûr que ce qui lui importait le plus, en fin de compte, c'était de te savoir heureuse.

— Je le suis, affirma-t-elle en le regardant droit dans les yeux. Plus heureuse que je n'aurais jamais cru pouvoir l'être.

— Moi aussi, répondit-il en s'approchant d'elle pour la prendre dans ses bras.

Ils demeurèrent longuement enlacés sous le ciel piqueté d'étoiles, goûtant le sentiment de paix et de sérénité qu'ils venaient chercher en cet endroit merveilleux. Ici, ils n'étaient plus le cheikh de Khaleej et son épouse mais deux êtres humains comme les autres, deux amants que rien ni personne ne pourrait jamais séparer.

Ici, plus rien n'existait que cet amour passionné et insatiable qu'ils avaient l'un pour l'autre.

MICHELLE SMART

D'orageuses retrouvailles

INTÉGRALE

MARIAGES DE RAISON

Traduction française de
JEAN-BAPTISTE ANDRÉ

SAGAS

HARLEQUIN

Titre original :
MARRIED FOR THE GREEK'S CONVENIENCE

Ce roman a déjà été publié en 2018

1

Après une semaine épouvantable, Xander Trakas s'était convaincu que le pire était derrière lui. Il s'était trompé.

Son avocat américain, un professionnel méticuleux auquel il faisait entièrement confiance, lui avait confirmé que son mariage avec Elizabeth Young était bien enregistré auprès des autorités compétentes. En revanche, il n'y avait pas la moindre trace de son annulation.

En d'autres termes, il était toujours marié.

D'une main crispée, il se massa la nuque et soupira. Le scandale qui avait éclaté dans le tabloïd *Jet-Set* continuait de le hanter. La promesse de révéler « *les juteux secrets de playboys riches et débauchés* » avait donné naissance à une série d'articles assassins, un pilonnage en règle qui ne semblait pas près de s'arrêter. Oui, il était connu pour aimer les femmes, et oui il était riche. Mais débauché ? Comparé à ses compagnons d'infortune, il était presque puceau !

D'accord, il exagérait un peu. Mais s'il avait eu plusieurs relations au cours des dernières années, il s'était toujours montré fidèle et sélectif. À l'inverse de Dante Mancini, de Benjamin Carter ou du cheikh Zayn al-Ghamdi, également pris pour cible par *Jet-Set*, et qui avaient un tableau de chasse beaucoup plus étoffé que le sien.

Les articles, repris dans les tabloïds du monde entier, peignaient de lui un tableau qu'il ne reconnaissait pas. Trois de ses ex l'avaient vendu, non sans agrémenter leur récit de détails aussi sordides que fictifs. Une demi-douzaine d'autres femmes qu'il n'était même pas sûr d'avoir rencontrées affirmaient avoir couché avec lui.

Étrangement, la seule personne dont il savait qu'elle ne le trahirait pas était précisément celle qu'il avait fait l'erreur d'épouser dix ans plus tôt. Mais un journaliste plus curieux ou plus tenace que les autres ne tarderait pas à découvrir leur certificat de mariage. Xander imaginait déjà la une qui suivrait, et ses conséquences.

Il n'avait jamais parlé de ce mariage à quiconque : ni à ses amis, ni à ses parents. Elizabeth et lui n'avaient jamais vécu ensemble, alors à quoi bon ? Ils s'étaient rencontrés sur l'île tropicale de St. Francis, ils y avaient vécu une idylle passionnée, s'y étaient mariés et séparés, le tout en l'espace de quinze jours.

À ceci près que personne n'avait trouvé trace de leur séparation… Il ne doutait pourtant pas du fait qu'Elizabeth avait demandé l'annulation de leur mariage. Elle le lui avait promis avec force jurons.

Savait-elle que ses démarches n'avaient pas abouti ? Une entremetteuse professionnelle pouvait-elle ignorer qu'elle était toujours mariée ? La chose était difficile à croire. Pourtant, en dix ans, elle n'avait pas tenté une seule fois de prendre contact avec lui.

Xander pianota du bout des doigts sur son bureau, songeur. Il allait devoir se montrer prudent. Les renseignements qu'il avait recueillis sur Elizabeth montraient qu'elle n'était plus la femme insouciante qu'il avait rencontrée, la jeune fille de dix-neuf ans qui se satisfaisait d'amour et d'eau fraîche. Depuis leur séparation, elle était devenue une femme d'affaires respectée.

La sonnerie de son téléphone l'arracha à ses ruminations. Espérant qu'il s'agissait de son avocat, auquel il avait demandé d'enquêter sur les raisons de ce fiasco, il ne se retint que de justesse de décrocher lorsqu'il prit l'appareil. C'était son père — la dernière personne à laquelle il avait envie de parler. Xander n'était pas d'humeur à se lancer dans une nouvelle dispute.

Ses communications avec ses parents, de fait, devenaient de plus en plus conflictuelles. Sa belle-sœur avait été conduite la veille à l'hôpital dans un coma éthylique et son frère, il en était sûr, n'était pas loin d'un sort identique. On ne choisissait pas sa famille, c'était connu, mais lui avait été servi… Pour couronner le tout, la presse commençait à le harceler à la suite de la série d'articles parus dans *Jet-Set*…

Des deux mains, il lissa ses cheveux en arrière. Il devait absolument garder la tête froide. Dans quelques heures, il assisterait au gala caritatif de la Fondation Hope en compagnie des trois autres hommes au cœur du même scandale que lui. Xander connaissait mal ses compagnons, mais les quatre allaient devoir s'entendre pour lutter contre les allégations qui ternissaient leurs réputations.

Ils étaient en pleine tempête. Et plus tôt ils en sortiraient, mieux ils se porteraient.

Deux semaines plus tard

Elizabeth Young pénétra dans son domicile new-yorkais avec un soupir de soulagement. Après une semaine à Rome, elle n'était pas fâchée de rentrer enfin chez elle. Même si son petit trois-pièces n'était pas l'appartement le plus impressionnant de l'immeuble, elle l'adorait.

Depuis la dixième fois peut-être depuis son arrivée à l'aéroport, elle vérifia ses messages. C'était simplement par sollicitude pour Piper, se répéta-t-elle, pas parce qu'elle redoutait un appel de son ex-mari.

D'ailleurs, pourquoi Xander la contacterait-il après toutes ces années ? Bien sûr, elle le savait englué dans le scandale *Jet-Set*. Mais contrairement aux clients riches et puissants qui faisaient appel à ses services d'entremetteuse, lui n'avait pas besoin de se marier pour apaiser l'ire de ses actionnaires ou de ses consommateurs. Sa société de prêt-à-porter, Timor SE, était uniquement détenue par sa famille. Et qui se souciait de la vie privée d'un grand patron de holding ? Ses diverses enseignes faisaient le plein de clients et continueraient quel que fût son statut marital.

Elizabeth répugnait à penser à Xander — elle avait pris soin de le faire le moins possible au cours des dix dernières années. Leur rupture brutale l'avait déniaisée à tout jamais et avait changé le cours de sa vie. Pendant trois ans, elle avait réussi à éviter son fantôme. Puis elle était tombée sur un article de journal annonçant qu'il avait pris la tête de Timor SE, l'entreprise de ses parents. Ce même article avait fait comprendre à Elizabeth l'étendue du succès des Trakas — leur fortune n'avait rien à envier à celle des Onassis. Elle avait également appris l'existence d'Ana Soukis, le grand amour de Xander, morte dans un accident de voiture. Un rapide calcul lui avait permis de comprendre que son décès était survenu au moment même de sa rencontre avec le Grec à St. Francis, juste après leur mariage précipité.

Horrifiée, elle avait brûlé l'article et remercié le ciel de sa chance. Si Xander n'avait pas rompu si vite, elle n'aurait pu obtenir l'annulation de leur mariage. Oui, leur rupture l'avait profondément ébranlée. Mais tout compte fait, mieux valait être débarrassée d'un tel goujat, un homme capable d'oublier l'amour de sa vie en quelques jours à peine !

La seule chose qu'elle savait de lui, aujourd'hui, c'était qu'il ne s'était jamais remarié. À quoi bon ? Les femmes lui tombaient dans les bras sans le moindre effort de sa part — et en quantités astronomiques, à en croire les affirmations de *Jet-Set*.

Mais de tous les play-boys concernés par ce scandale, Xander était le moins affecté. Contrairement aux autres, il n'avait nul besoin de se trouver une épouse pour apaiser la furie des médias. Pourquoi Piper avait-elle affirmé qu'il comptait l'appeler ? S'agissait-il d'une méprise ?

Renonçant à percer ce mystère, Elizabeth se déshabilla et

enfila un peignoir en éponge. Après quatorze heures de vol, elle voulait juste se prélasser dans un bon bain. Elle n'aurait pas songé une seule seconde à Xander si Piper n'avait pas mentionné son nom.

Elle ouvrit les robinets en grand, songeant à son amie pendant que la baignoire se remplissait. Des deux, Piper était la plus à plaindre. Elle se sentait obligée d'épouser Dante après une nuit de passion qui s'était terminée en grossesse inattendue. Et ils n'étaient pas faits l'un pour l'autre. Piper, pour commencer, était bien trop innocente, trop naïve pour un homme aussi expérimenté et cynique que Dante. Tout comme elle, Elizabeth, l'avait été pour Xander autrefois…

Avec un soupir, elle se déshabilla et se glissa dans l'eau chaude au moment précis où son téléphone sonnait. Elle se pétrifia, le cœur battant.

La sonnerie continua et Elizabeth fit une chose qu'elle n'avait jamais faite : elle l'ignora. Après quelques instants, son répondeur décrocha. Quelques secondes plus tard, l'appareil vibra pour indiquer la présence d'un message.

Elle rouvrit enfin les yeux et fixa le plafond qu'elle avait peint elle-même, se forçant à respirer. Rien ne disait qu'il s'agissait de *lui*. Ses clients étaient riches et habitués à l'appeler à n'importe quelle heure du jour et de la nuit. Ils payaient assez cher pour ce privilège. Elle consulterait le message en sortant du bain et…

De nouveau, son téléphone sonna. Elle l'avait placé sur une petite étagère où elle pouvait l'atteindre et, cette fois, elle se tourna vers lui. L'écran clignotait au gré de la sonnerie. Avant qu'elle puisse trouver le courage de répondre, le répondeur décrocha de nouveau.

Mue par une bouffée d'adrénaline, Elizabeth se redressa, s'essuya les mains et s'empara de son téléphone. Le numéro lui était inconnu. Le cœur dans la gorge, elle appuya sur « Rappeler » et porta l'appareil à son oreille.

— Allô !

— Elizabeth ?

La voix de Xander lui fit l'effet d'une douche glacée. Ses doigts se crispèrent et lâchèrent le téléphone, qui tomba dans l'eau du bain avec un « plouf » moqueur.

Vingt minutes plus tard, sa tension était presque redescendue à son niveau normal. Enveloppée dans son peignoir, Elizabeth débrancha son séchoir et examina la carte SIM qu'elle avait extraite de son appareil. Se maudissant en silence pour sa stupidité, elle l'inséra dans un vieux téléphone exhumé d'un tiroir.

Elle dut attendre trois interminables minutes avant d'avoir confirmation de la bonne récupération de tous ses contacts. Il n'y avait malheureusement pas moyen de retrouver le numéro de Xander mais quelque chose lui disait qu'il ne tarderait pas à se manifester.

Elle avait vu juste. Un courriel apparut presque aussitôt sur son écran.

> Elizabeth, c'est Xander. Je suppose que tu as des problèmes avec ton téléphone. Voici mon numéro. Appelle-moi dès que possible.

Elizabeth crut un instant qu'elle allait fondre en larmes, mais une colère brûlante vint à son secours et lui sécha les yeux. Ainsi, comme tous les Casanova qui constituaient sa clientèle, il comptait employer ses services. Il allait lui demander de lui trouver une épouse pour redorer son blason.

Quelle audace ! Comment osait-il ? Comment pouvait-il manquer à ce point de délicatesse ? Et pourquoi avait-il besoin de se marier ?

Elle fut tentée de l'envoyer paître par courriel mais se ravisa. Xander l'avait quittée dix ans plus tôt. Réagir en l'ignorant ou en l'insultant laisserait à penser qu'elle lui en voulait encore, et par déduction qu'elle ne l'avait pas oublié. C'était ridicule. Elle était simplement fatiguée après une semaine particulièrement éprouvante. Et elle allait le prouver.

Elle compta jusqu'à trente devant le miroir de sa chambre, puis composa le numéro de Xander. Il décrocha dès la première sonnerie.

— Merci de me rappeler.

Les yeux rivés sur son reflet, Elizabeth s'efforça de répondre d'une voix aussi impersonnelle que la sienne :

— Pas de problème. Excuse-moi pour la coupure, j'ai fait tomber mon téléphone à Rome et il se comporte bizarrement depuis.

— Il risque de recouper ?

— Non, j'utilise un autre appareil.

— Parfait. Il faut que je te voie, annonça Xander sans transition.

Résistant à l'envie de jeter son téléphone par la fenêtre, Elizabeth s'efforça de sourire de toutes ses dents.

— Très bien. Tu as une date en tête ?

— Tu es libre demain ?

Demain ? Elle tressaillit, calculant mentalement la durée du voyage. Xander vivait sur une île grecque, il devait être 5 heures du matin chez lui. Ne dormait-il jamais ? Ou alors n'était-il pas *encore* couché ? Oui, c'était l'explication la plus probable. Il devait tout juste revenir de l'une de ces soirées décadentes qui faisaient les délices des tabloïds. Peut-être même lui parlait-il de son lit, une femme endormie à ses côtés ?

— Elizabeth ?

Avec un sursaut, elle déglutit et s'arracha à la nausée qui lui serrait la gorge.

— Quand tu dis demain, tu veux dire…

— Samedi. Je devrais atterrir vers 15 heures.

— Je suis libre dimanche, déclara aussitôt Elizabeth, avide de gagner ne fût-ce qu'une journée. Tu sais où se trouve mon bureau ?

— Nous ne nous verrons pas à ton bureau. Tu vas venir me retrouver.

Un frisson d'alarme la parcourut, mais Elizabeth parvint à demander d'une voix neutre :

— Te retrouver où ?

— À St. Francis.

Cette fois, le sourire d'Elizabeth s'effaça. Elle laissa échapper une longue bouffée d'air, comme si elle venait de recevoir un coup au creux de l'estomac.

— Je n'ai pas le temps de faire escale à New York pour te prendre au passage, poursuivit Xander. Je vais donc affréter un jet privé pour toi. Prends des affaires pour deux jours et réserve-moi ton dimanche.

Elizabeth était incapable d'articuler le moindre mot. Son cerveau était figé, pris dans un blizzard d'émotions. Ses genoux s'entrechoquaient et elle dut s'asseoir sur le rebord du lit pour ne pas s'effondrer.

— Il y a un problème ? demanda Xander, un soupçon de provocation dans la voix.

Elizabeth couvrit le combiné le temps de s'éclaircir la gorge, puis répondit :

— Aucun problème, non. Je te retrouverai là où ça te convient.

— St. Francis me convient.

— Tu sais que je requiers une avance d'un quart de ma commission pour les déplacements à l'étranger ?

— Envoie-moi un RIB et je m'occuperai de te faire virer l'argent.

Avant qu'Elizabeth puisse inventer une nouvelle objection, il conclut :

— C'est donc réglé. Je te vois demain.

Puis il raccrocha. Elizabeth décolla lentement le téléphone de son oreille et le fixa comme s'il s'agissait d'une bombe à retardement.

Venait-elle de rêver ? Ce coup de fil avait-il vraiment eu lieu ?

Les milliardaires capricieux, elle y était habituée. Ils constituaient l'essentiel de sa clientèle et elle avait appris à se plier à leurs exigences. Un jour, elle avait rencontré un Bédouin en plein Sahara douze heures à peine après leur premier échange. Ces hommes étaient quasiment tous arrivés au sommet à la force du poignet, en se montrant impitoyables. Ils n'étaient pas mauvais, juste habitués à obtenir ce qu'ils voulaient d'un claquement de doigts. Elle l'acceptait sans sourciller — c'était l'une des raisons de sa popularité.

Sa conversation avec Xander ressemblait à la centaine d'autres qui l'avaient précédée. Il n'avait rien dit de particulièrement choquant. Ils étaient désormais deux inconnus qui, par le plus grand des hasards, avaient été brièvement mariés autrefois. À l'évidence, le Grec n'avait plus le moindre sentiment à son égard — et c'était réciproque. Non, c'était simplement l'idée de retourner à St. Francis qui l'avait prise de court.

Pourquoi là-bas ? Son ex-mari avait choisi le lieu de leur rencontre, de leur mariage et de leur séparation.

Il ne pouvait s'agir d'un simple hasard.

2

Le jet privé affrété par Xander dessina un cercle au-dessus de l'aéroport de St. Francis pour se placer dans l'alignement de la piste. Elizabeth agrippa les accoudoirs de son fauteuil, mais ce n'était pas de l'avion qu'elle avait peur. C'était de ce qui l'attendait sur l'île.

Elle avait passé la nuit à chercher une excuse pour éviter ce voyage : urgence familiale, accident de voiture, crise cardiaque… Elle les avait toutes passées en revue, et toutes rejetées. Après tout, il s'agissait de son travail. Elle offrait un service discret et sur mesure, et si Xander s'avisait de faire courir le bruit qu'elle n'était pas fiable, la réputation qu'elle avait patiemment bâtie ces huit dernières années risquait d'en prendre un coup.

Le Xander qu'elle avait cru connaître, se répéta-t-elle pour la centième fois, n'existait pas. La seule chose qu'elle savait de lui de manière certaine, c'était qu'il n'était pas sentimental. S'il lui avait donné rendez-vous sur St. Francis, c'était donc qu'il avait oublié leur idylle.

Elle l'avait aimé, autrefois — de tout son être. Elle se rappelait encore l'excitation qui l'avait saisie le matin de leur départ pour Diadonus, l'île grecque où Xander vivait. Il allait lui présenter sa famille, puis ils commenceraient leur vie ensemble.

Mais ils n'étaient jamais partis. Xander lui avait expliqué

qu'il avait commis une erreur, qu'il ne l'aimait pas, que sa famille la détesterait de toute façon. Il rentrerait seul à Diadonus.

Elizabeth sentit son estomac se nouer sous la violence de ces souvenirs. Comme elle aurait aimé pouvoir voyager dans le temps et revivre ces instants ! Cette fois, elle ne fondrait pas en larmes. Elle hausserait les épaules comme si de rien n'était.

Durant les quelques heures qu'ils passeraient ensemble, résolut-elle en son for intérieur, elle se montrerait aimable et professionnelle. Elle le traiterait comme n'importe quel autre client, pas comme le salaud qui lui avait brisé le cœur.

L'avion atterrit enfin et sa nausée s'intensifia. Elle ne s'était pas sentie aussi nerveuse depuis qu'elle était partie de chez elle pour conquérir le monde. Elle descendit de l'appareil, serrant sa valise et son sac à main contre elle. Un soleil de fin d'après-midi baignait le terminal d'une brume dorée. Après les températures de New York, la chaleur était bienvenue.

Avant son premier séjour sur l'île, Elizabeth n'avait jamais quitté les Etats-Unis. Puis sa grand-mère était morte et lui avait légué un petit pécule en lui recommandant de « voir le monde ». Elle serait sans doute ravie de savoir que son travail, aujourd'hui, lui permettait de sillonner la planète.

Mais de tous les lieux qu'elle avait visités, cette petite île des Caraïbes restait son favori. Pourtant, quelque chose en gâtait le souvenir, comme si le sable blanc de St. Francis s'était changé en minuscules fragments de verre, ou ses flots bleus, remplis de poison.

Un douanier vint à sa rencontre dans un buggy électrique et, après un coup d'œil de pure forme à son passeport, la conduisit au parking de l'aéroport. Un 4x4 rutilant l'y attendait, dont le chauffeur descendit à son approche.

Le cœur d'Elizabeth bondit dans sa poitrine — c'était Xander. Il s'avança vers elle, vêtu d'un pantalon de toile beige et d'une chemise de lin blanc tendue sur son torse. Ses cheveux, autrefois mi-longs et indociles, étaient désormais coupés court. Le Grec s'arrêta à sa hauteur, remercia le douanier d'un signe de tête et fixa Elizabeth de ce regard bleu dans lequel elle avait autrefois aimé se noyer.

— Elizabeth, murmura-t-il en lui tendant la main.

Elle avait toujours adoré la façon dont il prononçait son nom — il tombait de ses lèvres généreuses comme une caresse. Avec son plus beau sourire, elle déposa sa valise et prit la main qu'il lui offrait.

— Ravie de te revoir, Xander.

— Tu as l'air en pleine forme.

— Merci.

Elle profita de sa main pour descendre du buggy, tout en ignorant le frisson qui lui hérissait la peau malgré la chaleur. Xander était aussi grand que dans son souvenir, mais les dix années écoulées lui avaient ajouté une aura de puissance qu'elle ne lui connaissait pas. L'éclat de ses yeux semblait s'être terni et de légères ridules prolongeaient ses paupières. Malgré cela, ou de ce fait, il était plus séduisant encore qu'autrefois.

Et pourtant, elle l'avait déjà trouvé sublime lors de leur première rencontre. Tellement que lorsqu'il l'avait abordée dans le foyer de l'hôtel Maison-Blanche pour lui proposer de l'aider à porter ses bagages, elle avait cru qu'il travaillait pour l'établissement. Elle n'avait compris que dix minutes plus tard que l'homme au sourire contagieux et à l'accent chantant n'était qu'un client comme les autres, et qu'il s'intéressait à elle. À *elle* !

Ils s'étaient donné rendez-vous une heure plus tard au bar. Elle s'était presque imaginé, après s'être changée et avoir pris une douche, qu'elle avait fantasmé Xander. Mais elle l'avait trouvé qui l'attendait près de la piscine, bien réel. Deux cocktails plus tard, elle avait appris qu'il était grec, qu'il avait le même âge qu'elle — vingt ans — et qu'il voyageait seul. Incorrigible romantique, elle avait songé qu'ils avaient été réunis par le destin.

— Tu n'as rien apporté d'autre ? s'enquit Xander en s'emparant de sa petite valise.

Du coin de l'œil, il étudia son ex-femme. Elizabeth avait perdu les rondeurs de ses vingt ans. Elle était plus mince, son visage mieux défini. De grandes lunettes de soleil dissimulaient ses yeux mais une sophistication nouvelle irradiait de chacun de ses mouvements. Elle portait un jean aux poches brodées de perles et une chemise blanche qui convenaient à la fois à une occasion formelle ou décontractée — le caméléon parfait.

Elle le suivit jusqu'à la jeep, déroulant ses longues jambes avec un soulagement évident après le long vol depuis New York. Bon sang, elle était plus sexy encore que dans son souvenir. Éblouissante, même.

Avec un sourire, il lui ouvrit la porte du côté passager et alla s'installer à son tour, saisissant au passage une bouffée évanescente de son parfum. Ce dernier n'avait rien à envier à la fragrance pourtant légendaire des frangipaniers et des gingembres blancs de St. Francis.

— J'ai réservé une table chez LuLu Beach, annonça-t-il en quittant l'aéroport.

« Aéroport » était un bien grand mot pour décrire une simple piste flanquée d'une cahute blanche. St. Francis était l'une des plus petites îles des Caraïbes, connue pour son état sauvage. Elle était la destination préférée de jeunes mariés fortunés.

Xander l'avait choisie pour de multiples raisons. Pas un instant il n'avait songé que d'y revenir le déstabiliserait à ce point. Il était profondément troublé, et la présence d'Elizabeth à quelques centimètres de lui n'arrangeait rien à l'affaire.

— Va pour LuLu Beach, répondit-elle.

Sous son amabilité de façade, Xander crut distinguer une hostilité larvée. Peut-être l'imaginait-il, mais il en doutait. Avait-elle renoncé à annuler leur mariage pour lui rendre la monnaie de sa pièce ? Il s'était montré particulièrement brutal lors de leur rupture, il le reconnaissait.

Un peu de patience, se morigéna-t-il. Il finirait bien par découvrir la vérité. Et cela ne changeait rien au fait qu'il avait agi de la meilleure façon possible. Lorsqu'il avait raccroché après sa conversation avec sa mère et regardé la femme qu'il avait épousée cinq jours plus tôt, il avait compris qu'il avait commis une énorme erreur. Il vivait dans un monde impitoyable. Et si Ana, une femme qui en était issue, n'avait pas pu y survivre, qu'adviendrait-il d'Elizabeth ?

Ils parvinrent bientôt à LuLu Beach, où une hôtesse les mena à une table sur le sable. Ils prirent place l'un en face de l'autre et étudièrent le ressac en silence jusqu'à l'apparition d'un serveur.

— De l'eau, répondit Elizabeth lorsque ce dernier lui demanda ce qu'elle souhaitait boire.

— De l'eau ? répéta Xander. Rien d'autre ?

— Non.

— Très bien. Une bouteille d'eau et une bière, alors.

Le serveur parti, il joignit ses mains sous son menton et étudia son ex-épouse. Dans la lumière du couchant, elle irradiait telle une icône.

— Tu es splendide, murmura-t-il presque malgré lui.

— Merci.

Elizabeth se retint de justesse de lui retourner son compliment. Xander était un client, et ce genre de commentaire n'avait pas sa place dans un entretien de nature professionnelle.

Dire qu'elle s'était crue prête à le revoir… Ses paumes moites et les battements affolés de son cœur lui indiquaient le contraire. Elle avait eu beau se préparer, elle comprenait maintenant qu'une année entière n'y aurait pas suffi.

Le serveur réapparut avec leur boisson, puis tira un carnet de sa poche pour prendre leur commande. Elizabeth choisit une salade au hasard. Elle n'avait pas faim mais elle avait besoin de quelque chose pour s'occuper les mains. Comme la plupart des restaurants de l'île, LuLu était un mélange de cuisine française et créole, deux genres culinaires qu'elle évitait soigneusement depuis dix ans.

— Pourquoi voulais-tu que nous nous retrouvions ici ?

demanda-t-elle, ravie que le soleil lui offre une excuse pour garder ses lunettes de soleil.

— Ça t'ennuie ?

— Non, mais ce n'est pas particulièrement délicat de ta part. Je n'ai pas la moindre objection à te dénicher une partenaire dévouée, mais rien ne te forçait à choisir St. Francis pour cette entrevue.

— Je n'ai pas besoin d'une partenaire dévouée. J'ai besoin d'une épouse.

— Ce n'est pas la même chose ?

— « Partenaire dévouée » a quelque chose de… permanent. J'ai besoin d'une épouse temporaire.

Avec un hochement de tête, Elizabeth tira un carnet de son sac et nota « mariage temporaire ». Elle entoura les mots avec tant de force que la mine de son crayon cassa.

Bien que déterminée à se comporter en parfaite professionnelle, elle ne put s'empêcher de remarquer :

— Demander à ton ex-femme de t'en trouver une nouvelle, tu ne crois pas que c'est faire preuve de goujaterie ? Tu aurais aussi bien pu me retrouver à New York. Qu'essaies-tu de prouver en venant ici ?

Lorsqu'elle redressa la tête, Xander la dévisageait d'un air énigmatique.

— J'avais mes raisons.

Elizabeth, malgré son impatience, se força à rester stoïque. S'il voulait jouer, il le ferait tout seul. Elle était là pour travailler, rien d'autre.

— Parle-moi du genre de femme que tu recherches. Y a-t-il des choses qui te repoussent, comme les fumeuses ou les femmes à barbe ?

Ou une Américaine blonde que n'approuverait pas ta mère parce qu'elle n'est pas issue de la haute société ?

Elizabeth attendit sa réponse mais il continua de la dévisager en silence, la même expression énigmatique sur son beau visage. Un frisson remonta le long de sa colonne. Cette façon de la regarder… Signifiait-elle que…

Brusquement, il porta sa bière à ses lèvres et la déposa avec un claquement sec.

— Je n'ai pas besoin que tu me trouves une épouse, Elizabeth. J'en ai déjà une.

— Vraiment ? Je ne comprends pas… Qui est-ce ?

— Toi.

— Pardon ?

— Je ne vois pas de façon délicate de te l'annoncer. Notre mariage n'a pas été annulé. Nous sommes toujours mari et femme.

Xander vit Elizabeth blêmir. Un long moment s'écoula, puis elle secoua la tête et ôta enfin ses lunettes. Son regard ambre — il n'avait jamais oublié cette couleur unique — percuta enfin le sien. Et en cet instant, il eut la réponse à sa question : elle ne savait rien. Même la meilleure actrice du monde ne pouvait feindre un tel choc.

Il en fut soulagé, mais cela ne changeait rien à la suite des événements.

— Elizabeth ?

Elle déglutit, puis répondit d'une voix rauque :

— Notre mariage a été annulé.

— L'annulation a été rejetée par le juge à la dernière étape du dossier.

L'air médusé, la jeune femme remit ses lunettes, puis les remonta sur ses cheveux. Elle s'affaissa dans sa chaise et poussa un long soupir.

— Je ne comprends pas.

Xander avait deux semaines d'avance sur elle, et il ne comprenait pas davantage.

— Tu as reçu la confirmation officielle de l'annulation ? demanda-t-il.

Elle le regarda un instant avec hébétude, puis se prit la tête entre les mains et posa ses coudes sur la table.

— J'ai reçu confirmation de la prise en compte du dossier. Je m'en souviens bien. La lettre disait que la procédure prendrait un mois.

— Mais as-tu reçu le document final ?

— Je… J'ai déménagé entre-temps, murmura Elizabeth.

— Déménagé ? D'où ça ?

— Je vivais chez ma mère. Elle était censée me faire suivre mon courrier mais elle ne l'a pas fait. J'ai dû organiser sa redistribution moi-même.

Puis Elizabeth se redressa et laissa échapper avec un rire sourd :

— Bon sang, je vais l'étrangler…

Leur mariage avait été trop court pour atteindre l'étape « présentation aux parents ». Complètement absorbés par leur idylle, ils n'avaient jamais vraiment évoqué leurs familles respectives. Tout ce que Xander savait d'elle, c'était qu'Elizabeth était fille unique et que ses parents étaient divorcés. Elle avait pris des vacances à St. Francis grâce à un héritage reçu de sa grand-mère, et c'était ainsi qu'ils s'étaient rencontrés.

Elizabeth secoua la tête comme pour chasser la tempête qui faisait rage sous son crâne. Un début de migraine pointait, mais elle l'ignora et se leva brusquement.

— J'ai besoin de marcher.

Xander ne fit pas mine de bouger. Son regard bleu prit un éclat métallique et plongea dans celui d'Elizabeth, la paralysant sur place.

— Nous marcherons plus tard. Pour le moment, il faut que nous parlions.

Elizabeth sentit son estomac se nouer et se demanda un instant si elle n'allait pas rendre le peu de nourriture qu'elle était parvenue à avaler depuis son coup de fil. Revoir Xander était beaucoup plus difficile qu'elle ne l'avait imaginé. D'apprendre en sus qu'ils étaient encore mariés…

Non, c'était impossible.

Pourtant, elle savait qu'il disait la vérité.

Elle se laissa retomber sur sa chaise, abattue. Le soleil était presque couché et les premières étoiles pointaient à l'horizon. C'était un spectacle d'une beauté à couper le souffle, un contraste saisissant avec la bombe que Xander venait de lâcher.

Leur commande arriva au même instant. Le Grec avait commandé un filet de lotte dont l'odeur, pourtant appétissante, réveilla sa nausée. Elle contempla sans enthousiasme sa propre salade d'avocat.

— Pour quelle raison l'annulation a-t-elle été refusée ?

— Le juge a estimé que nous nous étions mariés en pleine connaissance de cause. Nous n'avions ni secret l'un pour l'autre, ni raison légale pour demander l'annulation.

— Mais nous n'avons été mariés que cinq jours !

— Nous sommes tombés sur le mauvais juge, voilà tout. Il a décidé de se montrer tatillon. À mon tour de te demander pourquoi tu n'étais pas au courant.

— Je te l'ai dit : j'ai déménagé et je n'ai jamais reçu la lettre.

— J'ai compris. Ce que je comprends moins, en revanche, c'est pourquoi tu ne t'en es pas inquiétée. Tu aurais pu appeler pour t'enquérir de l'avancement du dossier et vérifier que l'annulation avait bien été prononcée.

— Je pourrais te retourner la remarque. Tu ne t'es pas inquiété de ne rien recevoir ?

— Je te rappelle que je vis à des milliers de kilomètres d'ici. Ça n'a donc rien d'étonnant. Et tu m'as dit que tu t'en occuperais. Tu t'es même montrée très insistante, si je me souviens bien.

— Depuis combien de temps es-tu au courant ? demanda Elizabeth, qui préférait ne pas repenser à cette époque.

— Deux semaines.

— Et c'est seulement maintenant que tu me le dis ?

— Je réfléchissais à la meilleure façon de procéder. Et je

ne me suis intéressé au sujet que parce que je cherchais à faire disparaître toute trace de l'annulation.

— Pourquoi ?

— Parce que je ne voulais pas que la presse apprenne que j'avais été marié. Je ne voulais pas leur donner des munitions supplémentaires. Ma famille ignore tout de cette histoire.

Elizabeth ne put retenir un sourire sarcastique. Elle non plus n'avait rien dit à sa famille, mais pour des raisons bien différentes. Elle n'avait pas eu honte de Xander. Elle avait juste été trop humiliée par leur rupture pour s'en ouvrir à quiconque. Sa mère l'aurait sermonnée, son père aurait fait semblant de prendre son parti, et les deux auraient fini par se disputer pour se rejeter la responsabilité mutuelle d'un échec qui ne les regardait même pas. Ses parents étaient si égoïstes qu'ils n'auraient pas hésité un seul instant à s'approprier ses erreurs à elle !

— Les choses sont assez difficiles comme ça pour ma famille, renchérit son compagnon. Je ne veux pas leur mettre la presse sur le dos.

— Je suis censée compatir à ton sort ?

— Tu n'es rien censée faire du tout. Je te présente juste les faits.

— Et tu avais vraiment besoin de me donner rendez-vous ici ? Tu ne pouvais me l'annoncer à New York ? Je trouve cruel de devoir discuter de notre divorce sur l'île où nous nous sommes mariés.

— Elizabeth…

— Non, ne t'inquiète pas, je ne ferai pas la moindre difficulté. J'ai beaucoup plus à perdre que toi si la nouvelle se répand. Tu auras ton divorce. Où dois-je signer ?

— Si je voulais divorcer, je t'aurais contactée il y a deux semaines.

Saisie d'un pressentiment, Elizabeth se figea.

— Je croyais que tu voulais effacer toute trace de ce mariage ? Que c'était pour ça que tu avais fait des recherches ?

— C'était mon intention originale, en effet. Mais la donne a changé.

Elizabeth avait la gorge nouée. Elle redoutait ce qui allait suivre et, incapable de parler, lui jeta un regard suppliant. *Tais-toi. Ne dis rien. Il n'est pas trop tard pour…*

— Je veux relancer notre mariage.

3

Elizabeth, malgré sa stupeur, ne fit pas mine de ne pas comprendre.

— N'y compte même pas, répondit-elle sans la moindre hésitation.

— Tu gères une agence matrimoniale, non ? Tu arranges bien des mariages ?

— Pour les autres, oui !

— Je veux t'engager pour refonder notre couple. Évidemment, je ne parle pas d'une union durable. Ce sera l'affaire de quelques mois, tout au plus.

Le serveur, remarquant qu'ils n'avaient pas touché à leurs assiettes, s'approcha au même instant pour demander :

— Tout va bien ? Vous désirez quelque chose ?

— Oui, répondit Elizabeth sans hésiter. Un taxi pour l'aéroport.

— L'aéroport est fermé, répondit l'autre d'un air médusé.

Elle retint un juron — elle avait presque oublié qu'aucun avion n'arrivait ou ne partait après le coucher du soleil.

— Nous prendrons deux cafés, déclara Xander d'un ton affable.

Elizabeth attendit que le serveur se fût éloigné, puis se pencha vers Xander d'un air furieux.

— C'est pour ça que tu m'as fait venir ici ? Pour m'empêcher de me sauver ?

— En partie. J'avais d'autres raisons.

— Vraiment ? Eh bien tu sais quoi ? Tes raisons, je m'en moque. Je ne vais pas changer d'avis sous prétexte que je dois passer la nuit sur l'île. Ne compte pas sur moi.

Si Xander était affecté par sa colère, il n'en montra rien. Il se comportait comme s'ils discutaient d'un simple contrat. Et bien qu'Elizabeth eût conscience de ne plus rien représenter à ses yeux, cette indifférence n'était pas réciproque. Le revoir lui rappelait à quel point elle l'avait aimé, le bonheur qu'elle avait éprouvé à ses côtés. Il avait été de courte durée, et la chute n'en avait été que plus brutale.

Mais elle avait survécu. Elle était toujours là, debout malgré la souffrance que Xander lui avait infligée. Elle était plus forte et elle se raccrocha à cette certitude.

— Tu n'as pas besoin d'une épouse, reprit-elle d'un ton plus calme. Le scandale *Jet-Set* n'affecte en rien tes affaires.

— Ma requête n'a rien à voir avec mes affaires. Ma...

Xander s'interrompit pour permettre au serveur de déposer deux tasses de café sur la table, puis reprit :

— Ma belle-sœur est alcoolique. On lui a diagnostiqué une cirrhose. Si elle n'arrête pas de boire, elle ne survivra pas plus de cinq ans.

— Tu parles de Katerina ? demanda Elizabeth, choquée par cette révélation.

— Tu te rappelles son prénom ?

Elle rougit, embarrassée. Bien malgré elle, elle se rappelait la moindre de leurs conversations, le plus petit détail de sa vie intime.

— Je parle bien de Katerina, confirma-t-il comme elle ne répondait rien. Je ne sais pas ce qu'il va advenir d'elle, ni même si elle est capable d'arrêter de boire. Mais ce qui lui est arrivé a aidé mon frère à prendre conscience de la gravité de la situation. Son poison à lui, c'est la cocaïne. Ça fait des années que je le supplie d'arrêter. Yanis s'est fait admettre en clinique de désintoxication aux Etats-Unis il y a dix jours.

La clinique en question, dans l'Arizona, était censée être

l'une des meilleures au monde. Xander espérait de tout son cœur que les médecins pourraient aider Yanis. Il ne voulait pas voir le cercueil de son frère descendre en terre. L'enterrement d'Ana avait déjà bien failli le démolir et il ne voulait pas revivre cette expérience avec un membre de sa famille.

— C'est une bonne chose, murmura Elizabeth d'un ton radouci.

— Oui. Formidable, même. Il va y passer au moins deux mois. Et comme Katerina n'est pas près de sortir de l'hôpital, Yanis m'a confié la garde de leur fils, Loukas. Mon neveu a huit ans et, malgré tout ce qu'il a vu, c'est un gamin formidable. Mais il y a un hic.

— Lequel ?

— Mes parents ont entamé une action en justice pour obtenir sa garde.

Elizabeth secoua la tête, un peu perdue.

— La garde de Loukas ?

— Oui. Sa garde définitive. Ils affirment que Yanis et Katerina ne sont pas aptes à l'élever.

— Et… Tu crois que c'est une mauvaise idée ? Je veux dire, quand on voit la façon dont ton frère et ta belle-sœur…

— C'est la pire des solutions, l'interrompit le Grec. Mon frère, quand il n'est pas sous l'emprise de stupéfiants, est un excellent père. Il fait tout ce qu'il peut pour se sortir de cette dépendance. Mes parents ont avancé leurs pions parce qu'ils savent que ni lui ni Katerina ne sont en mesure de se défendre. Je vais donc me battre à leur place.

— Mais…

— Je ne laisserai pas mes parents s'emparer de Loukas.

— Où est-il, en ce moment ?

— Chez moi. Le tribunal m'a accordé sa garde provisoire. Je l'ai encore pour deux semaines, jusqu'à l'audition qui décidera de son avenir. Mes parents ne reculeront devant rien, même les coups bas. Leur but sera de me présenter comme inapte au rôle de tuteur.

— Pourquoi ?

— Pour gagner, tout simplement. Le scandale *Jet-Set* arrive au pire moment. Les articles me décrivent comme un débauché. La seule façon pour moi de convaincre un juge de me confier la garde de Loukas, c'est de démontrer que j'ai au contraire une vie calme et rangée. Voilà pourquoi j'ai besoin de toi.

— C'est aussi simple que ça ?

Xander hocha la tête, tout en buvant une gorgée de café.

— Oui. Mon pays est très conservateur et la présence d'une femme est jugée indispensable au développement d'un enfant. Le juge verra un couple marié, une influence positive et un cadre stable pour Loukas, et nous confiera sa garde jusqu'au retour de mon frère. En revanche, si ce sont mes parents qui gagnent, ils ne rendront jamais Loukas.

— Ils en sont vraiment capables ?

— N'en doute pas une seconde. Ma famille est en guerre depuis des années. Ils voient là une occasion de remporter une victoire décisive.

Elizabeth prit ses lunettes et les replia, l'air songeur — elle semblait réfléchir à ce qu'elle venait d'apprendre.

— C'est vraiment très facile, renchérit Xander, la sentant qui fléchissait. Nous annonçons notre mariage et nous restons ensemble le temps que Yanis se rétablisse. Avec un peu de chance, Katerina reprendra pied elle aussi.

— Et si Yanis fait une rechute ? Tu me demanderas de prolonger l'expérience ?

Xander secoua aussitôt la tête.

— Bien sûr que non. Dès que Yanis sortira de la clinique, nous mettrons tout en œuvre pour que je sois nommé tuteur légal de Loukas en l'absence de ses parents. Sitôt ce document signé, nous divorcerons. Évidemment, si nous avions su que nos parents nous feraient un tel coup, nous aurions pris les mesures nécessaires bien plus tôt. J'ai conscience de te demander beaucoup mais…

— Beaucoup ? coupa Elizabeth en clignant furieusement

des yeux. Accepter signerait la faillite de ma société ! Tout ce pour quoi j'ai travaillé partirait en fumée ! Rappelle-toi que mon entreprise tout entière repose sur la discrétion. Et je ne parle pas de ma vie privée.

— Quelle vie privée ? Tu ne fais que travailler.

À la façon dont les traits de la jeune femme s'assombrirent, Xander décida de jouer cartes sur table et de régler tous ses problèmes d'un seul coup.

— Je me suis renseigné sur ton compte. Il n'y a personne d'autre dans ta vie. Tu as quelques amis avec lesquels tu sors, tu assistes de temps à temps à un cours de yoga, mais c'est tout. Alors explique-moi, au juste, en quoi accepter de m'aider te ferait renoncer à quoi que ce soit.

Elizabeth s'étouffa presque de rage.

— Tu as fait faire une enquête sur mon compte ?

— Je n'avais pas le choix. Je devais m'assurer que rien dans ton passé n'était susceptible de revenir te hanter et réduire ainsi mes chances d'obtenir la garde de Loukas.

De fait, son enquête n'avait rien révélé de suspect. Si Elizabeth avait des secrets, ils étaient assez bien cachés pour le rester à jamais. Il n'avait même pas trouvé trace de la moindre relation depuis qu'ils s'étaient quittés. Sa vie sexuelle avait été d'une discrétion sans faille.

— Je me fiche de tes excuses ! riposta-t-elle. C'est une violation de ma vie privée ! C'est inexcusable !

— Tu aurais fait exactement la même chose si les rôles avaient été inversés.

— Si les rôles avaient été inversés, je n'aurais pas eu à faire la même chose ! Ta vie privée s'étale en une de tous les journaux !

— Je t'assure que la moitié est exagérée, et l'autre inventée, répondit Xander, glacial.

— Bien sûr.

Avec humeur, Xander reposa sèchement sa tasse et se pencha vers elle.

— Tu vois le type avec son appareil-photo, là-bas sur la plage ?

— O-Oui…

— C'est un paparazzi. Mon assistante l'a tuyauté et lui a dit que nous serions là.

Le visage d'Elizabeth se figea — il crut un instant qu'elle allait lui arracher les yeux.

— Il a ton nom. Il connaît l'existence de ta société, Leviathan Solutions. Il sait que nous sommes mariés. À toi de choisir le ton de l'histoire qui accompagnera ses photos…

Elizabeth ne l'écoutait déjà plus. Il l'avait piégée. Bientôt, les tabloïds du monde entier allaient les montrer qui déjeunaient ensemble sur une plage des Caraïbes. Elle était si en colère qu'elle peinait à respirer.

— Je ne comprends pas comment tu as pu faire une chose pareille. Tu dis que tes parents ne reculent devant rien… Mais tu ne vaux pas mieux qu'eux.

Si l'insulte porta, son compagnon n'en montra rien.

— Je regrette de devoir prendre ces mesures mais il en va du bien-être de mon neveu. Si tu refuses de m'aider, je n'ai rien à perdre. Ma réputation ne tombera pas plus bas. En revanche, si tu acceptes, tu n'auras plus le moindre souci à te faire dans la vie. Je te propose trente millions de dollars.

Le montant étourdit Elizabeth sans pour autant desserrer l'étau qui lui broyait le cœur. L'entreprise qu'elle avait bâtie avec amour était finie. Lorsque sa photo apparaîtrait en une des tabloïds, plus personne n'emploierait ses services. Sa discrétion était précisément l'une des raisons de son succès, et elle en tirait orgueil.

Comme par un fait exprès, le photographe leva son appareil et les mitrailla. Elizabeth soupira et se leva, le cœur lourd.

— J'aurais accepté de t'aider sans les menaces, ni le chantage.

— Je ne pouvais pas courir le risque que tu refuses. Je ne t'ai pas vue depuis dix ans et tu aurais pu m'en vouloir. Je ne savais même pas si la non-annulation de notre mariage était un accident ou une façon de te venger.

Elizabeth secoua la tête, incrédule.

— Tu crois que j'aurais fait une chose pareille ?

— Ce genre de manipulation est monnaie courante dans mon monde. Les gens en lesquels j'ai confiance se comptent sur les doigts de la main.

— Tu es passé toi-même maître dans l'art de la manipulation, je te le concède.

Qu'était devenu l'homme qu'elle avait épousé ? se demanda-t-elle avec amertume. Car ce n'était certainement pas lui !

— J'essaie juste de protéger mon neveu.

— Je n'aurais jamais laissé ton neveu souffrir s'il était en mon pouvoir de l'éviter. Tu n'avais pas besoin de recourir à ce chantage grotesque. Tu n'avais pas besoin de me pousser à te haïr encore plus !

— Je suis sûre que les trente millions de dollars que je t'offre aideront à faire passer la pilule.

— Tes trente millions ne me feront pas oublier la perte de ma société, et la surexposition que je vais devoir subir dans les médias.

— Tu veux davantage d'argent ? Combien ?

En avisant le rictus narquois sur les lèvres de Xander, Elizabeth vit rouge.

— N'essaie pas de me faire passer pour une croqueuse de diamants ! Si tu n'avais pas fourni à *Jet-Set* de quoi alimenter leurs articles, tu ne serais pas dans cette situation et tu n'aurais pas besoin de mon aide aujourd'hui. Personne ne te contesterait le rôle de tuteur.

Un éclat impatient illumina le regard de Xander, mais un sourire d'indifférence se forma sur ses lèvres.

— Peu importe ce que tu penses de moi. Tout ce que je veux, c'est ton accord. Alors, c'est oui ?

— Tu sais très bien que je n'ai pas le choix.

— Ravi que tu t'en rendes compte.

— Mais laisse-moi être claire : notre mariage sera aussi court que possible, et purement platonique.

— Les couples mariés, dans ma famille, font chambre à part. Tu as donc de la chance.

— Parfait. Si nos chambres sont mitoyennes, je veux un verrou sur la porte de communication.

— Marché conclu.

Sur ces mots, Xander se leva et annonça :

— Allons-y. L'hôtel nous attend.

— Nous ?

— Oui, *kardia mou*. La représentation a commencé. Un photographe nous a vus dîner sur la plage. Ce même photographe connaît le nom de notre hôtel et je peux t'assurer qu'il est prêt à sauter sur son scooter pour y être avant nous et nous photographier à notre arrivée. Demain matin, le monde entier saura que nous avons passé la nuit ensemble. Il ne nous restera plus qu'à faire une déclaration officielle, que j'ai déjà préparée.

— Seigneur… Tu avais tout prévu…

— Je n'ai pas réussi dans la vie en me montrant imprévoyant.

— Vraiment ? Je croyais que tu avais réussi parce que tu es né avec une cuillère en argent dans la bouche.

Elizabeth éprouva une satisfaction fugace à la colère qui se peignit sur le visage de Xander et enchaîna sans lui laisser le temps de répondre :

— Franchement, tout cela est-il vraiment nécessaire ? Tu crois que tes parents vont avaler le fait que nous nous sommes remis ensemble alors qu'ils ignoraient jusqu'à mon existence ?

— Ce n'est pas mes parents qu'il s'agit de convaincre, c'est le juge. À moins de ne pas vouloir ces trente millions de dollars, je te conseille donc de te montrer très persuasive…

— Dis-moi que c'est une plaisanterie.

La voix d'Elizabeth était calme, mais ses yeux fusillèrent

Xander dans la pénombre de l'habitacle. Il coupa le contact devant l'hôtel Maison-Blanche et haussa un sourcil.

— Il y a un problème ?

— Pourquoi ici ?

— Parce que c'est pratique. Et que c'est un symbole. Quel meilleur cadre pour redonner vie à notre mariage ?

— Et au diable ce que j'en pense, c'est ça ? Dire que je pensais que tu ne pouvais pas tomber plus bas…

— Déteste-moi autant que tu veux en privé. Mais en public…

D'un signe de tête, il désigna le scooter qui venait de s'arrêter en dérapant près de l'entrée. Le photographe de la plage en bondit, appareil-photo autour de son cou.

— C'est ridicule, maugréa-t-elle. Personne ne croira à cette mascarade, surtout pas un juge. Tu n'as jamais parlé de moi à quiconque et…

— Si je n'ai jamais parlé de toi, c'est que le sujet était trop douloureux, coupa le Grec de l'air de réciter un texte. Nous ne voulions pas vraiment nous séparer mais nous étions trop jeunes, à l'époque, et nous savions que nous n'étions pas prêts pour une relation sérieuse. Tu m'as appelé à l'occasion du scandale *Jet-Set* pour m'exprimer ton soutien…

Du bout des doigts, il lui caressa la joue. Sa peau, douce comme du satin, était d'une blancheur d'albâtre. Avant qu'elle puisse se dégager, il glissa la main derrière sa nuque et la referma sur ses cheveux. Ou étaient passées les boucles indomptables qu'il avait aimées autrefois ?

— C'est par le plus grand des hasards, au cours d'une conversation, que nous nous sommes aperçus que l'annulation n'avait pas été prononcée, poursuivit-il.

Il se pencha, fasciné par les lèvres pincées de la jeune femme. Avaient-elles le même goût qu'autrefois ? Aurait-il de nouveau, s'il l'embrassait, la sensation qu'elles avaient été dessinées pour lui ?

Elizabeth, constata-t-il, s'était arrêtée de respirer et le

dévisageait avec de grands yeux. Sans quitter sa bouche des yeux, il acheva dans un souffle :

— C'est en nous revoyant que nous avons compris que nous n'avions jamais cessé de nous aimer. Nous avons décidé de nous retrouver ici, sur les lieux mêmes de notre rencontre, et nous avons constaté que la flamme d'autrefois était bel et bien là. Nous sommes désormais plus mûrs et prêts à vivre notre amour au grand jour.

Ses doigts relâchèrent doucement les cheveux d'Elizabeth pour glisser le long de son cou. Il sentit un frisson la parcourir et frémit à son tour en se rappelant la façon dont elle avait gémi entre ses bras, au cours de longues nuits tropicales…

L'éclat d'un flash le ramena à la réalité. Du coin de l'œil, il vit le photographe enfourcher son scooter et disparaître. Elizabeth avait beau affoler ses sens avec la même intensité que dix ans plus tôt, il n'avait aucune intention de coucher de nouveau avec elle. Les choses s'annonçaient assez difficiles sans rajouter une dose de sexe à un mélange explosif.

Sans la moindre pitié, il réprima la bouffée de culpabilité qui monta en lui. Menacer Elizabeth et la faire chanter ne le réjouissait guère. Mais il ne pouvait pas lui offrir la moindre échappatoire. Il devait à tout prix arracher son neveu aux griffes de ses parents, même s'il lui fallait pour cela détruire la femme dont il s'était autrefois cru amoureux.

4

— Oh ! c'est très malin, murmura Elizabeth après un long silence. Machiavel serait fier de toi.

Xander garda le silence — que pouvait-il répondre à cela ? L'arrangement qu'il lui proposait était temporaire, se répéta-t-il pour apaiser ses doutes. Quelques mois de sa vie tout au plus, pour lesquels il la paierait grassement. Des milliers de femmes vendraient père et mère pour être à sa place.

— Une question me démange, reprit-elle. Quel rôle joue Ana dans ton petit scénario ?

Il tressaillit, totalement pris de court par sa question.

— Tu es au courant ?

Au fil des ans, lorsqu'il s'était laissé aller à songer à Elizabeth, il s'était demandé si elle apprendrait un jour l'existence d'Ana et sa destinée tragique. L'histoire, pour être honnête, n'avait rien de fascinant. Après sa rupture avec Ana, las des pressions constantes de leurs familles respectives, Xander avait quitté la Grèce et s'était rendu à St. Francis. Il y avait rencontré Elizabeth et était aussitôt tombé sous le charme de son innocence. Ses hormones l'avaient même convaincu, l'espace de quelques semaines, qu'il était amoureux d'elle.

Quand sa mère l'avait appelé pour lui annoncer la mort d'Ana, il avait atterri brusquement et regardé la vérité en face : Elizabeth ne survivrait pas une semaine à sa famille. Ses parents éteindraient sa joie de vivre comme on mouche une chandelle, d'une simple pichenette.

— Je sais que vous étiez fiancés, murmura la jeune femme d'une voix sourde. Que vous étiez amoureux depuis l'enfance. Mais tu n'as jamais mentionné son nom… Tu m'as même dit que… tu n'avais jamais connu l'amour.

Puis elle secoua la tête et reprit d'une voix plus assurée :

— Mais peu importe. L'important est de savoir comment tu comptes expliquer m'avoir épousée alors que tu étais fiancé à une autre. Comment est-ce censé te présenter sous un jour favorable ?

— J'avais rompu mes fiançailles avec Ana avant de te rencontrer. Elle est morte pendant que j'étais ici, avec toi. Je n'ai jamais trompé personne, j'étais bien célibataire quand tu m'as connu. Je n'avais aucun moyen de prévoir ce qui allait arriver.

Xander savait qu'en s'exprimant ainsi il risquait de passer pour indifférent. Mais c'était une armure, la seule façon de se défendre contre une culpabilité qui menaçait de le submerger.

Elizabeth l'étudia pendant ce qui lui parut une éternité sans dire un mot. Il attendit patiemment, s'efforçant de ne pas songer à la peine qu'il avait éprouvée quand il l'avait quittée.

— C'est la vérité, ou un autre des communiqués que tu as préparés ? demanda-t-elle enfin.

— C'est la vérité. Tout était fini entre Ana et moi quand j'ai fait ta connaissance.

Elizabeth prit une profonde inspiration, puis hocha sèchement la tête et descendit de voiture. Resté seul, Xander ferma les yeux. En dix ans, elle avait vraiment changé. Autrefois, il n'avait pas eu le moindre mal à lire dans ses pensées. Ses yeux ambre avaient reflété son âme. Aujourd'hui, il butait contre une muraille invisible. Même derrière, il sentait qu'elle s'était durcie.

L'ancienne Elizabeth aurait vite succombé au poison distillé par sa mère. Celle-ci, en revanche, semblait inébranlable, capable de se défendre contre n'importe quel assaut. Il était maintenant certain qu'elle survivrait à ces quelques mois de mariage forcé.

Convaincu qu'il faisait le bon choix, il mit à son tour pied à terre et lança ses clés au voiturier. Il était temps de monter sur scène. Elizabeth se tenait devant la réception et il glissa un bras autour de sa taille avant de donner son nom au réceptionniste. Ce dernier écarquilla les yeux — même les habitants de St. Francis étaient au courant de sa sulfureuse réputation. Xander signa les formulaires requis et leurs cartes magnétiques leur furent remises. En avisant le nom de la villa qui leur était attribuée, Elizabeth lâcha presque sa carte.

— Je vous souhaite un excellent séjour, déclara le réceptionniste sans paraître remarquer son trouble.

Elle répondit d'un sourire raide. Xander lui prit la main et y exerça une pression discrète, puis l'entraîna. Malgré son envie de le tuer, Elizabeth comprenait ce qu'il essayait de lui dire — ils avaient du public. Elle s'efforça donc d'arborer une mine amoureuse tandis qu'ils se dirigeaient vers la villa qu'ils avaient occupée juste après leur mariage.

Ils remontèrent le même chemin de gravillons qu'ils avaient emprunté dix ans auparavant, longèrent le même restaurant d'où montait la même musique jazz. Les senteurs tropicales n'avaient pas changé, ni la disposition des parterres de fleurs. La même stridulation d'invisibles criquets traversait la nuit.

Enfin, ils entrèrent dans la villa où ils avaient fait l'amour tant de fois qu'elle avait arrêté de compter, jusqu'au jour où Xander avait reçu le coup de fil à l'issue duquel il avait brusquement décidé d'annuler leur mariage. Ce coup de fil, elle le savait désormais, lui avait annoncé la mort d'Ana.

Disait-il la vérité en affirmant avoir mis un terme à leurs fiançailles avant son séjour à St. Francis ? Ou était-ce un mensonge stratégique pour la convaincre de l'aider ? Quelle importance, de toute façon ? Les événements remontaient à dix ans et ne signifiaient rien pour elle. Si Elizabeth se sentait troublée, c'était simplement parce que le même homme venait de bouleverser son existence pour la seconde fois.

Elle s'avança dans la villa, retenant son souffle. Sa valise l'attendait au milieu du salon, à côté d'une autre qui, supposa-t-elle, devait appartenir à Xander.

— Où est le personnel ? demanda-t-elle, se souvenant que chaque villa avait son majordome et son cuisinier attitré.

— Je leur ai fait savoir que nous voulions être seuls. Ils ne viendront que si nous les appelons.

Il avait fait exactement la même chose lors de leur première visite — à ceci près qu'elle avait à l'époque apprécié ce geste !

Xander se dirigea vers la cuisine américaine qui donnait sur le salon, ouvrit la porte du réfrigérateur et en tira une bouteille de vin blanc.

— Tu veux un verre ?

— Non, répondit-elle sèchement.

Elle se retint de justesse d'ajouter « merci ». Elle ne lui devait rien, après tout, et certainement pas la moindre reconnaissance.

— Je vais me coucher, annonça-t-elle. Je te laisse la chambre principale.

Elizabeth se voyait mal y dormir de nouveau avec tous les souvenirs qui y étaient attachés. La chambre d'amis lui conviendrait parfaitement.

— Te coucher, déjà ? protesta le Grec. Nous venons à peine d'arriver.

— Plus tôt je me couche, plus vite je pourrai rentrer à New York demain.

— Tu ne rentres pas à New York. Nous allons à Athènes.

— J'ai du travail.

— Elizabeth, ta place est auprès de moi, désormais.

Tout en parlant, il avait remis le vin dans le réfrigérateur. Il en tira une bouteille de bière à la place.

— Je ne peux pas te rejoindre tout de suite, Xander. J'ai des choses à faire.

— Tu les feras de la Grèce.

— C'est impossible.

— Loukas m'attend. Je lui ai promis que je ne m'absenterais pas plus de deux jours. Tu me demandes de mentir à un enfant ?

— Je ne t'ai jamais demandé une chose pareille. Mais tu n'as pas besoin de moi pour rentrer. Je te rejoindrai quand mes affaires seront en ordre.

— Non. Nous sommes follement amoureux, désormais, et tu vas repartir avec moi à la première heure. Plus nous passerons de temps ensemble, plus facilement nous convaincrons le juge.

— Mes employés méritent mieux que d'être renvoyés par courrier électronique !

— L'indemnité que je leur ferai parvenir leur fera oublier leurs griefs, sois en certaine. Et je transférerai un million de dollars sur ton propre compte. Considère ça comme une avance. Tu auras le reste quand nous divorcerons.

— Et si nous échouons ?

— Comment ça, si nous échouons ?

— Si le juge décidait de confier la garde de Loukas à tes parents ?

Aussitôt, le visage de Xander se ferma.

— Ça ne se produira pas. J'y veillerai.

Assise en tailleur dans sa chambre en position du lotus, Elizabeth cherchait la paix intérieure.

Elle ne la trouva pas. Comment le faire, alors qu'elle savait Xander de l'autre côté du mur ? Une heure après l'avoir abandonné à sa bouteille de bière, elle avait entendu le son étouffé d'une douche. Depuis, le silence était total. Mais cela ne l'empêchait pas de tendre l'oreille.

Digérer les événements des dernières vingt-quatre heures n'était pas chose facile. Comment avait-elle pu oublier de s'assurer que leur mariage avait bien été annulé ? Avec le recul, une telle insouciance lui semblait criminelle. Mais il était vrai qu'à l'époque elle avait eu d'autres soucis, et pas la moindre raison de soupçonner que ses démarches n'avaient pas abouti. Elle ne comprenait d'ailleurs pas pourquoi le juge avait refusé leur demande.

Une chose était sûre : sa vie telle qu'elle la connaissait était finie. Mais ce n'était pas la première fois qu'elle changeait complètement de cap et, jusqu'à présent, elle avait toujours survécu. Là encore, elle se promit de sortir de cette épreuve par le haut. Restait à convaincre un juge de son amour pour Xander — il lui aurait été plus facile de feindre d'aimer un serpent à sonnette !

L'esprit en ébullition et les articulations douloureuses, Elizabeth renonça à sa séance de méditation pour prendre une douche. Cette dernière ne parvint pas à apaiser son agitation et elle comprit qu'il serait vain d'essayer de dormir. Elle avait besoin d'air frais.

Après avoir enfilé un peignoir, elle colla son oreille à la porte de sa chambre. Le silence régnait dans la villa. Avec d'infinies précautions, elle tourna la poignée et émergea dans le salon désert. Un coup d'œil à la porte de Xander la rassura — elle était fermée. Pieds nus, Elizabeth sortit sur la terrasse.

Niché à flanc de montagne, leur hôtel offrait une vue spectaculaire sur la baie de St. Francis et sa plage de sable blanc. Malgré l'heure tardive, des silhouettes pas plus grandes que des allumettes longeaient le rivage. Xander et elle avaient eux aussi fait de longues promenades nocturnes, autrefois…

Elle inspira profondément, s'enivrant des senteurs de la nuit. Une lune énorme flottait sur le velours du ciel et inondait le paysage d'une lumière argentée. La fragrance du jasmin, plus intense à cette heure, lui monta à la tête. Elle était lourde de souvenirs, raison pour laquelle Elizabeth avait évité ce parfum pendant des années. Il lui rappelait toujours la brutalité de leur rupture, à l'instant précis où elle avait cru rencontrer son âme sœur. Pour la première fois de sa vie, elle avait eu l'impression d'appartenir à quelqu'un, chérie et convoitée comme un joyau.

Un craquement dans son dos l'alerta d'une présence. Avec un soupir, elle ravala la boule logée dans sa gorge. Quelques secondes plus tard, Xander prit appui près d'elle sur la balustrade.

— C'est une nuit merveilleuse, n'est-ce pas ?

Sa voix était plus douce, moins coupante que lors de leur précédente discussion. Mais elle n'apaisa en rien la tempête qui faisait rage dans le cœur d'Elizabeth.

— Elle l'était jusqu'à ton arrivée.

Il se mit à rire, une vibration sourde qui la cueillit au creux de l'estomac. C'était la première manifestation de ce sens de l'humour qu'elle avait autrefois adoré.

— Ne me déteste pas, Elizabeth.

Elle tourna presque imperceptiblement la tête pour l'étudier, un geste qu'elle regretta aussitôt. Xander ne portait qu'un short de bain noir. À son parfum citronné et à ses cheveux mouillés, elle comprit qu'il sortait de la douche. Ses muscles saillaient comme des cordes sous une peau hâlée. Le surfeur mince et agile de vingt ans était devenu un athlète de trente. Il avait pris de la force, de la puissance, et sa virilité n'en était que plus oppressante.

Elizabeth ferma les yeux pour ne plus le voir, mais le résultat fut l'opposé de celui qu'elle recherchait — elle eut une conscience plus aiguë encore de sa présence. Entre ses jambes, la chaleur qui pulsait se transforma en sensation moite.

— Tu aurais dû me parler de Loukas tout de suite, murmura-t-elle, reportant son attention sur la plage.

— Si je voulais m'assurer de ton accord, je n'avais pas le choix. Je ne pouvais pas risquer que tu refuses, et je n'avais pas le temps de te séduire pour te faire changer d'avis.

— Je n'ai pas envie que tu me séduises.

— Je m'en suis aperçu, répondit Xander avec un sourire en coin.

— Puisque tu es si malin, tu comprends donc que je ne peux que te détester.

— C'est tout à fait regrettable, murmura le Grec, posant sa main à côté de la sienne.

Elle baissa les yeux sur ses longs doigts bruns, si proches des siens, et ressentit un nouveau flamboiement au creux de l'estomac. Elle se rappelait ses mains comme si elle les avait vues la veille, y compris la cicatrice pâle qui ornait la gauche. Comment pouvait-elle se souvenir de tels détails alors qu'elle avait si ardemment évité de penser à lui ?

Dieu merci, même les détectives privés de Xander ignoraient le désert qu'avait été sa vie sentimentale ces dix dernières années. Ils avaient dû rapporter qu'elle était célibataire, mais ils ne savaient pas qu'elle menait une existence de vieille fille. Son travail la comblait, elle avait d'excellents amis et n'avait pas éprouvé le besoin de rencontrer un homme après leur bref mariage.

Elle fit un pas en arrière et se tourna vers lui, redressant le menton.

— La seule chose regrettable, c'est que nous nous soyons rencontrés.

Puis, sans lui souhaiter bonne nuit — elle espérait plutôt qu'il ferait des cauchemars — elle regagna la villa et s'enferma à double tour dans sa chambre.

5

Le lendemain matin, Xander sirotait un café tout en regardant Elizabeth travailler. Peu après le décollage, elle s'était isolée tout au fond de la cabine et s'était installée devant son ordinateur. Elle n'avait pas quitté sa place en trois heures, enchaînant les coups de fil.

Lorsqu'il la vit reposer son téléphone, il s'avança vers elle d'un pas décidé.

— Tu devrais faire une pause.

Sans lui accorder le moindre regard, la jeune femme se tourna vers son ordinateur et pianota sur le clavier.

— Quand j'aurai terminé.

— Le déjeuner est sur le point d'être servi.

Elle n'avait rien mangé, se rappela-t-il, depuis son arrivée à St. Francis. Au restaurant, la veille, elle avait à peine touché à son assiette.

— Je grignoterai quelque chose en travaillant, répliqua-t-elle.

Ils furent interrompus par le téléphone d'Elizabeth. Elle décrocha et salua son interlocuteur d'un « Bonjour » bien plus cordial que le ton qu'elle employait pour lui parler. Sans se laisser démonter, Xander prit place sur un canapé face à elle et croisa une cheville sur son genou. D'une oreille distraite, il écouta sa conversation.

— J'aurai fini dans une heure… Oh ! vraiment ? Ce serait formidable. Je ne sais pas ce que je ferais sans toi. D'accord, je te rappelle plus tard.

— Qui était-ce ? demanda-t-il quand elle raccrocha.

— Mon assistant.

— Comment prend-il les choses ? poursuivit Xander, songeant aux vastes sommes d'argent qu'il avait fait virer aux quatre employés de Leviathan Solutions.

— Lui ? À merveille.

— Tu as un assistant masculin ?

— Oui. Ce n'est pas vraiment un assistant, d'ailleurs, plutôt mon bras droit. C'est un organisateur de talent et, cerise sur le gâteau, il n'a pas son pareil pour réparer les bugs qui affectent régulièrement notre système informatique. Mais rien de tout cela n'a plus la moindre importance.

— Vous êtes proches, tous les deux ?

— Oui. Steve est à mes côtés depuis mes débuts. C'est grâce à lui que le bureau tourne rond alors que je dois m'absenter souvent. Sans lui, je ne m'en serais pas sortie.

— Et votre relation est… strictement professionnelle ?

Elle lui avait parlé de façon presque tendre au téléphone et, maintenant que Xander savait que son interlocuteur était un homme, il éprouvait une étrange envie de casser quelque chose. Se pouvait-il que ses détectives eussent manqué ce qui se trouvait juste sous leur nez ? Avait-elle une relation avec son assistant ?

Aussitôt, le visage de la jeune femme s'assombrit.

— La réponse est non, même si ça ne te regarde pas.

— Il est naturel que je m'interroge. Vous avez l'air de bien vous entendre.

— Ne me mets pas sur le même plan que toi. Tout ne se réduit pas au sexe, dans ma vie. Steve est un ami. Je l'apprécie beaucoup, tout comme mes employés. Ils se sont réveillés ce matin pour apprendre qu'ils n'avaient plus de travail, mais au lieu de me planter là, ils font de leur mieux pour m'aider à fermer la société. Et ils doivent rassurer tous les clients anxieux qui téléphonent, paniqués, parce qu'ils se demandent si la presse risque d'apprendre qu'ils ont fait appel à mes services.

De fait, conformément aux prévisions de Xander, des photos de leur dîner et de leur arrivée à l'hôtel avaient fleuri dans les tabloïds du matin. L'une d'entre elles, prise au moment où le Grec passait la main dans ses cheveux, laissait effectivement penser à un moment de tendresse entre deux amoureux.

Elizabeth avait étudié le cliché pendant bien trop longtemps, retenant son souffle tandis qu'une sensation de chaleur se diffusait dans son corps. Enfin, elle s'était arrachée d'un clic de souris à cette fascination malsaine.

Deux membres du personnel apparurent quelques minutes plus tard pour leur proposer un plateau-repas. Elizabeth repoussa son ordinateur et annonça en souriant :

— Je mangerai ici, merci.

L'hôtesse acquiesça, puis déposa un second plateau sur la table basse en face de Xander. Elizabeth, ignorant superbement son compagnon, planta sa fourchette dans sa salade. Elle se força à manger malgré son manque d'appétit, de peur qu'il ne comprenne à quel point il l'affectait.

Un nouveau message arriva dans sa boîte de réception tandis qu'elle mâchonnait sans conviction une feuille de salade. Un soupir de dépit lui échappa quand elle en prit connaissance.

— Un problème ? demanda Xander.

— Oh ! à peine, ironisa-t-elle. Presque tous mes clients ont appelé pour signifier qu'ils ne voulaient plus travailler avec moi. Grâce à toi et à ton photographe, le monde entier est désormais au courant de l'existence de Leviathan Solutions.

— Tu savais que ça se produirait. Je ne t'ai rien caché.

— Oui, mais j'aurais aimé annoncer la nouvelle à mes clients moi-même.

Au moins, les autres play-boys mentionnés dans l'article de *Jet-Set* étaient désormais tous casés. Elle avait bon espoir que Benjamin et Julianna finiraient par comprendre qu'ils étaient faits l'un pour l'autre, si du moins ils arrêtaient de jouer au chat et à la souris assez longtemps pour en prendre conscience. Quant à Zayn… Toutes les candidates qu'elle lui avait proposées avaient été détrônées de façon inattendue par son assistante, la ravissante Amalia. Et contrairement à Dante et Piper, eux formaient un couple sur lequel Elizabeth aurait elle-même parié.

Elle ferma les yeux, luttant contre une soudaine envie de pleurer. Elle avait compris, en acceptant le marché que lui proposait Xander, qu'il signerait l'arrêt de mort de sa société. Mais elle n'avait pas soupçonné que les choses iraient si vite.

— Tu as transféré le million que tu m'as promis ?

Xander plissa les yeux, et elle se hâta d'ajouter :

— J'ai des dossiers en cours et je vais devoir rembourser certains clients.

— L'argent a bien été transféré. Que comptes-tu faire avec le reste de ce que je vais te donner ?

— Je vais *gagner* cet argent. Ce ne sera pas un cadeau.

— Trente millions de dollars ? Tu n'aurais jamais gagné une somme pareille en travaillant. Je trouve ça très généreux, pour quelques mois de travail.

— L'argent n'est pas tout, dans la vie.

— Va dire ça à quelqu'un qui en manque. Et si l'argent ne signifiait rien, tu n'aurais pas accepté mon offre.

— Je ne suis pas matérialiste, mais je ne suis pas stupide pour autant. Il faudra bien que je mange et que je paie mon loyer quand tout sera fini.

— Une chose m'intrigue. Comment es-tu devenue entremetteuse ? Je pensais que tu voulais devenir écrivaine ?

Elizabeth piqua une tomate du bout de sa fourchette, feignant l'indifférence. Elle n'avait pas supposé qu'il se rappellerait un tel détail. Mais quel mal y avait-il à lui répondre, après tout ? Cela n'avait plus d'importance.

— Par pur hasard. L'un de mes amis à l'université était en conflit avec ses parents. Ces derniers exigeaient qu'il se marie avant de l'autoriser à rejoindre l'entreprise familiale. Mike n'avait pas la moindre envie de se caser mais il ne voulait pas pour autant renoncer à ses ambitions professionnelles. Phoebe était une autre amie connue au collège, qui pour sa part n'avait qu'une envie : avoir des enfants, s'occuper d'organisations caritatives et ne pas avoir à se soucier de gagner de l'argent. Ça peut paraître superficiel mais c'était une fille très amusante. Bref, je me suis dit qu'ils iraient bien ensemble, et j'ai vu juste.

— Mais comment t'est venue l'idée d'offrir ce service à des gens riches et célèbres ?

— Le Mike dont je parle, c'est Mike Garcia.

Xander esquissa un sourire et acquiesça. La famille Garcia possédait l'une des plus grandes banques privées du pays.

— Je vois. Tu es allée à l'université avec Michael Garcia ?

— Oui. Et quand j'ai quitté l'Université de Brown pour celle de New York, nous sommes restés en contact.

— Pourquoi avoir quitté Brown en premier lieu ? C'est une université beaucoup plus prestigieuse que celle de New York.

— J'avais mes raisons, dont je n'ai pas envie de discuter avec toi.

Xander n'insista pas — il voyait bien qu'elle n'avait pas la moindre intention de se confier à lui. Mais sa curiosité persista. Au fil des ans, il avait plusieurs fois imaginé Elizabeth à son bureau, plongée dans l'écriture d'un scénario ou d'un roman, son ambition quand il l'avait rencontrée.

— Et l'amour, dans tout ça ? Est-ce un critère dans les couples que tu formes ?

Elle secoua si vigoureusement la tête que ses cheveux dorés fouettèrent l'air.

— Absolument pas. Ce n'est pas… *n'était* pas le concept de ma société. Quand je présente un homme et une femme, ils savent tous les deux où est leur intérêt. Il n'y a pas la moindre illusion romantique. Pas de mensonges, pas de tromperies, pas d'attentes. Et pas de cœurs brisés.

Le sous-entendu était clair, et Xander se surprit à insister :

— Tu ne penses pas qu'un minimum d'affection est souhaitable dans un couple ?

De nouveau, la jeune femme secoua la tête.

— Si les gens sont assez stupides pour croire en l'amour, je refuse de travailler pour eux. Je ne veux pas jouer le moindre rôle dans l'effondrement de leurs rêves.

Xander l'étudia un court instant, songeur. Sur ce point, ils étaient donc d'accord. Il n'y avait pas d'amour durable. Mais l'entendre de ses lèvres prouvait à quel point Elizabeth avait changé.

C'était difficile à croire, mais elle était désormais aussi cynique que lui.

Ils atterrirent à Athènes quatorze heures après avoir quitté St. Francis.

Malgré des années passées à sillonner le monde, Elizabeth n'était toujours pas habituée au décalage horaire. Son corps était persuadé qu'il était minuit, l'heure de se coucher. Le soleil grec, à son zénith, n'était pas de cet avis.

Étouffant un bâillement, elle régla sa montre sur 7 heures du matin et traversa l'aéroport en compagnie de Xander. Une limousine les transféra à un autre aéroport, plus petit, où ils embarquèrent dans un avion à destination de Diadonus.

Diadonus était une île de petite taille, presque parfaitement ronde, située dans l'archipel des Cyclades. Une seconde voiture les y attendait, et ils partirent bientôt pour la résidence de Xander.

— Tes parents seront là ? demanda Elizabeth, exprimant enfin la peur qui la rongeait depuis son arrivée en Grèce.

— Non. Ils ne viennent que rarement sur Diadonus. Il est peu probable que tu les rencontres avant le procès.

— Ils ne vont pas rendre visite à Loukas ?

— Le nombre de fois où ils lui ont rendu visite se compte sur les doigts d'une main, expliqua Xander avec un sourire amer. Mes parents ne se plaisent pas sur Diadonus. Tout y est trop calme.

— Mais… Je pensais que vous aviez toujours vécu ici ?

— Nous y avons toujours eu une maison mais mes parents préfèrent Athènes. Quand j'ai pris le contrôle de l'affaire familiale, j'ai déménagé ici.

— Tu vis dans la maison de ta famille ?

— Non, elle est occupée par Katerina et Yanis. Je me suis fait construire ma propre villa il y a cinq ans.

La villa en question était une demeure blanchie à la chaux, construite à flanc de montagne au-dessus d'une plage en forme de fer à cheval. La simplicité de ses lignes était d'une beauté à couper le souffle, la vue spectaculaire.

Le cœur battant, presque aveuglée par le bleu lumineux de l'océan, la jeune femme suivit Xander jusqu'aux marches blanches qui menaient à l'entrée principale. Des domestiques se matérialisèrent à leur approche et les soulagèrent de leurs valises avant de disparaître.

Ils venaient à peine d'entrer qu'un cri de joie retentit et qu'une petite silhouette en pyjama bleu se précipita vers Xander.

Loukas.

Le Grec le souleva dans ses bras, puis fit pleuvoir des baisers sur le visage de son neveu, au grand ravissement de l'enfant. Ce ne fut que lorsque son oncle le reposa que Loukas remarqua Elizabeth. Elle s'était tenue intentionnellement en retrait, avec la distincte impression d'être une intruse. La joie qui brillait dans les yeux du petit garçon s'éteignit aussitôt, remplacée par un mélange de méfiance et d'hostilité.

Xander remarqua lui aussi ce changement et s'agenouilla.

— Loukas, dit-il en anglais, je te présente mon amie Elizabeth. Elle va passer quelques semaines ici, avec nous.

Sans répondre, Loukas étudia son oncle de ses immenses yeux bleus. Elizabeth savait qu'il devait parler parfaitement anglais, car tous les enfants Trakas étaient élevés par des nounous britanniques.

— Tu vas lui dire bonjour ?

Loukas secoua la tête, et une mèche de cheveux blonds lui tomba sur le visage. Dans ces moments-là, Xander avait presque envie d'étrangler Yanis pour ce qu'il avait fait subir à son fils. La désolation, dans les yeux de l'enfant, lui serrait le cœur.

Bien sûr, il savait que Yanis et Katerina étaient eux aussi des victimes. Il avait lu de nombreux ouvrages sur les problèmes d'addiction et parlé à plusieurs spécialistes. Et pour être honnête, son frère et sa belle-sœur avaient fait de leur mieux pour protéger Loukas de leurs excès. En dépit de leur mariage dysfonctionnel, ils avaient tenté d'être de bons parents. Mais un enfant absorbait tout comme une éponge : les hospitalisations répétées, les disputes, les stupeurs alcooliques. La meilleure solution aurait été de divorcer. Ou de ne jamais se marier.

Avec un sourire rassurant, il prit la main de Loukas dans la sienne.

— Elizabeth est très gentille, tu sais. Tu pourrais peut-être lui parler plus tard. Tu aimerais ça ?

Renfrogné, Loukas secoua la tête. Xander percevait, sans avoir besoin de la regarder, la nervosité de la jeune femme.

— On peut prendre le petit déjeuner ? murmura Loukas en grec. Je t'attendais.

— *Nai*. Oui.

— Mais pas toi, reprit Loukas, se tournant enfin vers la jeune femme. Va-t'en.

Elizabeth fit la grimace — elle avait eu l'impression de recevoir une douche glacée. Le petit garçon continuait de la fixer comme s'il pouvait, par sa seule volonté, la faire s'évanouir.

— Ce n'est pas très gentil de dire ça à une invitée, le tança Xander. Tu dois lui demander pardon.

Au grand désarroi d'Elizabeth, une larme coula de l'œil gauche de Loukas le long de sa joue. Des sanglots secouèrent ses épaules, puis il se mit à pleurer. Loukas l'attira contre lui et le serra dans ses bras, tout en l'apaisant en grec. Avec un regard confus en direction d'Elizabeth, il lui fit signe de les suivre jusqu'au salon.

Quelques instants plus tard, ils s'installaient à une table chargée d'un succulent petit déjeuner. Éprouvée par l'accueil que lui avait réservé Loukas, Elizabeth remarqua à peine la piscine à débordement qui semblait couler droit dans l'océan.

De nouveaux serveurs apparurent et déposèrent du miel, du yaourt frais et des fruits sur la table. Loukas déplaça sa chaise pour s'asseoir le plus près possible de son oncle. Il semblait enchanté par son retour et Elizabeth comprit, en cet instant, pourquoi Xander tenait tant à remporter sa garde.

Lorsqu'ils eurent terminé de manger, une femme entra dans la pièce et se présenta comme la nounou de Loukas.

— Il est temps de t'habiller, dit-elle au petit garçon. Alekos va bientôt arriver pour jouer avec toi.

— Je ne veux pas, répliqua l'intéressé, croisant les bras d'un air boudeur.

— Tu avais très envie d'y aller l'autre jour. Allez, viens.

— Tu peux venir avec moi ? demanda le petit garçon, se tournant vers son oncle.

Xander lui ébouriffa affectueusement les cheveux avant de répondre :

— Nous avons fait un long voyage et nous avons besoin de nous reposer. Nous ferons quelque chose d'amusant à ton retour, d'accord ?

Les lèvres tremblantes, son neveu acquiesça et descendit de sa chaise.

Il n'avait pas regardé Elizabeth une seule fois de tout le repas.

6

Xander s'empara de la cafetière, puis se pencha pour servir Elizabeth. Cette dernière couvrit aussitôt sa tasse d'une main fébrile.

— Non merci. J'ai peur que mon cerveau n'explose si j'ingère encore de la caféine.

Xander acquiesça — il avait lui aussi du mal à garder les yeux ouverts.

— Je suis désolé pour le comportement de Loukas, déclara-t-il.

— C'est compréhensible. Il te veut pour lui tout seul. Sans ses parents, tu es sa bouée de sauvetage.

Elle marqua une courte pause, puis posa la question qui lui brûlait les lèvres :

— Est-il habitué à te voir… avec des femmes ?

— Bien sûr que non.

Si Xander n'hésitait pas à recevoir ses maîtresses à Athènes, il n'en avait jamais invité une à Diadonus. Cette île était son sanctuaire, son refuge, l'endroit où seuls ses plus proches amis étaient reçus. Il gérait ses relations amoureuses comme Elizabeth créait un couple : sans la moindre promesse d'amour. Il était direct et honnête. Il ne cherchait rien de durable et mettait un point d'honneur à en informer ses partenaires.

La seule exception à cette règle était la jeune femme assise devant lui, et qu'il avait épousée dix ans plus tôt. Il s'était laissé emporter par sa libido, une erreur qu'il n'avait pas reproduite depuis. Aucun couple ne résistait à l'usure du temps.

À l'exception de ses parents, songea-t-il avec ironie. Ces deux parfaits narcissistes formaient le seul couple durable qu'il connaissait.

— Il sait où sont ses parents ?

— Il sait que sa mère est à l'hôpital. Il pense que Yanis est en voyage d'affaires.

— Il a vu Katerina depuis son hospitalisation ?

— Deux fois, oui.

À son expression hagarde, Xander prit soudain conscience de l'épuisement d'Elizabeth. Il termina sa tasse de café d'un trait et se leva.

— Je vais te conduire à ta chambre.

À sa suite, elle traversa un salon, une salle de jeu où trônait un billard, puis une cuisine ultramoderne. Les pièces étaient immenses. Malgré la présence des dernières technologies en matière de domotique, la villa était un superbe hommage aux méthodes de construction traditionnelles de l'île.

— Tu as conçu cet endroit toi-même ? demanda-t-elle, admirative.

— J'ai travaillé de près avec l'architecte mais je ne peux pas m'en accorder le crédit, non.

Tout en parlant, il se dirigea vers un escalier qui descendait vers l'étage inférieur. Ce dernier était divisé en sept chambres dotées chacune de leur propre salle de bains. Ils passèrent devant une porte entrouverte sur une chambre d'enfant, de laquelle montaient des voix étouffées.

— Loukas a sa propre chambre ici ? chuchota Elizabeth.

— Oui. Il me rend visite depuis qu'il est tout petit, mais il passe de plus en plus de temps sur Diadonus. Quand j'ai fait construire la maison, je l'ai laissé choisir sa décoration.

— Il a aussi une chambre chez tes parents ?

— Il n'a jamais dormi chez eux et ça n'arrivera pas, répondit Xander d'un ton si venimeux qu'Elizabeth fit un pas de côté.

— Si tu détestes tes parents à ce point, comment peux-tu travailler avec eux ?

— Je n'irais pas jusqu'à dire que je les déteste.

— Mais vous n'êtes pas en bons termes.

— Non.

— Pourtant, vous travaillez ensemble.

— Exact.

— Comment est-ce possible, alors que vous vous battez en parallèle pour la garde de Loukas ?

— La garde de Loukas est un litige personnel. Et nous ne mélangeons pas le privé et les affaires.

Elizabeth retint un sourire — dire qu'elle avait cru sa propre famille dysfonctionnelle !

— Vu que tu es le patron, tu n'as jamais été tenté de renvoyer tes parents ?

— Pourquoi le ferais-je ? Ils sont tous deux très compétents dans leurs rôles respectifs au sein de l'entreprise. C'est en tant qu'êtres humains qu'ils sont défaillants.

Elizabeth secoua la tête, médusée par son raisonnement. Elle avait pris soin de s'entourer d'employés fiables, honnêtes, de collaborateurs sur lesquels elle pouvait compter. Jamais elle n'aurait songé à embaucher une personne qu'elle n'appréciait pas personnellement.

— J'ai besoin de dormir un peu, murmura-t-elle. Où est ma chambre ?

— Nous sommes tout au bout du couloir.

— Nous avons bien des chambres séparées ? demanda-t-elle, prise d'un doute.

— Oui. Ta vertu n'a rien à craindre, *kardia mou.*

Une lueur sensuelle éclata dans son regard comme il parlait, démentant ses propos. Elle disparut aussitôt et il ajouta :

— Profite du reste de la journée pour te reposer. Demain matin, nous irons à Athènes.

— Pourquoi ?

— Tu as besoin de vêtements, non ?

— Il n'y a pas de magasins à Diadonus ?

— Si, mais ils ne vendent pas le genre de tenues que ma femme porterait. Je me moque du style que tu choisis, tant que la marque est la bonne.

Elizabeth acquiesça, réprimant une protestation instinctive. Elle savait très bien ce qu'il voulait dire — dans son monde, les apparences passaient avant tout. Elle devait absolument être crédible pour convaincre le juge qu'elle était la femme de Xander.

Elle se reprit aussitôt : elle était *vraiment* sa femme ! Pour la première fois, elle en prit pleinement conscience. Et pour la première fois, elle laissa s'échapper quelques souvenirs enfermés à double tour dans les oubliettes de sa mémoire. Ce qu'elle avait ressenti quand il lui avait fait l'amour. Quand il l'avait pénétrée, dur comme de l'acier…

Une sensation de langueur alourdit ses reins et fit durcir ses seins. Un silence assourdissant retomba entre eux, puis Xander serra la mâchoire et ouvrit la porte.

— Voici ta chambre. Mets-toi à ton aise. Si tu as besoin de quoi que ce soit, une sonnette te permettra d'appeler la gouvernante.

Sans se faire prier, Elizabeth plongea dans la pièce et referma la porte derrière elle. Puis elle enfouit son visage dans ses mains, le cœur battant à cent à l'heure. Son agitation, se répéta-t-elle, était due au manque de sommeil. Rien d'autre. Une bonne nuit de repos et quelques heures sans voir Xander lui permettraient de reprendre ses esprits.

Avant de se coucher, elle essaya la porte qui communiquait avec la chambre de Xander. Elle était déjà verrouillée de l'autre côté.

— Tu es déjà allée à Athènes ? demanda le Grec le lendemain, juste avant leur atterrissage. Je veux dire, ailleurs qu'à l'aéroport ?

— Une ou deux fois, mais c'était professionnel. Je ne connais pas vraiment la ville.

Elizabeth portait la même tenue qu'à St. Francis, qu'elle avait trouvée fraîchement lavée et repassée à son réveil. Ses cheveux retombaient sur ses épaules et son visage avait retrouvé sa fraîcheur habituelle. Ils avaient déjeuné tôt et déposé Loukas à l'école avant de se rendre à l'aéroport. Malgré tous les efforts de Xander, le petit garçon refusait toujours de parler à Elizabeth.

— Qu'est-ce que c'est que ça ? demanda-t-elle quand il lui tendit une carte de crédit.

— Ça ne se voit pas ?

— Si, mais…

— C'est pour payer tes nouvelles tenues. Il n'y a pas de plafond de dépenses.

Elizabeth hésita visiblement avant de la fourrer enfin dans son sac.

— Ça te met mal à l'aise ? s'enquit Xander.

— Disons que je suis habituée à m'acheter mes propres vêtements. Mais la situation est inhabituelle, j'en conviens. Je ne peux pas m'acheter des créations de grands couturiers avec ce qu'il y a sur mon compte. Il ne restera pas grand-chose de l'argent que tu m'as envoyé quand j'aurai remboursé mes clients.

— Donne-moi une liste des remboursements et je m'en chargerai directement. J'aurais dû y penser avant.

— Si tu veux. Et tu pourras déduire ma nouvelle garde-robe de mes émoluments.

— Il n'y aura pas de déduction. Tant que tu joueras le rôle de ma femme, je me chargerai des dépenses. L'argent que tu recevras est un dédommagement pour la perte de ta société.

À ceci près, se rappela-t-il, qu'Elizabeth ne jouait pas un rôle. Ils étaient bel et bien mariés. Au regard qu'elle posa sur lui, il sut qu'elle pensait exactement la même chose. En la voyant rougir, Xander étouffa un juron et tourna la tête vers la fenêtre.

Il ne s'étonnait guère, au fond, de l'alchimie qui existait encore entre eux. Elizabeth était la seule femme au monde à lui avoir tourné la tête — au point qu'il l'avait épousée ! Les années n'avaient rien changé au désir qu'elle suscitait en lui.

Comment réagirait-elle s'il l'attirait dans ses bras et qu'il l'embrassait ? Question stupide, décida-t-il. Il ne comptait pas faire une chose pareille. Même si Elizabeth le désirait elle aussi, il était évident qu'elle ne céderait pas à ses pulsions. Elle n'était plus l'adolescente naïve d'autre fois, et lui non plus.

En d'autres termes, la porte de communication entre leurs chambres resterait fermée pendant toute la durée de leur cohabitation forcée.

Les rares visites d'Elizabeth à Athènes lui avaient laissé l'impression d'une ville animée et bruyante, peuplée d'habitants exubérants. Impression qui se révéla correcte — Athènes était une capitale fabuleuse.

Xander demanda à son chauffeur de la déposer dans le quartier de Kolonaki où, lui apprit-il, elle trouverait toutes les boutiques nécessaires à la bonne exécution de sa mission. Elizabeth, adepte du shopping en temps normal, décida d'oublier ses soucis pendant quelques heures et de profiter de l'occasion qui lui était offerte.

Vivre à New York coûtait cher. Les remboursements de son emprunt immobilier entamaient une bonne partie de son salaire et, même lorsqu'elle achetait des vêtements, elle le faisait pour ses clients. Elle choisissait des tenues élégantes mais neutres qui donnaient d'elle l'image d'une professionnelle consommée. Soudain, elle était libre de s'offrir ce qui lui plaisait à *elle*, chose qu'elle n'avait pu faire depuis l'université.

Deux heures plus tard, alors qu'elle s'apprêtait à payer ses achats dans une boutique de luxe, son téléphone vibra. Il s'agissait d'un texto de Xander lui rappelant d'acheter des tenues pour le soir. Elle s'empourpra, avant de comprendre qu'il parlait de robes de soirée et non de lingerie fine.

Cinq heures plus tard, après avoir dépensé une fortune, elle regagna la place Kolonaki et le café où Xander et ellc avaient convenu de se retrouver. Son cœur tressaillit lorsqu'elle le vit qui l'attendait, le téléphone à l'oreille. Il avait retiré sa cravate et ouvert le col de sa chemise.

Il abrégea son coup de fil en l'apercevant à son tour, puis se leva pour l'accueillir.

— Tu as terminé ? demanda-t-il, posant ses mains sur ses hanches avant de l'embrasser.

C'était un geste si inattendu qu'Elizabeth se figea. Avec un demi-sourire, Xander suivit du pouce le tracé de ses lèvres.

— Tu as l'air surprise. Les couples mariés s'embrassent, *kardia mou*. C'est parfaitement normal.

Rouge de confusion, Elizabeth agrippa la chaise la plus proche et s'y appuya lourdement.

— Nous pourrions juste nous embrasser sur la joue, fit-elle valoir.

— Pas en public. Assieds-toi. Je nous ai commandé un café.

Avec un soupir, elle posa son sac sur la table et ouvrit un menu.

— Je meurs de faim. Nous avons le temps de manger une salade ?

— Nous avons tout le temps que tu veux.

Elizabeth parcourut la carte — c'était l'excuse parfaite pour ne pas regarder Xander. Dès qu'elle posait les yeux sur lui, son corps s'affolait.

Elle commanda une part de tarte au chocolat quand la serveuse apparut avec leurs cafés. Xander haussa un sourcil amusé.

— Je croyais que tu voulais une salade ?

— Moi aussi. Jusqu'au moment où j'ai vu le mot « chocolat ».

Il se mit à rire et, sous ses yeux, redevint en une fraction de seconde le jeune homme insouciant qu'elle avait connu dix ans plus tôt. Son cœur, déjà mis à rude épreuve, se mit à battre la chamade. Un incendie lui embrasa le ventre et elle détourna les yeux de son magnifique visage, de ses lèvres sensuelles.

— Que se passe-t-il ? demanda-t-il, visiblement médusé.

Elizabeth secoua la tête sans répondre et piqua du nez dans sa tasse de café, horrifiée par l'envie furieuse qui la tenaillait de l'embrasser de nouveau.

Xander regarda sa montre, impatient de voir Elizabeth paraître. Il avait dû partir tôt, le matin même, pour un rendez-vous d'affaires à Athènes. Il était rentré juste à temps pour souhaiter bonne nuit à Loukas.

Il n'avait pas vu la jeune femme de toute la journée, ce qui ne l'avait pas empêché de penser constamment à elle — une obsession d'autant plus irritante qu'il était censé se concentrer sur le bilan de sa société. Même les sept pour cent d'augmentation de son chiffre d'affaires n'avaient pas suffi à le satisfaire.

Il tressaillit comme une silhouette entrait dans le salon.

— Elizabeth ?

— Tu as l'air surpris. Tu m'as fait appeler, non ?

— Tes cheveux…

La jeune femme porta une main à sa chevelure, qu'elle avait laissée boucler naturellement au lieu de la lisser.

— Quoi, mes cheveux ? Qu'est-ce qui ne va pas ?

— Rien. Ils sont magnifiques.

Xander déglutit, ébranlée. Elizabeth semblait avoir déboulé tout droit du passé dans son salon. L'insolence peinte sur son visage quand elle était entrée disparut et deux taches rouges rehaussèrent ses pommettes.

— Ça me prend des heures de les lisser, marmonna-t-elle.

— Pourquoi le fais-tu, alors ?

— C'est un look plus professionnel, répondit la jeune femme avec un haussement d'épaules. Et comme je n'ai plus besoin d'avoir l'air professionnel…

De nouveau, Elizabeth haussa les épaules. Elle portait une robe rose tendre qui descendait sous ses genoux, et dont le décolleté en V exposait un triangle de peau claire. Xander se rappelait encore la première fois que ses lèvres avaient touché ses seins. Il s'était dit que la nature les avait faits spécialement pour lui. Petits mais magnifiquement galbés, fermes sous la main. Il se souvenait aussi de la façon dont elle s'arc-boutait au moment de jouir, et dont ses jambes se refermaient autour de sa taille pour l'attirer plus profondément en elle.

Il n'avait jamais retrouvé, en dix ans, la même communion avec une femme. Il avait eu d'autres maîtresses, bien sûr, mais aucune n'avait jamais menacé de lui faire perdre la tête. Et c'était très bien ainsi.

Pourtant, il ne pouvait s'empêcher de s'interroger... Et s'ils couchaient de nouveau ensemble ? Elle avait maintenant dix années d'expérience de plus... Le sexe, il en aurait juré, serait explosif.

Une raideur inconfortable lui tirailla le bas-ventre et il se leva brusquement, se détournant dans le même mouvement. *Theos*, il ne pouvait pas passer plus de quelques minutes avec elle sans penser au sexe !

— Allons-y.

Docilement, elle se leva à son tour et drapa un châle ivoire autour de ses épaules.

— Où allons-nous ?

— Au village.

À son expression soulagée, il la dévisagea d'un air interrogateur.

— Je pensais que nous allions à Athènes, expliqua-t-elle.

— Tu n'aimes pas Athènes ?

— Si, mais ça fait un peu loin pour un simple dîner.

C'était précisément la conclusion de Xander, mais il la garda pour lui.

— Juste pour te prévenir, il y a des paparazzis en ville

qui meurent d'envie de prendre de nouvelles photos de nous. Alors n'oublie pas de sourire.

— D'accord. Je continuerai de faire la tête, mais à l'intérieur.

Xander savait exactement comment lui faire oublier sa mauvaise humeur. Prudemment, il préféra fourrer les mains dans ses poches et se dirigea à grands pas vers la porte.

Le restaurant où il avait choisi de dîner était à quelques minutes de voiture à peine de la villa, une *taverna* à l'ancienne qui dominait la plage. Il n'y avait que six autres clients quand ils arrivèrent.

— C'est toujours aussi calme ? s'enquit Elizabeth tandis qu'ils attendaient leur entrée.

— C'est l'hiver. Dans quelques mois, l'île sera prise d'assaut par les touristes.

— J'ai lu que c'était un endroit connu pour son sens de la fête.

— La majorité de nos visiteurs sont jeunes, mais nous ne sommes pas Mykonos ou Santorin. Nous accueillons aussi beaucoup de familles.

— Les touristes te dérangent ?

— Pas le moins du monde. C'est grâce à eux que notre économie prospère.

Elizabeth but une gorgée de rosée, et fut reconnaissante du retour du serveur. Manger lui offrait une distraction bienvenue à la tension sexuelle qui pulsait entre eux, et qui commençait à l'affecter plus sérieusement qu'elle ne l'aurait cru.

7

Pour la première fois en trois jours, Elizabeth termina un repas. Un couple que connaissait Xander s'était arrêté à leur table pour les saluer au cours du dîner, ce qui lui avait permis de reprendre ses esprits. Leur discussion avait eu lieu en grec et elle n'avait eu qu'à sourire poliment.

Lorsqu'ils se retrouvèrent seuls, elle repoussa son assiette et étudia la vue qui s'offrait à eux. Diadonus était une île plus belle encore que dans ses rêves les plus fous.

— Pourquoi avoir pris des vacances à St. Francis alors que tu vis déjà au paradis ?

Xander mit si longtemps à répondre qu'elle crut un instant qu'il l'ignorait.

— Je ne suis pas allé à St. Francis en vacances, déclara-t-il enfin. Je voulais juste quitter la Grèce.

— Pourquoi ?

— Parce que je ne voulais pas subir les conséquences de la rupture de mes fiançailles avec Ana.

— Tu t'es enfui ?

— C'est une façon de voir les choses.

Avec le recul, Xander comprenait qu'il avait choisi la solution de facilité. Mais à vingt ans, cette décision lui avait paru logique. S'il était resté, quelqu'un aurait sans doute essayé de le faire changer d'avis. Et puis, il avait bien mérité de voyager un peu et de découvrir le monde comme les autres jeunes de son âge.

Dans son arrogance, il n'avait pas soupçonné un seul instant qu'Ana paierait le prix de son absence.

— Combien de temps après la rupture de tes fiançailles es-tu parti ?

— Deux jours.

— Ana a eu de la chance, alors. Tu ne m'as même pas accordé deux heures, murmura Elizabeth.

— Parce que je ne voyais pas l'intérêt de prolonger ces moments difficiles.

— Difficiles ? À t'entendre, on croirait presque que tu avais des sentiments pour moi.

— J'en avais.

— Bien sûr. Comme pour Ana.

En silence, Xander but une gorgée de sa bière. Il se rappelait ces instants avec une clarté étonnante. Il se souvenait de chaque mot prononcé.

— Ma relation avec Ana n'avait rien à voir avec la nôtre.

— Je n'en doute pas, vu que vous étiez amoureux depuis l'enfance !

— Tu te trompes. Nous n'avons *jamais* été amoureux. Nous étions amis et nous évoluions dans les mêmes cercles. Si nous nous sommes fiancés à vingt ans, c'est parce que nos parents le voulaient. Il est traditionnel de se marier jeune, dans nos familles, et de le faire par intérêt. Mon père a épousé ma mère pour sa dot et leur union a été arrangée par leurs parents. Mon frère a épousé Katerina pour les mêmes raisons. Ana venait d'une famille riche de Mykonos. Mais nos fiançailles n'ont duré qu'un mois.

— Pourquoi les avoir rompues ?

— Parce que ce n'était pas ce que je désirais, et que je n'aurais jamais dû accepter en premier lieu. Je n'étais pas amoureux d'Ana et je ne voulais pas être prisonnier d'un mariage sans amour, comme Yanis. Mon frère m'a confié qu'il n'avait pas couché avec sa femme depuis qu'ils ont conçu Loukas. J'ai décidé qu'il valait mieux ne jamais se marier que de le faire de cette façon.

— Pourquoi Yanis s'est-il marié, s'il n'était pas non plus amoureux ?

— Parce que mes parents ont menacé de lui couper les vivres s'il s'opposait à eux.

— Et tu n'avais pas peur que ça t'arrive à toi, après ta rupture ?

— J'ai toujours été plus indépendant que Yanis. Mon frère n'a jamais vraiment rien fait pour l'entreprise familiale, alors que j'avais déjà largement contribué à notre expansion. Bref, je savais que ma décision ferait rager mes parents, mais qu'ils ne tueraient pas la poule aux œufs d'or. Comme je te l'ai déjà dit, ils sont méprisables, pas fous.

Elizabeth considéra ce qu'elle venait d'apprendre, sourcils froncés, puis reprit :

— Comment Ana a-t-elle pris votre rupture ?

D'un geste, Xander indiqua au serveur de lui apporter une autre bière avant de répondre :

— Mieux que je ne le pensais. Bien sûr, sa fierté en a un peu souffert mais, au fond, elle me comprenait. C'était une fille bien.

Sa bière arriva, embuée de fraîcheur, et il en but une longue gorgée avec reconnaissance. Parler d'Ana était difficile, plus encore devant Elizabeth, qu'il avait fait souffrir elle aussi. Tout lui revenait en mémoire et la culpabilité lui faisait monter un goût bilieux dans la gorge. À contrecœur, il se força à achever son récit.

— Deux semaines après mon départ, elle a eu un accident de voiture. Elle a fait une sortie de route et a fini contre un arbre. Elle ne buvait pas beaucoup, en général, mais elle avait absorbé beaucoup d'alcool ce soir-là. Je ne sais pas si elle a voulu en finir…

Elizabeth ne répondit rien, se contentant de le dévisager avec une expression de stupeur. Il fouilla ses yeux à la recherche d'un quelconque reproche, en vain.

— Et le pire, conclut-il d'une voix rauque, c'est que sa famille lui en a voulu de ne pas avoir fait assez d'efforts pour me retenir. Je ne l'ai su qu'après coup, par Yanis. Mes parents et les siens lui avaient reproché d'avoir capitulé trop facilement. Ils pensaient que je changerais d'avis. Ana, elle, savait que je ne reviendrais pas sur ma décision. Elle s'est retrouvée prise entre le marteau et l'enclume. Et moi, j'étais à des milliers de kilomètres de là, insouciant, avec toi…

— Ne me dis pas que tu t'en veux ?

— Si elle n'avait pas eu à affronter seule les conséquences de notre rupture, elle ne serait peut-être pas morte.

Une explosion enflamma brièvement les pupilles d'Elizabeth, faisant ressortir leurs inclusions dorées.

— Si quelqu'un est coupable, c'est sa famille et la tienne, pour l'avoir traitée comme une simple marchandise.

Un sourire amer étira les lèvres de Xander. Elle avait raison. Mais cela ne changeait rien à la culpabilité qui lui rongeait les tripes. Il avait abandonné Ana, parce qu'il avait supposé que tout irait bien. Il n'avait pas soupçonné un seul instant que leurs deux familles se ligueraient contre elle. Il aurait dû la protéger.

Au moins, il avait réussi à éviter le pire à Elizabeth. Il l'avait fait souffrir, certes, mais il lui avait sans doute évité le même destin.

— De plus, poursuivit la jeune femme, tu n'as aucun moyen de savoir ce qui se passait dans sa tête ce soir-là. D'autres facteurs que tu ignores totalement ont pu jouer en rôle dans cette tragédie.

— Peut-être. Voilà, tu sais tout maintenant. Je vis dans un monde magnifique et cruel. Un monde que, dans quelques mois, tu pourras quitter sans un regard en arrière.

Elizabeth termina son vin et se tourna de nouveau vers la vue, le cœur lourd d'une immense tristesse. Quel gâchis…

Elle comprenait mieux Xander, désormais, même si elle n'était pas sûre de le vouloir.

— Tu veux un dessert ? demanda-t-il enfin.

— Non merci.

— Je vais appeler mon chauffeur, alors.

— Si nous marchions le long de la plage, ça nous ramènerait à la villa ?

— Oui… Mais ça fait trois bons kilomètres.

— Pas de problème. J'aimerais marcher. Ça me fera du bien.

Elle perçut sa surprise, mais il se ressaisit aussitôt et acquiesça.

— Très bien. Laisse-moi juste régler l'addition et nous partons.

Il leur fallut, pour gagner la plage, descendre un sentier tortueux avec la lune pour seule guide. L'air nocturne, chargé de senteurs végétales, n'était pas sans rappeler St. Francis, et Elizabeth sentit son cœur se serrer. Ravalant une bouffée d'émotion, elle retira ses chaussures et négocia prudemment sa descente jusqu'au moment où elle sentit le sable chaud sous ses pieds.

Le ressac emplissait la nuit de sa berceuse, douce et familière. À St. Francis, Elizabeth avait trouvé ce son apaisant. Mais c'était cette sérénité de façade, se rappela-t-elle, qui l'avait empêchée de voir le drame venir. Cette fois, elle ne laisserait pas le romantisme de Diadonus lui faire perdre la tête.

Une brise légère soufflait de la mer, et elle resserra son étole autour de ses épaules. Infléchissant sa course, elle s'approcha du rivage. L'eau était fraîche et lui arracha un cri de surprise. Mais elle continua de progresser sur le sable mouillé, laissant derrière elle une série d'empreintes presque aussitôt effacées par la mer. Tout comme leur mariage l'avait été, à peine prononcé…

— Est-ce que tu comptes te remarier quand… tout ça sera fini ? demanda-t-elle pour meubler le silence.

— Non, répondit son compagnon sans la moindre hésitation. C'est une institution à laquelle je ne crois pas. Je ne veux pas prendre le risque de devoir vivre avec quelqu'un que je finirai par détester.

Il marchait à ses côtés, les poings fourrés dans ses poches, le visage dans l'ombre. Elizabeth était heureuse de ne pas voir l'expression dédaigneuse qui devait s'être peinte sur ses traits.

— Et des enfants ? se força-t-elle à demander. Tu n'en veux pas ? Tu n'as pas envie de donner naissance à la prochaine génération des Trakas ?

— Loukas est la prochaine génération, répondit-il.

— Mais tu ne veux pas les tiens ? insista-t-elle.

Autrefois, Xander avait exprimé le désir d'avoir des enfants, elle s'en souvenait. Avait-il menti ?

— Un enfant a besoin de deux parents. Et je n'ai pas l'intention de me remarier un jour.

— Et si Loukas ne veut pas rejoindre l'entreprise familiale ?

— Je respecterai son choix. Je tiendrai la barre de la société tant que je le pourrai, et je mettrai tout en place pour que l'entreprise me survive quoi qu'il arrive.

Elizabeth hocha la tête en silence — elle ne savait pas que répondre à cela. Et puis, que lui importait l'avenir de Xander ou de ses affaires, de toute façon ? Une fois le jugement prononcé, elle ne le reverrait plus jamais.

Ils approchaient d'un port. Des bateaux s'agitaient doucement dans la brise, leurs coques luminescentes sous l'œil de la lune. Malgré elle, elle songea à la fois où il avait affrété un yacht pour eux deux à St. Francis — c'était alors qu'elle avait pris conscience de l'étendue de sa fortune. Cette aisance financière signifiait qu'elle pourrait finir son diplôme, apprendre le grec, se trouver un travail, le tout sans avoir à se soucier de boucler ses fins de mois. Elle avait presque honte, avec le recul, de sa naïveté.

— Je croyais que tu n'aimais pas marcher ? observa son compagnon après quelques instants.

Elizabeth tressaillit, puis inspira une bouffée d'air nocturne. Il était difficile de continuer à le haïr quand il se souvenait ainsi de détails insignifiants, qu'elle était sûre qu'il avait oubliés.

— J'ai appris à aimer ça à l'Université de New York. Après avoir payé mon loyer et mes frais de scolarité, il ne restait pas grand-chose. Pour économiser, j'allais partout à pied. J'ai gardé cette habitude.

— Pourquoi as-tu quitté Brown ? s'enquit Xander.

C'était la deuxième fois qu'il lui posait la question. Mais après les confidences échangées durant le dîner, il aurait été mesquin de ne pas répondre.

— Ma mère m'a coupé les vivres. Je n'ai pas eu le choix.

— Pourquoi a-t-elle fait une chose pareille ?

— Parce que je lui ai dit que je ne voulais plus étudier la littérature.

Dans l'obscurité, elle sentit plus qu'elle ne vit le regard de Xander se fixer sur elle.

— Mais tu voulais devenir écrivain, non ?

— Oui. Scénariste plus exactement. Je comptais écrire des comédies romantiques. Mais à mon retour de St. Francis, l'idée d'écrire sur l'amour m'a paru complètement incongrue. Je n'y croyais plus. J'ai donc décidé de me lancer dans les affaires. Je ne savais pas encore ce que je ferais, juste que je voulais être ma propre patronne. Ma mère n'était pas d'accord, j'ai donc décidé de me débrouiller toute seule.

— Pourquoi n'était-elle pas d'accord ?

— La seule chose qu'elle admirait, chez moi, c'était mon talent pour la littérature. J'avais gagné mon premier prix à huit ans et, à ses yeux, mon avenir était tout tracé. Bref, elle m'a clairement dit que si je changeais de voie elle me coupait les vivres.

— Tu as donc quitté Brown et tu es partie comme ça, à l'aventure ?

Avec un frisson, Elizabeth resserra son châle sur ses épaules. La brise s'était levée et la nuit, rafraîchie.

— J'étais légalement adulte. Personne ne pouvait me forcer la main. Et je ne suis pas partie sans rien. Il me restait encore un peu de l'argent que ma grand-mère m'avait légué. Ce n'était pas assez pour Brown mais ça me payait un an d'université à New York.

— Et ton père ? Il ne pouvait pas t'aider ?

— Tu parles. Il venait d'épouser une femme tout aussi manipulatrice que ma mère. Comme tu le vois, tu n'as pas le monopole des parents dysfonctionnels.

— En effet, je commence à m'en rendre compte.

Leur allure s'était ralentie, sans qu'ils en eussent conscience, et ils s'étaient rapprochés. Lorsque le bras de Xander effleura le sien, elle sentit un air brûlant lui embraser les poumons.

— Je comprends mieux pourquoi tu ne t'es pas préoccupée de notre annulation, murmura-t-il.

Elizabeth fit de son mieux pour se concentrer sur la discussion, pas sur le corps qu'elle sentait vibrer à quelques centimètres du sien. Sans sa chaleur, la nuit lui paraissait plus froide encore.

— Je n'ai jamais soupçonné que nous n'obtiendrions pas cette annulation, confessa-t-elle d'une voix rauque. Notre dossier était solide.

Bientôt, la villa de Xander apparut. Ils franchirent en silence le portail qui donnait sur la place et Elizabeth pressa inconsciemment le pas, comme pour s'arracher au magnétisme de son compagnon. Mais une fois à la porte de la cuisine, elle dut s'arrêter. Elle ne connaissait pas le code. Xander la rejoignit sur les marches et elle retint son souffle pour éviter le moindre contact avec lui. Mais, sans comprendre comment, elle se retrouva coincée entre la balustrade et le Grec.

Incapable de s'en empêcher, elle leva les yeux sur lui et se retrouva plus étroitement prisonnière encore que s'il l'avait enchaînée. Ses lèvres palpitèrent, ses cils frémirent et tous les atomes de son corps entamèrent une incontrôlable tarentelle. Le regard de Xander laissait penser qu'il voulait la dévorer…

Lentement, il baissa les yeux sur ses lèvres. Puis il se pencha, comme au ralenti, et s'arrêta juste avant de l'embrasser. Il la dévisagea un long moment, la défiant en silence de le repousser, mais elle n'en fit rien.

Presque brutalement, sur un signal audible d'eux seuls, leurs lèvres se rencontrèrent en un baiser passionné. Avec un soupir, Elizabeth s'affaissa dans les bras de Xander, et dix années s'envolèrent en une fraction de seconde. Elle se rappelait son goût, sa douceur, sa passion. Leurs langues dansaient l'une contre l'autre avec la même passion féroce qu'autrefois.

Si la porte de la cuisine ne s'était pas ouverte en grand au même instant, elle aurait sans doute perdu tout contrôle d'elle-même.

— Voilà donc ce que tu fais au lieu de prendre soin de mon petit-fils ?

Elizabeth relâcha Xander aussi vivement que s'ils venaient de recevoir un seau d'eau glacée.

Debout dans l'encadrement, aussi menaçante et sinistre qu'une Morticia Addams aux cheveux courts, se tenait une femme qui, en déduisit-elle, devait être la mère de Xander.

8

Xander reprit ses esprits le premier. Avec un hochement de tête irrité, il dépassa sa mère et rentra dans la villa.

— Comment es-tu entrée ? demanda-t-il sans aménité.

— J'ai frappé. Ta gouvernante m'a ouvert et m'a dit que tu étais sorti. J'ai décidé de t'attendre.

En l'écoutant, Elizabeth révisa sa première impression. La nouvelle venue faisait plutôt penser à Marlène Dietrich, l'accent en moins. Son anglais, comme celui de son fils, était impeccable. Tout comme son entrée en scène !

Elizabeth remit hâtivement de l'ordre dans sa tenue et, les jambes en guimauve, suivit mère et fils à l'intérieur. Elle ne savait pas ce qui était le plus humiliant : d'avoir été surprise dans les bras de Xander, ou de lui avoir cédé aussi aisément. Mais elle était heureuse qu'ils eussent été interrompus. Dans le cas contraire, les choses ne se seraient pas arrêtées à un simple baiser, elle en était certaine.

Mince comme une liane, Mirela Trakas était une femme élégante, aux cheveux noirs coupés court. Son visage, elle en aurait juré, devait son apparente fraîcheur à la fréquentation régulière d'un cabinet de chirurgie esthétique. Mirela portait une combinaison noire rehaussée de quelques imposants bracelets dorés — l'ensemble évoquait un étonnant mélange entre un croque-mort et une gravure de mode.

— Si tu m'avais appelé avant de venir, déclara Xander, je t'aurais dit de t'abstenir.

— C'est précisément pour cela que je n'ai pas appelé. Je prendrai un gin-tonic, merci.

La mâchoire serrée, Xander traversa la cuisine et émergea dans le salon. Il se dirigea vers le bar et s'affaira derrière à gestes secs.

— Papa n'est pas avec toi ? demanda-t-il, les narines frémissantes de colère.

— Non. Il est parti dilapider ton héritage sur les tables de roulettes à Monte Carlo.

Xander eut un rictus moqueur. Dilapider son héritage ? Il était déjà plus riche que ses parents et tous leurs amis réunis !

— C'est à cause d'Elizabeth que tu es là ?

— C'est donc son nom ? Elizabeth ?

— Tu sais très bien que oui. Liz, voici ma mère. Mirela, je te présente ta nouvelle belle-fille.

Mais Mirela Trakas ne daigna même pas se tourner vers Elizabeth.

— J'aurais préféré apprendre votre mariage de ta propre bouche, déclara-t-elle d'un ton dédaigneux. Mon téléphone sonne sans discontinuer depuis deux jours. Toutes mes amies sont au courant. Le monde entier est au courant. Mais tu n'as pas trouvé le temps de me le dire. À moi, ta mère ?

— Nous étions très occupés.

— Je vois. Tu affirmes vouloir t'occuper de ton neveu, mais tu l'abandonnes à des inconnus pour aller t'amuser avec ta femme de carnaval. J'aimerais voir la tête que fera le juge lorsque je lui raconterai ça, la semaine prochaine.

Furieux, Xander se servit un verre de whisky et l'avala d'un trait. Elizabeth, qui avait elle aussi besoin d'un remontant, l'imita. Elle se retint de justesse de tousser sous la brûlure de l'alcool, consciente du regard moqueur de Mirela.

Enfin, Xander émergea de derrière le bar et fourra un gin-tonic dans la main de sa mère.

— Voilà. Bois et va-t'en, déclara-t-il d'une voix sourde.

— Alors que je viens à peine d'arriver ? Et que je n'ai pas vu mon petit-fils ?

— Loukas dort. Et pour ton information, il n'a jamais été « abandonné à des inconnus ». Il connaît tout mon personnel, et tous l'adorent. De plus, je n'ai pas de leçon à recevoir de toi. Si je me souviens bien, papa et toi sortiez tous les soirs. Yanis et moi restions parfois seuls pendant des semaines.

— Nous sortions pour affaires, mon chéri.

— Comme la semaine que vous avez passée aux Maldives ? Ou lorsque vous alliez skier au Canada ? Je pourrais finir cette bouteille de whisky, là-bas, que je ne serais pas à court d'exemples.

D'un geste gracile, Mirela balaya sa remarque.

— Tu te serais ennuyé aux Maldives.

— Oui, c'est ce que tu m'as dit à votre retour, alors que nous ignorions où vous étiez partis.

— Nous ne pouvions pas tenir des enfants au courant du moindre de nos mouvements. Nous avions une entreprise à gérer, des responsabilités, et un personnel tout à fait compétent pour s'occuper de vous.

— Cette entreprise est aujourd'hui dix fois plus grosse, grâce à moi, et ça ne m'empêche pas de prendre mon petit déjeuner avec Loukas tous les jours quand il est là. Son avenir est tout ce qui m'importe. Et tu n'en fais pas partie. Alors finis ton verre et rentre chez toi.

Mirela fit la moue, une expression qui aurait sans doute arraché un éclat de rire à Elizabeth si elle n'avait pas été si déstabilisée par la confrontation qui se déroulait sous ses yeux.

— Tu me renvoies alors que je n'ai pas encore parlé à ma nouvelle belle-fille ? Ou devrais-je dire vieille belle-fille ?

Était-ce une allusion à son âge, se demanda Elizabeth, ou au fait qu'ils étaient mariés depuis dix ans ? Impossible de le dire.

— Vous êtes déjà enceinte, ma chère ? Ou est-ce juste que vous aimez manger ?

— Vous serez la première avertie lorsque je serai enceinte, répliqua Elizabeth sans se laisser démonter.

Elle tendit la main et ajouta :

— Je suis enchantée de faire votre connaissance. Dois-je vous appeler Belle-Maman ?

Mirela étudia sa main tendue puis, contre toute attente, la prit dans la sienne. Elle l'étudia un instant avant de la relâcher.

— Je connais une très bonne esthéticienne à Athènes qui pourra s'occuper de vos ongles et de vos cicatrices d'acné.

Elizabeth aurait sans doute pris ombrage de cette remarque, mais elle n'avait pas la moindre cicatrice d'acné. Elle se mit donc à rire.

— Je comprends pourquoi ni Yanis ni Xander ne veulent vous céder la garde de Loukas.

— Et je vois pourquoi Xander vous a cachée pendant dix ans, répliqua l'intéressée d'un ton venimeux.

Avant que sa mère puisse se lancer dans un autre assaut verbal, Xander la prit par le bras.

— Il est temps de rentrer. Ne t'avise pas de revenir tant que tu ne seras pas capable de te montrer polie avec ma femme.

— Je peux marcher ! protesta Mirela, se dégageant d'un geste sec.

Elle termina son verre, le tendit à son fils et susurra :

— Je te verrai demain, mon chéri. N'oublie pas que ton père se rend à Munich et qu'il ne sera pas présent au conseil d'administration.

Puis elle adressa un sourire à Elizabeth.

— Quant à vous, je vous verrai au tribunal. À bientôt, mes chéris !

Lorsqu'elle fut certaine du départ de Mirela Trakas, Elizabeth tourna un regard effaré vers Xander.

— Grands dieux. C'était quelque chose…

Un autre whisky à la main, Xander franchit les baies vitrées qui donnaient sur la terrasse et s'affala dans un fauteuil d'osier face à la piscine.

— Je ne peux que m'excuser pour elle, murmura-t-il d'un air lugubre.

— Tu ne pouvais pas savoir qu'elle viendrait.

— Il n'empêche. Ce qu'elle a dit est inexcusable.

— Allons, ce n'est pas ta faute.

— Je suis heureux que tu ne te sois pas laissé intimider, en tout cas. Tu t'es très bien débrouillée.

— Mieux que je ne l'aurais fait il y a dix ans, reconnut Elizabeth.

De manière ironique, c'était parce que Xander l'avait rejetée qu'elle s'était endurcie. Et c'était parce qu'elle s'était endurcie qu'elle avait pu tenir tête à sa sorcière de mère.

— Et puis, n'oublie pas que j'ai eu de l'entraînement grâce à ma propre famille, renchérit-elle. Tiens, nous devrions tous les réunir et vendre des tickets pour le match de boxe du siècle !

— Ta famille et la mienne dans la même pièce ? C'est mon idée de l'enfer…

Ils échangèrent un regard complice, qui s'éternisa lorsque l'humour de la situation se fut dissipé. Elizabeth songea à leur baiser — erreur fatale ! Elle sentit aussitôt ses lèvres s'entrouvrir, son souffle s'accélérer.

Mais c'était une erreur qu'elle ne reproduirait pas. Elle croisa les bras sur sa poitrine, puis hocha la tête.

— Je comprends mieux pourquoi tu ne veux pas abandonner la garde de Loukas à tes parents. Je ferai tout ce qui est en mon pouvoir pour convaincre le juge que nous sommes un couple aimant.

Sans répondre, le Grec continua de la fixer d'une façon qui lui assécha la gorge. Le souvenir de leur baiser flottait entre eux, si intense qu'il en était presque palpable. Le cœur battant, Elizabeth jugea plus prudent de faire quelques pas en direction de la porte.

— Ce qui s'est passé avant l'arrivée de ta mère…, commença-t-elle.

De nouveau, Xander resta muet. Un autre pas en arrière, et elle acheva :

— C'était une erreur.

— En effet, confirma enfin son compagnon. Une erreur.

Sans la quitter des yeux, il piqua du nez dans son verre. Incapable d'ajouter le moindre mot, Elizabeth se contenta d'acquiescer et tourna les talons. Loin de s'être calmé, son cœur battait deux fois plus vite lorsqu'elle regagna enfin le sanctuaire de sa chambre.

Quelques heures plus tard, un bruit distant la tira du sommeil agité dans lequel elle avait fini par sombrer. Mais lorsqu'elle se redressa, tous les sens en alerte, le silence régnait dans la maison. Presque convaincue d'avoir rêvé, elle s'apprêtait à se recoucher lorsque le son se fit de nouveau entendre. Quelqu'un sanglotait.

Rejetant les draps, elle déverrouilla la porte de sa chambre et se dirigea sans hésiter vers celle de Loukas. Un nouveau gémissement en montait lorsqu'elle y arriva. Sur la pointe des pieds, elle entra.

Allongé sur son lit, Loukas se tournait et se retournait sous l'emprise d'un cauchemar. Ses draps étaient tombés et Elizabeth hésita un court instant. Devait-elle le réveiller ? Ou cette précaution s'appliquait-elle seulement aux somnambules ?

Silencieusement, elle gagna le lit et s'assit au bord. Puis, retenant son souffle, elle caressa les cheveux du petit garçon pour le calmer. Sa tactique parut fonctionner, car il s'apaisa presque aussitôt. Les gémissements s'espacèrent, puis disparurent. Peu à peu, sa respiration reprit son rythme normal.

Soudain, contre toute attente, il ouvrit les yeux. Il fixa Elizabeth d'un air apeuré, les lèvres pincées en une expression de détresse qui lui brisa le cœur. Elle continua de lui caresser les cheveux, en silence, espérant qu'il comprendrait qu'elle ne lui voulait pas de mal.

Elle se rappelait clairement ses propres cauchemars d'autrefois, ces rêves fébriles où elle s'imaginait seule dans une maison vide. Très jeune, elle avait compris que ses parents ne l'aimaient pas. La seule personne à lui manifester de l'affection avait été sa grand-mère, une véritable crème de femme. Mais Elizabeth n'avait pas pu la voir autant qu'elle le désirait.

À cet instant précis, au cœur de la nuit, elle comprit pourquoi Xander l'avait forcée à revenir dans sa vie. Il était peut-être incapable de l'aimer, ou d'aimer n'importe quelle autre femme, mais il adorait ce petit garçon sans défenses. Et Loukas le lui rendait bien. Xander était son protecteur, son roc, la seule forme de stabilité dans sa vie.

Une bouffée d'émotion étrangla Elizabeth. Elle aurait voulu prendre l'enfant dans ses bras, le serrer de toutes ses forces et lui murmurer que tout irait bien. Mais s'attacher à lui, elle le savait, était risqué. Car elle devrait partir, ce qu'il percevrait comme une nouvelle trahison. C'était un risque qu'elle ne pouvait pas prendre.

Les paupières de Loukas s'alourdirent et, enfin, se refermèrent. Elizabeth s'attarda encore un peu, puis déposa un baiser léger sur son front et se leva. Ce ne fut que lorsqu'elle se retourna pour sortir qu'elle aperçut Xander, debout dans l'encadrement de la porte et vêtu d'un simple caleçon noir.

Un étau invisible oppressait Xander et lui écrasait la poitrine. C'était une sensation qu'il n'avait jamais ressentie.

Il avait eu du mal à s'endormir après avoir quitté Elizabeth, revivant chaque seconde du baiser qu'ils avaient échangé. Au moment où le sommeil le gagnait enfin, il avait entendu une porte grincer, puis des pas étouffés dans le couloir. Il était arrivé à la chambre de Loukas au moment où Elizabeth mettait la main sur le front du petit garçon.

C'était un geste si tendre, si débordant de compassion à l'égard d'un enfant qui n'avait pourtant fait preuve que d'hostilité à son égard, que Xander en avait eu le souffle coupé. Il n'avait pu qu'observer la scène en silence, fasciné.

Il s'écarta pour laisser passer la jeune femme, s'enivrant à son passage du parfum floral qui flottait autour d'elle. Le sang en ébullition, il tira la porte et se tourna pour lui faire face.

Des halos de lumière flottaient çà et là dans le couloir, émanant de sources mystérieuses et lointaines. Leur caresse nimbait Elizabeth et soulignait l'ovale de son visage, la pureté de ses traits. Elle ne portait qu'un T-shirt trop grand qui lui tombait jusqu'aux genoux et sur lequel retombait une cascade de cheveux bouclés. Bien malgré lui, il se remémora les quelques semaines où elle avait été le centre de sa vie.

C'était d'abord sa beauté qu'il avait remarquée. Mais les belles femmes, il n'en manquait pas. Dans son monde, tout défaut cosmétique était impitoyablement traqué. Les débutantes qui entamaient leur ascension sociale étaient invariablement belles — et invariablement lisses. La beauté d'Elizabeth était différente, sublimée par un sourire qu'elle distribuait sans compter. Elle était généreuse, une autre qualité à laquelle il n'était pas habitué. Un jour, elle avait ouvert la porte de l'hôtel à une femme de chambre aux bras chargés que personne ne semblait avoir remarquée — pas même lui, il avait honte de l'avouer.

Elle avait beau s'être endurcie et avoir gagné en sophistication depuis cette époque, elle n'avait pas changé pour autant. Derrière cette façade, la femme tendre et généreuse, prête à se lever pour apaiser les angoisses d'un enfant en pleine nuit, était bien vivante.

— Merci, murmura-t-il d'une voix rauque, car le simple fait de parler lui coûtait.

Elizabeth se mordit la lèvre, puis acquiesça.

— Il s'est rendormi.

Theos, il brûlait de la toucher, de la reprendre dans ses bras. Il devinait ses seins, petits et fermes, juste sous son T-shirt, et il mourait envie d'y poser de nouveau les lèvres.

Mais il avait promis de ne plus rien tenter, et il n'avait qu'une parole. Sauf si elle se jetait à ses pieds et la suppliait de la prendre, il garderait ses distances, même s'il lui fallait pour ce faire passer ses journées sous une douche froide.

La gorge nouée, Elizabeth attendait que Xander rompe enfin le silence qui régnait entre eux. La tension sexuelle, dans le couloir, était à couper au couteau.

Son cœur battait la chamade et elle luttait pour respirer. Les murs semblaient se refermer lentement sur eux. Elle avait envie de lui comme elle n'avait jamais eu envie d'un homme. Mais le pire, en cet instant, c'était l'émotion qui gonflait son cœur. Elle ressemblait à l'amour absolu qu'elle avait ressenti pour Xander autrefois, à l'époque où elle avait naïvement cru les désirs du cœur et ceux du corps indissociables.

— Nous ferions bien de retourner nous coucher, déclara-t-elle brusquement, reprenant de justesse son sang-froid.

Le Grec acquiesça mais ne fit pas mine de s'éloigner. Au lieu de cela, il leva la main et lui enveloppa la joue. Elizabeth ferma les yeux, pétrifiée, se demandant s'il entendait les battements de son cœur.

Puis elle sentit ses lèvres contre les siennes, un effleurement fugace comme la caresse d'une aile de papillon.

— Bonne nuit, Elizabeth.

Lorsqu'elle rouvrit les yeux, il avait disparu.

D'un geste affectueux, Xander ébouriffa les cheveux de son neveu. Ils étaient arrivés à son appartement d'Athènes quelques heures plus tôt, et Loukas venait de terminer son dîner.

— Allez, au lit. À demain matin.

Loukas se leva de sa chaise et noua les bras autour de sa taille.

— On pourrait aller revoir maman, demain ?

— Si elle va mieux.

Xander se refusait à faire de fausses promesses. Katrina avait besoin d'une greffe de foie et, pour en bénéficier, devait afficher six mois d'abstinence. Il lui faudrait abandonner la boisson à tout jamais si elle voulait survivre. Mais elle avait encore du mal à admettre qu'elle était alcoolique, malgré les récriminations des médecins et la couleur jaune presque fluorescente de sa peau. Elle avait été transférée dans une clinique privée où elle recevait toute l'assistance dont elle avait besoin.

Elle avait été ravie de voir son fils, c'était évident. Xander avait failli la secouer comme un prunier et hurler : « Si tu ne le fais pas pour toi, fais-le pour lui ! » Mais la décision dépendait entièrement de Katrina, persuadée que la seule forme de liberté possible se trouvait au fond d'une bouteille.

Il songea à Elizabeth — mais quand ne pensait-il pas à elle ? Cela faisait maintenant une semaine qu'elle était de retour dans sa vie. Mais depuis leur baiser, trois nuits plus tôt, ils s'évitaient soigneusement. Ils ne se croisaient qu'au cours du dîner, où ils échangeaient une conversation polie. Loukas, au moins, avait baissé sa garde et, bien qu'encore réservé, ne lui manifestait plus d'hostilité.

À l'inverse de Katrina, Elizabeth avait pris sa vie en main. Elle avait autofinancé ses études et créé sa société, surmontant les obstacles avec une volonté d'acier. Ni le manque d'argent, ni les kilomètres à parcourir à pied ne l'avaient découragée. Xander l'admirait — échouer était souvent plus facile que de réussir.

Lorsqu'il eut enfin couché le petit garçon, il éteignit la lumière et se dirigea vers sa chambre. Il était temps de se préparer. Ce soir, Elizabeth et lui se rendaient à un gala caritatif au Musée archéologique d'Athènes, l'occasion parfaite d'être photographiés ensemble.

Après une douche rapide, il enfila un costume bleu sombre sur une chemise rayée, attacha ses boutons de manchette, rafraîchit son visage rasé de près d'un peu d'eau de Cologne, vérifia que ses chaussures étaient parfaitement cirées et sourit d'un air satisfait.

Sur un coup de tête, il alla frapper à la porte de communication entre leurs chambres.

— Tu es prête ?

— Deux minutes. Je te rejoins dans le salon.

Vingt minutes plus tard, il attendait toujours. Il commençait à s'impatienter lorsque des pas se firent entendre dans l'escalier. Xander se leva pour accueillir sa femme, mais se figea en l'apercevant enfin. Elle s'était arrêtée au pied des marches, ses lèvres ourlées d'une moue songeuse.

— Est-ce que je suis présentable ?

Xander déglutit pour déloger la boule coincée dans sa gorge.

— Tu es absolument… magnifique.

Il ne voyait pas d'autre mot pour décrire la vision qu'elle offrait dans sa robe fourreau gris sombre, constituée de centaines de pièces métalliques au sein desquelles se nichaient quelques écailles roses. La lumière ambiante se reflétait sur elle au moindre de ses mouvements — elle scintillait. Ses cheveux tombaient sur l'une de ses épaules, retenus en queue-de-cheval par une barrette de cristal. Un maquillage léger soulignait ses yeux et rehaussait ses lèvres. Sa beauté lui coupa le souffle.

Ce ne fut que lorsqu'il s'avança enfin vers elle que Xander remarqua la fente qui courait le long de sa jambe droite, du milieu de sa cuisse jusqu'à sa cheville. Le tiraillement, dans son caleçon, se transforma en une inconfortable érection.

Les dents serrées, déterminé à ne rien montrer de son trouble — il avait trente ans, bon sang, l'âge de contrôler sa libido ! — il lui offrit son bras. Avec une ébauche de sourire, elle y posa la main.

Il était temps d'affronter les caméras.

9

Le Musée national d'Athènes était situé dans le quartier de Monastiraki, non loin de l'appartement de Xander.

— Nous aurions pu venir à pied, murmura Elizabeth lorsque leur limousine les déposa devant le bâtiment d'allure néoclassique.

— Tu voulais marcher avec de telles chaussures ?

— Hum, ce n'était peut-être pas une bonne idée, en effet.

Pendant toute la journée, Elizabeth avait eu l'estomac noué. Durant sa carrière, elle avait fait office de styliste pour nombre de ses clientes — jamais pour elle-même. S'habiller en vue d'une soirée n'avait jamais fait partie des plaisirs de son existence. De fait, elle ne sortait en général que dans un cadre professionnel, et uniquement si elle n'avait pas le choix.

La porte s'ouvrit et Xander mit pied à terre avant de se tourner vers elle, la main tendue. La jeune femme fit pivoter ses jambes d'une manière qu'elle espérait élégante, se remémorant soudain la manière dont le Grec l'avait aidée à descendre du buggy à l'aéroport de St. Francis une semaine plus tôt. Il était difficile d'imaginer que sept jours à peine s'étaient écoulés depuis leurs retrouvailles.

Ses sentiments à l'égard de Xander avaient changé du tout au tout durant cette courte période. Maintenant qu'elle connaissait Loukas, elle comprenait mieux pourquoi le Grec avait tout fait pour s'assurer de son aide. Après avoir rencontré Mirela, elle le comprenait même doublement !

Pour protéger le petit garçon de cette horrible femme, Elizabeth était bien décidée à jouer son rôle d'épouse parfaite — du moins en public. En privé, il restait plus prudent d'éviter Xander.

Forte de cette résolution, elle glissa la main dans celle de son compagnon. Cette soirée avait la saveur d'une escapade romantique, même si elle n'en était pas une.

Elizabeth se le répéta à plusieurs reprises, pour être sûre de ne pas l'oublier.

— Tu as presque l'air de prendre du bon temps, observa Xander lorsqu'ils se retrouvèrent enfin seuls, après un tourbillon de mondanités.

Tout le monde, avaient-ils constaté, voulait saluer le jeune couple. Leur histoire, soigneusement rodée, semblait fasciner. À force de la répéter, Elizabeth était à deux doigts d'y croire elle-même.

— Vraiment ? Parfait. Je suis donc une excellente actrice.

— Tu veux dire que tu ne passes *pas* une bonne soirée ?

Elizabeth porta sa flûte à ses lèvres et laissa les bulles de champagne danser sur sa langue tandis qu'elle considérait la question.

— Je ne suis pas sûre. J'ai tellement fait semblant que je ne saurais te dire si je m'amuse vraiment ou si je m'en suis persuadée.

— Je te suis reconnaissant de tous tes efforts, fit son compagnon en riant.

— Je ne veux pas donner d'arme à ta mère. Elle doit entendre dire que je suis une femme dévouée et épanouie.

— « Épanouie » ne faisait pas partie de ma liste d'exigences.

— Mais quelle femme amoureuse n'est pas épanouie ?

— Tu as raison, murmura Xander, se penchant pour effleurer ses lèvres.

Elizabeth se força à sourire, comme s'il s'agissait d'un geste normal et mille fois répétés. Ce soir, son cavalier lui paraissait plus séduisant que jamais dans un costume bleu sombre qui semblait avoir été cousu sur lui. Était-il réel ? Ou s'agissait-il d'un dieu descendu de l'Olympe pour séduire une mortelle ?

Peut-être, songea-t-elle, était-il temps d'arrêter de boire…

Des petits-fours leur furent proposés sur un plateau d'argent. Elizabeth choisit un carré de pizza avec un sourire de remerciement, puis un tintement se fit entendre comme le directeur du musée montait sur une estrade pour commencer son discours.

— Tu comptes sponsoriser l'une des œuvres ? chuchota-t-elle.

— C'est pour ça que nous sommes là, non ?

Plusieurs œuvres du musée étaient symboliquement proposées aux enchères, ce soir-là, avec la promesse d'accoler à chacune une plaque au nom du plus généreux donateur.

— Laquelle t'intéresse ?

— Ça n'a pas la moindre importance, vu qu'elle ne m'appartiendra pas. Le but est de protéger notre héritage national. Je suis en position d'y contribuer et je me moque parfaitement d'avoir mon nom sur un bout de métal.

Pendant qu'il parlait, Elizabeth repéra du coin de l'œil un visage qu'elle étudia plus attentivement. D'un mouvement discret, elle se pencha vers Xander.

— Tu vois le couple près de la fontaine de chocolat ? Ne te retourne pas brusquement.

— Le petit rondouillard avec la grande blonde ?

— Oui. C'est moi qui les ai présentés.

Morgan Adie était un génie de l'informatique d'un mètre soixante, presque aussi large que haut. Sa femme, Miranda, était d'une minceur de gazelle et le dépassait d'une bonne tête.

— Comment as-tu pensé que ces deux-là iraient ensemble ?

— Morgan aime les femmes grandes et, surtout, intelligentes. Miranda a un diplôme en mathématiques et voulait épouser un milliardaire. Sa seule exigence physique était qu'il n'ait pas un dos poilu. Ils sont mariés depuis maintenant cinq ans.

— Tu crois que nous devrions aller les saluer ? s'enquit Xander avec un amusement visible.

— Je pense qu'ils nous évitent. Ce sont les seuls invités qui ne soient pas venus se présenter. À présent que le monde entier sait ce que je faisais, ils doivent redouter que les gens n'additionnent deux et deux s'ils nous voient ensemble.

Les heures passèrent mais Elizabeth ne s'ennuya pas un seul instant. Elle n'avait pas vu Xander aussi détendu depuis leurs retrouvailles. Elle éprouvait un étrange sentiment de normalité à se promener avec lui, main dans la main, et à échanger des banalités avec divers invités.

À intervalles réguliers, elle se forçait à se rappeler qu'il s'agissait d'une simple mise en scène et qu'ils ne formaient pas un vrai couple. Mais lorsqu'ils regagnèrent enfin le confort et la discrétion de leur limousine, plus tard dans la soirée, Xander ne lui relâcha pas pour autant la main.

La conversation s'étiola, plus difficile dans l'intimité de l'habitacle qu'au musée. Le silence s'imposa, si absolu qu'Elizabeth entendait presque battre son propre cœur. Lorsqu'ils s'arrêtèrent enfin devant la maison de Xander, sa respiration s'accéléra.

Pas de sexe. Ils s'étaient mis d'accord sur ce point.

Nerveusement, elle démêla ses doigts des siens et essuya ses paumes moites sur la banquette. Xander descendit le premier, puis l'accompagna d'une main au creux de ses reins jusqu'à la villa, sans paraître remarquer son trouble. La maison était silencieuse, éclairée par une unique lampe laissée allumée dans l'entrée. Elizabeth ôta ses chaussures, puis se pétrifia lorsqu'elle se redressa et rencontra le regard de son compagnon. Cette expression, dans ses yeux…

Elle attendit un mouvement de sa part, une intention, mais il ne bougea pas. La balle était dans son camp, comprit-elle. Il se refusait à faire le premier pas.

Le moment était tout choisi pour partir en courant et s'enfermer dans sa chambre. Elle y serait en sécurité. Mais son corps refusa d'obéir à sa raison. Elle n'était plus une jeune fille naïve de dix-neuf ans, persuadée que désir sexuel et amour étaient indissociables. Xander lui avait appris que l'amour n'existait pas — une leçon qu'elle aurait dû retenir de l'exemple de ses propres parents.

Bien sûr, certaines personnes trouvaient l'âme sœur. Mais elles étaient l'exception qui confirmait la règle. Pour tous les autres, le sexe était la force motrice. Et lorsque le désir s'éteignait, que restait-il ? De la rancœur et des récriminations, de l'amertume à n'en plus finir. Elle avait été stupide de croire qu'elle était différente.

Non, c'était une erreur qu'elle ne reproduirait pas. Revoir Xander avait administré un électrochoc à sa libido, mais elle savait désormais qu'il ne s'agissait pas d'amour. Elle pouvait lui céder, du moins tant qu'elle acceptait ce contrat pour ce qu'il était.

D'une main tremblante, elle effleura le visage du Grec. Seigneur, cela faisait si longtemps…

— Dis-le, ordonna-t-il.

Elizabeth ne fit pas semblant de ne pas le comprendre. Ils avaient dépassé ce stade.

— Embrasse-moi, murmura-t-elle, si bas qu'elle se demanda s'il l'avait entendue.

Oui, il l'avait entendu. Deux larges mains encadrèrent aussitôt son visage. Xander défit sa barrette, la laissa tomber à terre et déploya ses cheveux sur ses épaules. Alors seulement il l'embrassa, avec une passion telle que les genoux d'Elizabeth s'entrechoquèrent.

Voilà ce dont elle avait besoin : Xander et le plaisir sans bornes qu'il lui offrait. Elle gémit lorsque sa langue enveloppa la sienne, tandis que ses doigts se refermaient en une étreinte possessive derrière sa nuque. Mais ce n'était pas assez. Elle voulait être touchée partout, possédée entièrement. D'un gémissement, elle l'encouragea.

Sans cesser de l'embrasser, Xander lui captura les poignets

et les cloua au mur au-dessus de sa tête. Elle hoqueta et reprit ses lèvres d'assaut en un baiser avide. Après une longue minute, il se détacha d'elle.

— Pas ici, souffla-t-il au moment où elle allait protester.

Déroutée, Elizabeth se rendit compte qu'ils étaient toujours dans l'entrée, où l'on pouvait les surprendre n'importe quand.

— Ta chambre ? chuchota-t-elle.

Xander acquiesça, le regard brûlant.

— Viens.

Avec l'impression de flotter, Elizabeth lui prit la main et lui emboîta le pas. Ils ne prononcèrent pas un mot jusqu'au moment où la porte de la chambre se referma derrière eux. Xander ôta alors sa veste, l'envoya voler dans un fauteuil et reprit Elizabeth dans ses bras.

— *Theos*, tu me rends fou…

— C'est bien ou c'est mal ?

— Les deux.

Il la fit pivoter, si bien qu'elle lui tourna soudain le dos. Relevant ses cheveux d'une main, Xander déposa un baiser à la base de sa nuque. Un frisson de plaisir la parcourut, qui s'accentua lorsqu'il fit descendre la fermeture de sa robe jusqu'à ses reins. À mesure qu'il découvrait sa peau, il lui offrait l'hommage de ses lèvres. Fébrilement, Elizabeth se tortilla pour s'extirper de sa tenue et la laissa tomber en une flaque scintillante à ses pieds. Elle ne portait plus que sa culotte et son soutien-gorge, mais elle avait toujours l'impression d'être trop habillée.

Avec un soupir rauque, Xander se plaqua contre elle. La violence de son érection était évidente sous son pantalon, et elle appuya ses fesses contre lui en une danse provocatrice. Enfin, elle pivota pour lui faire face et s'offrir de nouveau à lui.

Leurs souffles se mêlèrent, inégaux et fébriles. Xander murmurait des paroles incompréhensibles tout contre ses lèvres tandis qu'elle se battait avec sa chemise et s'attaquait à ses boutons. Les pans s'ouvrirent enfin sur son torse sculptural.

Avec un soupir de soulagement, Elizabeth s'appuya contre lui, poitrine contre poitrine, peau contre peau. Seule la dentelle de ses sous-vêtements les séparait encore. Elle percevait les battements de son cœur à quelques centimètres du sien, et elle retint son souffle en plongeant dans ses yeux bleu nuit. Pareils à des lacs, ils étaient un miroir parfait de ses propres émotions.

Comme autrefois, un simple baiser suffisait à les embraser. Un dieu s'était offert à elle dix ans plus tôt et il était de nouveau là, à portée de main, alors qu'elle avait cru ne jamais le revoir. À quoi bon lutter contre cette force qui la soulevait de terre ? Contre ce lien invisible mais charnel qu'elle n'avait jamais ressenti avec aucun autre homme ?

Elizabeth ne voulait plus réfléchir — ressentir lui suffisait amplement. Des tiraillements d'impatience la traversaient, l'électrisaient de la tête aux pieds. Xander dut s'en rendre compte car il entreprit de déboucler sa ceinture tandis qu'elle se débarrassait de sa culotte et de son soutien-gorge. Enfin, il fit glisser son caleçon et libéra son sexe, rigide comme une barre d'acier. Leurs lèvres se trouvèrent de nouveau et ils s'enlacèrent, nus pour la première fois l'un contre l'autre. Xander pulsait contre son abdomen, immense et granitique. Ivre d'excitation, Elizabeth se frotta contre lui en une supplique silencieuse.

Ils titubèrent d'un accord tacite jusqu'au lit, où elle s'allongea avec un soupir de soulagement. Xander lui embrassa les seins tour à tour, tourmentant leurs tétons turgides d'une langue brûlante. Lentement, il descendit le long de son ventre, s'attarda un instant au creux de son nombril, puis reprit son voyage d'exploration. Ses lèvres atteignirent enfin l'orée moite de sa féminité et se perdirent dans ses replis. Avec un hoquet, Elizabeth emprisonna sa tête entre ses cuisses pour le retenir un peu plus longtemps, exactement là où elle le voulait.

Enfin, il se redressa. Refermant les mains sur ses hanches, il l'attira contre lui, son sexe reposant sur son ventre. Ses mains descendirent sous ses fesses et les massèrent doucement tandis qu'il la parcourait d'un regard brûlant.

— Tu es encore plus belle que dans mon souvenir.

— Maintenant, gémit-elle, l'empoignant pour le guider en elle.

Avec un soupir de frustration, il lui emprisonna le poignet.

— Attends. Je prends un préservatif.

Elizabeth se figea, horrifiée. S'il ne l'avait pas mentionné, elle n'aurait jamais songé à se protéger. Mais que lui arrivait-il ?

En hâte, Xander ouvrit le tiroir de sa table de chevet et en tira un carré argenté. Il le déchira et en sortit un préservatif qu'il déroula sur son sexe. Puis il souleva légèrement le bassin d'Elizabeth et, d'un seul mouvement, glissa en elle. *Enfin*, songea-t-elle, étourdie de plaisir. Dix années venaient de disparaître, le temps d'un battement de cœur, d'un clignement de cils. Unis comme seuls deux amants pouvaient l'être, ils entamèrent une danse lente et sensuelle, troublant la nuit de soupirs et de gémissements étouffés.

Elizabeth reconnut bientôt les signes annonciateurs d'un tremblement de terre intérieur. Les chevilles nouées derrière la taille de Xander, elle s'arc-bouta contre lui pour l'entraîner plus profondément en elle. L'air s'embrasa et le plafond se disloqua en millions d'éclats lumineux. Elle poussa un cri de jouissance qu'il étouffa aussitôt d'un baiser passionné et urgent. Au même instant, un immense frisson le parcourut et il s'oublia en elle.

Lorsque Elizabeth reprit conscience de son environnement, Xander était allongé sur elle, le souffle court.

— Je dois t'écraser, murmura-t-il en la sentant bouger.

— Non, murmura-t-elle.

Elle mentait — elle avait presque du mal à respirer avec ce géant abattu sur elle. Mais pour rien au monde elle ne voulait le quitter. Après quelques instants, Xander se redressa, roula sur le côté et se dirigea vers la salle de bains.

Elizabeth rouvrit les yeux et fixa le plafond, en proie à une tempête d'émotions contradictoires. Déjà, le plaisir s'atténuait et la réalité revenait en force. Ses sentiments à l'égard du

Grec l'effrayaient. Malgré ses bonnes résolutions, elle sentait qu'elle était à deux doigts de replonger dans l'addiction qui, autrefois, l'avait tant fait souffrir. Et elle ne voulait pas risquer une redite du passé. Passer la nuit entre ses bras, décida-t-elle, était trop dangereux.

Fébrilement, elle rassembla ses vêtements. Lorsque Xander émergea enfin de la salle de bains, il se figea en la voyant faire. Avec une nonchalance feinte, elle se redressa et lui décocha un sourire.

— Il faut que je regagne ma chambre. Loukas pourrait être déstabilisé s'il venait te trouver dans la nuit et qu'il nous découvrait ensemble.

Xander, qui peinait encore à prendre la mesure de ce qui s'était passé, la dévisagea avec perplexité. Il avait lu un abandon total dans son regard lorsqu'il lui avait fait l'amour. Mais elle s'était retranchée dans sa forteresse intérieure pendant les quelques minutes qu'il avait passées dans la salle de bains.

Ils venaient pourtant de partager un moment d'une intensité tellurique, même un homme aussi cynique que lui était forcé d'en convenir. Quand ils étaient ensemble, le résultat était explosif. Alors pourquoi se comportait-elle comme si de rien n'était ?

Il entrevit tout à coup, l'espace d'une fraction de seconde, une expression qu'il connaissait bien : de la vulnérabilité. C'était ainsi qu'elle l'avait regardé, autrefois.

Oui, décida-t-il, elle devait partir. Et vite. C'était préférable pour tout le monde.

Il passa une main dans ses cheveux, puis acquiesça sèchement. Elizabeth hésita, hocha la tête à son tour et disparut par la porte de communication, si vite qu'il se demanda s'il n'avait pas imaginé les événements de la dernière heure.

10

Xander s'étira, jeta un coup d'œil à sa montre et tressaillit : il était 10 heures. Cela faisait des années qu'il n'avait pas fait la grasse matinée — le prix à payer, sans doute, pour toutes les nuits qu'il avait passées à travailler.

Après une douche rapide, il se brossa les dents, enfila un T-shirt sur un vieux jean et descendit. Elizabeth était installée dans le salon, une tasse de café à la main, penchée sur son téléphone. Assis face à elle, Loukas buvait un verre de lait en jouant sur une tablette.

Ils levèrent tous deux les yeux quand Xander parut. Le sourire que lui décocha Loukas était joyeux et édenté, celui d'Elizabeth poli mais prudent. Il fut aussitôt assailli de visions de la nuit passée, qu'il repoussa fermement. Avec une décontraction feinte, il prit place à côté de son neveu.

— Vous avez pris votre petit déjeuner, tous les deux ?

Loukas acquiesça avant de déclarer en grec :

— Je voulais venir te voir mais elle a dit qu'il ne fallait pas te réveiller.

Il n'avait pas regardé Elizabeth en disant « elle ». Mais pour une fois, Xander ne détecta pas d'animosité dans sa voix. L'atmosphère, dans le salon, semblait même confortable.

— Parle anglais, s'il te plaît, Loukas.

Puis il demanda où se trouvait Rachel, la gouvernante de son neveu.

— Elle est sortie une heure, répondit Elizabeth sans quitter son téléphone des yeux. J'ai promis de m'occuper de Loukas.

— On va voir maman aujourd'hui ? s'enquit le petit garçon.

— Je vais appeler la clinique pour voir comment elle va.

— Tu peux les appeler maintenant ?

— Si tu veux.

Xander composa le numéro de la clinique, étudiant discrètement Elizabeth pendant qu'il s'entretenait avec l'infirmière en chef. Bon sang, il aurait pu la regarder pendant des heures…

— C'est bon, confirma-t-il après avoir raccroché. Nous pouvons lui rendre visite.

Radieux, Loukas demanda la permission de se lever et disparut. Xander savait qu'il allait se mettre sur son trente et un pour faire plaisir à sa mère. Lui aussi avait fait ce genre d'efforts, autrefois, pour plaire à la sienne.

À l'adolescence, Xander avait fini par comprendre que la seule façon d'attirer l'attention de ses parents était de s'intéresser à l'entreprise familiale. Mirela, la mère de Xander, était l'héritière d'un empire cosmétique qui avait été avalé par Timor SE quand elle s'était mariée. À la différence des autres épouses de la famille, Mirela n'avait jamais eu la moindre envie de devenir une femme entretenue. Elle avait présidé aux destinées de Timor d'une main de fer au côté de son mari. Si elle avait été plus aimante, Xander l'aurait presque admirée.

Tout avait réussi à ses parents ou presque : ils n'avaient pas pu pénétrer le marché américain, où leurs produits étaient considérés comme « trop européens ». À son retour de St. Francis, résolu à devenir indépendant, Xander leur avait proposé un marché : en trois ans, il pénétrerait la forteresse américaine et réussirait là où ses parents avaient échoué. En cas de succès, ces derniers s'engageaient à lui céder le poste de directeur général. Persuadés qu'il échouerait, ils lui auraient promis la lune. C'était une erreur qu'ils avaient payée au prix fort.

Trois ans et un jour après ce pacte, il avait pris les rênes de Timor SE. Ses parents ne lui avaient jamais pardonné ce qu'ils considéraient, aujourd'hui encore, comme un coup d'Etat. Pourtant, Xander leur avait confié des postes importants au sein de la société. Comme eux, il ne voyait pas l'intérêt de se passer d'éléments qui lui rapportaient de l'argent.

Il reporta son attention sur Elizabeth, toujours penchée sur son téléphone. Sa beauté lui coupait le souffle. Sans le personnel qui travaillait dans la villa, il aurait sans doute été tenté de lui faire l'amour à même le canapé…

— Tu veux venir rendre visite à Katerina avec nous ?

Elle reposa son téléphone, sourcils froncés.

— Je ne crois pas que ce soit une très bonne idée.

— Elle a très envie de te rencontrer, pourtant.

— C'est gentil, mais Loukas commence à peine à s'habituer à moi. Je ne veux pas tout gâcher en m'imposant dans l'un des rares moments entre lui et sa mère. Il ne la reverra pas avant une semaine, après aujourd'hui.

Xander la dévisagea, les yeux plissés.

— Ce ne serait pas plutôt que tu redoutes de passer du temps avec moi ?

Au crédit d'Elizabeth, elle ne fit pas semblant de pas comprendre son allusion. Avec un soupir, elle répondit :

— Ça n'a rien à voir avec nous. Je ne veux pas lui forcer la main, Xander. Loukas est un petit garçon terrorisé, et c'est à lui de faire un pas vers moi. Je veux qu'il se sente à l'aise en ma compagnie. C'est pour ça que je m'occupais avec mon téléphone pendant qu'il jouait sur sa tablette. Nous pouvons maintenant passer du temps dans la même pièce et c'est un progrès. Et puis, si nous devenions proches, ce serait tout aussi problématique. Ce sera très dur pour lui quand je devrai rentrer à New York.

Un souffle glacial parcourut Xander à la mention du départ d'Elizabeth. Il se frotta le front d'une main nerveuse et acquiesça avec raideur. Au même instant, un serveur entra avec du café frais et une assiette d'œufs pochés.

Xander attaqua son petit déjeuner, puis jeta un regard curieux en direction de sa femme.

— Comment se fait-il que tu comprennes si bien Loukas ?

Elizabeth hésita, puis haussa les épaules.

— J'étais comme lui à son âge. Perdue.

— C'est l'époque où tes parents ont divorcé ?

— C'est l'époque où ils ont décidé que leur mariage était fini. Les problèmes des parents de Loukas sont de notoriété publique, ce qui signifie qu'il doit avoir des échos, par ses camarades d'école, de ce que leurs propres parents en pensent et en disent.

— Tu as dû faire face à ce genre de problème ? s'enquit Xander, intrigué.

— À moindre échelle, mais oui. Le divorce de mes parents a été tellement venimeux que les quotidiens locaux en ont parlé. Ils ont dépensé des fortunes, se battant pied à pied pour des broutilles, au point que le juge les a convoqués et leur a fait la leçon en public. Vu qu'ils étaient tous les deux avocats, c'était encore plus humiliant.

— Qu'est-ce qui provoqué leur séparation ? L'un des deux a trompé l'autre ?

— La seule chose sur laquelle je les ai vus d'accord, c'est qu'il n'y a pas eu de déclencheur particulier. C'était une accumulation de petites choses. D'aussi loin que je me souvienne, ils se sont disputés. J'avais sept ans quand ils ont entamé la procédure de divorce, mais ils ont vécu ensemble pendant encore cinq ans, parce qu'aucun des deux ne voulait rien lâcher. Chacun voulait la maison et tout son contenu.

— Qui l'a eue ?

— Personne ! Le juge leur a ordonné de la mettre en vente et de se partager l'argent. J'étais tellement contente quand ils se sont enfin séparés… Je pensais que mon quotidien s'améliorerait s'ils ne se voyaient pas tous les jours mais je me suis trompée. C'était même le contraire ! Chacun était persuadé que l'autre l'avait truandé, qu'il avait pris des choses qui ne lui appartenaient pas. Crois-le ou non, mais ma mère a porté plainte contre mon père pour un cadre photo !

— Qui a obtenu ta garde ? s'enquit Xander, qui s'était assombri au fur et à mesure de ce récit.

— Ils ont dû me partager, ce qui ne leur plaisait ni à l'un ni à l'autre. Là encore, ils se sont battus. Mon père est devenu végétarien pour ennuyer ma mère et a obtenu d'un tribunal qu'elle soit forcée d'adopter le même régime alimentaire quand j'étais chez elle. Maman a voulu se venger en payant un médecin pour me déclarer anémique, afin que mon père perde ma garde.

Xander avait presque des aigreurs d'estomac sous l'effet de la colère. Comment des parents pouvaient-ils traiter leur fille ainsi ? Elizabeth n'avait été qu'un jouet, un pion entre leurs mains. Ils ne l'avaient jamais aimée. Par comparaison, Yanis et Katerina passaient presque pour un couple idéal !

— Certaines personnes ne devraient pas être autorisées à avoir des enfants.

— Je suis bien d'accord. Ils ne se sont mariés que parce que ma mère est tombée enceinte, un malencontreux accident dont ils se sont là encore rejeté la responsabilité toute leur vie.

Un rire sans joie échappa à Elizabeth, puis elle ajouta :

— Si j'écrivais un livre à leur sujet, on m'accuserait de mentir. Il est difficile d'imaginer que deux adultes puissent se conduire de manière aussi enfantine.

De nombreux qualificatifs existaient pour décrire le comportement de ses parents, songea Xander, et « enfantin » n'en faisait pas partie. Comment Elizabeth pouvait-elle être une jeune femme aussi naturelle, généreuse, joyeuse, avec un tel passé ? Comment une personne aussi aimante pouvait-elle avoir survécu à une relation aussi toxique ?

Leur conversation fut interrompue par le retour de Rachel, la gouvernante de Loukas. Elizabeth se leva d'un bond, soulagée de cette interruption. Penser à cette époque lui était pénible. Mais le plus dur était de se remémorer à quel point elle avait été sûre que sa vie à elle serait différente. Qu'elle épouserait l'homme de sa vie, que leurs enfants s'épanouiraient sous la force de leur amour. C'était cette jeune femme naïve et vulnérable qui était arrivée à St. Francis, et que Xander avait dûment fait déchanter.

— J'ai du travail, déclara-t-elle en se dirigeant vers la porte, un peu plus hâtivement que nécessaire.

— Quel travail ? Je croyais que tu avais tout réglé et que ta société était fermée.

— Il reste quelques détails à peaufiner.

— Très bien. Je vais conduire Loukas à la clinique. Après quoi nous pourrions déjeuner tous les trois ensemble avant de rentrer à Diadonus ?

Elizabeth exprima son accord d'un sourire et disparut, ravie de ne pas avoir dû discuter du sujet qui les tourmentait tous les deux : la nuit qu'ils avaient passée ensemble.

Mais elle savait aussi que ce répit était de courte durée. Lorsqu'ils se reverraient en tête à tête, il y avait fort à parier qu'elle ne s'en tirerait pas aussi aisément…

Elle profita de l'absence de Xander pour se rendre de nouveau à Monastiraki et pour explorer le quartier, qu'elle n'avait vu qu'à travers les vitres de leur limousine la veille. La plupart des magasins étaient fermés le dimanche mais un marché aux puces avait pris ses quartiers sur une placette, non loin d'un petit musée qu'elle décida de visiter. Si le musée se révéla décevant, sa boutique de souvenirs était en revanche agréable et elle passa un long moment à parcourir ses rayonnages.

Elle s'attarda devant une série de carnets, se remémorant sa passion d'autrefois pour l'écriture. Des cahiers similaires, elle en avait jeté des dizaines lorsqu'elle avait quitté la maison familiale, tous remplis de contes où parents et enfants s'aimaient et ne se disputaient jamais.

Elizabeth, qui n'avait rien écrit de créatif en dix ans, prit deux carnets sur un coup de tête et choisit deux jolis stylos pour les accompagner. Elle paya ses achats le cœur battant. Pour la première fois depuis une éternité, elle avait envie d'écrire. S'agissait-il d'une coïncidence, ou le devait-elle à un certain grec ténébreux ?

Émergeant en plein soleil, elle dénicha un café agréablement situé et envoya un message à Xander pour lui dire où elle se trouvait. Puis, tandis qu'elle patientait, elle tira l'un des carnets de son sac et l'ouvrit à la première page…

Une fois descendu du taxi, Xander prit son neveu par la main et l'entraîna dans un dédale de ruelles vers la placette où l'attendait Elizabeth. Il la repéra aussitôt, lunettes de soleil relevées sur ses cheveux bouclés, penchée en avant. Il vit en approchant qu'elle écrivait, s'interrompant parfois pour mâchonner le bout de son stylo.

— Quelle concentration.

La jeune femme se redressa brusquement, puis rougit et fourra son carnet dans son sac.

— Oh ! je passais juste le temps…

Elle sortit un second carnet de son sac à main, emballé celui-ci, et le tendit à Loukas avec un stylo.

— Un petit cadeau pour toi, expliqua-t-elle en souriant.

Après une hésitation, le petit garçon le prit et l'étudia attentivement.

— Merci, murmura-t-il en anglais.

Xander échangea un regard surpris avec Elizabeth. C'était la première fois que son neveu s'adressait directement à elle depuis qu'il lui avait demandé de rentrer chez elle. Il sentit son cœur se serrer mais prit soin de ne rien trahir de ses émotions.

— Nous mangeons ici ? suggéra-t-il.

— Volontiers.

À peine assis, Loukas entreprit de déballer son carnet. Tandis qu'il parcourait le menu, Xander étudia Elizabeth du coin de l'œil, luttant contre une furieuse envie de *la* déballer sitôt leur retour à Diadonus…

— Tu veux un dernier verre ? suggéra-t-il en se servant un whisky.

Le dîner terminé, Rachel avait emmené Loukas prendre son bain. Déjà debout, Elizabeth était prête elle aussi à disparaître. La question du Grec l'arrêta net et la fit hésiter.

— Je te propose juste un verre, ironisa-t-il, pas d'arracher tes vêtements. À moins bien sûr que ce ne soit ce que tu veuilles…

Avec un soupir, Elizabeth prit appui sur le rebord de la table. Ses dents tourmentèrent un instant sa lèvre inférieure.

— Écoute, la nuit dernière était merveilleuse…

— Elle l'était, confirma Xander en lui tendant un gin-tonic.

— Je n'ai pas dit que je voulais un verre, protesta-t-elle en le prenant néanmoins.

— Tu n'as pas dit non plus que tu n'en voulais pas.

Une mèche tombait sur son visage, et il la cueillit d'un doigt pour la caler derrière son oreille.

— Xander…

— J'ai fantasmé sur toi toute la journée, souffla-t-il en se penchant vers elle. Et toi, tu as pensé à moi ?

— Nous… Nous avons passé la journée ensemble, lui rappela-t-elle sans le repousser.

Les lèvres de Xander dérivèrent vers les siennes, les effleurèrent doucement. Du genou, il lui écarta les cuisses et se plaça entre.

— Nous avons tous les deux envie de ça… Nous avons ouvert la boîte de Pandore, et il n'est plus question de la refermer. Mais avec le bénéfice de l'âge, nous sommes maintenant honnêtes l'un envers l'autre. Pas de promesses de lendemain qui chantent. Il s'agit de sexe à l'état pur, d'alchimie sexuelle. Personne n'en souffrira…

Elizabeth hésita visiblement, puis noua ses bras derrière sa nuque.

— Personne ne souffrira, répéta-t-elle dans un souffle.

Puis elle glissa sa langue contre la sienne, avec un abandon qui arracha à Xander un grondement de plaisir. Il répondit à son baiser avec une passion débridée et s'apprêtait à la coucher sur la table, brûlant d'envie de se perdre en elle, lorsqu'un toussotement gêné se fit entendre. Rachel se tenait sur le seuil du salon, cramoisie.

— Loukas a oublié son carnet, marmonna-t-elle.

Xander se détacha d'une Elizabeth visiblement mortifiée. Le carnet en question était posé tout près de ses fesses. Sitôt Rachel repartie, il reprit son verre de whisky et ironisa :

— J'ai parfois l'impression qu'il y a trop de monde dans cette maison.

D'une main tremblante, Elizabeth avala une gorgée de son gin.

— Je crois que le moment est bien choisi pour regagner nos chambres.

Xander ajusta son jean pour atténuer la pression sur son érection, puis demanda en souriant :

— Excellente idée. La tienne ou la mienne ?

Quelques heures plus tard, il regarda Elizabeth se lever et rassembler ses affaires éparpillées. Dans leur fougue, ils n'avaient même pas atteint le lit quand ils avaient fait l'amour la première fois. Il l'avait prise contre la porte et l'avait menée à un orgasme brutal, incendiaire. Ils s'étaient ensuite douchés ensemble avant de regagner le lit, où ils avaient recommencé en prenant tout leur temps.

Résistant à l'envie de lui demander de rester, il remarqua :

— Tu sais où me trouver si tu as besoin de moi…

Elizabeth pouffa, puis lui envoya un baiser du bout des doigts.

— Bonne nuit, Xander.

11

À présent qu'ils étaient officiellement amants, Elizabeth découvrit qu'elle ne pouvait plus cultiver son antipathie à l'égard de Xander. Une routine confortable s'établit entre eux : le Grec partait chaque matin pour Athènes, après qu'ils avaient déjeuné tous ensemble avec Loukas, et Elizabeth s'offrait une promenade le long de la plage. De retour à la villa, elle s'installait dans le salon pour écrire.

Trois jours plus tard, elle avait rempli son carnet. Xander accepta bien volontiers de l'emmener à Athènes le lendemain et suggéra une nouvelle fois de la retrouver pour déjeuner.

Une fois seule en ville, elle trouva une papeterie et fit provision de carnets. Puis elle déambula en attendant de retrouver Xander. Elle passait devant un kiosque à journaux lorsqu'une photo attira son attention : on l'y voyait en compagnie de son mari, quelques jours plus tôt, lors du gala au Musée d'Athènes.

Le cliché lui rappela brutalement les raisons de sa présence. Leur audition avait lieu dans deux jours.

Elle étudia plus attentivement le journal et vit que la photo avait été prise à leur arrivée, quelques heures à peine avant qu'ils ne redeviennent amants. Depuis, Xander la comblait toutes les nuits. Mais elle refusait invariablement de rester dormir à ses côtés. Car plus encore que de s'attacher à Loukas, elle redoutait de ne plus pouvoir quitter son mari lorsque le moment viendrait. Elle ne voulait pas s'exposer à avoir de nouveau le cœur brisé. La première fois lui avait suffi.

À ceci près que tu ne t'es jamais vraiment remise, n'est-ce pas ? Sans quoi tu n'aurais pas passé ces dernières années dans une telle solitude…

Cette pensée la hantait, ces derniers temps, mais elle la repoussa fermement.

Elle trouva le restaurant où ils s'étaient donné rendez-vous et s'installa en terrasse. Son téléphone sonna à l'instant où Xander apparaissait de l'autre côté de la place. Elle décrocha tout en lui faisant signe de la main.

— Qui était-ce ? demanda-t-il quand elle raccrocha enfin, quelques minutes plus tard.

— Steve.

Était-ce son imagination, ou Xander avait-il serré la mâchoire ?

— Ton ex-assistant ?

Non, ce n'était pas son imagination. Sa voix s'était durcie.

— En personne.

— Je croyais que Leviathan Solutions était fermée ?

— C'est le cas. Il appelait pour donner des nouvelles.

— Des nouvelles ? Ce sont les amis qui appellent pour donner des nouvelles.

— Steve est un ami. Il voulait me parler du travail temporaire qu'il a trouvé et se plaindre de ses nouveaux collègues.

Xander pianota un instant sur la table, puis demanda sèchement :

— Vous êtes amants ?

Abasourdie par la question, Elizabeth eut un mouvement de recul sur sa chaise.

— Tu es fou ? Je t'ai déjà dit que nous étions amis.

— Tu n'avais jamais vraiment répondu à la question. Et puis, on peut être amis *et* amants. On voit ça tous les jours.

Rouge de colère, elle se pencha vers lui.

— Je ne vois pas ce que ça peut te faire. Je ne t'interroge pas sur ta vie sexuelle, que je sache ?

— La différence, c'est que tu sais tout de mon passé. Mes

maîtresses réelles et imaginaires ont fait la une de tous les journaux. En revanche, je ne sais rien de toi.

— Tu n'as pas besoin de savoir quoi que ce soit. Avec toutes les conquêtes à ton actif…

— Je n'en ai pas eu la moitié de ce qu'on dit.

— Peu importe. Tu n'as pas le droit de te montrer jaloux.

Xander ricana — il n'avait jamais été jaloux de sa vie entière. L'idée était risible. Pourtant, imaginer Elizabeth dans les bras d'un autre homme lui donnait envie de défoncer quelque chose.

Ivre de frustration, il se massa la nuque et suggéra :

— Parlons d'autre chose. Un sujet neutre.

Avec leur audition imminente, une dispute en public était bien la dernière chose dont ils avaient besoin. La terrasse était pleine et, à en juger par les regards curieux braqués sur eux, ils avaient été reconnus.

— Tu peux demander à ton pilote de me ramener à Diadonus ? demanda Elizabeth après avoir expédié sa salade.

La paranoïa de Xander lui avait coupé l'appétit, et le lieu l'empêchait de lui dire ce qu'elle pensait de lui. Était-il vraiment jaloux de Steve ? Et si c'était le cas, que devait-elle en déduire ? Cela signifiait-il qu'il avait des sentiments pour elle ?

— Si tu veux.

Xander passa un coup de fil, puis l'étudia d'un air songeur. Ses lèvres, plissées en une ligne mince, s'adoucirent soudain en un sourire inattendu.

— J'ai droit à un baiser d'adieu ?

— Tu vas t'excuser d'être un abruti fini ?

— D'accord, je te présente mes excuses. Je suis un abruti fini et je le regrette.

— Excuses acceptées.

— J'ai droit à mon baiser, maintenant ?

— Pour les photographes ? demanda Elizabeth, qui n'en avait vu aucun dans les environs.

Une lueur amusée éclata dans le regard de Xander.

— Bien entendu. Pour les photographes.

Un taxi attendait Elizabeth à sa descente d'avion à Diadonus. Lorsqu'elle arriva à la villa, elle comprit pourquoi ce n'était pas un membre du personnel qui était venu la chercher. C'était jour de marché sur l'île et tous s'y étaient rendus.

Elle se dirigeait vers la cuisine pour s'y faire un café lorsque son téléphone sonna.

— Tu es à la maison ? demanda Xander sans préambule.

— Je viens d'arriver. Pourquoi ?

— L'école de Loukas m'a appelé. Apparemment, il est tombé d'un arbre. Ils pensent qu'il s'est cassé le bras. Je suis en chemin pour l'aéroport mais je ne serai pas de retour avant deux heures. Et c'est le jour de congé de Rachel. Je voudrais donc que tu ailles le chercher et que tu l'amènes à la clinique.

— Moi ?

— L'école t'attend. Prends une de mes voitures. Tu trouveras les clés dans le tiroir central de mon bureau. Je te retrouverai là-bas.

Avant qu'Elizabeth puisse protester et lui expliquer qu'elle n'avait pas conduit depuis dix ans, il avait raccroché. Bon, elle pourrait toujours lui expliquer plus tard, après avoir eu un accident… Et dire qu'elle allait devoir emmener Loukas ! Comme si le pauvre n'avait pas assez souffert comme ça !

Révisant mentalement ses techniques de conduite, elle courut au bureau de Xander et prit la première clé qui lui tomba sous la main. Puis elle descendit au garage — un espace dont les dimensions évoquaient un hangar — et cliqua jusqu'à voir les phares de l'une des nombreuses voitures de luxe garées là clignoter.

C'était une Porsche Spyder noire.

L'intérieur ressemblait au tableau de bord d'un avion de chasse. Après l'avoir étudié un long moment, elle identifia les rares éléments qu'elle connaissait et parvint à mettre le contact. Elizabeth avait appris à conduire à seize ans mais, depuis, n'avait pas la moindre expérience pratique. Elle avait passé la majorité de sa vie adulte à New York, où il était tout à faire possible, pour ne pas dire souhaitable, de se passer de voiture.

Le front baigné de sueur, elle effleura l'accélérateur, pila en sentant la puissance secouer le corps du bolide, recommença plus délicatement. Tant bien que mal, elle quitta la villa et arriva enfin à l'école, où elle se gara sur deux places à la fois. Du parking, elle gagna en courant la réception, où l'attendait la directrice de l'établissement.

— Loukas est tombé d'un arbre, expliqua cette dernière après s'être assurée de l'identité d'Elizabeth. Il se cachait.

— Il s'est seulement fait mal au bras ?

— *Nai.*

— Quoi d'autre ? demanda-t-elle, alarmée, avant de se rappeler que *nai* signifiait « oui » en grec.

Loukas patientait dans un bureau, blanc comme un linge et le bras en écharpe, en compagnie d'une jeune femme. Son visage se froissa quand il aperçut Elizabeth.

— Comment tu te sens ? demanda-t-elle en s'agenouillant devant lui.

Sans répondre, le garçonnet se mit à pleurer.

— Ton bras te fait mal ?

Toujours en silence, il acquiesça.

— Ton oncle est en chemin. Il m'a demandé de te conduire à l'hôpital pour te faire examiner.

Aussitôt, Loukas secoua la tête.

— Les médecins te donneront quelque chose pour aller mieux. Tu veux aller mieux, non ?

Une hésitation, puis il hocha la tête. Elizabeth était si habituée à communiquer avec Loukas par gestes qu'elle fut surprise lorsqu'il ouvrit la bouche et murmura quelque chose.

— Qu'est-ce que tu dis, mon chéri ?

Elle se pencha, s'attendant à l'entendre répondre qu'il préférait souffrir plutôt que de l'accompagner, mais Loukas souffla :

— Si je vais à l'hôpital, le docteur va me garder.

Elizabeth comprit aussitôt d'où venait cette crainte. Sa

mère était partie à l'hôpital un mois auparavant et n'en était toujours pas revenue.

— Je te promets qu'ils ne vont pas te garder. Si tu as le bras cassé, tu y passeras peut-être une nuit, rien de plus. Je ne suis pas médecin mais je t'assure que tu seras très vite de retour chez toi.

— Je ne veux pas rester tout seul.

— Ton oncle veillera à ce que tu ne sois pas seul et moi aussi. Il y aura toujours quelqu'un près de toi.

— Tu promets ?

— Parole de scout, répondit Elizabeth en levant solennellement la main. On y va ?

Loukas hésita une dernière fois avant de lui tendre sa main valide, une marque de confiance toute simple qui ébranla Elizabeth et lui fit monter les larmes aux yeux.

Xander repéra sa Porsche Spyder sitôt qu'il arriva à l'hôpital. Difficile de la manquer — elle était garée presque en diagonale sur plusieurs places à la fois. Malgré son stress, un sourire lui monta aux lèvres.

Il avait bien conscience de la responsabilité qu'il avait imposée à Elizabeth en lui demandant de s'occuper de Loukas. Mais il n'avait pas eu le choix. Ce n'était pas de la capacité de la jeune femme à s'occuper de son neveu qu'il s'inquiétait — bien au contraire. C'était plutôt de l'accueil que lui réserverait ce dernier.

La clinique avait ouvert quatre ans plus tôt et fonctionnait comme un hôpital, mais elle était dotée des tout derniers moyens techniques et de salles d'opération dernier cri. L'infirmière assise derrière la réception le reconnut aussitôt et l'accompagna jusqu'à une chambre privée du service pédiatrique. Assise au bord du lit de Loukas, Elizabeth lui lisait une histoire. À sa stupeur, le petit garçon lui tenait la main.

Elizabeth tourna vers lui un regard d'avertissement — *Ne*

dis rien. En souriant, il tira une chaise et s'assit près du lit. Il n'eut pas le temps d'ouvrir la bouche qu'un médecin entra à sa suite.

— J'ai une bonne et une mauvaise nouvelle, dit-il en grec. Le bras est cassé, mais la fracture est propre et nette.

— Il va falloir m'opérer ? s'enquit Loukas.

— Oui, jeune homme.

— Mais je veux rentrer chez moi.

— Si nous t'opérons aujourd'hui, tu seras rentré demain.

Elizabeth suivait l'échange d'un air médusé, et Loukas lui traduisit en anglais :

— Il va falloir m'opérer.

— Génial ! Tu vas avoir un plâtre ! Tout le monde voudra le signer et faire des dessins dessus.

À la stupeur de Xander, le visage de Loukas s'illumina.

— L'anesthésiste arrive, annonça le médecin en levant son porte-bloc. Si nous faisons les papiers maintenant, nous pourrons intervenir dans une heure.

Xander détestait attendre, plus encore lorsqu'il s'agissait de la santé de son neveu. Bien sûr, il savait qu'il s'agissait d'une opération parfaitement bénigne. Mais il ne pouvait s'empêcher d'arpenter nerveusement la salle d'attente. À en juger par le teint blême d'Elizabeth, elle était tout aussi stressée que lui. La décontraction qu'elle avait affichée devant Loukas n'avait été qu'un masque.

— Loukas t'a expliqué ce qui s'était passé ? demanda-t-il.

— Oui. Il est tombé d'un arbre. Il s'y était caché pour ne pas jouer avec les autres.

— Pourquoi ?

— Il pensait qu'on se moquerait de lui.

— Il te l'a dit ?

Elizabeth acquiesça, au moment où une infirmière entrait dans la pièce pour leur offrir des cafés.

— Tu as un rapport avec cette clinique ? demanda-t-elle quelques instants plus tard.

— Pourquoi cette question ?

— Peut-être le fait que le bâtiment principal s'appelle « Unité Trakas », et qu'une plaque dorée y porte ton nom !

Malgré lui, Xander se mit à rire.

— Les habitants de l'île ont réuni l'essentiel de la somme. J'ai juste aidé à boucler le budget et j'ai financé l'achat de l'équipement.

— Ce qui doit faire une sacrée somme… Ta famille y a contribué, elle aussi ?

— Yanis et Katerina, oui.

— Et tes parents ?

Xander haussa un sourcil éloquent — la réponse était évidente.

— Ma famille vit ici depuis des générations mais n'a jamais rien fait pour l'île. Yanis et moi voulions changer cela. Loukas est le premier des Trakas à aller à l'école publique du coin. Ses parents voulaient qu'il ait des amis ici, plutôt que de devoir prendre l'avion pour aller s'amuser. Nous avons de l'argent, il est temps d'en faire profiter notre communauté.

— Comment tes parents ont-ils accueilli la décision d'éduquer Loukas sur l'île plutôt que dans le privé ?

— Mal.

Elizabeth acquiesça, songeuse. Connaissant Mirela, elle imaginait aisément le mépris de cette dernière pour une école « normale ». Et ce récit lui rappelait que Yanis et Katerina, malgré leurs problèmes, s'efforçaient d'être de bons parents. Xander et elle devaient à tout prix gagner ce procès.

Perdue dans ses pensées, elle ne vit pas tout de suite que l'infirmière venait de revenir dans la pièce.

— Loukas est en salle de réveil, annonça-t-elle, sourire aux lèvres. Tout s'est bien passé.

Xander souhaita bonne nuit à son neveu et referma la porte derrière lui. Sa gouvernante s'était installée dans la chambre voisine pour pouvoir garder un œil sur lui. Dans le couloir, Elizabeth l'attendait avec une expression de chien battu. Tous deux avaient passé la nuit précédente à l'hôpital, puis une bonne partie de la journée en attendant que Loukas soit autorisé à sortir.

— J'ai un aveu à te faire.

— Quoi donc ?

— J'ai rayé ta voiture.

Xander fut envahi d'un tel soulagement qu'il faillit éclater de rire.

— C'est tout ? J'ai cru que tu allais m'annoncer quelque chose de terrible. Tu es blessée ?

— Non. C'est arrivé en chemin pour l'école. La route était vraiment étroite, un camion venait en sens inverse et j'ai eu peur, je crois que j'ai trop serré à droite. J'ai aussi abîmé l'une des barrières de sécurité de l'île, d'ailleurs.

— Tant que tu ne t'es rien fait, je m'en contrefiche. Ça n'a aucune importance.

— Mais ta Porsche…

Xander l'attira et la serra contre lui, ravalant la boule qui lui serrait la gorge.

— Ce n'est qu'une voiture. Je suis sûr que c'est réparable. Et même si ça ne l'était pas, elle est remplaçable. Tu ne l'es pas.

Avec soulagement, Elizabeth posa sa joue sur son torse.

— Tu crois que tes parents vont être informés de ce qui est arrivé à Loukas ?

— Sans doute. Ils ont des oreilles partout. Mais ce n'est pas grave. C'était un accident.

— Sauf qu'ils vont déformer la vérité, dit-elle avec une fougue qui prit Xander de court.

— Nous verrons. Tu veux manger un morceau ?

— Je suis si fatiguée que je risque de tomber dans mon assiette.

Xander recula d'un pas, puis encadra le visage d'Elizabeth.

— Allons prendre une douche et couchons-nous. Passe la nuit avec moi. Dans mes bras.

Il savait qu'il se montrait égoïste en formulant une telle requête mais, après le stress de cette journée, il ne voulait pas rester seul avec ses pensées. Et puis, il en avait assez de ces allers-retours ridicules entre leurs chambres. Ils n'étaient plus des adolescents. Ils étaient assez grands pour ne pas donner à une nuit de réconfort un sens qu'elle n'avait pas.

Le regard ambre d'Elizabeth fouilla le sien, comme si elle y cherchait quelque chose, puis elle esquissa un sourire et acquiesça.

Ils dormirent, étroitement enlacés, jusqu'à la sonnerie de leur réveil au petit matin.

Moins de trois heures plus tard, ils avaient rendez-vous devant le juge qui devait décider de l'avenir de Loukas.

12

Les phalanges de Xander étaient blanches. Mais lorsqu'elle croisa son regard, Elizabeth comprit que ce n'était pas de tension. Il était en colère. Il n'avait pas l'intention de perdre cette bataille.

Sitôt arrivés au tribunal, ils furent conduits à une salle d'audience privée en compagnie des avocats de Xander. Ses parents, entourés de leurs propres avocats, étaient déjà là. Elizabeth rencontrait Dragan pour la première fois.

Comme sa femme et son fils, ce dernier arborait une mise impeccable. Un peu plus petit que Mirela, il était mince, doté de cheveux épais qui le faisaient paraître plus jeune que son âge, même si leur noirceur n'était pas complètement naturelle.

Loukas était resté à la maison, ignorant que son avenir se jouait en cet instant. Si ses grands-parents l'emportaient, il serait arraché à son environnement familier et forcé à vivre, probablement pour toujours, avec des gens qu'il ne connaissait pas. Si Xander gagnait, en revanche, il amené à rentrer chez lui avec son père, à défaut de sa mère. Et son oncle serait toujours là pour lui.

L'amour de Xander pour Loukas ne faisait pas le moindre doute. Il était triste qu'il ne veuille pas d'enfant, car il aurait sans doute fait un père formidable. Mais le moment était mal choisi pour penser à cela.

Dragan et Mirela avaient écrit une déclaration. Comme l'avait prédit Xander, ils se peignaient en victimes empêchées de voir leur petit-fils par ses parents alcooliques et drogués. Leur cadet, Xander, n'avait rien fait pour les aider. S'il se souciait tant de son neveu, pourquoi n'avait-il pas forcé son frère à faire une cure de désintoxication bien plus tôt ? Il ne s'était résolu à le faire qu'en comprenant que ses parents avaient décidé de taper du poing sur la table.

Du coin de l'œil, Elizabeth étudia la réaction de Xander. Il semblait sur le point d'exploser, et elle le comprenait. Comment ses parents osaient-ils débiter de tels mensonges ?

Le tour de Xander arriva. Il avait passé des heures à rédiger sa propre déclaration, dont une copie fut transmise aux juges. Mais au lieu de laisser ses avocats la lire, comme ses parents l'avaient fait avec la leur, il se leva et s'exprima sans notes.

Il retraça les faits dans l'ordre chronologique, commençant par son enfance et celle de son frère aux mains de parents indifférents, raison précise pour laquelle Yanis et Katerina avaient voulu protéger Loukas de ses grands-parents. Ces derniers étaient incapables d'affection et ne voyaient en Loukas qu'un simple pion d'une stratégie globale. Et si Yanis et Katerina se sentaient incapables de prendre soin de leur fils, alors c'était à eux qu'il appartenait de choisir un tuteur, comme ils l'avaient fait en confiant Loukas à Xander pendant qu'ils étaient à l'hôpital.

— Ça prouve à quel point l'alcool et la drogue ont affecté leur jugement ! lança Mirela d'un ton méprisant. Notre fils cadet est très doué en affaires, nous sommes les premiers à le reconnaître, mais il n'a pas la moindre idée de la façon d'élever un enfant. Il ne cherche que le plaisir, c'est un accro au sexe qui n'a fait que déshonorer le nom des Trakas. Un enfant a besoin de deux parents. Ma belle-fille est très malade, et la femme qui accompagne Xander est un leurre engagé pour l'occasion. Elle disparaîtra sitôt les papiers signés.

Un avocat traduisait ce discours à Elizabeth, qui serra les poings. S'ils s'étaient tenus ailleurs que dans un tribunal, elle aurait sans doute été tentée de sauter à la gorge de Mirela.

— Suis-je autorisée à parler ? demanda-t-elle.

L'avocat posa la question au juge, qui acquiesça. Elizabeth se leva et s'exprima lentement pour donner à leur avocat le temps de traduire ses propos.

— Je suis désolée, mais je n'avais pas prévu de faire de déclaration.

Le juge acquiesça pour signifier sa compréhension.

— Mon mari n'est pas l'homme que les journaux ont décrit. Et même s'il l'était, ça n'affecte en rien sa relation avec son neveu. Loukas l'adore et le respecte. Xander est la seule constante, dans sa vie. En revanche, il ne connaît pas ses grands-parents. Ce sont des étrangers.

— Parce que Yanis nous a toujours tenus à l'écart ! s'exclama Dragan.

— Il voulait protéger son fils, riposta Elizabeth, s'efforçant de garder son calme. Yanis a un problème, personne ne le nie, mais ce n'est pas étonnant lorsque l'on considère que vous, ses propres parents, n'avez jamais été là pour lui et l'avez forcé à épouser une femme dont il n'était pas amoureux. Chose qu'il a faite sans hésiter, sans doute pour gagner enfin votre approbation. Et si Xander n'a pas mal tourné à son tour, c'est précisément parce qu'il a compris ce qui arrivait à son frère. Il a pris sa vie en main et gagné le contrôle de la société familiale. Vous ne l'avez jamais pardonné, pas plus que vous n'avez pardonné à Yanis d'avoir mis son fils dans une école publique. Car si nous sommes là aujourd'hui, c'est bien de cela qu'il s'agit, n'est-ce pas ? Vous voulez vous venger de vos fils. S'il s'agissait *vraiment* du bonheur de Loukas, nous ne serions pas assis dans ce tribunal.

Les ongles plantés dans ses paumes, Elizabeth regarda le juge droit dans les yeux et acheva :

— J'ignore si Yanis dominera son addiction. Je ne sais pas si Katerina se remettra. Mais je sais que Xander sera toujours là pour eux, et qu'il aimera Loukas comme s'il s'agissait de son propre fils.

Elizabeth avait encore mille choses à dire, mais elle jugea plus prudent de s'en tenir là. Elle sentait les yeux de Xander peser sur elle — lui en voudrait-il d'avoir osé prendre la parole ? Elle avait été incapable de se contrôler.

L'audition prit fin, puis le juge se retira le temps d'étudier le dossier.

— Allons manger quelque chose en attendant d'être appelés, suggéra Xander.

Sitôt sortis du tribunal, il prit Elizabeth dans ses bras et l'embrassa, avec une telle fougue qu'elle s'agrippa aux pans de sa veste pour ne pas s'effondrer.

— Tu es incroyable, murmura-t-il quand il la relâcha enfin.

— Tu n'es pas fâché ?

Il secoua la tête, une lueur d'incrédulité dans le regard.

— Pourquoi serais-je fâché ? Tu as merveilleusement parlé.

— Je n'ai fait que dire la vérité.

Il l'embrassa de nouveau, puis la conduisit vers un restaurant minuscule situé non loin du tribunal. Ils étaient à peine installés que ses parents entrèrent à leur tour, avant de se raviser en les voyant.

— Quand tout ça sera fini, tu devrais faire la paix avec eux, murmura Elizabeth.

La bonne humeur de Xander s'envola aussitôt.

— Pour être en paix, il faudrait que je les pardonne. C'est impossible.

— Je comprends. Mais tu ne crois pas qu'il y a déjà assez eu de vengeances et de punitions réciproques, dans ta famille ?

Ses parents avaient négligé leurs fils, forcé Yanis à épouser une femme qu'il n'aimait pas et torturé mentalement Ana avant sa mort. Comment oublier cela ? Mais Xander, à son tour, avait pris le pouvoir dans leur entreprise et était devenu leur patron. Il les avait frappés à l'endroit qui leur faisait le plus mal.

Ils s'étaient vengés en demandant la garde de Loukas. Bref, un cercle sans fin. Mais Xander éluda la question.

— As-tu pardonné tes propres parents de la façon dont ils t'ont traitée ?

Elizabeth fronça les sourcils tandis qu'elle considérait sa question.

— Disons que je ne suis plus en colère. Je ne les vois pas beaucoup mais, quand c'est le cas, il n'y a pas de ressentiment entre nous. J'ai tiré une croix sur le passé. C'est peut-être ça, pardonner. Tout comme je t'ai pardonné ce que tu m'as fait il y a dix ans.

À ces mots, Xander sentit son cœur se serrer.

— Je suis vraiment navré de la façon dont les choses se sont terminées entre nous. Je croyais bien faire.

— Tes intentions étaient bonnes. C'est plutôt leur exécution qui laissait à désirer.

— Tout était tellement intense, entre nous, soupira le Grec. Comme un amour de vacances multiplié par cent. Et je savais qu'à la fin mieux valait en finir d'un coup que de laisser les choses pourrir.

— Réponds juste à une question : si Ana n'était pas morte, tu m'aurais ramenée ici ? Tu aurais été fidèle à ta promesse ?

— Je ne sais pas. Probablement. Mais sa mort a été un électrochoc salutaire. Si tu étais rentrée avec moi, mes parents t'auraient brisée — surtout ma mère. Et nous avons tous les deux changé, depuis cette époque.

— Nous n'avions pas la moindre chance, n'est-ce pas ? murmura Elizabeth.

Xander fit la grimace avant de demander :

— Tu me pardonnes pour autrefois, mais me pardonneras-tu aussi de t'avoir fait chanter ?

— Et perdre ma société ? ironisa-t-elle.

— Ça aussi.

Elle sourit, une telle lumière dans son regard que Xander sentit sa gorge se nouer.

— J'y travaille.

Ému, il lui prit la main et l'embrassa. Il n'avait jamais espéré le pardon d'Elizabeth, ne l'avait jamais recherché. Mais à présent qu'il l'avait obtenu, Xander avait l'impression qu'un poids immense venait d'être ôté de ses épaules.

À leur immense soulagement, Mirela et Dragan furent déboutés de leur demande de garde. Xander, sur un petit nuage, insista pour inviter Elizabeth à dîner.

Après avoir souhaité bonne nuit à Loukas, qui n'avait toujours pas la moindre idée du drame qui s'était joué ce matin-là, elle monta dans sa chambre se changer. La soirée était fraîche, et elle opta pour un jean moulant et un pull de cachemire. Juste avant de redescendre, elle alluma son portable. Une alerte d'un site de rumeurs qu'elle consultait régulièrement dans le cadre de son travail s'afficha sur l'écran. La une montrait Piper et Dante sur leur trente et un, les yeux dans les yeux. Il était impossible de feindre une telle adoration.

Elizabeth lâcha un rire incrédule — elle ne s'était pas attendue à cela ! Dante Mancini, amoureux ? Lorsque cette affaire entre Xander et elle serait finie, elle appellerait Piper pour avoir de ses nouvelles.

Lorsque tout serait fini…

Elle ignora cette pensée et se demanda comment les deux autres Casanova s'en sortaient. Même si elle n'avait pas organisé la rencontre de Zayn et d'Amalia, elle en avait vu assez pour savoir que le courant passait vraiment entre eux. Quant à Benjamin et Julianna, elle était convaincue qu'ils étaient faits l'un pour l'autre.

Lorsque tout sera fini…

La même ritournelle revint hanter son esprit. Elle ne voulait pas dire au revoir à Xander. Pas maintenant. Pas encore. *Jamais.* Il avait reconnu qu'ils avaient tous les deux changé. Cela signifiait-il qu'un avenir était possible entre eux ?

Un coup léger à la porte précéda l'apparition de son mari.

— Tu es prête à…

Il s'interrompit, sourcils froncés, en avisant son expression.

— Tout va bien ?

Avec un hochement de tête, Elizabeth ferma l'écran de son ordinateur.

— La réponse est oui à tes deux questions. Loukas dort ?

— Comme une bûche.

Main dans la main, ils sortirent par l'arrière de la villa et traversèrent la plage privée. Un yacht les attendait, amarré à la jetée, et les conduisit à un merveilleux restaurant de poisson — le meilleur du pays selon Xander. Ils partagèrent un plateau de fruits de mer accompagné de salade, de pita et d'un délicieux vin blanc frais.

Les choses auraient-elles été différentes s'ils s'étaient rencontrés pour la première fois quelques semaines plus tôt ? se demanda-t-elle de nouveau. Xander était décontracté, plus séduisant que jamais. Avec ses cheveux emmêlés par le vent et son col ouvert, il était à mille lieues de l'homme toujours tiré à quatre épingles dont les photos ornaient régulièrement les pages de tabloïds ou de la presse financière. Et il n'en était que plus séduisant encore, d'autant qu'elle le connaissait maintenant vraiment — ses bons et ses mauvais côtés, pas juste le portrait idéal qu'elle s'était formé de lui durant leur idylle à St. Francis.

Elle se rendit compte, tandis qu'elle terminait son verre de vin, qu'elle l'aimait plus encore aujourd'hui qu'à l'époque. Oui, elle le reconnaissait. Elle l'aimait de tout son être. Et elle ne pouvait empêcher son cœur, son cœur stupide, d'espérer que ce sentiment serait un jour réciproque.

Aucun des deux n'évoqua l'avenir au cours des jours qui suivirent. Ils continuèrent comme avant, mais l'esprit plus léger. Le procès était gagné. Elizabeth était sur un petit nuage.

Elle passait ses journées à écrire — elle disposait désormais de six carnets pleins à craquer. Son bonheur était tel que le monde extérieur ne lui paraissait plus qu'une illusion distante. Elle fut donc presque surprise d'apprendre, un mois plus tard, que Yanis allait rentrer.

Il arriva quelques jours plus tard avec l'avion de Xander. Loukas se précipita dehors sitôt que les pneus de la limousine crissèrent sur le gravier, tandis qu'Elizabeth se composait une mine de circonstance. Le retour de Yanis signifiait qu'il pourrait enfin faire désigner Loukas comme tuteur officiel de son fils. À dater de ce jour, Elizabeth serait officiellement libre du contrat qui la liait à Xander. Elle pourrait rentrer chez elle, sauf s'il lui demandait de rester.

Le ferait-il ? C'était la question à dix millions.

Rencontrer enfin Yanis, après avoir tant entendu parler de lui, fut un choc. Il était grand, comme Xander, mais la ressemblance s'arrêtait là. Son visage était hâve et il se dégarnissait. Il avait l'allure de ce qu'il était : un drogué en rémission.

Il vint aussitôt vers elle et l'étreignit affectueusement.

— Je suis ravi de vous rencontrer. Xander m'a expliqué ce que vous avez fait pour nous. Merci pour tout.

— Je suis ravie de vous rencontrer, moi aussi, murmura-t-elle, surprise par une telle chaleur.

Le chaos s'ensuivit — la maisonnée tout entière voulait accueillir le fils prodigue. Loukas courait dans tous les sens, si excité qu'Elizabeth dut lui rappeler qu'il venait de se casser le bras. La mise en garde la calma pendant un quart d'heure.

Ce fut une journée heureuse, qui se termina par un dîner de bienvenue. Lorsque vint le moment pour Loukas de se retirer, Elizabeth se leva à son tour.

— Si vous voulez bien m'excuser, moi aussi…

— Tu vas déjà te coucher ?

— J'ai mal à la tête, mentit-elle.

Elle sentait bien qu'après une journée éprouvante les deux frères avaient besoin d'intimité.

— Elle est formidable, déclara Yanis lorsqu'ils se retrouvèrent seuls.

— Elle l'est, confirma Xander, qui lui avait tout raconté dans l'avion.

— Et Loukas a l'air de beaucoup l'aimer.

— Ils se comprennent. Elle est très protectrice vis-à-vis de lui.

— Et de toi.

— Vraiment ?

Yanis le regarda comme s'il était stupide. Mais cela fit réfléchir Xander. La femme douce et sensible dont il était autrefois tombé amoureux était toujours là, à ceci près que son caractère s'était affirmé. Lorsqu'il repensait au discours impromptu qu'elle avait tenu au juge, la joie lui gonflait le cœur.

Avec le retour de son frère, il savait que leur accord touchait à sa fin. Elle était libre de faire ses affaires et de rentrer chez elle.

Pourquoi cette pensée ne le réjouissait-elle pas autant qu'il l'avait cru ?

13

Deux heures plus tard, Xander rejoignit Elizabeth. Elle lisait dans leur lit et l'accueillit d'un sourire paresseux.

— Comment va la tête ? demanda-t-il en se glissant près d'elle.

— Bien. Et Yanis ? Il avait l'air un peu dépassé par les événements.

— Il a juste besoin de temps. Nous avons discuté. Je ne l'ai pas mentionné parce que Loukas était avec nous, mais Katerina et lui sont d'accord pour me nommer tuteur légal de leur fils, au cas où le besoin s'en ferait sentir.

— Tu penses qu'une telle situation pourrait se reproduire ?

— J'espère que non. Katerina va mieux mais elle refuse toujours d'admettre qu'elle a un problème. Les médecins parlent de la laisser rentrer dans deux semaines. Nous verrons alors si elle compte abandonner l'alcool pour de bon.

— Elle va revenir sur Diadonus ?

— Non. Ils habiteront dans leur appartement d'Athènes, où ils auront plus facilement accès à un hôpital en cas de crise. Notre clinique est excellente mais elle ne traite pas les problèmes d'addiction. Sa sœur habitera avec elle, Yanis et Loukas lui rendront visite régulièrement.

— J'espère que tout va bien se terminer…

— Je suis plus optimiste qu'il y a deux mois. Yanis a décidé de démissionner du conseil d'administration de Timor SE. Ça fait une éternité que je lui conseille de le faire mais il avait peur de se sentir plus encore en situation d'échec. Il a enfin compris que c'était pour le mieux. Et ne pas devoir se lever le matin pour se rendre à un travail qu'il déteste lui fera le plus grand bien. Il n'aura plus à voir mes parents aussi souvent, ce qui devrait l'aider.

Avec un soupir, Elizabeth se blottit contre lui.

— Je ne pense pas que ça sera une phase facile pour autant, reprit Xander. Et c'est là que tu entres en jeu.

— Moi ?

— Loukas va avoir besoin de soutien, Yanis aussi. Le risque de rechute n'est pas à exclure.

Comme Elizabeth ne répondait rien, il poursuivit :

— Selon les termes de notre accord, tu es censée rentrer à New York. Mais j'aimerais que tu reconsidères cette décision.

— Tu veux que je reste ?

— Juste quelques mois, le temps que les choses se tassent. Loukas s'est attaché à toi. Il serait bon pour lui d'avoir une constante dans sa vie.

Elizabeth se redressa, les draps remontés sur sa poitrine.

— C'est tout ce que tu me demandes ? Quelques mois ?

— Peut-être un peu plus. Prenons les choses au jour le jour.

C'était, dans l'esprit de Xander, la solution parfaite. Ils avaient résolu leurs différences et ils étaient heureux ensemble. À quoi bon tout arrêter là, à une date arbitraire décidée dans des circonstances bien différentes ? Il n'avait pas la moindre envie d'en finir.

Le visage d'Elizabeth ne trahissait toujours rien de ses émotions.

— Et après ? Tu décides que tu en as assez et tu me renvoies à New York ?

— Je pensais que tu serais contente de rester. Le sexe est formidable, entre nous.

— Le sexe peut être formidable avec d'autres partenaires.

— Tu parles par expérience ? demanda Xander, irrité de ne toujours rien savoir de sa vie privée des dix dernières années.

Il s'attendit à la voir sourire ou lui renvoyer une pique, mais elle le regarda droit dans les yeux, avec la même impassibilité.

— Sois honnête avec moi. Quels sont tes sentiments à mon égard ?

— Eh bien… Tu es belle, drôle, piquante, intelligente, tu as des cheveux magnifiques, un corps incroyable, et tu es une bombe sexuelle.

— Merci, répondit-elle avec l'ombre d'un sourire. Mais quelle est ma place dans ta vie ?

— Nous nous entendons à merveille.

— C'est d'un romantique…

— Nous avons donné dans le romantique, autrefois, et regarde où ça nous a menés.

— Nous n'étions que des enfants, à l'époque.

— Qu'est-ce que tu essaies de me dire, au juste ?

— Rien.

Au ton de sa voix, il comprit qu'elle pensait exactement le contraire.

— Parle-moi, Elizabeth. Dis-moi ce que tu penses vraiment.

— Très bien. Mais d'abord, permets-moi de m'assurer que j'ai bien compris. Tu veux que je reste quelques mois, le temps que ta situation familiale s'arrange, après quoi je pourrai rentrer à New York et continuer ma vie sans toi ?

— C'est présenté un peu plus froidement que nécessaire mais oui. Je vois plutôt ça comme des vacances prolongées à contenu sexuel explosif. Et tu oublies les trente millions que tu gagnes dans l'affaire.

— Tu sais, pour quelqu'un qui est si sensible aux besoins de sa famille, tu es vraiment un rustre.

L'insulte lui fit l'effet d'une gifle, et il dévisagea la jeune femme avec incompréhension.

— Mais de quoi tu parles ?

Sans répondre, la jeune femme bondit à bas du lit, toujours enveloppée dans un drap, et disparut dans le dressing. Elle en ressortit presque entièrement habillée.

— Mais qu'est-ce qui te prend ? demanda Xander, médusé.

— Dans le rapport d'enquête de tes détectives sur mon compte, était-il mentionné que je suis une femme facile ?

— Bien sûr que non. Mais je ne vois pas pourquoi nous en resterions là. Tout le monde est gagnant dans une telle affaire.

— Vraiment ? Et mes sentiments, dans tout ça ?

— Tu m'as dit toi-même que tu ne croyais pas aux relations durables.

Elizabeth planta ses poings sur ses hanches — ses yeux lançaient à présent des éclairs.

— Pourquoi, à ton avis ? Je vais te le dire ! C'est parce que tu m'as brisé le cœur quand tu m'as abandonnée cinq jours après m'avoir épousée ! Même mes parents n'avaient pas réussi à le faire. Je pensais que leur exemple ne voulait rien dire, que l'amour existait, mais tu m'as donné une bonne leçon. Tu veux savoir combien de petits amis j'ai eus après notre rupture ? Zéro ! Tu as détruit tout ce en quoi je croyais.

Xander la fixa, abasourdi. Elle n'avait pas connu d'autre homme ?

— Mais je pensais que tu étais satisfaite de notre situation, ces dernières semaines, objecta-t-il.

— J'ai changé d'avis. Je ne veux pas d'une relation juste parce qu'elle arrange tout le monde. Je veux être désirée pour moi-même, ce que je n'ai jamais eu dans mon enfance. Je n'étais qu'un instrument entre les mains de mes parents. J'ai cru trouver l'amour il y a dix ans mais, là encore, j'ai appris que je n'en étais pas digne.

— Bien sûr que tu en étais digne, s'exclama Xander, luttant pour conserver son calme. Nous avons déjà discuté de ça à maintes reprises. Que veux-tu que je te dise de plus ? Je ne pouvais pas te ramener à Diadonus. Tu aurais été détruite.

— Tu aurais au moins pu *essayer* ! Si tu m'avais vraiment aimée, tu te serais battu pour moi. Tu serais revenu à New York avec moi. Tu ne t'entendais pas avec tes parents et ça aurait peut-être servi d'exemple à ton frère. Mais tu n'as rien fait de tout ça, parce que ton travail comptait plus que tout au monde. Et c'est toujours le cas !

— Tu dis n'importe quoi.

— Vraiment ? Pourquoi Yanis et Katerina ne divorcent-ils pas, alors ? C'est à cause des répercussions possibles sur Timor. Tant que ta précieuse société va bien, tout le reste aussi.

Xander avait les oreilles qui sifflaient. Autour de lui, la pièce était devenue floue.

— C'est faux !

— J'étais prête à tout abandonner pour toi, parce que je t'aimais. Et le pire, c'est que je t'aime encore. Passer du temps avec Loukas et toi m'a fait comprendre à quel point je désirais une famille.

— Tu m'aimes ? répéta-t-il, ahuri.

— Surprise ! Mais ne t'inquiète pas, je n'ai pas l'intention de perdre encore dix ans de ma vie. Alors je te pose de nouveau la question : quels sont tes sentiments à mon égard ? Épargne-moi les commentaires sur mes cheveux ou mon intelligence.

Xander hésita — il avait l'impression d'être pris au piège. Qu'était-il supposé répondre ?

— Tu connais mon point de vue sur le mariage, fit-il valoir. Je n'aurais jamais dû t'épouser en premier lieu.

— Pourquoi l'avoir fait, alors ?

— Parce que j'étais jeune et stupide.

Elle tressaillit comme s'il l'avait frappée, et il soupira.

— Tu voulais la vérité, la voilà. Je t'apprécie beaucoup et tu le sais. Mais je ne veux pas me lier à une personne jusqu'à la fin de mes jours.

Elizabeth le dévisagea pendant ce qui lui parut une éternité, puis déclara avec un calme presque effrayant :

— Tu peux te fourrer ta proposition où je pense. Je rentre à New York.

— Passe la nuit dessus. La journée a été longue, riche en émotions.

— N'essaie pas de me dicter mes sentiments. Je veux rentrer. Peux-tu demander à ton pilote de me ramener ?

L'esprit de Xander tournait à cent à l'heure. Quoi qu'elle affirmât, il savait que cette discussion serait plus facile le lendemain.

— Très bien, répondit-il. Mon avion sera prêt.

— Merci. Bonne nuit.

Quelques secondes plus tard, la porte de communication de leur chambre se referma derrière elle.

Xander ouvrit les yeux et tressaillit : son réveil indiquait 9 heures. Mais quoi d'étonnant, alors qu'il s'était tourné et retourné jusqu'à l'aube sans trouver le sommeil ?

Il sortit de son lit, les yeux lourds de sommeil, et alla frapper à la porte d'Elizabeth. Pas de réponse. Il prit une douche rapide et, se préparant mentalement à une confrontation, descendit au salon. Loukas y prenait son petit déjeuner en compagnie de son père.

Les deux le regardèrent d'un air accusateur, et il comprit ce que Loukas allait dire avant même que les mots ne franchissent ses lèvres.

— Elle est partie.

14

Elizabeth n'aurait su dire combien de kilomètres elle avait marché. Longtemps, car elle constata avec surprise qu'elle venait d'atteindre Central Park.

Le cœur lourd, elle s'installa sur un banc dans le parc et étudia le ciel. De lourds nuages s'y amoncelaient. De fait, quelques minutes plus tard, un flocon lui tomba sur le nez. Elle appréciait en général la neige mais comment s'en réjouir alors qu'elle n'aspirait qu'au soleil de Diadonus ? L'île lui manquait. Et Loukas. Mais c'était tout.

Son regard se posa sur une papeterie de l'autre côté de la rue, et elle s'y dirigea afin de refaire son stock de carnets. Son téléphone sonna dans son sac mais elle l'ignora, prenant soudain conscience du fait qu'elle n'avait pas besoin de répondre. Avec trente millions de dollars sur son compte en banque, elle était désormais maîtresse de son temps. Elle était riche. Elle pourrait lancer sa propre société de production. Et s'il s'agissait pour le moment d'une bien maigre consolation, elle savait qu'elle s'en réjouirait plus tard.

Pour la première fois, une lueur d'espoir pointa au fond de son cœur. L'amour existait, elle le savait. Peut-être le rencontrerait-elle un jour, au moment où elle s'y attendrait le moins.

Ses achats terminés, elle reprit le chemin de son appartement. La tempête de neige battait son plein lorsqu'elle arriva, frigorifiée. Son téléphone avait sonné deux fois encore mais, par un tel temps, elle refusait de sortir ses mains de ses poches.

Elizabeth fut prise de court lorsqu'elle s'approcha de la porte de son immeuble et aperçut, à travers le blizzard, la silhouette noire debout sur les marches. Elle avait cru voir Xander à plusieurs reprises depuis son retour mais force lui fut de constater que, cette fois, il ne s'agissait pas d'une hallucination.

Au prix d'un effort, elle le dépassa en redressant le menton et ouvrit la porte de son appartement. Il la suivit à l'intérieur et entreprit de déboutonner son manteau.

— Oh non, dit-elle aussitôt. Tu ne restes pas.

Xander, qui avait espéré qu'elle serait contente de le voir, retint une grimace. Au moins l'avait-elle laissé entrer…

— J'ai quelque chose pour toi, annonça-t-il. Tu as oublié ça.

Il lui tendit le carnet de notes qu'il avait trouvé, coincé derrière sa table de chevet.

Elizabeth le prit d'un geste sec.

— Tu es venu de si loin pour ça ?

— Non. Je serais venu quand même. Ça m'aurait peut-être pris un peu plus longtemps.

La jeune femme crispa la mâchoire — elle n'avait visiblement pas l'intention de lui faciliter la tâche.

— Écoute, Elizabeth, ça fait une heure que je t'attends devant ton appartement. Je suis gelé. Tu as du café ?

— Je suis new-yorkaise. Bien sûr que j'ai du café. Quand tu l'auras bu, tu pourras partir.

Satisfait de cette petite victoire, il acquiesça.

— Merci.

La cuisine était ouverte sur le salon. Sachant qu'elle ne l'y inviterait pas, il s'installa sur un tabouret.

— J'ai lu ton carnet, annonça-t-il tandis qu'elle s'affairait.

Ses épaules se raidirent à cette nouvelle, mais elle ne réagit pas.

— Tu écris un scénario, reprit Xander. Une histoire de seconde chance, de rédemption.

Il y eut un long silence. Elizabeth se baissa, sortit un rouleau de cuisine d'un placard et se moucha.

— Elizabeth ?

— Tu peux me laisser, s'il te plaît ?

Cette fois, il n'y avait plus la moindre dureté dans sa voix. Elle était rauque, tremblante.

— Si tu veux un café, il y en a un au coin de la rue. Je ne peux pas te parler… Pas maintenant…

Sans réfléchir, Xander entra dans la cuisine et la prit dans ses bras.

— Chut, ne pleure pas, s'il te plaît. Frappe-moi, donne-moi des coups de pied si tu veux mais ne pleure pas. Je ne le mérite pas.

— Je le sais, murmura-t-elle tout en lui décochant un coup de poing mou dans la poitrine.

— Je suis égoïste.

— Oui.

— Et j'ai fait passer mes affaires avant tout.

Un nouveau coup.

— Oui.

— Si je t'ai abandonnée, autrefois, c'est parce que j'ai eu peur.

Cette fois, Elizabeth se figea. Xander lui attrapa la main et la posa contre son cœur.

— Je n'ai jamais connu une femme aussi merveilleuse que toi. Je suis tombé amoureux de toi dès l'instant où je t'ai vue, puis j'ai passé dix ans à essayer de me persuader du contraire.

Elizabeth émit un son étouffé, incrédule, et il poursuivit :

— Les projets que nous avons faits il y a dix ans… J'étais sincère. Je veux passer le restant de mes jours avec toi et avoir quatre enfants : Samuel, Giannis, Imogen et Rebecca.

— Tu… te rappelles les prénoms que nous avions choisis ?

— Bien sûr. J'aurais dû me battre pour toi mais j'ai cédé à la panique. J'avais beau affirmer m'être affranchi de ma famille, ce n'était pas complètement vrai. Et je redoutais sincèrement que tu finisses comme Ana.

Les yeux d'Elizabeth brillaient maintenant de larmes. Elle continua de le dévisager sans essayer de les contenir.

— Yanis et Katerina ont décidé de divorcer.

— Vraiment ? D'où vient cette décision ?

— De toi. Tu avais raison. Ils ne sont restés ensemble que pour leur fils et pour Timor SE. Ils s'entendront mieux séparés que mariés. Et je n'ai pas l'intention de répéter leurs erreurs. Je me suis conduit en lâche en t'abandonnant, il y a dix ans. Quand tu es partie, la semaine dernière, j'ai eu l'impression qu'on m'arrachait le cœur. Reviens-moi, je t'en supplie. Je jure de ne plus jamais rien faire passer avant toi, ma fierté et mes doutes inclus.

Elizabeth ne répondit d'abord rien. Après de longues secondes, elle se fendit d'un sourire vacillant.

— Quel discours…

— Je le répète depuis mon départ de Diadonus, confessa Xander en riant. Alors ? Acceptes-tu de me donner une nouvelle chance ? De sauter dans l'inconnu avec moi ?

Le sourire d'Elizabeth s'élargit, puis elle se hissa sur la pointe des pieds pour déposer un baiser sur ses lèvres.

— Je vais y réfléchir.

— Prends tout ton temps.

— Sache que si tu me rejettes de nouveau, je t'arracherai le cœur.

— Arrache-le maintenant. Il t'appartient, à tout jamais.

Elizabeth l'embrassa de nouveau, avec une passion qui les laissa tous deux pantelants.

— C'est bon, murmura-t-elle. J'ai réfléchi. C'est oui.

Épilogue

Elizabeth ne pouvait pas s'empêcher de sourire. Elle souriait tant que ses joues protestaient. C'était le plus beau jour de sa vie, songea-t-elle en regarda Xander prendre une alliance et la lui passer au doigt.

Cette fois, elle ne l'ôterait plus. À son tour, elle passa une alliance au doigt de son mari, tout aussi certaine qu'il ne l'ôterait pas non plus.

La cérémonie de renouvellement de leurs vœux terminée, ils se tournèrent vers l'assemblée dans un tonnerre d'applaudissements. La petite église était bondée. Katerina était là, le teint encore un peu jaune, mais si heureuse d'être rentrée qu'elle avait enfin reconnu qu'elle avait un problème. Elle n'avait pas bu une goutte d'alcool depuis deux mois. Encore quatre mois de sobriété et elle serait éligible à une greffe.

Coup de théâtre, Yanis et elle avaient décidé de donner une chance à leur couple. Leurs problèmes respectifs, avaient-ils compris, les avaient rapprochés. Elizabeth croisait les doigts pour eux.

Une trêve avait également été signée avec les parents de Xander, qui faisaient semblant de sourire assis au premier rang. La mère d'Elizabeth était là elle aussi — la rencontre entre Mirela et elle s'annonçait intéressante. Elizabeth se demandait laquelle renverserait « accidentellement » sa coupe de champagne sur l'autre la première.

Elle adressa un clin d'œil à Piper Mancini, enceinte de

Dante. Zayn et Amalia étaient assis juste derrière eux, à côté de Benjamin et de Julianna Carter. La rumeur affirmait qu'Amalia et Julianna étaient toutes deux enceintes. Elizabeth avait hâte de se retrouver seule avec elles, tout à l'heure, pour leur demander si c'était le cas, et leur annoncer la nouvelle — qu'elle l'était aussi. Tout contre elle, Loukas souriait, fier comme un pou de son rôle de témoin. Il était méconnaissable, à mille lieues de l'enfant triste qu'elle avait rencontré six mois plus tôt.

Puis elle se tourna vers la personne qui lui était la plus chère, l'homme de sa vie, son rocher, son meilleur ami. Elle sut, au sourire qu'il lui adressa en retour, que jamais elle ne regretterait son saut dans l'inconnu.

Retrouvez prochainement,
dans votre collection

SAGAS

Trilogie : AU NOM DU ROYAUME, de Maisey Yates - N°169

La loi du destin

Tu portes mon enfant. Et bientôt, tu seras ma femme. Allegra n'oubliera jamais cette étreinte passionnée, offerte lors d'une soirée de bal par un homme masqué… Mais le destin lui joue un tour bien cruel. Cet inconnu n'est autre que le duc Acosta, son pire ennemi…

La loi du royaume

Le jour où Bailey découvre Raphael DeSantis chez elle, la rage l'envahit. Comment ose-t-il, lui qui va se marier à une autre ?… Mais il est trop tard : Raphael a remarqué son ventre arrondi et a compris qu'il sera bientôt père, et pourra offrir un héritier à son peuple…

Vengeance pour un milliardaire

Le jour où Esther Abbott vient lui annoncer qu'il est le père de son futur enfant, Renzo croit à un canular. Et une colère irrépressible le gagne quand il comprend qu'il s'agit de l'ultime piège de son ex-épouse : convaincre une jeune femme sans le sou de devenir leur mère porteuse… Par honneur, et pour assurer sa lignée, il devra épouser Esther…

Tétralogie : Le royaume des Karèdes - Intégrale 1/2 - N°170

L'enfant du prince, de Sandra Marton

Alors qu'elle séjourne sur l'île d'Aristos, Maria succombe à un désir intense pour un inconnu. Un moment qu'elle regrette amèrement lorsqu'elle comprend que son amant est le prince Alexandros, qui ne voit en elle qu'une aventure. Et bientôt, elle apprend qu'elle est enceinte…

Le play-boy du désert, de Sharon Kendrick

Quand le cheikh Kaliq Al'Farisi s'invite dans la modeste demeure de son père, Eleni est stupéfaite. Que fait ici cet homme puissant chez un simple éleveur de chevaux ? Quand elle comprend qu'il vient prendre Nabat, leur plus bel étalon, sa peine est immense… et se mue en panique, lorsqu'il exige qu'elle vienne au palais pour s'occuper de Nabat !

La maîtresse secrète, de Marion Lennox

Jamais Holly n'aurait pensé revoir le prince Andreas, avec lequel elle a vécu une idylle passionnée à dix-sept ans. Mais aujourd'hui, la presse menace de dévoiler leur liaison, et de révéler qu'un enfant est né de cette union. Andreas exige qu'Holly quitte l'Australie… et l'épouse !

La fiancée insoumise, de Kate Hewitt

Kalila sait qu'elle doit épouser Zakir, roi de Calista. Désespérée, elle accepte malgré tout de suivre Aarif, le frère du roi, venu l'escorter. Aux côtés de cet homme au charme irrésistible, Kalila comprend qu'elle ne désirera jamais Zakir comme elle le désire, lui. Elle décide donc de fuir en plein désert…